Lena Balatka &
Burkhard Zscheischler

Ein schöner Platz zum Sterben

KRIMINALROMAN

edition Sächsische Zeitung

IMPRESSUM

© edit on Sächsische Zeitung
 SAXO'Phon GmbH, Ostra-Allee 20, 01067 Dresden
 www.editionsz.de

Alle Rechte vorbehalten
1. Auflage September 2008

Satz und Gestaltung: Antje Madaus · Dresdner Verlagshaus Technik GmbH
Bildmontage Umschlag: Albrecht Kahle · Dresdner Verlagshaus Technik GmbH
Titel: SZ-Bildarchiv
Druck: Druckhaus Dresden GmbH

Das Werk einschließlich aller seiner Teile ist urheberrechtlich geschützt. Jede
Verwertung außerhalb der engen Grenzen des Urheberrechtsgesetzes ist ohne
Zustimmung unzulässig und strafbar.
Das gilt insbesondere für Vervielfältigungen, Übersetzungen, Mikroverfilmungen
und die Einspeicherung und Verarbeitung in elektronischen Systemen.

ISBN: 978-3-938325-50-6

Ein schöner Platz zum Sterben

Winter in Muldanien

In der weißen Winterlandschaft Muldaniens lag der Schnee meterhoch. Die Straßen waren schlecht geräumt und die Fahrrinnen von Eis gesäumt. Es war außergewöhnlich, dass der Winter im späten März nochmals mit solcher Wucht zurückgekommen war. Normalerweise bedeckte bereits hellgrüner Flaum die Landschaft und die Bauern verbrachten jede Minute auf den Feldern, hockten auf altersschwachen Schleppern, gingen hinter Pferde- oder Eselgespannen her oder trieben mit gekrümmten Rücken Hacke und Spaten in den Boden.

Mariano Caroso saß auf dem Rücksitz des Dienstwagens. Nikolaj, der muldanische Fahrer, chauffierte stoisch und scheinbar unberührt vom Wetter den Lada. Mariano war froh gewesen, dass Teamleiter Gunnar Nilsson ihn außerplanmäßig mit Nikolaj zu den Bauern fahren ließ. Fast bereute der Italiener nun seinen Entschluss. Mariano fürchtete die muldanischen Straßen, insbesondere bei diesen miserablen Bedingungen, und vor allem die seiner Ansicht nach verrückten muldanischen Autofahrer. Aber es sollte sein letzter Besuch dort in den Bergen sein, er wollte sich von den Bauern verabschieden. Darin unterschied sich Mariano von der Mehrzahl seiner nomadisierenden Beraterkollegen, die, kaum dass ihr Vertrag ausgelaufen war, von einem Projekt zum nächsten weiterzogen, ohne ihre Zielgruppen so recht wahrzunehmen. Der Vertrag der Firma, für die Mariano und seine internationalen Teammitglieder in Muldanien gearbeitet hatten, war ausgelaufen. Was nach dem Weggang seines Beratungsteams aus dem Projekt würde, wusste er nicht, der Geldgeber hatte sie vollkommen im Unklaren darüber gelassen. So konnten sie den Bauern, die sie bisher beraten hatten, auch keine Informationen über die Zukunft des Projektes geben.

Mariano hatte seinen Part in diesem Projekt ziemlich mühsam gefunden. Die Lebensweise der Kleinbauern in den muldanischen Bergregionen war noch sehr archaisch und er bezweifelte, ob es sinnvoll gewesen war, ausgerechnet hier die Angleichung an die westeuropäischen Standards der Landwirtschaft voranzutreiben. Dabei verursachte das Schreiben der lästigen Berichte für die fernen Geldgeber die meiste Arbeit. Nahezu jede Briefmarke und jedes Handy-Gespräch ins Ausland mussten begründet werden.

Nikolaj schien die Ruhe selbst. Er hatte den russischen Lada die gesamte Projektlaufzeit über gefahren. Er pflegte das altersschwache Auto gut und achtete darauf, dass es immer mit Benzin, Öl und Bremsflüssigkeit versorgt war. Doch die Winterreifen hatte er eindeutig zu früh gewechselt. Wer konnte aber auch mit der Rückkehr des Winters in solchem Ausmaß rechnen? Nikolaj ärgerte sich zum wiederholten Mal darüber, dass er überhaupt so eine alte Mühle fahren musste. Er fluchte innerlich, denn eigentlich hatte er erwartet, in einem international finanzierten Projekt einen schickeren Wagen fahren zu dürfen. Aber die Geldgeber sparten an allen Ecken und Enden. Schon die Tatsache, dass sich die Berater überhaupt einen Chauffeur leisteten, sei an sich schwer begründbar, hatte man ihm gesagt. Was für ein Glück, dass die Löhne in Muldanien so niedrig sind. Immerhin hatte er einen Job. Er wollte deshalb nicht jammern.

Der Wagen rumpelte über ein verharschtes Straßenstück und Mariano spürte unangenehm die Erschütterung des schlecht gefederten Wagens. Obwohl Nikolaj Ruhe verströmte, verließ Mariano eine gewisse Unruhe nicht. Er hatte genug von dem beliebten Sport der Muldanier, auf viel befahrenen Landstraßen einen Lastwagen mit Anhänger zu überholen, und zwar genau dann, wenn sich auf der Gegenseite sichtbar und mit hoher Geschwindigkeit ebenfalls ein Lastwagen näherte. Da unterschied sich Nikolajs Fahrstil sehr von dem seiner Landsleute.

Mariano mied den Blick auf die vorbeiziehende Winterlandschaft und fixierte stattdessen Nikolajs Rücken, und gleichsam, als wäre er ein Bildschirm, kamen ihm angenehmere Bilder in den Sinn: Es war ja nun wirklich nicht so, dass er nicht seinen Spaß gehabt hätte. Mariano Caroso war dieser mehr hellenistische Adonistyp, mit kurzen schwarzen Locken und der dunklen Hautfarbe vieler Südländer. Bisweilen war er als Einheimischer durchgegangen, nur, dass er ausgewiesen weltläufigere Manieren und mehr Geld hatte. Das kam an beim weiblichen Geschlecht. Auf diese Weise wusste der Italiener die Mühsal der Projektarbeit stets mit dem Angenehmen üppiger Busen und weicher Schenkel zu verbinden. Mussten sich seine Projektkollegen auf den Dörfern mit verwanzten Gästehäusern oder gar Scheunen begnügen, fand Mariano schnell ein frisch bezogenes Bett mit einem gut riechenden Weib darin.

Mariano schreckte auf. Die Fliehkräfte drückten ihn unangenehm ans unverkleidete kalte Blech der linken Tür. Wie auf Schienen gehalten sauste der Lada in den tief ausgefahrenen Spurrinnen in eine lang gezogene Rechtskurve. Nach Marianos Geschmack verließ sich Nikolaj allzu sehr auf die Straßenlage – nicht auszudenken, wie der Wagen in einer vereisten „Schiene" reagiert hätte. Er sandte dem Fahrer einen unwilligen Blick in den Rückspiegel.

Auch Nikolaj war irritiert, er fluchte leise. Das Bremspedal war erstaunlich leichtgängig gewesen. Kaum war der Wagen wieder auf gerader Strecke, pumpte er vorsichtig, ohne wirklich zu bremsen, bis er den gewohnten Widerstand spürte. Der Wagen hatte mittlerweile eine Anhöhe erklommen, die Straße davor war frei. Es folgte eine leichte Senke, Nikolaj beschleunigte.

Bald würde ihr Weg von der Hauptroute abbiegen und auf kurvigen Nebenstraßen eine Stunde lang in die Berge hineinführen. Da wäre es nicht übel, wenn die Bremsen funktionierten. Der Wagen bewegte sich auf eine zweite Kuppe zu, höher als die erste. Nikolaj trat das Gaspedal durch, die Straße war hier eisfrei. Mit hoher Geschwindigkeit passierte der Wagen die Kuppe. „Scheiße" entfuhr es Nikolaj. In kaum sechzig Metern Entfernung zuckelte ein Traktor mit zwei Anhängern auf ihrer Spur. Die Tachonadel zitterte über der Höchstgeschwindigkeit des Lada – bei 110. Mit der Kraft seines Lebendgewichts von 105 Kilogramm trat Nokolaj auf das Bremspedal.

Es klemmte nicht. Es hatte überhaupt keine Verbindung zu irgendeinem Bremszylinder. Es war nur noch ein loser Hebel, der mit lautem Klacken an das Bodenblech schlug. Durch Nikolajs rechtes Bein zuckte ein Schmerz. Er hatte mit hydraulisch federndem Widerstand gerechnet. So unerwartet hart mit dem Fuß anzuschlagen, das tat so verdammt weh, dass Nikolaj unwillkürlich die Augen schloss. So bekam er nicht mit, wie er auf seinen Tod zuraste. Der Lada rauschte ungebremst abwärts und nahm noch etwas Fahrt auf. Nach der nächsten Sekunde war Nikolaj tot.

Der Traktorfahrer, durch zwei mit Sand und Steinen beladene Anhänger und vier ruckelnde Achsen vom Geschehen entfernt, spürte einen harten Stoß, der ihn vom Sitz hob. Durch den Traktorlärm hindurch hörte er ein Geräusch wie einen Kanonenschuss. Ohne seine Hände am Lenkrad hätte er den Lenkkranz geküsst.

Vorsichtig trat er auf die Bremse. Eine Vollbremsung, mit zwei schwer beladenen Anhängern auf abschüssiger, nasser und leicht vereister Straße, wäre sinnloser Verschleiß von Reifen und Bremsbelägen gewesen. Außerdem weiß man bei blockierenden Rädern und fehlendem ABS bei sechs Achsen nie, wo einen die Gesetze der Trägheit bei einer Gesamtmasse von mehr als zwanzig Tonnen hinführten. Nach etwa siebzig Metern kam das Gespann zum Stehen, eine Spur von Benzin, Blechteilen und Blutspritzern hinter sich lassend.

Der Fahrer würgte den tuckernden Diesel ab. Dann erst wandte er sich um. Er hob dazu den Oberkörper aus der Schlepperkabine. Da türmten sich, wie sanft gewölbte Brüste hintereinander gereiht, die Hügel aus Sand und Steinen. Der Fahrer stieg über die hintere Querstange vom Bock und schritt so vorsichtig die ansteigende Straße entlang sein Gespann ab, als befürchtete er, dass hinten plötzlich ein Räuber auftauchen und ihn seiner mageren Barschaft berauben könnte.

Was er dann aber zu Sehen bekam, war weit schlimmer. Der olivgrüne Lada war bis zur Wagenmitte zermalmt und mit dem Anhänger so eng verbunden, als habe er unter ihm hindurch kriechen wollen. Blut und Gewebefetzen vermengten sich mit zerbeultem Blech. Er meinte später, mindestens vier Tote gesehen zu haben. Dass es tatsächlich nur zwei waren, wollte er lange nicht glauben.

Der Traktorfahrer gehörte noch zu der muldanischen Minderheit der Handylosen und das nächste Festnetz-Telefon war ein gutes Stück entfernt. Weil er kein Warndreieck besaß, suchte er sich am Wegrand einen Ast und legte ihn auf der Kuppe auf die Straße. Das sollte Warnung genug sein. Einer der nächsten Fahrer hatte ein Handy. Es dauerte zwei Stunden, bis Polizei und technisches Räumgerät zur Stelle waren. Der angeforderte Krankenwagen machte jedoch unverrichteter Dinge kehrt. Hier war nur noch schweres Räumgerät vonnöten. Ein Polizist bot dem Traktorfahrer eine brennende Zigarette an. Doch der, sonst einem Glimmstängel nicht abgeneigt, wollte jetzt nicht einmal diese geringe Menge Teer und Nikotin zu sich nehmen. Bis die Helfer in Blau gekommen waren, hatte er bewegungslos an einem seiner fast mannshohen Traktorreifen gelehnt und vor sich hingestiert.

Die beiden Polizeibeamten umrundeten, so weit das möglich war, die Unfallstelle und kommentierten, Zigaretten paffend, das Geschehen. Dass ein Funke möglicherweise das ausgelaufene Benzin in Brand setzen könnte, schien ihnen keinen Gedanken wert zu sein. Sie hatten genug davon auf diesen Straßen gesehen. Esel von Lastkarren waren als blutige

Klumpen, von Holzteilen durchspießt, auf Motorhauben gelandet. Die Passagiere der Karren, Bauern oder ganze Zigeunerfamilien, schafften es oft noch vorher abzuspringen. Manchmal auch nicht. Gerade Kleinkinder und alte Leute waren selten behände genug und bezahlten diese Ungeschicklichkeit mit Armen oder Beinen, bisweilen mit dem Leben. Doch wenn das tägliche Grauen auf den Straßen eine Steigerung kennt, dann hatten die Beamten hier ein anschauliches Beispiel. Die zwei zerfetzten Körper waren nicht mehr zu retten, das Metallknäuel selbst war an Ort und Stelle nicht zerlegbar. Irgendwie wurde eine Kette um das gewickelt, was noch Stunden zuvor ein Lada war. Diese wurde an einen schweren Traktor gehängt. Entsetzlich quietschend und knirschend löste sich das Wrack von dem kaum angekratzten Heck des Anhängers.

Die beiden Polizisten schritten die Benzin- und Blutspur ab bis zu der Stelle, wo es gekracht haben musste. Hier lagen die meisten Glassplitter und Kleinteile auf der Straße. Sie gingen weiter, eine Bremsspur suchend. Sie fanden keine. Die Straße war hier eisfrei und, zumindest in den Spurrinnen, trocken. Da hätten die typischen schwarzen Radiergummispuren sein müssen. Nichts. Die beiden beratschlagten sich. Klar, der Lada kam mit sicher mehr als hundert Sachen über die Kuppe. Doch von da oben musste der Fahrer das Gespann gesehen haben. Von dort bis zum Aufprall waren es nach ihrer Schätzung fünfzig bis sechzig Meter. Eine Schrecksekunde eingerechnet wäre genügend Zeit zum Bremsen oder für ein Ausweichmanöver gewesen.

„Der hatte keine Chance", meinte der eine Polizist.

„Kann sein", wand der andere ein, „aber hätte er deswegen gleich aufgeben sollen?"

Seltsam war das schon. Andererseits: Warum sich groß Gedanken machen? Das würde nur den protokollarischen Aufwand erhöhen. Sie beschlossen, es bei der üblichen Drei-Zeilen-Notiz bewenden zu lassen. Denn das hatten sie schon gelernt. Wenn Muldanien in die EU will, dann nimmt die Bürokratie überhand. Und das hieß für diese beiden Polizisten vor allem eines: Protokolle schreiben. Das hatten sie schon jetzt, noch ohne EU-Mitgliedschaft, gelernt. Also, warum eine fehlende Bremsspur erwähnen?

Nein, sie würden keinen Bericht schreiben. Der wäre ohnehin kaum das Papier wert, auf dem er erfasst war. Falls je ein Polizeibericht notwendig würde, schrieb man diesen üblicherweise später, aus dem Gedächtnis.

Manchmal, aber das hing vom speziellen Entgelt ab, auch davon, wie es bestimmte Personen, die nicht unbedingt Zeugen des Geschehenen sein mussten, es gesehen haben wollten. Es gibt Stimmen, die behaupten, muldanische Polizeiprotokolle seien, je nach finanzieller Möglichkeit, beliebig bestellbar. Doch das ist sicher eine bösartige Übertreibung. In diesem Fall wollten die beiden Polizisten einfach nur einen unangenehmen Anblick so schnell wie möglich vergessen. Dumm nur, dass sich später herausstellte, dass einer der Toten ein Ausländer war.

Weiße Häkelmuster

Von der Tragik dieses Unfalls in der winterlichen muldanischen Landschaft weit entfernt saß Gerd Schuster in seinem Büro. Der Winter, wohl kalendarisch bereits auf Abschiedstour, zog nochmals sein volles Register. Schuster glaubte die Eiseskälte selbst durch die doppelwandigen Thermopenscheiben hindurch zu spüren, trotz der schläfrig machenden Bürowärme. Er hatte seinen Drehstuhl dem Fenster zugewandt. Draußen bog der Wind die wenigen Bäume und Sträucher, die vor dem mehrstöckigen Bürokomplex wuchsen. Alles versank in einem milchigen Grau. Der Wind trieb den starken Schneefall wie einen Vorhang mit schräg gehäkeltem weißem Muster über das Land. Der Blick des Mittvierzigers wirkte verträumt, sein rechter Arm stützte einen für den kleinen Körper viel zu großen Kopf. Dichtes schwarzes Haar krönte das bartlose Gesicht, der korpulente Rumpf schien regelrecht in den Bürostuhl hinein gepresst zu sein. Schuster arbeitete seit vielen Jahren in der Internationalen Agentur für Entwicklung, einer Außenstelle der Ökonomischen Kommission für Europa der Vereinten Nationen. Die Agentur hatte ihren Sitz in Koblenz, ihre Aufsichtsbehörde, die Ökonomische Kommission für Europa war eine der zahlreichen weltweit verstreuten Organisationseinheiten der Vereinten Nationen und war nicht unweit von Schusters Arbeitsstätte in Bonn angesiedelt. Die deutsche Bundesregierung hatte sich im Zuge der angekündigten Verlagerung der Hauptstadt von Bonn nach Berlin massiv bemüht, die Vereinten Nationen von der weltweiten Bedeutung des nun auf eine Bundesstadt reduzierten Bonns zu überzeugen. Das war mit der Neuansiedlung der Ökonomischen Kommission und ihren verschiedenen Außenstellen gegen schwere internationale Konkurrenz auch gelungen. Somit entstanden zahlreiche Arbeitsplätze für ehemalige Behördenmitarbeiter, die nicht mit ihren Ministerien nach Berlin umziehen wollten. Manche blieben einfach sitzen. Den Bürogebäuden blieb der Leerstand erspart und, obwohl es sich bei den neuen Behörden um Institutionen der Vereinten Nationen handelte, dominierte die Arbeitssprache Deutsch. Schusters Arbeitgeber war sozusagen der verlängerte unternehmerische Arm der Weltpolitik. Trotzdem brauchten sich Schuster und seine Kollegen um ihre Jobs nicht zu sorgen. Wiewohl in der Agentur privatwirtschaftlich organisiert, sind sie doch praktisch alle ebenso im, wenn auch weltweiten, öffentlichen Dienst wie ihre Kollegen Vorgesetzen in der Ökonomischen Kommission für Europa.

Es klopfte kurz. Herein trat Markus Gabler. Seit vielen Jahren bearbeiteten er und Schuster gemeinsam zahlreiche Projekte, hauptsächlich in Osteuropa und auf dem Balkan. Markus Gabler begleitete die Projekte Schusters als externer Berater und neutraler Gutachter und ebnete somit meist den Weg für dessen Ideen. Körperlich war er das Gegenteil seines Partners. Groß, hager, das einst dunkelblonde Haar schon schütter und nur noch als vereinzelte graue Strähnen auf seinem Kopf verteilt. Mit Anfang Vierzig war Gabler nur wenig jünger als Schuster und wirkte dennoch beträchtlich älter.

Gabler war Freiberufler. Er und Gerd Schuster arbeiteten mittlerweile über viele Jahre Hand in Hand und waren vertraut miteinander geworden. Alle in der Agentur konnten dies deutlich sehen, wenn sie die beiden Männer zusammen sahen. Dass ein externer Berater bei der Planung und Durchführung von internationalen Projekten eingebunden wurde, war durchaus üblich. Die Agentur ließ sich durch diese „neutralen Gutachter" ihre Projekte legitimieren. Dass mancher Experte, wie beispielsweise Markus Gabler, mit der Zeit zum beweglichen Mobiliar gehörte, fiel nur jenen auf, die neidisch auf seinen Porsche waren, den er stets auf einem nur Agentur-Angestellten vorbehaltenen Parkplatz abstellte.

Tatsächlich glich die Vertrautheit zwischen Gerd Schuster und Markus Gabler schon einer über viele gemeinsam überstandene Herausforderungen zusammengeschweißter Bruderschaft. Sie nahmen dies jedoch zum Anlass, ihre gut verzahnte Zusammenarbeit als sehr effiziente Teamarbeit zu präsentieren, die ihresgleichen suchte und für viele vorbildlich sein könnte. Projektplanung, -vorbereitung und -umsetzung aus einem Guss, das war ihr Slogan, der in der Agentur durchaus ankam. Gemeinsam bewirtschafteten die beiden Jahr für Jahr Millionenbudgets. Schuster & Gabler, das bedeutete, halb Osteuropa über ein Jahrzehnt hinweg erfolgreich mit Projekten abgedeckt zu haben. Die Anerkennung dafür war auch in der Ökonomischen Kommission für Europa, als vorgesetzte Behörde, vorbehaltlos. Und selbst in Zeiten klammer werdender Kassen fand sich dort immer ein Abteilungsleiter, der für ein Projekt von Gabler & Schuster noch einen Topf voll Steuergeld bereitstellte.

Deshalb konnte Gabler sich die Begrüßungsformel sparen, als er in Schusters Büro trat und verkündete: „Im Projekt in Muldanien gab es einen Unfall. Nikolaj, der Fahrer, und Teamleiter Nilsson sind dabei umgekommen."

Schuster nahm die Nachricht ohne erkennbare Regung auf. Die beiden blickten sich einen langen Augenblick schweigend an. Es entstand eine kurze Pause. „Dumm gelaufen für die beiden", kommentierte Schuster regungslos.

Ein schöner Platz zum Sterben

Frank Endermann pfiff den Triumphmarsch aus Verdis Oper ‚Aida‘ vor sich hin, als er die Wanderschuhe aus dem Regal nahm. Er wollte sich heute, an einem sonnigen Mittwochmorgen, für sein wochenlanges Arbeiten mit einer Wanderung in der Sächsischen Schweiz belohnen. Er bedauerte, dass er nicht häufiger dazu kam. Ein Ausflug in diese grandiose Felsenwelt war jedes Mal wie ein Psychopharmakon, das für Ruhe und Zufriedenheit sorgte. Das hatte Endermann jetzt bitter nötig.

Der zurückliegende Muldanien-Auftrag war mehr als unerfreulich gewesen, unsauber von Anfang an, und es gab Ärger ohne Ende. Er brauchte dringend Abstand davon.

In der Küche schmierte er sich Bemmen, packte sie in Butterbrotpapier und legte sie in eine Blechschachtel. In einer Schublade fand er einen Schoko-Riegel. Den legte er zu den Bemmen. Er goss trüben Natur-Apfelsaft von einer Glasflasche halb in die Wanderflasche und füllte sie mit kaltem Leitungswasser auf. Flasche, Brotschachtel, Handy, eine detailbesessene Wanderkarte der Schrammsteine 1:10.000 des Bad Schandauer Kartographen Rolf Böhm, ein zusammengerolltes, aufblasbares Kissen für die Rast auf kalten Felsen, ein kleines Fernglas und Juli Zehs ‚Adler und Engel‘, das ihm Gabi, seine Tochter, zum Geburtstag geschenkt hatte, wurden in einem blauen Rucksack verstaut. Bevor er das Haus verließ, stellte er den Anrufbeantworter an. Die Wohnungstür zog er lediglich ins Schloss.

Zur Haltestelle waren es nur wenige Schritte. Er nahm den nächsten 75er-Bus und war kaum zehn Minuten später am Hauptbahnhof, um die alle halben Stunden Richtung Bad Schandau fahrende S1 zu erreichen. Er war ein paar Minuten zu früh am Bahnsteig.

Um diese Zeit, kurz vor neun Uhr, waren die Einheimischen schon längst bei der Arbeit, es standen nur wenige Menschen herum. Deshalb fielen ihm die beiden unterschiedlich großen, stiernackigen Männer mit kahl geschorenen Köpfen sofort auf. Im ersten Moment hielt Endermann sie für Neonazis, die sich in Dresden, vor allem, seit die NPD einige Landtagssitze erobert hatte, immer ungenierter in der Öffentlichkeit breit machten. Aber diese beiden waren keine regionaltypischen Rechtsextreme. Sie trugen weder Bomber-Jacken noch blank gewichste schwarze Stiefel mit weißen Schnürsenkeln. Sie glichen eher dem Menschenschlag, wie Endermann ihn von seinen Aufenthalten in osteuropäischen Ländern kannte. Unangenehme Erinnerungen aus jüngster Vergangenheit wurden wach. Ruckartig wandte sich Endermann ab. Da erklang die Lautsprecherstimme: „Es fährt ein die S-Bahn von Meißen-Triebischtal zur Weiterfahrt…" Endermann sah nach der Uhr und stellte erstaunt fest, dass die Bahn ungewöhnlich pünktlich war.

Dann hielt er sich unwillkürlich beide Ohren zu, denn die Bremsen der roten Doppelstockwaggons aus dem Görlitzer Bahnwerk kreischten unerträglich. Endermann suchte sich einen Fensterplatz in der oberen Etage, zog das Buch aus dem Rucksack und klappte es an der Stelle auf, wo er den Schutzumschlag zuletzt eingeklemmt hatte. Mehr aus Zeitvertreib, begann er zu lesen. Schließlich hatte er seiner Tochter versprochen, seine Meinung über das Buch zu sagen. Die Sprachfülle der jungen Autorin faszinierte ihn durchaus. Doch die Figuren und deren Geschichte ärgerten ihn zunehmend. Sollte das die Jugend von heute sein? Um sich abzulenken, sah Endermann aus dem Fenster. Die S-Bahn verließ gerade Pirna und fuhr, den Elbe-Schlingen folgend, in das Sandsteingebirge hinein. Die vorbeiziehende Flusslandschaft und die über den Wald ragenden Felsen auf der anderen Uferseite zu betrachten, war jedes Mal ein Labsal. Endermann klappte das Buch energisch zu und blickte interessiert aus dem Fenster.

Frank Endermann gönnte sich heute seine Luxustour. Er stieg in Bad Schandau aus, überquerte die Straße und stieg zum Fähranleger hinunter. Die ‚Winterberg II' hatte auf die S-Bahn gewartet. Sie fuhr ein Stück elbaufwärts nach Bad Schandau. Endermann genoss die Fahrt über die ruhig fließende Elbe mit der schräg im Südosten stehenden Sonne darüber. Die Spitzen der Schrammsteine waren bereits zu sehen, die er heute überqueren und zum Teil umrunden wollte. Sie hoben sich mächtig und trotz des Morgendunstes deutlich ab. Es war von hier unten schwer vorstellbar, wie relativ einfach man doch über ihren Grat gehen konnte.

Endermann wanderte an der Baustelle der infolge der letzten Flut renovierungsbedürftig gewordenen Therme vorbei bis zum Parkhotel. Dort bog er links ab, überquerte eine Straße und schritt, zwischen zwei Häusern hindurch auf den gläsernen Personenaufzug zu, der mittlerweile seit gut hundert Jahren die rund 50 Meter hoch zum Ortsteil Ostrau hinaufführt. Endermann faszinierte der jugendstilartig gestaltete Stahlfachwerkturm. Nachdem er 1,50 Euro entrichtet hatte, ließ er sich von der Glaskabine emporheben. Die Schrammsteine jetzt im Rücken, genoss er, langsam senkrecht nach oben schwebend, den Blick auf den Fluss und das, je höher der Aufzug kam, sich weitende Elbtal. Die Häuser Bad Schandaus duckten sich nach unten weg. Rechts kam der Lilienstein zum Vorschein. Endermann holte tief Luft. Das war im Wortsinn ‚erhebend'.

In Ostrau schritt Endermann zunächst an der Reihe im Schweizer Stil errichteten, hundert Jahre alten Landhäusern vorbei, bis zum Ortsende, die Schrammsteine jetzt rechts im Blick. Auf dicken Bohlen ging es zunächst hinab in den Lattengrund, über eine Straße und einen Waldweg wieder hinauf. An einer Lichtung begrüßte ihn eine kleine Gruppe steinerner Riesen. Obwohl er den Weg kannte, waren sie ihm immer wieder überraschende Ankündigung dessen, was wenig weiter auf ihn wartete. Endermann erfreute sich seiner Fitness. Sein Puls beschleunigte sich nur wenig. Schon schritt er, weit ausholend, auf dem ebenen Weg, abwechselnd an jungen Birken, Kiefern und Buchen vorbei, mal auf einem breiten Sand-, mal auf mit Kiefernstämmen belegten Weg. Und plötzlich, zwischen Bäumen durchscheinend, ragte – immer wieder überraschend – die senkrechte Felswand der Schrammsteine vor ihm auf. Eine steile Stahlleiter führte hinauf. Endermann hielt kurz inne und sah nach oben. Nein, heute würden ihm keine Kinder mit ängstlichen Muttis entgegenkommen, sodass er auf den engen Treppenabsätzen warten müsste, bis sie endlich alle, Stufe für Stufe, nacheinander abgestiegen waren. Er wollte auch nicht von Touristen angesprochen werden, die ihn baten, sie Arm in Arm im Gegenlicht zu fotografieren, sodass sie sich auf den Abzügen zu Hause nur noch als dunkle Schatten erkennen konnten. Er wollte die paar Hundert Stufen in einem Rutsch durchsteigen.

Nach gut einer Stunde hatte er trotz allem einen hochroten Kopf, aber sein Ziel erreicht: Das Riff, wie er es nannte. Eine zerklüftete Terrasse, von Spalten durchzogen, die an ihrem Rand, ohne irgendein Geländer geschützt, etwa zwanzig Meter lotrecht abbrach. Selbst die Wipfel der höchsten Fichten im Grund reichten nicht so weit in die Höhe. Der Blick verlor sich bis ins Böhmische hinein. Unten schlängelte sich, größtenteils von Felsen verdeckt, ein Stück glitzernde Elbe.

Normalerweise lagerten hier viele Wanderer, genossen ihr Butterbrot und die Aussicht. Kinder hüpften über Spalten und erkletterten die kleineren Felsen und brachten damit ihre Eltern an den Rand der Verzweiflung. Die Kinder sammelten herumliegende Tannenzapfen oder Steinchen, robbten bis an den Rand der Terrasse und ließen sie in die Tiefe fallen. Dabei zählten sie viel zu schnell „einundzwanzig, zweiundzwanzig, dreiundzwanzig, vierund-", um dann großspurig festzustellen, dass es hier „mindestens vierzig Meter" bis zum Grund seien. Wenige Eltern hielten das lange aus und trieben ihre Kleinen stets schnell zum Aufbruch. Das Plateau führte verführerisch und schrecklich zugleich ins Nichts. Andererseits war die Sicht grandios, wenn man sich, wie jetzt Endermann, mit einem Meter Abstand zur Felskante setzte. Eine fünf Meter weiter rastende Familie brach gerade auf. Er würde das Alleinsein, die Ruhe, das Zwitschern der Vögel und den Blick genießen. Es war ungewöhnlich windstill. Die Sonne sorgte bereits für etwas Wärme. Weit im Süden und im Osten lag Tschechien im Dunst. Endermann konnte nur schwer die Berge in der Ferne bestimmen, wobei das weniger an der schlechten Sicht lag als an seinem Erinnerungsvermögen. Egal, Berg war Berg, und schön fand er sie alle.

Endermann rollte sein Kissen auseinander, wobei es sich selbst mit Luft füllte. Darauf machte er es sich bequem. Dann holte er die Brotschachtel aus dem Rucksack, verzehrte seine Schnitten und trank dazu aus der Thermosflasche wässrigen Apfelsaft. Anschließend faltete er das Butterbrotpapier ordentlich zusammen und legte es in die Schachtel zurück. Dann gönnte er sich den süßen Riegel. Auch dessen Papier legte er in die Dose und ließ den Deckel darüber einschnappen.

Von rechts hinten, vom Aufstieg von Ostrau her, hörte er Schritte nahen. Frank Endermann drehte sich nicht um. Die geselligen Sachsen nehmen so eine Zuwendung schnell als Aufforderung, sich dazuzusetzen und einen Plausch zu beginnen, auch wenn rundum Platz genug ist. Das wollte Endermann heute tunlichst vermeiden. Gut so, dachte er nach einer Weile, als er keine Schritte mehr hörte. Die Neuen hatten sich weit genug weggesetzt. Er griff nach der Wanderkarte, um sich seines weiteren Weges zu vergewissern. Eigentlich kannte er ihn auswendig, aber seit die Nationalparkverwaltung aus Naturschutzgründen einige Wege gesperrt hatte, schloss Endermann Veränderungen nicht mehr aus.

Die nach ihm gekommenen Besucher schienen die Aussicht nur kurz genossen zu haben. Endermann hörte wieder ihre Schritte. Sie kamen näher, wollten wohl den gleichen Weg nehmen wie er. Er würde also noch eine Weile sitzen bleiben und ihnen einen Vorsprung lassen. Aber nein, sie mussten direkt in seiner Nähe stehen bleiben. Musste das sein? Es war doch genügend Platz. Endermann blickte starr geradeaus. Jetzt bloß nicht umdrehen, er wollte seine Ruhe haben. Worauf warteten die? Endermann faltete mit weit ausholenden Bewegungen seine Karte zusammen. So drückte er seinen Unmut aus. Er überhörte, wie sich ihm von hinten Schritte näherten. Deshalb erschrak er gehörig, als er diese Menschen plötzlich ganz nah bei sich spürte. Jetzt wurde es ihm aber zu bunt. Ruckartig wandte er den Kopf nach rechts und knallte fast mit einem kahlen stiernackigen Schädel zusammen. Fast im gleichen Moment fühlte sich Endermann unter beiden Schultern gepackt. Links und rechts fuhren ihm Arme unter die Achseln und hoben ihn hoch.

Plötzlich hatte Endermann panische Angst. Obwohl er nur einen Kopf gesehen hatte, war ihm schlagartig klar, wer ihn da in die Mangel nahm: Die beiden Glatzköpfe vom Dresdner Hauptbahnhof. Im selben Moment fiel es ihm wie Schuppen von den Augen. Muldanier! Die Verwunderung schlug innerhalb von Millisekunden in Erkenntnis um. Endermann bäumte sich auf, suchte mit beiden Händen nach Halt. Er griff für einen Moment in etwas Warmes, ein Stück Haut. Er versuchte, sich darin festzukrallen. Er hoffte auf einen Schmerzensschrei und darauf, dem Schraubstock zu entkommen. Vergeblich. Dabei sollte er selbst schreien. Doch seine Stimme gehorchte ihm nicht. Stumm rang er Sekunden mit seinen Gegnern, die nun beide, wie auf Kommando, gleichzeitig einen großen Schritt nach vorne machten. Endermanns Füße zappelten über dem Nichts.

Sein Körper prallte mit dem Kopf voran dumpf auf einem Felsen auf. Er war sofort tot.

Die zwei grobschlächtigen Männer sahen sich um. Sie waren allein auf dem Plateau. Dann zogen sie sich ein paar Meter von der Kante zurück und blieben erneut stehen. Der Kleinere der beiden zog ein Päckchen Zigaretten aus der Tasche. Eine Kekspackung wurde aufgerissen. Es folgte eine zweite Zigarettenrunde. Im Stehen rauchend genossen sie schweigend das Panorama. Danach machten sie sich auf den Rückweg nach Dresden. Sie hatten noch etwas zu erledigen.

Da unten liegt einer

Das Ehepaar Konrad gehörte mit seinem zehnjährigen Sohn René am Sonnabendvormittag zu den ersten Wanderern, die das Schrammsteinplateau erreichten. René war einer jener Jungen, die ihren Spaß an dem Versuch hatten, sich mit einem doppelten Herzinfarkt von Mutti und Vati zu Vollwaisen zu machen. „Geh von der Kande weg", sächselte Mutti Konrad ein ums andere Mal im höchsten Diskant, traute sich aber nicht, ihren kleinen Jungen selbst von dort weg zu holen. „Mensch Männe, tu doch ooch ma was", jammerte sie ihren Mann an. Aber der war anscheinend genauso wenig schwindelfrei. René schien auf beiden Ohren taub zu sein. Er war mit dem Hinunterwerfen von Kiefernzapfen beschäftigt. Plötzlich drehte er sich um, deutete mit dem Finger und rief etwas. Doch das Ehepaar Konrad schrie selbst so laut, dass René nicht zu verstehen war. Endlich wurden andere Beobachter aufmerksam. „... liescht eener. Da unden lieescht eener." Konrads guckten nur verzweifelt. Dafür trat jetzt ein Wandersmann beherzt neben den Jungen, legte ihm vorsichtig die Hände auf die Schultern und wagte einen Blick nach unten. Als er sich umwandte, war er käseweiß. Er packte den zappelnden Knaben an den Hüften, tat ein paar Schritte zurück und übergab ihn seinem Vater. „Da unten liegt ein Toter", sagte er. Dann griff er nach seinem Handy in der Hosentasche.

Die 110 wurde in der nächsten Stunde etwa dreißig Mal angewählt. Immer wieder wurde die Meldung durchgegeben, dass unterhalb des Schrammsteinplateaus ein Verletzter oder ein Toter liege. Es sollten dennoch fast zwei Stunden vergehen, bis die ersten Polizeibeamten eintrafen.

Torsten Kubitz hatte Dienst in der Polizeidirektion Oberes Elbtal-Osterzgebirge, als der erste Anruf kam. Er stöhnte. Nicht schon wieder! Warum konnten diese verdammten Kletterer nicht montags bis freitags, während normaler Bürozeiten, abstürzen. Kubitz funkte die verfügbaren Kollegen an, auch die, die Streife irgendwo in der Sächsischen Schweiz fuhren. Dann rief er die Bergwacht an. „Muss es unbedingt das Schrammsteinplateau sein", fragte der Bergsteiger am Telefon. „Sicher, ein schöner Platz, um zu sterben, aber nicht der Beste, um zu bergen." Es folgte der übliche

Disput über die Kostenübernahme. Bei der Bergung von Toten blieb die Bergwacht nämlich meistens auf ihren Kosten sitzen. Kubitz äußerte sein Verständnis – mehr konnte er sowieso nicht tun – und machte sich auf den Weg. Sportlich wie er war, langte er als einer der ersten Helfer auf dem Plateau an.

Als Erstes drängte Kubitz die Gruppe Wanderer und Touristen zurück, die sich neugierig zusammengeschart hatte. Ein paar Wichtigtuer wollten ‚helfen'. Kubitz kannte das. „Sie helfen mir am besten, wenn sie den Platz hier frei halten", befahl er. Dann zog er ein weißrotes Band, das er weiträumig um die Absturzstelle an Bäumen befestigte oder am Boden mit Steinen beschwerte. Die Touristen gafften zwar, blieben aber an der gezogenen Grenze stehen.

Die Bergwacht, die das Gelände am besten kannte, entschied nach Rücksprache mit ihm, von oben herab zu dem Toten abzusteigen. „Von unten kämen wir vielleicht zu Fuß ran, aber nicht zurück mit einem Toten auf der Bahre", gaben sie zu bedenken.

Zwei Bergsteiger seilten sich nacheinander ab, ein weiterer half Kubitz hinunter. Dort lehnte er sich zunächst an die Felswand und blickte auf den Felsvorsprung mit dem Toten davor. Darauf hatten sich ein paar Krüppelkiefern angesiedelt, eine Birke wuchs aus einem Felsspalt hervor. Dazwischen lag der Tote. Kubitz betrachtete die Fundstelle eine Weile.

Er sah sich um. Die Leiche lag sicher schon einige Zeit hier. Obwohl das Gebiet insgesamt gut zugänglich und von Wanderern gut besucht war, war die Aufprallstelle gut gewählt, wenn jemand die Absicht gehabt haben sollte, sie zu verheimlichen. Kubitz blickte suchend um sich, ob es irgendwelche Indizien gab, die das Geschehen erklärten.

Als erstes fiel ihm eine Wanderkarte auf, die sich in einer kleinen Birke verfangen hatte. Das Papier war feucht vom Morgentau. Kubitz gelang es nicht, sie ordentlich in ihre Falten zu legen. Er steckte sie ein.

Kubitz telefonierte mit seiner Zentrale und gab eine erste Lageeinschätzung durch: Ein Toter, männlich, zwischen vierzig und fünfzig, trägt Pullover und Wanderschuhe. „Keine Jacke? Zu dieser Jahreszeit!" Kubitz stutzte. Ja, merkwürdig. Er beriet sich mit einem der Bergsteiger. „Habt ihr noch was gefunden, eine Jacke vielleicht?" Sie suchten die Stelle im Umkreis von einigen Metern ab. Der Tote lag nah an der Felswand, als sei er eher abgerutscht als gesprungen. Vielleicht waren ihm in letzter Sekunde

Zweifel gekommen. Oder war er gestoßen worden? Kubitz war Polizist, kein Kriminaler, er fühlte sich etwas überfordert. Er blickte auf die Hände des Toten. Dessen rechte Hand hielt ein Stück Ast, den er wohl einer oberhalb aus einer Felsspalte herauswachsenden Kiefer entrissen hatte.

„Hier ist ein Rucksack", tönte es von weiter unten. Während Kubitz über den Toten noch grübelte, suchten die Bergsteiger das Terrain ab. Sie fanden kurz darauf eine Butterdose, eine Thermosflasche und ein Sitzkissen. Kubitz schaute sich noch einmal um. Da entdeckte er die Jacke fast in Augenhöhe. Sie hatte sich in einem Baum verfangen. Mit einem herumliegenden Ast stocherte ein Bergsteiger von unten in der Kiefer herum, bis die Jacke abrutschte und er einen Zipfel fassen konnte.

Kubitz ließ sich die Butterdose geben und öffnete sie. Er rätselte: Da vespert einer seelenruhig, legt das Butterbrotpapier ökologisch korrekt in die Dose zurück, um diese dann über den Felsenrand zu werfen und sich selbst gleich hinterher. Aber: Wirft einer, bevor er sich in den Tod stürzt, seinen Rucksack voraus, seine Jacke, Wanderkarte und so weiter? Wieso packt er das alles nicht ebenfalls korrekt in den Rucksack? Kubitz lehnte sich an die Felswand und dachte ein paar Atemzüge lang nach. Warum sprang der nicht einfach mit seinem Rucksack auf dem Rücken in den Tod? Das alles schien Kubitz zu viel an Merkwürdigkeiten. Über seine Zentrale ließ er sich mit Dresden verbinden, Dezernat Leib und Leben.

Kommissar Peter Lehmann hatte dieses Wochenende Rufbereitschaft. Deshalb erreichte ihn der Anruf im Dresdner Zoo, wo er gerade mit seiner Frau und den beiden Kindern vor dem Affenhaus stand. Er ließ sich die Lage von Kubitz schildern. „Na fein", kommentierte Lehmanns Frau säuerlich, als sie die Fragen ihres Mannes hörte. „Ich hoffe, wir sehen uns wenigstens zum Abendbrot." Damit nahm sie ihre Tochter bei der einen und den Kinderwagen in die andere Hand und ließ ihren telefonierenden Mann stehen.

„Lassen sie alles so, wie es ist", sagte Lehmann. „Wir kommen raus, so schnell es geht. Ich bringe die Spurensuche mit."

Kubitz war erleichtert. Von dem Bergsteiger oben per Seil gesichert, machte er sich wieder an den Aufstieg. Er war jetzt nicht mehr zuständig. Systematisch wurde das Plateau rund um die Absturzstelle abgegrast. Die beiden Spurensucherinnen machten das Felsplateau so sauber, wie es die Bergsteiger kaum je beim alljährlichen Frühjahrsputz hinbekamen. Jede

Zigarettenkippe und jeder Papierschnipsel landete in einem eigenen kleinen Plastiktütchen. An einer Stelle lagen vier einheitlich platt getretene Stummel zusammen in einer Kuhle. Sie wanderten gemeinsam in eine Tüte. Nach etwas mehr als zwei Stunden sahen sich Lehmann und die beiden Frauen an. Sie entschieden, das Nötigste getan zu haben. Die mitgebrachten Alukoffer waren am Ende randvoll.

Es war bereits stockdunkel, als Endermanns Leichnam ins Institut für Rechtsmedizin der Technischen Universität Dresden überführt wurde, wo sein Tod amtlich wurde, jedoch trotz der starken Kopfverletzungen zunächst kein Hinweis auf Fremdeinwirkung festgestellt werden konnte. In seinen Hosentaschen fanden sich ein Schlüsselbund, ein Geldbeutel mit 56 Euro und 23 Cent, Geldkarte, Führerschein und Personalausweis sowie ein korrekt gebügeltes und gefaltetes Stoff-Taschentuch. Routinemäßig wurde der Belag unter seinen Fingernägeln ausgekratzt und zur Labor-Untersuchung gegeben. Seine Kleidung wurde verwahrt, zur späteren weiteren Untersuchung. Anschließend erhielt Frank Endermann eine vorläufige Ruhestätte in einer dunklen und kalten Schublade.

Eine Kommissarin liebt die Elbe

Kriminalhauptkommissarin Hanna Thiel saß an ihrem Schreibtisch in ihrem Büro und blickte aus dem Fenster auf die Elbe, die ruhig durch Dresden floss. Hinter dem Fluss saß majestätisch ruhend der Barock der Dresdner Altstadt. Selbst beim Jahrhunderthochwasser 2002 hatte der Fluss ruhevoll seine hellbraun glänzenden Wassermassen durch das Elbtal geschoben, das ihm damals allerdings zu wenig Platz einräumte, weshalb viele, die zu nah an seinem Ufer gebaut hatten, etwas mehr als nur nasse Füße bekamen. Der Fluss hatte in seiner ruhigen, aber doch recht massiven Art Besitz ergriffen von Stadt und Land und war vollkommen unbeeindruckt geblieben von den Bemühungen der Menschen, die vergeblich versuchten, ihr Hab und Gut vor ihm in Sicherheit zu bringen. Der Fluss hatte alles einverleibt und Tage später völlig verdreckt wieder ausgespuckt. Manches hatte er auf Nimmerwiedersehen mitgenommen. Es waren erstaunlich wenige Menschen darunter gewesen. Die starben während der Zeit eher an Herzinfarkten oder aus Dummheit, weil sie etwa glaubten, ihr Auto aus der bereits vollgelaufenen Tiefgarage retten zu müssen. Hanna war damals in den Katastrophenstab im Innenministerium abgeordnet worden, weil ihre Chefs vermutet hatten, dass die Gelegenheit verlassener Häuser Diebe machen würde. Doch außer dass hier mal ein paar Lederjacken ‚gerettet‘ wurden, die aus einer Boutique davonschwammen oder dort ein Auto der Versicherung gegenüber als untergegangen gemeldet wurde und sich dann auf einem Gebrauchtmarkt in Dippoldiswalde wiederfand, war die Kriminalitätsrate während des Hochwassers niedriger als in Trockenzeiten gewesen. Hanna dachte gerne an diese zehn Tage zurück, in denen sie zwar kaum Schlaf gefunden, aber doch so viel Positives erlebt hatte. So mancher Kotzbrocken von Kollege erwies sich plötzlich als umgänglicher Zeitgenosse. Etliche wuchsen über sich hinaus und wurden zu so etwas wie Helden. Und mancher, so hatte es den Anschein, sehnte sich bis heute nach einer weiteren Katastrophe, um sich erneut beweisen zu können. Das galt ganz besonders für Hannas allerallerobersten Chef. Damals war sein Bild, im scheinbar immer gleichen roten Polohemd mit den großen Schwitzflecken unter den Achseln und den quietschgelben Gummistiefeln an den Füßen, in allen Medien gewesen. Er hatte seitdem, so schien es Hanna, nie wieder so gut ausgesehen.

Tage nach der großen Flut zog der Fluss sich wieder in sein hie und da verschobenes Bett zurück und die Bagger der Flussmeistereien hatten noch jahrelang damit zu tun, die Fahrrinnen der Elbeschiffer wieder gerade zu ziehen. An den Ufern blieb ein braunes, schlammverkrustetes, und zum Teil zerstörtes Land zurück. Am Schlimmsten war es in den Neu-Uferbereichen, wo das Hochwasser Kolke mit kreisenden Wassermassen gebildet hatte. Hier lagerte anschließend meterhoch der Wohlstandsmüll. Und das alles schaffte die Elbe allein durch ruhiges Fließen. Wellen waren nicht ihr Ding. Abgesehen von dem Grauen, das der Fluss damals verbreitet hatte, zollte ihm Hanna dennoch Anerkennung für seine alles dominierende Ruhe. Welche Wellen dagegen schlug ihr Leben immer wieder. Und oft so sinnlose. Sie hätte gerne etwas von diesem ruhigen Fließen der Elbe gehabt, das doch so mächtig sein konnte.

Hanna faltete die Hände hinter dem Kopf zusammen und fuhr sich über den roten Haarschopf. Gerade am zurückliegenden Wochenende hatte sie wieder einmal eine dieser Wellen erlebt, die ihr stets fast den Boden unter den Füßen wegzogen. Sie dachte mit einem inneren Beben an ihr letztes Wochenende, eines der seltenen Treffen mit ihrem Liebhaber. Vor über zwei Jahrzehnten hatten sie sich an der Universität in Berlin kennengelernt und dann lange Zeit aus den Augen verloren. Sie entdeckten sich wieder, als er nach der Wende in Dresden für die Treuhand arbeitete und dort schon bald ein großer Abwickler war. Danach fiel er weich im Münchner Finanzgeschäft. Das Geld und die weitere Karriere veränderten ihn, er wurde mehr und mehr zum arroganten Manager ohne Bodenhaftung. Hanna sah ihn seitdem nur noch selten und sie fragte sich von Mal zu Mal, warum sie nicht endlich Schluss mit ihm machte. Sie passten im Alltag immer weniger zueinander. Doch von ihren gelegentlichen Treffen konnten sie beide nicht lassen. Manchmal erschien es Hanna, als sei es gerade der Abstand, der die Anziehungskraft bewahrte. So war Hanna meistens solo und hatte dennoch eine Beziehung. Dieser konnte sie an diesem Montagmorgen ein wenig nachsinnen, gerade weil das Wochenende mal wieder sehr turbulent gewesen war. Sie durfte sich das Träumen und Nachsinnen erlauben. Letzte Woche hatten sie einen Fall erfolgreich abgeschlossen, sodass sogar ihr Chef, sonst gewohnt, ständig Druck zu machen, erstaunlich handzahm war.

Dirk Vogler, Dezernatsleiter von ‚Leib und Leben‘, und somit Hannas Vorgesetzter, war Mitte Dreißig und damit gut zehn Jahre jünger als sie. Er hatte nach dem DDR-Abitur in der ‚neuen‘ Zeit ein Jurastudium angefangen, war dann aber, ohne das zweite juristische Staatsexamen abzulegen, weil ihm das zu viel Kopfarbeit war, in den Polizeidienst eingetreten. Immerhin war Hanna dankbar, dass sie nicht unter einem dieser mit Westtarif ausgestatteten ehemaligen Leihbeamten dienen musste, die, aus der zweiten und dritten Reihe im Westen stammend, im Osten in trauten Seilschaften ihre versäumte Karriere nachholten und nun mit ihrer versammelten Inkompetenz den nachwachsenden Ostbeamten die oberen Dienstränge versperrten. Das konnte sogar Dirk Vogler noch zum Verhängnis werden, aber er ignorierte diese Bedrohung vorerst und arbeitete zielstrebig an seiner Karriere. Er war das typische Abbild eines smarten, gut aussehenden Karrieristen. Die Haare trug er kurz, blondiert und aufgegelt über einem stets braun gebrannten Gesicht. Dass er sich zu Führungsaufgaben geboren fühlte, demonstrierte er täglich. Dabei ließ er niemanden über seine Mitgliedschaft in Sachsens führender Regierungspartei im Unklaren. Mit seinen Charaktereigenschaften verband sich dies zu einer optimalen Kombination für einen schnellen und reibungslosen Aufstieg.

Hanna fand Vogler rundum widerwärtig, sowohl fachlich als auch menschlich. Das dienstliche Verhältnis der beiden war deshalb von ständigen Spannungen besetzt. Während Vogler mit der Diplomatie einer Schlange fast überall durchkam, stoppte ihn Hanna regelmäßig mit der ihr eigenen Ruppigkeit. Diplomatie war ohnehin nicht ihre Stärke, gerade in Bezug auf die fachliche Kompetenz ihres Chefs. Für Vogler wiederum war Hanna ein renitentes Weibsstück. Denn tatsächlich war Vogler bislang so schnell aufgestiegen, dass er für die profane Ermittlertätigkeit gerade die notwendigsten Grundkenntnisse mitbrachte. Doch war ihr Kräftegleichgewicht insofern ausgeglichen, als Vogler zwar den Chef mimen konnte, fachlich jedoch auf Gedeih und Verderb auf die Berufserfahrung Hannas, der Dienstältesten, und der ihm sonst noch unterstellten Bürogemeinschaft angewiesen war. Das Treten nach unten musste deshalb in aller Vorsicht erfolgen und die politische Ellbogenarbeit um einen der wenigen Aufstiegsposten erforderten den ganzen Mann in ihm, weshalb er, im ständigen Bemühen keinen Fehler zu machen, viel zu wenig Zeit für die Sacharbeit fand.

Wenigstens konnte Vogler sicher sein, dass in seinem Büro niemand an seinem Stuhl sägte, auch Peter Lehmann nicht, der, mit Frau und zwei kleinen Kindern, viel zu sehr Familienmensch war und das war schwierig genug in diesem Job. Dabei bereute Vogler einen Fehler: In einem Anfall von Vertraulichkeit hatte er gleich in der ersten Woche seines Dienstes Hanna und Peter das ‚Du' angeboten. Ein ‚Du Arschloch' klingt eben lange nicht so unfreundlich wie ein ‚Sie Arschloch'. Voglers Zielstrebigkeit war indessen Hannas Trost. Sein Ziel war, Polizeipräsident, Staatssekretär oder gar Innenminister zu werden. Deshalb hoffte sie inständig, dass Voglers Karriereweg besser heute als morgen an ihr vorüberführen würde.

Trotz der ständigen Reibereien mit Vogler war Hanna gerne Kommissarin. Ihr Beruf war alles in allem abwechslungsreich. Sie liebte diese ständige Herausforderung an ihr logisches Denken und das systematische Herangehen an die Fälle. Ihr Verhältnis zu den Kollegen und Kolleginnen war bis auf das zum derzeitigen Chef sehr gut. Da sie ihre Ausbildung und Karriere noch in der DDR gemacht hatte, waren ihrem Aufstieg allerdings natürliche Grenzen gesetzt. Zweimal war sie bereits auf Stasi- und DDR-Vergangenheit geprüft und dennoch – das wusste sie mittlerweile – nie für gut genug für den Höheren Dienst und somit für eine Leitungsfunktion befunden worden. Manchmal, im engsten Kollegenkreis, brachte sie einen zynischen Stolz über ihren EDEKA-Stempel in der Personalakte zum Ausdruck: ‚Ende der Karriere'. Das mochte vielleicht ein Grund gewesen sein, dass ihr Jahr um Jahr eine Kandidatur für den Hauptpersonalrat angetragen wurde, was sie bislang erfolgreich abgewehrt hatte.

Hanna, den Kopf immer noch auf ihre gefalteten Hände gestützt, streckte sich, ins Hohlkreuz gehend, sodass sich der dunkelblaue Pulli über ihrem Busen straffte. Dann entfernte sie ihren Haargummi. Die halblangen braunroten Locken fielen ihr auf die Schultern. Ein geheimnisvolles Lächeln zog über das Gesicht der 45-Jährigen. Die große, sportlich wirkende Frau stand auf und stellte sich vor das Fenster. Hannas leicht rundliches Gesicht zierte eine markante große Nase. Diese drückte sie jetzt an die Scheibe und hinterließ nach einem kurzen Moment in dieser Haltung dort einen Fleck. Hanna ließ durch ihre Erscheinung mit Jeans, Wollpullover und einem stets ungeschminkten Gesicht keinen Zweifel daran, dass sie sehr viel Wert auf Natürlichkeit legte. Abrupt wandte sie sich ab, straffte die Locken mit beiden Händen wieder zusammen und zurrte sie mit dem Haargummi straff.

Ihr Kollege Peter Lehmann beobachtete sie heimlich von seinem Schreibtisch aus. Lehmann, Anfang Dreißig, mittelgroß und schlank, trug zum Missfallen ihres gemeinsamen Chefs die langen blonden Haare zu einem Pferdeschwanz gebunden. Jetzt starrte er Hanna an. Denn sie war bekannt für das Schauspiel, wenn sie den Haargummi abnahm und ihr wallendes Haar mit einer schnellen Verbeugung nach vorne vor ihr Gesicht warf und wieder zurück, um es einerseits zu lockern, danach aber gleich wieder mit allen Fingern zu bändigen und den Haargummi, zwei, drei Schlaufen bildend, möglichst nah am Kopf anzubringen. Kamm oder Bürste schienen ihr fremd zu sein.

„Das muss ja ein tolles Wochenende gewesen sein, so verträumt, wie du aussiehst", riss Peter sie aus ihren Gedanken. Lehmann ahnte mittlerweile, wohin sie ab und an am Wochenende verschwand, da sie fast jedes Mal in ähnlich entrückten Zuständen montags im Büro erschien. Er feixte. Hanna drehte sich abrupt vom Fenster weg und errötete und seufzte tief.

„Wie geht es Frau und Kindern?", versuchte sie abzulenken, konnte sich jedoch ein schallendes, lautes Lachen und damit das Eingeständnis seiner Vermutungen nicht verkneifen. „Masern, Mumps und Röteln gut überstanden?" Nach fünf gemeinsamen Jahren im Büro mit Lehmann, konnte sie ihrem geschätzten und vertrauten Kollegen nichts mehr vormachen. Nur Fragen nach ihrem Privatleben durfte er keine stellen.

Dafür wollte Hanna jetzt von ihm wissen, was es mit den Kisten um ihn herum auf sich hatte, voll mit kleinen Plastiktüten, die Zigarettenkippen enthielten, Kronkorken, Papierschnipsel und anderes. Hanna ließ sich von Lehmanns Wochenendeinsatz berichten.

Peter brauchte einen Moment zum Umschalten.

„Ja", erwiderte er unschlüssig, etwas blöde dreinblickend. Dann hob er die Schultern und gestand: „Ehrlich gesagt, weiß ich noch gar nicht, was ich mit dem Zeug anfangen soll. Es war mehr so eine spontane Sicherungsmaßnahme." Kurz erzählte er ihr von dem Toten im Elbsandsteingebirge.

„Na dann Prost Mahlzeit!", gratulierte Hanna. „Dirk wird begeistert sein. Soviel Aufwand bei einer Selbsttötung. Aber wenigstens ist dir der höchste Orden des Bergsteigerbundes für Sauberkeit im Gebirge sicher."

Lehmann widersprach halbherzig. Er griff nach einer Mappe auf seinem Schreibtisch und reichte sie Hanna. „Lies doch erst mal, was der Kollege Kubitz zu Protokoll gegeben hat. Der hat das in Pirna sofort notiert und mir noch gestern Abend gemailt. Für einen Suizid ist mir das alles zu ungereimt."

Hanna nahm ihm die Mappe ab und klappte sie auf.

„Angehörige?", fragte sie.

„Sohn und Tochter, wohnen beide nicht mehr im Haus. Eine Ex-Frau irgendwo im Westen. Die sind alle bereits benachrichtigt. Vernommen wurden sie noch nicht."

Hanna brummte nur dazu. Sie las das Papier im Stehen.

„Ist ja wirklich seltsam", gestand sie nach einer Minute. „Und was sagt Holger, unser Chemie-Fritze?"

„Bisher noch gar nichts. Er beschäftigt sich", Peter sah auf seine Armbanduhr, „erst seit drei Stunden mit der Leiche."

Wie aufs Stichwort klingelte das Telefon und der Pathologe Dr. Holger Reppe meldete sich. Lehmann drückte die Lautsprechertaste am Telefon, damit Hanna mithören konnte. „Underm Fingernaachel war's ganz schön dregg'sch und wie meisdens sehr inderessand", berichtete Holger. Er habe fremde Hautfetzen gefunden, genug für eine DNA-Analyse. Holger konnte sich gegenüber Peter Lehmann, den er gerne wie einen Jungspund behandelte, nicht eines Kommentars enthalten „Das mit dem Suizid gannsde, saach isch dir, vergess'n. Der is ni von alleene in de Schluchd runder gefalln. Da hat jemand mit dran rumgemährt."

„Die Schlussfolgerungen kannst du uns überlassen", griff Hanna provozierend in das Männergespräch ein. „Wie lange dauert deine Laboruntersuchung?"

„Nu, meene Kleene, für disch mach isch das in zwee Dagn", versetzte Holger und legte auf.

„Kompliment für deinen Riecher", sagte Hanna zu Peter. „Das versetzt unserer erledigungsorientierten Statistik allerdings einen schweren Stoß. Dirk wird traurig sein."

Jetzt setzte sich Hanna endlich hin.

„Was wissen wir noch über diesen...", sie wendete das einzelne Blatt in der Mappe um und suchte nach dem Namen des Toten.

„Frank Endermann", half ihr Peter auf die Sprünge.

„Laut Personalausweis 45 Jahre alt, wohnt in Dresden-Johannstadt, Blumenstraße. Ich habe ihn noch am Sonnabend durch die Datenbanken gejagt. Keine Einträge", fasste Peter seine mageren Erkenntnisse zusammen.

„Sonst noch was am Wochenende?"

„Ich war mit meinen Kindern im Zoo. Aber dann..."

„Nein, ich meine dienstlich."

„In einem Hauseingang in der Alaunstraße wurde ein toter Student aufgesammelt. Sieht nach Überdosis aus."

„Was sagen wir in der Dienstbesprechung? Sollen wir uns die Toten teilen?"

„Ich würde das vom Laborergebnis abhängig machen. Bei dem Toten von den Schrammsteinen können wir immerhin von einem Anfangsverdacht ausgehen. Dem Studenten ging vielleicht Probieren über Studieren."

Hanna hörte gar nicht richtig hin.

„Sag mal, Blumenstraße, das ist doch keine fünfhundert Meter Luftlinie vor hier weg", wandte sie sich jetzt an Peter. „Bist du heute mit dem Rad da? Dann können wir auf den Dienstwagen verzichten und sehen uns nachher gemeinsam in Endermanns Wohnung um." Peter bejahte.

Dirk Vogler saß in einem breiten Ledersessel in einer Ecke seines Zimmers am Fenster und bearbeitete an einem niedrigen Couchtisch mit Schere und Klebestift den täglichen Pressespiegel des Hauses. Offenbar schnitt er alle Artikel aus, in denen sein Name vorkam, und klebte sie in sein persönliches Andenkenalbum ein. Als Hanna und Peter anklopften, schob er ganz schnell den Papierstapel zusammen. Dann sprang er auf, ging um seinen ausladenden Schreibtisch mit angehängtem halbrunden Ansatz für Besprechungen herum und setzte sich dorthin. Hanna nahm gegenüber Platz, Peter setzte sich auf seinen Lieblingsplatz am Fenster und lehnte sich mit dem Oberkörper an die Laibung. Er hielt gerne etwas Abstand zu seinem Chef.

„Erst wochenlang nichts und jetzt zwei Tote auf einmal. Das haben wir selten in Dresden", begann Vogler und straffte sich. „Wenn wir es unter dem Aspekt der schnellen Erledigung sehen, dann müssen beide Fälle ja keine Morde sein, oder?"

Peter und Hanna warfen sich einen wissenden Blick zu. Dirk setzte auf die erledigungsorientierte Abarbeitung von Fällen und weniger auf gesicherte

Aufklärung. Damit war er zwar schon auf die Nase gefallen, doch hielt er unbeirrt an dieser Strategie fest.

„Der Tote in der Neustadt könnte ein klarer Fall sein, aber wir müssen noch auf die Pathologie warten – also noch ein oder zwei Tage. Bis dahin sollten wir das Umfeld des Studenten abklären", sprach Peter Lehmann vom Fenster her.

„Das übernehme ich", verkündete Dirk Vogler bestimmt.

Peter sah überrascht zu Hanna. Die konnte sich ein Grinsen nicht verkneifen. Dirk drängte sich gern nach den einfachen Routinearbeiten, die er per Telefon erledigen konnte.

„Du würdest uns mehr helfen, wenn du ein paar Erkenntnisse von der Drogenfahndung und der örtlichen Polizeidienststelle beisteuerst. Wenn da von weiter oben nachgefragt wird, geht das in der Regel schneller", versuchte Peter den Chef in eine andere Richtung zu lenken.

„Für die Routinearbeiten hast du doch deine Leute", ergänzte Hanna.

„Na gut", gab sich Dirk pikiert, „dann werde ich mal auf meiner Ebene versuchen, die Ermittlungen etwas zu beschleunigen." Gleich war er wieder obenauf. Er schraubte einen edlen Füllfederhalter auseinander und machte sich auf einem Block eine Notiz, als handle es sich um eine diplomatische Note.

„Ich werde dafür sorgen, dass euch die notwendigen Unterlagen so schnell wie möglich zur Verfügung gestellt werden."

„Sehr schön", lobte Hanna. Dabei übersah Dirk, wie sie grinste.

Hanna warf Peter einen auffordernden Blick zu.

„Bei dem Toten aus der Sächsischen Schweiz haben wir einen Anfangsverdacht auf Fremdeinwirkung. Mittwoch erwarten wir weitere Erkenntnisse der Pathologie. Bis dahin ..."

„Ich verstehe", warf Dirk ein. „Bis ich die Berichte zu dem Drogentoten beschafft habe, wollt ihr gemeinsam die eventuelle Mordermittlung angehen. Das sehe ich auch so, schon im Sinne einer zielgerichteten Erledigung."

Hanna und Peter warfen sich wieder einen Blick zu. Sie hatten Dirk genau dahin gebracht, wo sie ihn haben wollten. Für die einfachen Ermittlungen war ihr wenig erfahrener Chef bisweilen ein guter Helfer. Da konnte er sich bedeutend vorkommen. Wahrscheinlich sah er den Zeiger mit den abgearbeiteten Fallzahlen bereits weiter ticken. Das würde seine Abteilung an die Spitze bringen und ihn im Rennen um die begehrten Aufstiegsplätze ein Stück nach vorn.

Dirk Vogler lehnte sich in seinem Stuhl bequem zurück.

„Dann lasst mal hören, was ihr bisher habt."

Peter berichtete, was er zuvor bereits mit Hanna besprochen hatte. Gegen einen Suizid sprächen die persönlichen Gegenstände, die rund um den Toten gefunden wurden und die Jacke, die in einem Baum hing.

Dirk unterbrach: „Vielleicht wollte er sich ja doch umbringen, hatte den Rucksack in der Hand und die Sachen sind unterwegs rausgefallen."

„Und die Karte entfaltete sich und legte sich in eine Birke. Du weißt doch, wie kompliziert Landkarten gefaltet sind. Die gehen nicht komplett auf, wenn man sie 20 Meter weit in die Tiefe fallen lässt", widersprach Peter.

„Wenn es denn überhaupt seine Karte war", hakte Dirk nach.

„Sein Name stand drauf", entgegnete Peter trocken.

Dirk fiel nichts mehr ein. Er sah ein, dass er Peter ausreden lassen musste. Den Bericht auf seinem Schreibtisch hatte er wieder mal nicht gelesen.

„Weiter", forderte er Peter mit einer ungeduldigen Handbewegung auf.

„Selbst wenn das ein Suizid war", fing Peter nochmals an, „dann hat er also, aus welchen Gründen auch immer, erst die Karte, dann die Thermosflasche und so weiter runtergeworfen und als er schon selbst im Straucheln war ..."

Dirk nahm den Faden dankbar auf: „Da kamen ihm Zweifel, er versuchte sich an einer Kiefer festzuhalten, die brach ab, er fiel runter. Und genau so sieht es aus." Siegessicher setzte er sich in Pose.

Hanna hatte die ganze Zeit geschwiegen. Jetzt mischte sie sich ein. „Holger Reppe hat Hautfetzen unter den Fingernägeln des Toten gefunden. Die stammen dann wohl von der Kiefer, die sich wehrte, weil Endermann sie auseinanderreißen wollte."

„Lass deine blöden Witze", entgegnete Dirk scharf. „Wieso erfahre ich das erst jetzt? Was sagt Holger dazu?"

Hannas Stimme bekam einen spitzen Ton. „Wie man auf kriminalpolizeilichen Fortbildungsveranstaltungen lernen kann, benötigt die moderne Labortechnik mindestens 48 Stunden für eine DNA-Analyse. Das Ergebnis erfahren wir also frühestens morgen Abend."

Dirk war sichtlich beleidigt.

„Also, was jetzt?", fragte er ungeduldig nach einer Weile.

Peter hatte noch ein Detail parat. „Wir fanden eine S-Bahn-Tageskarte im Geldbeutel des Toten. Wenn er sich wirklich hätte umbringen wollen, hätte eine einfache Fahrt wohl genügt."

„Pah", machte Dirk spöttisch. „Einen Staatsanwalt könnt ihr damit nicht beeindrucken."

Er sah aber sein Ziel, die Akte möglichst schnell zu schließen, die Elbe runterschwimmen. „Die moderne Psychologie weiß Vieles über Suizidfälle zu berichten, auf die dieser Fall sicher auch passt", wandte er ein.

„Wir sollten zunächst bei den Fakten bleiben, bevor wir deinen Therapeuten hinzuziehen", konnte sich Hanna einen Seitenhieb nicht verkneifen. Bevor Dirk sich empören konnte, sprach sie schnell weiter, wobei sie lauter als üblich wurde. „Hautfetzen und abgebrochene Fingernägel deuten doch auf einen Abwehrkampf hin. Das ist doch klar wie Kloßbrühe, verdammt noch mal." Peter warf Hanna einen warnenden Blick zu. Sie musste sich zusammenreißen, damit ihr nicht die Galle hoch kam bei so viel Ignoranz. Sie atmete tief ein. Peter versuchte es mit einem beruhigenden Lächeln in ihre Richtung: „Ich schlage vor, wir nehmen zunächst Endermanns Umfeld unter die Lupe. Als Erstes sehen wir uns seine Wohnung an und sprechen mit seinen Nachbarn und Angehörigen. Zu zweit sehen wir mehr. Ich würde das deshalb gerne gemeinsam mit Hanna machen. Die Wohnung ist übrigens gleich um die Ecke."

Zur Beruhigung Dirks fügte er hinzu: „Vielleicht finden wir ja dort einen Abschiedsbrief oder andere Hinweise, die eine Suizidvariante stützen."

Hanna folgte der Argumentation ihres Kollegen im Stillen. Sie konnten sich aufeinander verlassen, sowohl im Umgang mit Dirk als auch bei der Bearbeitung ihrer Fälle. Sie sagte deshalb nichts mehr.

Dirk hingegen warf ihr einen tadelnden Blick zu. Das renitente Frauenzimmer hatte wieder einmal jeglichen Respekt vermissen lassen.

„Na gut, lassen wir's für heute", sagte er dann. „Ihr haltet mich aber auf dem Laufenden."

Die Beratung war beendet.

Ein leeres Viereck

Hanna und Peter gingen zuerst in die Kantine. Eine halbe Stunde Mittagspause wurde den sächsischen Bediensteten in jedem Fall von der täglichen Arbeitszeit abgezogen, auch wenn sie durcharbeiteten, wie bei der Polizei üblich. Hanna nahm einen üppigen Teller mit verschiedenen Rohkostsalaten und ergänzte sie mit Kartoffelgratin, Peter wählte das Tagesgericht, Tiegelwurst mit Salzkartoffeln und Sauerkraut. Hanna wand sich angewidert ab, als Peter genüsslich die zerkochten Kartoffeln mit der Gabel in die rot-braune Pampe didschte, wobei ein einheitlicher Brei entstand. Peter grinste sie an und deutete auf ihren Teller. „Ich weiß, du isst keine toten Tiere – aber dafür lebendigen Salat. Solange er grün ist, lebt er doch noch, oder? Schöne Sauerei. Das arme Grünzeug wird bei lebendigem Leib verspeist. Da lob' ich mir doch mein tägliches Stück tote Sau."

Hanna verdrehte die Augen.

Danach schwangen sie sich auf ihre Räder und radelten den Elberadweg elbaufwärts bis zum Anleger der Johannstädter Fähre. Sie wechselten mit der Fähre über. Am Fährgarten waren bereits Tische und Stühle für die Gartensaison aufgestellt, obwohl es noch recht kühl war. Davon unbeeindruckt saßen bereits einige Frischluftfanatiker an den Tischen und erklärten die Biergartensaison für eröffnet.

„Weißt du noch, wie die hier 2002 versucht haben, sich gegen die Flut zu wappnen?", fragte Hanna. Peter erinnerte sich. „Du meinst diesen großen orangefarbenen Schlauch, den sie um den Biergarten gezogen haben. Hat nichts genutzt. Ist aber an sich eine geniale Idee: Ein dicker Wasserschlauch als Sperre gegen Hochwasser."

Die beiden bestiegen wieder ihre Räder, fuhren den mit holprigen Betonplatten belegten Weg hoch zum Käthe-Kollwitz-Ufer, überquerten die Straße und bogen in den Thomas-Müntzer-Platz ein. Kurz darauf standen sie vor dem Haus mit Endermanns Wohnung. Die Eingangstür war offen, es ging wenige Stufen hoch in einen langen Gang mit Briefkästen auf der rechten Seite. Aus einigen lugten Zeitungen und Werbeprospekte hervor. Endermanns Briefkasten schien der vollste von allen zu sein. Hanna blieb

32

unschlüssig davor stehen, den Schlüsselbund in der Hand wiegend. „Später", sagte Peter und zog sie weiter.

Beide zogen Gummihandschuhe an. Hanna fand schnell den richtigen Schlüssel. Hinter der Wohnungstür tat sich eine große, nahezu quadratische Diele auf, groß genug für einen kleinen Abendempfang. Diffuses Licht kam durch die mit geriffeltem Glas versehenen Türen und durch ein vergittertes Fenster mit grünem Glas vom Treppenhaus her. Die Diele und die Türen an allen vier Seiten ließen auf eine große Wohung schließen. „Viel Platz für einen alleinstehenden Mann", bemerkte Hanna.

Die beiden hielten kurz inne. Schon diese Diele verriet, dass hier ein Weitgereister wohnte. An den Wänden zwischen den Türen hingen Bilder, geschnitzte Holzmasken und Wandteppiche aus verschiedenen Ländern. Das einzige Möbelstück war ein großer altdeutscher Schrank, der wohl als Garderobe diente. Daneben stand eine afrikanische Fruchtbarkeitsstatue aus schwarzem Holz. An einem überdimensionierten erigierten Penis hing ein Regenschirm.

Einige Türen zum Flur waren leicht geöffnet. Ein Luftzug war zu spüren. Irgendwo musste ein Fenster offen stehen. „Jemand zu Hause?", rief Peter laut. Er griff kurz entschlossen nach der Klinke der nächsten Tür und betrat den Raum dahinter. Es war ganz offensichtlich Endermanns Büro. „Ich hatte mir den Menschen ordentlicher vorgestellt", bemerkte Peter. Hanna trat hinter ihm hervor und stellte fest. „Sieht mir eher nach ungebetenem Besuch mit großer Neugier aus."

„Oder der Hausherr tobte seine Wut über einen verlorenen Groschen aus", versetzte ihr Kollege.

Hanna ging nicht darauf ein. Der Raum schien intensiv durchwühlt worden zu sein. Bücher und Stapel von Papier lagen am Boden. Ein sauberer viereckiger Fleck auf dem leicht verstaubten Schreibtisch zeigte an, dass hier erst unlängst ein Gegenstand entfernt worden war. Die herumliegenden, verloren wirkenden Anschlusskabel und eine einsame Computermaus umrandeten das Rechteck. Ein Kabel führte zu einem modernen All-in-one-Drucker in einem Bücherregal daneben. Beide Kommissare starrten auf das leere Viereck.

„Vielleicht ist der Computer ja in Reparatur", sinnierte Peter.

„Da stand ein Laptop. Das wette ich."

Hanna trat an die leicht geöffnete Balkontür. Auf den ersten Blick erkannte sie keine Beschädigung. Sie trat auf den Balkon hinaus und überlegte, ob sie sich zutraute, von hier auf den darunter befindlichen überdachten Fahrradständer im Hof zu steigen. Es schien ihr sehr leicht möglich.

Als sie wieder ins Zimmer trat, war Peter fort. Stattdessen vernahm sie seine Stimme aus einem anderen Raum. „Da hat jemand ganz gezielt was gesucht und ist im Arbeitszimmer fündig geworden. In den anderen Zimmern sieht es recht ordentlich aus."

Als er den Satz beendet hatte, stand er wieder im Türrahmen des Arbeitszimmers. „Wir sollten die Spurensicherung kommen lassen und uns hier nicht weiter aufhalten."

Hanna starrte auf den leeren Platz auf dem Schreibtisch. „Was konnte der Wichtiges auf seiner Festplatte haben?"

„Du denkst, hier wurde eingebrochen und der Laptop geklaut?"

„Wonach sieht das deiner Meinung nach aus?", antwortete Hanna mit einer Gegenfrage.

„Vielleicht hat der Einbruch mit seinem Tod zu tun?"

„Dann stehen wir jetzt also in einer handfesten Mordermittlung. Ein Grund mehr, die Spurensicherung anzufordern", sagte Hanna, griff zum Handy und telefonierte.

Das Warten wurde ihnen lang. Vorsichtig sahen sie sich weiter um, darauf bedacht, so wenig wie möglich anzufassen.

Hanna identifizierte Finanzunterlagen, Rechnungen, Zeitungsartikel über Korruption, Softwareanleitungen, Fachliteratur über Erzeugergemeinschaften und Krankenkassenabrechnungen – nichts, was sie auf Anhieb weiterbrachte.

Dann griff sie zu Endermanns Telefon und drückte die Wahlwiederholungstaste. Sie notierte sich die gespeicherten Verbindungsdaten sowohl der gewählten als auch der angenommenen Nummern. Sie drückte die Wiedergabetaste des daneben stehenden Anrufbeantworters.

„Papa, ich bin's. Rufst du mich bitte mal zurück?" Es war eine jugendliche Frauenstimme. Die Datumsangabe des Anrufs lag Monate zurück, der Apparat schien falsch programmiert zu sein.

Ein Anruf derselben Frauenstimme, diesmal drängender.

„Papa! Wo bist du denn die ganze Zeit. Ruf mich doch mal an."

Und noch ein dritter Anruf derselben Stimme, diesmal deutlich besorgt. „Papa, sag mal: Was ist denn los? Ich mach mir langsam Sorgen. Oder hast du eine neue Freundin? Meld dich bitte! An dein Handy gehst du ja auch nicht ran."

„Bürotechnik Lahmann. Herr Endermann, ihre bestellte Druckerpatrone ist hier, sie können sie abholen."

Hanna öffnete die Schreibtischschubladen: Büromaterialien, Kontoauszüge, Briefmarken, Geburtstagskalender, alte Ausweise, Brillenetuis. Kein Abschiedsbrief. Sie wandte sich den Regalen zu, die angefüllt waren mit Fachbüchern über Landwirtschaft, Reiseliteratur und Belletristik, viele Bücher über afrikanische und osteuropäische Länder und ihre Kulturen, auch in Russisch und Englisch. Auffallend war ein halber Regalmeter mit Literatur über Rechtsextremismus in Deutschland.

Hanna ließ ihren Blick durch den Raum schweifen. Ihr fiel nichts Besonderes mehr auf. Sie verließ den Raum und ging den Geräuschen nach, die Peter verursachte. Sie fand ihn im Bad. Er stand vor einem an der Wand hängenden Schränkchen mit Arzneimitteln.

Als Hanna dazukam, zählte er auf. „Husten, Schnupfen, Heiserkeit, Nasentropfen. Hier, das nehm' ich auch, hilft bei Prellungen."

„Keine Psychopharmaka?"

„Se-da-ris-ton", las Peter von einer Packung ab, „klingt gefährlich."

Hanna winkte ab. „Harmlos. So was wie Baldrian. Warst du schon in der Küche? Am Kühlschrank."

„Ja, sieht nicht aus, als ob er sich auf ewig verabschieden wollte."

„Dann lass uns gehen und die Profis ran."

Dann fiel ihr noch etwas ein.

„Sag mal Peter, war bei Endermanns Sachen ein Handy?"

„Liegt in einer Tüte auf meinem Schreibtisch. Wir müssen es uns vom Provider freischalten lassen."

„Genau das sollten wir tun", antwortete Hanna.

Nette Nachbarn

Es klingelte. „Die Spusi ist aber schnell", wunderte sich Peter und öffnete die Eingangstür. Davor stand eine ältere, grauhaarige Frau. „Was machen sie in Endermanns Wohnung? Ich habe sie hier noch nie gesehen", sagte die Frau unwirsch.

„Polizei", antwortete Peter, und hielt der Frau seinen Dienstausweis hin. „Darf ich fragen, wer sie sind."

„Polizei?" Die Frau schien sehr erschreckt. „Was ist mit Frank? Hatte er einen Unfall?"

„Moment, bitte, liebe Frau. Hier stellen wir die Fragen. Noch mal: Wer sind sie?"

Hanna drängelte sich an Peter vorbei und rempelte ihn dabei ein wenig an, zum Zeichen, dass sie das Gespräch weiterführen wolle.

„Mein Name ist Hanna Thiel von der Kriminalpolizei", sagte sie in freundlichem Ton, „und das ist mein Kollege Peter Lehmann. Ich nehme an, sie wohnen auch im Haus."

„Wir sind Nachbarn. Oh Gott, was ist mit Frank? Ist er...?"

Hanna schwieg, machte nur ein ernstes Gesicht. „Er ist beim Wandern in der Sächsischen Schweiz von einem Felsen gestürzt."

„Tot?", fragte die Frau, und ihre Stimme versagte. Die beiden Kriminaler begriffen, dass dies nicht nur eine Hausbewohnerin war. Peter tat es leid, dass er sie so barsch angeredet hatte. „Wo ist denn ihre Wohnung", fragte er nun, wesentlich freundlicher.

„Gleich hier nebenan." Die Frau deutete auf die offene Tür gegenüber der Endermanns. Hanna nahm die Frau vorsichtig am Arm und führte sie in deren Wohnung. „Kommen sie, setzen sie sich, wir würden uns gerne mit ihnen unterhalten."

Die Tür führte in einen winzigen Vorraum mit zwei weiteren, neuen Türen, die in zwei getrennte Wohnungen führte. Im Gegensatz zu Endermanns Wohnung war die Diele nur halb so groß, von einer neuen Wand geteilt. Hanna bedauerte immer, dass man die früher so großzügigen Wohnungen durch die Teilung oft so missgestaltete. Die Frau öffnete eine der Türen. „Kommen sie", bat sie Hanna, „gehen wir ins Wohnzimmer.

Das muss ich erst einmal verdauen." Die Frau schlurfte in ein helles Wohnzimmer mit zwei Fenstern zur Blumenstraße. Sie ließ sich in einem Sessel nieder und fing an zu weinen.

Hanna ließ ihr Zeit. Peter stand betreten in der Wohnzimmertür, bis Hanna ihn mit einer Hand hinausscheuchte. Da zog er sich zurück in Endermanns Wohnung, um auf die Kollegen von der Spurensicherung zu warten.

„Ich kann das nicht fassen. Er war doch die ganzen letzten Wochen hier und hat gearbeitet. Wie kann denn so etwas passieren? Abgestürzt, sagen sie?"

„Ja", sagte Hanna nur. „Wie gut kannten sie Herrn Endermann?", fragte sie.

„Wir wohnen schon seit vielen Jahren Tür an Tür. Ich habe nach seiner Scheidung früher oft auf Georg und Gabi aufgepasst und nach seiner Wohnung gesehen, wenn er unterwegs war."

Hanna schwieg. Sie ließ der Frau Zeit.

„Was war denn das für ein Unfall? Frank kennt doch unsere Berge. Er ist kein Kletterer, er wandert doch nur. Das macht er doch schon viele Jahre."

Hanna ging auf die Frage nicht ein. „Wir wüssten gern mehr über ihn. Bis jetzt wissen wir nur, dass er allein in einer großen Wohnung lebt."

Nach einigen Schneuzern beruhigte sich die Frau etwas.

„Das ist noch nicht lange so. Bis vor einem Jahr war Gabi noch hier. Sie studiert an der TU Dresden Sozialpädagogik. Doch dann zog sie mit ihrem Freund nach Pirna. Georg wohnt auch dort."

„Seine Kinder?"

„Ja", antwortete die Frau. Es klang wie ein Seufzer.

„Ich muss mich entschuldigen, ich habe noch gar nicht nach ihrem Namen gefragt."

„Else Ahlberg. Konrad, mein Mann, ist gerade Einholen. Ich bin nicht mehr so gut zu Fuß. Wir sind schon eine Weile in Rente. Früher waren wir mit Frank oft beim Wandern, auch mit den Kindern. Eine seiner Lieblingstouren, er nannte sie seine Luxustour. Sie führt rund um die Schrammsteine." Else Ahlberg musste lächeln.

„Sie beginnt mit dem gläsernen Fahrstuhl von Bad Schandau auf die Ostrauer Scheibe. Aber heute kann man da am Wochenende ja nicht mehr hin. Da rammeln sie alle hin, und es ist ein furchtbares Gewühle. Und wie die Leute da hinaufsteigen, in Stöckelschuhen!"

Hanna hatte aus ihrem Rucksack, der sie stets begleitete, einen Notizblock hervorgezogen und begann zu schreiben.

„Was für ein Mensch war Herr Endermann?"

„Ein Mann mit Prinzipien. Leider hat er sich selbst nicht immer daran gehalten."

„Seine Ehe wurde geschieden. Das ist doch kein Beinbruch", meinte Hanna.

„Weil er ständig Freundinnen hatte. Wenn er nicht beruflich unterwegs war, dann wegen einem Frauenzimmer. Gerade als Georg seinen Vater am meisten brauchte, war Frank nie da. Mein Mann hat ihm einmal ordentlich die Leviten deshalb gelesen. Damals war Frank nicht erreichbar für so etwas."

„Und später?", fragte Hanna.

„Da war es zu spät", sagte Frau Ahlberg mit einer Bestimmtheit, die anzeigte, dass das Thema für sie erledigt war. Sie sah Hanna direkt an. „Was wird jetzt aus der Wohnung?"

Hanna zuckte die Schultern. Frau Ahlberg seufzte. „Früher habe ich drüben oft nach dem Rechten gesehen. Aber dann hat Frank alle Topfpflanzen abgeschafft. Er wollte mich entlasten. Deshalb habe ich die letzte Zeit nur noch gelüftet und die Post aus dem Briefkasten geholt. Ich habe doch, warten sie mal, letzten Dienstag oder Mittwoch noch mit ihm gesprochen."

„Worüber denn?"

„Ich machte mir Sorgen, weil er so viel arbeitete. Er saß nur noch vor diesem Kasten. Er musste ja immer Berichte schreiben. Aber in der letzten Zeit war er wie besessen. Wir trafen uns im Treppenhaus, und ich wollte ihn zum Kaffee einladen. Aber er sagte, er müsste unbedingt seinen Bericht zu Ende schreiben. Am Wochenende wollte er mit uns Wein trinken."

„Was war das für ein Bericht?"

„Er muss zuletzt in Muldanien schlimme Sachen erlebt haben. Früher hat er oft lustige Anekdoten von seinen Reisen erzählt. Aber diesmal war er sehr grimmig. Er müsste das alles einmal aufschreiben, sagte er. Sonst hätte er keine Ruhe."

„Wissen sie mehr darüber?", fragte Hanna.

„Frank Endermann ist freiberuflicher Berater für landwirtschaftliche Projekte, er arbeitet viel in Afrika und Osteuropa", kam eine männliche Stimme von hinten. „Wieso wollen sie das wissen?" Konrad Ahlberg stand mit zwei Einkaufstaschen, den guten alten aus Dederongewebe, in der Tür und musste erst aufgeklärt werden.

Nachdem er seinen Schrecken verdaut hatte, klärte er Hanna, so weit es ihm möglich war, auf. Endermann hatte vor gut zwanzig Jahren in Halle Landwirtschaft studiert und in der DDR in verschiedenen LPGen halb wissenschaftlich gearbeitet. Er sprach gut Russisch und Englisch. Zuletzt war er in einem Projekt in Muldanien damit beauftragt, die Bauern von den Vorteilen einer Zusammenarbeit bei der Vermarktung ihrer Produkte zu überzeugen. Konrad Ahlberg wunderte sich, dass Frank Endermann in den zurückliegenden Tagen immer noch nächtelang an einem Bericht darüber geschrieben hatte, obwohl sein Auftrag eigentlich schon Wochen zuvor abgeschlossen worden war.

„Was wissen sie denn noch über seine Arbeit? Oder von Kollegen? Hat er Namen genannt?"

„Wir kennen nur einige Vornamen und Nationalitäten. Frank arbeitete ja mit Kollegen aus verschiedenen Ländern. Da hieß es nur der Belgier, der Italiener und der Schwede."

„Gunnar", warf seine Frau ein.

„Stimmt", pflichtete ihr Mann bei. „Der Schwede hieß Gunnar."

Er wandte sich an seine Frau „Weißt du noch andere Namen?"

Sie schüttelte den Kopf. Konrad Ahlberg sprach weiter.

„Das waren ja bei jedem Auftrag andere Leute. Dieses Mal hatte er seinen Auftraggeber, glaube ich, in Bremen. Frank arbeitete stets in wechselnden Kollektiven, oder wie das heute heißt – Teams! Gunnar gehörte zum Muldanienteam. Die beiden waren wohl gut Freund miteinander. Dieser Gunnar sollte ihn hier sogar besuchen. Ich weiß nicht, was daraus geworden ist."

Jetzt hatte auch Herr Ahlberg Tränen in den Augen. Seine Frau fuhr fort.

„Was Franks Beruf angeht, sind wir ihnen sicher keine große Hilfe. Wir haben uns mehr für die Abenteuer interessiert, die Frank im Ausland erlebte. Wissen sie, wir sind ja nicht so viel herumgekommen. Und so weltgewandt wie Frank sind wir auch nicht."

Hanna wechselte das Thema. „Hat sich Endermann in der letzten Zeit verändert? Könnte er Sorgen gehabt haben?"

„Ja, wegen Georg. Aber daran war er selbst Schuld ...", fing Frau Ahlberg an. Ihr Mann fiel ihr ins Wort. „Sie denken daran, ob Frank depressiv gewesen sein könnte. Glauben sie etwa, er hat sich absichtlich vom Felsen gestürzt?"

Hanna äußerte sich diplomatisch. „Wir müssen alle Möglichkeiten in Betracht ziehen."

„Frank war ganz und gar nicht depressiv", versetzte Konrad Ahlberg mit Bestimmtheit. „Er hatte in seinem Beruf in der letzten Zeit Ärger und machte sich Sorgen um eines seiner Kinder – ja. Aber das ist etwas anderes. Wissen sie, wir haben so manche Flasche Wein miteinander geleert. Da kommt man sich näher. Wenn Frank plötzlich Lebensangst bekommen hätte, dann hätten wir das gemerkt."

Hanna zögerte einen Moment, dann begann sie vorsichtig: „Ich will offen zu ihnen sein ..."

Konrad Ahlberg unterbrach sie. „Es war weder Unfall noch Selbstmord, nicht wahr?"

Hanna war überrascht von seinem Einfühlungsvermögen.

„Es sieht ganz danach aus. Außerdem hatte er die letzten Tage ungebetenen Besuch. Es fehlen offenbar Unterlagen aus seinem Arbeitszimmer und der Computer."

„Frank arbeitete grundsätzlich mit so einem kleinen transportablen Gerät."

„Ein Laptop oder Notebook nennt man das", erläuterte Hanna.

„Genau. Das nahm er auch auf seine Reisen mit. Zu Hause hat er nur einen Drucker. Aber – wann soll bei ihm eingebrochen worden sein? Das müssten wir doch gemerkt haben."

„Eben das wüssten wir gerne. Es kann eigentlich nur zwischen Mittwoch letzter Woche und heute gewesen sein."

Frau Ahlberg sprach wie zu sich selbst. „Am Mittwochabend hörte ich nebenan mal kurz Lärm. Es klang, als würde irgendetwas umfallen, ein Regal oder ein Bücherstapel. Nur einmal, dann war es wieder still. Ich dachte, Georg ist vielleicht da und räumt sein Zimmer endgültig aus. Er kann manchmal ziemlich rabiat sein. Ich wollte schon an der Tür läuten, habe es dann aber sein lassen. Georg ist in der letzten Zeit auch für uns ein schwieriger Junge geworden."

Ihr Mann legte ihr eine Hand auf die Schulter. „Der wird schon wieder", sagte er tröstend.

Hanna wechselte das Thema. „Wieso hat Endermann eigentlich diese große Wohnung behalten?"

„Unsere war bis vor ein paar Jahren genauso groß. Dann stimmten wir dem Vermieter zu, sie zu teilen. Wir wollten hier unbedingt wohnen bleiben. Frank dagegen verdiente genug, er konnte sich die Miete leisten."

Seine Frau setzte mit warmer Stimme hinzu „Außerdem hoffte er, dass Georg und Gabi länger blieben. Er hatte Gabi und ihrem Freund sogar angeboten, gemeinsam hier einzuziehen. Aber die jungen Leute wollten ihren eigenen Hausstand gründen. Ist ja auch viel vernünftiger so. Die Jungen müssen irgendwann aus dem Nest. Der arme Frank. Er glaubte wohl, nachholen zu können, was er versäumt hatte, als die Kinder klein waren."

„Haben die Kinder noch Schlüssel?", fragte Hanna.

„Ja. Gabi kommt regelmäßig. Georg nur, wenn sein Vater nicht zu Hause ist."

„Wieso das?" Hanna runzelte die Stirn.

„Beide Kinder haben noch ihre Zimmer hier. Sie leben zwar woanders, aber manchmal haben sie Heimweh. Georg zieht es allerdings vor, seinem Vater nicht zu begegnen. Ein schwieriges Verhältnis ..."

Offenbar wollte seine Frau verhindern, dass ihr Mann weiter sprach. „Ja", ging sie lauter als nötig dazwischen, „das gibt sich wieder. Frank hatte sich wenig um Georg gekümmert, als der Junge ihn brauchte. Wenn der erst mal richtig erwachsen ist, wird er schon merken, dass ..." Frau Ahlberg musste plötzlich wieder weinen. Ihr Mann guckte betreten, legte einen Arm um ihre Schulter. Er sah fragend zu Hanna hin, wie als wollte er wissen, ob es das war.

Hanna trat verlegen von einem Fuß auf den anderen. „Ja, dann danke ich ihnen sehr. Ich geh' dann mal. Sollte ihnen noch etwas einfallen ..."

Sie beendete den Satz nicht, sondern zog stattdessen eine Visitenkarte aus ihrem Rucksack und reichte sie Konrad Ahlberg.

„Also, bis dann", sagte Hanna. Herr Ahlberg nickte ihr freundlich zu, sagte aber nichts. Seine Frau schluchzte an seiner Schulter.

Die Spurensicherer in ihren weißen Raumanzügen waren mittlerweile eingetroffen und drängten Hanna und Peter hinaus. Über einen Zeitplan wollten sie nicht mit sich diskutieren lassen.

„Frühestens morgen erfahrt ihr mehr", mussten sie sich sagen lassen.

Vor dem Haus nahmen Hanna und Peter ihre Fahrräder auf und schoben sie Richtung Elbe. Am Fährgarten blieben sie eine Weile stehen und beratschlagten sich.

„Wir müssen herausfinden, wo Endermann gearbeitet hat und woran", meinte Peter. „Er muss doch in Muldanien einen Auftraggeber gehabt haben. Vielleicht kann der uns weiterhelfen. Dann sollten wir mit seinen Kindern und seiner Ex-Frau sprechen."

„Ich werde Ilse fragen. Die ist im Beratergeschäft tätig. Vielleicht kann sie mir einen Tipp geben", fiel Hanna ein, „am besten, ich radle gleich zu ihr."

Peter nickte. Er wusste, dass Hanna oft ihre Freundin als Ratgeberin hinzuzog.

„Gut. Dann wisch' ich im Büro noch etwas Staub. Wir sehen uns morgen."

Sie verabschiedeten sich. Peter schob sein Rad zum Fähranleger hinunter. Hanna bestieg ihres und fuhr auf dem Radweg elbaufwärts.

Überm Blauen Wunder

Hanna überquerte das Blaue Wunder, radelte drei Kilometer den Fluß entlang, und strampelte dann schnaufend eine kleine steile Straße den Elbhang hinauf. Ilse war ihre beste Freundin seit der Schulzeit. Sie war gelernte Landwirtin und arbeitete, sofern sie Aufträge hatte, als freiberufliche Beraterin für biologischen Landbau. Im Übrigen bewirtschaftete sie ein kleines Gut, einen weitläufigen ehemaligen Weinberg am Elbhang. Gemeinsam mit ihrem Lebengefährten Hans bewohnte sie ein uraltes Winzerhäuschen, das sie beide sich – wie in der DDR üblich – in jahrzehntelanger mühevoller Kleinarbeit hergerichtet hatten. Das ‚Gut' bestand neben dem alten Haus mit dem Weinkeller aus einer wunderbar ungeordneten Mischung aus bunter Wiese, Blumenrabatten, alten und neuen Obstbäumen sowie einer vergessenen Weihnachtsbaumkultur, die mittlerweile zu einem stattlichen Wäldchen herangewachsen war, dazu zwei windschiefen Hütten, einer Gartensauna, mehreren Holzstapeln und Ansammlungen von Töpfen und allerlei Kuriosa, die andere Leute bereits dem Sperrmüll anheim gegeben hatten. Hanna liebte es, in einer zwischen einer Fichte und einem alten Apfelbaum gespannten Hängematte zu liegen und Ilse zuzuschauen, wie diese immer wieder versuchte, kulturelle Schneisen in ihren Urwald zu schlagen. Denn in Ilses Garten wuchs einfach alles – nur nicht das, worauf die Gärtnerin Wert legte. Vor allem, wenn sie in Beratungsfragen einige Tage außer Haus war, übernahmen Löwenzahn und Ampfer sofort das Zepter in den Blumenrabatten.

Fast der gesamte Elbhang zwischen Dresden und Pillnitz war über Jahrhunderte ein Weinberg gewesen, bis in den 1890er Jahren die Reblaus darüber herfiel. Alles musste gerodet und mehr als 30 Jahre liegengelassen werden. Obstplantagen lösten die Weinberge ab. Zum Teil eroberte das gehobene Bürgertum aus der Stadt die besten Weinbergslagen und errichtete darin prächtige Villen. In der DDR kamen einige Datschensiedlungen hinzu. Nur vereinzelt wurde der Hang wieder mit Wein aufgerebt. So entstand ein einzigartiges Biotop aus Großbürgern, Neureichen, Schauspielern, Sängern, Malern, Bildhauern, vereinzelten Winzern, Künstlern und Lebenskünstlern sowie Schrebergärtnern, die, sofern sie sich genügend Raum ließen, einträchtig miteinander lebten. Bis Ende 1989 plärrten die Lautsprecher auf den vorbeifahrenden Schaufelraddampfern in Höhe des Blauen Wunders stets: „Hier leben die Künstler und die Intelligenz." Nach der Wende blieb der Elbhang glücklicherweise weitgehend davon verschont, im Rahmen von vorwiegend westdeutschen Vermarktungsinitiativen mit geschmacklosen Reihenhauswaben im Bausparkassenstil verkleistert zu werden. Einige große Bauklötze mit teuren Eigentumswohnungen waren gerade noch zu verkraften. Hanna war zwar eine Bewunderin des Elbhangs. Doch selbst war sie in einem der Zehn-Geschosser am Straßburger Platz wohnen geblieben. Nur während der Generalsanierung war sie für kurze Zeit umgezogen.

Ilses Hans war Finanzbeamter von Beruf, und zum Ausgleich für seinen Umgang mit staubigen Zahlen und Formularen hatte er sich nicht erst seit der Wende zum Hobbywinzer gemausert. Gemeinsam mit seinen Winzerkolleginnen Rosa und Hedwig bewirtschaftete er im nahen Wachwitz eine kleine steile Rebparzelle und folgte der Bibel, die da verlangt, der Herr möge täglich seinen Weinberg besuchen. Zu dritt schlugen sie Pflöcke ein, zogen Drähte, schnitten und bogen Reben, zwackten überzählige Ranken und Blätter ab, spritzten mit ökologischen Mitteln gegen echten und falschen Mehltau, lockerten regelmäßig die Erde und schützten sie mit gehäckseltem Stroh vor übermäßiger Verdunstung. Im Herbst lasen sie unter Anstellung vieler Freunde die Trauben und schafften sie mit einem alten Wartburg in den Keller im Winzerhaus. Dort pressten sie die Trauben, gossen den Saft in bauchige Glasflaschen und kontrollierten gespannt mehrmals täglich die Gärröhrchen, die Kohlensäure blubbernd anzeigten, wie die Hefe den Most zu Wein vergor. Dann spielten Fässer und Flaschen im Keller tagelang ein herrliches Blubberkonzert. Dann wurde der junge Wein in Fässern und kleinen Stahltanks monatelang gelagert, anschließend gefiltert und letzten Endes in verschiedenste Flaschenformen abgefüllt, wie sie die Freunde eben mitbrachten. Dieser Wein fand indessen kaum zahlende Kunden, weil er schon beim vielen Verkosten, bei rauschenden Keller- und Gartenfesten sowie nicht zuletzt beim alljährlichen Elbhangfest im Juni ausgetrunken wurde. Am wenigsten davon floss durch Ilses Kehle, da sie als überzeugte Vegetarierin jeglichen Alkoholgenuss ablehnte.

So hatten es Hans, Rosa und Hedwig mit den Jahren zu einiger Meisterschaft im Weinmachen gebracht. Der Freundeskreis brachte ihnen zusätzlich Trauben, die in Gärten oder an Hausspalieren wuchsen. Natürlich wollte jeder Rebenbesitzer ‚seinen' Wein extra ausgebaut haben, selbst wenn es nur für eine Handvoll Flaschen reichte. Aus manchen Lieferungen kreierte das Winzertrio ein ums andere Mal gewagtere Cuvés. Da hatte beispielsweise ein weit gereister Zeitgenosse aus Rumänien unbekannte rote Reben mitgebracht und sie an der Sonnenseite seiner alten Bauernscheune bei Wilsdruff gesetzt. So entstand der ‚Wilsdruffer Chianti'. Hanna hatte es sich mit Hans bei dessen erster Verkostung allerdings kurzzeitig verdorben. Sie, die keinen Tropfen Alkohol trank, hatte nur ihre große Nase ins Probierglas gesteckt und ihr Urteil abgegeben: „Wilsdruffer Nordhang, Frühlese. So trocken, dass man ihn in Tüten abfüllen sollte."

Hans brummte erst gefährlich wie ein Bär. Dann zog er sich gemeinsam mit Rosa und Hedwig zurück in den Keller. Durch Mischen von säurehaltigen mit restzuckrigen Weinen und anderen geheimnisvollen Rezepturen, wurden die Säuerlinge angereichert. Danach musste die neue Kreation natürlich wiederum ausgiebig beprobt werden: Vor einer brennenden Kerze auf Farbe, Klarheit und Reinheit, anschließend mit Nase, Zunge und Gaumen auf Bukett, Geschmack und Alkoholgehalt. Letzterer führte dazu, dass die Winzer und Winzerinnen am Ende neben ausgebrannten Kerzenresten über ihren Fässern schnarchten, sodass das ganze Winzerhäuschen darüber erdröhnte.

Hanna stellte ihr Rad an einem Holzstapel ab und trat mit vor Anstrengung hochrotem Kopf auf die große Wiese hinaus, auf der die Krokusse gerade verblühten. Ilse saß mit dem Rücken zu ihr und schien wieder einmal zu graben. Sie hatte Hanna aber kommen hören. Ohne einleitende Begrüßung sagte sie: „Wenn du Lust auf einen Salat hast, ich steche gerade jungen Löwenzahn."

Hanna verzog angewidert den Mund. „Ist der nicht viel zu bitter?"

„Nicht bitterer als der ach so coole Rucola, den du jetzt überall nachgeschmissen bekommst. Außerdem ist Löwenzahn viel gesünder. Ist gut für die Verdauung, gerade das Richtige für Beamte und andere Sesselfurzer."

Hanna ging auf den Seitenhieb nicht ein. Ilse mochte ihr vielleicht das regelmäßige Gehalt im Öffentlichen Dienst neiden, ein ewiger Zwist mit der Freiberuflerin. „Appetit hätte ich schon", antwortete sie diplomatisch.

„Na fein, ich habe noch einen Rest Gemüse-Kartoffelgratin im Ofen. Wie war eigentlich dein Wochenende?"

Die falsche Frage! Hanna würde mit Ilse das letzte Hemd teilen, aber keine Debatte über ihr kompliziertes Liebesleben führen. Ilse war viel zu lebenspraktisch veranlagt, um Hannas höhere Liebesmathematik voller ungelöster Gleichungen zu ergründen. Die beste Freundin seit Schulzeiten kannte nur praktische Lösungen, wie zum Beispiel das ‚therapeutische Holzhacken', das sie so manchen Freunden und Bekannten mit Arbeits-, Liebes- und Seelenleid verschrieb, und zwar mittlerweile so erfolgreich, dass Ilse und Hans kaum mehr selbst für ihren Wintervorrat an Brennholz sorgen mussten. Hanna löste das Rezept bisweilen selbst gern ein – etwa nach fachlichen Auseinandersetzungen mit ihrem Vorgesetzten Dirk Vogler.

Hanna antwortete also wieder nicht, sondern nahm Ilse die Schüssel mit dem Löwenzahn ab, damit diese vor dem Hauseingang ihre Gartenschuhe abstreifen und in die Pantoffel schlüpfen konnte. Darüber hatte Ilse ihre Frage nach Hannas Wochenenderlebnissen vergessen. Ilse war nicht nur eine Seelenverwandte Hannas, sondern wirkte ihrer Freundin auch sonst sehr ähnlich. Die beiden wurden öfters für Schwestern gehalten. Ilse, gleich alt wie Hanna, war nur wenig kleiner als diese, das dicke braune Haar hatte sie mit einem praktischen Kurzhaarschnitt gebändigt, um bei der vielen Gartenarbeit nicht behindert zu werden. Auch sie schien nie etwas anderes zu tragen außer Jeans, ergänzt durch selbst gestrickte Wollpullis und dicke grobe Socken. Nur bei wichtigen dienstlichen Terminen quälte sie sich maulend und zeternd in ein Kostüm. Ilse schien nie in Trägheit zu ruhen, sondern strömte stets Beweglichkeit und arbeitswütige Unruhe aus. Deshalb und auch infolge ihrer konsequent vegetarischen Ernährung war Ilse dünn und drahtig. Die durch regelmäßiges Holzhacken muskulösen Oberarme bildeten dazu einen auffälligen Kontrast.

„Sag mal, du hast doch mal Landwirtschaft studiert und bist Beraterin", fing Hanna vorsichtig an, während die beiden Frauen zur Küche gingen.

„Ach, ermittelst du gerade im Fall einer toten Kuh und suchst jetzt den Schlachter?", versetzte Ilse.

„Lass die Witze", entgegnete Hanna geduldig. Dann fing sie an zu erzählen und Ilse hörte zu, ohne zu unterbrechen. Die Erzählung dauerte an, bis die beiden am gedeckten Tisch vor vollen Tellern mit Auflauf und Löwenzahnsalat saßen.

„Eigentlich ein schöner Tod", war Ilses erster Kommentar.

„Wie bitte?!", entgegnete Hanna entsetzt.

„Na, die Schrammsteine", meinte Ilse, „sind doch einer der schönsten Flecken Erde auf der Welt. Da würde ich auch sterben wollen, wenn's mal so weit ist. Hoffentlich kann ich dann noch kraxeln", meinte sie und stopfte sich eine Gabel voll Löwenzahn in den Mund, weshalb ihre Worte kaum noch zu verstehen waren. „Wie hieß der Knabe noch mal: Entenmann?"

„Endermann", verbesserte Hanna, „Frank. 45, hat in Halle studiert."

„Spezialist für Erzeugergemeinschaften", murmelte Ilse vor sich hin. Hanna staunte. „Das habe ich dir doch gar nicht erzählt. Wie kommst du denn da drauf?"

„Hast du nicht? Woher hab ich's dann? Sag mal, hast du keinen Hunger mehr?"

Ilse deutete auf den Rest Auflauf in der Form. Hanna schob ihren Teller von sich.

„Ich bin pappsatt, ehrlich. Also iss nur, wenn's dir beim Denken hilft."

Ilse kratzte die Reste zusammen und häufte sie auf ihren Teller. Mit vollem Mund nuschelte sie: „Jaja, Frankie-Boy, Sprachgenie, Strebernatur, Frauenschwarm. Mein Typ war er ja nicht. Zwei Semester über mir, er hat Landtechnik studiert und ich Pflanzenbau."

Sie schluckte hörbar.

„Der sprach fließend Russisch und Englisch. Keine Ahnung woher. Ich vermute, er hatte sich die Frau eines russischen Kommandanten geangelt, die etwas Ostkomfort suchte. Aber Englisch? Vielleicht war er Doppelagent der Stasi?"

Ilse kicherte. Es sollte ein Witz sein.

Hanna wurde langsam ungeduldig.

„Ich lach mich gleich tot. Und? Weiter!"

„Der Rest ist schnell erzählt. Nach der Wende wurde sein Betrieb evaluiert."

„Du meinst abgewickelt."

„Das wäre die weniger vornehme Umschreibung. Aber Frank mit seinen Kenntnissen blieb nicht lange arbeitslos. Er hat schnell Kontakte zur westdeutschen Beraterszene gefunden. Mich wundert, dass er seine Wohnung in Dresden behalten hat. Aber in dem Job geht das. Man ist sowieso ständig unterwegs."

‚Höre ich da ein wenig Neid heraus", stichelte Hanna. „Ilse, gib zu, du würdest auch gerne mitmischen in der internationalen Beratungsbranche."

„Nee! Das ist nicht mein Ding. Die Branche hat mir zu viele negative Eigenarten. Da bleibe ich lieber bei meinem kleinen begrenzten Biomarkt. Das wird zwar lausig bezahlt. Aber dafür kann ich mit gutem Gewissen ins Grab steigen. So, Frau Kommissarin, jetzt bist du an der Reihe. Wie lauten deine Fakten?"

„Von seinen Nachbarn weiß ich, dass er zuletzt in einem Projekt in Muldanien gearbeitet hat. In seinem Arbeitszimmer stand viel Fachliteratur. Vor allem fiel mir ein Regalbrett voller Schriften über Rechtsextremismus ins Auge."

„Aus wissenschaftlichem Interesse, nehme ich an. Erstaunt mich irgendwie. Denn ‚mein' Frank Endermann war gänzlich unpolitisch. Den interessierten nur Frauen und seine Karriere."

Mit den Worten nahm Ilse die leeren Teller, stand auf und stellte sie in die Spülmaschine.

Sie drehte sich zu Hanna um und fragte: „Ich nehme an, du nimmst noch einen Espresso."

Hanna nickte heftig. Dann löcherte sie ihre Freundin weiter.

„Komm, erzähl mir noch etwas aus dem Nähkästchen der Branche. Wie funktioniert die Beraterei? Wer macht da mit wem rum?"

Ilse, wie immer, wenn sie sich im Vorteil sah, spannte Hanna auf die Folter. Geschäftig machte sie sich an der Espressomaschine zu schaffen, stellte zwei Tassen auf, klapperte mit Zuckerdose und Löffel. Hanna kannte das Spiel zwar, rutschte aber dennoch ungeduldig auf ihrem Stuhl herum. Um sich abzulenken, stand sie auf, nahm die leere Salatschüssel und die Auflaufform vom Tisch und stellte sie ebenfalls in die Spülmaschine. Dann gesellte sie sich zu Ilse neben die Maschine und gemeinsam sahen sie gespannt zu, wie diese vibrierend brummte, um dann zwei winzige Mengen pechschwarzer Brühe in die Tassen zu träufeln. Obendrauf hatte sich hellbrauner Schaum gebildet.

Nachdem die Maschine ausgetröpfelt hatte, nahm jede ihre Tasse und löffelte zweifach Zucker hinein. Hanna goss sich den üblichen Schuss Milch dazu. Das war ihre Spezialmischung. Schweigend zogen beide mit den Löffeln ihre Kreise. Still einander zuprostend nahm jede einen kleinen Schluck und nach einer Weile noch einen.

Hanna war deutlich espressosüchtig. Dreimal täglich musste sie ihre schwarze Droge zu sich nehmen. Sonst war sie unleidlich und nicht sonderlich leistungsfähig. Deshalb hatte sie selbst im Büro eine exquisite Espressomaschine aufgestellt, die zu ihrem Leidwesen aber auch intensiv von den Kollegen und Kolleginnen genutzt wurde.

„Also", begann Ilse endlich. „Internationale Landwirtschaftsprojekte werden nicht nur von unserer deutschen und vielen anderen Regierungen durchgeführt, sondern seit Ende der Achtzigerjahre auch immer mehr von der Ökonomischen Kommission für Europa. Das ist eine Unterorganisation der Vereinten Nationen. Unsere Regierung hat es geschafft, die sofort nach der Wende nach Bonn zu holen, wer weiß, was die dafür an Gegenleistungen rausgerückt haben, aber mit Sicherheit mehr als die internationale Konkurrenz. Die haben eine Außenstelle, das ist die Internationale Agentur für Entwicklung. Durch sie läuft das ganze Geld für Förderprojekte im ländlichen Raum und vieles mehr. Die kümmern sich auch intensiv um die Entwicklung von Osteuropa nach dem Zusammenbruch des Kommunismus. Diese Agentur ist ein Riesenladen. Nach der Wende hat sie sich wegen der Russischkenntnisse einiger armer Brüder und Schwestern aus dem Osten erbarmt. Ich könnte da den einen oder anderen informellen Mitarbeiter abschöpfen, wenn du willst. Äh, oder wie heißt das heute? Ich könnte mein Netzwerk aktivieren. Zum Beispiel meinen guten alten IM Horst, Horst Bauditz. Nach zehn Jahren kennt der den Laden in- und auswendig."

Hanna stellte ihre Espressotasse scheppernd ab. Sie war begeistert. „Ilse, du bist ein Schatz."

„Macht fünf Euro", entgegnete Ilse trocken. „Oder du hackst nächstes Wochenende einen halben Ster Eiche."

Sie kniff ihrer Freundin in den Oberarm.

„Aber eine schwächelnde Bürokraft wie du schafft ja nur Birke."

Hanna lachte, verabschiedete sich mit einer Umarmung und radelte nach Hause.

AL IV an SP'in

‚AL IV an SP'in' stand handschriftlich auf einem hellblauen Zettel, der auf der schwarzen Vorlegemappe klebte. Diese unter dem rechten Arm geklemmt, betrat der Leiter der Abteilung IV, Dr. Wolfgang Zelltermann, das Büro der Stellvertretenden Präsidentin im 6. Stock der Ökonomischen Kommission für Europa und begrüßte, eine leicht übertrieben gute Laune und eine etwas zu dichte Wolke süßlichen Aftershaves verbreitend, die beiden Sekretärinnen.

„Das blühende Leben", rief er aus, und stürzte zunächst auf Reinhild Bülow zu, einer straffen resoluten Mittfünfzigerin mit angegrautem burschikosem Kurzhaarschnitt, der ungekrönten Vorzimmerlöwin der Ökonomischen Kommission für Europa. „Ein Rechter reicht ihnen seine Linke, sie kommt von Herzen", scherzte der Abteilungsleiter und sandte ein lautes: „Hallo, ich grüße auch sie, schöne Frau von Gegenüber", verbunden mit einer angedeuteten Verbeugung über die beiden Schreibtische hinweg an die zweite Sekretärin, eine jugendliche Brünette, die daraufhin ihren Haarvorhang kurz nach hinten warf und dem Leiter der Abteilung Vier mit einem schüchternen Lächeln, aber ohne Worte, dankte. Daraufhin widmete sie sich sogleich wieder dem Post-Registraturprogramm an ihrem Computer.

Zelltermann grübelte einen Moment, ihr Name wollte ihm nicht einfallen.

„Frau Seege ist seit vier Wochen bei uns, sie kommt vom Statistischen Bundesamt", wurde sie von der Bülowschen vorgestellt. Demnach wären bei der Seege, rechnete Zelltermann im Kopf nach, bereits 15 bis 20 Prozent ihrer Halbwertszeit des Aufenthaltes in der Kommission, besser gesagt, im Vorzimmer der Stellvertretenden Präsidentin, abgelaufen. Die Damen auf diesem Platz blieben selten länger als sechs Monate. Die Bülow, das war bis in die Registratur im Untergeschoss bekannt, biss sie alle weg. Dabei hatte sie seit einem Jahr das Büro der Stellvertretenden Präsidentin, mithin einer Frau, zu bewachen, die sich kaum im Vorzimmer blicken ließ. Ihr Vorgänger dagegen hatte auffallend oft eine von einem ganzen Stapel von Unterschriftenmappen persönlich ins Vorzimmer gebracht, unter dem Vorwand, sie ‚ganz schnell‘ auf den Weg zu bringen, tatsächlich aber, um sich mit einem verstohlenen Blick in den Ausschnitt seiner jeweils zweiten Vorzimmerdame Kraft für die nächsten 20 Unterschriften mit seinem roten Tintenstift zu holen. Bisweilen wurden die Mappen noch ins Büro des Präsidenten weitergereicht, wo sie eventuell noch ein Signum mit grüner Tinte erhielten. Die ellenlangen Mitzeichnungsleisten auf den dazugehörigen Verfügungen hatten in der Regel nur unleserliche Kürzel, versehen mit dem aktuellen Datum. Selbst Abteilungsleiter Dr. Zelltermann signierte in der Regel nur mit einem ‚Dr. Ze‘.

Die Bülow hatte, im Gegensatz zu den meist jungen Kolleginnen, derlei Energiestöße nicht zu bieten, weshalb sie ihrem Faible für Hochgeschlossenes bzw. Rollkragenpullis frönte und ansonsten ihre Eifersucht dadurch befriedigte, indem sie alle halben Jahre das Personalreferat zum Rotieren brachte. Dieses rächte sich stets, indem es Sekretärinnen, eine attraktiver und wohlgeformter als die andere, in das Büro der Hausleitung abordnete. Das Spielchen sorgte in der Kantine und auf den Fluren für so manche Heiterkeit, jedoch nur unter vorgehaltener Hand. Reinhild Bülow hatte bereits drei Kommissionsleitungen ‚überlebt‘ und sich somit den Respekt des gesamten Hauses redlich verdient.

Kopierers Rache

Als Hanna am Morgen den Gang auf ihr Büro zuging, lief sie Dr. Balthasar Laubusch direkt in die Arme. Der kaum 1,60 Meter kleine Mann, der zu erheblicher Korpulenz neigte, stand, wie es kaum anders sein konnte, am Kopiergerät. Er hatte bereits dicke Stapel an Unterlagen vervielfältigt, wie immer, wenn er sich weitgehend allein im Haus wähnte, was aber nur in den Tagesrandlagen der Fall war. Da in seinem Untergeschossbüro kein solches Gerät stand, musste er dazu stets in die oberen Etagen ausweichen.

„Was saachen sie eichentlich zur neuen Gindergartennovelle, die das Sozialministerium dem Landdaach vorgelegt had? Ich saach ihne..." Auch nach mittlerweile mehr als einem Dutzend Jahren in sächsischen Diensten konnte Dr. Laubusch seinen heimatlichen oberfränkischen Dialekt nicht ablegen. Dabei musste der gebürtige Mittelberger – aus Laubuschs Mund klang es wie Middlbärch – jetzt seinen Kopf heben, da Hanna um einiges größer war. Sie bemerkte angewidert, dass die wenigen extrem langen grauen Haarsträhnen wieder einmal mit viel Spucke von links nach rechts quer über den blanken Schädel gelegt worden waren. Der 59-Jährige promovierte Sozialpsychologe gehörte zu jenen bedauernswerten Männern, die nicht glauben wollten, dass es Frauen gab, die Glatze sexy finden und statt dessen mit den alleruntauglichsten Mitteln gegen die Unaufhaltsamkeit der zurückweichenden Kopfbehaarung ankämpften, womit sie sich unweigerlich zu Rittern der traurigen Gestalt machten.

„Ich habe keine Kinder, Herr Dr. Laubusch", versuchte Hanna sich von ihm loszueisen. Doch damit kam sie bei dem vielseitig begabten Beamten nicht durch. „Meinen se etwa iech? Aber iech saach ihne, des wird den Steuerzahler noch enne Schtange Geld koschde, wenn der Landdaach dem Unsinn kein' Einhald setze dud."

Hanna warf einen Blick auf den kopierten Stapel. Landtagsdrucksachen! Wer, zum Teufel, fragte sich Hanna, hatte im Landeskriminalamt je mit dem Landtag zu tun? Auf Laubuschs unablässige Kopiererei von nicht relevanten Themen konnte sie sich keinen Reim machen. Das hatte Hanna mit einer Vielzahl sächsischer Verwaltungsangestellter und Beamter gemein, in dessen Häusern Laubusch bereits gedient hatte. Deshalb war über Dr. Laubusch auf manchen Etagen bereits ein striktes Kopierverbot ausgesprochen worden.

Jetzt setzte der kleine Knubbel Laubusch Hanna den ausgestreckten Zeigefinger auf die Brust. „Ich saach ihne", fing er wieder an. Hanna holte tief Luft. In diesem Moment hatte der Kopierer ein Einsehen mit ihr. Piepend meldete er Papierstau. Dr. Laubusch ließ sofort von Hanna ab und machte sich kundig daran, sämtliche Schuber und Klappen zu öffnen, die das Gerät bot. Es sah aus, als wollte er das Gerät mit den bloßen Händen ausweiden. Hanna atmete erleichtert aus und flüchtete in ihr Büro.

Dr. Laubusch, Doktor der Sozialpsychologie, hoch intelligent, belesen und geschichtlich wie politisch außerordentlich wach, war jedoch leider auch ausgewiesener Experte in allem, was die meisten seiner Gesprächspartner nicht interessierte. Er war eine jener Ausnahmeerscheinungen von Westbürgern, die angeblich bereits kurz vor der Wende in den Osten gewechselt waren. Die Gründe hierfür wurden nie bekannt. Man munkelte, Laubusch habe Dank seiner überragenden Intelligenz die politischen Dammbrüche vorausgeahnt und sich hier besonders gute berufliche Chancen ausgerechnet. Damit schienen die Gerüchtekocher nicht so ganz falsch zu liegen, denn Laubusch war in den ersten Stunden des Verwaltungsumbaus trotz seiner völlig anders gearteten Ausbildung ein begehrter Spezialist geworden und mutierte vom ehemaligen taxifahrenden Dauerdoktoranden im 36. Semester im Westen zum hoch bezahlten Ostbeamten auf Lebenszeit. Mittlerweile hatte er in Ministerbüros wie in Unteren Regionalplanungsbehörden, im Landesamt für Strahlenschutz sowie in der Unteren Wasserbehörde gedient, und sich – wie der Kantinenklatsch wusste – stets in Sachen Kyocera, Konica, Minolta, Sharp, Hewlett Packard und Xerox, also allen Kopierermarken, weitergebildet. Er war stets der Einzige, der blind die Tastenkombinationen für Vergrößern, Verkleinern, doppelseitigen Druck sowie Vorwärts- und Rückwärts-Sortierung, mit und ohne Klammerheftung, fand. Außerdem war sich der ‚Leitende Regierungsdirektor', so sein offizieller Titel, nicht zu schade, persönlich Berge von neuem Kopierpapier, auch über mehrere Etagen, treppauf und treppab zu schleppen, weil er aus undefinierbaren Gründen den elektrischen Aufzügen misstraute. Weil das Servicepersonal wegen eines seiner technisch durchaus sehr versierten Verbesserungsvorschläge an seiner jüngsten Versetzungsstation einmal mehr das Handtuch geworfen hatte, war Dr. Balthasar Laubusch, wie der Buschfunk mutmaßte, in einem Vier-Augen-Gespräch zwischen zwei politischen Beamten zuletzt ins Untergeschoss des Landeskriminalamtes versetzt worden. Niemand wusste, warum er ausgerechnet hier gelandet und was seine Funktion war. Da Dirk Vogler eines der kleineren Dezernate leitete, war Laubusch ihm zugewiesen worden. Vogler hätte die unvermutete Mehrung um eine hoch dotierte Beamtenstelle – höher noch als seine eigene – lieber anders besetzt, am liebsten mit sich selbst. Doch die Entscheidung duldete keinen Widerspruch. Unkündbarkeit erfordert eben bisweilen besondere Personalrochaden.

Dr. Laubusch legte Wert auf seine Herkunft. Nachfragen nach seinem ‚komischen' Dialekt, insbesondere von Einheimischen, beschied er stets mit dem Spruch. „Du sollst Gott für alles danggen, auch für einen Oberfranggen." Hanna sendete jetzt lieber ein stilles Dankgebet an das japanische Kopiergerät.

„Ich fürchte schon heute den Tag, an dem wir zur Todesfallermittlung in unseren eigenen Keller geschickt werden", klagte Hanna statt einer Begrüßung dem verdutzten Kollegen. „Ich sehe schon die Schlagzeile vor mir: Beamter von meterhohen Papierstapeln erschlagen." Jetzt verstand Peter. Grinsend entgegnete er: „Wenn sich nicht vorher ein bis auf die Schaltkreise gequälter Kopierer mit einem Stromschlag rächt."

Hannas erster Blick galt nicht der Akte auf ihrem Schreibtisch, sondern der Aussicht aus dem Fenster. Sie genoss den Blick auf die barocke Dresdner Altstadt mit Semperoper, Schloss, Brühlscher Terrasse, der ‚Zitronenpresse' genannten Kuppel der staatlichen Kunstakademie sowie der Baustelle der Frauenkirche, die allerdings noch von einem folienverpackten Gerüst versteckt war. Was für ein Luxus, dachte Hanna immer wieder aufs Neue, wenn sie inmitten der Arbeit sinnierend aus dem Fenster sah.

Dirk Vogler betrat das Büro, eine Aura hektischer Betriebsamkeit verbreitend. „Ihr habt ja schon wieder die gesamte Spurensicherung ausfliegen lassen. Geht es auch mal mit etwas weniger Aktionismus? Oder gibt es irgendwas Neues in Sachen Schrammsteine", fragte er. „Also, wenn ihr mich fragt: Ich finde das ein bisschen viel Aufwand für einen mutmaßlichen Selbstmörder."

Noch bevor Hanna etwas erwidern konnte, hob er abwehrend die Hand und befahl, bereits auf dem Absatz kehrt machend: „Spar dir das für die

Dienstberatung. Und für heute Abend erwarte ich einen detaillierten Bericht über die Entwicklung der Lage."

Schon hielt er die Klinke in der Hand.

„Die Lage der Dinge entwickelt sich. Sie entwickelt sich prächtig", brummelte Hanna. Peter hielt schnell einen Zeigefinger senkrecht vor den Mund. Sie sollte Dirk nicht provozieren.

Dirk hatte sie offenbar überhört, denn im Hinausgehen sprach er in den Gang hinein: „Mein lieber Herr Dr. Laubusch. Könnten sie bitte mal ihren Lebensdauertest im Kopieren unterbrechen und den beiden Ermittlern bei der Arbeit helfen? Die haben zwei mysteriöse Todesfälle auf dem Tisch. Dazu können sie doch sicher ein Täterprofil rekonstruieren."

Dirk quälte Dr. Laubusch gerne mit seinem kriminaltechnischen Fachchinesisch, das er doch selbst kaum anwenden konnte und noch mehr damit, dass er ihn ständig bedrängte, sich der kriminalistischen Facharbeit zu widmen. „Bitte nicht", flüsterte Hanna, nur für Peter hörbar. „Da überlege ich mir lieber einen tonnenschweren Kopierauftrag."

Hanna konnte sich vorstellen, wie Dr. Laubusch gerade aufgeregt seine Kopierberge zusammen raffte und in seinen Keller trug, wo ihn Vogler hoffentlich bald wieder vergaß. Sie hoffte, er würde Dirks Aufforderung nicht ernst nehmen. Ein promovierter Sozialpsychologe als Kriminalassistent – das war momentan das letzte, was sie beide brauchten. Außerdem hatten sie bereits Jacqueline Kuntze.

Die rauschte gerade in das Büro und füllte ihn mit ihrer Fröhlichkeit aus. Sie marschierte als Erstes auf Hanna zu und plusterte sich vor ihr auf.

„Wo bisdn du? Was machsdn du? Mir arbeidn hier wie die Kapuddn und du machsd wieder Fahrrad-Duurn." Hanna wehrte lachend ab.

„Ich mache keine Fahrradtouren – ich ermittle."

Die junge Frau wechselte den Dialekt „Ich hab am Freitag deine Espressomaschine geputzt. Ich sage dir: Eine elende Sauerei. Da saß ja der Schimmel drin." Lange hielt sie es im Hochdeutschen jedoch nicht aus. „Nee, weesde, da bleib'sch ega bei meim Kräuder-Dee."

„Du bist ein Schatz, Jaki", bedankte sich Hanna lachend. „Ich werd die Kollegen", sie warf einen Seitenblick auf Peter, „darauf hinweisen, dass dies keine selbstreinigende Maschine ist."

Hanna hatte ein Problem mit Frau Kuntzes Vornamen. Mit ihren 29 Jahren gehörte sie einer DDR-Generation an, die von den Eltern, die, wenn sie schon nicht reisen durften, ihre Kinder wenigstens auf möglichst fremdländisch klingende Namen tauften. Französisch war vor rund drei Jahrzehnten schwer „in" gewesen – nur mit der Aussprache haperte es. Dass das End-E vieler französischer Verben meistens stimmlos ist, wer wusste das schon. So wurde es gerade zum Trotz ausgesprochen, in Sachsen oft als deutlich prononciertes „Ä." Hanna schüttelte es jedes Mal, wenn beispielsweise Peter laut nach „Schackelin-ä" rief. Deshalb führte Hanna das ‚Jaki' ein, zumal diese Kurzform phonetisch bedeutend attraktiver klang. Jaki oder Schackeline war ein quirliges Ding mit dunkelblonden, knapp schulterlangen Haaren, die sie aber meist als neckischen Pferdeschwanz trug. Das hüpfende Haarbüschel war ihr Markenzeichen, ebenso wie ihre Fröhlichkeit. Zudem war sie eine tapfere und zupackende Sächsin mit einem Händchen für Recherchen in den verschiedensten, der Polizei zugänglichen Datenbanken, gleich ob AFIS, AZR, BZR, COD, DIEBSTAHLDATEI, EUCARIS, DISPOL, FARS, FINAS, GOLEM, HAFTDATEI, KAN, KBA, LISA, NADIS, PIOS, PISA, RAKK, SIS, SPUDOK, SSD oder ZEVIS – kurzum, ein Glücksfall für Dirk, Hanna und Peter.

Jaki ließ sich in ihrem Mitteilungsdrang nicht bremsen. „Also, deine Telefonnummern von dem toten Endermann sind ziemlich uninteressant. Die beiden Kinder, die Ex-Frau, ein Computershop, Arzttermin, aber kein Psychiater, sondern ein Chiropraktiker, die DREWAG – nichts was euch weiterhelfen könnte. Bei den angekommenen Anrufen war es ungefähr das gleiche Spektrum."

Jaki musste Atem holen. Die Pause nutzte Peter für einen Zwischenruf. „Holger hat den Drogentoten von der Neustadt beschnippelt. Das Chrystal scheint mit irgendwas gestreckt worden zu sein."

„Tja", meinte Hanna, „dann soll er doch mal alle Register ziehen. Hat er noch was zu den Hautpartikeln unter Endermanns Fingernagel gesagt?" Peter war etwas kurz angebunden. „Hat er. Gestern. Du warst dabei. Die DNA-Analyse bekommen wir frühestens heute Abend. Die Spurensuche in Endermanns Wohnung wurde gestern spät Abend abgeschlossen. Da liegt auch noch nichts vor. Auf alle Fälle waren mehrere Leute in der Wohnung. Wir bräuchten als Ausschlusskriterien die Fingerabdrücke seiner beiden Kinder. Die vom toten Endermann haben wir. Damit du weißt, was du heute zu tun hast."

„Ja, ich habe verstanden", antwortete Hanna. „Was haltet ihr von einer Pressemitteilung, in der wir nach Verdächtigen suchen, die Endermann vom Felsen gestürzt haben. Wann war das jetzt eigentlich?"

„Holger meint, dass muss gegen Mittwochmittag gewesen sein."

Jaki, nicht mehr im Mittelpunkt, zog eine Schnute, wandte sich ab und marschierte laut auftretend zur Bürotür. Hanna rief ihr nach. „Jaki, kannst du dich mit dem Pressesprecher in Verbindung setzen? Der soll einen Dreizeiler verfassen. Der Tote ist bitte ein 45-jähriger Dresdner. Beschreib' sein Aussehen, aber lass' Name und Beruf weg. Bitte keine weiteren Details. Wir suchen eventuelle Zeugen. Die Pressestelle soll das vor allem an die Lokalredaktionen in der Sächsischen Schweiz geben."

Jaki nickte wortlos und ging in ihr Zimmer zurück.

„Peter, wir müssen uns die Arbeit teilen, also wer sich um welchen Fall kümmert. Lass uns das selbst entscheiden und Dirk vorschlagen, denn sonst entscheidet er wieder an uns vorbei."

„Mir wär' der Fall Endermann eigentlich lieber", begann Peter.

Hanna stöhnte: „Das hab' ich befürchtet."

Peter sagte einen Atemzug lang nichts. Dann: „Also gut, dann kümmere ich mich weiter um den Junkie."

„Danke", sagte Hanna. „Ich will nicht schon wieder in die Junkieszene der Dresdner Neustadt und die tschechische Crystal-Szene eintauchen und irgendwelche Dealer hochnehmen. Sag mal, Peter, hast du gar keine Angst um deine beiden Mädels? Aber die sind wohl noch zu klein für so was."

Peter schüttelte den Kopf. Das war für ihn kein Thema. Er meinte nur: „Morgen bei Dirk solltest du allerdings ein paar Fakten haben. Mich beschleicht das Gefühl, dass er den Fall Endermann immer noch als Selbstmord zu den Akten legen will."

Hanna nickte. „Wissen wir eigentlich schon, wer der Drogentote ist?"

Peter klappte eine Akte auf und las daraus vor. „Paul Koch, 23, Student, geboren in Döbeln. Die Eltern sind benachrichtigt."

„Dann lass uns das nachher mit Dirk klären. Was mich betrifft, ich denke, ich werde heute Nachmittag eines der beiden Endermannschen Kinder aufsuchen. Dann lass uns nachher gleich zu Dirk gehen, denn bis ich zurückkomme, ist es zu spät."

Hanna rief im Internet-Browser ihres Computers eine Suchmaschine auf und gab ‚Internationale Agentur für Entwicklung' ein. Die Agentur war tatsächlich weltweit aktiv, wie Hanna feststellte. Sie stöberte auf der Website etwas herum. Sie fand ein Projekt zur ‚Förderung des ländlichen Raumes‘ in Muldanien. Es waren einige wenige Sätze über sein Ziel angeführt. Die Angaben erwiesen sich als ein mehrere Jahre altes Dokument und waren ziemlich mager. Der Informationsstand der Internationalen Agentur über ihre zahlreichen Projekte war insgesamt sehr unterschiedlich. Manche Projektbeschreibungen waren ausführlich bis puristisch oder veraltet. Merkwürdig, diese Unterschiede, fand Hanna.

Der verlorene Sohn

Am Nachmittag beschloss Hanna, Endermanns Sohn Georg zu vernehmen. Sie vermutete ihn auf seiner Arbeitsstelle. Die Kollegen hatten ihr die Alte Mälzerei in der Straße des 17. Juni aufgeschrieben. Hanna wunderte sich, was es in diesem Gebäude noch zu arbeiten gab. Der Betrieb war seit der Wende stillgelegt und verfiel langsam. Die Straße des 17. Juni lag an der Grenze von Leuben zu Niedersedlitz, direkt an der Bahnlinie. Hanna entschied sich, durch den Großen Garten und entlang der Winterbergstraße zu radeln – quer durch die Stadt gab es zu wenig Radwege. Der große Garten war trotz des Umwegs eine erfreuliche Abwechslung. Bei schiebendem Wind von West brauchte sie kaum mehr als eine halbe Stunde.

Hanna war schon länger nicht mehr in dieser Gegend gewesen. Halb erwartete sie, von dem würzigen Malzgeruch der vormaligen VEB Vereinigte Malzwerke Dresden empfangen zu werden. Bei gelegentlichen Besuchen von Freunden in diesem Stadtteil hatte sie sich früher davon gerne in der Nase kitzeln lassen, um ein Vielfaches lieber als die eklige Duftnote des Papierwerkes einige Kilometer weiter Richtung Pirna einzuatmen, woran sich Hanna mit Grausen erinnerte. Doch das Malzwerk war bereits im Herbst 1990 von der Treuhand geschlossen worden. Seitdem moderten die drei großen Gebäudeteile vor sich hin. Hanna erkannte das Ensemble bereits von Weitem an den besonders dicken Schornsteinen, die über den Dächern thronten. Birken hatten sich im Mauerwerk festgewachsen. Doch dann erschrak sie. Da stand ein riesiger, fast bedrohlich wirkender grauschwarzer Klotz, in den Dächern klafften Löcher, umwuchert von Unkraut auf den Freiflächen ringsum. Putz war von den Wänden gebröckelt, die Fenster waren zumeist eingeschlagen. Im Erdgeschoss waren sie weitgehend zugemauert, um das Gebäude vor dem Einstieg von Vandalen zu schützen. Der Zaun rundherum war geschlossen. Nur am heruntergekommenen Pförtnerhaus war ein Tor. Dahinter stand ein BMW ältester Bauart. Auf der Heckscheibe prangte ein großes, schon stark verblichenes Fanlogo der Band ‚Böhse Onkelz'. Es schien aus den Zeiten der rechtslastigen Vergangenheit der Band zu stammen. Das Vorhängeschloss am nur angelehnten Tor war offen. Hanna schob einen Türflügel gerade so weit hinter, dass sie eintreten konnte. Sie stellte ihr Rad hinter das Pförtnerhaus und trat auf die unheimlichen Gebäude zu. Rechts von ihr erkannte sie in etwa fünf Metern Höhe einen verwaschenen roten Schriftzug. Hanna musste grinsen, als sie den Gruß aus alter Zeit las ‚Kämpfe mit uns für den Frieden‘.

Links von ihr erhob sich eine fast 30 Meter hohe fensterlose Hauswand, kurz vorm Giebel gekrönt von einem schmalen Balkon. Hanna wohnte selbst im siebten Stock eines Hochhauses und nutzte den Balkon nur zum Wäschetrocknen. Sie sah nicht gerne so weit nach unten. Auf diesen Balkon würde sie niemals freiwillig hinaustreten. Vor der Wand stand ein großer verbeulter Metall-Container. Weiter hinten hörte sie metallischen Lärm. Hanna ging den Geräuschen nach. Sie trat unter eine Art Brücke, die zwei große Gebäudeteile miteinander verband. Da kam ihr ein stoppelbärtiger Mann im blauen Drillich mit schwarzer Zipfelmütze auf dem Kopf entgegen. In den behandschuhten Händen trug er Eisenrohre, die er offenbar in den Container werfen wollte.

„He, haben sie das Schild da draußen nicht gesehen?“, blaffte er sie sofort an. Hanna griff in ihrem Rucksack nach dem Dienstausweis. Den hielt sie dem Mann vor die Nase.

„Ach so“, lenkte er mit einem Blick darauf sofort ein. „Moment, ich bin gleich da.“

Er ging an Hanna vorbei und warf die Metallrohre scheppernd in den Container. Dann wandte er sich an Hanna, die ihn begleitet hatte. Er lupfte seine Zipfelmütze und zupfte sich die Stöpsel, deren Kabel in seiner Jacke verschwanden, aus den Ohren. Hanna hörte knisternd wabernde Geräusche und etwas wie männliches Gebrüll sowie ein hektisch hämmerndes Schlagzeug.

„Entschuldigen sie, wenn ich sie angeschrien habe. Aber das Gebäude wird gerade entkernt. Ich schneide alle alten Heizungsrohre raus. Ich gucke nicht jedes Mal, wenn ich die aus den Fenstern werfe. Also ‚Lebensgefahr‘ ist wirklich ernst gemeint.“

„Ist schon in Ordnung“, beruhigte ihn Hanna. „Ich suche Georg Endermann. Sind sie das?

„Nein. Hat er was ausgefressen?“

„Ich muss ihn nur etwas fragen.“

Der Mann hatte seine Handschuhe ausgezogen und ein Päckchen f6 aus der Brusttasche seiner Latzhose hervorgekramt. Er hielt Hanna die Zigaretten hin, die schüttelte den Kopf, dann nahm er sich selbst einen Glimmstängel und zündete ihn an. Hanna wartete die Pausen-Zeremonie geduldig ab, bis der Mann den ersten Zug genommen hatte. Sie hatte Verständnis dafür. Sie mochte es auch nicht, wenn ihr beim ersten Schluck Espresso hineingeredet wurde.

„Da haben sie Pech. Den habe ich heute nicht gebraucht. Ich kann ihn nur stundenweise bezahlen. Wir entkernen hier. So viel wirft das Geschäft nicht ab, wissen sie."

„Dabei haben die Stahlpreise doch angezogen", entgegnete Hanna, um das Gespräch in Gang zu halten.

„Richtig. Aber das Geld machen andere. Ich bin bloß Unterauftragnehmer."

„Dann ist wohl Herr Endermann Unterauftragnehmer des Unterauftragnehmers?"

„Des Unterauftragnehmers", ergänzte der Mann, „und jeder will verdienen." Dabei rieb er Daumen und Zeigefinger aneinander.

„Den letzten beißen die Hunde", kommentierte Hanna. „Ich nehme an, Endermann bekommt nicht mehr als zwei Euro fünfzig die Stunde."

„Wenn sie mit mir eine Debatte über den Mindestlohn führen wollen, dann sind sie am Falschen. Georg hat nichts gelernt. Ich gebe ihm eine Aufgabe, damit er nicht auf der Straße rumsitzt und auf dumme Gedanken kommt. So sieht's aus. Ihm reicht es fürs Leben. Also, den Georg finden sie heute zu Hause, in Pirna."

„Danke", sagte Hanna, „ich kenne seine Adresse."

Der Arbeiter hatte seine Zigarette erst halb geraucht, trotzdem ließ er sie jetzt auf den Boden fallen und drückte sie mit einer Drehung der rechten Fußspitze platt. Dann steckte er die Ohrstöpsel wieder ein und ging grußlos davon.

Hannas Absicht war mal wieder fehlgeschlagen, unangemeldet bei ihrer Klientel aufzutauchen. Doch das gehörte zum Job. Sie liebte den Überraschungseffekt. Die erste Reaktion auf ihren Besuch bei Verdächtigen oder Zeugen war ihr wichtig. Das konnte bisweilen ein Puzzleteil sein, das sie der Auflösung eines Verbrechens näher brachte.

Hanna griff sich ihr Fahrrad und schob es wieder auf die Straße. Sie sah auf die Uhr. 14.30 Uhr. Sie kannte nur die Fahrtzeiten der S 1 am Hauptbahnhof – jeweils zur halben und vollen Stunde. Am Haltepunkt Niedersedlitz müsste die nächste Bahn nach Pirna in etwa zehn Minuten sein. Das war zu schaffen, entschied sie und radelte los.

Im Pirnaer Bahnhof verließ sie kurz danach die Bahn, unterquerte den Bahndamm und radelte an der Elbe entlang bis auf Höhe der Stadtmitte. Hier verengte sich der Uferstreifen, der Radweg näherte sich dem Fluss. Der hohe Bahndamm engte den Uferstreifen ein. Daneben gab es nur noch einen schmalen Grünstreifen, der sanft in eine Sandbank zur Elbe überging. Auf diesem Grünstreifen an einer Tischtennisplatte lagerte eine Gruppe junger Menschen. Etliche trugen bunte Igelfrisuren und waren mit Ketten und buntem Gelumpe behängt. Wiewohl aus dem Alter um einige Jahre entwachsen, bewunderte Hanna die bunten Stacheln auf den Köpfen der Jugendlichen. Sie überlegte, ob sie aus ihrem langen Haar auch solche Igel bauen könnte – und sei es nur für eines der zahlreichen Feste in Ilses Weinkeller. Sie überlegte ernsthaft, das nächste Mal einen Punk mit dieser Aufgabe zu betrauen. Sie war vom Rad gestiegen und schob es nun, um die Haartracht der Jugendlichen näher begutachten zu können.

Die Elbestrandpunks hielten Bier- und Weinflaschen in den Händen und schienen davon schon einiges genossen zu haben. Manche hingen und lagen mehr über der Tischtennisplatte, ihrem Treffpunkt.

„Mensch, wo bleiben denn die Nazis heute“, hörte sie einen rufen, „die sind doch sonst immer pünktlich zum Kloppen da.“ Zwei andere um ihn lachten und prosteten sich mit ihren Bierflaschen zu. Hanna grinste. Was ihr sonst eher bedrohlich vorkam schien hier den Charakter eines eher sportlichen Wettkampfes zu haben.

Hanna liebte Pirna, das Tor zur Sächsischen Schweiz, mit seinem mittelalterlichen Charakter und dem etwas morbiden Charme einer leicht verschlafen wirkenden ostdeutschen Kleinstadt, dominiert von einem majestätischen Marktplatz und ehrwürdigen alten Häusern, die in ihren Hinterhöfen grandiose Überraschungen bargen. Über allem thronte das alte Schloss Sonnenstein, dem eine blühendere Zukunft erst noch bevorstand. Besonders liebte sie die alten Sandsteinbecken an vielen Ecken und Hinterhöfen der Stadt, aus denen munter das Wasser plätscherte.

Der junge Endermann wohnte in einem unrenovierten Altbau in der Langen Straße. Die Haustür hing schräg in den Angeln und ließ sich wohl nicht mehr schließen. Hanna untersuchte die Klingelanordnung und stieg die Treppe hoch. Aus einer der beiden Wohnungen in der ersten Etage dröhnte jene Art von Musik, gegen die Hanna eine große Aversion hatte. Sie war irritiert. Hanna stieg ein weiteres Stockwerk und noch eines hoch. Doch nirgends sah sie den Namen Endermann. Außerdem schienen die oberen Etagen gar nicht bewohnt zu sein. Lautes Leben hörte sie nur im ersten Stock. Hanna kehrte dorthin zurück. Sie runzelte die Stirn. War das noch Musik zu nennen, oder nur noch Grölen? Sie läutete lange. Ihr war klar, dass bei dem Geräuschpegel niemand ihr Klingeln hörte. Sie beließ daher den Finger auf dem Klingelknopf, etwa eine Minute lang, bis das Grölstück zu Ende war und eine kurze Lärmpause eintrat. Endlich wurde geöffnet. Ein junger Mann guckte durch den schmal geöffneten Spalt. Auf seinem kahl rasierten Schädel waren Runen tätowiert. Was sie da vor sich hatte, war ihr schlagartig klar. „Ist Georg Endermann zu sprechen?" schrie Hanna gegen den wieder einsetzenden Lärm aus der Wohnung an. Das Gesicht unter der Glatze schaltete auf Abwehr. „Was willste von mir?"

Hanna war erstaunt. „Sie sind Endermann?"

„Was dagegen?!" kam es aggressiv zurück. Hanna fiel es wie Schuppen von den Augen. Na, klar, dass sie da nicht gleich drauf gekommen war. Jetzt konnte sie die Literatursammlung beim toten Frank Endermann zuordnen und auch das seltsame Verhalten der Nachbarn bekam einen Sinn. Der heranwachsende Georg, für den der Vater keine Zeit gehabt hatte, als er ihn am meisten brauchte, hatte sich Ersatzväter gesucht.

Der Glatzkopf in der Tür blaffte Hanna an: „Mutti, hast dich wohl in der Tür geirrt." Er zeigte zur Treppe. „Da geht's lang." Den Handrücken zierte ein dunkles Tattoo.

Hanna ging darüber hinweg. Sie musste lauter schreien als ihr lieb war. Sie musterte den jungen Mann geringschätzig zurück. Sie zückte ihren Ausweis „Kriminalpolizei! Wenn sie nicht etwas freundlicher werden, dann lass' ich in fünf Minuten ihre Wohnung durchsuchen. Was hören sie denn da für einen Dreck? Irgendeine rechte Gruppe, hör ich doch richtig?"

Der Bursche blickte völlig überrascht zuerst auf den Ausweis, dann zu Hanna. Blitzschnell schaltete er auf demütig um.

Er verschwand in der Wohnung und es wurde augenblicklich angenehm still. „Ich möchte mich mit ihnen über ihren Vater unterhalten. Können wir das drinnen machen?"

Er zögerte.

„Ich kann sie nicht reinlassen. Ich hab nicht aufgeräumt. Gehen wir runter. Da ist eine Kneipe."

Aha, dachte Hanna, ein Neonazi, der die Polizei nicht in die Wohnung lässt. Das ist ja interessant. Sie nahm sich vor, bei den Kollegen von der Sonderkommission gegen Extremismus nach der Adresse zu fragen. Hanna konnte sich denken, was hier zu finden war. Vielleicht keine Drogen, aber mindestens die so genannte Schulhof-CD, Reichskriegsflaggen und den einen oder anderen Baseballschläger. Hanna wusste, dass in Pirna erst unlängst Hausdurchsuchungen bei mehr als 50 rechtsgerichteten Jugendlichen vorgenommen worden waren. Sie wurden verdächtigt, vor kurzem nachts am Bahnhof einer Gruppe von Jugendlichen aufgelauert zu haben, die von einem Stadtteilfest in der Dresdner Neustadt nach Hause kamen. Die Rechten schlugen wahllos und sehr brutal auf die heimkehrende Gruppe ein. Es gab etliche Verletzte. Als die Polizei hinzukam, hatten sich die feigen Schlägertrupps längst verlaufen.

Die Kneipe befand sich im Nebenhaus. Georg suchte sich einen Tisch in einer Ecke, setzte sich auf einen Stuhl und wartete, bis auch Hanna saß.

„Und?", fragte Georg sofort.

„Herr Endermann, sie wissen, dass ihr Vater tot ist."

Georg nickte. „Er soll von den Schrammsteinen gesprungen sein."

Hanna horchte auf. „Wie meinen sie das: Er soll? Glauben sie nicht, dass ihr Vater eventuell Selbstmord begangen hat?"

Georg blickte finster drein. „Mein Vater ist ein Scheißkerl. Aber der und sich umbringen? Nee! Aber einfach runterfallen, das kann ich mir nicht vorstellen. Der war zu oft da oben."

„Es müsste also jemand nachgeholfen haben?", fragte Hanna vorsichtig nach.

Als ob er das nicht gerade selbst angedeutet hätte. Hatte er zwar, doch offenbar hatte er nicht zu Ende gedacht. Georg erschrak sichtlich.

Sie machte eine kleine Pause. „Wir ermitteln wegen Mordes."

Georg wurde blass, was man dem rasierten Schädel bestens ansah.

Nervös fing er an, die Hände ineinander zu verknoten. Hanna beobachtete ihn. Sie fragte sich, was das für eine Reaktion sei. Traurig über seines

Vaters Tod war Georg keinesfalls. Also konnte ihm die Art des Todes doch nicht so viel ausmachen.

„Deshalb ist für uns wichtig, mehr über ihren Vater zu erfahren. Insbesondere interessieren wir uns für seinen letzten Auftrag. Wussten sie von dem Muldanienprojekt?"

Georg quälte sich sichtlich mit der Antwort herum. Hanna bohrte weiter. „Die Ahlbergs sagten, dass sie zwar kaum noch mit ihrem Vater geredet haben, aber doch häufig zu Besuch kamen, wenn er nicht zu Hause war."

Georg war das sichtlich unangenehm.

„Sie waren doch ab und zu in der Wohnung. Sie müssen doch wissen, woran ihr Vater gearbeitet hat. Oder hat er ihnen nichts erzählt?"

Georgs Mund schwieg. Dafür waren seine Hände umso beredter.

„Wir haben die Wohnung durchsucht. Es ist die letzten Tage eingebrochen worden. Der Laptop fehlt. Aber sonst wurde nichts mitgenommen. Keine Wertsachen. Jemand hatte es ganz gezielt auf den Computer abgesehen. Können sie sich einen Reim darauf machen?"

Georg knetete weiter seine Finger, dass die Gelenke knackten. Er begann, mit seinen Augen ängstlich den Raum abzusuchen, als wären Häscher hinter ihm her.

Hanna wurde aus seinem Verhalten nicht schlau. Sie bohrte weiter. „Was an der Arbeit ihres Vaters konnte so interessant oder sogar bedrohlich sein, dass man ihn deswegen umbrachte und den Computer verschwinden ließ?"

Hanna war irritiert über Georg Endermanns Verhalten. Es passte nicht zur Situation. Sie hätte erwartet, dass er in einen Redeschwall über seinen verhassten Vater ausbrechen würde, um vielleicht anschließend noch zu heulen, weil ihm der Tod des Vaters doch mehr ausmachte, als er sich selbst zugestehen konnte.

Doch Georg dachte anscheinend über etwas ganz anderes nach. Und das machte ihm schwer zu schaffen. Hanna versuchte es auf direktem Weg. „Dass ihr Vater tot ist, macht ihnen nichts aus. Das sehe ich. Aber die Tatsache, dass er einem Mord zum Opfer gefallen sein könnte, bringt sie völlig aus dem Gleichgewicht."

Es war nichts aus ihm herauszubekommen, er schwieg und war vor Nervosität kaum ansprechbar.

Hanna versuchte so viel Wärme wie möglich in ihre Stimme zu geben. „Wie war ihr Verhältnis zu ihrem Vater? Es war sicher nicht leicht. Wollen sie mir davon erzählen?"

Georg sah zu ihr auf. Ihr Ablenkungsmanöver schien zu funktionieren, er fing an zu reden.

„Er hat sich immer beschwert, wie ich herumlaufe. Er wollte mich und meine Kameraden am liebsten ins Arbeitslager stecken."

„Na ja", meinte Hanna, „so reden Väter eben, die sich Sorgen um ihre Kinder machen."

„Quatsch, Sorgen! Dem war ich doch scheißegal, seit ich auf der Welt bin. Aber die letzte Zeit, da war ich ihm peinlich. Da hat er mir dumme Ratschläge geben wollen, der Scheißkerl."

„Was für Ratschläge?"

„Ich sollte mir endlich eine Arbeit suchen und eine Ausbildung machen. Aber hier gibt's keine Arbeit, kein Geld, kein Garnix. Aber die Ausländer und die Zecken und das ganze rote Gesocks, die kriegen alles in den Arsch geblasen. Er selbst arbeitete doch für die Mafia."

Georg war in seinem Element. Wütend blickte er dabei die Kommissarin an. Die las darin eine Gemengelage aus Hass und Neid, Minderwertigkeitsgefühlen und Angst.

Hanna hakte interessiert nach. „Wieso Mafia?"

„Das hat er selbst mal gesagt. ‚Ich arbeite für die muldanische Mafia' hat er gesagt."

„Und das haben sie geglaubt?"

„Wenn er's doch selber gesagt hat."

„Da haben sie ihn sicher missverstanden."

„Er hat es aber gesagt", wiederholte Georg wie ein trotziges Kind.

„Was könnte er denn ihrer Meinung nach damit gemeint haben?"

„Das haben wir nicht diskutiert. Mich hat der doch sowieso nie ernst genommen. Vielleicht wollte er mich auch nur verarschen. Der hat mich doch sowieso immer nur verarscht."

Georg war laut geworden. Hanna hob beschwichtigend eine Hand.

„Ist ja gut", sagte sie begütigend. Georg wechselte jetzt in einen fast weinerlichen Ton.

„Der hat mich doch nie für voll genommen, wie schon immer, während meiner ganzen Kindheit. Ich wollte bloß nett zu ihm sein und fragen, was er da macht, weil er doch die ganze Zeit an seinem Laptop saß und wie ein Irrer auf die Tastatur einhämmerte. Wie besessen. Da hat er gesagt ‚Ich arbeite für die muldanische Mafia.' Dabei hat er mich gar nicht angesehen und hat weiter auf die Tastatur eingehackt."

Dann schrie er los. „Dem war ich doch scheißegal." Die Kellnerin drehte sich nach den beiden Gästen um.

Georg machte eine Pause. „Reden mit meinem Vater war schwierig. Seine Frauen und seine Arbeit waren ihm immer wichtiger als ich. An mir hat er nie etwas Gutes gefunden."

„Und da sind sie zu ihren braunen Horden gegangen, und haben gehetzt, dass man ihrem Alten mal eine gehörige Abreibung erteilen müsste und jetzt fürchten sie, dass einer ihrer braunen Genossen ein Mörder ist?" Das war zwar etwas abstrus, fand Hanna, aber sie konnte es ja mal versuchen. Georg schaute wütend hoch und schnappte nach Luft. „Was soll ich?"

Jetzt war Georg richtig wütend. Wenigstens mal eine ehrliche, authentische Reaktion, dachte sie. Wären da nicht die Glatze und die eintätowierten Runen gewesen, wäre Hanna dem Impuls gefolgt und hätte dem verlorenen Sohn beruhigend die Hand auf die Schulter gelegt. Georg tat ihr leid. Dabei musste sie sich in Erinnerung rufen, dass ihr hier kein 16- sondern ein 19-Jähriger gegenübersaß, der eigentlich alt genug war, um sein Schicksal selbst in die Hand zu nehmen und nicht herumzuheulen. Hanna wartete einen Moment ab. Dann versuchte sie es erneut.

„Sie haben also mit ihrem Vater kaum noch geredet?"

„Na ja. Er hat es in letzter Zeit probiert. Aber der redete auf mich ein, als wäre ich ein kleines Kind. Der Idiot."

Georg hatte die meiste Zeit auf den Boden vor sich geblickt und seine Hände geknotet. Jetzt blickte er Hanna offen ins Gesicht. Hanna verspürte in diesem Moment wieder Mitleid mit ihm.

„Wie oft waren sie bei ihrem Vater in den letzten Monaten? Was wissen sie über seine Arbeit, außer das mit der Mafia?"

Georg antwortete nicht.

„Muldanien", setzte Hanna nach. „Was wissen sie über Muldanien?"

„Liegt am Schwarzen Meer."

Georg hatte offensichtlich keine Lust, Hannas Frage zu beantworten. Sie wechselte erneut das Thema.

„Sie haben doch einen Schlüssel für die Wohnung in der Blumenstraße?"

„Ja und? Hat mir mein Vater selbst gegeben."

„Waren sie auch dort, wenn ihr Vater nicht zu Hause war?"

„Manchmal. Ich habe noch Sachen dort."

Neugierig sah er Hanna entgegen. Worauf wollte sie hinaus?

„Können sie mit Computern umgehen?"

„Logo. Ich hab' schon professionell Websites gebastelt. Aber der Betrieb, bei dem ich in der Lehre war, hat mich rausgeschmissen. Danach hatte ich keine Lust mehr."

„Rausgeschmissen? Sie waren denen wohl nicht deutsch genug: Fleißig, strebsam und pünktlich."

Georg machte Anstalten, aufzustehen.

Schnell setzte sie hinzu: „Was hatte ihr Vater für einen Laptop?"

„Einen Toshiba. Nichts besonderes, Spiele hatte er keine drauf. Für ihn war das nur ein Arbeitsgerät."

„Kennen sie sein Passwort?", fragte Hanna weiter. Georg hatte sich wieder hingesetzt.

„Wozu? Das Teil war doch AEG."

Hanna guckte verwundert.

Ausnahmsweise grinste jetzt Georg einmal. „Auspacken, Einschalten, Geht nicht. Aufklappen, anfangen, aufhören, zuklappen. So arbeitete mein Vater."

„Das können sie eigentlich nur wissen, wenn sie mal dran waren."

„Ja und?" Georg wurde wieder heftig. „War doch nur sein langweiliges Gelaber drauf, ellenlange Tabellen, Berechnungen und so Zeugs."

„Das können sie doch nur beurteilen, wenn sie es mit eigenen Augen gesehen haben. Sie waren also dran. Wann das letzte Mal?"

„Das ist Jahre her. Da hat mich das mal interessiert. War aber nichts Interessantes dabei. Was soll die blöde Fragerei?"

„Mensch, Herr Endermann!" Jetzt wurde Hanna laut. „Ihr Vater wurde umgebracht, sein Laptop gestohlen, wahrscheinlich von dem oder denen, der oder die ihn umgebracht haben. Also: Was denken sie, in welcher Richtung ich da ermittle?"

Georg glotzte sie blöde an, erwiderte aber nichts darauf.

„Ich frage mich, was ihr Vater auf seinem Laptop hatte. Ist das so schwer zu begreifen? Also, noch mal: Wann haben sie das Ding das letzte Mal in die Hand genommen?"

Georg sah wieder auf seine Finger.

„Kann mich nicht erinnern. Sicher schon eine Weile her."

„Sie können mir also nicht sagen, woran ihr Vater zuletzt gearbeitet hat?"

„Nein." Georg brüllte das Wort regelrecht heraus. „Und jetzt lassen sie mich gefälligst in Ruhe."

Hanna wechselte das Thema.

„Was machen sie eigentlich beruflich? Wovon leben sie, wenn sie nicht gerade stundenweise Heizungsrohre in der Mälzerei abschrauben. Das ist doch nichts auf Dauer."

Ruckzuck hatte Georg wieder sein Nazikostüm an. „Das geht sie nichts an. Ich bin ein ordentlicher Deutscher, und ich diene unserem Vaterland. Allerdings etwas anders, als sie sich das vorstellen. Sie in ihrem kapitalistischen System, sie haben ja keine Ahnung von den Sorgen des Volks. Sie sind ja etabliert. Was wissen sie schon von der Realität. Wir Jugendlichen haben keine Arbeit, weil wir eine Überfremdung haben. Die Ausländer nehmen uns die Arbeitsplätze weg. Also, was glauben sie wohl, womit hier ein aufrechter Deutscher in diesem beschissenen System Geld verdienen kann?"

Hanna hatte sich zurückgelehnt und den Redeschwall an sich vorüberziehen lassen. Das wollte sie aber doch nicht unkommentiert stehen lassen.

„Es gibt doch hier nur zwei Prozent Ausländer. Von wegen Überfremdung. Seltsamerweise finden die hiesigen Bauern keine aufrechten Deutschen wie sie, die ihren Spargel und Erdbeeren ernten und das, obwohl wir eine Arbeitslosenquote von über zwölf Prozent haben. Ohne die fleißigen Ausländer würde alles auf den Feldern verrotten. Und zum Dank zünden ihre rechten Freunde dann auch noch die Unterkünfte der Erntehelfer an."

Hanna beugte sich nun wütend vor: „Diese dummen Phrasen, die ihnen von ihren rechtsextremen Vordenkern vorgekaut werden. Denken sie doch mal über diesen Unsinn nach und lassen sie ihr auswendig gelerntes Geschwätz. Beantworten sie einfach meine Frage."

Jetzt wurde Georg richtig wütend. „Es gibt hier keine Ausbildungsplätze für Jugendliche, das wissen sie doch. Was soll dann ihre blöde Fragerei?"

„Und wovon leben sie?"

„Das geht sie einen Scheißdreck an. Ich lebe. Basta."

Hanna blieb ruhig und pokerte. „Tja, dann kann ich sie momentan aus dem Kreis der Tatverdächtigen nicht ausschließen. Und wenn sie nicht etwas auskunftsfreudiger werden, muss ich leider etwas förmlicher werden und meine Kollegen hinzuziehen. Ich bekomme es heraus. Dauert nur etwas länger und wird vielleicht etwas Wirbel verursachen."

Georg wurde schlagartig handzahm. „Ich bekomme ab und zu von meiner Kameradschaft Aufträge."

„Von deren Geld?"

„Das geht sie nun wirklich nichts an. Ich arbeite für meine Kameradschaft und die bezahlt mich dafür."

„Und dazwischen beantragen sie Stütze."

Der Satz Hannas war eher eine Feststellung als eine Frage.

„Und ihr Vater?"

Georg flippte vollends aus. „Glauben sie etwa, dass der mir was gegeben hätte? Für den war ich ein Nichtsnutz. Ich musste immer betteln. Der hat nie freiwillig was rausgerückt."

„Ist ja schon gut", lenkte Hanna ein. Sie merkte, so kam sie nicht weiter. Fürs erste hatte sie genug erfahren.

„Eines kann ich ihnen allerdings nicht ersparen. Um die Fingerabdrücke in der Wohnung ihres Vaters auseinanderzusortieren, brauch ich ihre. Sie sollten morgen bei uns vorbeikommen. Außerdem benötige ich einige ihrer Aussagen schriftlich. Wenden sie sich an meine Assistentin, Frau Kuntze."

Hanna benötigte außer seinen Fingerabdrücken nichts. Aber sie hoffte, Georg nochmals ausquetschen zu können.

„Muss das sein?", fragte Georg Endermann unwillig.

„Ja, das muss sein. Oder wollen sie mit Blaulicht und Tatütata abgeholt werden. Das wird ihren Freunden sicher gefallen."

Georg fiel in sich zusammen. Hanna legte ihre Visitenkarte auf den Tisch.

„Es ist wirklich nur eine Formalität", lenkte sie begütigend ein.

Sie stand auf. Georg schien zu überlegen. Dann griff er nach der Karte und steckte sie ein. Er stand ebenfalls auf.

„In Ordnung, ich komme."

Hanna verabschiedete sich. Gemeinsam verließen sie das Lokal. Georg glotzte, als sie nach ihrem Rad griff. Er beobachtete, wie sie das Schloss öffnete. Hanna bemerkte sein Erstaunen.

„Was denn, noch nie eine Frau mit Fahrrad gesehen? Auch damit kann man Verbrecher jagen." Sprach's und stieg auf und drehte sich nochmals um.

„Und außerdem wirft man damit sein Geld nicht in den Rachen der Öl-multis. Die steigern jedes Jahr ihre Milliardengewinne in Größenord-nungen und verarschen dann die Welt damit, dass sie keine Gewinne am Sprit machen."

Hanna drehte eine Runde und radelte zurück. Um nicht ganz Pirna zu unterhalten, fuhr sie dicht an Georg heran. „Das müsste doch den Nazis gefallen, die Ölmultis sind ja auch alles Ausländer; böse Ausländer, die den Deutschen das Geld aus der Tasche ziehen, vor allem ihnen und ihren rechten Freunden. Ja, da habe ich doch gleich die Lösung für euch: ‚Nazis fahr'n Fahrrad'! Das wär' doch eine gute Kampagne für ihre Kamerad-schaft. Oder ‚Kauft keinen ausländischen Sprit'. Eigentlich müssten sie mir dankbar sein für die Idee. Das bringt ihre Kameraden unglaublich weiter."

Im Abdrehen rief sie über die Schulter zurück: „Übrigens, wenn sie heute noch keine Bewegung hatten: Die Elbestrand-Punks warten seit Stunden auf das tägliche Fitnesstraining. Sie sollten sich beeilen, sonst ist alles ge-laufen."

Dann trat sie in die Pedale. Ein irritierter Glatzkopf blickte der Radlerin hinterher.

Kaum befand sich Hanna wieder auf dem Radweg, als ihr der Westwind kräftig entgegenblies. Außerdem dämmerte es bereits. Nein, dazu hatte sie heute keine Lust mehr. Sie drehte ab und wählte den Weg zum Bahn-hof.

Hühnerhirse und Giersch

Am Bahnhof Dresden-Strehlen stieg sie aus und radelte quer durch den Großen Garten. Der Straßenlärm verstummte, sie tauchte ein in die Stille des großen majestätischen Parks.

Als sie, das Palais linkerhand, auf die südliche Hauptallee traf, auf der bereits Scharen von Skatern ihre abendlichen Trainingsrunden drehten, musste sie nicht lange überlegen. Zu Hause im Plattenbau in der Johannstadt wartete nicht viel auf sie. Sie entschied sich für Ilse und den Elbhang.

Sie überquerte die Hauptallee am Palais und überholte drei ältere Herren, die, leicht gebückt und die Hände hinterm Rücken verschränkt, in langsamer Gangart schlendernd, offenbar eingehend die Weltlage besprachen, während sich ihre wohlgenährten Hunde daneben sichtlich langweilten. Vorsichtig, auf die Vierbeiner achtend, radelte Hanna an der Gruppe vorbei. Doch die beiden kleinen weißen Terrier und ein mittelgroßer Pudel waren zu fett und satt. Sie interessierten sich nicht für Radlerinnenbeine. Der kurze Anstieg den Elbhang hinauf sorgte wie immer für eine gute Betriebstemperatur. Kurz vor dem Ziel wurde es Hanna zu viel, Gang für Gang herunter zu schalten, um letztlich wie wild zu strampeln, um auch nicht schneller als ein Fußgänger zu sein. Die letzten 50 Meter schob sie das Rad.

Schnaufend, schwitzend und mit hochrotem Kopf kam Hanna im Garten an, über den sich gerade Dunkelheit zu legen begann. Ilse zupfte im Restlicht des Tages in einem ihrer zahlreichen Blumenbeete herum. Der Sandboden war für die passionierte Gärtnerin eine schiere Strafe – nicht sonderlich fruchtbar, aber doch reich an unerwünschten Kräutern und Bewuchs, die ihren geliebten Blumen den Platz streitig machten. So war sie jede freie Minute damit beschäftigt, die ungebetenen Gäste des Gartens zu verweisen. Ilse, kaum aus dem Haus, setzte deshalb stets einen intensiven ‚Suchblick‘ auf, den sie ständig über ihre Beete schweifen ließ. Denn langsam aber sicher fielen die unerwünschten grünen Gartenbewohner, wie etwa der Giersch, zu jederzeit wieder ein. Da Ilse beruflich bisweilen tagelang unterwegs war, galt nach jedem Heimkommen der erste Griff der Harke. Wenn es ihren Freunden beim Kaffeeklatsch in der

Gartenlaube nicht gelang, sie mit Gesprächen festzunageln, gingen Ilses Augen auf Streife. Und wehe, das Gesprächsthema war nicht spannend genug. Dann konnte sie mitten im Gespräch aufstehen und mit Zupfen anfangen. Erdschwarze Hände und ebensolche Flecken an den Hosen waren ihr Markenzeichen. Außerdem kamen ihr bei der Gartenarbeit die besten Ideen. Behauptete sie. Mitmenschen, denen sie ihr Ohr leihen sollte, mussten sich deshalb prüfen lassen, sich neben sie knien und eine möglicherweise teure Haute Couture mit Grasflecken verzieren.

Hanna hätte sich am liebsten auf die Bank gesetzt. Doch die Distanz zur in einem Beet hockenden Ilse wäre für ein intimes Gespräch zu weit gewesen. Seufzend stellte sie ihr Rad an einen Holzstapel und stapfte quer über die Wiese. Dann ließ sie sich so nieder, dass sie gerade noch auf einem Zipfel ihrer Jacke sitzen konnte, die sie wegen der Frühjahrskühle nicht ausziehen wollte. Trotzdem würde sie morgen eine frische Hose anziehen müssen.

Obwohl Hanna Ilses Gartenrituale nun schon seit Jahren kannte, war ihr der Ordnungssinn kein bisschen klarer geworden. Was Ilse da zupfte, schien ihr genau so grün wie das, was sie stehen ließ. Und schon wieder hatte Hanna zu laut gedacht. Denn Ilse begann professoral zu erläutern. „Das hier ist Hühnerhirse." Sie hielt Hanna ein Stück Gras vor die Augen. Hanna machte nur „Hmm", hoffend, dass die Vorlesung bald zu Ende ging. Ilse machte jedoch unbeirrt weiter. „Das Zeug breitet sich in Windeseile aus, ist sehr dominant. Die muss raus aus den Blumenbeeten." Und schon wühlte sie wieder mit der Hand in der Erde. Ihre Finger gruben sich hinein, um dann kräftig an etwas zu ziehen. Eine lange weißliche Wurzel kam zum Vorschein. „Das ist der Giersch. Der holt sich in diesem Sandboden mit seinen Wurzelverzweigungen jeden Quadratzentimeter, den er kriegen kann. Deshalb muss er raus."

„Warum lässt du den Giersch nicht gegen die Hühnerhirse antreten?", fragte Hanna unvermittelt.

„Hä?" Ilse blieb sichtlich die Spucke weg. „Na ja", meinte Hanna, „wenn zwei sich streiten, freut sich doch der Dritte. Dann gewinnen vielleicht die Gänseblümchen. Oder was soll denn hier übrig bleiben?" Sie deutete auf das Beet.

Ilse schüttelte den Kopf. So viel gärtnerischer Unverstand war ihr noch nicht untergekommen.

Hanna merkte, dass sie ins Fettnäpfchen getreten war. Eingedenk früherer Vorlesungen, versuchte sie es mit einer versöhnlichen Frage: „Ist das jetzt eigentlich ein- oder zweiblättriges Keimstadium?"

„Ha, ha", machte Ilse beleidigt. Doch dann sah sie auf und grinste ihre Freundin an.

„Ich nehme an, du hast Hunger. Hans müsste gleich ..."

„Hallo, ihr beiden", rief Hans vom Weg her, wo er gerade von seinem Rad abstieg. Beide Frauen freuten sich sichtlich über seine Einmischung und grüßten erfreut zurück.

„Der Hoyerswerdaer Zoo muss einige Tiere abgeben", begann Hans. „Ich dachte mir, ich könnte ihm vielleicht einen Leguan abnehmen. Was hältst du davon?", fragte er, an seine Gefährtin gewandt. „Wir hätten damit bei Sonja einen Stein im Brett."

Sonja, eine gute Freundin des Hauses, überwachte beruflich den illegalen Handel mit geschützten Tierarten. Sie machte Kontrollbesuche bei Schildkrötenzüchtern und Haltern von Würgeschlangen und Brillenkaimanen. Bisweilen suchte sie ein artgerechtes neues Zuhause für Boas, die ihren Besitzern zu groß geworden waren und diese zu erwürgen drohten. Hans, Hobby-Zoologe und spezieller Freund der Kleinen Hufeisennase, einer Fledermausart, der er seit Jahren vergeblich im Elbtal nachspürte, beratschlagte sich gerne mit ihr.

„Ein grüner Leguan", wiederholte Hans nochmals, mit Begeisterung in der Stimme. „Stell dir doch nur mal vor, wenn wir den in unserem Weinkeller halten. Das wäre doch eine Attraktion beim Elbhangfest!"

„Da steht er dann herum wie ein Ölgötze", stellte Ilse trocken fest.

„Wenn mich meine mageren Kenntnisse in Zoologie nicht trügen, sind Leguane wechselwarme Tiere. In deinem kalten Keller würde der seinen Stoffwechsel auf Null runterfahren und sich keinen Zentimeter mehr bewegen. Ich glaube kaum, dass Sonja das unter artgerechter Haltung versteht. Der ist eher was für den Kachelofen."

Sofort schlug sie die Hand vor den Mund. Was als Witz gemeint war, ließ bei Hans die Augen leuchten.

„Keine schlechte Idee", meinte er. „Auf alle Fälle braucht er ein Terrarium, möglichst aus Glas. Das kann man ja heizen. Dann wäre er doch was für den Keller."

„Wie groß sind denn Leguane?" fiel Hanna ein.

„Na ich denke, ein wenig größer als unsere größten Salamander", mutmaßte Ilse.

„Hm", machte Hans.

„Dann verstehe ich nicht, warum der Zoo sie loswerden will. Die Heizkosten können es nicht sein."

Hans räusperte sich. Beide Frauen sahen zu ihm hin.

„Es ist doch eine Platzfrage", sagte er leise.

Beide Frauen sahen ihn erstaunt an.

„Das Tier, um das es geht, ist über einen Meter lang und soll noch größer werden."

Ilse tippte sich an die Stirn.

„Und so ein Vieh willst du uns ins Haus holen?"

„Aber denk doch mal: Die Attraktion!"

Ilse wiegte den Kopf.

„Eine Attraktion wäre es schon", bemerkte sie nachdenklich.

Hanna mischte sich ein.

„Und hilft vielleicht im Kampf gegen Hühnerhirse und Giersch." Sie hob die Schultern und winkte mit dem Kopf in das üppige Grün. „Das Vieh könnte den Giersch und die Hühnerhirse abweiden."

Ilse und Hans sahen sie erstaunt an. Ilse schüttelte den Kopf. Sie wollte den Einwand nicht kommentieren.

„Jetzt kommt rein. Essen."

Jedes Jahr zum Elbhangfest am letzten Juniwochenende wurde der Weinkeller geöffnet. Doch da er etwas abseits des Haupttrubels lag, mussten sich Hans und Ilse immer wieder neue Attraktionen einfallen lassen. Insofern konnte Ilse sich der Idee nicht entziehen. Ein grüner Leguan würde sicher grandiose Umsatzsteigerungen bewirken. Denn bislang hatten die Feste gerade mal so die Kosten gedeckt, und das auch nur, weil zahlreiche Freunde in Küche und Keller ohne Gegenleistung halfen.

Hans wandte sich an Hanna.

„Auch wenn du heute deine grüne Uniform nicht anhast: Was sagst du zu meiner Idee?"

Bevor sie antworten konnte, legte er nach. „In ‚Brehms Tierleben' habe ich gelesen, dass Leguane ein sehr intimes Verhältnis zu ihren Betreuern entwickeln und sie vor Freude anspringen. Stell dir das mal vor: Der Leguan sitzt auf einem Balken, ich stell mich drunter und rufe ‚Allez hopp!'"

Hanna ging ernstlich darauf ein.

„Ich war mal in einem Praktikum bei einer Diensthundestaffel. Da sind die Schäferhunde ihren Betreuern in die ausgebreiteten Arme gesprungen. Als ich das probieren wollte, nietete mich der Hund um und schleckte mir anschließend vor Freude das Gesicht ab. Dein Leguan dürfte kaum leichter als ein ausgewachsener Schäferhund sein. Bevor du das Kunststück übst, solltest du in deinem Amt regelmäßig Akten stemmen. Fütter' ihn doch stattdessen mit Paprika und lass ihn anschließend Feuer speien. Vielleicht gibt er ja auch Küsschen."

Hans verzog den Mund. „Nee, danke."

Ilse war inzwischen kurz ins Wohnzimmer gegangen und kam mit einem Zoologie-Lehrbuch zurück. „Jetzt mal ganz im Ernst, Freunde: Hier steht, die Viecher werden bis zu zwei Meter lang. Also, Hans, du recherchierst jetzt erst mal, was das für eine Art ist, die du uns da anschleppen willst. Und dann will ich wissen, ob das Tier stubenrein ist. Geht der aufs Kistchen wie Nachbars Katze? Und was machst du, wenn er seine Krallen ausgerechnet an deinem Ziegenledersofa schärfen will?"

Hans erschrak sichtlich. Er gab sich geschlagen. Grummelnd verließ er das Haus. Kurz darauf heulte ein Zweitaktmotor auf. Offenbar probierte Hans die Motorsense aus, die den Winter über unbenutzt im Schuppen gelegen hatte.

Während Ilse die Reste des Abendessens wegpackte, räumte Hanna den Tisch ab. Dabei brachte sie, um nicht wieder auf Hühnerhirse und Giersch zu kommen, das Gespräch auf ihre aktuellen Erlebnisse. Die Begegnung mit dem jungen Endermann fesselte Ilse.

Alte Seilschaften

Hanna war bereits nach Hause geradelt, als Ilse einfiel, dass sie ihrer Freundin noch einen Gefallen schuldig war: Den Kontakt zu ihrem Studienfreund Horst. Der hatte bis zur Wende einem der zahlreichen landwirtschaftlichen Forschungsinstitute angehört, die mit dem Neuaufbau der Wissenschaftslandschaft in den fünf neuen Ländern evaluiert worden war, was im Nachwende-Sprachgebrauch gleichbedeutend war mit Auflösung beziehungsweise Kündigung aller Mitarbeiter. Wegen seiner exzellenten Russisch-Kenntnisse war Horst bei der Internationalen Agentur für Entwicklung in Koblenz gelandet und zog bald darauf in den Westen. Ilses Kontakt zu ihm war dadurch etwas eingeschlafen. Sie hatte das Telefonat mit ihm deshalb hinausgeschoben. Jetzt fasste sie sich ein Herz, griff zum Hörer und wählte Horsts Privatnummer.

Zu Studienzeiten hatte er so wie sie in einem Sechserzimmer im Wohnheim gewohnt und gemeinsam hatten sie sich im Rahmen der begrenzten Möglichkeiten für bessere Wohnbedingungen für Studierende eingesetzt. Den Luxus von Wohngemeinschaften und das auch noch mit Innentoilette wie im Westen hatten sie damals im Osten nicht. Horst und sie gehörten damals zu einer Minderheit im Osten, die damals schon eher individualistisch geprägt waren. Die wenigsten störten sich daran, in Sechser- oder Viererzimmern gemeinsam zu wohnen und auch noch zu lernen. Ilse und Horst fanden dies unerträglich. Ihr von Individualismus getriebener Protest wurde als klassenfeindliche Attacke abgewehrt, der drohte, dem Frieden und Sozialismus in ihrem Lauf zu schaden. Es wurde ihnen deshalb deutlich empfohlen, sich mit aller Kraft ihrem Studium zu widmen, solange sie noch studieren dürften. Diese gemeinsamen Aktivitäten hatten sie verbunden.

„Ach Ilse-Bilse, keiner will 'se", begrüßte Horst sie.

Ilse musste lachen und ergänzte den Spruch: „... kam der Koch, nahm sie doch. Weil sie so gut nach Käse roch."

„Putzt du immer noch Möhren?"

„Wenn du meine Beratungsarbeit zum Thema Bio-Landwirtschaft meinst, dann liegst du richtig."

„Hartes Brot, ich weiß", kommentierte Horst. „Aber wir haben keinen Bedarf."

„Wie bitte?", fragte Ilse.

„Na deswegen rufst du doch an? Aber da bist du zehn Jahre zu spät, Ilse. Wärst du nur damals mit mir mitgekommen. Heute ist alles dicht. Keine Chance. Mein Job ist auch nicht mehr sicher. Mittlerweile reden die auch hier von Evaluierung. Du machst dir keine Vorstellung, wie sich das aufs Betriebsklima auswirkt – diese katzbuckelnde Demut auf den unteren und der Intrigantenstadel auf den oberen Rängen. Und darüber hinweg schwappt eine Welle von Gerüchten und Verdächtigungen nach der anderen."

„Ja, also eigentlich wollte ich nur ...", versuchte Ilse Horsts Redeschwall zu unterbrechen.

„Na klar. Schließlich lese ich die Zeitung: Unsere Ex-LPGen können nur konventionell. Endlich haben sie keinen Mangel mehr an Kunstdünger und Pestiziden und da kommst du und willst denen erzählen, dass es auch ohne geht. Die lachen dich aus. Das haben die doch vierzig Jahre lang zur Genüge ausprobieren dürfen. Wie hoch ist euer Bioanteil mittlerweile? Mehr als ein oder zwei Prozent können es kaum sein. Das vollmundige Versprechen unserer Landwirtschaftsministerin, die Bio-Anbaufläche auf zwanzig Prozent zu bringen – da kannst du bei der derzeitigen Steigerungsrate noch hundert Jahre beraten, stimmt's? Bloß bezahlen will dich keiner dafür."

Horsts Lachen schepperte durch das Telefon.

„Also weißt du Horst, eigentlich ..."

„.. ist es viel schlimmer. Dachte ich mir. Bei uns erst. Die Landwirtschaft ist auf dem absteigenden Ast. Wenn Deutschland Exportweltmeister in Sachen Maschinenbau bleiben will, werden wir im Gegenzug über kurz oder lang die Agrarerzeugnisse aus aller Welt rein lassen müssen, und zwar zu Weltmarktbedingungen. So viele Subventionen, um unseren Landwirten ihre unwirtschaftliche Produktion auszugleichen, gibt es gar nicht. Wir sollten statt dessen jeden Bauern zu Regierungsdirektoren auf Lebenszeit verbeamten und sie anschließend, egal wie alt, in Pension schicken. Das kommt den Steuerzahler allemal billiger. Die leben doch jetzt schon zu 60 Prozent vom Staat. Freizeitparks sind die Zukunft! Denk an den Klimawandel, Ilse. Wir haben eindeutig den falschen Beruf gewählt.

Also, war nett, dass du angerufen hast. Aber ich habe wirklich keinen Job für dich."

„Horst!"

Ilse schrie fast.

„Ich will keinen Job. Ich brauche lediglich ein paar Informationen über deine Agentur. Wenn du mir drei Minuten zuhören würdest."

Horst schnaufte ins Telefon. Er seufzte. „Na gut, zwei."

Es wurden acht.

„Frank Endermann – muss ich den kennen?"

„Könntest du, er war zwei Semester über uns."

Horst überlegte: „Nein. Und der soll für uns gearbeitet haben?"

„Nein, er war freier Mitarbeiter eines Beratungsunternehmens aus Bremen, die einen Auftrag von euch bearbeitete – in Muldanien."

„Muldanien? Da fällt mir nur ein Name ein: Schuster", sagte Horst.

„Na also", pflichtete Hanna ihm bei, „ich wusste, ich kann auf dich zählen."

„Dass du dich da nicht täuschst. Ich kenne Schuster nur dem Namen nach und dass er, wenn es im weitesten Sinn mit Landwirtschaft zu tun hat, unter anderem für Muldanien zuständig ist. Abgesehen davon gilt er als Koryphäe in unserem Haus. Seine Unterabteilung gehört zu den wenigen, die sich nicht über einen Mangel an Fördergeldern beklagen können – auch in Zeiten immer klammer werdender Kassen. Die osteuropäischen Länder sind eben schwer in. Ich Trottel musste mich ja vor acht Jahren auf den Bereich ‚Methodik' umdirigieren lassen. Die Chancen, neue Märkte für internationale Industrieprodukte zu eröffnen, sind in den aufstrebenden Ländern des Ostens einfach größer. Die sollen wir anfüttern – koste es, was es wolle. Schuster hat da einfach den besseren Riecher."

„Das ruft sicher Neider auf den Plan", stichelte Ilse.

„Oder Bewunderer – ganz wie du willst."

„Wie gut kennst du Schuster persönlich?"

„Kann sein, dass wir uns schon mal über den Weg gelaufen sind."

„Na, ein wenig mehr hatte ich mir schon erwartet."

„Ja, was denn", konterte Horst unwillig. „Im Moment ist sich hier jeder selbst der Nächste. Es geht um unsere Jobs. Auch um meinen. Und ich bin in dem Alter, wo ich selbst im goldenen Westen nicht mehr vermittelbar bin. Also, was willst du?"

Horst klang hörbar gereizt.

„Sprich mit meiner Freundin Hanna", sagte Ilse in begütigendem Ton.

„Der Kommissarin? Als Zeuge oder was?"

„Nein. Sie ist momentan am Anfang ihrer Ermittlungen und stochert mit der Stange im Nebel. Sie braucht ein paar grundsätzliche Informationen. Was ist die Internationale Agentur, wie funktioniert sie? Wie laufen die Projekte? Woher kommen die Gelder? Welche Rolle spielen externe Berater?"

„Sag mal, willst du mich etwa als Informellen Mitarbeiter abschöpfen?"

Ohne auf seinen mürrischen Ton zu achten, entgegnete Ilse lachend: „Erraten. Dir winkt der große Vaterländische Verdienstorden zweiter Klasse." Nach kurzer Pause ergänzte sie: „Dieser Endermann wurde wahrscheinlich ermordet. Und Hanna braucht Hintergrundinformationen."

„Du hast sie wohl nicht alle! Wir sind doch nicht mehr in der DDR. Wenn deine Freundin keinen begründeten Anfangsverdacht hat, dann soll sie sich an unsere Pressestelle wenden und eine Broschüre bestellen. Die liegen da herum wie Blei. Oder sie bedient sich im Internet. Unser Auftritt ist zwar nicht der aktuellste, aber die Informationen, die sie braucht, findet sie dort."

„Mensch Horst, um der alten Zeiten willen!"

„Die sind vorbei und ich bin froh darum. Also lass sie in Frieden ruhen. Außerdem habe ich in den nächsten Tagen sowieso keine Zeit. Ich fahr nach Albanien."

„Urlaub?"

„Nein, ich habe zwei Wochen lang Workshops zu neuen Methoden der partizipativen Projektplanung, wenn du weißt, wovon ich rede."

„Ich lebe zwar im Tal der Ahnungslosen, bin aber nicht auf den Kopf gefallen", erwiderte Ilse, leicht angesäuert. „Wann fliegst du?"

„Nächste Woche."

„Dann könntest du doch ...", fing sie nochmals an.

„Nein, kann ich nicht. Bitte, Ilse, lass mich mit dem Unsinn in Ruhe. War nett mit dir zu plaudern. Mach 's gut."

Ehe Ilse noch etwas erwidern konnte, hatte Horst aufgelegt.

Sie war enttäuscht und wütend. Sie drückte die Wiederwahltaste. Doch Horst ließ es läuten. Wahrscheinlich hatte er eines jener modernen Telefone mit einem Display, das die anrufende Nummer anzeigte.

„Mistkerl", fluchte Ilse und legte auf.

Im Kantinendschungel

Tags darauf hatte Horst das Anliegen seiner alten Freundin weitgehend verdrängt. Er steckte mitten in seinen Reisevorbereitungen. Eine Kollegin steckte gegen zwölf Uhr den Kopf herein.

„Gehst du mit Essen?"

Unwillig schüttelte er den Kopf. Eine Stunde später meldete sich der knurrende Magen. Trotz Stress und vollem Schreibtisch machte sich Horst auf den Weg zur Kantine.

An der Essensausgabe war die übliche Schlange, aber offenbar hatte Horst wenigstens insofern den richtigen Zeitpunkt gewählt, als vor und hinter ihm niemand stand, mit dem er Smalltalk führen musste. Innerlich war Horst bereits in Albanien. Ach, wie er es genießen würde, den Büromief hinter sich zu lassen. Dafür nahm er das harte Leben in Albanien gern in Kauf.

Nachdem er sich seinen vollen Teller und einen Pudding als Nachspeise genommen und mit der Chipkarte bezahlt hatte, glitten seine Augen suchend nach einem ruhigen Platz durch die Weiten der Kantine. Seine Augen entdeckten ein ihm bekanntes Gesicht ganz hinten in der Ecke: Julia, eine frühere Kollegin aus seinem Referat. Sie erkannte ihn und winkte ihm auffordernd zu. Horst vergaß seinen Zeitdruck und machte sich mit dem vollen Tablett auf den weiten Weg.

Gar nicht so einfach. Horsts Blick wanderte angestrengt durch den Saal. Die meisten setzten sich möglichst gleich in die Nähe der Essensausgabe. Er sah viele Menschen über ihre Tabletts gebeugt. Ihre Arme bewegten sich systematisch zwischen Teller und Mund. Manche unterbrachen diesen Rhythmus, die Hand mit der vollen Gabel auf halbem Weg ruhen lassend, um mit ihrem Gegenüber Gesprächsfetzen auszutauschen, über Projektanträge, die innerbetriebliche Bürokratie, freiwerdende Führungspositionen, die neue Sekretärin mit dem tiefen Ausschnitt, über das Wetter oder Fußball.

Nein, wie Horst das jetzt hasste, sich diagonal durch die volle Kantine kämpfen zu müssen. Sein Tablett balancierend, versuchte er, sich durch die Ströme von Essen holenden und Geschirr zurückbringenden Bediensteten einen Weg zu bahnen. Ein mühevolles Unterfangen. Wie leicht konnte es passieren, dass einem ein Tablett in den Rücken gerammt wurde und Suppe sowie Hauptgericht samt Sättigungsbeilage und brauner Soße, bunter Salatteller und Pudding sich über unschuldige Mitesser ergossen. An Anzügen und Kostümen glitten dann, je nach individueller Haftreibung, die einzelnen Bestandteile des Kantinenessens herab und sorgten, nach Wasser- und Fettgehalt, für spezielle Muster. Soßen mäanderten über Nylons, Salat verfing sich in Frisuren. Gefäße und Besteck fielen scheppernd zu Boden und erzeugten sich ausbreitende Kreise der Erschütterung. Nach einem gellenden Schreckensschrei folgte augenblickliche Stille im Saal und das Einfrieren jeglichen Gesprächs, nur hie und da unterbrochen von hysterischem Gelächter, das ebenso unvermittelt abbrach. Die gesamte Systematik der kollektiven Nahrungsaufnahme wurde für einen Augenblick unterbrochen. Doch von einer entfernten Ecke aus, wo man das Malheur ohnehin nur akustisch wahrgenommen und in seiner Dramatik nicht begriffen hatte, begann sogleich wieder das Schneiden, Gabeln und Kauen, das Zwitschern und Schwatzen. Und in dieser nun plötzlich wesentlich lauter erscheinenden Geräuschkulisse konnte die nun folgende Aufregung im Zentrum des Taifuns völlig untergehen – dieses hektische Stühlerücken, das Schimpfen, das Sich-Entschuldigen und das sinnlose Abwischen der Kleider.

Horst, als erfahrener Kantinenbesucher sich all dieser Gefahren bewusst, strebte heute dennoch der weit entfernten Fensterreihe zu. Dort wurde er erwartet. Trotzdem waren noch Scharmützel zu befürchten. Man konnte unvermittelt seitlich an einen Tisch herangewunken werden. Zudem waren jene Klippen zu vermeiden, bei denen Horst unvermittelt vor jemandem stand, dem er noch einen Vorgang oder eine Mitzeichnung schuldig war. Das Tablett war dabei als Schild und Trutz nicht zu gebrauchen, da er es weiterhin waagerecht vor Brust oder Bauch halten musste. Da aber ein jeder so ein Tablett trug, ob voller gefüllter oder bereits geleerter Teller, war man wenigstens gefeit, freundschaftlich am Ärmel gezupft zu werden.

Zwei Drittel des Saales waren überwunden und noch war es nicht ausgeschlossen, die Bratensoße auf dem eigenen Tablett zu verteilen. Horst holte deshalb, als müsste er unter einer Flussbrücke hindurch tauchen, tief Luft und hielt sie in der Lunge fest. Nur noch wenige Schritte! Dabei galt es, mit angehaltenem Atem, hier angestrengt an bekannten Gesichtern geradeaus vorbeizublicken und dort einen mit vollem Mund genickten Gruß und den winkenden Ellenbogen, an der Hand ein von Bratensoße triefendes Messer, geflissentlich zu übersehen.

Geschafft! Horst atmete aus wie ein auftauchender Wal und schnappte erneut nach Luft. Jetzt nur schnell dieses Tablett mit der Zentnerlast abstellen, ohne dass der Teller über den Rand rutscht. Jane begrüßt strahlend ihren Tarzan, der sich soeben erfolgreich durch den Kantinendschungel geschwungen hat.

„Hallo, Julia!"

War eigentlich ganz nett gewesen damals, als Horst und sie noch gemeinsam in einer Unterabteilung gedient hatten. Julia war gerade frisch von der Uni gekommen; ihr erster richtiger Job. Doch wie das so ist mit den Neuen, sie werden alle halben Jahre versetzt, damit sich ihre Verwendungsbreite erhöht und nur ja kein ballaststoffreiches Fachwissen ansammelt. Denn in einer zunehmend schlanker werdenden Verwaltung ist nichts störender als faktenreiches Spezialistentum.

Horst stellte sein Tablett ab, setzte sich zurecht, nahm Messer und Gabel zur Hand und legte, das Besteck nach oben gerichtet, beide Fäuste links und rechts vom Teller ab. Er wollte so relaxt wie möglich wirken. Jetzt musste noch irgendetwas wohl Gelauntes zum Besten gegeben werden.

„Na, alles frisch?" Mehr als sein Standardspruch fiel ihm nicht ein. Also fügte er, um eine Konversation in Gang zu setzen, an: „Wo haben sie dich jetzt eigentlich hingesteckt?"

Julia hatte sich gerade ein großes Salatblatt in den Mund gestopft. Deshalb begnügte sie sich mit einem Mampf-Wort.

„Oppeuopa."

Horst kannte sich aus. „Ost eins oder zwei?"

Julia, weiterhin kauend, hob die Messerhand und streckte zwei Finger ab. „Also Belarus, Rumänien und, äh", er musste überlegen. Weil ihm das dritte Land nicht einfiel, ergänzte er mit einem fordernden „Na?"

Julia schluckte den Bissen hinunter. „Muldanien", ergänzte sie, „und noch 'n paar Zerquetschte in der Abteilung Ökonomische Integration Süd-Ost-Europas."

„Ach!" Horst vergaß fast, seinen Mund wieder zu schließen. Was für ein Zufall, dachte er. Plötzlich fiel ihm das Telefonat mit seiner Dresdner Alt-Kommilitonin wieder ein.

„Und? Interessant?"

„Ooch, mir passt es dort überhaupt nicht. Ich sehne mich nach der Arbeit bei dir in der Unterabteilung, da ging es ordentlich und fachlich interessant zu. Aber das jetzt, ich sag 's dir, manchmal wird mir ganz schlecht."

„Tja – da ist jeden Morgen eine Knoblauchzehe Pflicht", witzelte Horst, „fördert die Durchblutung und das Denkvermögen."

„Nein, ich meine von der Arbeit wird mir schlecht. Aber lassen wir das. Im Moment gilt ja absolute Loyalität. Nur kein schlechtes Wort über unsere berühmte und ehrenwerte Internationale Agentur für Entwicklung!"

„Wer leitet denn deine Unterabteilung?"

„Weißt du nicht? Schuster!"

Horst tat so, als müsse er überlegen. „Scheint mir kein Name zu sein, sondern eher ein Gattungsbegriff."

„Ich will dir ja nicht schmeicheln, Horst. Aber bei dir hatte ich das Gefühl, dass wir ein Team sind. Bei Ost zwei häng' ich bloß rum, habe keine Ahnung, krieg nichts Vernünftiges auf den Tisch und ich werd das Gefühl nicht los, dass die mich auch dumm sterben lassen wollen."

Horst schnippelte unkonzentriert an seinem Braten herum. „Na so was, das klingt ja wirklich, als würdest du dich in deiner Arbeit engagieren wollen. Pass mal auf, solche Leute werden hier immer weniger gebraucht."

„Ha ha, wie witzig, Horst. Kannst du keine Soziologin brauchen? Ich will wieder zurück zu deiner Truppe."

Horst war sichtlich geschmeichelt. „Ich werd' sehen, was sich machen lässt", versprach er, wohl wissend, dass ihm bei der derzeitigen Stellenkürzerei kaum eine zusätzliche Planstelle bewilligt werden würde. „Bis dahin spiele ich aber gerne deinen Beichtvater. Also, wo drückt der Schuh", versuchte er so aufgeräumt wie möglich zu wirken und die in ihm aufsteigende Neugier zu verbergen.

Julia stöberte mit der Gabel auf ihrem Salatteller herum, spießte zwei Gurkenscheiben auf, steckte sie aber nicht in den Mund. Sie rückte näher an Horst heran, immer noch die Gabel mit den Gurkenscheiben in der Hand. Verschwörerisch senkte sie die Stimme. „In Ost zwei ist irgendwas ganz fürchterlich oberfaul."

Horst verlor die Lust am Witzeln. „Du meinst ...?" fragte er.

Julia senkte ihre Stimme zum verschwörerischen Flüsterton. „Wenn du wüsstest, wie Schuster das Vier-Augen-Prinzip handhabt. Als ich bei dir in der Unterabteilung das erste Mal 500 Mark für irgendein Projekt abrechnen durfte, da habe ich nachgerechnet, rechnerisch richtig gezeichnet und habe es dann in den Postausgang zur Kasse gelegt. Dann kam das Papier prompt zurück, weil ..."

Horst unterbrach sie: „... weil du vergessen hattest, mich sachlich richtig gegen- und mitzeichnen zu lassen. Willst du mir eine Vorlesung über das Vier-Augen-Prinzip halten? Das ist doch im Haus ein ganz normaler Vorgang."

Julia schnaubte. „Normaler Vorgang. Bei dir vielleicht. Der Schuster jongliert mit Millionen, und ich habe nicht das Gefühl, dass der irgendjemandem gegenüber Rechenschaft ablegen muss."

„Was hat das mit dem Vier-Augen-Prinzip zu tun?", fragte Horst.

„Der Schuster zeichnet sowohl rechnerisch als auch sachlich richtig."

„Das geht doch gar nicht, ohne Zweitunterschrift."

„Was meinst du, wozu wir eine Sekretärin haben?"

„Dass ich nicht lache. Unsere Sekretärin zeichnet allenfalls die Aushändigung neuer Bleistifte. Schließlich gibt es immer noch eine Zeichnungsordnung – und die gilt für das ganze Haus. Was machen dann eure hochkarätigen Fachleute?"

„Also, falls du auf Leute wie mich anspielst – die bohren in der Nase. Ausschließlich dafür werden sie bezahlt. Zur Bearbeitung seiner Projekte braucht Schuster uns jedenfalls nicht. Bei den ganz großen Beträgen unterschreibt zusätzlich der Abteilungsleiter. Und der hat an einer Schuster-Vorlage noch nie etwas auszusetzen gehabt. Dann geht das an die Kasse oder an die Unterabteilung für den Haushalt und wird anstandslos ausgezahlt. Schließlich hat Schuster den Segen des Allmächtigen. Was meinst du, warum Zelltermann hier persönlich vorbeischaut."

Horst Bauditz war tief beeindruckt. „Der heilige Zelltermann leibhaftig in unseren unheiligen Hallen? Das glaub ich nicht. Du willst mir doch nicht etwa erzählen, dass du dem hohen Herrn schon mal einen Kaffee bringen durftest?"

„Ich darf dem Herrn Doktor und Abteilungsleiter unserer obersten Dienst- und Fachaufsicht die Hand schütteln und den Mantel abnehmen. Galant ist er ja – so ein Kavalier alter Schule. Aber das wärs dann auch.

Zur Besprechung bin ich nicht zugelassen. Ich werde rausgeschickt wie die letzte Tippse. Ich bin eine der sogenannten hochkarätigen Fachkräfte, wie du weißt."

Horst hatte noch kein Bratenstück gekostet. Dafür hatte er die Scheibe zu Gulasch klein geschnitten. Jetzt endlich spießte er eines der Stücke auf die Gabel und steckte es in den Mund. Der Bissen war klein genug, damit Horst mit vollem Mund sprechen konnte. „Fangen wir alphabetisch an. Mit Muldanien. Was weißt du darüber?"

Julia schien wenig über die Frage erbaut zu sein. „Schau in unseren Internetauftritt. Der ist zwar grottenalt und es stehen zehn Sätze dazu drin, aber mehr weiß ich auch nicht. Ich bin bloß mit dafür zuständig."

„Tja", meinte Horst zweifelnd. „Vielleicht nimmt Schuster die künftige Verwaltungsstruktur schon vorweg. ‚Lean Management' wird ja ganz groß geschrieben."

„Und was sagt die Interne Revision zu diesem Treiben?"

„Ha!", rief Julia. Dann beugte sie sich vor und sagte leise: „Guter Witz, Horst. Du bist anscheinend einer von den Guten, glaubst, dass das Christkind die Geschenke und der Klapperstorch die Kinder bringt."

Horst sah verdattert drein. Dann fing er sich wieder. „Bei uns bringt der Weihnachtsmann die Geschenke."

Julia war nicht zu bremsen. „Selbstverständlich haben wir eine Interne Revision. Wir haben sogar eine Projektgruppe Korruptionsvorbeugung. Dabei sollte es eigentlich ‚Korruptions-Verbeugung' heißen. Was uns jetzt noch fehlt ist ein Gleichstellungsbeauftragter – einer, der dafür sorgt, dass die Korruptionsgelder gleichmäßig verteilt werden."

„Na, na, na", mahnte Horst.

Julia sackte etwas in sich zusammen. „Ja, ja – ich übertreibe. Wahrscheinlich. Aber ich werde dieses unbestimmte Gefühl nicht los, dass ich mitten in einer gigantischen Steuergeldvernichtungsmaschine sitze. Und was deine Interne Revision angeht: Das ist eine reine Alibiveranstaltung. In erster Linie wollen wir in der Agentur unsere Ruhe haben. Dafür haben wir der Internen Revision auf unserem Organigramm einen fett gedruckten Sonderplatz eingeräumt. Da guckt jeder als erstes hin und sagt: ‚Ui toll, die haben eine Interne Revision, Respekt, Respekt!' Und genau das ist der Zweck der Übung. Die einzige Bewegung, die dort herrscht, stammt von der Dauerrotation des Personals. Die schaffen es gerade, ihren Schreibtisch ein- und wieder auszuräumen, geschweige denn zu arbeiten. Und sollte doch einer etwas finden, dann wird er als Nestbeschmutzer sofort strafversetzt in die Registratur. Warum, glaubst du wohl, bewirbt sich keiner freiwillig bei der Truppe?"

Horst war während des Gesprächs immer nervöser geworden. Erst blickte er um sich, dann auf seine Armbanduhr. „Du, äh, wir sitzen jetzt schon eine ganze Weile hier rum. Wollen wir uns noch einen Kaffee aus dem Automaten und eine Runde ums Haus ziehen?"

Sie kurvten mit ihren Tabletts durch die Tischreihen zum Fließband für die Geschirrrückgabe und stellten sie dort ab. Horst drehte sich wieder um und überflog mit einem Blick den Saal. Er atmete auf. Keine Bekannten, die ihm zuwinkten. Also auch keiner, der sein ausgiebiges Gespräch mit Julia beobachtet und sich unnötige Fragen hätte stellen können. Horst war wie elektrisiert. Was hatte ihm Julia da eben anvertraut?

Sie schwenkten in den abknickenden Gang in die Cafeteria ein und stellten sich an einen der Automaten. Mit dampfendem Kaffee in Plastikbechern, die eigentlich zu heiß für die Hände waren, verließen sie das Gebäude und spazierten in die Grünanlagen neben den Parkplätzen, die Kaffeebecher ständig von einer Hand in die andere wechselnd. Sie fanden eine Parkbank und ließen sich nieder. Julia hatte sich mittlerweile beruhigt. Nachdem sie eine Weile schweigend gesessen hatten, nahm sie den Gesprächsfaden wieder auf „Ich hoffe, ich nerve dich nicht zu sehr. Aber ich trag das jetzt schon eine Weile mit mir rum."

„Ist schon okay. Aber ein paar konkretere Anhaltspunkte mehr als diese Gefühlswallungen solltest du schon haben. Sonst machst du dich bloß kaputt."

Julia schien entmutigt. „Du hast ja Recht. Aber für mich sind das genügend Indizien. Dazu kommt, dass Schuster grundsätzlich sein Büro zusperrt, so dass in seiner Abwesenheit kein Mensch an seine Akten rankommt. Seit zehn Jahren verwaltet er diese Akten alle in seinem riesigen Büro und gibt nichts in die Registratur – das ist doch seltsam? Oder nicht?"

„Allerdings", pflichtete ihr Horst bei. „Das verhindert in unserem Bereich schon die Personalrotation."

„Das einzige was bei Ost zwei rotiert sind solche Idioten wie ich, die sich aus lauter Frust nach spätestens zwei Jahren wegbewerben. Was glaubst du, wie oft ich unserem Personalreferat schon auf die Nerven gegangen bin."

Nach einigen kurzen Schlucken der heißen, aber faden Automatenbrühe berichtete Julia weiter. „Einmal war Schuster eine Weile weg. Natürlich lief seine Mailbox über und der Absender erhielt die automatisch generierte Antwort, dass die E-Mail nicht zustellbar sei. Da griffen die zum Telefon und wählten unsere Abteilungsnummern durch, bis zufällig ich abhob. So habe ich zum ersten Mal mit einer unserer Beratungsfirmen für Muldanien zu tun bekommen."

„Wie hieß die denn?", fragte Horst und versuchte, so beiläufig wie möglich zu klingen.

Julia schien überrascht. „Wieso interessiert dich das? Kennst du welche?"

„Weshalb würde ich dann fragen?"

Julia ging nicht darauf ein.

„Also, die sagten, sie wollten ihren Berichtstermin einhalten und würden verzweifelt versuchen, Schuster diesen Bericht termingerecht zuzustellen. Sie hätten schon mehrmals wegen solcher Sachen Ärger mit uns gehabt und deswegen wollten sie eine Bestätigung erhalten. Ich gab ihnen meine Mailadresse, bekam den Bericht gemailt und schickte die Bestätigung ab."

„Normaler Vorgang", meinte Horst.

„Du mit deinem ewigen ‚normaler Vorgang'. Bei Ost zwei ist nichts normal. Was glaubst du, was ich mir anhören musste, als Schuster wiederkam. Der machte einen Tanz, als hätte ich seine Unterschrift gefälscht. Der hat getobt. Der hetzte mir die EDV auf den Hals, damit die nachschaut, dass ich die Mail samt Anhang auch wirklich gelöscht und mir keine Kopie auf meiner Festplatte gemacht hatte. Ich kam mir vor wie eine ertappte Spionin. Die Beratungsfirma hat er auch flott gemacht und denen angedroht, dass sie aus dem Projekt fliegen, wenn sie sich noch mal an jemanden anderen in unserem Haus wenden sollten als an ihn persönlich. Bei dem Telefonat hat er mich ausdrücklich als Zeugin hinzugezogen."

Julia hatte sich so in Rage geredet, dass sie nur noch den Kopf schütteln konnte. Dann setzte sie laut hinzu „Der ist doch nicht ganz dicht."

Horst konnte es vor Neugier kaum noch aushalten. „Und: Was stand so Wichtiges in dem Bericht?"

„Na, was eben. Was eben so drin steht in solchen Projektfortschrittsberichten, die hauptsächlich deswegen geschrieben werden, damit die nächste Rate ausbezahlt werden kann." Julia unterbrach für einen Schluck von der mittlerweile lauwarmen Automatenbrühe. Dann sprudelte es weiter aus ihr heraus.

„Neulich war der Schuster wieder mal nicht da. Ich höre sein Telefon im Zimmer ewig läuten. Natürlich hat er keine Rufumleitung auf seiner zwei fünf null drin. Aber da gibt jemand nicht auf und wählt einfach eine Nummer weiter, zwei fünf eins. Zufällig mein Apparat. Es war eine Muldanierin aus dem Beratungsteam. Sie schluchzte und erzählte, dass einer der Berater aus dem Team, ein Italiener, und der muldanische Chauffeur, bei einem Unfall ums Leben gekommen seien. Sie heulte so, dass ich das Gefühl bekam, die hinterlassene Witwe am Telefon zu haben und konnte sie kaum trösten. Ich war allerdings auch ziemlich baff. Es war das erste Mal, dass ich so eine Nachricht erhielt. Aber wirklich merkwürdig war die Reaktion von Schuster, als ich ihm von dem Anruf erzählte. Er hat mehrfach nachgefragt, ob es wirklich ein Italiener war. Der behauptete doch steif und fest, der Tote müsse ein Schwede sein. Also wusste er bereits von dem Unfall. Und hat niemand gegenüber ein Wort davon erwähnt! Dass er nicht selbst sofort dort angerufen hat und sich erkundigte, was denn nun passiert ist und nicht wusste, wer denn tatsächlich ums Leben kam", entrüstete sie sich, „und das bei seinem eigenen Projekt!"

Horst war betroffen. „Mein lieber Schwan", entfuhr es ihm. Hatte seine Dresdner Freundin nicht von einem Toten erzählt, von Mord sogar? Und dieser Tote hatte auch in Muldanien gearbeitet, wahrscheinlich im gleichen, also Schusters Projekt.

„Ich lese ja normalerweise alle Nachrichten im Intranet, Beförderungen und Kondolenzschreiben. Das ist mir wohl durch die Lappen gegangen", wandte Horst ein.

„Davon konntest du im Intranet nichts lesen. Weil wir das totgeschwiegen haben. Wenn ich das Gespräch nicht zufällig selber geführt hätte, wäre das nicht mal in der Abteilung rundgegangen. Das ist alles so merkwürdig, sag ich dir. Ich will mit dem ganzen Scheiß nichts mehr zu tun haben."

„Hast du ja auch nicht", kommentierte Horst sarkastisch, „Sei doch froh, wenn der Chef alles allein macht, dann geht das Theater doch an dir vorüber." Er sagte es grinsend, um zu zeigen, dass er es nicht ernst meinte.

„Was sagt denn euer Abteilungsleiter zu all dem? Der muss doch was mitbekommen?"

„Das müssten eigentlich verschiedene Stellen mitbekommen. Aber Schuster ist unser bestes Pferd im Stall. Der konferiert mit der Kommission persönlich, jongliert mit Millionen, der hat absolute Narrenfreiheit."

„Es gibt ja noch die lieben Kolleginnen und Kollegen in der Unterabteilung für Haushalt", warf Horst mit einer letzten Hoffnung ein.

„Die empfangen in diesem Fall nur die Millionen der Kommission und übergeben sie Schuster zur Bewirtschaftung. Am Ende fragen sie höflich an, ob Schuster auch alles bis auf den letzten Cent ausgegeben hat, unterteilt nach Honoraren, Sach- und Reisekosten und so weiter. Da der das schon seit zehn Jahren macht, weiß er genau, was die sehen wollen. Ich bin mir sicher, dass er für jede Ausgabenposition Belege vorweist, selbst wenn er es gleich in die eigene Tasche gesteckt hat. Außerdem hat er die volle politische Rückendeckung von ganz oben. An dieser Stelle eine kritische Frage zu stellen, heißt seine Karriere aufs Spiel zu setzen."

„Aber merkt denn niemand, dass er im Rahmen des Vier-Augen-Prinzips nur die Sekretärin mitzeichnen lässt?", warf Horst ein.

„Ja, da musst du dich an der eigenen Nase fassen", antwortete Julia keck. „Nachdem du mir damals bei den 500 Mark einen langen Vortrag über den verantwortungsvollen Umgang mit Steuergeldern gehalten hattest, hast du mir in der Folge meine weiteren Belege ohne Nachfrage gegengezeichnet. Warum soll das bei der jahrzehntelangen Zusammenarbeit von Schuster und unserem Abteilungsleiter nicht auch funktionieren?"

Horst war jeglicher Wind aus den Segeln genommen. Er nahm sich vor, künftig mal wieder einen Beleg wirklich zu prüfen, bevor er sein Namenskürzel darauf setzte.

„Da fällt mir noch was ein", ergänzte Julia. „Kennst du Markus Gabler?"

Horst zog eine Grimasse. „Wer kennt den nicht, diesen Angeber. Gehört schließlich zum lebenden Inventar. Ich kenne auch seinen Porsche."

„Schön", sagte Julia, „dann weißt du auch, wer ihm den bezahlt hat. Gabler macht seit Jahren sämtliche Machbarkeitsstudien und Evaluierungen für Schuster. Was der uns vorsetzt, das tun wir. Blind. Da kommt kein anderer Berater mehr ran, ob in Muldanien, Slowenien, Mazedonien, Belarus oder sonst wo. Der geht ja auch bei Ost eins ein und aus, immer gleich direkt zum Chef, nie ein Wort wechselnd mit einer der zuständigen Fachkräfte, außer ,Bitte' und ,Danke', wenn man ihm den Mantel abnimmt oder den Kaffee bringt. Wenn ich dran denke, was wir dem alles in den Rachen schmeißen für seine Machbarkeitsstudien, dann kriege ich das Kotzen."

Julia ereiferte sich noch mehr. „Anscheinend war vor Jahren mal der Internationale Rechnungshof hier und hat insbesondere auch unsere Unterabteilung geprüft – das muss noch vor meiner Zeit gewesen sein. Ich habe allerdings keinen Bericht darüber gefunden. Die haben anscheinend nichts gefunden."

„Warum auch", konterte Horst, „da rechnet doch keiner. Die schauen nur, ob die Belege in durchlaufenden Nummern abgelegt sind. Wenn du als ordentlicher Angestellter der Vereinten Nationen zu jeder eingekauften Briefmarke einen halbseitigen Vermerk geschrieben hast, bekommst du ein Sonderlob, auch wenn du das mit den immer gleichen Textbausteinen machst. Da zählt nur: Wer schreibt, der bleibt. Das ist es doch, weshalb der Schuster so berühmt ist. Seine Vermerke müssen einfach Klasse haben."

Julia sah Horst skeptisch von der Seite an: „Ich dachte, du kennst Schuster nicht?"

Horst schnitt eine Grimasse. Julia bemerkte es und nahm seinen Faden auf: „Ja, und wenn der Internationale Rechnungshof doch was findet, dann gibt es ein kurzes Gezeter, bei ein paar Extremen wie der doppelt so teuren Brücke über die Ostsee oder ein paar bissige Kommentare in der Presse und das war's dann wieder bis zum nächsten Jahr. Zahnlose Tiger! Oder hast du je mitbekommen, dass sich irgendeiner unserer Kollegen im Dienste der Vereinten Nationen schon mal verantworten musste für die Verschwendung von Steuergeldern? Im schlimmsten Fall wirst du befördert."

„Was beschwerst du dich eigentlich? Du bist doch auch zu den Vereinten Nationen gegangen, weil du eine ruhige Kugel schieben wolltest."

Julia rammte Horst ihren Ellbogen in die Seite, dass sein mittlerweile kalter Kaffee überschwappte.

Horst lachte, dann wandte er sich wieder begütigend an Julia. „Sag mal", fing er vorsichtig an, „da du ganz offensichtlich schwer gefrustet bist, nehme ich an, du schreist das jedem ins Gesicht, wie gerade zufällig mir."

Julia schaute ihn beruhigend an. „Ich weiß, was du meinst. Nee, das interessiert doch niemanden hier." Dabei konnte sie wieder lächeln wie am Anfang des Gesprächs in der Kantine. „Ich muss aber zugeben, es hat mir gut getan, dass ich das bei dir loswerden konnte. Ich habe es nur einmal ganz vorsichtig beim Abteilungsleiter versucht, dass ich es schon seltsam finde, wie hier einer ganz allein solche Riesenbeträge verwaltet. Da hättest du dessen Gesicht sehen sollen, als wollte er mich auffressen. Dann plusterte er sich auf. Was mir bloß einfiele. Herr Schuster hätte sein vollstes Vertrauen und so weiter. Ich habe sofort einen Rückzieher gemacht."

Julia lehnte sich zurück, sah in den Himmel und ergänzte: „Ich habe jedenfalls kein vollstes Vertrauen zu Herrn Gerd Schuster und zu seinem Spezi Markus Gabler, diesem Dreamteam der Förderpolitik unseres Hauses."

Das klang, als wollte Julia das Gespräch beenden. Horst aber hatte Feuer gefangen. Wer weiß, ob sich so eine Gelegenheit noch einmal bot. „Erzähl mir noch was über diese Beratungsfirma, die für euch gearbeitet hat."

Julia dachte nach. „Die war nur knapp zwei Jahre für uns tätig. Die vielen Jahre vorher war eine andere dran. Jetzt sind sie beide raus. Der letzte Vertrag lief vor einigen Wochen aus."

Verschwörerisch rückte sie näher an Horst ran und flüsterte, nah an seinem Ohr: „Übrigens: Der Bericht. Der war nur auf den ersten Blick der übliche Schmu. Da gab es ein Kapitel ‚Analyse des Projektfortschritts und Empfehlungen‘, das hatte es in sich."

Horst wurde es heiß auf der Bank. „Jetzt rück schon raus damit!"

„Kritische Bemerkungen über den gesamten Projektaufbau; Annahmen und Ziele von Anfang an unrealistisch."

„Hoppla – so etwas erlaubt sich ja sonst keiner unserem hohen Hause gegenüber. Das geht auch gegen Gabler, also Beraterschelte vom Berater. Derartiges habe ich so noch nie erlebt", warf Horst ein, „Und? Weiter!"

„Die ganze Planung sei hanebüchen. So wörtlich steht das zwar nicht da, aber man kann es deutlich zwischen den Zeilen lesen. Ehrlich gesagt, damit haben die sich für alle Zukunft um eine Chance für Folgeaufträge von uns gebracht. Sonst schmieren uns die Beratungsfirmen doch alle zentnerweise Honig ums Maul. Da musst du schon sehr versiert sein, um zwischen den Zeilen zu lesen."

„Als Ossi habe ich das von Kind an gelernt", entgegnete Horst mit einem leichten Stolz. „Wer die Nachrichten hinter den Nachrichten im Neuen Deutschland entdecken konnte, kann auch solche Beraterberichte entziffern. Deswegen habe ich mich ja hier so schnell eingefunden."

„Dann sollte ich wohl dafür sorgen, dass du wenigstens diesen Bericht zu Gesicht bekommst. Ich habe ihn auf CD zu Hause. Die Firma heißt übrigens E&P-Consult. Da bin ich mal gespannt, was der Experte dazu meint."

„Ach, und das fällt dir gerade wieder ein."

„Na ja", meinte Julia leise und grinste verschmitzt.

Horst war zufrieden mit sich und seiner Recherche.

„Leider muss ich nächste Woche für 14 Tage nach Albanien. Ich hoffe, du gehst mir in der Zwischenzeit nicht verloren in diesem Dschungel", sprach er zu Julia. Er selbst steckte bereits tiefer in dieser Sache drin als ihm lieb war. „Die CD würde ich gerne als Wegzehrung mitnehmen."

Julia lächelte ihn an und nickte. „Ich weiß ja noch, wo du wohnst. Ich jogge heute Abend bei dir vorbei und steck sie dir in den Briefkasten. In Ordnung?"

Horst nickte nur. Julia konnte wieder lächeln, als sie sich von ihm verabschiedete.

„Da bin ich gespannt, was der erfahrene Ossi aus diesem Bericht herausliest", verabschiedete sich Julia mit einem Lächeln.

Ihm war nun egal, ob die Kommissarin einen Anfangsverdacht hatte oder nicht. Seine gestern noch gezeigte Ablehnung war einer tiefen Neugier gewichen. Zurück in seinem Büro setzte sich Horst auf seinen Stuhl, ließ seinen Blick über die unerledigten Berge Papier schweifen, dann schob er, kurz entschlossen, einen der kleineren Stapel auf die Seite, griff sich das Telefon, nahm den Hörer ab und legte ihn gleich wieder auf. Sollte er von hier aus Ilse anrufen? Der DDR-Bürger kam in ihm durch. Wer weiß, wer zuhört. Das galt auch im Westen. Er würde das spät abends von zu Hause aus machen. Er setzte das Telefon zurück an seinen Platz an der oberen Schreibtischkante, stellte stattdessen seinen Computer an, öffnete den Internetbrowser und suchte nach ‚E&P-Consult'. Er fand die GmbH in Bremen. In ihrer Referenzliste tauchte ein Projekt in Muldanien auf. Bingo! Dann öffnete er sein Mailprogramm. ‚Hallo Ilse. War nett, mal wieder von dir und unserer gemeinsamen Freundin zu hören. Würde gerne mit ihr über alte Zeiten plaudern. Bin gegen 22 Uhr zu Hause. Meine Nummer hast du ja. Mfg Horst.'

Dann machte sich Horst über den ersten Stapel her. Als er seinen PC wieder abstellte, war es nach 21 Uhr. Er war heute einer der Letzten, der in der Agentur das Licht ausmachte.

Zu Hause fand er in seinem Briefkasten einen Umschlag mit einer CD. Er nahm eine Flasche Bier aus dem Kühlschrank, setzte sich in sein Arbeitszimmer und vertiefte sich in die Lektüre an seinem häuslichen PC, während er auf das Läuten seines Telefons wartete. Er richtete sich auf ein längeres Gespräch ein. Aber zunächst gönnte er sich einen Schluck Bier.

Dreck unterm Fingernagel

Peter saß bereits an seinem Schreibtisch, als Hanna ins Büro kam. Er war meistens vor ihr da. Als Familienvater musste er unweigerlich früh raus. Dafür wollte er abends noch mit seinen Kindern spielen oder bei den Hausaufgaben helfen. Das war nicht immer leicht im Kripoalltag. Doch Hanna versuchte, Peter dies, so weit es ging, zu ermöglichen. Es war ihr Beitrag als Kinderlose zur Familienförderung. Sie passte sich seinen Zeiten an, indem sie mindestens eine Stunde später kam und dafür abends länger arbeitete. Es passte auch ganz gut zu ihren Gewohnheiten. Damit unterschied sie sich ganz wesentlich von den meisten ihrer Landsleute, die nicht früh genug mit dem Dienst beginnen konnten.

„Ich hatte gestern Abend ein sehr aufschlussreiches Telefonat, das mir Ilse vermittelt hat." Peter horchte auf. „Endermann scheint nicht der einzige Tote in dieser Muldaniengeschichte zu sein. Dort gab es vor einigen Wochen einen Autounfall. Dabei kamen zwei Männer ums Leben. Einer davon war ein Beraterkollege Endermanns, der andere der einheimische Fahrer."

„Unfall?" echote Peter.

„Dem Anschein nach ja. Hättest du Vertrauen in einen Unfallbericht der muldanischen Polizei?"

„Es mag ja ein übles Vorurteil sein. Aber die dortige Polizeiarbeit stelle ich mir etwas oberflächlich vor." Das ‚etwas‘ sprach er sehr gedehnt.

Hanna nickte. „Wir werden da kaum mehr herausbekommen. Oder sollten wir, wie es sich gehört, das Bundeskriminalamt einschalten und ein Amtshilfeersuchen beantragen?"

„Ach du liebe Güte", entfuhr es Peter. „Das kannst du vergessen. Bis wir von dort eine Antwort erhalten, sind wir beide längst pensioniert."

Hanna lachte. Dann erzählte sie von ihrem Telefonat.

Peter war irritiert.

„Er schickt eine CD mit der gelben Post? Haben die in Koblenz kein Internet?"

„Er hat wohl Bedenken, das von seinem PC aus zu machen."

Peter schüttelte den Kopf. „Einmal Ossi – immer Ossi. Jetzt lebt der zehn Jahre im Westen und hat immer noch Angst vor der Stasi oder vor irgendwelchen anderen Geheimdiensten. Manche unserer Landsleute sind schon ein wenig paranoid, meinst du nicht? Das ist doch albern. Wieso vertraut er dann der Post? Die kann doch viel leichter kontrolliert werden als eine Mail?"

Hanna hob kurz die Schultern. „Frag mich was Leichteres. Jedenfalls lehnte er es ab, auf seinem PC irgendwelche Spuren zu hinterlassen."

Peter war sichtlich sauer. „Scheint mir ein generelles Phänomen zu sein. Wer rechtzeitig in den Westen gegangen ist, ist ein ‚guter' Ossi und sieht entsprechend mit Grausen zurück auf die alte Heimat. Wer dagegen hier geblieben ist, gehört zu den ewig Gestrigen."

„So, wie du redest, könnte ein Außenstehender auf den Gedanken kommen, du wolltest die DDR verharmlosen", wunderte sich Hanna.

„Will ich nicht – aber ich habe was gegen dieses Schwarz-Weiß-Denken. Weißt du, was schlimmer ist als ein Besser-Wessi? Das ist ein in den 70er oder 80er Jahren aus der DDR in den Westen Rübergemachter, der jetzt als Super-Wessi zurückkehrt und jeden von uns hier Gebliebenen in Generalverdacht nimmt."

„Sag mal", wunderte sich Hanna, „so kenne ich dich ja gar nicht. Außerdem bist du doch über jeden Verdacht erhaben. Zur Wende warst du doch gerade mal um die Zwanzig."

„Alt genug für Felix Dzierzynski."

Hanna zog die Augenbrauen hoch. „Ach, du hast beim Stasi-Wachregiment den Stechschritt geübt?"

„Quatsch. Aber erzähl mal im Westen, dass du bei der Dresdner Kripo arbeitest. Ab einem gewissen Alter geht dort jeder zweite davon aus, dass du früher bei der Stasi warst. Und solche Leute wie dieser Freund deiner Freundin tun alles dazu, dass sich solche Geschichten festsetzen."

„Jetzt übertreibst du aber."

Hanna schüttelte den Kopf und wandte sich dem Computer zu. So kannte sie Peter wirklich nicht.

Sie öffnete die Datei ‚Endermann' und notierte in dürren Worten, was sie bisher erfahren hatte. Auf einem Blatt Papier ergänzte sie ihre bislang eher magere Skizze. Sie machte das häufig, um Struktur in ihre Indiziensammlungen zu bringen. Es sah aus wie eine Art Organigramm mit Kästchen und Verbindungslinien dazwischen. Pfeile standen für Abhängigkeiten zwischen Personen, ob finanzieller oder persönlicher Art. Die Visualisierung half ihr, sich ein Bild von einer Ermittlung zu machen. Manche Fälle waren einfach zu komplex. Dann klebte Hanna auch mehrere solcher Bögen aneinander und pinnte sie an eine Stellwand, die sie sich eigens dafür ins Büro hatte stellen lassen.

Während sie schrieb, kam Jaki mit einer Laufmappe herein. „Mit einem schönen Gruß von Holger", sagte sie und legte die Mappe in den Eingangskasten auf Hannas Schreibtisch. „Er hat den Dregg underm Fingernachel von dei'm Todn undersuchd und de DNA und das Blud von dem laweden Junkie analysierd. Was sachsde nu?"

„Ich bin begeistert. Ich befürchte nur, dass du in deinen Datenbanken nichts Passendes dazu finden wirst." Hanna klappte die Mappe auf und entnahm ihr einen A5-Zettel. Sie hielt ihn hoch, sodass Peter und Hanna ihn sehen konnten. „Sonderlich mitteilsam ist Holger ja nicht." Als Jaki bereits kehrtmachen und zur Tür hinaus wollte, rief ihr Hanna hinterher. „Und, bitte Jaki, nimm endlich die Kisten mit den Spuren mit rüber. Bei dir ist mehr Platz. Wenn du Zeit hast, schau dir das mal an, vielleicht findest du ja was Auffälliges."

Jaki nahm eine der beiden Kisten und trug sie in ihr Zimmer. Kurz darauf holte sie die zweite.

„Auffällig ist alles, was irgendwie einen Bezug zu Muldanien hat!", rief ihr Hanna hinterher.

Muldanien, eigentlich nannte es sich Fürstentum Muldanien, war als eigenständiger Staat noch relativ jung. Im Zuge der Auflösung der ehemaligen Sowjetunion konnte es sich als autonome Provinz etablieren. Mit seiner langen Schwarzmeerküste war es schon früher eine sehr beliebte Urlaubsregion für die DDR-Bürger gewesen. Trotz der sich stark entwickelnden Tourismusbranche war Muldanien wie viele andere der osteuropäischen Länder Zielgebiet für Förderprojekte des Westens.

Plötzlich fiel Hanna etwas ein. Sie hatte die Spurensicherung vergessen und griff zum Telefon. Doch deren Ergebnisse waren mager. Die Einbrecher in Endermanns Wohnung waren offenbar über den Balkon im Innenhof gekommen. Die Tür war jedenfalls von außen geöffnet worden. Da es sich um eine alte Tür handelte, war das recht einfach gewesen. Nur das Arbeitszimmer war durchwühlt, der mutmaßlich dort stehende Laptop mitgenommen worden. Die Spurensicherung hatte relativ frische Fingerabdrücke sowohl an der Balkontür als auch im Arbeitszimmer gefunden.

Das Durchwühlen war sehr oberflächlich erfolgt. Der oder die Täter hatten nur das Büro durchsucht, alle anderen Räume waren unberührt. Im Schreibtisch lag eine Kreditkarte. In der Küche fand sich in einer leeren Kaffeebüchse ein 50-Euro-Schein. Auch eine wertvolle Kamera, Stereoanlage und andere Wertsachen waren da. Die Kollegen hatten jedoch etliche Fingerspuren gesichert. Bislang konnten sie nur die Endermannschen und die der Nachbarin identifizieren. Um die der mutmaßlichen Einbrecher festzustellen, benötigten sie Vergleichsproben von Endermanns Kindern. Hanna machte sich Notizen.

Hanna wandte sich an Peter. „Mich wundert, dass die keine Handschuhe benutzt haben. Die müssen sich sehr sicher gewesen sein. Wer ist bloß so kaltblütig?"

„Oder so dumm?", fragte Peter.

Hanna blieb hartnäckig. „Auch wenn du meine Fantasie etwas sprühend findest. Aber das spricht doch eigentlich für die Russenmafia oder von mir aus die Muldaniermafia. Die reisen als Touristen ein, bringen Endermann um, klauen seinen Laptop und verschwinden wieder. Und sie wissen ganz genau, dass wir ihnen schlecht hinterherrecherchieren können. Oder sie denken, die Polizei hier ist ebenso schlecht ausgestattet wie bei ihnen zu Hause. Deshalb können die hier ganz locker ihre Verbrechen begehen."

Peter blieb skeptisch. „Wenn ich das Wenige, was du bisher hast, richtig interpretiere, dann wurde Endermann umgebracht, weil er einer Korruptionsaffäre auf der Spur war. Oder aber sein Sohn ließ ihn von seinen rechten Kumpanen aus Hass vom Felsen stürzen. Eine Beziehungstat scheint mir nach jetzigem Kenntnisstand näher zu liegen. Was soll da bitte die Russen- oder Muldaniermafia?"

„Ich werde es herausfinden."

Hanna klang zuversichtlich. Dabei war die Spuren- und Indizienlage alles andere als ergiebig. Sie kam sich vor wie ein Kind, das von einem Tausender-Puzzle drei Teile in der Hand hält und daraus auf ein Bild schließen möchte. Doch wozu war sie Kommissarin geworden? Würde sie jetzt schon die Flinte ins Korn werfen, dann hätte sie ihren Beruf verfehlt.

Hanna wusste, was jetzt nötig war. Sie braute sich einen doppelten Espresso in einer großen Tasse, goss ein wenig Milch dazu und nahm einen Löffel Zucker. Mit der Tasse in der Hand stellte sie sich vors Fenster und blickte auf die Elbe, die schwarze Droge in kleinen Schlucken genießend.

Die aufmunternde, beinahe aufputschende Wirkung zeigte sich schnell. Jaki stand schon wieder im Zimmer.

„Ihr könnd mir eeschendlisch gradulier'n", stellte sie fest. Hanna und Peter sahen überrascht auf. „Du hast doch erst vor drei Wochen Geburtstag gehabt", bemerkte Hanna zweifelnd.

„Nee, isch hab mir mal eene von euern Kisdn angeguckt. Da is was muldansches drinne."

„Woher willst du das wissen?", fragte Hanna. „Kegse", erklärte Jaki, „muldansche Kegse. Ham mir ooch immer gefudderd. Schmeggn goar ni so übel. In eener eurer Tüdn is so e Schnipsl drinne von ner Gegspaggung. ‚Made in Brnas, Muldanien', schdehd da droff. Das hamse schon an den EU-Beitritt angebassd. Früher war da nur was Kyrillisches droff und man wusste nie, was man da kooft, wenn es überhaupt was zu koofen gab."

„Soll das heißen, dass jetzt schon Touristen aus Muldanien durch unsere Sächsische Schweiz latschen?", fragte Peter, „Ja, dürf'n die'dn das?"

„Das spricht doch zunächst mal für eine erfolgreiche Arbeit unserer Tourismus-Marketinggesellschaft." Hanna war begeistert, „Und meine Phantasie trügt mich nicht", warf sie Peter zu. „Sag mal Jaki, wie oft warst du eigentlich in Muldanien?"

„Nu, dree ma' am Schwarzen Meer. Wars'd du ni dorde? Da warn mir dor früher alle?"

„Meine Eltern hatten eine Datsche bei Kötzschenbroda – was meinst du, wo wir immer im Urlaub waren? Ich war nur ein einziges Mal mit der FDJ in einem unsäglichen Plattenbau am Plattensee und musste mich in der Disco gegen Unmengen pickliger Jünglinge wehren." Hannas Antwort klang fast etwas aggressiv, sodass sich Jaki und Peter einen leicht verwunderten Blick zuwarfen. Doch Hanna wechselte sofort das Thema.

„Wenn du schon eine solche Muldanien-Expertin bist, dann geh' doch bitte die Tütensammlung vom Schrammsteinplateau systematisch durch. Alles, was muldanisch aussieht, sollen Holgers Truppen als Erstes untersuchen. Zigarettenkippen wären nicht schlecht – möglichst solche, die sich für eine DNA-Analyse eignen."

„Keine schlechte Idee", meinte Peter.

„Nu, da kenn isch misch aus", sagte Jaki begeistert. „Isch hab das ganze Kraud durch geroocht – Turuk, ST, Dura – die Muldanier kennen sich aus mit Tabag. Die haben dort riesische Fabriken. Zigaredden war'n ja dorde ega billisch."

„Fein", meinte Hanna, „lass bitte den Verpackungsschnipsel auf Fingerabdrücke untersuchen und lass sie vergleichen mit den Spuren in Endermanns Wohnung. Die anderen Tüten können wir dann vorerst stehen lassen."

Jaki verließ mit viel Wind den Raum. Die Tür war noch einen Spaltbreit offen, als Hanna ihr nachrief: „Noch was, Jaki." Diese drehte sich um und steckte den Kopf ins Zimmer.

Hanna machte eine Kunstpause, dann verkündete sie: „Du bist ein Schatz!", und verzog ihre Lippen zu einem Kuss.

Jaki lachte errötend und zog sich zurück.

Peter sah Hanna schräg von unten an. „Sag mal, du glaubst doch nicht etwa im Ernst, dass hier die muldanische Mafia herumspringt und Leute abmurkst. Was guckst du bloß für seichte Krimis?"

Hanna zuckte die Schultern. „Nachdem du wahrlich das ganze Schrammsteinplateau abgekehrt hast, muss ich nach jedem Papierchen greifen. Außerdem sagt mir mein Riecher, dass Jaki die berühmte Nadel im Heuhaufen gefunden hat."

„Und eins, zwei, drei, zaubern wir die Lösung herbei", bemerkte Peter sarkastisch.

„Warum nicht?", gab Hanna schnippisch zurück und fuhr in dozierendem Ton fort: „Im Sinne einer ergebnisorientierten und zielgerichteten Recherche ..."

„Ist ja gut, ist ja gut", fuhr Peter genervt dazwischen, stand auf und flüchtete aus dem Zimmer.

„He, wo willst du hin", rief ihm Hanna nach.

„Zu Holger, sein Bericht über den toten Fixer ist mir zu kryptisch."

„Warte, ich komme mit."

Hanna folgte Peter auf dem Fuße.

Der Gerichtsmediziner Holger Reppe war ein waschechter Sachse – was den Dialekt anging. Dazu musste er allerdings erst einmal seinen Mund aufmachen. Denn im Unterschied zu den meisten seiner Landsleute war er nicht sonderlich mitteilsam, erst recht, wenn es auf dem Dienstweg, also schriftlich geschah. Seine Mitteilungen waren knapp und zudem in der medizinischen Fachsprache verfasst, sodass er stets von Kriminalisten des ganzen Hauses Besuch bekam. Dann tat er immer schwer beschäftigt. Doch tatsächlich, so hatte es den Anschein, wollte er nur hofiert werden. Man konnte nicht sicher sein, ob Reppe sich absichtlich so verhielt, um die Bedeutung seiner Arbeit zu unterstreichen. Tatsächlich waren seine mündlichen Befunde, als Ergänzung zu seinem verknappten Fachchinesisch, sehr fundiert. Aber es war stets ein harter Kampf, eine Audienz bei ihm zu erhalten. Außerdem war Reppe ein extremer Frühaufsteher. Meist war er spätestens um sechs Uhr in seinem Labor. Er erklärte dies augenzwinkernd mit seiner ‚präsenilen Bettflucht'.

Hanna und Peter fühlten sich heute überlegen. Gemeinsam stellten sie sich dem Pathologen in den Weg. Hanna setzte ihren gesamten weiblichen Charme ein. „Holger, du weißt, ohne dich sind wir verloren."

Reppe tat überrascht. „Wieso kommd ihr denn heude glei im Doppelbagg? Seid ihr Beede an beedn Fälln dran? Kennd ihr euch ni schdrugduriern?"

Hanna klärte ihn auf. Reppe begann mit Endermann. Er hatte unter den Fingernägeln des Toten Hautschuppen und Blutspuren wie von einem Abwehrkampf gefunden sowie Fasern eines groben Baumwollstoffs. Reppe vermutete, dass Endermann sich gewehrt haben musste.

Hanna bedankte sich. Sie hatte das Gefühl, dass Reppe noch nicht fertig war. „Noch was?"

Reppe bejahte. Er hatte Endermanns Blut und Mageninhalt untersucht und weder Arzneimittelreste, Drogen noch Alkohol gefunden. Sein Tod war eindeutig die Folge eines Sturzes aus großer Höhe gewesen. Er wurde auch vorher nicht niedergeschlagen. Als Todeszeitpunkt gab Reppe Mittwoch, früher Nachmittag, an. Er fragte Hanna, ob sie die Leiche nochmals sehen wolle. Dabei lächelte er fein. Er kannte Hannas Schwäche für die unangenehmen Seiten ihres Berufes – etwa den Umgang mit nicht immer ansehnlichen Leichen. Hanna war schon bei seinen Schilderungen über den Mageninhalt blass geworden.

Die Kommissarin schüttelte den Kopf. „Danke, nein. Ich glaube, wir können den Toten dann zur Beerdigung freigeben."

Reppe bejahte und hängte gleich eine Beschwerde an. „Was die zwei Kisdn Müll angeht, die mir Schackeline runder gebrachd had, da könnd ihr nor lange off e Ergäbnis ward'n. Das is ja wie die Suche nach der Nadel im Heuhaufn."

‚Na, Moment mal", widersprach Hanna, „eine Nadel hat Jaki doch bereits gefunden – die Papierschnipsel. Sie wird dir helfen, vielleicht noch Zigarettenkippen zu finden. Sie kennt sich da aus."

„Das, was Endermann underm Fingernachel hadde, sollte euch dor reichn", versuchte es Reppe nochmals. Ähnlich wie Dirk Vogler war der Pathologe bisweilen von einer Art Effizienzmanie befallen.

„Nicht so hastig, lieber Kollege", beschwichtigte Hanna, „ich halte es mehr mit der Devise, dass kein verwertbares Indiz zuviel sein kann." Sie schenkte Reppe ihr charmantestes Lächeln.

„Wenn wir Kippen mit der gleichen DNA wie bei den Hautspuren unter den Endermannschen Fingernägeln finden, dann wissen wir zumindest, welche Zigarettenmarken die Täter rauchen. Und wenn die Fingerabdrücke auf dem Verpackungspapier identisch sind mit den Funden in Endermanns Wohnung, dann wissen wir, dass die Mörder gleichzeitig die Einbrecher waren. Bisher vermuten wir das nur – obwohl die Schlussfolgerung sehr nahe liegt."

Reppe murrte zwar, fügte sich aber. Er wollte sich schon abwenden, als Peter ihn am Ärmel zupfte und nach dem toten Junkie fragte.

Reppe stöhnte, setzte sich aber wieder hin.

„Sieht mir nach übelsd gestrecktm Heroin aus. Man könnde meen, da will eener alle Fixer schnell under de Erde bringn. Das kann keen normaler Dealer sein, der sisch sei eischnes Geschäfd so kabud machd."

„Und was ist das für ein Zeug?"

Reppe wiegte den Kopf und gab ein singendes Geräusch von sich.

„Du weißt es nicht", mutmaßte Peter. „Die üblichen Streckmittel wie Koffein und Glycerin scheiden wohl aus?"

„Definidiv", meinte Reppe, „mehr wees isch ni. Dafür reichd unsere Labordechnig ni aus."

Peter seufzte. „Das heißt, wir müssen uns wieder mal woanders anstellen "

Reppes Antwort kam kurz und bündig.

„Nu."

Peter stöhnte. „Fünf Tage?"

Holger Reppe machte eine Kopfbewegung, die ja wie nein heißen konnte. Dann warf er Peter und Hanna bedeutungsschwangere Blicke über den Rand seiner Lesebrille zu, die er so knapp auf der Nase sitzen hatte, dass sie fast abkippte. Er stützte beide Hände auf die Oberschenkel und beugte den Oberkörper etwas vor. „Jetz mach isch gemeinsam mit Schackeline erschd bei Hanna weider und dann gommt der Peter wieder dran, glar?" Die letzten Worte hörte Jaki, die soeben eingetreten war. Sie hielt mit der Linken eine Tüte mit Zigarettenkippen in die Höhe. „Dann fang ma mid den Gibben hier an – ich würd nämlich mein, das warn zwee muldansche BURIAN-Zigareddn. Ohne Filder – scheußliches Zeug."

„Nu, meine Kleene, dann gomm dor glei mit in mei Labor", lud Reppe sie ein.

„Klasse!", entfuhr es Hanna. Sie zog Jaki am Ärmel.

„Zur Feier deines Ermittlungserfolgs lade ich dich zum Essen ein."

Sie wandte sich an Peter „Und dich auch."

Vollbeschäftigung im Erzgebirge

Sie machten sich zu dritt auf ins Café Schwarzmarkt, das in Dresden nur ‚Schwatz-Markt' genannt wird, weil sich dort häufig Journalisten mit ihren Informanten aus den nahe gelegenen Ministerien treffen. Als sie das Lokal betraten, waren zwei Kellnerinnen auf Stehleitern gerade dabei, das Lokal österlich zu schmücken. Von der mit weißen Lochplatten verkleideten Decke hingen aus jedem Loch bereits rund hundert an Bindfäden aufgehängte Plastik-Ostereier. Nach den leeren Löchern zu urteilen, konnten noch mindestens doppelt so viele dazukommen. Einige Monate zuvor waren es noch lauter Christbaumkugeln gewesen.

Peter zeigte auf die beiden Bedienungen auf den Leitern. „Wenn die Arbeitsämter nicht wissen sollten, wie sie ihre ABM beschäftigen sollen – das hier fände ich eine prima Idee. Man sollte diese Lochplatten verpflichtend für alle öffentlichen Bauten machen. Und unsere Geschenkartikelindustrie im Erzgebirge hätte Vollbeschäftigung."

Jaki sah hinter seinem Rücken zu Hanna und tippte sich an die Stirn. Peters Humor kam bei seinen beiden Kolleginnen nicht immer an.

Nachdem sie ihre Gerichte, Eieromeletts und Salatteller, vor sich stehen hatten, blickte Hanna erwartungsvoll in die Runde.

„Also, was wissen wir?" fing sie kauend mit der Unterhaltung an. Ein roter Paprikaring verschwand in ihrem Mund, die Gabel schob ein Stück Tomate hinterher, in der anderen Hand hielt Hanna ein Stück Weißbrot.

Jaki und Peter antworteten nicht, sondern sahen Hanna erwartungsvoll an. Es war klar, dass Hanna mal wieder weitgehend schweigende Sparringpartner für ihr lautes Nachdenken brauchte, streitbare Fragen zum Teil zulassend. Peter und Jaki waren jedoch zu sehr mit Essen beschäftigt, um zu antworten. Also spießte Hanna ihre Gabel senkrecht mitten in ihren Salathaufen und begann.

„Da läuft also so ein Entwicklungshilfeprojekt …"

Peter schien widersprechen zu wollen, er war aber nicht zu verstehen.

„Man spricht nicht mit vollem Mund", tadelte ihn Hanna.

Mittlerweile hatte er seinen Mund geleert und wiederholte: „Entwicklungshilfe ist politisch nicht mehr korrekt."

„Danke, Herr Oberlehrer. Dahinter steht eine Organisationseinheit der Vereinten Nationen und irgendwie diese komische Internationale Agentur für – äh – Vermarktung?"

Wieder schüttelte Peter den Kopf: „Internationale Agentur für Entwicklung." Hanna schien ein wenig aus dem Konzept gebracht. Mit Messer und Gabel faltete sie ein Salatblatt zusammen und stopfte es sich in den Mund. Eine Weile herrschte gefräßiges Schweigen. Dann fing Hanna wieder an.

„Einer der Projektbeteiligten ist Frank Endermann. Der – so scheint es – trifft auf einige Ungereimtheiten und schreibt das alles in seinem Laptop auf."

„Für wen?", fragte Jaki dazwischen. Hanna guckte irritiert. Jaki hakte nach. „An wen wollte Endermann den Bericht weitergeben? Die Agentur? Die Presse? Die Staatsanwaltschaft?"

„Oder wollte er jemanden erpressen?", warf Peter ein. „Vielleicht hat er es schon getan und wurde deshalb aus dem Weg geräumt. Erpresser leben bekanntlich nicht lange – steht jedenfalls in den meisten Krimis."

„Dann verstehe ich nicht, warum Endermann sich diese Arbeit machte", entgegnete Hanna. „Wenn ich jemanden erpressen kann, dann, weil ich über kompromittierende Dokumente verfüge. Da genügt ein Zweizeiler. Da muss ich mich doch nicht erst hinsetzen und einen Roman schreiben", brummelte sie zweifelnd.

Peter setzte nach. „Wenn es keine Erpressung war, kommt Jakis Frage, ‚an wen' wieder in den Vordergrund. Irgendeinen Adressaten muss Endermann gehabt haben. Es muss auch Mitwisser seiner Arbeit gegeben haben. Einer hat ihn verraten – absichtlich oder versehentlich."

Nach einer kurzen Kaupause fuhr er fort: „Und wie sieht es in seinem privaten Umfeld aus? Kommt eine Beziehungstat in Frage? Die Kinder, die Ex-Frau, die Nachbarn, ein möglicher Nebenbuhler?"

„Der an die Neonazis verlorene Sohn – dass der einen Hass auf seinen Vater hatte, war in unserem Gespräch offensichtlich. Alles in allem eine traurige Vater-Sohn-Geschichte. Das heißt, wir müssen tiefer in die Neonazi-Szene eintauchen."

Jaki schüttelte sich, als ob sie friere. Sie hasste solche Recherchen. Peter kam ihr zu Hilfe.

„Für den Fall haben wir ein paar Spezialisten im Haus. Sprich erst mit der Tochter und der Ex-Frau", empfahl er.

105

„Die stehen bereits auf meiner Liste", bestätigte Hanna. Dann nahm sie ihr lautes Nachdenken wieder auf.

„Irgendwer ist schwer an Endermanns Bericht interessiert – so sehr, dass er ihn umbringt und seinen Laptop mitgehen lässt."

„Wisst ihr, was mich umtreibt: Geld und Wertsachen interessieren unsere Täter nicht die Bohne. Die haben in ihrer etwas groben Art ganz gezielt gearbeitet, wie nach Fahrplan. Das hat ein bisschen was von Auftragsmord", ergänzte Hanna. Jakis Augen weiteten sich vor Schreck.

Peter fasste zusammen: „Das heißt, uns fehlen noch eine Menge Teile zu unserem Puzzle."

Er seufzte und wandte sich an Hanna. „Dirk wird sich davon wenig beeindrucken lassen. Selbst wenn Holgers Spurenanalyse unsere bisherigen Vermutungen bestätigt, worauf ich jetzt schon wetten möchte. Wir müssen noch ein paar Hausaufgaben erledigen."

„Und die wären?" fragte Hanna lächelnd, als ob sie es nicht selbst wüsste.

„Das liegt doch auf der Hand", dozierte Peter. „Wir müssen mit Endermanns letztem Auftraggeber sprechen, mit seinen internationalen Projekt-Kollegen. Meiner Ansicht nach müssen wir auch mit dieser Internationalen Agentur sprechen."

„Genau das habe ich vor." Sie grinste ihn an. „Aber ich schätze deine Ratschläge, lieber Kollege." Hanna schlug ihm vertrauensvoll auf die Schulter.

„Du solltest deine weiteren Ermittlungen nicht nur über diesen Ilsefreund machen, sondern etwas offizieller", riet er ihr. „Bitte die dortigen Kollegen um Amtshilfe oder fahr selbst hin."

„Dann muss ich wohl bald eine Westreise unternehmen."

Die Drei schlenderten unter den gerade grün werdenden Platanen auf der Hauptstraße zur Elbe hinunter. Das Stadtgartenamt hatte sich im Herbst zuvor mal wieder selbst übertroffen und Hunderte von Narzissen- und Tulpenzwiebeln unter den Platanen in die Erde gesteckt. Alles blühte rot und gelb. Peter kaufte an der Eisdiele am Goldenen Reiter für jeden eine Tüte Eis. Eifrig schleckend schlenderten sie zurück zu ihrer Arbeit.

Eine Tante im Westen

Im Büro griff Hanna nach den Notizen von ihrem Gespräch mit Horst Bauditz vom Vorabend. Sie suchte den Namen der Beratungsagentur, für die Endermann zuletzt tätig gewesen war. Im Internet fand sie die dazugehörige Internetseite von E&P-Consult, Adresse und Telefonnummer sowie den Namen des Geschäftsführers, Karsten Fuchs. Sie wählte die Telefonnummer in Bremen und ließ sich mit Fuchs verbinden. Hanna konzentrierte sich. Wie würde er auf die Nachricht von Endermanns Tod reagieren? Für sie war die erste Reaktion wesentlich.

„Hanna Thiel, Kriminalhauptkommissarin aus Dresden."

Am anderen Ende war kurz Stille. „Was kann ich für sie tun?" Der Tonfall verriet eine sachliche Neugier.

Hanna sprach die folgenden Worte mit Bedacht. Sie wollte keine der Regungen ihres Gesprächspartners verpassen:

„Kannten sie Frank Endermann aus Dresden?"

„Aber sicher. Frank Endermann arbeitet hin und wieder als freier Mitarbeiter für mich." Fuchs hielt kurz inne. „Wieso ‚kannten'? Ist etwas passiert?"

„Frank Endermann wurde vor einigen Tagen tot in der Sächsischen Schweiz aufgefunden, wir ermitteln wegen Mordverdachts. Ich brauche deshalb dringend Informationen über Endermann sowie über seine letzten beruflichen Aktivitäten."

Am anderen Ende herrschte Stille.

„Herr Fuchs, sind sie noch dran?"

„Entschuldigen sie, Frau Kommissarin, aber das muss ich erst verarbeiten. Was ist passiert?"

„Die Leiche Frank Endermanns wurde am Sonnabend in der Sächsischen Schweiz gefunden. Alle Indizien deuten darauf hin, dass er einen Felsen hinuntergestoßen wurde."

„Gestoßen", echote Fuchs. „Mord? Oh, mein Gott." Fuchs klang hörbar bestürzt. Dann wieder Stille.

„Herr Fuchs, ich kann mir vorstellen, dass sie das erst verarbeiten müssen. Aber ich ermittle wegen der Todesursache. Da ist noch etwas. In Endermanns Wohnung ist eingebrochen und wahrscheinlich sein Laptop gestohlen worden. Sonst nichts. Alle Indizien und Verdachtsmomente zielen bislang darauf hin, dass Endermanns Tod in Zusammenhang stehen könnte mit einem Projekt in Muldanien, an dem er zuletzt gearbeitet hat. Nach unseren Recherchen war ihre Firma E&P-Consult der Auftragnehmer für die Beratungsarbeit in diesem Projekt und Endermann einer ihrer Projektmitarbeiter. Ist das richtig?"

Fuchs stöhnte: „Ja."

„Ich möchte alles über dieses Projekt erfahren. Ich glaube allerdings, dass wir das nicht am Telefon besprechen können. Ich würde sie daher gerne aufsuchen, möglichst bald. Passt es ihnen morgen? Ich käme dann nach Bremen."

„Nein, ja, Moment", Fuchs hielt eine Hand auf den Hörer, Hanna hörte ihn undeutlich reden, dann sprach er wieder zu ihr. „Morgen geht. Ich sage alle Termine ab."

Fuchs machte eine Pause, dann: „Entschuldigen sie, Endermann war nicht gerade ein enger Freund, er war ein geschätzter Kollege, aber da ist noch etwas anderes, was mich in diesem Zusammenhang erschüttert ..."

„Was?" fragte Hanna nach.

„Am Ende des Projekts gab es einen schrecklichen Autounfall, bei dem der muldanische Fahrer und ein Mitarbeiter ums Leben kamen."

„Ein Kollege Endermanns also?"

„Ja."

„Das, das ist alles so furchtbar."

Fuchs holte hörbar Luft.

„Also, kommen sie bitte morgen. Ich erwarte sie."

Hanna legte auf. „Da bin ich ja gespannt", sagte sie zu Peter hin. „Jaki darf mir bei der Reisekostenstelle gleich mal eine Rückfahrkarte nach Bremen besorgen. Sag mal, Peter, bei Fahrten über 200 Kilometer dürfen wir doch Erster Klasse reisen?"

Peter sah sie streng an. „Sind sie überhaupt Reisekader? Bei ihrer bekannt destruktiven Haltung gegenüber der Partei hege ich da meine Zweifel."

Hanna grinste. „Ich habe noch eine Tante im Westen. Wenn du brav bist, bringe ich dir Bananen mit."

Sie griff erneut zum Telefonhörer und wählte die Dienstnummer von Michaela Endermann. Sie hatte die Nummer der Ex-Frau des Toten von den Ahlbergs erhalten. Frau Endermann lebte seit einigen Jahren in Essen, hatte dort einen neuen Partner und Arbeit gefunden. Das Telefonat war zwar freundlich, aber kurz. Der Kontakt der geschiedenen Eheleute hatte eine Zeit lang noch wegen der Kinder bestanden, war aber schon vor zwei, drei Jahren abgebrochen und war in letzter Zeit nur noch sehr sporadisch. Michaela Endermann wusste nicht viel über ihren Ex und schon gar nichts über seine Arbeit zu berichten, was Hanna weiterhelfen konnte. Auch ihr Verhältnis zu Georg war abgekühlt. Lediglich zur Tochter hatte sie noch ein herzliches Verhältnis. Hanna hatte den Eindruck, dass Michaela Endermann nur sehr ungern über ihre Dresdner Zeit und ihre damaligen Familienverhältnisse sprach. Sie schilderte alles in dürren Worten und emotionslos. Hanna legte den Hörer nach dem Gespräch langsam wieder auf. Für ihr Ermittlungspuzzle zeichnete sie ein isoliertes Kästchen mit dem Namen der Ex-Frau ohne Verbindungslinien zu dem Toten oder anderen in ihrem Ermittlungsdiagramm ein.

„Ich fahre jetzt erst mal nach Pirna, Peter, und besuche Gabi Endermann. Wir sehen uns wahrscheinlich erst übermorgen wieder. Sag Dirk einen schönen Gruß."

Wie die Königskinder

Hanna hatte den Termin mit Gabi Endermann, der Tochter des Toten, für den späten Nachmittag vereinbart. Auch sie wohnte wie ihr Bruder Georg in Pirna. Sie war gespannt, ob die Schwester es ihrem Bruder nach- oder vorgemacht und sich ebenfalls Ersatzväter bei den Rechten gesucht hatte. Hanna beschloss, wieder mit dem Fahrrad zu fahren. Das Wetter war ideal und der Wind blies von West. Sie rechnete sich aus, dass sie damit knapp eine Stunde brauchen würde. Schneller wäre sie mit dem Dienstwagen auf der B 172 bei dem dort herrschenden Dauerstau auch nicht. Das Radeln brachte ihr doppelten Gewinn: Erstens konnte sie dabei viel besser nachdenken und zweitens ersparte ihr das Radeln das dienstlich verordnete Fitnesstraining in einem stickigen und nach Schweiß stinkenden Kraftraum. Das unterschied sie von Dirk, der es für angemessener hielt, für sämtliche Fahrten den möglichst größten Dienstwagen zu nutzen und seine Fitness im Studio zu stählen. Damit war er eindeutig mehr trendy. Er hielt Hannas Radlerei für typisch weiblichen Gewichtsreduzierungswahn, sozusagen eine Spezialform der Bulimie für Frauen über Vierzig. Bisweilen, so schien es, war es ihm regelrecht peinlich, wenn seine Mitarbeiterin ihr Rad bestieg. Ermittler hatten in PS-starken Autos vorzufahren. Dabei ignorierte er die Tatsache, dass der Dresdner Stadtverkehr und die Parkplatzproblematik viel Zeit kosteten.

Hanna wechselte über das Blaue Wunder auf den Elberadweg. Unterwegs blickte sie prüfend zur Elbe. Es musste in Tschechien geregnet haben. Der Fluss leckte an den Uferböschungen, an manchen Stellen schwappte er bereits bis an die Radwegkante. Er wird doch nicht weiter anschwellen? Wie viele Anrainer beobachtete Hanna die Pegelschwankungen der Elbe seit dem Hochwasser im Sommer 2002 peinlich genau.

Gabi Endermann wohnte wie ihr Bruder in der Pirnaer Altstadt, allerdings einige Straßen entfernt. Auch hier dröhnte laute Musik aus der Wohnung. Hanna meinte HipHop zu erkennen. Ein junger Mann mit Pferdeschwanz öffnete ihr die Tür. „Hi", grüßte er. „Wollen sie zu uns?" Hanna atmete auf. Keine rechte Szene. Da sind Bruder und Schwester wohl auseinandergedriftet. „Ich bin mit Gabi Endermann verabredet."

„Ach, dann sind sie die Kommissarin? Immer rein in die Bude. Gabi wartet schon", und dann, etwas leiser, „Das hat sie ganz schön mitgenommen. Dass sie Fragen stellen müssen ist klar. Seien sie trotzdem nett zu ihr, ja?" Hanna war gerührt über so viel Fürsorge. Der junge Mann öffnete vor Hanna eine Tür und rief hinein. „Gabi, dein Besuch aus Dresden ist da. Ich verzieh mich dann mal. Ich werde ja nicht gebraucht, nehme ich an." Eine Rastazopffrau kam an die Tür. „Sind sie Frau Thiel?"

Hanna zog ihren Ausweis. „Guten Tag, Frau Endermann, ich hatte mich gestern bei ihnen angemeldet. Ich würde mich gerne ein bisschen mit ihnen unterhalten."

„Wegen meinem Bruder oder wegen meinem Vater?"

Hanna war verblüfft. Die junge Frau schien die Umtriebe des Bruders gut einordnen zu können.

„Ich bin nicht von der Sonderabteilung gegen Extremismus, ihr Bruder interessiert mich nur als Zeuge. Ich untersuche den Tod ihres Vaters."

„Was gibt es denn da zu untersuchen? Er ist die Schrammsteine heruntergefallen." Sie machte eine kleine Pause, dann fügte sie mit ernstem Gesichtsausdruck hinzu „... oder hat sich gestürzt."

Es klang wenig überzeugt.

Hanna ging zunächst nicht darauf ein. „Müssen wir das in der Tür besprechen."

„Oh, Entschuldigung", sagte Gabi beflissen, „kommen sie rein, setzen sie sich. Möchten sie etwas trinken? Tee oder Wasser?"

Hanna fand sich in einer typischen Wohngemeinschaftsküche; ein Möbelgemisch aus IKEA und Sperrmüll, dominiert von einem großen alten, selten gewischten Tisch, so dass verschiedene Flecken von Rotwein über Nudelsoße bis Tee und Kaffee ihm eine unverwechselbare Patina gegeben hatten. Doch alles in allem verströmte der Raum eine anheimelnde Gemütlichkeit. Während Hanna sich setzte, holte Gabi ein Glas aus einem Wandschrank und ging zur Spüle. Sie ließ den Wasserhahn eine Weile laufen, bis das Wasser kalt genug kam, ließ es in das Glas laufen und stellte es vor Hanna auf den Tisch. „Mineralwasser haben wir nicht, aber das Leitungswasser in diesem Stadtteil kommt aus dem Erzgebirge. Kein Elbuferfiltrat wie in Dresden." Hanna lachte. Sie mochte eigentlich weder Leitungswasser noch Tee. „Ach, ich bin Dresdner Wasser gewöhnt", sagte sie. „Was uns nicht umbringt ..." Beide Frauen lachten. Das Eis war gebrochen.

Die Frauen saßen einander gegenüber, Gabi leicht schräg, mit den eng gestellten Beinen fast parallel zum Tisch, wie jene Hausfrauen, die bereit sind, jederzeit aufzuspringen, um dem Gast etwas Gutes zu tun, womit sie aber nur Unruhe verbreiten.

Hanna nahm einen Schluck Wasser. Dann sprach sie bedächtig: „Ich muss ihnen mitteilen, dass wir im Fall ihres Vaters wegen Mordes ermitteln. Wir sind uns sicher, dass es weder ein Suizid noch ein Unfall war."

Gabi Endermann setzte ein Gesicht auf, das Hanna nicht sofort deuten konnte. Ihr Ausdruck schwankte zwischen Entsetzen und Erleichterung. Und tatsächlich sagte Gabi: „Ich habe schon zu viel geheult die letzten Tage. Wissen sie, es ist komisch, aber ihre Nachricht erleichtert mich. Es war ein Schock für mich, als mir die hiesige Polizei die Todesnachricht überbrachte und andeutete, dass es wahrscheinlich ein Suizid war. Ich habe nächtelang nicht geschlafen, weil ich dachte, ich kenne meinen Vater nicht. Der bringt sich doch nicht um! Ich habe nur noch gegrübelt, warum er sich vom Felsen gestürzt haben könnte."

Jetzt fing Gabi doch laut zu weinen an. Hanna schwieg betreten. Der Freund kam herein, warf Hanna einen tadelnden Blick zu, setzte sich neben Gabi auf den nächsten Stuhl und legte einen Arm um sie.

Gabi wandte sich an ihn. „Manfred, denk dir. Mein Vater hat sich nicht umgebracht. Er wurde ermordet. Ist das nicht toll?"

Der Freund sah ganz verdattert drein. Er konnte mit der Nachricht gar nichts anfangen. „Entschuldigt bitte", sagte Gabi, „ich hör auch gleich auf zu heulen." Sie rieb ihr tränennasses Gesicht an der Schulter ihres Freundes ab. Dabei streichelte er sie weiter über den Kopf. Alle drei schwiegen eine Weile.

Hanna betrachtete die junge Frau. Sie war schlank und klein, fast zierlich, kaum größer als eins sechzig. Doch ihr Auftreten ließ darauf schließen, dass in dem kleinen Körper viel Energie und schon erstaunlich viel Selbstbewusstsein steckte. Ihren Kopf zierte ein wildes Gestrüpp von Rastazöpfen, besetzt mit kleinen bunten Perlen. Die üppige Haarpracht ließ den Körper darunter noch zierlicher wirken.

Sie ließ Gabi Zeit. Vorsichtig sah sie sich um. Hanna erinnerte sich an die eigene Studienzeit. Solche Poster wie hier an den Wänden gab es zu ihrer Zeit allerdings nicht. ‚Kein Sex mit Nazis' las sie und ‚Nazis verpisst euch – keiner vermisst euch'. In den Geschwistern Gabi und Georg spiegelten sich wohl die politischen Grabenkämpfe der Pirnaer Jugend wider.

Hanna musste beim Anblick der Plakate breit grinsen.

Gabi riss sich mit einem Ruck von ihrem Freund los. Er stand auf und ging wieder hinaus; für Hanna das Signal, das Gespräch wieder aufzunehmen. „Verstehen sie sich mit ihrem Bruder überhaupt noch?" Hanna hoffte, dass sich Gabi durch den Themawechsel etwas beruhigen würde und wollte später auf den toten Vater zurückkommen.

„Wir hatten immer eine enge Beziehung, auch wenn unsere politischen Ansichten in letzter Zeit auseinanderklaffen. Mein Bruder ist doch nur aus Trotz Nazi. Er ist nie erwachsen geworden, hat nie zu sich gefunden. Solche Knaben laufen hier reihenweise den rechten Rattenfängern in die Arme."

Hanna hatte eine Erleuchtung. „Sind sie nach Pirna gezogen, um ihren Bruder zu retten."

Jetzt lächelte Gabi ein wenig. „Vielleicht."

„Sahen sie sich denn in der letzten Zeit noch zu dritt?"

„Sehr selten. Zuletzt an Vaters Geburtstag in der Wohnung. Aber das ging voll daneben." Gabi schüttelte sich, als friere sie.

„Die Treffen waren wohl nicht so angenehm", fragte Hanna.

„Dass Vater für diese Kanaken arbeiten würde, das sei das Allerletzte, hat Georg ihm vorgeworfen. Am wenigsten hat er ertragen, dass Vater in Projekten in Afrika gearbeitet hatte und dort sein Geld verdiente. Es wurde immer schlimmer mit Georg. Ich glaube, der hat seinen rechten Freunden davon erzählt, was Vater macht und die haben ihm dann beigebracht, wie er darüber zu denken hat. Dann gingen sie aufeinander los, Vater hat Georg einen Nichtsnutz und Faulpelz und Georg ihn als das allerletzte Schwein beschimpft. So ging es zu bei unseren Familienfeiern. Meistens stand ich dazwischen. Aber bei diesen Sachen war ich auf Papas Seite. Irgendwann haben wir diese Treffen dann aufgegeben."

Gabi schüttelte den Kopf.

„Als hätten sie ihm ins Gehirn geschissen. Der denkt keinen eigenen Gedanken mehr, sondern plappert nur noch, was die ihm eintrichtern. Kanaken, unwertes Leben, Un-Kultur. Und dann dieses Geschwafel von den national befreiten Zonen. Am schlimmsten finde ich diesen Mist, von wegen, dass uns die Ausländer die Arbeitsplätze wegnehmen. Das ist saudummes Geschwätz. Es gibt hier weit und breit keine Ausländer. Selbst die türkischen Besitzer der Dönerbuden haben sie schon vertrieben. Aber dann fahren die Rechten nach Tschechien zum Einkaufen und gehen dort regelmäßig in die Puffs, weil die Tschechinnen und Polinnen es billiger machen als die deutschen Frauen und nicht so rumzicken. Und darauf sind sie auch noch stolz. Die sind alle so bescheuert."

„Das heißt, auch hier in Pirna sehen sie sich eher selten."

„Doch, wenn mein Bruder und seine widerlichen braunen Schlägerkumpane Jagd auf Zecken machen. Dazu gehör' ich natürlich auch."

Hanna war der Begriff ‚Zecken' durch ihren Kontakt mit der Sonderkommission für Extremismus vertraut. Die Rechtsextremen bezeichneten damit alle jungen Menschen, die offensiv gegen sie agierten und somit auf der Liste der Feinde ganz oben standen.

Gabi stand auf und setzte Teewasser auf.

Hanna fragte nach. „Ist er auch bei diesen Kampflagern dabei?"

„Na, das ist doch für ihn das Größte. Dieses Krieg-Spielen irgendwo in der Sächsischen Schweiz. Da stehen ja genügend Fabrikruinen herum, worin die ungestört herumballern können. Das hat so ein bisschen was von Pfadfinderseligkeit und von Blutsbande à la Winnetou und Old Shatterhand. Uniformen, Gehorchen und Kadavergehorsam bis in den Tod und dieser ganze Schwachsinn. Aber leider eben auch mit richtigen Waffen. Was glauben sie, welch leuchtende Augen Georg bekommt, wenn er davon schwärmt. Unlängst hat er mir ganz stolz erzählt, dass sie ihn demnächst zum Kameradschaftsführer machen wollen."

„Na, dann muss er ja schon ordentlich was geleistet haben", warf Hanna ein.

Gabi zögerte bei dieser Bemerkung der Kommissarin etwas, sie schaute sie schräg dabei an.

„Seit einigen Wochen kursieren hier Gerüchte, dass die Rechten aufgerüstet hätten. Das weiß ich auch aus meinem Verein ‚Aktion gegen Rechts'. Wir machen in Pirna und Umgebung viel für Jugendliche, um sie für Toleranz, Demokratie und gegen Rechts zu gewinnen. Ehrlich gesagt", sie warf Hanna einen besorgten Blick zu, „habe ich Angst, dass Georg bei denen irgendwelche krummen Dinger dreht und damit immer tiefer reinrutscht. Der ist doch diesen Dreckskerlen nicht gewachsen."

„Was könnte er denn angestellt haben?"

„Ich habe keine Ahnung. Er führt sich in letzter Zeit merkwürdig großkotzig auf. Gerade noch ein unbedeutender Mitläufer und plötzlich klopft ihm der oberste Kameradschaftsführer auf die Schulter. Da ist Georg gleich um fünf Zentimeter gewachsen."

„Haben sie mit ihrem Bruder darüber gesprochen?"

„Er tat ganz fürchterlich geheimnisvoll. Ich kenne ihn gar nicht so. Normalerweise gibt er mit seinen Erfolgen an bis er schier platzt, wie ein Sack voll Pressluft. Aber er hat nichts rausgelassen, nur immer wieder damit angegeben, was er für ein toller Hecht sei und dass er die Kameraden jetzt aufrüsten würde und dann gäbe es den bewaffneten Kampf und die ganze Sächsische Schweiz würde eine national befreite Zone. Dann laberte er noch was vom Vierten Reich und so weiter. Ich konnte mir diesen Quatsch nicht anhören, ohne dass mir die Galle hochkam. Sie wollen eine autonome ausländerfreie Zone schaffen. Zecken wie ich wären dann vogelfrei. Solche Dreckskerle wie sein Vater wären dort dann unerwünscht, die würden ihr Fett abkriegen. Es wäre sowieso an der Zeit, dass Vater mal bekommt, was er verdient."

Hanna wagte einen Vorstoß. „Halten sie es für möglich, dass Georg seine Freunde auf ihren Vater angesetzt hat?"

Gabi überlegte gar nicht erst. „Unsinn! Georg wollte von seinem Vater endlich mal anerkannt werden. Und wenn er ihn dafür hätte verprügeln müssen. Vater sollte endlich sehen, was sein kleiner Hosenscheißer für ein toller Hecht ist. Tot wäre er ihm nichts nütze. Nein, so weit geht Georgs Hass nicht."

„Was meinte Georg damit, ihr Vater würde bekommen, was er verdient?"

Gabi warf Hanna einen kummervollen Blick zu. „Das ist eine lange Geschichte. Unser Vater hat, schon als wir noch klein waren, ständig meine Mutter betrogen. Unterwegs war er auch immer. Entweder beruflich oder, wenn er zu Hause war, mit einer seiner Freundinnen. Wir bekamen das ziemlich früh mit. Das wurde zwar nicht groß thematisiert, aber auch nicht unter den Teppich gekehrt. Wir wussten einfach Bescheid. Natürlich war unsere Mutter ungenießbar. Sie hatte einen Beruf, die Hausarbeit, uns Kinder und den Ärger. Vater hatte für uns Kinder nur Zeit, wenn wir seine Hobbys mitmachten, aber auf unsere Interessen ging er nie ein. Wandern, immer mussten wir mit unseren Eltern zum Wandern. Ich kann mich nicht erinnern, dass wir jemals mit der Parkeisenbahn durch den Großen Garten gefahren wären. Vater fand das albern. Also fand das nicht statt. Auch im Zoo waren wir nicht – höchstens mit der Schulklasse. Er war ein sehr egoistischer Mensch. Mutter hat dann immer mehr ihre eigenen Sachen gemacht. Irgendwann legte sie sich einen Freund zu. Von da an waren wir dann ganz allein."

Die beiden Frauen saßen eine Weile schweigend. Gabi fing wieder an zu weinen. Sie verließ ohne ein Wort den Raum, Hanna hörte sie draußen laut in ein Taschentuch schneuzen. Hanna wartete geduldig, sah aus dem Fenster. Nach zwei Minuten kam Gabi wieder und setzte sich erneut an den Tisch. Sie nahm den Erzählfaden wieder auf.

„Meine Mutter zog dann eines Tages aus. Sie hatte im Westen einen Freund übers Internet gefunden. Mit ihm wollte sie ein neues Leben beginnen. Da war ich 17, kurz vor dem Abitur, Georg 15, in der Mittelschule, kurz vor seinem Abschluss. Mutter ging wohl davon aus, dass wir alt genug waren, für uns selbst zu sorgen. Vielleicht hoffte sie auch, dass Vater mit der Situation überfordert wäre. Doch irgendwie schaffte er es. Außerdem waren da noch die Ahlbergs, unsere Nachbarn. Ich habe die Zähne zusammengebissen, mein Abitur und ein Freiwilliges Soziales Jahr in Rumänien in einem Heim für Waisenkinder gemacht und fing dann mit Studieren an. Georg sackte völlig ab. Er schaffte die Mittlere Reife nicht, blieb sitzen, wechselte die Schule, blieb wieder sitzen und mit knapp 19 bekam er dann mit Ach und Krach einen schlechten Hauptschulabschluss hin. Dann fing er eine Lehre als Gebäudereiniger an. Irgendwas mit Computern hat er auch mal kurz gemacht. Ich habe ihm seine Bewerbungsschreiben korrigiert. Dabei ist Georg nicht doof. Dieses Vater-Sohn-Problem hat ihm einfach den Boden unter den Füßen weggezogen. Dann hat er die Lehre geschmissen und fand bei den Nazis eine neue Familie."

„Wann ist Georg denn in die rechte Szene abgeglitten?" Hanna konnte ihr Interesse an der Endermannschen Familienentwicklung nicht verbergen.

„Das fing so mit vierzehn an. Er schmückte sein Zimmer mit altem Militärkram, Reichskriegsflaggen und so 'n Scheiß. Er trug nur noch Klamotten von Marken der rechten Szene. Wenn seine Freunde da waren, dann standen im Flur die Springerstiefel rum. Die waren ständig auf Skinheadkonzerten, davon gibt es ja mehr als genug hier. Meine Eltern hätten das eigentlich alles mitkriegen können. Aber die guckten weg, wollten das wohl nicht sehen, außerdem hatten sie mit sich selbst genug zu tun."

Hanna konnte sich ihre Verwunderung nicht verkneifen. „Wie haben sie es denn bei all dem geschafft, normal zu bleiben?"

Gabi lächelte. „Das wundert mich auch manchmal. Vielleicht leiden wir Mädchen nicht so unter dem Vater-Tochter-Komplex und dem fehlenden Vorbild. Wir werden anscheinend von alleine erwachsen. Ich habe meine Kindheit verarbeitet, Georg seine nicht. Ich hab da keine Lösung, vielleicht wüssten irgendwelche Psychologen mehr dazu. Heute will ich es auch nicht mehr wissen. Als man mir am Wochenende den Tod meines Vaters mitgeteilt hat und dass er eventuell Suizid begangen hat, hatte ich schon befürchtet, dass er das wegen Georg gemacht hat."

„Und wie kommt ihr Bruder finanziell über die Runden?"

„Vater hat ihn unterstützt."

„Bis zuletzt?"

„Der typische Fall: Eltern kaufen sich von den Problemen ihrer Kinder frei. Statt sich ernsthaft mit ihnen auseinanderzusetzen, erhöhen sie das Taschengeld."

„Ihr Bruder stellt das anders dar."

„Der stellt es immer so dar, wie er es gerade sehen möchte. Er nahm Vaters Geld, auch wenn es seiner Meinung nach Drecksgeld war, das Vater bei den ‚Bimbos' in Afrika verdiente. Wenn es ums Geld geht, stellt sich Georg die Gewissensfrage nicht. Wie bei allen Nazis. Ich glaube sogar, dass er etliches von dem Geld an seine rechten Freunde gab, um sich bei denen einzuschmeicheln."

„Ihr Bruder bekam also eine regelmäßige Überweisung?"

„Nein. Das war mal. In einem Anfall von Wut hat Georg sich diese Überweisungen vor einem Jahr verbeten. Ich weiß nicht, was ihn da geritten hat. Seitdem hat sich das Zuckerdosen-System herausgebildet." Sie lachte laut auf.

„Immer mal wieder fünfzig oder hundert Euro in der Kaffeedose. Das war der merkwürdige Geldtransfer von Vater zu Sohn. Georg hat sich dann bei seinen Besuchen in der Wohnung bedient. Auf diese Weise war die Abhängigkeit größer als vorher. Aber irgendwie unausgesprochen war das beiden recht. Mein Vater machte sich einen Spaß daraus, die unterschiedlichsten Scheine in die Dose zu stecken. Und Georg nahm selten alles. Auf diese Weise musste er aber regelmäßig nach Hause kommen."

Hanna dachte an den Schein, den die Spurensicherung gefunden hatte.

Gabi war richtig redselig geworden. Hanna schien ihr die geeignete Gesprächspartnerin, bei der sie die ganze bedrückende Familiengeschichte loswerden konnte.

„Mein Vater war nie ein Vorbild für Georg. Er hatte einfach keines. Das war vielleicht das eigentliche Problem und das hat er nie kompensiert. Und seine rechte Bande, die hat ihn dann aufgefangen. Dort fühlte er sich geborgen. Der Männerkult hat ihm gefallen. Das brauchen heranwachsende Knaben anscheinend. Die müssen sich ja ständig beweisen. Dort fühlte sich Georg gebraucht. Das hat er mir mal in einer vertrauensseligen Stunde erzählt, dass das ein schönes Gefühl sei, gebraucht zu werden. Vater hätte ihn nie gebraucht. Wir Kinder seien ihm immer im Weg gewesen, mit all seinen Frauen. Aber jetzt, wenn einer der Partei-Obersten ruft ‚Kameraden, Plakate kleben‘, da rennt Georg los und klebt. Danach gibt es Schulterklopfen und Wange-Tätscheln. Mir kommt da dieser Wochenschaufilm in den Sinn, wo Adolf Hitler das letzte Aufgebot, lauter kleine Jungs, mit dem Eisernen Kreuz auszeichnet – grässlich, fürchterlich! Ich darf da gar nicht drüber nachdenken. Und Georg redet in dieser fürchterlichen Art – damit könne er was tun für die Zukunft unserer Kinder. Dabei ist er selbst noch eins.“

Gabi schüttelte den Kopf. „Was für ein Schwachsinn. Und davon lässt der sich beeindrucken.“

„Wissen sie“, fuhr sie, an Hanna gewandt, fort, „Georg hat zwar rumgemotzt, aber nie den Ehrgeiz entwickelt, auf eigenen Beinen zu stehen. Er braucht immer eine Stütze, sei es in Form von Geld oder jemanden an der Seite, der sagt, was er denken soll. Da passt es meiner Ansicht nach nicht, dass er an Vaters Tod Schuld sein soll. Er braucht diesen Schwamm zum Aussaugen. Mit Vaters Tod reißt doch als Erstes der Geldfluss ab. Das wird jetzt sicher übel für Georg.“

„Diesem Herrn Endermann“, begann Gabi nach einer Weile, machte eine kleine Pause und Hanna wunderte sich, dass sie ihn so bezeichnete, dann fing Gabi nochmals an „Diesem Herrn Endermann ist es sein ganzes Familienleben lang einfach nie gelungen, ein Vater zu sein. Ich weiß auch nicht. Mir hat er als Kind auch oft gefehlt. Aber ich habe meinen Frieden schon vor Jahren mit ihm gemacht. Wir haben sogar gelernt, miteinander zu reden – richtig, wie erwachsene Leute. So lange wir kleine Kinder waren, konnte er nichts mit uns anfangen. Bei Mutter war es umgekehrt.

Aber die hat zu früh aufgegeben. In dem Vakuum dazwischen ist Georg verlorengegangen."

Gabi hatte wieder Tränen in den Augen. Sie rannen ihr über das Gesicht, aber diesmal lief sie nicht hinaus.

Hanna schwieg eine Weile. Dann nahm sie den verlorenen Faden wieder auf.

„Kennen sie Georgs Wohnung?"

„Seine Bude widert mich an. Außerdem riskiere ich Prügel, wenn ich mich bei ihm oder in seinen Kneipen blicken lasse. Umgekehrt riskiert er dasselbe."

Gabi setzte ein schiefes Grinsen auf.

„Wir sind wie die Königskinder – wir können nicht zueinander kommen."

Gabi zog lautstark den Rotz in der Nase hoch.

Hanna wartete einen Moment ab. Dann lenkte sie das Gespräch nochmals auf Frank Endermann. Sie fragte Gabi nach dessen Arbeit.

„Lug und Trug", sagte Gabi darauf. „Das wäre alles Lug und Trug dort in Muldanien, erzählte er mir mal. Eine Riesensauerei sei es, was dort mit den vielen Steuergeldern passiere. Er hat mir Bilder auf seinem Laptop gezeigt, die er mit seiner Digitalkamera aufgenommen hatte. Das waren ziemliche Gegensätze: Einerseits riesige, in der Sonne glänzende Hallen, nagelneu, aber gähnend leer und davor ärmliche Bauern mit Eselskarren. Ich erinnere mich an ein paar Aufnahmen von Eseln. Er mochte sie wegen ihrer langen pelzigen Ohren. Vater hat mir auch Fotos von seinen Kollegen gezeigt. Ein schwarzhaariger Italiener war dabei, ein langer, leicht rötlichblonder Mann aus Norwegen oder Schweden. Der hieß – warten sie mal – Gunnar hieß der. Dann ein dicker dunkelhäutiger Mann mit Glatze und Schnauzbart. Das war wohl ihr Fahrer. Die Arbeit mit den Bauern hat Vater allerdings gefallen. Aber es müssen Umstände geherrscht haben, die er erdrückend fand. Da wurde er dann richtig zynisch. Von irgendeiner Behörde der Vereinten Nationen hat er erzählt und einer – ich weiß nicht – Internationalen Agentur. Ich habe das nicht richtig verstanden, nur, dass er noch nie in einem Projekt gearbeitet hat, das ihn persönlich so mitgenommen hat."

„Und wie ging das weiter?" fragte Hanna nach. Sie hatte sich aufgerichtet, ihr Interesse war geweckt.

Gabi hob die Schultern. „Wie üblich setzte sich Vater zu Hause hin und verfasste einen Schlussbericht für seinen Auftraggeber. Wobei ich diesmal das Gefühl hatte, dass er besonders lang daran saß. Ich weiß nicht, warum. Ich habe ihn nicht gefragt. Er war schon sehr angespannt in letzter Zeit; fast zornig, deshalb sprach ich das leidige Thema lieber nicht an. Letzte Woche rief ich ihn noch ein paar Mal an, da ging nur sein Anrufbeantworter ran."

„Was hatte er denn als nächstes geplant?"

„Keine Ahnung. Wissen sie, mein Vater war der typische Selbstständige. Die arbeiten selbst und ständig, so drückte er es aus. Kaum zu Hause und schon wieder weg. Das ist ein kompliziertes Geschäft. So richtig habe ich da nie durchgeblickt. Sein Schreibtisch war für mich auch nicht interessant. Das wusste er. Er hat sein Zeug immer offen liegen gelassen. Aber ich habe mir da nichts angesehen."

„Könnte sich ihr Vater bedroht gefühlt haben in letzter Zeit?" Hanna erwähnte den Einbruch und den gestohlenen Laptop.

Gabi war entsetzt. Sie dachte nach. „Wenn, dann hätte er es mir sowieso nicht gesagt. Er kam mir nicht viel anders vor als sonst. Na ja, wütend wegen der Umstände in seinem letzten Auftrag, und, wie gesagt, verbissen. Aber nichts in der Richtung, was auf eine solche Bedrohung hinweisen würde. Ich kann mir das überhaupt nicht erklären. Ich kann nur hoffen, dass das alles ein Irrtum ist. Vielleicht war mein Vater das Opfer einer Verwechslung."

Sie überlegte kurz. „Auch wenn er ein miserabler Vater war, hatte er doch starke Prinzipien, zumindest was seine Arbeit anging. Er wollte immer ehrliche, saubere und gute Arbeit leisten. Da ist er mir zum Vorbild geworden. Ich kann mir nicht vorstellen, dass er in irgendwas Kriminelles reingeraten ist. Oder es war vorher schon kriminell und er hat es nicht ausgehalten."

Hanna war enttäuscht. Nichts von dem, was sie heute erfahren hatte, deutete auf ein Motiv hin. Sie stand auf und überreichte Gabi ihre Visitenkarte. Dabei fiel ihr Blick aus dem Küchenfenster in den Hinterhof. Die Stadtmauer begrenzte ihn zur Elbe. Rings um den Hof waren mittelalterliche Laubengänge rekonstruiert. Sie waren üppig bepflanzt. Mitten im Hof stand ein riesiges altes Sandsteinbecken. Wasser plätscherte munter aus einem eisernen Hahn hinein.

„Schön haben sie es hier. Pirna könnte mir auch gefallen", murmelte die Kommissarin. Sie wunderte sich einmal mehr über sich selbst. Dass sie immer noch in der Platte wohnte, das musste jetzt doch nicht mehr sein. Sie wandte sich nochmals Gabi zu. „Wie war eigentlich das Verhältnis ihrer Mutter zu ihrem Vater? Gab es da etwas, finanzielle oder persönliche Streitereien?"

Gabi verneinte. Die Eltern waren nicht im Streit auseinandergegangen. Irgendwann ging einfach jeder seiner Wege. Die Ehe war vor Jahren problemlos geschieden worden. Also stimmten die Angaben der Ex-Frau. Hanna fragte nach einer eventuellen Freundin Endermanns. Da musste Gabi passen. Seit die Eltern getrennt lebten, hatten die Kinder von den Liebschaften ihres Vaters nichts mehr mitbekommen.

Hanna wollte schon gehen, da fiel ihr noch etwas Unangenehmes ein. „Ja, also: Die Leiche ihres Vaters ist zur Beerdigung freigegeben. Wer wird sich darum kümmern?"

„Meine Mutter, ihr Lebensgefährte und ich. Wir haben schon telefoniert und einen Notar aufgesucht. Viel wird nicht zu regeln sein. Mein Vater war alles in allem ein korrekter Mensch. Ich denke, wir werden das ziemlich schnell über die Bühne bekommen."

Dann verabschiedeten sich die beiden Frauen herzlich voneinander. Hanna wünschte Gabi Glück bei der Bekehrung ihres Bruders.

Es war später Nachmittag geworden. Dennoch entschied sich Hanna wieder für das Rad. Hanna fuhr auf die alte Pirnaer Elbbrücke hoch. Sie wollte die Straße auf der Pillnitzer Seite nehmen, ein kurzer Schwatz mit Ilse würde ihr guttun und so war der Weg kürzer zum Winzerhaus.

Ilse hackte routiniert Holz. Jeder Schlag ein Treffer. Die Scheite flogen nur so durch die Gegend. Hanna fand es stets erstaunlich, welchen Wandel die verschiedenen Stapel in diesem Garten durchmachten. Es begann mit halben Bäumen und Rollenstapeln, über Klötzerhäufen bis hin zu ordentlich geschichteten Stapeln gehackten Holzes, entweder in Reihen, zwischen Stangen oder als Rundling mit Planenabdeckung geschichtet. Die verschiedenen Stapel waren allerdings ohne irgendeine Systematik im Garten verteilt, ein Holzmanagement war nicht zu erkennen. Nach jedem Hochwasser der Elbe graste Ilse mit ihrem alten Wartburg und einem noch älteren Anhänger, der noch ein DDR-Kennzeichen trug, die Elbwiesen ab und sammelte Treibholz ein, das sie ebenfalls ofengerecht klein hackte. Was sich nicht zerkleinern ließ, knotige Astgabeln, schwer hackbare Klötze oder Wurzelstrünke landete auf eigenen Haufen – als Futter für die vielen

Gartenfeuer mit meterhoch in den Himmel reichenden Flammen, um das sich die lebenslustigen Elbhängler gerne scharten. Hanna war von der Radtour in der abendkühlen Frühlingsluft etwas durchgefroren und wünschte sich jetzt so ein Feuer.

Eine große Holzkiste auf der Wiese weckte Hannas Neugier.

„Baut ihr einen Hühnerstall?", fragte sie.

„Du bist nah dran", entgegnete Ilse, die das Beil in den Hackklotz fahren ließ und sich zu Hanna neben die Kiste dazugesellte. „Das ist ein Modell für ein Terrarium." Und da Hanna ein verständnisloses Gesicht zeigte, setzte Ilse seufzend hinzu „Der grüne Leguan ist leider immer noch im Rennen." Sie deutete auf die Kiste. „2,50 Meter muss das Teil mindestens lang sein, wenn der Leguan nicht ständig mit abgeknicktem Schwanz herumsitzen soll."

„Das ist aber üppig. Wo wollt ihr das Vieh und seine Kiste denn hinpacken?" wunderte sich Hanna.

„Was heißt wir? Hans will. Außerdem ist noch nicht ausgemacht, ob er ins Wohnzimmer kommt. Ich denke immer noch an den Weinkeller. Das Vieh soll eine Attraktion ..."

„Beim Elbhangfest, ich weiß. Scheint mir, dass selbst du das nicht übel fändest" Sie zwinkerte Ilse zu, „Ein umsatzsteigernder Knüller."

„Ja und Nein. Ehrlich gesagt", Ilse deutete auf die Kiste, „frage ich mich, ob wir uns damit nicht ein wenig übernehmen."

Plötzlich lachte sie wieder. „Aber ein Clou wäre es doch."

„Sag ich doch", bestätigte Hanna.

In diesem Moment kam Hans angeradelt. Er kam vom Amt, die braune Beamtentasche baumelte kurz vor dem Absturz vom Gepäckträger.

„Na, wie geht es dem organisierten Verbrechen in Sachsen? Wann buchtest du die ganze Bande endlich ein?"

Branchengeflüster

Hanna kam am nächsten Morgen nur schwer aus dem Bett. Wenn sie eines hasste, dann war es das Frühaufstehen. Aber um diese Dienstreise nach Bremen an einem Tag zu erledigen, musste das sein. Dirk hatte ihr aus finanziellen Gründen keine Übernachtung genehmigt. Das war zwar zu erwarten gewesen, es ärgerte Hanna aber trotzdem. Sie war sehr gespannt auf das Gespräch mit dem Geschäftsführer von E&P-Consult und erhoffte sich weitere Aufschlüsse über die Zusammenhänge zwischen dem Projekt in Muldanien und Frank Endermann.

Karsten Fuchs begrüßte sie persönlich. Er führte sie durch die Büroräume, wobei sie seinen Geschäftspartner und zwei Mitarbeiterinnen kennenlernte. Fuchs war sachlich und nüchtern in seinem Auftreten. Er schien Anfang 30, für einen Geschäftsführer unerwartet jung, fand Hanna. Ein schlanker Mann mittlerer Größe, das blonde Haar mit einem praktischen Kurzhaarschnitt frisiert. Er war nicht besonders auffällig. Einfach einer, der mitten im Job steht und ernsthaft seine Arbeit zu machen schien. Es war ihm aber eine leichte Nervosität anzumerken.

Nach dem Telefonat mit ihm fand Hanna das nicht weiter verwunderlich. Fuchs hatte binnen kurzem auf sehr merkwürdige Weise zwei Mitarbeiter verloren, davon einen mit Sicherheit durch Mord. Wenn er nicht nervös gewesen wäre, hätte Hanna es verdächtig gefunden. Sie versuchte deshalb, so gelassen wie möglich zu erscheinen. Sie fragte Fuchs erst ganz allgemein nach seiner Arbeit aus. Ein bisschen Hintergrundwissen hatte sie bereits von Ilse. Aber die Branche war komplex, ein bisschen mehr Informationen konnten deshalb nicht schaden.

„Wir sind eine normale Beratungsfirma, von unserer Sorte gibt es Hunderte. Wir arbeiten hauptsächlich in Afrika. Aber ein paar wenige Projekte machen wir auch in ehemaligen GUS-Staaten und in Osteuropa. Das Projekt in Muldanien war eines davon." Fuchs öffnete die Tür zu seinem Büro. An einer Wand hingen drei Karten, auf der praktisch die ganze Welt abgebildet war. An verschiedenen Stellen steckten Nadeln mit roten und gelben Köpfen. „Unsere Standorte", erläuterte Fuchs, „abgeschlossene und laufende Projekte." Die meisten Nadeln staken im Gebiet von Afrika.

„Das hier sind unsere Projektstandorte in Muldanien." Fuchs ging zur Karte und deutete auf vier Nadeln. „Petruczka, Echterova, Ezab und Solvanka. Das Hauptprojektbüro war bis vor kurzem in Echterova. Das Projekt betreuten wir fast zwei Jahre lang. Kaffee oder Tee? Bitte, setzen sie sich doch."

„Vielleicht später ein Glas Mineralwasser."

Karsten Fuchs verließ kurz den Raum und kam mit dem Mineralwasser zurück. Dann nahm er ihr gegenüber am Tisch Platz. Er stütze den Kopf in die Hände. „Ist Frank Endermann wirklich ermordet worden?" Er schien die Nachricht immer noch nicht verdaut zu haben. Dann sprach er weiter.

„Wir alle hier kannten ihn gut und können es kaum glauben. Er war zwar kein ständiger Mitarbeiter. Aber wir hatten ihn schon bei so manchem Projekt einbezogen. Frank war sehr gewissenhaft. Wir konnten uns auf ihn verlassen."

Er stockte kurz und seufzte. „Wir haben in diesem Projekt bereits einen anderen Mitarbeiter und den muldanischen Fahrer verloren. Das ist schrecklich, dass auch Frank jetzt gestorben ist. Drei Leute aus unserem Projekt sind tot. Das erschüttert mich zutiefst. Ich habe so etwas noch nie erlebt. Eigentlich ist unsere Arbeit in dieser Branche, ganz allgemein betrachtet, nicht gefährlich. Das Verlieren von Autos oder Computern ist an der Tagesordnung – durch Diebstähle. Aber Angriffe auf Leib und Leben – Nein!"

„Ich weiß von dem Unfall", warf Hanna ein, ohne ihre Quelle zu nennen. „Was ist denn da passiert?" Fuchs fragte nicht, woher sie es wusste und erzählte, dass der muldanische Fahrer und ein Mitglied des Beratungsteams, ein Italiener, ums Leben gekommen waren. Beide hätten keine Chance gehabt.

„War es denn wirklich ein Unfall?"

„Bis zu ihrem Anruf gestern hatte ich keinen Zweifel daran. Andererseits fällt es mir schwer, ein Motiv zu konstruieren. So schlimm war es in Muldanien schließlich auch wieder nicht." Er schwieg. Hanna hatte das dumpfe Gefühl, dass Fuchs etwas zu früh verstummte.

„Wie haben sie denn Endermann erlebt?" Fuchs überlegte nicht lange. „Entschlossen, zupackend, intelligent. Sicher hatte er seine Macken – man könnte auch sagen: Prinzipien. Aber mir fiel nichts wirklich Negatives auf.

Frank fühlte sich eben verantwortlich. Er neigte nicht zu faulen Kompromissen."

„Dann war er doch in ihrer Branche eigentlich fehl am Platz. Müssen Gutachter nicht bereit sein, im Sinne ihrer Auftraggeber zu handeln und weniger nach dem, was sie selbst für richtig halten? Oder sehe ich das falsch?"

„Das ist einer der beliebten Vorbehalte unserer Branche gegenüber. Aber wir haben ja nicht unseren Auftraggeber beraten, sondern Dritte in deren Auftrag, in unserem Fall muldanische Bauern. Dafür hatte Frank Endermann ein Händchen. Er kam aus der Praxis. So etwas imponiert Praktikern. Und er hatte Erfolg damit."

„Nach allem, was ich bisher weiß, sah er das selbst nicht so. Diese Projektarbeit muss ihn mehr als alle vorhergehende emotional sehr belastet haben. Was hatte es damit auf sich?"

In diesem Moment zog Hanna ein Diktiergerät aus ihrem Rucksack.

„Macht es ihnen etwas aus, wenn ich das Gerät mitlaufen lasse? Ich erspare mir damit Schreibarbeit und kann ihnen besser zuhören."

Fuchs zögerte. „Eigentlich geht mir das schon zu weit." Er wirkte unentschlossen. „Wenn das hier offiziell wird, bringen sie mich in enorme Schwierigkeiten. Ich dachte, sie wollen mich hauptsächlich über Endermann befragen."

„Es geht um Mord, Herr Fuchs, und ich brauche detaillierte Informationen über alles, was den Toten betrifft, mit wem und was er gearbeitet hat."

Ihr bestimmter Tonfall beeindruckte Fuchs nicht. „Wir Berater unterschreiben mit jedem Vertrag eine Stillschweigeverpflichtung. Ich darf mich zu niemandem über den Projektinhalt äußern. Sonst droht mir eine Schadensersatzklage, die sich gewaschen hat. Dann kann ich meinen Laden hier dicht machen."

„Wieso?", fragte Hanna verdattert.

„Wenn ich gegen diese Vereinbarungen verstoße, bekomme ich außer der Schadensersatzklage nie wieder einen Auftrag. Wir arbeiten fast nur für öffentliche Auftraggeber. Wer da auf die Schwarze Liste gerät, kann gleich Sozialhilfe beantragen."

„Na hören sie mal", entgegnete Hanna, immer noch bestimmt, „ich ermittle hier in einem Mordfall. Da gelten andere Regeln."

125

„Die Regeln bleiben immer gleich", entgegnete Fuchs, „und wenn sie die Bundeskanzlerin wären."

„Na, da bin ich gespannt, wie das die Staatsanwaltschaft sieht."

Statt einer Antwort stand Fuchs auf, ging zu einem Regal voller Ordner, zog zielsicher einen davon heraus, blätterte kurz darin, bis er fand, wonach er suchte. Er legte Hanna die geöffnete Akte wortlos auf den Tisch und deutete mit dem Zeigefinger auf einen Absatz. Hanna las.

‚Der Auftragnehmer verpflichtet sich, über dieses Projekt, sämtliche seiner Inhalte, den Inhalt des Vertrages sowie sämtliche finanziellen Vereinbarungen unbefristet absolutes Stillschweigen zu bewahren. Sämtliche Zuwiderhandlungen gegen die Stillschweigevereinbarung werden mit einer Vertragsstrafe, je nach Umfang des Vertragsbruchs beginnend mit der Hälfte der Vertragssumme geahndet.'

Hanna starrte ihn ungläubig an. „So was unterschreiben sie? Da sind sie ja ausgeliefert."

„So ist das. Was ich ihnen soeben erzählt habe, kann mich bereits hunderttausend Euro kosten."

Hanna lachte kurz auf. „Also, wenn ein Geldgeber kriminell werden möchte, dann knebelt er seine Auftragnehmer, so wie sie hier."

Fuchs blieb ihr die Antwort schuldig. Stattdessen warf er einen Blick auf das Aufnahmegerät. Hanna verstand. „Geben sie mir ein Blatt Papier."

Fuchs riss von seinem Block eines ab und reichte es Hanna. Sie schrieb eine Vertraulichkeitszusicherung für die Bandaufnahme und setzte das Datum und ihre Unterschrift darunter. Fuchs nahm das Blatt, faltete es zusammen und steckte es in seine Hemdtasche. Jetzt wirkte er etwas entspannter.

„Ich bemühe mich. Aber sie müssen Verständnis haben, manche Details kann ich ihnen nicht geben." Hanna schaltete das Gerät auf Aufnahme.

Fuchs' Firma begleitete das muldanische und auch andere mit öffentlichen Mitteln geförderte Projekte beratend. Geldgeber von Förderprojekten konnten viele sein, die Vereinten Nationen, die Europäische Union, ein einzelnes Land, die Weltbank oder eine andere Institution in diesem weiten Feld der internationalen Projektarbeit. Oft entwickelte das geldempfangende Land, wie in diesem Fall Muldanien, das Projekt gemeinsam mit dem Geldgeber, in diesem Fall den Vereinten Nationen. Ziel war, die muldanische Landwirtschaft dabei zu unterstützen, ihre Produkte und die produktionsnahen Dienstleistungen den internationalen Anforderungen an Produkt-Qualität und Vermarktung anzupassen, um die heimische Wirtschaft damit insgesamt wettbewerbsfähiger zu machen, den ländlichen Raum und die Kleinbauern zu fördern. Natürlich orientierte man sich dabei an westlichen Strukturen und Systemen, unter anderem dachte man an das System der Erzeugergemeinschaft.

„Was verbirgt sich dahinter?" fragte Hanna.

Fuchs referierte. „Eine Erzeugergemeinschaft ist ein Zusammenschluss landwirtschaftlicher Betriebe, organisiert als Verein oder als juristische Person. Landwirte, Winzer, Fleischerzeuger oder Biobauern, die ihre Selbstständigkeit erhalten wollen, bilden Erzeugergemeinschaften. Durch gemeinsamen Einkauf von Futtermitteln, Saatgut, landwirtschaftlichem Gerät und die gemeinsame Vermarktung ihrer Erzeugnisse, zum Beispiel Milch, können sie effizienter arbeiten und steigern dadurch ihre Wettbewerbsfähigkeit. Das ist zumindest die Theorie."

„Wie und welche Gelder fließen denn bei diesen Projekten hin und her?" Hanna hielt Geldflüsse, Geldmengen und Beteiligte stets für ein zentrales Thema.

„Das kann ganz unterschiedlich sein. Im Fall dieses Projektes werden die Fördermittel hauptsächlich in Form von Zuschüssen oder bedingt rückzahlbaren Krediten vergeben. Die Bedingungen können sehr weich sein – manche Kredite werden mit Zinsen zurückgezahlt, manche gar nicht. Zusätzlich werden nicht unerhebliche Fördermittel für die Projektbegleitung ausgereicht.

„Also beispielsweise für ihre Arbeit", warf Hanna fragend ein.

„Richtig. Wenn man das alles summiert, kommt schon die eine oder andere Euro-Million zusammen. Insgesamt, die Kredite eingerechnet, sind das zweistellige Millionenbeträge – nur für ein kleines Teilprojekt."

Das war Hanna alles etwas zu ungenau. „Und in diesem Projekt? Wer ist da wie beteiligt?"

„Geldgeber ist die Ökonomische Kommission für Europa, eine Organisationseinheit der Vereinten Nationen. Zur Umsetzung übergibt sie das Projekt in die Hände ihrer nachgeordneten Außenstelle, der Internationalen Agentur für Entwicklung. Die Agentur wiederum setzt die Projekte aber in der Regel nicht selbst um, sondern beschäftigt eine Heerschar von freien Beratungskräften und Büros wie unseres für die Projektbegleitung. Die Gelder kommen aus verschiedenen Quellen, im Endeffekt sind es aber alles internationale öffentliche Mittel – Steuergelder eben."

Hannas Gesichtsausdruck verriet, dass sie damit beschäftigt war, die Strukturen gedanklich zu sortieren.

„Beratungsfirmen wie meine E&P-Consult können in jeder Phase hinzugezogen werden, angefangen bei der ersten Machbarkeitsstudie. Das Schlagwort für all das lautet ‚Know-how-Transfer'. Dahinter verbirgt sich die Meinung des Geldgebers, das empfangende Projektland bräuchte nicht nur Geld, sondern auch das notwendige Wissen zur Projektumsetzung. An so einem Strang eines internationalen Projektes von der Initiierung bis zur Durchführung hängt eine Vielzahl von Beteiligten des Projektlandes und des Geldgebers."

„Und Leute wie Endermann arbeiten dann als Honorarkraft für sie in so einem Projekt?"

„Richtig", stellte Fuchs fest. „Ohne solche spezialisierten Freiberufler könnte ich nicht arbeiten. Diese Beratungskräfte arbeiten heute für mich und morgen für eine Konkurrenzfirma."

„Und letzten Endes ist alles eine einzige große Familie", kommentierte Hanna.

„Nun ja, es bleibt nicht aus, dass sich die Beteiligten häufiger über den Weg laufen."

Hanna war nicht zufrieden. Ihr kam es vor, als würden die Nebel um sie herum immer dichter. Fuchs schien ihr auch sehr zurückhaltend zu sein. „Wenn es ihnen nichts ausmacht, erläutern sie mir das Projekt bitte noch einmal. Was genau war ihr Job?"

„Mit Hilfe der Vereinten Nationen sollen in mehreren Regionen Muldaniens Vermarktungs- und Verarbeitungszentren mit dafür notwendigen Gedäuden und Anlagen errichtet werden. Davon sollten gewerbsmäßige Händler und auch Erzeugergemeinschaften von regionalen Kleinbauern profitieren. Insbesondere die Bauern wollte man durch diese Investitionen unterstützten, da sie allein nie die Finanzkraft dafür entwickeln können. Verwaltet wird jede dieser Projekteinrichtungen von einer lokalen Marktgesellschaft. Die Projektanlagen mit allem was dazugehört gehen über verschiedene Anteilseigner an der Marktgesellschaft in das Eigentum des Landes über."

„Ich stelle mir jetzt einen riesigen Schuppen vor, in dem die Bauern ihre Produkte abliefern. Dort wird es dann gelagert, sortiert und auf die Märkte ringsum gebracht oder exportiert."

„Richtig", lobte Fuchs, „nur mit dem Unterschied, dass den Bauern dieser Schuppen selbst gehört, mitsamt den modernen Einrichtungen darin. Sie sind nicht mehr von der Gunst eines eventuell monopolistischen Großhändlers abhängig."

Hanna hatte ein ratloses Gesicht aufgesetzt. „Den monopolistischen Großhändler gibt es aber dennoch, und zwar gleich daneben – gefördert vom selben Steuergeld. Wo ist denn da der Sinn?"

„Also, Frau Thiel, wollen sie eine Zeugenaussage oder einen wirtschaftspolitischen Exkurs? Das Grundprinzip haben sie ja anscheinend verstanden."

„Ihrem häufigen Gebrauch des Wörtchens ‚sollten' entnehme ich, dass zwischen Grundidee und Realität eine Lücke klafft", provozierte Hanna.

„Das ist mir alles immer noch zu dünn, Herr Fuchs. Ich suche nach einem Motiv für ein Verbrechen. Jetzt mal ganz ehrlich: An welcher Stelle eines solchen Projektes könnte man kriminelle Energie entfalten?"

„An jeder", bemerkte Fuchs trocken. Dann schwieg er.

„Ein wenig genauer bitte. Am liebsten wären mir Namen und Fakten."

Fuchs begann sich zu winden. „Also, mir wäre es lieber, ich könnte ihnen das etwas allgemeiner schildern."

Er sah sie dabei etwas hilflos an. Sie war verblüfft. Hanna hatte einerseits Verständnis für den Druck, unter dem er wegen der Schweigeklausel seines Vertrages stand, aber so kam sie nur schwer weiter.

Sie stöhnte. „Also dann etwas allgemeiner, wenn das hilft."

„Das fängt schon bei der Machbarkeitsstudie für so ein Projekt an."

„Mhm, und wie?"

„Da habe ich ein schönes Beispiel für Sie. Sie sind doch Sächsin. Da kennen sie doch sicher die Molkereiförderung in ihrem schönen Bundesland."

Hanna zog die Augenbrauen zusammen, sagte aber nichts.

„Kollegen von mir, die dort nach der Wende im Agrarsektor beratend tätig waren, haben mir davon erzählt. Da hatte man dem nach der Wende neu gegründeten Landwirtschaftsministerium die aus DDR-Zeiten zuletzt bekannte Zahl der Milchkühe und deren Milchleistung erfasst. Die Leistung lag sicher weit unter der von westdeutschen Hochleistungskühen. Dann hat man extrapoliert, also ausgerechnet, wann auch sächsische Kühe so leistungsfähig sein würden wie die West-Kühe und kam so auf die Zahl von – sagen wir mal – fünf neuen Molkereien mittlerer Größe, die in Sachsen für die weitere Entwicklung des Molkereisektors nötig wären. Die bestehenden Anlagen entsprachen nämlich alle nicht mehr dem Stand der Technik und mussten über kurz oder lang geschlossen werden. Anhand dieser Zahlen wurde dann ein so genannter Strukturplan entwickelt und in entsprechender Höhe staatliche Fördermittel bereitgestellt."

„Und das, was da gerechnet wurde, war die erste Machbarkeitsstudie", sinnierte Hanna.

„Gut gedacht!", lobte Fuchs. „Nun, bald darauf meldete sich eine Investorengruppe, welche versprach, mit ordentlich Fördermitteln eine erste dieser fünf Großmolkereien für den Großkreis Dresden zu bauen. Nur ein ganz klein wenig größer."

Hanna runzelte die Stirn. Sie erinnerte sich nur dumpf an die damalige Geschichte. Doch es war zu lange her.

„Und der Landwirtschaftsminister schrie begeistert Hurra. Er wollte endlich auch bei einem Spatenstich für eine moderne Großinvestition fotografiert werden, wie sein Kollege Wirtschaftsminister, der alle naselang ein Autobahnteilstück nach dem anderen freigab. Aber von der Planung bis zur Genehmigung zog sich dann alles etwas länger hin."

„Ja und?", fragte Hanna.

„In der Zwischenzeit hatte die Hälfte aller Milchviehbetriebe dicht gemacht. In der DDR musste ja Milch in jeder Region produziert werden, auch dort, wo es wirtschaftlich völliger Unsinn war. Und dann setzte die EU-Kommission in Brüssel vielleicht noch die erlaubte Milchleistung viel weiter unten fest. Da wurde an der neuen Molkerei aber bereits gebaut – mit vielen vielen Förder-Millionen."

Fuchs machte eine Pause, nahm einen Schluck Wasser. Hanna wurde ungeduldig.

„Mir ist nicht klar, wo da ein Pferdefuß sein soll."

„Die Frage ist, ob man bei der Planung der Fördermittel für diese Großmolkerei nicht schon hätte ahnen können, dass die zugrunde gelegte Milchmenge nicht realistisch war."

Hanna blieb begriffsstutzig. „Ich sage immer noch: Ja und?"

„Und als nächstes kommen weitere Investoren und wollen vier weitere solche riesigen Molkereien bauen, weil der Strukturplan das so vorsieht. Solche Pläne haben schließlich Gesetzeskraft. Jeder Investor kann sich darauf berufen und entsprechend Fördermittel abfordern."

„Moment Mal", hakte Hanna ein. Dann müssten wir ja in Sachsen jetzt fünf riesige Molkereien herumstehen haben, von denen bereits eine einzige..."

„Genau!"

„Aber da ist noch nicht unbedingt kriminelle Energie zu entdecken, auch wenn ich das alles sehr seltsam finde." Hanna unterbrach sich, weil sie eine Eingebung hatte. „Wollen sie damit etwa andeuten, dass ihre Projektanlagen in Muldanien eine völlige Fehlplanung sind? Stehen dort jetzt etwa fünf herum, obwohl eine schon zuviel wäre?"

Fuchs verzog keine Miene. „Um mit Graf Wrangel aus Schillers Wallenstein zu antworten: Ich hatte dort nur ein Amt und keine Meinung."

Hanna verdrehte die Augen.

„Wollen sie damit andeuten, dass mit den zahlreichen ‚sinnvollen' Ausgaben im Rahmen einer solchen Aktion Unternehmen auch ohne Gegenleistung bezahlt wurden?"

Fuchs stützte seinen Kopf auf seine Finger. „Auch das zu beurteilen, übersteigt meine Kompetenz."

„Aha."

Es trat eine kurze Gesprächspause ein, während der Hanna ihre Gedanken sortierte.

„Dann will ich noch mal auf Endermann zurückkommen. Der war ja, wie sie vorhin sagten, nur sich selbst verantwortlich – jedenfalls glaubte er das. Einmal angenommen, er ging über seinen Beraterauftrag hinaus, leistete sich – ganz im Gegensatz zu seinem amtlichen Auftrag – den Luxus einer eigenen Meinung, und schrieb sie der Agentur in einem seiner Berichte ins Stammbuch. Dann hätte er sich damit doch möglicherweise Feinde gemacht?"

Fuchs wand sich. Die Frage war ihm sichtlich unangenehm. „Wir haben die Zuarbeiten unserer Mitarbeiter hier zusammengefasst, Endermanns Teile gingen nie direkt an die Agentur."

„Sie haben das ‚sollten' vergessen", warf Hanna schnippisch ein. „Dann frage ich sie jetzt ganz offen: Hat Endermann derartiges kundgetan? Zum Beispiel, dass die Annahmen der ersten Machbarkeitsstudie für ihr Projekt in Muldanien völlig daneben lagen?"

Dabei blickte sie Fuchs in die Augen. Der konnte den Schrecken nicht verbergen. Er ließ sich mit der Antwort Zeit.

„Selbst wenn", wich Fuchs aus, „wer sollte Endermann deswegen umbringen wollen? Unser Vertrag ist ausgelaufen. Wir haben mit dem Projekt nichts mehr zu tun. So eine Aussage hätte keinerlei Wirkung."

Hanna insistierte weiter. „Also, Herr Fuchs, das Band läuft. Ich bitte, mich zu unterbrechen, wenn ich Unsinn rede. In Muldanien wurde ein Erstgutachten für den Markt landwirtschaftlicher Produkte erstellt, das den Bau von vier Großinvestitionen zur Folge hatte ..."

„Widerspruch: Als wir vor etwa zwei Jahren anfingen, standen zwei Einrichtungen und eine war im Bau."

„Doch eine hätte bereits vollauf genügt. Endermann rechnete nach, fasste sich ans Hirn und fragte die Agentur, ob sie noch alle Tassen im Schrank habe."

„Widerspruch: So hat er sich ganz bestimmt nicht ausgedrückt."

„Okay, aber in der Sache widersprechen sie mir nicht? Wurde der vierte Gebäudekomplex noch gebaut?"

„Ja."

„Sind noch weitere geplant?"

„Ich sagte doch, unser Vertrag ist ausgelaufen. Das hat mich nicht mehr zu interessieren."

„Also Ja?"

Fuchsens Schweigen kam Hanna sehr laut vor. Nach einer Weile fing sie wieder an.

„Solche völlig irrsinnigen Annahmen in einem Erstgutachten werden demnach jahrelang nicht korrigiert und kritisch auf Veränderung der Rahmenbedingungen beäugt? Auch wenn ein Berater kommt und deutlich darauf hinweist?"

„Wir nennen das einen optimistischen Planungsansatz", antwortete Fuchs beiläufig.

„Und auf solchem Optimismus beruhte also der vierfache Hallenbau in Muldanien?"

Da Fuchs schwieg, weder widersprach noch mit dem Kopf nickte, fragte sie weiter. „Und wenn das Erstgutachten für die zukünftige Planung mal ausnahmsweise richtig ist, was kann während des Projektverlaufs denn noch an Entgleisungen passieren?"

Fuchs schien froh darüber, dass Hanna endlich ein neues Thema anschlug.

„Nun, ich gebe ihnen gerne ein allgemeines Beispiel. Beim Bau großer Gebäude lässt sich viel verstecken. Am besten macht man das bereits beim Ausschachten bzw. beim Gießen der Bodenplatte. Sie glauben gar nicht, welche Probleme beim Kellerbau oder bei der Konstruktion der Regen- und Abwassersammler auftreten können. Wenn erst einmal der Beton gegossen ist und die Halle darüber steht, dann sieht keiner mehr, was tatsächlich darunter ist."

„Ich dachte, das wird alles kontrolliert."

„Das hängt von der Art und Weise der Rechnungsprüfung oder der Prüfung des Angebots ab. Außerdem, liebe Frau Thiel, gibt es nicht in jedem Land eine dermaßen gut organisierte amtliche Bauüberwachung wie in deutschen Landen."

„Erläutern sie mir das bitte an einem ihrer aussagekräftigen Beispiele?"

„Es ist doch in Deutschland angeblich nichts so bekannt wie unsere Geologie, gerade bei ihnen im Osten, wo seit Jahrzehnten Braunkohle abgebaut wird. Man sollte also meinen, dass sich die Kosten für einen Auto- oder S-Bahntunnel relativ leicht errechnen lassen. Trotzdem werden die Kosten regelmäßig überschritten. Denn urplötzlich taucht beim Schildvortrieb durch das ach so bekannte glaziale Schotterbett eine bislang unbekannte Felswand auf, die teure Sprengungen mit noch teureren Sicherheitsleistungen erfordert, vor allem, wenn Gebäude darüber stehen. Doch es muss schnell gehen. Der Ministertermin für die Eröffnung, vielleicht haben wir gerade Wahlkampf, ist bereits veröffentlicht. Also werden die Mehrkosten schnellstens abgenickt und weiter geht's."

„Ach Quatsch, die Dinger sieht man doch."

„Man sieht nur, was am Tunnelende herauskommt und das ist in jedem Fall feiner Kies."

„Na, Moment mal", widersprach Hanna, „auf deutschen Baustellen laufen doch ganze Heerscharen von Bauarbeitern herum. Da ist doch die Gefahr groß, dass einer plaudert."

In diesem Moment stockte sie und stutzte über ihre eigenen Worte. Was hatte sie da eben gesagt? ‚Da ist doch die Gefahr groß, dass einer plaudert.' Hatte Endermann auch zuviel geplaudert? Fuchs schien ihr Zögern nicht bemerkt zu haben und redete weiter.

„Ach wissen Sie: Europas Tunnelbau ist, so weit ich weiß, fest in der Hand von drei, vier Familienbetrieben aus den Alpenländern. Am Vortriebsschild, also sprichwörtlich ‚vor Ort‘, arbeiten der Vater mit dem Sohne und dem Schwager an riesigen Automaten. Mehr als acht bis zehn Leute brauchen sie da unten nicht. Und wenn sie jetzt noch davon ausgehen, dass möglicherweise ein weiteres Familienmitglied eine absolute Gutachter-Kapazität in Bergbaufragen an der, sagen wir mal, Universität in Bern oder Bozen ist, dann haben sie, um auf ihre nächste Frage zu kommen, gleich eine mögliche Antwort."

Hannas Neugierde war ungemein gestiegen. „Was waren denn die Bauprobleme in Muldanien?"

Fuchs wiegte den Kopf „Das wiederum zu beurteilen, übersteigt meine Kompetenz. Aber uns wurden erhebliche Probleme mit den bereits fertiggestellten Gebäudeteilen geschildert."

„Können sie denn das verantworten? Ich meine all das, was ihre Kompetenz übersteigt?" fragte Hanna etwas übel gelaunt.

Die schlechte Laune übertrug sich sofort auf ihren Gesprächspartner.

„Ich muss Monat für Monat meine Büromiete und die Gehälter von vier Angestellten sowie für etliche freie Mitarbeiter wie Endermann aufbringen. Was glauben sie, was das kostet, die ganzen Reisekosten noch dazu? Wir gehen immer in Vorkasse. Die Auftraggeber zahlen mitunter erst Jahre später und natürlich nur, wenn die Berichte passen. Dafür, meine ich, mache ich einen ganz guten Job."

Hanna enthielt sich eines weiteren Kommentars.

Da sie schwieg, erzählte er unaufgefordert weiter. Das Projekt selbst war vor mehr als zehn Jahren angelaufen, stets gesteuert von der Internationalen Agentur für Entwicklung und bis vor wenigen Jahren betreut durch die Beratungsfirma Consult International aus Berlin. Dann wurde der Beratungsauftrag vor etwa drei Jahren neu ausgeschrieben und schließlich an seine E&P-Consult vergeben.

„Wenn das jahrelang mit Consult International so gut lief, wieso wurde dann plötzlich neu ausgeschrieben? Das birgt doch nur Gefahren in sich", mutmaßte Hanna.

Fuchs hob die Schultern „Das war mir, ehrlich gesagt, auch ein Rätsel. Dass die Berliner dieses Projekt zehn Jahre begleiten durften, war allerdings auch bereits ungewöhnlich. Ich habe keine Erklärung. Ich habe mich allerdings über den Zuschlag gefreut."

„Und, ist das Projekt jetzt abgeschlossen?"

„Nein."

„Aber ihr Vertrag ist doch ausgelaufen?"

„Richtig. Dann wird sich die Agentur eben jetzt eine neue Beratungsfirma suchen."

„Das war doch sicher ein herber Schlag für sie. Hätten sie das nicht auch gerne zehn Jahre gemacht?"

Fuchs zog die rechte Schulter hoch, ließ sie wieder fallen.

„Ich möchte noch mal zurückkommen auf diese Machbarkeitsstudie. Wer hat sie erstellt?"

Fuchs zögerte kurz, gab sich dann einen Ruck. „Das war Markus Gabler, ein freier Berater, im Auftrag der Internationalen Agentur für Entwicklung. Vergeben hat die Studie der zuständige Unterabteilungsleiter in der Internationalen Agentur, Gerd Schuster. Bei ihm liegt die Projektsteuerung im Namen des Auftraggebers."

„Ist dieser Gabler denn immer noch in diesem Projekt für die Agentur für Entwicklung tätig?"

„So weit mir bekannt, hat er von Anfang an jede Machbarkeitsstudie und jede Evaluierung erstellt, also die Bewertung der laufenden Projekte. Wir haben allerdings seine neueren Bewertungsberichte nicht gesehen."

„Wie bitte?", staunte Hanna. „Sie, die das Projekt begleiten sollen, bekommen keinen Einblick in die Bewertungsberichte? Ist das nicht eine unverzichtbare Grundlage ihrer Arbeit? Es müssten doch sämtliche Informationen, die es über und aus dem Projekt gibt, ausgetauscht werden?"

„Im Prinzip ja. In unserem Fall war es aber nicht so. Und weil sie schon fragen: Die Tatsache, dass die Erstellung der Machbarkeitsstudie und der nachfolgenden Evaluierungen von der gleichen Hand erfolgte, ist auch eher selten."

„Ich könnte mir sogar vorstellen, dass das gar nicht zulässig ist."

„Sagen wir mal so: Es wird nicht empfohlen", bestätigte Fuchs. „Aber hier lief es eben so. Ich hatte darüber einmal einen Disput mit Gabler in Solvanka. Er gab mir im Prinzip Recht, lächelte charmant und gab dann zum Besten, dass die Internationale Agentur der Ansicht sei, dass er eben der Beste sei und der Einschätzung wolle er nicht widersprechen."

Fuchs lächelte bei der Erinnerung an diese Episode süffisant.

„Hatten sie mit anderen auch solche Dispute?"

„Da gab es eine Weile einen sehr interessierten Kollegen von der Europäischen Bank für Strukturförderung, Wilhelm Russt. Für einen ausschließlich mit Zahlen hantierenden Banker zeigte der ein erfreulich lebhaftes Interesse an dem Projekt. Mit dem habe ich mich zuweilen, wenn wir uns dort unten trafen, ausgetauscht. Der stellte übrigens ganz ähnliche Fragen wie sie jetzt. Seine Einschätzung hätte mich interessiert. Leider hat er sich nie wieder gemeldet."

Hanna hatte, trotz laufendem Band, Namen und Funktionen mit geschrieben. „Sie nannten eine Organisationseinheit der Vereinten Nationen, diese Kommission. Können sie mir dort einen Namen nennen?"

„Nun, da verrate ich sicher kein Geheimnis. Der Leiter der Abteilung Vier, Dr. Wolfgang Zeltermann, hat das Projekt in allen drei Ländern mit initiiert und die Förderung in die Wege geleitet. Mit dem hatten wir allerdings nur am Rande zu tun. Zwischen seiner und unserer Ebene liegen Welten."

„Was meinen sie mit ‚allen drei Ländern'?"

„Dieses Projekt wurde vor zehn Jahren in Muldanien begonnen. Mittlerweile wurde es auch in Mazedonien und Slowenien umgesetzt. Und an allen Standorten soll es erweitert werden. Wir warten bereits auf die entsprechenden Projektausschreibungen seitens der Agentur. Da ist noch viel Musik drin."

Hanna sah ihn einige Sekunden verblüfft an.

„Und niemand macht auf all diese Missstände aufmerksam?" fragte sie immer ungläubiger.

Fuchs schien ihren Kommentar überhört zu haben.

„Also, um auf unser Projekt zurückzukommen. Dort war unser Auftrag, die Bauern dazu zu bewegen, eine Erzeugergemeinschaft zu gründen. Alles andere brauchte uns nicht zu interessieren. Wir haben dazu zentnerweise Berichte geschrieben. Ich bezweifle zwar, ob diese irgendjemand, außer Schuster, und der auch nur die Zusammenfassung, gelesen hat. Aber darüber will ich mich nicht beklagen. Das ist normales Geschäftsgebaren."

„Und diejenigen, die die Realität mit eigenen Augen sehen?"

„Oh, Anlaufschwierigkeiten in solchen Projekten sind gängig, man kennt das. Alle geben gute Ratschläge, empfehlen den einen oder anderen Workshop und reisen wieder ab."

Hanna hielt es nicht mehr auf ihrem Stuhl. Sie stand auf, trat an die Karte heran und fragte: „Als sie da vor zwei Jahren anfingen – wie sah es denn aus in", sie legte einen Zeigefinger auf einen gelben Stecknadelkopf „in Echterova. Oder in Petruczka?"

„Nun, wir sollten ja den Bauern helfen. Aus den Hallen, die für sie errichtet worden waren, schlug uns gähnende Leere entgegen. Nagelneue Gebäude und nichts drin. Wir hätten eigentlich ein reges Innenleben erwartet, mit Obst und Gemüse, mit Bauern, mit Handel, mit Bergen von Melonen und Pfirsichen und der ganzen Pracht der muldanischen Landwirtschaft, die es ja durchaus gibt. In dem für den Handel gedachten Teil des Zentrums lief es schon etwas besser. Die Marktgesellschaften hatten recht fähig scheinende Manager: Georgi Lobed in Echterova und Ivan Iontchev in Petruczka."

Hanna hatte sich schnell wieder hingesetzt und begann zu notieren. Fuchs, der sie schreiben sah, setzte nach: „Wenn sie schon am Notieren sind, schreiben sie noch Kosta Popov auf. Der sitzt als Gast im muldanischen Ministerium für Infrastruktur, wie das bei vielen solchen Projekten der Fall ist. Popov ist sozusagen der Auslandsvertreter der Internationalen Agentur für Entwicklung; wenn sie so wollen, der verlängerte Arm Schusters. Der war unser Hauptansprechpartner dort. Er hat uns quasi, ja, überwacht, könnte man sagen."

Hanna schrieb tatsächlich fleißig mit. Plötzlich hielt sie inne.

„Ich muss noch mal auf diese Machbarkeitsstudie zurückkommen. Sagen sie mal, Herr Fuchs, wenn die so daneben lag, dann hätte man doch das Projekt jederzeit korrigieren können, oder? Ich kann mir nicht vorstellen, dass das zehn Jahre lang nicht bemerkt wurde."

Sie sah Fuchs direkt in die Augen. Er hielt ihrem Blick stand. Doch machte er keine Anstalten zu reden. Hanna, ohne den Blick zu senken, sprach weiter: „Sie wollen mir sagen, dass alle Beteiligten das absichtlich nicht gemerkt haben. Dieses Projekt ist eine Art Geldwaschanlage, bei der es darum geht, internationale Steuergelder in private Taschen umzulenken."

„Also wirklich, Frau Thiel. Sie haben aber eine blühende Fantasie."

Es herrschte eine ganze Weile Schweigen zwischen den beiden.

„Tja", sagte dann Fuchs.

„Wie ging es Endermann dabei?"

„Er machte einen guten Job."

„Also bitte, Herr Fuchs. Seine Nachbarn und seine Tochter machten sich um ihn wochenlang Sorgen, weil ihm offenbar sein Job zuletzt ziemlich zugesetzt hat. In einem Anfall von Zynismus sagte er, er arbeite für die Mafia. Das hat er doch sicher nicht so dahingesagt."

„Vielleicht hat er sich das Ganze mehr zu Herzen genommen, als ich dachte."

„Oder er ist den falschen Zahlen nachgegangen und hat noch schlimmere Dinge entdeckt. Was könnte das gewesen sein?"

Fuchs hob beide Hände. „Ich weiß es wirklich nicht. Er war häufiger vor Ort als ich. Ich habe das Team hauptsächlich von hier aus gesteuert. Außerdem habe ich noch andere Projekte laufen."

„Endermann hat bis zuletzt an einem Bericht über seine Muldanienerlebnisse geschrieben. Was könnte das gewesen sein?"

„Wie bitte?"

Fuchs' Überraschung war nicht gespielt, das merkte Hanna.

„Das verstehe ich jetzt gar nicht. Wir sind seit Wochen raus aus dem Projekt. Was Endermann zu liefern hatte, habe ich längst verarbeitet und an die Internationale Agentur weitergegeben."

„Woran hat er dann gearbeitet? Es ging um Muldanien. Das bestätigen alle Zeugen, die mit ihm zuletzt zu tun hatten."

„Vielleicht hat er einen Reisebericht für eine Zeitung verfasst. Manche meiner Mitarbeiter tun das und verdienen sich so ein Zubrot."

Hanna holte tief Luft für eine heftige Erwiderung.

Fuchs bemerkte es und hob abwehrend beide Hände. Mit gehobener Stimmlage fügte er hinzu: „Oder er musste sich seinen Frust einfach mal von der Seele schreiben. Ich weiß es nicht. Für mich ist das Projekt beendet. Ich warte nur noch auf die letzte Rate – darin ist unter anderem das Honorar für Frank enthalten. Das bekommen jetzt seine beiden Kinder. Dann können sie die Beerdigung bezahlen."

„Ihr soziales Engagement in allen Ehren, Herr Fuchs. Aber sie weichen mir aus. Ist Endermann der Agentur für Entwicklung oder den muldanischen Beteiligten auf die Füße getreten?"

Fuchs wand sich.

„Ja, einmal. Aber ich habe das anschließend mit der Agentur geregelt."

Fuchs klang genervt, als er weiterredete. „Mein Gott ja, Endermann solle sich gefälligst um die Bauern kümmern und seine im Übrigen privaten Ansichten aus seinen Berichten herauslassen. Das war eine klare Ansage, an die wir uns in der Folge gehalten haben."

„Private Ansichten, hm", machte Hanna. „Gesetzt den Fall, Endermann machte privat weiter, weil ihm die Geschichte keine Ruhe ließ. Wäre das möglich?"

„Das wäre durchaus möglich. Er war ja bei seinen jüngsten Projektreisen länger unterwegs als dienstlich nötig. Am Ende überzog er um eine Woche. Ich dachte, er hängt Urlaub dran. Gunnar Nilsson übrigens auch. Die beiden haben sich sehr gut verstanden. Steckten andauernd zusammen." Er legte eine kleine Pause ein. Dann sagte er mit Nachdruck „Ja, so war es sicher. Aber fragen sie mich nicht, wonach die beiden gesucht haben. Mir haben sie es jedenfalls nicht erzählt."

„Was konnte der Schwede für Gründe gehabt haben?"

Jetzt wurde Fuchs sichtlich ungeduldig. „Ich weiß es nicht. Wirklich!"

Er lehnte sich zurück, nahm eine fast feindselige Haltung an. „Wissen Sie was? Das hat mich nicht interessiert. Die beiden trugen da eine Art Privatfehde aus, die mich nicht weiter zu interessieren hatte. Ich habe schon so genug Ärger. Wer offen seinen Auftraggeber kritisiert, noch dazu diesen, der ist schnell weg vom Kuchen."

Fuchs schüttelte plötzlich den Kopf.

Hanna ließ sich nicht beirren.

„Könnten Nilsson und Endermann so viel erfahren haben, dass es für eine Erpressung reichte?"

Fuchs Körper straffte sich, sein Kopf ruckte nach hinten. Er sah Hanna ungläubig an. „Frank Endermann ein Erpresser? Also wirklich, das passt nun ganz und gar nicht zu seinem Charakter. Definitiv nein! Frank war der Typ, der, wenn schon, die offene Konfrontation suchte. Wenn er wirklich etwas gefunden hätte – bitte fragen sie mich nicht, was, ich habe keine Ahnung und ich will auch keine Mutmaßungen darüber anstellen – dann, um damit an die Öffentlichkeit zu gehen, an die Presse – was weiß ich."

„Herr Fuchs, könnte eine Androhung, einen Bericht über die Merkwürdigkeiten dieses Projektes zu veröffentlichen, die Ursache für den Mord an Endermann sein?"

„Sie meinen, Schuster hat...? Also wirklich, Frau Thiel. Das ist unvorstellbar. Dem Schuster kann doch nichts passieren. Das ist doch alles politisch gewollt, der ist doch auf der absolut sicheren Seite."

„Keine Mutmaßungen? Auch nicht so ganz im Allgemeinen?", stichelte Hanna.

Jetzt war Fuchs sichtlich beleidigt. Mit einer raschen Bewegung sah er nach seiner Armbanduhr.

„Verzeihen sie, Frau Thiel, aber ich habe gleich noch einen Termin. Oder kann ich ihnen noch irgendwie behilflich sein?"

Dabei erhob er sich.

„Sie können mich ja anrufen. Morgen. Oder übermorgen. Meine Nummer haben sie ja."

Damit war er bereits an der Tür und öffnete sie.

Hanna musste grinsen. So eindeutig war sie noch selten hinausgeworfen worden.

„Ja, danke, sie haben mir sehr geholfen."

Dabei versuchte sie ein charmantes Lächeln. Doch es verrutschte ihr ein wenig. Im Flur half Fuchs ihr in den Mantel.

„Ach, eines noch", sagte Hanna. „Dieser Schwede, Gunnar …?"

„Nilsson", half ihr Fuchs auf die Sprünge.

„Wo ist der jetzt?"

„Er arbeitet in einem neuen Projekt in Georgien – nicht mehr unter Regie von E&P-Consult. Ich nehme an, sie wollen mit ihm sprechen. Er wird ihnen sicher mehr erzählen als ich. Er spricht ganz passabel deutsch."

Er zog sein Handy aus der Hosentasche und suchte eine Nummer heraus, die sich Hanna notierte.

Beim Hinausgehen drehte sie sich kurz um.

„Herr Fuchs, was machen sie eigentlich mit diesen Zentnern an Berichten, die keiner gelesen hat? Ich wäre eine aufmerksame Leserin."

Sie hatte jetzt Spaß daran, Fuchs zu ärgern.

„Frau Thiel, bitte lassen sie diese Scherze. Von mir bekommen sie kein Stück Papier. Was ich ihnen erzählt habe, kann mich sowieso schon Kopf und Kragen kosten."

Der Abschied war kurz. Eine Minute später stand Hanna auf der Straße. Sie genoss die kühle Frühlingsluft. Dann schaute sie auf ihre Uhr. Bis zur Abfahrt des Zuges hatte sie noch eine Stunde Zeit.

Hanna schalt sich selbst. Welche Antworten hatte sie eigentlich erwartet? Sie gab sich einen Ruck und machte sich beschleunigten Schrittes auf den Weg zum Bahnhof. Denn sie bewegte sich bereits seit einer Stunde auf eine gefährliche Espresso-Unterversorgung zu.

Die Mühen der Ebene

„He, wir wollten dich schon vermisst melden."

„Entschuldige", sagte Hanna zu Peter, „ich hätte vielleicht anrufen sollen. Die Reise nach Bremen hat etwas lange gedauert. Da hab ich mir den Wecker etwas später gestellt."

„Schon gut." Peter zwinkerte ihr zu. Was Hanna nicht erwähnte, war, dass sie heute bereits bei Ilse vorbeigeradelt war und ihr die gesamte Aufnahme ihres Gesprächs mit Fuchs gebracht hatte. Diese war erst darauf eingegangen sich das Band anzuhören, nachdem Hanna versprochen hatte, bei Gelegenheit einen halben Ster Holz zu spalten.

Noch im Stehen griff Hanna zum Telefon, um zuerst ihren Chef und anschließend Staatsanwalt Hans-Günter Helbig anzurufen. Sie bat um Gesprächtermine. Zwischen den Telefonaten schielte sie zu Peter hinüber.

„Wie weit bist du mit deinem Drogentoten?"

„Die Untersuchung ging doch schneller als angekündigt. So wie es aussieht, war sein letzter Schuss nicht überdosiert. Es war wohl einfach schlechter Stoff. Um auf Nummer Sicher zu gehen, machen wir noch eine Nachuntersuchung in einem Leipziger Speziallabor. Ich habe mit seinen Eltern gesprochen. Die waren sehr gefasst. Der Vater ist übrigens ein Kollege, Revierleiter bei der Autobahnpolizei. Ich hatte das Gefühl, die waren eher erleichtert als schockiert. Was Eltern mit ihren Kindern so alles durchmachen müssen, bis sie so weit kommen! Und wir machen uns Sorgen, weil unsere Große unbedingt eine Barbiepuppe haben will und das pädagogisch wertvolle Holzspielzeug ablehnt."

„Mein Vater sagte immer: Kleine Kinder kleine Sorgen, große Kinder große Sorgen."

„Welche Sorgen hat er denn heute deinetwegen?"

„Dass ich ihn nicht zum Großvater mache. Und wie geht es bei dir jetzt weiter?"

„Ich werde eine Barbiepuppe kaufen."

„Nein, ich meine mit deinen Ermittlungen."

„Dirk und Staatsanwalt Helbig wollen damit an die Öffentlichkeit. Helbig weiß noch von einem ähnlichen Fall in Freiberg. Ich muss herausfinden, wer diesen Stoff unter die Leute bringt. Momentan grase ich das Umfeld des Toten ab. Du weißt doch, wie redselig die Szene ist. Es ist mühsam. Ich werde dir jedenfalls, bis das geklärt ist, bei deiner Ermittlung nicht helfen können. Dazu kommt, dass die Boulevardblätter sich plötzlich tief besorgt um die Dresdner Fixerszene zeigen."

„Ach, und Dirk hat natürlich den Chefredakteuren persönlich in die Hand versprochen, dass er alles in seiner Macht Stehende und so weiter blabla. Fein! Dann sind ja morgen Bild und Morgenpost Pflichtlektüre."

Peter verdrehte die Augen.

„Weil wir gerade von Dirk sprechen, da fällt mir was ein", sagte Hanna, griff zum Telefon und wählte dessen Nummer. Sie bat ihn, mit ihr zum Staatsanwalt zu gehen. Der sagte zu, er wolle seinen Terminkalender nach dem des Staatsanwalts richten.

Peter wunderte sich. „Warum brauchst du plötzlich Dirk und Helbig als Verstärkung? Steckst du fest?"

„Erraten", gab Hanna zu. Sie erläuterte ihm, dass sie Schuster, Gabler, Russt und Zellermann so weit es ging, durchleuchten wolle. Dies ging nicht ohne Amtshilfe und Recherchen in anderen Bundesländern, nicht ohne Veranlassung zur Überprüfung von Kontobewegungen und Telefon-verbindungsdaten.

Daraufhin klingelte sie bei der Staatsanwaltschaft an. Helbig ging selbst ans Telefon.

„So gerne ich sie sehe, liebe Frau Thiel, aber heute nicht mehr."

„Montags um eins macht jeder seins", bemerkte Hanna spitz.

„Schön wär's", meinte Helbig aufgeräumt, der ihr die Provokation nicht übel nahm. „Ich bin froh, wenn ich heute um acht rauskomme. Meine Tochter wird wieder fragen: Wer ist denn der fremde Onkel, Mami? Seien sie froh, dass sie keine Kinder haben. Die sind mit Müttern und Vätern in unserem Job verloren. Eine Statistik über Schulversagen, Al-kohol- und Drogenkarrieren von Nachkommen des Polizei- und Justiz-personals wäre sicher aufschlussreich. Morgen um elf? Ob sie Vogler mitbringen, überlasse ich ihnen. Aber der dackelt ja immer gerne mal mit."

Hanna verkniff sich ein lautes Lachen. Gegenüber Außenstehenden be-mühte sie sich, loyal zu ihrem Chef zu stehen. Doch insgeheim war ihr der Staatsanwalt schon wegen dieser Bemerkung sympathisch. Der Dienstweg und die Rangordnung waren ihm herzlich egal. Wenn er eine Information brauchte, dann besprach er sich stets direkt mit der Arbeitsebene – mit oder ohne Vorgesetztem. Dirk Vogler indessen begleitete seine Untergebenen stets bei solchen Dienstgängen, obwohl er dabei selten etwas zu sagen hatte. Hanna und Peter verstanden seinen Masochismus nicht.

Hanna verabschiedete sich mit den üblichen Floskeln, unterbrach die Leitung und wählte Voglers Nummer, um ihm den Termin durchzugeben. Er sagte, wie vorausgesehen, sofort zu.

Hanna setzte sich halb an Peters Schreibtischkante, sich mit dem rechten Bein am Boden aufstützend und ließ das Linke locker baumeln, als müsse sie überschüssige Energie loswerden. Peter vertiefte sich in seine Akte. Hanna ließ sich davon nicht beeindrucken.

„Ah", begann sie gedehnt, „ich sage dir." Ohne eine Antwort Peters abzuwarten, sprudelte sie los. „Ich glaube, ich bin da in einen echten Sumpf geraten. Das ist ein ziemlich komplexer Fall. Da steckt eine groß angelegte Wirtschaftsstrafsache dahinter."

„Dann müssen wir den Fall abgeben", bemerkte Peter trocken. „Für Wirtschaft sind andere zuständig."

„Papperlapapp – wir ermitteln nach wie vor in einem Mordfall, und da sind wir zuständig. Jaki muss mir eine größere Stellwand besorgen, damit ich mein Organigramm erweitern kann. Ich blicke schon jetzt kaum noch durch."

Peter sah auf. „Hast du überhaupt schon mal durchgeblickt?"

Hanna warf ihm einen giftigen Blick zu, erwiderte aber nichts. Sie kannte seine Art zu lästern. Sie brauchte Peter jetzt als Sparringspartner. Also sprach sie einfach weiter.

„Der Geschäftsführer der Beratungsfirma heißt nicht nur Fuchs. Der ist auch einer; ungeheuer vorsichtig, wendig und spricht meist in Rätseln.

„Reineke Fuchs, das Fabuliertier", warf Peter ein.

Hanna ließ sich nicht beirren.

„Sein Haupt-Auftraggeber, diese Internationale Agentur für Entwicklung, knebelt ihn ordentlich. Der traut sich keinen Mucks zu machen."

Peter wurde ungeduldig. „Weshalb, meinst du also heute, musste Endermann sterben? Vorgestern war er noch irgendeiner Schweinerei in Muldanien auf der Spur. Das hat einer der Beteiligten mitbekommen und ihn beseitigt. Und heute?"

„Ich weiß gar nicht, was du hast", entgegnete Hanna gereizt, „heute ist es nicht anders."

„Also hast du so richtig belastendes Material bei deiner Dienstreise in den freien Westen nicht gefunden", bemerkte Peter trocken.

Hanna hörte seufzend auf, mit dem Bein zu baumeln. Sie sah überrascht zu Peter. Dann räumte sie ein: „Wahrscheinlich."

„Na, dann viel Spaß mit Dirk und Helbig", entgegnete Peter, schob seinen Stuhl nach hinten und stand auf. „Ich gehe jetzt in die Kantine. Ich bring dir einen Frucht-Joghurt mit."

Bevor er aus dem Zimmer entschwinden konnte, rief sie ihm nach. „Sag mal, hat der Hausbote Post für mich abgegeben? Ich erwarte doch diese CD, na du weißt schon."

„Von deinem Ilsefreund? Dann guck doch mal in deinen Eingangskasten. Der quillt sowieso schon über."

Hanna eilte ins Vorzimmer zu Jaki und kramte in der Plastikschale für den Posteingang, die sie schon tagelang nicht mehr angefasst hatte. Auf zehn Zentimetern Pressespiegel, etlichen Ausgaben der Zoll- und Polizeizeitschrift sowie der neuesten, direkt an Hanna adressierten Zeitschrift ‚Die Kriminalpolizei', der Quartalszeitschrift der Polizeigewerkschaft und einem veralteten Wochenplan der Kantine lag obenauf ein wattierter A5-Umschlag. Er war von der Poststelle bereits geöffnet worden. Mit einer Büroklammer war ihr Inhalt daran geheftet – eine CD-Rom, die in einer quadratischen Papierhülle steckte.

Hannas Dienst-PC hatte zwar einen CD-Schacht, doch war der aus Sicherheitsgründen gesperrt. Sie wandte sich mit der Scheibe an Jaki. Die Computerexpertin gehörte zu den wenigen Personen im Landeskriminalamt mit einem freigeschalteten Laufwerk.

Jaki nahm die CD mit spitzen Fingern und betrachtete sie wie ein seltenes Insekt.

„Nee, meine Gudsde", beschied sie Hanna dann, „isch lass mir von dir doch keene Virn oder Drojaner einschlebbn. Die Scheibe brings'de ma brav in de EDV runder."

Hanna seufzte. Sie verließ das Zimmer, trabte den langen Gang entlang und stieg die Treppen hinunter in den Keller, wo sich der eisgekühlte Serverraum und die Schrauberbuden der Datenverarbeitungs-Techniker befanden.

Ein Techniker nahm Hanna die CD ab und steckte sie in einen Rechner, der nicht am Hausnetz hing. Er las sie ein und ließ sie auf Viren, Trojaner und Fremdsoftware scannen. Das dauerte eine Weile. Dann nickte der Techniker zufrieden. „Abgesehen von Sasser war die CD sauber. Ist nur eine WORD-Datei mit 83 Kilobyte drauf. Kennen sie zufällig die Inventarnummer ihres Dienst-PC auswendig?"

„C-113", Hanna wunderte sich über sich selbst, dass ihr die Nummer auf Anhieb einfiel.

„Gut", sagte der Techniker, „ich lege die Datei auf ihrem Desktop ab. Wie soll ich sie nennen?"

Hanna überlegte kurz. Sie entschied sich für „Endermann4."

Der Techniker ließ das CD-Fach wieder ausfahren, entnahm ihr die Scheibe, zerbrach sie und warf sie in einen Mülleimer. Hanna blieb unschlüssig stehen. Fasziniert blickte sie auf das Technik-Durcheinander im Raum. Mehrere geöffnete Computergehäuse standen auf dem Boden und auf den beiden Schreibtischen herum. Festplatten, Steckkarten und CD-Stapel vermischten sich mit einem riesigen Knäuel Kabeln. Dazwischen lugten Schraubendreher und Lötkolben hervor. All das wurde überragt von zwei halbmeterhohen Stapeln der Fachzeitschrift ‚Polizei, Verkehr + Technik' sowie Computer-Zeitungen. Die Rückwand bildeten drei nebeneinander stehende Flachbildschirme. In ihrer Anordnung sahen sie aus wie ein Altar-Tryptichon. Der rechte war tot, auf dem linken schwammen stilisierte Fische hin und her. Der mittlere strahlte ein beruhigendes Blau aus, von oben bis unten voll mit unleserlicher weißer Schrift.

„Schöne Hintergrundfarbe", meinte Hanna, mit einem Fingerzeig auf den Bildschirm.

Der Techniker schüttelte unwirsch den Kopf und knurrte.

„Blue Screen", erklärte er. „Sollte ihr Bildschirm jemals so aussehen, tun sie bloß nichts. Keine Mausbewegung, keinen Tastenklick. Rufen sie uns sofort an."

Hanna lachte.

„Bin ich hier beim Bombenentschärfkommando?", fragte sie.

„Ja, sind sie", antwortete der Techniker ernst. „Und jetzt lassen sie mich bitte weiterarbeiten. Die Datei steht bereits auf ihrem persönlichen Laufwerk. Danke, dass sie's nicht selbst versucht haben. Ihre Jacqueline ist ein echter Schatz." Damit schob er sie sanft zur Tür hinaus.

Bevor Hanna sich wieder an ihren PC setzte, ging sie nochmals zu Jaki. „Jetzt wirf mal deine Maschine an und grase deine Datenbanken ab." Hanna nannte alle Namen, die sie von Fuchs erfahren hatte. Sollte Jaki an einer Stelle nicht weiterkommen, sollte sie sich Schützenhilfe in anderen Bundesländern holen. Notfalls würde Hanna den Staatsanwalt einschalten. Jaki nickte. Sie wusste, was zu tun war.

Dann ging Hanna in ihr Büro zurück, setzte sich an ihren Schreibtisch und griff zum Telefon. Sie rief bei E&P-Consult an und fragte nach Fuchs.

„Entschuldigen sie, Herr Fuchs, wenn ich sie schon wieder belästige. Aber eines geht mir nicht aus dem Kopf. Wir gehen doch davon aus, dass Endermann gemeinsam mit Nilsson – sagen wir mal – eine Schweinerei aufgedeckt hat. Endermann ist nun tot. Sollten wir uns da nicht auch um Nilsson Sorgen machen?"

„Das – da", stotterte Fuchs, „Mein Gott, Frau Thiel, sie haben Recht. Jetzt fällt es mir auch wieder ein …"

„Was fällt ihnen wieder ein?"

„Der Unfall vor einigen Wochen – in Muldanien."

„Bei dem der Italiener und der Fahrer umkamen?"

„Ja. Beim ersten Anruf hieß es noch, Nilsson sei dort ums Leben gekommen."

„Das verstehe ich jetzt nicht."

„Nilsson sollte eigentlich in dem Auto sitzen. Es war eine ganz andere Fahrt geplant gewesen. Doch am Morgen, kurz vor der Abfahrt, wurde umdisponiert. Mariano fuhr – Nilsson blieb im Projektbüro."

„Das erzählen sie mir erst jetzt?"

Hanna war entgeistert. Fuchs widersprach kleinlaut.

„Aber Nilsson ist in Sicherheit. Der ist jetzt auf der anderen Seite des Schwarzen Meeres in Georgien. Neuer Auftraggeber, neues Projekt. Wieso sollte dem jetzt noch jemand etwas anhaben wollen?"

„Wieso wollte Endermann jemand etwas anhaben? Der war ebenfalls raus aus ihrem Projekt. Der war zu Hause, hier in Dresden. Und trotzdem wurde er ermordet. Ich sage ihnen: Da will jemand besonders gründlich sein. Ich habe übrigens gestern noch Nilssons Nummer gewählt. Die scheint nicht mehr zu existieren."

„Ich habe es heute Morgen auch schon einige Male versucht. Entweder hat er sein Mobiltelefon abgeschaltet oder er steckt in einer Gegend ohne

Funk. Wenn ich ihn bis morgen nicht erreiche, mache ich seinen jetzigen Auftraggeber rebellisch."

„Tun sie's jetzt gleich. Ich glaube wirklich, dass Nilsson immer noch in Gefahr ist. Am besten, sie geben mir den Kontakt zu seinem Auftraggeber. Ich werde meine Assistentin beauftragen, Nilsson so lange hinterherzutelefonieren, bis wir ihn erreichen."

Fuchs gab ihr eine weitere Telefonnummer durch.

Hanna verabschiedete sich mit der Bemerkung: „Ich weiß, es behagt ihnen nicht. Aber das war sicher nicht unser letztes Telefonat."

Dann brachte sie ihren Zettel zu Jaki hinüber und erläuterte, um was es ging. Sollte sie Nilsson erreichen, wollte Hanna sofort mit ihm sprechen. Hanna war jetzt hellwach. Sie stand vor Jakis Schreibtisch und spürte einen Adrenalinstoß. Sie wandte sich nochmals an Jaki. „Die vier Namen, die ich dir gegeben habe – ich brauche jede noch so winzige Auffälligkeit. Und nicht vergessen: Ordnungswidrigkeiten, Gewerbeaufsicht, Grundbuchamt – lass nichts aus!"

Jaki nickte fröhlich mit dem Kopf, wobei ihr Pferdeschwanz wippte, während gleichzeitig alle zehn Finger wieselflink über das Keyboard huschten. Die Arbeit schien ihr riesigen Spaß zu machen.

„Is das alles?", fragte sie und blickte kurz zu Hanna auf.

„Na, ich denke, das wird dich einige Tage beschäftigen."

Jaki schob die Unterlippe vor und ließ Luft ab, sodass ihre Haare vor der Stirn nach oben geweht wurden. Das war ihre Art, Hanna klar zu machen, dass der Auftrag für sie ein Klacks war. Ihre Chefin sah einen Moment bewundernd auf die Assistentin nieder. Nach einer Weile blickte Jaki auf und sagte schnippisch „Hast du nüschd zu tun? Oder wieso stehst du hier rum?"

„Also wirklich!", entfuhr es Hanna. Dann musste sie lachen. Sie ging wieder zurück in ihr Büro. Peter hatte seine Mittagspause beendet. Mitten auf Hannas Schreibtisch stand ein kleiner Fruchtjoghurt mit Löffel.

„Und das soll reichen?" knurrte sie.

Sie schob den Becher beiseite und zog die Tastatur heran. Gespannt öffnete sie die Datei „Endermann4" von ihrem Laufwerk. Sie erschrak. Es waren etwa 40 Seiten Text und Tabellen, komplett in Englisch. Hanna hatte zwar Englisch in der Schule gelernt, doch war es etwas eingerostet. Und dieses Dokument strotzte geradezu vor Fachausdrücken in schauderlichem Geschäftsenglisch. Hier hätte Hanna auch kein Abendkurs mehr geholfen, den sie schon zweimal beim alljährlichen Personalgespräch als gewünschte Fortbildung bei Dirk beantragt, der sie aber jedes Mal auf die Volkshochschule verwiesen hatte. Deren Kurse fanden zu Zeiten statt, die Hanna aufgrund ihrer unregelmäßigen Arbeitszeiten eine Teilnahme unmöglich machten. Am liebsten hätte sie einen 14-tägigen Sprachurlaub in England verbracht. So etwas wurde zwar bezuschusst, jedoch vom Urlaub abgezogen und so weit ging Hannas Liebe zu ihrem Arbeitgeber dann doch wieder nicht.

Hanna überflog den Text am Computer, gab aber schnell auf. Dann druckte sie ihn aus. Schwarz auf weiß gelesen – da erhoffte sie sich mehr Glück. Doch von der erwarteten Brisanz fand Hanna auch in der Papierversion keine Spur. Sich durch die Papiere blätternd, um mal hier, mal da einen Absatz anzugehen, wanderte sie im Zimmer auf und ab.

„Würdest du deinen Nachmittagsspaziergang bitte nach draußen verlagern", bat sie Peter nach einer Weile, „du nervst. Iss lieber deinen Joghurt, bevor er Beine bekommt."

Hanna klatschte den Papierwust entnervt auf ihre Schreibtischplatte, lehnte sich auf ihrem Bürodrehstuhl zurück und starrte an die Decke. „Mist", sagte sie.

Dann nahm sie die Lektüre im Sitzen wieder auf. Sie quälte sich durch eine Darstellung von drei Monaten Projektarbeit. Sie verstand gerade noch die Begriffe Liquidität, Training und Marketing. Endlich griff sie zum Telefon und wählte Ilses Nummer.

In dem Moment, als Ilse sich meldete, sprudelte Hanna voll Elan los. Sie pries eine hochinteressante Mail an, die sie ihrer Freundin gleich schicken würde. Ehe Ilse so richtig nein sagen konnte, überschüttete Hanna sie bereits mit dem nächsten Wortschwall.

„Ach ja, noch was: Hast du eigentlich schon mal in das Band reingehört? Nein, sag jetzt nichts. Ich komme nachher bei dir vorbei. Dann kannst du mir alles erzählen. Ach Ilse, wenn ich dich nicht hätte – Tschüüß!"

Sie legte schnell auf, bevor Ilse wie erwartet protestieren konnte.

Peter sah von seiner Akte auf.

„Im Delegieren bist du große Klasse."

Als Hanna wenig später den Garten betrat, rief sie fröhlich aus: „Na, hast du den Fall gelöst? Wen soll ich festnehmen?"

Ilse schien genervt zu sein.

„Schrei nicht so laut, da hört ja der halbe Elbhang mit."

„Na, die Künstler und die Intelligenz hier können damit wohl wenig anfangen."

Ilse, die mit einem Papierpacken und einem Stift in einem Gartenstuhl gesessen hatte, zupfte Hanna am Ärmel. „Komm, lass uns ins Haus gehen, mir wird's hier zu kalt."

Hanna war seltsam fröhlich. „Wo ist denn euer Hausdrache? Ersetzt der keinen Heizstrahler?"

„Sei bloß still und erwähne das Wort Leguan nicht mehr", fauchte Ilse, „Davon will ich nichts mehr hören. Lass uns lieber über deinen Bericht sprechen."

„Also", begann Ilse, „man muss ein wenig hinter die Kulissen schauen, um das richtig zu deuten. Aber da wird es dann spannend. Ich fange mal von vorne an."

„Meinetwegen fang an, wo du willst. Aber bitte verschone mich mit Fachchinesisch."

„Ich werde versuchen, es für Lieschen Müller zu erklären", erwiderte Ilse.

„Also, da wird ganz dezent erwähnt, dass die aktuelle Situation für das Beratungsteam schwierig ist. Die Angestellten der muldanischen Marktgesellschaft rücken keine Zahlen heraus. Das wundert die Berater sehr. Insbesondere der direkte Ansprechpartner der Internationalen Agentur – du musst dir das mal vorstellen, Hanna", sagte Ilse, und sah über ihre Brillengläser hinweg zu Hanna, „schließlich arbeiten die alle für denselben Geldgeber."

Sie blätterte in dem Stapel.

„Da fangen die Berater an, eigene Daten zu erheben. Und dann kommen sie aus dem Staunen nicht mehr heraus. Die regional jeweils zur Verfügung stehenden Produktionsmengen an landwirtschaftlichen Produkten betragen im Gegensatz zur ursprünglich angenommenen Menge gerade mal zehn Prozent. Kannst du mir folgen?"

Da Hanna etwas abwesend wirkte, fragte Ilse nach: „Kannst du mir folgen?"

Hanna antwortete langsam. „Ich denke darüber nach, was mir Fuchs gestern erzählt hat. Da kam auch so was vor."

„Ja, das Band", meinte Ilse mit einer wegwerfenden Handbewegung. „Ich habe ansatzweise reingehört. Im Prinzip sind die Aussagen gleich – nur muss man bei diesem Papier hier zwischen den Zeilen lesen und bei Fuchs zwischen den Worten hören."

„Gut, mach weiter", forderte Hanna ungeduldig.

„Hier in diesem Bericht wird quasi als gesetzt gegeben, dass noch weitere solche riesigen Märkte entstehen sollen. Um die bereits bestehenden zum Laufen zu bringen, wurden die Berater ja angestellt. Nun sind sie gut drei Monate da und stellen fest …"

Hanna unterbrach Ilse. „… dass ihre Arbeit eigentlich gar nicht gebraucht wird, weil die muldanischen Bauern nur zehn Prozent der angenommenen Kartoffelernte einbringen?"

„So ungefähr", antwortete Ilse. „Das Prinzip hast du begriffen. Hier ist es nur etwas komplizierter dargestellt."

„Eine Halle würde genügen."

„Sieh mal an", staunte Ilse, „und wieso erzählst du mir dann, dass du den Bericht nicht verstanden hättest?"

„Hab ich auch nicht. Ich reime mir das zusammen mit dem, was mir Fuchs erzählt hat."

„Ja, das Band höre ich mir auch noch ganz an. Aber alles auf einmal …", Ilse ruderte mit den Armen „ich kann mich ja nicht nur der unbezahlten Assistenz für dich widmen. Ich hab ja auch noch was anderes zu tun."

Hanna legte ihre Hand begütigend auf Ilses Unterarm. „Nur keine Hast, Ilse. Verzeih mir meine Ungeduld. Also – weiter im Text. Was steht da noch? Irgendwelche Schweinereien, Vorsatz, Untreue, schwarze Kassen, Namen, Hinterleute?"

Ilse schüttelte den Kopf. „Na entschuldige! Als die das geschrieben haben, waren die gerade am Anfang. Dafür, finde ich, steht da schon eine ganze Menge drin."

Hanna nickte enttäuscht. Ilse merkte es. „Wenn du mir noch zwei Tage gibst, schreibe ich dir eine Zusammenfassung auf ein bis zwei Seiten. Das macht dann – sag mal, was hast du morgen Abend eigentlich vor? – das macht dann einen Ster Brennholz."

„Lass mal, Ilse, es reicht mir, wenn du es mir erzählst. Das wäre dann nur ein halber Ster. Und damit fange ich morgen Abend an – wenn es nicht regnet. Erklär mir das mit den zehn Prozent noch mal."

„In einer Fußnote wird hier auf eine erste Machbarkeitsstudie verwiesen aus der Zeit, als das Projekt vor mehr als zehn Jahren entwickelt wurde.

Schon die ging offenbar von nie erreichbaren Ernteerträgen aus. Ja", wurde Ilse lauter, weil sie merkte, wie Hanna Atem holte für eine Zwischenfrage, „frag mich was Leichteres. Das steht hier nicht drin. Entweder hatte der Erstgutachter keine Ahnung oder er ging von ziemlich optimistischen Planungsansätzen aus."

„Optimistische Planungsansätze?", echote Hanna, „das habe ich doch schon mal irgendwo gehört. Kann es sein, dass diese optimistischen Planungsansätze eine Beraterkrankheit sind?"

Ilse wischte Hannas Einwand mit einer Handbewegung beiseite und fuhr fort. „Jedenfalls sind die bereits gebauten Märkte überdimensioniert und die noch geplanten völlig sinnlos. Sie werden niemals ausgelastet sein, was mit andauernden Verlusten verbunden ist. Das führt über kurz oder lang zu Liquiditätsengpässen und finanziellen Verlusten in Größenordnungen ..."

„Einfacher gesagt: Pleite!", unterbrach Hanna Ilses Redefluss.

Ilse holte tief Luft und sagte im Ausatmen „Genau! Aber jetzt! Jetzt laufen die Herren Berater zur Höchstform auf. Sie wollen zeigen, dass sie ihr Geld wert sind."

„Klar", unterbrach Hanna trocken, „sonst hätten sie ja gleich wieder nach Hause fahren können."

Ilse ließ sich nicht aus dem Konzept bringen. „Sie wollen eigene Marketingmaßnahmen starten, um die drohende Pleite zu verhindern. Ihre wichtigste Forderung ist allerdings ein Planungs- und Baustopp für weitere Märkte. Sie sprechen sogar davon, dass es Sinn machen könnte, einen der bereits fertigen Märkte zu schließen oder anders zu nutzen, beispielsweise als Industriebetrieb. Also, wenn du mich fragst ..."

Hanna sah Ilse schelmisch an: „Ja, mach mir bitte einen doppelten Espresso."

Ilse grinste breit und stand sofort auf und machte sich in der Küchenzeile zu schaffen. Über die Schulter sprach sie weiter auf Hanna ein. „Ich wollte ganz etwas anderes sagen: Also, mit dem Team hätte ich auch gerne zusammengearbeitet. Die versuchten doch wirklich, aus Dreck Marmelade zu machen. Der olle Ossi Endermann muss sich richtig wohlgefühlt haben in diesem Element. Der hatte ja sogar eigene Projektgelder? Ich versteh' nur eins ..."

Das Fauchen der Espressomaschine ließ ihre Worte untergehen. Die Freundinnen mussten eine halbe Minute warten.

„Was verstehst du?", fragte Hanna nach.

Ilse antwortete zunächst nicht. Sie servierte zwei Tassen Espresso, setzte sich zu Hanna an den Tisch und schüttete zwei Löffel Zucker in ihre Tasse. Während sie bedächtig umrührte, stand Hanna auf, holte sich eine Flasche Milch aus dem Kühlschrank und ließ den üblichen Schluck in ihre Tasse laufen. Ilse blätterte einige Seiten des Manuskripts um und nahm den Gesprächsfaden wieder auf.

„Ich hab 's hier mit Leuchtstift markiert. Diese Projektanlage da in Echterova war, als das hier geschrieben wurde, seit über einem Jahr fertig, aber noch nicht offiziell eröffnet. Die Beratungsfirma versteht die Argumente des dortigen Leiters der Marktgesellschaft nicht. Angeblich gibt es irgendein abwassertechnisches Problem."

„Na, das verstehe ich schon", warf Hanna ein, „Die Muldanier waren einfach schlauer als ihre internationalen Berater und haben das Haus nicht zu Ende gebaut."

„Das dachte ich mir auch erst", pflichtete Ilse ihrer Freundin bei. „Aber dann habe ich weiter gelesen. Seltsamerweise wird gerade in dieser offiziell nicht geöffneten Projektanlage mehr gearbeitet als anderswo – nur nicht von Bauern, sondern von einem eingemieteten Unternehmen, das hier Gemüse umschlägt. Für das Unternehmen ist die Abwassertechnik offenbar gut genug. Lustig, was?"

Sie leerte ihre Tasse in einem Zug, dann sprach sie weiter.

„So, was haben wir noch? Ach ja, das mit den landwirtschaftlichen Erzeugergemeinschaften. Das war ja anscheinend eine der früheren Planungsvorgaben, ein Hauptprojektbestandteil sozusagen, funktioniert allerdings überhaupt nicht, da wohl alle Voraussetzungen dafür fehlen und anscheinend in der bisherigen Projektbegleitung, das sind ja immerhin zehn Jahre, nichts erreicht wurde. Ein Trümmerhaufen sozusagen – und das in jeder Hinsicht!"

„Also ein riesiger, millionenschwerer Flop, bezahlt aus unseren und anderen Steuergeldern?"

„Genau. Nur mit dem Unterschied, dass an diesem Trümmerhaufen noch fleißig weitergebaut wird. Hier steht, dass noch zwei Projektanlagen geplant sind – in der gleichen Dimension, mit den gleichen Bestandteilen: Aber nicht nur überdimensioniert wie der erste Komplex, sondern ganz und gar sinnlos. Der Bericht ist ziemlich kritisch für diese Branche. Ehrlich gesagt", und jetzt sah sie ihrer Freundin intensiv in die Augen und senkte die Stimme, „so etwas kann man sich nur einmal erlauben. Dann ist man nämlich raus aus dem Beratungsgeschäft. Und zwar für alle Zeit. Solche Watschen lassen sich keine Auftraggeber gefallen."

„Wenn du dir das Band zu Ende anhörst, wirst du dich bestätigt finden. Ich muss unbedingt herausfinden, woran Endermann und der Schwede recherchiert haben. Der Geschäftsführer von E&P-Consult erwähnte übrigens, dass das gleiche System in Slowenien und Mazedonien aufgebaut wurde. Wahrscheinlich wurden an all diesen Standorten optimistische Planungsansätze zugrunde gelegt, vermute ich."

„Du bist ja durchaus lernfähig", bemerkte Ilse trocken.

Die beiden Freundinnen sahen sich eine Weile stumm an. Dann ergriff Hanna wieder das Wort. „Sprengstoff ist das!"

Hanna wusste nicht weiter. Ilse assistierte: „Und in ihrer Freizeit gingen die Berater der Frage nach, warum das alles so merkwürdig aufgebaut ist."

„Dabei sind sie ganz speziellen Leuten feste auf die Zehen getreten."

„Du bist die Kriminalerin, ich nur die unbedeutende Gutachterin", bemerkte Ilse schnippisch. „Besorg mir, woran Frank Endermann zuletzt geschrieben hat, und ich interpretier 's dir."

Hanna seufzte. „Das steckt in seinem Laptop und den haben die Einbrecher mitgenommen."

Sie tippte auf die Papiere auf dem Küchentisch. „Das Zeug hier ist also brisanter als ich dachte." Ilse nickte heftig.

Die beiden Frauen saßen eine Weile schweigend zusammen. Vor dem Fenster ging die Sonne unter und tauchte die Wohnküche in rotes Abendlicht.

Hanna brach das Schweigen. „Irgendwer verdient doch an diesem Schwindel ganz erheblich mit. So wie es momentan aussieht, spielt sich das meiste in Muldanien ab. Da komme ich nicht ran. Diese Leute sind für mich nicht greifbar."

Sie verschränkte ihre Arme hinter dem Kopf und streckte sich. „Ich werde unsere Erkenntnisse morgen mit Dirk und dem Staatsanwalt diskutieren. Ich muss an die Bankdaten einiger Leute ran." Sie stand auf, sah nach der Uhr. „Oh, es ist noch nicht zu spät. Gib mir eine alte Jacke. Ich hack' noch ein bisschen Holz. Wenn dir noch etwas einfällt zu dem Bericht, dann sag mir Bescheid."

Ganz unten im Stapel

Der Morgen war feucht, kalt und regnerisch, eben typisch April, zum Monatsende zeigte er es allen nochmals richtig. Alles wartete sehnsüchtig auf den Frühling. Das Wetter war Haupt-Gesprächsthema. Und auf die Elbe wurde verstärkt Acht gegeben. Was, wenn der ganze Schnee im Riesengebirge auf einmal schmolz und wenn die Tschechen ihre Talsperren nicht rechtzeitig leerten, sodass sie das Schmelzwasser nicht aufnehmen konnten?

Hanna radelte durch Johannstadt, überquerte die Albertbrücke und erreichte, kurz bevor ein weiterer Aprilschauer über der Dresdner Innenstadt niederging, ihr Büro.

Ihr erster Gang führte sie zu Jaki. Doch die schüttelte den Kopf. „Meine Gudsde. Viel is es ni. Die lieben Kolleschn im Westn sin zwar alle ega hilfsbereit, aber dief grabn ham mer nich gegonnd. Die eenzschn Indressandn sin Markus Gabler und Matthias Russt."

„Inwiefern sind die interessant?"

„Nu, weil Gabler ein schönes Pungdekondo in Flensburg hat."

„Und wieso ist Russt interessant?"

„Weil er weg is."

„Wie, weg?"

„Nu, eben weg. Der hatte beim Wegzug als neue Adresse eine Insel in der Karibik angegähm. Wir könn' von hier aus ni briefen, ob die ooch stimmt."

Hanna war unzufrieden. „Meine Gudsde", sächselte sie zurück, „du hast meinen Verdächtigen schon mal intensiver hinterher recherchiert. Das kann doch nicht sein, dass die alle so unauffällig sind. Da müssen wir ja wirklich tiefer graben."

„Sag ich doch", bestätigte Jaki. „Bist du nicht nachher bei Herrn Helbig?"

„Ja, genau deswegen", bestätigte Hanna. Enttäuscht ging sie in ihr Büro hinüber.

Ihr erster Blick galt dem Diagramm, das sie an ihre Stellwand gepinnt hatte. Bevor sie sich darin grübelnd vertiefen konnte, warf Dirk einen Blick zur Tür hinein. Mit einer Aktenmappe winkend deutete er ihr an, ihm in sein Büro zu folgen.

Dort überreichte er ihr zunächst wortlos eine rote Laufmappe, wie sie nur das Personalreferat und die Verwaltung verwendeten. „Doch nicht etwa meine längst überfällige Beförderung", tat Hanna erfreut. Dirk knurrte. Solche Witze mochte er nicht. „Wir Vorgesetzten wurden zum wiederholten Mal darin belehrt, unseren Mitarbeiterinnen und Mitarbeitern zu sagen, dass der Urlaub des Vorjahres am 30. April verfällt. Du hast noch ..."

„Zwölf Tage", unterbrach ihn Hanna, die mittlerweile einen Blick in die Mappe geworfen hatte. „Aber im Moment kann ich ja wohl kaum Urlaub nehmen?"

Dirk knurrte wieder. „Bis zum 30. sind ja noch ein paar Tage. Außerdem muss der Alturlaub bis dahin nur angetreten sein. Du könntest also in den Mai hinein abfeiern. Ist doch eine schöne Jahreszeit", sagte er aufmunternd zu Hanna und es klang, als würde er sie darum beneiden. Dirk hatte nie alten Urlaub. Er nahm oft einzelne Tage frei, um sich seinem ‚Ehrenamt' zu widmen, wie er die Tätigkeit für seine Partei nannte. „Du kannst ja eine Sondergenehmigung beantragen, dass du den Urlaub noch im April antrittst und bis Anfang Mai abfeierst – das unterschreib ich dir."

Dann ließ er sich von Hanna über den Fortgang ihrer Ermittlungen instruieren. „Viel ist das ja nicht", schloss er. „Na, mal sehen, was der Herr Staatsanwalt dazu sagt. Wir sehen uns gleich bei ihm. Willst du radeln oder soll ich dich im Wagen mitnehmen?"

Hanna sah aus dem Fenster. Es regnete. „Ich fahre bei dir mit."

Hanna ging zurück an ihren Schreibtisch. Dort lagen mittlerweile von Jaki ausgedruckte Listen mit Telefonverbindungsdaten und Bankdaten ihrer Verdächtigen auf dem Schreibtisch. Hanna brauchte nicht lange, um festzustellen, wie dürftig das Ergebnis war.

Sie straffte den Rücken und blickte stöhnend hinüber zu Peter, der einen Moment brauchte, um sich von seinem Bildschirm zu lösen.

„Dein Gesicht spricht Bände", bemerkte der. „Jaki hat trotzdem ein Lob verdient. Sie ist schon seit halb sieben da. Irgendwas muss doch dabei sein. Jaki meinte, der Zelltermann hätte in letzter Zeit auffallend oft mit Muldanien telefoniert. Dafür hat der doch eigentlich seinen Mann bei der Internationalen Agentur – wie hieß der noch gleich?"

„Schuster." Hanna blätterte in den Unterlagen. Zellermann hatte in der letzten Zeit tatsächlich einige Male mit Muldanien telefoniert, immer mit derselben Nummer. Ein Vergleich mit der Liste von Fuchs ergab, dass es sich um Popov, den muldanischen Angestellten der Internationalen Agentur in Solvanka handelte. Und Schuster? Hanna kramte weiter in den Unterlagen. Der telefonierte auch mit Popov, wie es schien, zu festen Zeiten. „Die üblichen Dienstbesprechungen", murmelte Hanna vor sich hin. Untereinander telefonierten noch Zelltermann und Schuster, aber sehr unregelmäßig. Hanna erkannte kein Muster. Gabler und Schuster sprachen regelmäßig miteinander. Gabler und Zelltermann überhaupt nicht – so weit passte das ins Bild.

Was trieb den Abteilungsleiter Zelltermann dazu, den Dienstweg außer Acht zu lassen und direkt mit Popov zu verhandeln? Traute er seinem Projektsteuerer Schuster nicht? Informierte Zelltermann Schuster wenigstens hinterher? Hanna knobelte lange zwischen den Listen herum. Popovs Nummer erschien einmal sogar in der Liste von Zelltermanns privaten Gesprächen. Hanna zog ihren Tischkalender zu Rate. Das war an einem Sonntag gewesen. So viel dienstliches Engagement hätte sie von einer internationalen Führungskraft nicht erwartet.

Viel sagten ihr die Listen nicht. Kontobewegungen mit Banken in Liechtenstein und der Schweiz wären ihr lieber gewesen. Nichts davon. Abgesehen von Russt, dem Banker.

Hanna kehrte zunächst zu den Telefonlisten zurück. Dann unterbrach sie nochmals Peter bei der Arbeit. „Zelltermann sprach mit Popov kurz vor dem Unfall in Muldanien und ein paar Tage vor dem Mord an Endermann. Zufall oder nicht?" Der zuckte nur ratlos mit den Schultern.

„Sinnlos", seufzte sie nach einer Weile.

„Oft denken solche Menschen ja, die anderen sind dumm und keiner merkt, was sie da treiben. Also, wenn diese Herren tatsächlich in den Mord und weitere Machenschaften verwickelt sind, dann sind sie verdammt vorsichtig. Ich bin mir mittlerweile sicher, dass mindestens einer von denen Nummernkonten in der guten alten Schweiz oder auf den Cayman-Inseln hat."

„War da nicht ein Banker dabei? Der müsste doch am ehesten wissen, wie es geht", fragte Peter dazwischen.

„Das ist ja das Seltsame", meinte Hanna, „Russt ist der einzige, bei dem etwas auffällt. Dabei müsste gerade der am besten wissen, wie man so etwas unauffällig macht. Überweist zweihunderttausend Euro auf ein Auslandskonto und fliegt in die Karibik. Hat keinen Wohnsitz mehr in Deutschland. Das sieht doch aus wie ein Fall aus dem Lehrbuch. Aber reichen zweihunderttausend Euro für einen glücklichen Lebensabend mit 41? Da muss doch noch irgendwo ein Nest oder mehrere Nester sein mit einem Huhn, das goldene Eier legt. Wo ist dieses Nest?"

Hanna seufzte ein weiteres Mal. „Hier fehlen die Telefonverbindungsdaten mit Russt. Gibt wahrscheinlich keine. Von denen wird wohl kaum einer in der Karibik anrufen. Also, ich brauche jetzt erst einmal einen Espresso. Willst du auch einen?"

„Oh ja, bitte."

Auch wenn es Hanna bisweilen ärgerte, dass alle ihre gute Maschine nutzten und auf ihre Kosten den kleinen Schwarzen brauten, war sie zufrieden, dass sie damit die ekelhafte Plastikbecher-Kaffeeautomaten-Kultur aus dem Büro verdrängt hatte.

Nach ein paar Minuten brachte sie zwei kleine Tassen auf einem Tablett zurück.

„So, Kollege, was empfiehlst du?"

„Es ist immer noch wenig, vor allen Dingen ist es zu wenig, um eine Beziehung zu dem Mord an Endermann herzustellen. Ich denke, du solltest nochmals bei ihm selbst ansetzen. Vielleicht war er mit seinem Bericht weiter als wir denken. Was, wenn er der Erpresser ist, der daraufhin aus der Welt geschafft wurde?"

Hanna widersprach. „Alles scheint mir eher darauf hinzudeuten, dass Russt ein Erpresser ist. Der verschwand aber schon vor Monaten. Ich glaube, hier laufen mehrere Dinge parallel. Du musst daran denken, dass das Muldanien-Projekt bereits seit mehr als einem Jahrzehnt läuft. Die vielen falschen Zahlen, auf die Endermann und Nilsson gestoßen sind, sind so alt wie das ganze System. Ja, es baut regelrecht aufeinander auf. Ich stelle mir hier einen engeren Kreis der Ur-Ahnen vor. Einer, vielleicht Russt, steigt eines Tages aus, verdient aber immer noch kräftig mit. Möglicherweise ist das System zu einer Art Selbstläufer geworden – wie bei gut gestreuten Aktien, die regelmäßig ihre Rendite abwerfen. Da hat sich über die Jahre ein stabiles Gleichgewicht eingestellt. Und dann gibt es einen äußeren, jüngeren Kreis, der sich erst vor gut zwei Jahren gebildet hat, als die Beratungsfirma E&P-Consult ins Spiel kam. Da kamen aber keine neuen Mitspieler hinzu, sondern Störenfriede: Endermann und Nilsson.

Als die beiden in die Umlaufbahn gerieten, kam alles durcheinander. Das System explodierte. Vielleicht war es zuvor schon sehr heiß unter dem Deckel gewesen. Russt verlangte eine höhere Rendite. Ein anderer wollte ihn deshalb raushaben. Er tat ja seit einigen Monaten nichts mehr dazu, dass frisches Geld nachfloss, sondern kassierte nur noch – das wäre eine Erklärung. Und da kommt Endermann und stellt dumme Fragen. Meinetwegen – vielleicht will er selbst Geld. Zwar beschreiben ihn alle unsere Zeugen als prinzipienfest und ehrlich. Aber wer weiß? Vielleicht war er gerade bei seinem Versicherungsberater und der redete ihm ins Gewissen, dass er als Freiberufler ein sicherer Kandidat für die Altersarmut ist, wenn er nicht endlich mindestens hunderttausend Euro auf die Seite legt. Dann stößt er eine Woche später in Muldanien auf diese Goldader. Wäre doch denkbar?"

Hanna legte eine Pause ein. Peter hatte ihr die ganze Zeit fasziniert zugehört. Er brauchte eine Zeit, bis in ihn einsickerte, dass die Frage ihm galt. „Ja, ja, wahrscheinlich", beeilte er sich, Hanna zuzustimmen.

„Endermann hatte vielleicht plötzlich die einzigartige Chance gesehen, wie Russt eher früher als später in Rente zu gehen."

Peter winkte ab.

„Du solltest Kriminalschriftstellerin werden, Hanna. Als Idee für einen Groschenroman nicht übel. Ich wäre aber gerne Mäuschen, wenn du das Ganze in einer halben Stunde Staatsanwalt Helbig erzählst."

Grimmig entgegnete sie: „Dann komm doch mit."

Peter lehnte dankend ab. Er ahnte, dass dieser Termin wenig erfreulich würde.

Hanna war auf dem gemeinsamen Weg mit Dirk zur Staatsanwaltschaft in der Lothringer Straße schweigsam. Urlaub! Das hatte sie ganz und gar vergessen. Sie dachte an ihren Liebhaber. Urlaub mit ihm wäre schön. Aber so flexibel war der nicht. Er erwartete immer, dass sie sich an seine Planung anpasste. Schließlich war ihr Job für ihn nicht mehr als ein überflüssiges Hobby.

Staatsanwalt Hans-Günter Helbig war noch relativ jung und erst kurze Zeit in der Staatsanwaltschaft Dresden. Er war groß und mager, eine Brille verlieh ihm ein seriöses Aussehen. Die blonden Locken waren nicht zu bändigen, deshalb unternahm er auch keine Versuche mehr, ihnen eine Ordnung zu verleihen. Sein spitzbübischer Gesichtsausdruck, seine wachen flinken Augen, die schnellen und teilweise hektischen Gesten verdeutlichten auch Außenstehenden sein waches Interesse daran, dem Verbrechen gnadenlos hinterher zu sein. Deshalb wohl haftete ihm der Ruf eines Heißsporns an, der auch mal an die Grenzen des Erlaubten ging, was insbesondere Hanna gefiel.

„Der Fall Endermann, Frau Kollegin, wie ich ihrer kurzen telefonischen Ankündigung entnehmen konnte? Nun, Frau Thiel, wie sieht es aus? Können wir zuschlagen?" Helbig kam sofort auf den Punkt, seine blauen Augen hefteten sich auf die Kommissarin. Ihrem Chef Dirk Vogler gab er nur schnell die Hand.

Hanna und Helbig setzten sich einander gegenüber, Dirk saß mit etwas Abstand zu Hannas Rechten. Helbig hielt ein kurzes Protokoll in den Händen, das Hanna ihm bereits schriftlich hatte zukommen lassen. Sie schilderte dem Staatsanwalt ihre jüngsten Vermutungen. Helbig legte den Kopf meist schief und fixierte Hanna. Bisweilen machte er sich kurze Notizen auf kleinen Haftzetteln, die er, einen neben dem anderen, vor sich auf eine leere Schreibtischfläche klebte. Hanna kannte das Spielchen bereits. Später würde er sie durchgehen und dann den einen oder anderen unwichtigen Zettel zerknüllen und wegwerfen. Sein Schreibtisch war rechts und links eingerahmt von Aktenbergen, die jeden Moment auf das Mosaik der gelben Zettel stürzen konnten.

Hanna schloss ihren Bericht mit den Ausführungen: „Eine erste Recherche mit Hilfe der Kollegen und Kolleginnen in Hessen, Rheinland-Pfalz und Nordrhein-Westfalen hat leider kein Ergebnis zu den Beteiligten aus der Internationalen Agentur für Entwicklung und der Ökonomischen Kommission für Europa gebracht. Eine Ausnahme haben wir in dem ehemaligen Mitarbeiter der Europäischen Bank für Strukturförderung. Er war für seine Bank jahrelang an diesem Projekt beteiligt. Er hat seinen gut dotierten Job urplötzlich aufgegeben, obwohl er erst Anfang Vierzig war. Seine neue Adresse soll eine Insel in der Karibik sein. Doch die meisten der Projektbeteiligten sitzen in Muldanien und das Geld fließt von der Internationalen Agentur dahin. Was dort geschieht, lässt sich schwer bis gar nicht recherchieren."

Helbig schwieg zunächst. Dafür waren seine Hände umso beredter. Er bildete Fingerknoten der merkwürdigsten Art, so, dass die Gelenke knackten. Seine Augen flitzten zwischen seinen Zetteln und Hanna hin und her.

Dann heftete sich sein Blick an den etwas abseits sitzenden Dirk Vogler und schien sich auch eher an ihn als an Hanna zu wenden, als er zu sprechen begann. Jedenfalls mied er den Augenkontakt mit Hanna.

„Wissen sie, das ist mit das Interessanteste, was ich hier bislang auf dem Tisch hatte. Das klingt nach Korruption, Erpressung und internationaler Verflechtung. Da kann sich in der Tat ein gigantisches Netz dahinter verbergen. Und bei einem Land wie Muldanien können wir davon ausgehen, dass das auch so ist. Da ist alles möglich. Das Problem ist nur, dass sich achtzig Prozent des Geschehens, vielleicht auch mehr, genau dort abspielen."

Abrupt wandte er sich jetzt Hanna zu. „Wissen sie, Frau Kommissarin", dabei blickte er ihr in die Augen, „auch wenn mich dieser Fall persönlich sehr reizt, Staatsanwälte im Allgemeinen freuen sich überhaupt nicht über solche Fälle. Wer so eine Akte auf den Tisch bekommt, schiebt sie ganz unten in den Stapel der unerledigten Fälle. Und im Lauf der Zeit wird sie immer wieder nach unten gesteckt, bis sie unter dem Druck darüber kompostiert."

Für einen Moment herrschte Schweigen im Raum. Helbig lehnte sich jetzt in seinem federnd schwingenden schwarzen Ledersessel zurück und legte sich seine Worte zurecht. „Ich muss ihnen gestehen, ich werde es genau so machen wie diese Kollegen. Nur mit dem Unterschied, dass ich es ihnen sage und sie nicht weiter mit der Stange im Nebel stochern lasse. Denn was bräuchten wir denn jetzt? Als Erstes ein offizielles Rechtshilfeersuchen an Muldanien. Auf die Antwort warten wir Jahre. Alles muss übersetzt und beglaubigt werden. Wir müssen mindestens das Bundeskriminalamt einschalten. Und das alles auf dem mühsamen Dienstweg. Was das bedeutet, muss ich wohl nicht näher ausführen: Innenministerium und Justizministerium in Sachsen, dann auf die Bundesebene und Justizministerium in Muldanien und so weiter. Ich habe in Wiesbaden beim Bundeskriminalamt zwar einen Studienkollegen sitzen, aber der wird sich bestens bei mir bedanken."

Helbig ließ sich, von der Rückholfeder seines Sessels beschleunigt, nach vorne fallen und fing sich mit den Händen an der Schreibtischkante auf. Einer der gelben Zettel haftete jetzt an seinem Jackenärmel. Er zupfte drei weitere von der Schreibtischoberfläche, knüllte sie zusammen und warf den kleinen Knödel in Richtung des Papierkorbes, verfehlte ihn aber. Das Papierkügelchen rollte ein Stück über den Teppichboden.

„Das heißt, wir haben nur diesen Banker, der die üblichen Verhaltensweisen eines Erpressers an den Tag legt und mehr als dämlich agiert. Setzt sich in die Karibik ab, mit einem Batzen Geld dazu – das er übrigens auch geerbt oder im Lotto gewonnen haben könnte. Und was, wenn er ein ganz offizielles Sabbatjahr eingelegt hat?"

Helbig heftete seine stahlblauen Augen auf die Kommissarin.

„Frau Thiel, was soll das werden? Stellen sie Antrag auf Durchsuchungsbefehl?"

Hanna schwieg.

„Stellen sie Antrag auf Auslieferung?"

Hanna schwieg.

„Wenn ich nur an Muldanien denke, wird mir schon schlecht. So leid es mir für sie tut, Frau Thiel, denn sie sind eine verdammt gute Kriminalistin, die so einen Fall sicher ungern ungeklärt abschließt. Mir, und da geht es ihnen sicher genau so, tut es vor allem um die Hinterbliebenen leid, die nie erfahren werden, wer ihren Gatten beziehungsweise ihren Vater auf dem Gewissen hat. Aber, glauben sie 's mir, es ist besser so. Begraben wir Herrn Endermann und schließen wir die Akte. Lassen sie die Finger von Muldanien. Das hier funktioniert nicht."

Niemand im Raum widersprach. Was Helbig da ausgeführt hatte, kam für Hanna nicht ganz unerwartet. Sie sah zu Dirk hinüber. Der saß merkwürdig verkrampft auf seinem Stuhl und machte ein schwer zu durchschauendes Gesicht. Was ist mit ihm, dachte Hanna. Sah er seinen glänzenden Medienauftritt davonschwimmen? Hatte er sich schon darauf vorbereitet, welchen Anzug und welche Krawatte er für die Interviews und die Fernsehaufnahmen zum Fall ‚Muldaniermafia in Sachsen' anziehen würde? Tatsächlich legte er sich, ganz entgegen seiner Gewohnheiten, für seine Mitarbeiterin ins Zeug.

„Herr Helbig, könnten sie nicht mit den Staatsanwaltschaften im Westen Kontakt aufnehmen? Vielleicht liegen zu unseren Kandidaten dort bereits Verdachtsmomente vor, die eine tiefer gehende Recherche ermöglichen? Die Geldgeber sind rechtlich gesehen Institutionen dieses Landes, auch wenn es internationale Organisationen sind. An den entsprechenden Stellen rumort es möglicherweise bereits und unsere Informationen liefern hier eine wichtige Ergänzung. Ich denke, ein Anfangsverdacht ist hier schon begründbar. Möglicherweise ergeben sich auch im finanziellen Bereich Hinweise auf Fehlverhalten, auf Untreue, wo wir weiter ansetzen und den möglichen Täter- beziehungsweise Anstifterkreis einengen können."

Hanna warf Dirk einen dankbaren Blick zu.

„Nun gut", ging Helbig darauf ein und verfiel in die Amtssprache. „Die erforderlichen Maßnahmen werde ich ergreifen. Ich möchte jedoch unverzüglich in Kenntnis gesetzt werden, wenn sich bei ihrer Arbeit weitergehende Verdachtsmomente ergeben. Klären sie das familiäre und berufliche Umfeld des Toten vollends ab. Dann erstellen sie eine umfassende Dokumentation, einschließlich der Spurensuche und dann lassen sie es gut sein. Es sei denn, sie finden Substantielles, an dem wir weiter anknüpfen können. Ansonsten wird das eine schlafende Akte. Wenn irgendwann etwas auftaucht, das dazu passt, öffnen wir sie wieder."

Damit erhob er sich. Die Besprechung war zu Ende. Das Ergebnis war dem Staatsanwalt sichtlich unangenehm, und er wollte seine Gäste so schnell wie möglich loswerden. Hanna blieb noch eine Weile sitzen. Der Staatsanwalt sprach sie nochmals persönlich an „Mit dieser Lösung können sie nur schwer leben, das fühle ich ihnen nach. Aber wenn ich sie weitermachen lasse, werden sie vom Frust aufgefressen. Hier", er deutete auf seine Aktenberge, „wenn ich dieses versammelte Frustpotential an mich heran ließe, wäre ich längst an einem Magengeschwür eingegangen."

Hanna lächelte gequält. Sie stand auf und reichte Helbig die Hand.

Auf dem Gang sah Hanna Dirk fragend an. „Und, was sagt mein Chef dazu?"

„Der erinnert seine gefrustete Mitarbeiterin daran, dass es jetzt an der Zeit wäre, ihre zwölf Tage Resturlaub anzutreten. Heute und morgen schreibst du meinetwegen noch Bericht und erledigst Altlasten. Aber dann mach, dass du rauskommst."

Ein Schwede in Gefahr

Gunnar Nilsson saß im Büro in Batumi, seinem neuen Projekt in Georgien und packte seine Unterlagen für eine Fahrt in den Kaukasus. Er wollte dort für ein paar Tage einige Dörfer im Norden besuchen und mit den Bauern ihre Situation besprechen. Auch in diesem neuen Projekt hatte er einen landwirtschaftlichen Schwerpunkt. Das gefiel dem Schweden. Bauern waren meistens einfache, aber ehrliche und hart arbeitende Menschen. Ihre Probleme waren rund um die Welt dieselben: War das Wetter gut, dann fiel die Ernte gut aus, doch dann fielen die Preise – ein Grund zum Jammern. War das Wetter schlecht, dann stiegen zwar die Preise, doch die Ernte war zu gering, um daraus Gewinn zu schlagen – wieder ein Grund zum Jammern.

Insofern war einer wie Gunnar Nilsson gern gesehen. Denn er hörte wenigstens zu, wenn er schon nicht helfen konnte. Dafür wurde er gut bezahlt. Diesmal war er, anders als zuletzt in Muldanien, auch technisch bestens ausgestattet. Als Dienstwagen fuhr er einen nagelneuen, PS-starken Land-Cruiser mit Allrad-Antrieb und mit einem chromblitzenden Hirschfänger vor dem Kühlergrill. Die Ausstattung, sogar ein satellitengestütztes Navigationssystem gehörte dazu, war für einen mehrtägigen Urwaldtrip geeignet – nur dass es in Georgien keinen Urwald gab. Diesen Wagen belud Gunnar nun, auch seine Angelausrüstung, die er aus Schweden mitgebracht hatte. Was für ein Elend war dagegen der alte Lada im muldanischen Projekt gewesen – am Ende ein zerquetschtes Stück Blech. Gunnar Nilsson dachte nicht gerne daran.

Der Landbevölkerung in der ehemaligen Sowjetrepublik Georgien blieb kaum etwas anderes übrig, als Landwirtschaft zu betreiben. Nach dem politischen Systemwechsel und dem Zerfall der großen Kolchosen hatten sie ihre Felder zurückübertragen bekommen, die ihren Großvätern einst weggenommen worden waren. Maschinen hatten sie aber in der Regel keine erhalten, auch kein Geld für neue, weshalb die Art der Landbewirtschaftung ziemlich archaisch wirkte. Es war oft nicht wirtschaftlich, diese kleinen und oft weit zerstreut liegenden Felder alleine zu bewirtschaften. Gunnar Nilssons Aufgabe war es, ähnlich wie zuvor im muldanischen

Projekt, sie zur Zusammenarbeit zu bewegen, ohne dass sie davor gleich wieder flüchteten, weil sie den Rat des Ausländers als alten Wein in neuen Schläuchen, als alt bekannten Kommunismus in neuen westlichen Gewändern ansahen.

Nilssons Büro befand sich weit ab von der Millionenmetropole Tblissi. Das war ihm lieber als eines in der Hauptstadt, auch wenn er dafür etwas weniger so genannten westlichen Komfort hatte. Dafür kam er schneller mit der Bevölkerung in Kontakt. Gunnar ging seine Checkliste durch: Luftdruck, Ölstand, Batterieladezustand, zwei volle Reservekanister Diesel – alles in bester Ordnung. Er setzte sich ans Steuer und schaltete das Navigationsgerät an. Zwar kannte er ungefähr sein Ziel, doch wollte er sein Spielzeug nutzen. Es errechnete eine Strecke auf Hauptstraßen und eine etwas kürzere auf Nebenwegen – trotzdem sollte die längere schneller sein. Jetzt betätigte Gunnar die Zündung. Mit einem sonoren Dröhnen meldete sich der Motor.

Nach wenigen Minuten Fahrt ließ Nilsson die Stadt hinter sich. In Kürze würde er in die bis zu fünftausend Meter hohen Berge abbiegen. Die Region kurz vor dem Hochgebirge war sein Ziel. Die Bauern dort betrieben vornehmlich Weidewirtschaft, sie hatten meistens Schafe und Rinder. Ackerbau war nur hier unten in der Ebene möglich, wo sich die kleinmaschigen Felder in bunter Folge abwechselten. Üppig und fruchtbar wechselten Gemüse, Obst, Wein, Zitrusplantagen und immer wieder große Teefelder einander ab – alles jedoch auf niedrigem produktionstechnischen Niveau.

Nilsson ließ seine Blicke schweifen. Im Rückspiegel verschwand die Stadt in der Staubfahne, die sein Wagen aufwirbelte. Bald waren sein Auto und ein weiteres hinter ihm die einzigen Fahrzeuge auf dem Weg in die Berge. Das gleißende Sonnenlicht hatte sein neues Projektland gemeinsam mit dem alten. Die Straße wurde bald steiler und kurviger, aber auch staubiger. Deshalb wunderte er sich, warum der Wagen hinter ihm nicht mehr Abstand hielt, langsam erkannte er einen Lada Niva. Der Fahrer des Lada Niva musste den ganzen Staub schlucken. Offenbar hatte er es eilig. Nilsson beschloss, ihn vorbeiziehen zu lassen und drosselte sein Tempo.

Doch der Wagen überholte nicht. Na, dann eben nicht, dachte Nilsson. Also beschleunigte er wieder. Doch auch der Verfolger hielt im Tempo mit. Überholen will er nicht, sich abhängen lassen auch nicht. Nilsson beschlich ein ungutes Gefühl. Er erinnerte sich der Alternativstrecke im Navigationssystem und schaltete darauf um. Auf dem kleinen Bildschirm seines Gerätes zeigte ihm ein Pfeil an, dass er nach anderthalb Kilometern nach links auf einen Nebenweg abbiegen musste. Nilsson ging vom Gas und ließ die Abzweigung auf sich zukommen. Der Wagen dahinter kam näher. Da die Sonne von hinten blendete und der Staub den Blick vernebelte, entdeckte er nur zwei massige Gestalten, zwei bullige Männer, wie Schränke fast, eingezwängt in ein für sie viel zu kleines Fahrzeug. Die Köpfe stießen schier an das Wagendach.

Er warf nochmals einen Blick in den Rückspiegel. In diesem Moment hatte eine Windböe den Staub weggepustet. Der Blick war ungetrübt. Nilsson sah für eine halbe Sekunde zwei Gesichter. Blitzschnell öffnete sich in seinem Gehirn die Schublade Muldanien und blätterte die darin abgelegten Karteikarten durch. Plötzlich kam ihm eine Szene in Echterova in den Sinn. Deshalb hatte er diese Typen abgespeichert! Das eine Mal standen sie auf dem Projektgelände herum, irgendwie zufällig, aber aufgrund ihrer Massigkeit zogen sie die Blicke auf sich. Das andere Mal: Die Tür seines Projektbüros stand offen und als er aufstand, um sie zu schließen, sah er, wie die beiden gerade das gegenüberliegende Büro des Leiters der Marktgesellschaft Lobed betraten. Gunnar schloss seinen Karteikasten wieder. Er war sich seiner Sache sicher. Die beiden hatten seinetwegen den weiten Weg um das Schwarze Meer herum unternommen. Und sicher nicht, um ihm Geschenke zu bringen.

Nikolaj und Mariano fielen ihm ein. Mariano, der in dem Auto saß, in dem er, Nilsson, hätte sitzen sollen. Eine vereiste Straße mit tief ausgefahrenen Spurrinnen im uralten Asphalt kam ihm in den Sinn, an den Straßenrand gekehrte Glassplitter und Gummiteile des einstigen Dienstwagens. Er hatte sich die Stelle ansehen müssen, an der er eigentlich sterben sollte. Keine Bremsspuren! Er hatte die Polizeistation aufgesucht und auf den Polizeichef eingeredet. Der hatte zwei Polizisten herbeigeholt. Dann hatten sie zu dritt palavert. „Sorry", sagte anschließend der Polizeichef, „Sorry", und das hatte er dann noch ein paar Mal wiederholt. Es war wahrscheinlich das einzige englische Wort, das er kannte. Tags darauf war Gunnar mit einem seiner muldanischen Mitarbeiter als Dolmetscher wiedergekommen. Doch die Polizisten beharrten darauf, der Fahrer sei einfach zu schnell gewesen. Die Sommerreifen. Eis und Schnee. Und überhaupt. Und wieder: „Sorry."

Nilsson durchfuhr ein Adrenalinschock. Erschreckt sah er auf seine Armaturentafel. Nein, hier saß er in einem hochmodernen, von vielen Sensoren und Computerchips kontrollierten Wagen: Jeglicher Verlust an Bremsflüssigkeit würde sich mit einem nervösen Blinken einer Kontrollleuchte bemerkbar machen.

Er bog genau an der Stelle ab, die ihm das Navigationssystem angab. Die Straße machte eine Spitzkehre nach links. Jetzt konnte er das Verfolgerauto von der Seite sehen.

Die Straße stieg im ersten Abschnitt steil und kurvenreich an, sie wurde bedeutend schlechter. Schlagloch reihte sich an Schlagloch. Es konnte passieren, dass abrupt hinter einer Biegung ein altertümliches landwirtschaftliches Gefährt im Schneckentempo die Berge hinaufkroch. Die Felder wurden mit zunehmender Höhe karger, die Ackerwirtschaft wechselte in Dauergrünland. Die ersten Schaf- oder Rinderherden tauchten auf, die langsam unter den wachsamen Augen ihrer Hirten umherzogen. Doch der Weg führte noch ein Stockwerk höher. Das war also die „Abkürzung" zu seinem Ziel – sie führte mitten durchs Vorgebirge. Die Herden und die Hirten blieben bald aus. Die Gegend wurde einsamer. Und zugiger.

Jetzt müssten sie es versuchen, dachte Nilsson und sah in den Rückspiegel. Tatsächlich, der Lada Niva holte auf. Er schaukelte gefährlich. Der Fahrer musste das Gaspedal sicher bis zum Anschlag durchtreten. Wollten sie ihn etwa rammen? Nilsson grinste diabolisch. „Verrückte Hunde!" Dann befragte er seinen Bildschirm. Der zeigte in fünfhundert Metern Abstand eine Abzweigung. Er drückte das Gas durch. Der Turbo ließ seinen Wagen regelrecht davonschießen. Zwei Kurven und ein paar Felsen weiter musste sein Wagen dem Blickfeld der Verfolger entschwunden sein. Nilsson blieb auf dem Gas, mit einem halben Auge auf dem Bildschirm, der in guter Auflösung sogar die ungefähre Krümmung der Kurven voraussagte. Jetzt müsste es scharf links gehen, also Fuß vom Gas. Der Allradantrieb hielt den Wagen in der Spur. Bald musste eine Kreuzung kommen. Sein Weg zum Ziel führte geradeaus weiter. Gunnar bog rechts ab und raste den unbekannten Weg – denn nun gab sein Navigationsgerät auf – entlang, bis er sicher war, dass die Verfolger ihn aus dem Auge verloren hatten. Er bremste scharf ab. Nilsson setzte auf den scharfen Wind, der seine Staubfahne schnell verwehte. Mit Automatikschaltung, Lenkunterstützung und

Allradantrieb gelang ihm die anschließende Wende trotz des schmalen Wegs wie im Kinderspiel. Insgeheim zählte er langsam bis zehn. Dann setzte er den Wagen langsam wieder in Bewegung. Eine frische Staubfahne zeigte ihm an, dass die Verfolger soeben die Abzweigung passiert haben mussten. Der Hase hatte erfolgreich einen Haken geschlagen. Nilsson überlegte. Sollte er umkehren und die bequeme Strecke nehmen? Sie würden bald merken, dass er sie ausgetrickst hatte und ebenfalls wenden. Was dann? Er entschied sich für die Alternative. Er drehte den Spieß um.

Nachdem sie damals den Falschen erwischt hatten, gab es in Muldanien anscheinend keine Gelegenheit mehr für eine weitere Attacke, zumindest war Nilsson einige Tage später unbeschadet aus dem Land gekommen. Aber sie waren auf seinen Fersen geblieben. Sie hatten ihn hier, sozusagen auf der anderen Seite des Schwarzen Meeres, entdeckt, und das war ein Land mit ihnen vertrauten Bedingungen. So hatten sie sich das also vorgestellt. Autounfälle wurden wahrscheinlich in Georgien auch so gehandhabt wie in Muldanien. Man kehrt die Scherben an den Straßenrand, entsorgt die Wracks und fertig!

Er gab Gas und folgte seinen Jägern ins Gebirge. Wenige Minuten später sah er den Wagen vor sich. Er kam ihm entgegen. Die beiden hatten ihren Irrtum wohl bald bemerkt und waren umgekehrt. Nilsson überprüfte die Spannung seines Sicherheitsgurts. Dann betätigte er die Lichthupe und das mehrstimmige Signalhorn. Er ließ keinen Zweifel darüber aufkommen, wer auf dieser Straße der Stärkere war. Der Lada Niva vor ihm stoppte abrupt. Links von ihm hatte er eine Felswand, rechts einen mit wilden Rhododendren bewachsenen Abhang. Gunnar hielt auf den Lada zu. Der Fahrer schaltete in den Rückwärtsgang. Beim Gasgeben drehten die Räder durch. Nilsson half ihm, indem er ihn unsanft anschob. Er stoppte kurz und ließ die Differentialsperre einrasten. Jetzt zogen alle vier Räder seines Kraftpakets mit gleicher Leistung. Gas gebend schob er den Lada vor sich her, dessen Fahrer, nervös am Lenkrad kurbelnd rückwärts fahrend Reißaus zu nehmen versuchte. Dabei gelang es ihm kaum, sich auf seinem Sitz umzudrehen. Er war einfach zu massig, die Fahrgastzelle zu eng. Nilsson erhöhte das Tempo und zog das Lenkrad nach rechts. Der Lada wurde trotz seines Gewichts mit dem linken Heck gegen die Felswand gedrückt. Es gab ein knirschendes Geräusch, als das Ladablech am Felsen zerknautscht wurde. Nilsson nahm es im Gebrüll seines Turboladers kaum wahr. Er bemerkte nur den kurzen Widerstand und das plötzliche Ausscheren des Wagenhecks in die Gegenrichtung. Der Fahrer kurbelte wie wild am Lenkrad, aber das Fahrzeug folgte dem stärkeren Drehimpuls, den ihm der Hirschfänger von Nilssons Geländewagen gab. Vom eigenen Rückwärtsgang angetrieben, schoss der Lada plötzlich den Abhang hinunter. Die Vollbremsung des Fahrers ließ zwar Erde und Kies aufspritzen, doch schlingernd und schaukelnd bewegte sich der Wagen weiter rückwärts, mitten durch den niedrigen Wald wilder Rhododendronbüsche den Abhang hinunter. Mit einem Ruck kam er nach etwa hundert Metern endlich zum Stehen. Offenbar war er auf ein Hindernis geprallt, einen größeren Stein vielleicht. Möglicherweise hatte sich auch seine Ölwanne gelöst und unter dem Wagen verkeilt. Nilsson, der vorsichtig an den Abhang heran gefahren war, konnte ihn von seiner erhöhten Sitzposition aus gut sehen. Er wendete sein Fahrzeug flugs und stellte es seitlich so an den Abhang, dass er die Situation weiter im Blick hatte. Nach einer Weile sah er den Fahrer aussteigen und mühsam um den Wagen vorn herumkriechen. Auf der anderen Seite zog er mit aller Kraft am Türgriff, bis die Tür sich schwer öffnen ließ. Der Beifahrer quälte sich aus dem Fahrzeug. Er humpelte, der rechte Arm baumelte kraftlos herunter. Auf alle Fälle würden die beiden zu Fuß nach Hause gehen können. Nach einem Blick auf den Tacho rechnete Nilsson aus, dass sie einige Stunden bis zur nächsten Siedlung unterwegs sein würden. Er ließ laut und lange seine Fanfare ertönen und gab Gas, dass der Kies nur so spritzte.

Nilsson kehrte nicht mehr in das Projektbüro zurück. Er steuerte Kutaisi an, nach Tblissi eine der größten Städte inmitten des Landes. Er quartierte sich in einem kleinen Hotel mit Telefon auf dem Zimmer ein. Ihm war klar, dass er allenfalls einen Punktsieg errungen hatte. Die Kerle würden nicht lockerlassen. Er musste Kontakt mit Endermann aufnehmen. Wie weit war der mit seinem Bericht? Reichte es für den Staatsanwalt oder zumindest für eine seriöse Zeitung? Da er und Endermann offenbar zu viel wussten, war eine Verbreitung ihres Wissens jetzt das allerbeste Mittel, um zu überleben.

Im Hotel griff Nilsson zum Telefon. Immerhin konnte er von hier nach Deutschland telefonieren. Bei Endermann hörte er eine Ansage auf Deutsch, die er kaum verstand. Dann wählte er E&P-Consult in Bremen an.

Fuchs klang erregt. „Mensch, Gunnar, ich versuche seit Tagen, dich zu erreichen. Wo bist du?"

Nilsson erzählte knapp, was passiert war. Dann bat er Fuchs: „Karsten, tu mir einen Gefallen und bringe mich mit Frank in Verbindung. Ich muss unbedingt mit ihm sprechen. Bei ihm zu Hause geht er nicht ran."

„Das geht nicht. Frank ist tot."

Nilsson war schockiert. Da sie beide nicht wussten, wie lange die Verbindung halten würde, erläuterte Fuchs nur das Notwendigste. Und er sagte ihm, dass eine Kommissarin aus Frank Endermanns Heimat ihn dringend sprechen wolle.

„Bitte sprich mit Frau Thiel. So heißt sie."

Sprek ik mit Kommissarin Thiel?

Hanna stand sinnierend am Fenster und suchte nach dem enttäuschenden Gespräch bei Staatsanwalt Helbig Trost im ruhigen Fließen der Elbe. Ihre Gedanken wurden vom Klingeln des Telefons gestört. Jaki schrie aus dem Nebenzimmer. „Dein Schwede ist dran."

Hanna hastete zu ihrem Schreibtisch.

Eine etwas blechern klingende Stimme kam von weit her, es rauschte in der Leitung. Ein Mann sprach mit deutlichem Akzent, aber verständlich „Sprek ik mit Frau Thiel, Kommissarin Thiel?"

Hanna wusste sofort Bescheid. „Gunnar Nilsson? Ich bin ja so froh, dass sie anrufen. Sie sind möglicherweise in Gefahr."

„Danke. Die Warnung hätte ich früher gebraucht, aber ich hätte es auch selbst wissen müssen. Aber ich habe die beiden erst einmal abgehängt. Ich habe soeben kurz mit Karsten Fuchs gesprochen. Was ist Frank passiert?"

„Das erzähle ich ihnen später. Wir wissen nicht, wie lange die Leitung hält. Wer war hinter ihnen her? Wo sind sie, wann können wir uns ausführlich unterhalten?"

„Ich bin in Georgien. Karsten hat mir erzählt, dass Frank tot ist, ermordet. Das ist furchtbar. Jetzt sind sie hinter mir her. Das ist das zweite Mal."

„Wer sind ‚die'?"

„Zwei Muldanier. Die Dreckskerle haben mir sicher Popov oder Lobed auf den Hals gehetzt. Sie müssen mir helfen. Schnell, bitte. Sonst kriegen die mich noch."

„Warum wollen die sie umbringen?"

„Weil ich zu viel weiß, so wie Endermann zu viel wusste."

Die Leitung war plötzlich unterbrochen. Hanna hatte ganz vergessen ihn zu fragen, wie er zu erreichen war. Sie ärgerte sich.

Das Telefon klingelte erneut.

„Geben sie mir zuerst ihre Telefonnummern, damit ich weiß, wie ich sie erreichen kann."

Er gab ihr die Nummer seines Hotels und die Zimmernummer sowie seine georgische Handynummer. „Hier im Hotel bin ich nur einige Tage sicher.

In das Projektbüro kann ich sicher nicht zurück. Ich weiß noch nicht, wo ich hingehen soll. Vielleicht gehe ich zur schwedischen Botschaft in Tblissi."

Hanna fiel nichts Besseres ein. „Ja, tun sie das. Auf alle Fälle möchte ich länger mit ihnen sprechen. Wann können sie in der Botschaft sein?" Im nächsten Moment war die Leitung wieder unterbrochen. Hanna tippte die lange Zahlenreihe ein, die ihr Nilsson gegeben hatte, und landete im Nirgendwo. Sie drückte die Wiederwahltaste, landete wieder im Nirgendwo. Laut die Zahlen mitsprechend tippte sie wieder. Der Ruf kam an.

Als sie Nilsson in der Leitung hatte, stellte sie sofort ihre erste Frage. „Was wissen sie?"

„Wir haben recherchiert und Endermann wollte einen Bericht schreiben und alles offenlegen."

„Was wollten sie offenlegen?"

„Dieses ganze korrupte Projekt, dieses System und wer dran beteiligt ist und wie!"

„Wo sind die Unterlagen? Was haben sie davon in ihrem Besitz?"

„Ich habe nichts. Frank Endermann hat alles an sich genommen. Er wollte das übernehmen."

„Was hatte er vor?"

„Das wollten wir gemeinsam besprechen, wenn er fertig ist. Er wollte sich bei mir melden. Er hat ja in Muldanien noch recherchiert, als ich bereits weg war."

„Hat er ihnen Details erzählt?"

„Er sprach von Firmenbeteiligungen und darüber, wie die Projektgelder über die internationale Agentur nach Muldanien kommen, dort verteilt werden und dann auf private Konten fließen."

„Nach Deutschland?"

„Auch. Vielleicht. Ich weiß nicht. Frank wollte das alles aufschreiben, wenn er die Dokumente gesichtet hatte."

„Welche Dokumente?"

„Von der Holding in Muldanien. Sie ist dort eingetragen in einem Register. Frank müsste eine Kopie haben."

„Mit den Namen der Besitzer? Wer sind die?"

„Zunächst sind das wieder andere Firmen. Aber dahinter stecken Menschen. Frank wollte das herausfinden."

„Und?"

„Wir haben seitdem nicht mehr miteinander gesprochen. Das steht sicher alles in seinem Bericht. Haben sie nichts bei ihm gefunden?"

„Nein. Wo in Muldanien haben Endermann und sie recherchiert? Wem konnten sie vertrauen?"

„Einigen Bauern. Viele Informationen, auch bei Ämtern, kann man kaufen."

Die Leitung wurde wieder unterbrochen. Nach weiteren Versuchen kam sie zu Nilsson durch und empfahl ihm dringend, sich nach Tblissi zur schwedischen Botschaft aufzumachen. Sie vereinbarten eine ungefähre Zeit, in der er es bis dorthin schaffen konnte. Nilsson sagte zu. Dann wartete Hanna wie auf Kohlen. Sie sah auf die Uhr. Es war 16 Uhr. Sie richtete sich auf Überstunden ein. Als sich Peter um 18 Uhr zu seiner Familie verabschiedete und sich wunderte, dass sie immer noch da saß, behauptete sie, sie wolle Dirk vor ihrem Urlaub einen ‚kompletten Bericht‘ liefern. Von dem erwarteten Telefonat mit der Botschaft in Tblissi erwähnte sie lieber nichts.

Um 22 Uhr war Hannas Bürofenster das letzte erleuchtete der Etage. Sie hatte tatsächlich die ganze Zeit an ihrem Bericht getippt. Jetzt sah sie aus dem Fenster und betrachtete die am Terrassenufer vertäuten Elbdampfer. Sie musste etwas eingenickt sein. Denn plötzlich schrak sie hoch. Neben ihr stand Dr. Laubusch mit einem Teller in der Hand.

„Wenn ich so lang' arbeiden du, dann brauch ich manchmal ebbes Süsses. Da, bedien' se sich. Das müssden se eigendlich aus ihrener Gindheid gennen. Nudoka. Ächde Büggware aus der DDR. Ich hoffe nur, dass der Bedrieb ned au' no bleide gehd wie die vielen annern au'."

Hanna war immer noch ganz überrascht. Doch meldete sich bei ihr der Hunger und sie griff nach einer Scheibe Marzipan mit einem Kern aus Nougat.

„Mhmm, das schmeckt nach Elbflorenz. Nicht so süß wie die Westprodukte, dafür viel intensiver im Geschmack. Wo haben sie das nur her, Herr Doktor?"

„Saach ich doch, saach ich doch. Das ist aus dem Bedrieb der Nudella des Osdens. Hol ich dord selber immer im Fabrigvergauf in main Dederonbeudel. Das Zeuch gibbs in kain Laden. Habs jedenfalls noch nirchens gesehn."

Gemeinsam lutschten sie die Süßigkeit zu Ende. Dann verschwand Laubusch genauso behutsam wie er gekommen war. Hanna horchte angestrengt ins Haus hinein. Nach einer Weile drang von irgendwo, möglicherweise eine Etage höher, das typisch ruckelnd-ratschende Geräusch eines Kopiergerätes an ihr Ohr. Es hatte etwas Einschläferndes. Radio Eriwan, ging es Hanna durch den Kopf. Eriwan, liegt das nicht in Georgien? Auf alle Fälle stammte Stalin von dort. Plötzlich läutete das Telefon. Nilsson war am Apparat, klar und deutlich per Satellitenverbindung. Es gab nur einen unangenehmen Nachhall. Hanna konnte sich quasi selbst beim Sprechen zuhören. Nilsson gab ihr eine Nummer durch, Hanna rief zurück. Es wurde ein längeres Gespräch, das Hanna mit Nilssons Erlaubnis auf Band aufzeichnete.

Infos aus Tblissi

„So, ich hoffe, dass wir jetzt in Ruhe und ungestört telefonieren können."
Nilsson lachte. „Ungestört? Ihr Verfassungsschutz oder der georgische Geheimdienst hören sicher mit."
„Dann haben wir im Notfall wenigstens eine ordentliche Dokumentation", scherzte Hanna zurück.
Gunnar erzählte ihr nun ausführlich, was ihm widerfahren war. Er war sich sicher, dass die beiden Verfolger Lobeds oder Popovs Leute waren, die in deren Auftrag hinter ihm her waren.
„Was könnte die beiden denn veranlassen, diese Häscher auf sie anzusetzen?"
„Oh, da braucht es nicht viel: In Muldanien wird schon für hundert Euro getötet. Und so betrachtet, gibt es viele Gründe für Lobed. Oder für Popov. Oder für beide. Denn ich gehe davon aus, dass die beiden unter einer Decke stecken."
Gunnar klärte Hanna kurz über seine Funktion im Projekt auf und wie er und Endermann angefangen hatten, in alten Unterlagen, die aus früheren Zeiten noch im Projektbüro herumgelegen waren, zu recherchieren. Als erstes wunderten sie sich über die vollkommen falschen Zahlen der Machbarkeitsstudie. Das hätten der Projektsteuerer Schuster oder die Berliner Beratungsfirma – ihre Vorgänger – eigentlich ebenfalls ziemlich früh merken müssen. Doch das Projekt wurde strikt nach den Daten der ersten Machbarkeitsstudie gesteuert. „Jetzt stehen da unten vier fertige Vermarktungs- und Verarbeitungszentren, und schon eines allein wäre viel zu groß", fasste Gunnar zusammen, „dabei sind noch weitere geplant."
Beim Suchen im Projektbüro fanden sie auch Unterlagen mit Baukalkulationen. Sie staunten nicht schlecht. Die Baukosten lagen laut Plan bei zehn Millionen Euro für einen Komplex. „Und sie wissen ja, beim Bau tauchen oft Überraschungen auf. Wir rechneten damit, dass die Baukosten letzten Endes um zwanzig Prozent überschritten wurden. Natürlich überraschte es uns nicht wirklich, dass alle Gebäude von einer Baufirma, der TETSCHKO, gebaut wurden. Wir hatten doch diesen Italiener im Team."
„War das Mariano Caroso, der bei dem Unfall ums Leben kam?", fragte Hanna dazwischen.

„Ja genau der. Das war unser technischer Experte. Wir brauchten ihn selten. Aber da war er einmal ziemlich wichtig. Dabei legte er die aktuellen muldanischen Lohn- und Materialkosten zugrunde. Er hätte für den Preis von einer Anlage zwei bis drei gebaut. Mariano sagte, selbst die sizilianische Bau-Mafia wäre die weltweiten Steuerzahler billiger gekommen. Die Hälfte der Baukosten lag angeblich unter dicken Betonschichten im Untergrund, also in später unsichtbaren Dingen: Abwasserleitungen, Fundamenten, Leitungen für das Kühlsystem. Ausgerechnet das alles sollte aber nicht funktionieren, wie uns Lobed, der Leiter der Marktgesellschaft, erzählte. Wir haben damals mit Mariano viele Witze gemacht über die Leichen, die dort einbetoniert sind. Später ist uns das Lachen vergangen."

„Aber das war doch gar nicht ihre Aufgabe, nicht wahr?"

„Wir haben das alles nur angefangen, weil wir unsere Arbeit machen wollten, um die Projekte zum Laufen zu bringen. Dann hat sich die Sache weiterentwickelt. Naiv, wie wir am Anfang waren, sind wir mit unseren Erkenntnissen zuerst zu Popov und dann zu Lobed gegangen. Die waren natürlich hellauf begeistert, wie sie sich vorstellen können. Nach einer Weile meldete sich sogar Schuster bei uns und fragte, ob wir nichts anderes zu tun hätten. Von da an haben wir nur noch privat recherchiert. Wir waren einfach neugierig. Es ging uns gar nicht darum, einen Skandal aufzudecken oder so. Frank und ich – wir waren zu Beginn einfach fasziniert. Aber das Irrste daran war: So abartig und durchsichtig das alles konstruiert war – es funktionierte. Und es funktioniert noch heute und keiner will es wahrhaben."

„Ich habe mich schon oft gefragt, ob unsere westlichen Industrieländer mit ihrer internationalen Förderpolitik nicht mehr Schaden als Nutzen anrichten. Aber das sind Gedanken, die ich nicht haben darf. Ich lebe davon", bemerkte Gunnar, und setzte nach einer Pause hinzu: „Noch."
Dann blieb ihm die Stimme weg. Hanna ließ ihm etwas Zeit, bis sie die nächste Frage stellte.

„Wie ist ihr Projekt weiter gelaufen?"

„Schlecht. Lobed, der Leiter der Marktgesellschaft in Echterova hatte wenig Interesse an unserer Arbeit. Sein Büro war ja im gleichen Gebäude. Er hat uns die ganze Zeit beobachtet. Eines Tages verbot er uns, die Projektanlagen zu betreten. Das war wie ein Berufsverbot."

„Haben sie ihrem Auftraggeber Schuster darüber berichtet?"

„Sicher! Einmal waren wir sogar sehr deutlich. Doch dafür hat unser Geschäftsführer Fuchs Ärger bekommen. Schuster hielt das Honorar für drei Monate zurück. Da hat Fuchs unseren Bericht zurückgezogen und einen neuen geschrieben."

„Da haben sie dann privat weiter recherchiert, nicht wahr?"

„Ja, aber dass wir uns damit so unbeliebt machen würden, das hätten wir nicht erwartet." Nilsson schwieg, Hanna hörte ein Schnäuzen. Sie wartete schweigend, bis er weiter erzählte.

„Es war außer der Neugierde auch der berufliche Ehrgeiz. Unsere Arbeit wurde uns beinahe unmöglich gemacht und unser Ruf ruiniert. Das kann man sich im Beratergeschäft kaum leisten." Nilsson seufzte und legte eine kleine Pause ein.

„Wir entwickelten einen naiven Ehrgeiz. Denn Lobed brauchte uns wirklich nicht. Er hatte in der Zwischenzeit umfangreiche eigene wirtschaftliche Aktivitäten in den Hallen begonnen, obwohl das überhaupt nicht projektkonform war. Erstaunlicherweise zeigte er stolz das den Vertretern der Internationalen Agentur und der Ökonomischen Kommission für Europa. Auch darüber sprachen wir mit Schuster. Doch der fand das alles in Ordnung. Das haben wir dann überhaupt nicht mehr verstanden. Da waren wir natürlich frustriert."

„Aber warum war Endermann so verbissen?"

„Frank hatte noch ein Spezialproblem."

„Welches?"

„Er hatte in diesem Projekt den meisten Ärger mit den muldanischen Partnern, und später auch mit der Agentur. Das berührte sehr stark sein – wie sagt man auf Deutsch – Gewissen?"

„Sein Berufsethos vielleicht?"

„Das ist das richtige Wort. Aber das ist eine längere Geschichte."

Nilsson erzählte. Endermann hatte zur Unterstützung seiner Aufgaben ein eigenes Budget von vierzigtausend Euro, um den Bauern Kleinkredite auszureichen. Sie sollten damit zur Kooperation und letzten Endes zur Bildung einer Erzeugergemeinschaft angeregt werden. Endermann gab Kredite aus, wenn die Bauern Produktionsmittel wie Saatgut und Dünger gemeinsam einkauften. Nach dem Winter waren die Bauern oft finanziell klamm, die Produktionsmittel für die nächste Saison zu kaufen. Ihre knappen Reserven waren aufgebraucht. Zwar vergaben auch muldanische

Banken so genannte Produktionsmittelkredite, allerdings zu horrenden Zinsen, die kaum zu erwirtschaften waren. So gerieten sie immer tiefer in die Schuldenfalle – das Problem in vielen Schwellenländern. Endermanns Zinsen dagegen hatten allenfalls symbolischen Wert.

Lobed, der Leiter der Marktgesellschaft der Projektanlage in Echterova, bekam Wind von Franks Budget und forderte es ein. Doch der widersetzte sich. Daraufhin wandte sich Lobed an die Agentur für Entwicklung und behauptete, Endermann würde mit seiner Methode zu stark in den Wirtschaftskreislauf des Landes eingreifen. Die Agentur solle das abstellen. Wenn das um sich greife, würde das ganze Land ruiniert. Schuster knickte ein und forderte daraufhin Endermann auf, Lobed die Projektgelder zu geben. Außerdem forderte Lobed den Rauswurf Endermanns aus dem Projekt.

„Wie reagierte Endermann?", fragte Hanna dazwischen.

„Er hat getobt. Ich habe ihn noch nie so erlebt. Jetzt wissen sie, warum Frank am Ende einen besonderen Grund hatte, diesen ganz speziellen Bericht zu schreiben."

Nilsson schluckte hörbar. Offenbar trank er einen Schluck Wasser. Dann sprach er weiter.

„Es war erstaunlich, wie schnell die Informationen immer unter den muldanischen Partnern und der Agentur, speziell Herrn Schuster, geflossen sind. Oh, wir waren so dumm! Wir hätten unser Geld nehmen und am Schwarzen Meer baden gehen sollen. Unsere Vorgänger haben es anscheinend genau so getan. Sonst hätte das keine zehn Jahre laufen können. Ja, und das beste kam zum Schluss."

Nilsson lachte wieder schallend.

„Irgendwann musste denen klar geworden sein, dass wir das Spiel durchschaut hatten. Da kamen Lobeds Leute zu uns und fragten ganz treuherzig, ob wir nicht mitmachen wollten. Die haben uns für bescheuert erklärt, wenn wir ihnen Vermarktungskonzepte gezeigt haben und wie man die Projektanlagen vielleicht doch noch nutzen konnte und die betriebswirtschaftlichen Berechnungen zum drohenden Liquiditätsverlust. Wenn das drohte, hat man sich das Geld von Endermann geholt, oder gefälschte oder sogar echte Rechnungen vorgelegt. Die wurden dann auch immer aus irgendwelchen Fördertöpfen von Schuster bezahlt, auch wenn es um Maschinen und Anlagen für die privaten Geschäfte Lobeds ging."

In der Leitung zwischen Dresden und Tblissi herrschte einige Sekunden Schweigen. „Sind sie eingeschlafen?", fragte Nilsson nach einer Weile.

„Nein", kam es prompt von Hanna, „aber das musste ich erst einmal verdauen. Erzählen sie mir mehr von dem System. Und über die Personen dahinter. Ist Schuster ihrer Meinung nach darin verstrickt?"

„Ganz sicher. Ich weiß nur nicht, ob er auch alle Fäden in der Hand hält."

„Das klingt so, als wüssten sie nicht, wer der Hauptpuppenspieler ist."

„Ich bin mir nicht sicher. Kosta Popov in Solvanka gehört sicher dazu, er ist ja der muldanische Angestellte der Internationalen Agentur. Er spricht fließend Deutsch und Englisch. Er konnte sich also direkt mit Schuster und anderen wichtigen Leuten des Geldgebers unterhalten. Popov hat sich auch uns gegenüber als Chef aufgespielt. Georgi Lobed, der Leiter der Marktgesellschaft in Echterova, konnte keine Fremdsprachen. Er war immer auf einen Dolmetscher angewiesen. Allerdings gibt es dort noch eine graue Eminenz. Wir wissen überhaupt nicht, welche Rolle dieser Unbekannte in dem Ganzen spielt. Er kam manchmal spät abends auf das Projektgelände in einer dicken Limousine, die für dortige Verhältnisse sehr unüblich ist, mit verdunkelten Scheiben. Da stieg dann ein älterer grauhaariger Herr aus. Ich habe ihn ab und zu gesehen, wenn er bis spät abends im Büro bei Lobed war. Dieser grauhaarige Herr kam aber immer ohne Bodyguards, das ist für Besitzer solcher Limousinen unüblich."

Hanna unterbrach ihren Gesprächspartner „Hatten sie eigentlich auch Besuch von der Ökonomischen Kommission oder den Vereinten Nationen?"

„Von der Agentur war regelmäßig Schuster, meistens in Begleitung seines intimen Beraters Markus Gabler, dort. Gabler hat ja das Projekt von Anfang an betreut. Ich denke, von ihm stammen auch die vielen falschen Zahlen, auf denen das ganze Kartenhaus gründet. Zweimal kam von der Ökonomischen Kommission ein Doktor Wolfgang Zelltermann, ein älterer Herr, kurz vor der Rente. Aber mit ihm hatten wir keinen Kontakt. Für ihn waren wir Subalterne. Wir waren bei keinem der Gespräche mit ihm dabei. Schuster war außerdem stets bemüht, uns auseinander zu halten. Manchmal kam jemand von der Europäischen Bank für Strukturförderung. Zu unserer Zeit war das Wilhelm Russt. Er hat den Kontakt zu uns gesucht und hat nach Details gefragt. Wir haben uns gerne mit ihm unterhalten."

„Wen müsste man noch zum System zählen?"

„In Muldanien im Prinzip eine ganze Menge. Der jeweilige Landwirtschaftsminister, vielleicht jemand aus seinem Umfeld. Auf alle Fälle die Leiter der Marktgesellschaften."

„Und in den Behörden der Ökonomischen Kommission?"

„Hmm, das ist schwer zu sagen. Schuster und Gabler, vielleicht auch Schuster allein. Er ist bei diesem Projekt der Alleinherrscher, aber das auch nur, weil sein Dienstherr, die Ökonomische Kommission das so will."

„Also Zelltermann?"

„Wahrscheinlich."

„Kommen wir noch einmal zu Endermann und seinem Bericht. Für wen war der gedacht?"

„Er wollte ihn irgendwelchen zuständigen Behörden geben."

„Wer könnte davon gewusst haben?"

„Das kann ich ihnen beim besten Willen nicht sagen. Wir hatten in den letzten Wochen keinen Kontakt. Er hat alle Dokumente, die wir gesammelt haben, mitgenommen. Ich habe mein Wissen nur im Kopf."

„Können sie sich vorstellen, dass Endermann dieses Wissen benutzt hat, um jemand zu erpressen?"

Nilsson lachte schallend. Es schepperte in Wellen von Georgien durch die Leitung an Hannas Ohr. Nilsson echote: „Endermann jemand erpresst? Das ist unvorstellbar, dafür lege ich meine Hand ins Feuer."

„Woher könnten die von den Absichten Endermanns erfahren haben?"

„Tja, das ist eine gute Frage, aber ich habe keine Ahnung. Es kann auch eine ganz einfache Erklärung geben. In der Beraterszene kennt jeder jeden. Da kann Endermann nur irgendjemand gegenüber in seiner Wut eine kleine Andeutung gemacht haben und das pflanzt sich fort."

„Wohin dringt das am ehesten?"

„Am ehesten?" Nilsson dehnte seine Worte: „... am ehesten in die Internationale Agentur, dort kommt die Beraterszene zusammen, und natürlich blüht der Klatsch auch unter Beratern. Dazu gehört auch Gabler. Ja, Gabler, der ist sicher am Beraterklatsch am nächsten dran."

„Herr Nilsson, dieser Unfall in Muldanien, dazu habe ich noch eine Frage. Haben sie sich den Unfallort angesehen?"

Nilsson schwieg.

„Herr Nilsson, sind sie noch da?"

„Ja, aber ich rede nicht gern darüber. Ich hätte an diesem Tag eigentlich den alten Lada nehmen sollen. Wir haben ganz kurzfristig am Morgen entschieden, dass Mariano und Nikolaj fahren. Ich war einen Tag später am Unfallort. Für mich war das mit Sicherheit kein Unfall. Es gab keine Bremsspuren. Aber die muldanische Polizei war zu keiner Sonderuntersuchung zu bewegen. Und ich ..."

Nilsson stockte. Hanna half ihm auf die Sprünge.

„Sie wollten nichts dafür bezahlen."

„Ja."

„Sie sind soeben das zweite Mal davon gekommen. Sie sollten ihr Glück kein drittes Mal herausfordern."

„Ja."

Nilsson tat Hanna leid. Er wirkte mitgenommen. Aber sie hatte im Moment keine Lösung seines Problems parat. Sie selbst war enttäuscht. Der entscheidende Hinweis fehlte. Wenn Nilsson nichts Genaueres wusste, wer dann?

Sie beendete das Gespräch, nicht ohne zu vereinbaren, dass Nilsson sie ständig über seinen Aufenthaltsort auf dem Laufenden halten sollte.

Noch lange saß Hanna mit hinter dem Kopf verschränkten Händen auf ihrem Stuhl und sah in die Dresdner Nacht hinaus. Dann nahm sie ein Blatt Papier und schrieb mit großen Lettern: „Peter. Komme heute etwas später. Bin im Reisebüro. Wenn Dirk fragt, Bericht ist fertig! H."

Resturlaub

Am nächsten Morgen zeigte sich der April immer noch von seiner unschönsten Seite. Hanna verzichtete aufs Rad, hüllte sich in eine dicke Jacke und nahm den Schirm aus dem Ständer. Dann klapperte sie die Reisebüros in Johannstadt ab. In der Pfotenhauerstraße wurde sie fündig. Ein All-Inclusive-Angebot für Muldanien, Albinêz, am Schwarzen Meer. Es war sehr günstig. Abflug ab Berlin, über Solvanka. Sie ließ sich zwei Tickets zurücklegen. Dann trat sie auf die Straße hinaus und zückte ihr Handy. „Ilse – ich habe es mir anders überlegt. Nein, kein neuer Auftrag. Du hast mir so sehr geholfen, das ist mit Holzhacken nicht gut zu machen. Ich will dir was schenken. Aber dazu muss ich erst mit dir reden. Nein, ich geh' heut später ins Büro. Habe gestern bis elf gearbeitet. Der Fall ist abgeschlossen – jedenfalls für Dirk und den Staatsanwalt. Nein, nicht am Telefon. Ja, kann ich dir alles erzählen. Zehn Minuten!"

Als Nächstes wählte sie achtmal die Acht und ließ sich von einem eleganten Chauffeur in einem blitzsauberen schwarzen Audi durch den Dresdner Schnürlregen zum Elbhang kutschieren, denn sie hatte es nicht so mit jenen Taxi-Chauffeuren, die ständig ihre Drei-Zimmer-Wohnung inklusive Arbeits- und Rauchsalon mit sich führten. Die letzten Meter stakste sie einen quietschnassen Gartenweg entlang bis zu Ilses Hintertür, wo der Schlüssel wie immer steckte. Ilse hörte an den Schritten, wer ihr Haus betrat. Von der Küche her rief sie: „Leg deine nassen Sachen ab. Hinter der Kellertür liegen Filzlatschen. Ich mach uns schnell einen Espresso."

Die Maschine war bereits laut schnarrend an der Arbeit, als Hanna die Küche betrat. Sie schüttelte sich fröstelnd, dabei war es in der Küche recht warm. „Wie findest du dieses Wetter?", fragte sie Ilse.

„Ich war heute morgen schon im Garten", antwortete die Freundin von der Küchenzeile her, „Holzhacken wärmt. Aber der Graupelschauer hat mich dann reingetrieben. Du musst dir übrigens keine Umstände machen. Von wegen Geschenke." Mit einer Geste Richtung Fenster ergänzte sie: „Die Holzberge da draußen möchten gehackt werden, das wäre Geschenk genug." Darauf lachte sie schallend.

Hanna winkte ab. „Bei dem Sauwetter kann man im Garten sowieso nichts machen. Laut Wetterbericht soll das noch mindestens bis Mittwoch so weitergehen. Ich wollte dir deshalb etwas Sonne schenken."

„Einen Gutschein für das Sonnenstudio im Taschenberg-Palais? Mit dem gut gebauten Schönling an der Theke?"

„Schwarzmeersonne und fesche Muldanier biete ich dir! Du, da kann man jetzt schon baden! Passt dir dein Badeanzug noch?", lästerte Hanna. Dabei setzte sie sich und sprudelte weiter. „Jetzt sag schon ja. Dirk hat mir Zwangsurlaub verpasst. Der Rest vom letzten Jahr. Ich habe gestern meinen Bericht geschrieben. Akte zu, Ende. Heute räume ich nur noch meinen Schreibtisch auf. Na, was ist? Ich schenke dir eine Woche Strandurlaub. Wir könnten uns einen Wagen mieten und ein wenig Land und Leute anschauen, Melonen lutschen und die pelzigen Ohren der Esel streicheln. Na, sag schon ja. Du hast doch im Moment keine Aufträge und Ampfer und Giersch in deinem Garten kommen ganz gut eine Woche ohne dich aus."

Ilse hatte eine skeptische Miene aufgesetzt. Das Angebot kam ihr etwas überfallartig. Sie kannte ihre Freundin gut genug. „Von was für einem Bericht faselst du da? Was bedeutet ‚Akte zu, Ende'? Hast du mir etwas vorenthalten? Ist der Mord an Endermann aufgeklärt? Und wieso höre ich mir dann zum x-ten Mal deinen Gesprächsmitschnitt mit Fuchs an?"

Hanna ließ sich nicht aus dem Konzept bringen.

„Das tut doch jetzt gar nichts zur Sache, Ilse. He, schalt mal ab. U-r-l-a-u-b!"

„Am Schwarzen Meer?"

„Genau!"

„In Albincz?"

„Ähm, ja, kann schon sein. Jedenfalls am Meer."

„Wieso fragst du ausgerechnet mich. Warum fährst du nicht mit deinem Liebhaber hin?"

„Dem wäre das nicht mondän genug. Albincz ist nicht Ibiza!"

„Dem täte es aber gut, mal in die Niederungen der realen Welt herabzusteigen, raus aus der Managerwelt, keine Fünf-Sterne-Hotels, keine klimatisierten, modernen Büros, keine Kofferträger, keine fetten Autos, dafür Armut und arme Bauern, Straßenkinder, schlechte Hotels, miserable Straßen, kein Luxus, wohin das Auge fällt, stattdessen aber Kultur und Abenteuer und Einblick ins wahre Leben. Da spart er sich teure Fortbildungen – Seitenwechsel heißt das, glaub ich – für teuer Geld zur Resozialisierung von solch abgehobenen Typen. Warum nimmst du ihn nicht mit? Da hat er es billiger."

Hanna verdrehte die Augen.

„Auf keinen Fall. Das halt ich nicht aus, dieses Gemotze von Anfang bis Ende. Der Kerl wird dann unerträglich."

„Na, dann flieg doch mit ihm nach Ibiza! Geld scheint bei dem ja keine Rolle zu spielen. Oh, Verzeihung, ich vergaß, dass du eine emanzipierte Frau bist, die sich nichts bezahlen lässt. Trotzdem: Du verdienst doch genug!"

„Ich will aber nach Muldanien. Und dabei will ich dich dabei haben! Meine beste Freundin!"

„Hanna, halt mich nicht für blöd! Dein Fall ist für dich ganz und gar nicht abgeschlossen. Weil du hier in Dresden, Bremen und Koblenz auf der Stelle trittst, willst du auf eigene Faust in Muldanien weiter ermitteln? Hanna ist Sherlock Holmes und Ilse ist der doofe Watson. Während du den Strand auf und abläufst und den Fall aufgrund deines überaus großen Scharfsinns löst, darf ich den Sonnenschirm über dich halten. War das so ungefähr deine Vorstellung?"

Hanna war etwas perplex. Um Zeit zu gewinnen, führte sie die Espressotasse an die Lippen und nahm einen kleinen Schluck. „Dich interessiert die muldanische Landwirtschaft doch sicher auch, oder? Da hast du doch auch beruflich was davon. Außerdem hast du gerade wenig im Garten zu tun. Den Weinkeller macht ihr erst in ein paar Wochen auf. Also was ist?" Hanna grinste sie auffordernd an.

Ilse insistierte weiter: „Was ist das für ein seltsamer Bericht, den du da gestern geschrieben haben willst? Wieso wird die Akte geschlossen?"

Hanna knickte ein. Brav erzählte sie Ilse alles. Von ihren Recherchen und Erkenntnissen, von der Haltung des Staatsanwalts dazu und von der Meinung Dirks, dass das Abfeiern ihres alten Urlaubs jetzt vorginge. Und sie gab zu, dass sie sich in Muldanien die ominösen Projekte ansehen wolle. „Vielleicht finden wir ja jemand, mit dem wir sprechen können. Du mit deinem landwirtschaftlichen Hintergrund! Das passt doch. Außerdem will ich wirklich ans Meer. Ich wollte heute nochmals Fuchs anrufen, um mir ein paar Tipps geben zu lassen. Zum Beispiel brauchen wir einen Dolmetscher."

Ilse schüttelte wieder den Kopf. „Du bist doch völlig meschugge."

Dabei grinste sie von einem Ohr zum anderen. Genau deshalb liebte sie ihre beste Freundin so. Hanna wusste das. Die beiden gingen zu den Details der Reiseplanung über.

Im Nu war eine Stunde vergangen. Plötzlich wurden beide ganz hektisch. Hanna musste nochmals ins Büro, Ilse einkaufen. Deshalb nahm Ilse Hanna in ihrem Wagen in die Innenstadt mit. Dort trennten sich die beiden.

Letzten Endes kümmerte sich Ilse um die gesamten Reisevorbereitungen. Sie buchte die Flüge, kaufte Reiseführer, Landkarten und etwas Schickes für den Strand. Hanna saß nämlich länger im Büro, als zum ‚Aufräumen‘ eines Schreibtischs nötig gewesen wäre.

Jaki gab sie als Erstes das aufgezeichnete Telefonat mit Nilsson zum Abschreiben.

Noch am Schreibtisch von Jaki stehend, telefonierte Hanna mit Dr. Reppe. Die DNA-Analysen waren fertig. Die Hautpartikel unter Endermanns Fingernägeln und die Speichelreste an einem der auf dem Schrammsteinplateau gefundenen Zigarettenkippen stammten mit hoher Wahrscheinlichkeit von derselben Person. Als Jaki das mitbekam, jubelte sie. Immerhin hatte sie die Spur gefunden. Die daktyloskopische Untersuchung der Fingerspuren in Endermanns Wohnung war ebenfalls abgeschlossen. Sowohl die Fingerabdrücke von Gabi als auch von Georg Endermann lagen mittlerweile vor – blieben noch Abdrücke von zwei fremden Personen. Hanna hatte jetzt mindestens einen eindeutigen Verdächtigen. Sie kannte seine DNA sowie seine Fingerabdrücke. „Das riecht nach Datenbankarbeit", merkte Jaki an.

„Ich wette, dass du nichts finden wirst, auch nicht bei Interpol", prophezeite ihr Hanna.

Fuchs zeigte sich alles andere als entgegenkommend, als sie ihn endlich an die Strippe bekam. So lange es nur um touristische Dinge ging, lief das Gespräch. Er empfahl Hanna, sich die osmanischen Häuser im historischen Viertel von Petruczka anzusehen. Doch als er mitbekam, was Hanna vorhatte, wurde er einsilbig. Immerhin empfahl er ihr als bewährte Dolmetscherin Dessimira Gulova. Er bat sie aber, außer bei Frau Gulova, sich in Muldanien nicht auf ihn zu berufen. Sie müsse schon alleine klarkommen. Zuletzt warnte er sie: „Nehmen sie sich vor Popov in Acht. Hinter seiner freundlichen Fassade steckt ein Wolf."

Hanna wählte sofort die Nummer von Dessimira Gulova. Die Muldanierin zeigte sich erfreut über den Auftrag. Sie wollte sich sogar um Hotel und Fahrer und andere organisatorische Kleinigkeiten kümmern.

Es war bereits dunkel, als sich Hanna zu Fuß zur Straßenbahn aufmachte. Da klingelte ihr Handy. Eine fröhliche Ilse war dran. „Ich habe zur Feier des Tages gegrilltes muldanisches Gemüse eingekauft. Lecker, sag ich dir! Zur Einstimmung. Komm doch vorbei, wir haben das Haus heute voll mit Künstlern und der Intelligenz vom Elbhang. Das wird sicher lustig."

Im Auftrag des Bauernblatts

Obwohl sie nicht getrunken hatte, wachte Hanna am nächsten Morgen mit schwerem Kopf auf. Es war spät geworden am Elbhang, wie so oft beim Feiern.

Gedankenverloren saß sie nach dem Aufstehen, noch im Nachthemd, vor der geöffneten Kühlschranktür und überlegte, was sie mit dem Inhalt anfangen sollte. Da klingelte ihr Handy.

„Guten Morgen Frau Thiel", meldete sich Gabi Endermann. „Ich weiß, ich bin etwas früh. Sie sagten aber, ich könne sie jederzeit anrufen."

„Selbstverständlich."

„Ich bin in der Uni und wollte kurz bei ihnen vorbeischauen. Geht das?"

Hanna gab ihr ihre Privatadresse und beeilte sich mit Wachwerden.

Schon beim Eintreten machte Gabi ihrem Herzen Luft.

„Ich wollte sie fragen, ob es was Neues gibt bei ihren Ermittlungen im Fall meines Vaters."

Hanna hatte eine wichtige Mitteilung erwartet und nicht diese Frage – obwohl sie auf der Hand lag. Doch gerade darauf war sie jetzt nicht vorbereitet. Wie sollte sie ausgerechnet der Tochter des Toten erklären, dass der Fall als ungelöst zu den Akten gelegt würde. Und eine ,schlafende Akte' ist schließlich auch nichts anderes.

Hanna fing an zu stottern „Äh, ja, das ist nett, dass sie sich deswegen melden, ich wollte sie schon anrufen. Aber, ähm, es ist so, nun ja, ich muss ihnen sagen, dass ich ihnen nichts sagen kann, leider. Wir sind mit unseren Ermittlungen in eine Sackgasse geraten. Es ist eine schwierige Geschichte."

„Was ist denn so schwierig? Vielleicht kann ich ihnen ja helfen. Ich weiß zwar nicht, was wichtig ist für sie, aber ich kann ihnen gerne noch mehr über meinen Vater erzählen."

Hanna ergriff die Gelegenheit. „Ja. Dann stelle ich ihnen jetzt eine sehr unangenehme Frage. Könnten sie sich vorstellen, Frau Endermann, dass ihr Vater jemanden erpresst hat? Hatte ihr Vater Geldsorgen?"

Gabi wechselte die Gesichtsfarbe und schüttelte heftig den Kopf.

„Mein Vater jemanden erpresst? Nein, das passt überhaupt nicht zu ihm. Und wofür auch? Für Geld sicher nicht. Mein Vater nahm nur noch Jobs an, die ihm Spaß machten und die er vertreten konnte. Das Honorar sollte akzeptabel sein. Ich kümmere mich mit meiner Mutter zusammen gerade um den Nachlass. Vater hat ein bißchen Geld in Wertpapieren angelegt. Er war einfach kein Verschwender, das lag ihm nicht. Seine Sparsamkeit trieb manchmal ganz seltsame Blüten. Er hat solche Sachen gemacht, wie dass er sein bedrucktes Papier immer noch mal für Probedrucke verwendet hat. Kein Blatt durfte ins Altpapier, ohne dass es beidseitig bedruckt war. Wenn ich Entwürfe meiner Studienarbeiten bei ihm ausdrucken wollte, musste ich immer bereits einseitig bedrucktes Papier verwenden. Wenn ich frisches nahm, schimpfte er."

Hanna war wenig überzeugt. Schon so mancher Zeitgenosse wurde vom Reiz unvermittelten Geldsegens aus seinen Prinzipien gerissen.

„Okay", sagte sie stattdessen. „Dann denken sie bitte darüber nach, ob irgendeine seiner Äußerungen einen Hinweis in dieser Richtung ergibt. Hat er Namen genannt? Vielleicht erinnern sie sich an etwas."

„Ja, ich bemühe mich." Gabi Endermann wirkte deprimiert.

Nach kurzem Zögern wechselte sie das Thema. „Sagen sie, Frau Thiel, hätten sie Lust, bei unserem Markt der Kulturen in Pirna mitzumachen oder einfach nur zu kommen? Wir wollen mit einem breiten Engagement zeigen, dass Pirna eine tolerante und moderne Stadt ist. Die Rechten haben schon wieder Störungen angekündigt. Wir dürfen die Nazis nicht unsere Kultur und unser Stadtbild bestimmen lassen. Wir machen das zusammen mit der Stadtverwaltung. Ich schätze, die Presse und das Fernsehen werden auch kommen. Wir brauchen einfach viele Leute da."

Hanna war von dem Ansinnen berührt.

„Den Termin trage ich mir in jedem Fall ein. Ich weiß aber nicht, ob ich die Richtige dafür bin, Plakate zu verkaufen und so. Ich bleibe lieber im Hintergrund. Ich koche gerne Kaffee und gebe Kuchen aus. Nächste Woche bin ich weg, da erreichen sie mich nicht. Aber übernächste Woche melde ich mich bei ihnen. Versprochen!"

Damit begleitete sie Gabi zur Tür.

„Was gibt es Neues von ihrem Bruder?"

Gabi schluckte. „Nichts Gutes. Sie wollen ihn zum stellvertretenden Kameradschaftsführer machen, hat er mir erzählt! Er soll einen Batzen Geld besorgt haben, sagen die Gerüchte. Ich mache mir Sorgen um ihn. Ich hoffe, er dreht keine krummen Dinger."

Hanna wurde hellhörig. Sie telefonierte in Gedanken bereits mit ihrem Kollegen Mirko Reimann von der Sonderabteilung für Extremismus. Gabi zögerte einen Moment. „Ich habe mit ihm darüber gesprochen. Aber da kam nur wirres Zeug."

Gabi verließ Hanna etwas aufgelöst. Die Tür war kaum hinter ihr geschlossen, als Hanna sich ihren zweiten Morgenespresso gönnte. Sie setzte sich, genoss die schwarze Droge und ließ sie wirken. Sie dachte an das Gespräch mit Gabi und griff zum Telefon und rief ihren Kollegen in der Sonderkommission Extremismus an.

Hanna musste ihrem Kollegen nicht viel erklären. Der hatte offenbar einen sehr direkten Zugriff auf seine Datenbanken, wofür Hanna nicht ohne Jaki auskam. Es dauerte keine Minute, bis er antwortete: „Negativ. Einen Georg Endermann haben wir nicht registriert. Scheint ein Mitläufer zu sein. Könnte aber interessant werden."

„Warum?", fragte Hanna.

„Was die Prügelei am Pirnaer Bahnhof angeht, haben wir erst wenige Täter identifizieren können. Auch unsere jüngste Razzia hat uns nicht viel weiter gebracht. Deshalb bin ich für jeden Tipp dankbar. Also, wenn du in deinem Fall etwas Druck auf diesen Georg Endermann machen willst – ich bin gerne dabei, schon aus Eigeninteresse."

Hanna hatte eine Eingebung.

„Kennt ihr auch die Finanzströme eurer Klientel?" fragte Hanna.

„Nun, so weit sie bestimmte Größen überschreiten und über uns bekannte Konten laufen, so einigermaßen. Aber du solltest nicht davon ausgehen, dass die Rechten nur braune Soße in ihren Hirnen haben. Die können bisweilen sehr klar denken. Und sie wissen, dass wir sie beobachten."

„Könntest du feststellen, ob in letzter Zeit größere Geldbeträge auf eines dieser Konten floss und ob sie vielleicht aus Muldanien kamen?"

„Aus Muldanien? Na, wenn, dann fließen die Gelder eher andersrum. Denn die armen Brüder und Schwestern im Osten brauchen doch unsere Unterstützung. Ja, so etwas würde allerdings auffallen. Du solltest dir jedoch nicht zu viele Hoffnungen machen. So naiv sind die nicht – weder Spender noch Empfänger. Ich sag dir aber Bescheid."

Hanna trank gedankenverloren den letzten Schluck Espresso. Sie hing noch dem Gespräch mit Gabi nach. Irgendetwas war da, was ihr einen ganz kurzen Moment sehr wichtig erschienen war. Was hatten sie nur be-

sprochen, als es noch nicht um den Markt der Kulturen ging? Die Sparsamkeit des Vaters, ja und? Da war noch etwas anderes gewesen, eine Art
Hinweis. Hanna versuchte, das Gespräch zu rekapitulieren. Doch es gelang ihr nicht. So holte sie wenigstens ihren Terminkalender und trug den
Markt der Kulturen ein. Dann sah sie sich in ihrer Wohnung um. Was war
vor dem Urlaub noch zu tun?

Zum Beispiel putzen, dachte sie mit Ingrimm und machte sich sogleich darüber her. Dabei sortierte sie auch gleich den Kühlschrank aus. Das Klingeln
des Handys überhörte sie, als sie mit der Staubsaugerbürste den Wollmäu-
sen unter dem Schrank hinterher war. Gleich darauf läutete das Festnetz-
Telefon. Es war mit der Türklingel im Flur zusammengeschaltet, ein rich-
tiges altmodisches Läutwerk, das selbst den Staubsaugermotor übertönte.

„Was soll das, warum gehst du nicht ran? Hast am Handydisplay gesehen,
wer da anruft und dachtest, lass ihn nur klingeln, den blöden Uhu. Spinnst
du? Wieso nimmst du meinen Anruf nicht an?"

Ihr Liebhaber! Er war kurz vor einem cholerischen Anfall. Hanna holte
tief Luft.

„Entschuldige, der Staubsauger ..."

„Quatsch mit Soße. Wenn du mit mir nichts zu tun haben willst, dann sag
es deutlich und lass mich mit deinen Ausreden in Ruh. Gib doch zu, dass
du mit einem anderen im Bett liegst."

Dann knallte er den Hörer auf die Gabel.

Hanna verdrehte die Augen und stöhnte. Nicht schon wieder! Sie legte
ihren Hörer ebenfalls auf. Dann trug sie den Apparat zur Couch im Wohnzimmer, setzte sich und wartete. Sie kannte ihn. In spätestens zwei Minuten würde er wieder anrufen. Sie zählte innerlich die Sekunden mit. Sie
kam bis 74. Hanna ließ es zweimal läuten. Dann räusperte sie sich kurz
wie eine Schauspielerin vor ihrem Monolog und hob ab.

„Hallo Liebster. Das ist aber nett, dass du anrufst. Ich wollte mich schon
bei dir melden. Aber erst wollte ich meinen Haushalt in Ordnung bringen.
Schließlich hab ich gerade ein bisschen frei und wann soll ich das sonst
tun? Ich war wirklich gerade am Saugen. Da habe ich das Handy überhört.
In Ordnung?"

Knurren am anderen Ende der Leitung. Doch Hanna wusste, sie war auf
dem richtigen Weg. Sie musste jetzt nur noch etwas Süßholz raspeln. Sie
war geübt in diesem Spiel. Außerdem war ihr danach. Ihre Wohnung war

jetzt fast sauber, das Bett frisch überzogen, die Kissen aufgeschüttelt. Gerade richtig, um das alles – möglichst zu zweit – wieder schön in Unordnung zu bringen. Sie rutschte von der Couch herunter auf den Teppich, lehnte sich daran an und zog die Knie heran. Das war ihre liebste Telefonierhaltung. Die Unstimmigkeit zwischen ihnen beiden hatte sie erfolgreich vertrieben.

„Wir könnten uns wieder mal sehen. Ich hab was Schönes für dich", hörte sie ihn schmachten.

Hannas Körper reagierte sofort. Sie stellte sich vor, wie er jetzt gerade lasziv mit der Hand über die Wölbung in seiner Hose fuhr. Sie ließ ihren Rücken noch etwas tiefer am Couchrand rutschen.

Sie schnurrte ins Telefon. „Dann heb ihn mir auf. Ich muss noch meinen Resturlaub abfeiern. Übernächste Woche bin ich ganz für dich da. Du könntest nach Dresden kommen und wir nehmen uns ein Zimmer in Rathen oder Wehlen, mit Blick auf die Elbe. Die Schwalben am Strandhotel bauen sicher schon ihre Nester."

„Und kacken mir auf meine Hose, wenn wir auf der Terrasse frühstücken", blökte er unfreundlich zurück. „Wieso kannst du denn nicht morgen zu mir kommen. Oder noch besser jetzt gleich. Du hast doch frei!"

„Das geht nicht. Geht einfach nicht." Hanna steigerte sich in eine regelrechte Jammerarie hinein „Geht nicht, verdammt, geht nicht." Sie machte eine kurze Verschnaufpause.

„Ich komme aber übernächste Woche zu dir, dann bleib ich zwei Tage. Zwei Tage, da haben wir viel Zeit füreinander."

Hanna spürte aus ihrem Bauch heraus die Enttäuschung heraufkriechen. Es war wie immer. Es klappte einfach nicht, ihre Terminkalender zusammenzubringen.

„Ich muss nächste Woche nach New York und San Francisco, dann hab ich einen Vortrag in Edinburgh und eine Konferenz in Tokio – einmal um die Welt in vier Tagen."

Seine Stimme hatte wieder die bekannte Gereiztheit angenommen. „Du kannst doch deine Termine verschieben. Du hast doch frei, also dann komm jetzt endlich! Dann machen wir uns ein paar schöne Stunden."

Beim letzten Satz änderte er den Tonfall glücklicherweise. „Du rufst sofort deinen Chef an und sagst, du verlegst deine Termine. Hej, sag ja, Schatz."

Hanna, die sich wieder aufrecht gesetzt hatte, wurde es während seiner Rede immer ungemütlicher. Sie konnte ihm doch nicht sagen, warum. Oder sollte sie einfach gestehen: ‚Ach, weißt du, nächste Woche mach ich schon einen Strandurlaub mit Ilse am Schwarzen Meer‘?

Auf der anderen Seite merkte sie, wie sie schwach wurde. Sie nahm ein Kissen und verkrallte ihre Hand hinein. „Ich arbeite doch an diesem blöden Fall. Drei Tote, davon zwei in Muldanien. Ich muss da jetzt hin ...“

„Waaaas? Du fährst nach Muldanien, wann?“

Hanna wurde kleinlaut. „Der Flieger geht morgen um zehn ab Berlin.“

„Ach, und mitten in der Ermittlung hat dir dein Chef Urlaub genehmigt? Dass ich nicht lache! Du und Urlaub in Muldanien? Du steckst deine Nase da irgendwo rein. Gibt es denn zwischen Deutschland und Muldanien keine Verträge zur gegenseitigen polizeilichen Hilfe? Ist da nicht Interpol zuständig? Oder das Bundeskriminalamt?“

„Ja. Doch. Nein. Es ist ein wenig anders, als du dir das vorstellst.“

„Ich kann mir nicht vorstellen, dass die dich da alleine hinlassen. Du kannst doch nicht mal Muldanisch. Mit welchem Mann fährst du da hin?“

„Ilse begleitet mich.“

„Ilse!?! Dass ich nicht lache. Auf Staatskosten?! Wahrscheinlich verkleidet als Mata Hari.“

Der Liebste war ganz und gar nicht mehr lieb. Hanna hob das Kissen auf und warf es quer durch den Raum. Da platzte es aus ihr heraus. Und, wie immer in solchen Fällen, erzählte sie viel zu viel, dabei das Grab ihrer beider Beziehung nur noch tiefer schaufelnd. Irgendwann brüllte er nur noch: „Scheiß drauf, wenn das mit dir so kompliziert ist. Du bist doch völlig irre, ganz und gar übergeschnappt. Wenn Frauen mit mir was haben wollen, müssen sie sich meinem Terminkalender unterordnen.“ Damit knallte er den Hörer auf die Gabel.

Hanna blieb wie betäubt sitzen. Diesmal machte es keinen Sinn, das innerliche Zählwerk laufen zu lassen. Das nächste Mal würde er frühestens in einem Vierteljahr wieder anrufen. Oder auch erst in einem halben. Aber zu Ende, das sagte ihr die Erfahrung, war diese irre Liebe nicht. Dies war nur eines ihrer üblichen Gespräche gewesen.

Hanna saß einige Minuten sinnierend auf dem Boden. Dann griff sie zum Telefon. „Du Ilse, mein Liebster hat mich gerade darauf gebracht, dass wir noch eine Legende brauchen. Termine müssen wir auch vereinbaren. Mit ..."

Ilse unterbrach.

„Wie in einem richtigen Spionageroman? Ich habe mir auch schon überlegt, dass uns die Rollen von Sherlock Holmes' Schwester und Watsons Schwägerin da unten keiner abnehmen wird. Weißt du, ein Studienfreund von mir ist doch beim ‚Bauernblatt‘ gelandet. Ich habe gestern Abend mit ihm telefoniert. Er bestätigt gerne auf Nachfrage, dass ich eine Freie Mitarbeiterin bin, die in seinem Auftrag an einer Reportageserie über den schwierigen Weg der muldanischen Landwirtschaft in die künftigen Strukturen der Europäischen Gemeinschaft schreibt. Und, du glaubst es nicht, er hat mir tatsächlich sein Okay für diese Story gegeben! Was sagst du dazu?"

„Ich bin beeindruckt", entgegnete Hanna, „und was ist meine Rolle? Fotografin?"

„Hm", meinte Ilse, „gar nicht so schlecht. Dann hältst du wenigstens die Klappe und verrätst uns nicht mit deinen kriminalistischen Fragen."

„Nun halt mal die Luft an. Wer bezahlt die Reise eigentlich?", regte sich Hanna künstlich auf.

„Na, zunächst mal habe ich die Tickets bezahlt, während du dich mit deinem Chef herumgeärgert hast. Und wenn ich meine Reportage und deine Bilder verkaufe, dann habe ich das Geld wieder drin."

Hanna bekam sofort ein schlechtes Gewissen. „Kann ich nicht einfach deine Freundin bleiben, die deine Reportage mit einer Urlaubsreise verknüpft und hin und wieder ein paar dumme Fragen stellt? Als Fotografin eigne ich mich nicht. Jeder würde sofort merken, dass ich keine Ahnung von Blenden und Dioptrien habe."

„Was du soeben bewiesen hättest. Na, gut, dann machen wir es eben anders. Wir sind beide vom Fach. Du bist die Statistikexpertin und ich mache das Thematische. Aber mich treibt noch etwas anderes um. Die Geschichte dort könnte gefährlich werden."

„Ilse, dann sei so gut, ruf Herrn Popov in Solvanka an, erzähl' ihm kurz deine Aufgabe und dass ihm am Montag, so gegen 16 Uhr, die Ehre unseres Besuchs zuteil wird." Sie diktierte ihrer Freundin die Telefonnummer. „Alles andere habe ich schon organisiert. Wir werden am Flughafen abgeholt."

Ilse zögerte kurz, bevor sie das Gespräch beendete. „Nicht dass ich Angst hätte. Aber, hast du daran gedacht, eventuell deine Knarre mitzunehmen?"

„Hab' ich", antwortete Hanna kurz angebunden, in einem Ton, der keine Nachfrage erlaubte.

„Na fein", schloss Ilse, „da wir jetzt alles besprochen haben, könntest du deine starken Arme herbewegen und deine Schulden abtragen."

„Meine starken Arme?"

„Du schuldest mir bis jetzt mindestens anderthalb Ster Brennholz!"

Hanna sagte lachend zu. Bevor sie sich mit dem Rad zu Ilse aufmachte, setzte sie sich noch schnell an den Computer. Sie überwies die Reisekosten online auf Ilses Konto und lud ihren Bericht aus ihrem Postfach herunter. Dann druckte sie ihn aus. Dummerweise reichte das Papier nicht. Sie zog alle Schubladen ihres Schreibtischs auf, fand aber kein Druckerpapier mehr. Da nahm sie kurzerhand den soeben ausgedruckten Stapel, drehte ihn um und steckte ihn in das leere Papierfach ihres Druckers. Sofort sprang er wieder an und arbeitete seinen Pufferspeicher ab. Vor sich hin träumend sah Hanna zu, wie der Drucker ruckweise die Papiere ausspuckte. Plötzlich fiel ihr wieder ein, was Gabi gesagt hatte.

‚Kein Blatt durfte ins Altpapier, ohne dass es beidseitig bedruckt war.'

Der Papierschacht von Endermanns Drucker! fuhr es ihr wie ein Blitz durchs Hirn. Am liebsten wäre Hanna sofort in die Blumenstraße zu Endermanns Wohnung gefahren. War sie eigentlich noch versiegelt? Lag der Schlüssel dafür nicht in ihrem Büro? Sie überlegte. Wenn sie sich jetzt dort blicken ließ, würde Dirk einen Hexentanz aufführen. Sie hatte schließlich Urlaub.

Hanna griff nach ihrem Handy und wählte Peters Nummer. Er war offenbar nicht da, denn per Rufweiterschaltung hatte sie Jaki in der Leitung. Die berichtete, dass Peter sich einen freien Tag genommen habe, um die zahlreichen Überstunden abzubauen. Hanna probierte es auf seinem privaten Handy. Er reagierte nicht. Sie nahm sich vor, es nochmals am Abend zu versuchen. Peter würde der Sache nachgehen, ohne es gleich an die große Glocke zu hängen.

Schnupftabak auf dem Hemd

„Sie sind leider zu früh, Herr Doktor", bemerkte säuerlich die Chefsekretärin, „Sie hätten ruhig noch eine Prise nehmen können. Ich hätte ihrem Vorzimmer schon rechtzeitig Bescheid gegeben. Ich musste drei wichtige Herrschaften dazwischenschieben. Deshalb haben sie nur 20 Minuten."
„Ah, machen sie keine Umstände", versuchte Dr. Wolfgang Zelltermann aufgeräumt zu wirken, „ich komme doch gerne ein wenig früher und sei es, um mit zwei so reizenden Damen zu plaudern."
Reinhild Bülow konnte er nichts vormachen. Aus verschiedenen Vorgängen, die über ihren Schreibtisch gewandert waren, wusste sie um die hohen Millionenbeträge, um die es in Zelltermanns Mappe ging und für die er unbedingt mehr als nur ‚rote Haken', sondern richtige Unterschriften der Stellvertretenden Präsidentin benötigte. Mit Sicherheit hatte er darauf spekuliert, die ihm eingeräumte halbe Stunde nutzen zu können, um seiner Vorgesetzten die ihr bereits sattsam bekannten neuen Projekte in Slowenien und Mazedonien nochmals wärmstens ans Herz zu legen. Obwohl Zelltermann sich des Lobes und der Anerkennung der Hausspitze bislang stets sicher sein konnte, übertrieb er es heute mit einer an ihm eigentlich unbekannten Unterwürfigkeit.
Geradezu berühmt war Zelltermann sonst für sein Zu-Spät-Kommen. Dies allerdings bei Gelegenheiten, bei denen er die Hauptrolle spielte, bei Abteilungssitzungen, Besprechungen und Vortragsrunden unter seiner Leitung. Wenn schon alle Platz genommen und in Vorgespräche vertieft waren, rauschte Zelltermann für gewöhnlich verspätet in den Raum, eine Wolke von teurem Aftershave verbreitend und machte, wie er es selbst nannte, ‚kurzen Prozess'. Dabei wechselte er zwischen einer Handvoll Variationen. Das konnte ein kurz angebundenes ‚Tach, allerseits' sein. Als ausgewiesener Freund von Kalauern bemühte er gerne Sätze wie ‚Ich wünsche allen, die hier in diesen un-heiligen Hallen versammelt sind, einen wunderschönen Dienst-Tag, auch wenn heute Donnerstag ist.' Er hielt aber auch mit seiner schlechten Laune nicht hinter dem Berg. Dann grüßte er mit ‚Also Leute, macht's kurz, ich hab viel zu tun'. In jedem Fall aber knallte er, noch im Stehen, seine Vorlegemappe, darauf zusammengefaltet

die ‚Süddeutsche' und die ‚FAZ', so laut auf den Tisch, dass die Anwesenden erschreckt auffuhren. Dann zog er lärmend einen Stuhl zurück und fläzte sich, mit nach beiden Seiten ausgestellten Ellenbogen Platz schaffend, auch wenn niemand in erreichbarer Nähe saß und suchte sich ein Gegenüber aus, mit dem er einen lauten, für alle hörbaren Smalltalk beginnen konnte, um damit, wenn er es bisher nicht geschafft hatte, die gesamte Runde endgültig zum Schweigen zu bringen. „Schönes Wetter haben sie uns heute mitgebracht, Herr Dr. Klingelein. Ich hoffe, ihre Zuarbeit ist auch so schön. Sonst sorge ich heute noch für ein Gewitter über ihrer Unterabteilung."

Beliebte Opfer waren bestimmte Unterabteilungsleiter. „Ja, Herr Walther, sie haben ja schon wieder ihre grün gestreifte Krawatte um. Hatten sie nicht noch eine zweite? Ich erinnere mich da so an ein bräunliches Muster, so braun wie – na, sie wissen schon." Auch die einzige Frau in der ihm unterstellten Führungsriege, Unterabteilungsleiterin Dr. Roswitha Zahn, wurde selten ausgenommen: „Machen sie den Mund auf, Zähnchen, aber lassen sie's Gebiss drinne." Zelltermann wollte stets nur witzig sein, sorgte aber meistens für betretene Mienen. Er war mehr gefürchtet als geachtet. Seine Vorzimmerdamen brauchten ein dickes Fell. Zumindest seine zweite Schreibkraft Gerlinde Haacke war dabei im Vorteil. Sie war eine nach dem Schwerbehindertengesetz eingestellte Schwerhörige.

Heute zog es Zelltermann vor, Minuten vor seinem Termin anwesend zu sein. Dabei wäre er noch liebend gerne einen Moment in seinem Büro geblieben, weil er sehnlich auf einen Anruf wartete. Der war überfällig und das verdarb dem Abteilungsleiter heute die Laune.

Muldanien tanzte aus der Reihe. Schon wieder.

Es wurde Zeit, dass da endlich einer für Ruhe sorgte. Dass man aber auch immer alles selbst machen musste! Doch Zelltermann macht es ja gerne. Wenn er in etwa zwei Jahren in Pension ginge, wollte er einen bestellten Acker hinterlassen.

„Dann setz' ich mich eben so lange auf einen ihrer Arme-Sünder-Sessel und harre meiner Verurteilung", scherzte Zelltermann mit Frau Bülow. Er nahm sich einen der beiden an der Wand abgestellten Besucherstühle, stellte ihn mitten in das große Vorzimmer und setzte sich, die Vorlegemappe so auf den auseinander klaffenden Beinen haltend, dass sie gerade noch auflag, ohne herunter zu fallen. Frau Bülow hatte, was sie mit einem

Seitenblick bemerkte, kurz die Vision eines etwas vorlauten Konfirmanden. Aber Zelltermann war heute wie aus dem Ei gepellt: Kaum Schuppen auf dem Kragen und das Hemd war auch noch unbefleckt. Am liebsten wäre sie kurz aufgestanden, um seine mönchsartige Tonsur zu bewundern: Wie ein gelacktes braunes Straußenei im weißen Federbett stach sein glänzend polierter und solariumgebräunter Schädel üblicherweise aus einem kreisrunden Kranz schlohweißer Haare hervor – ein faszinierender Gegensatz.

Reinhild Bülow hatte heute nicht viel Zeit, auf Zelltermann zu achten, denn schon läutete ihr Telefon. Sie hob sofort ab und meldete sich nach einem kurzen Blick auf das Display, das ihr verriet, ob der Anruf aus dem Haus oder von außen kam. Frau Bülow sagte ihr Sprüchlein in fehlerhaftem Englisch mit unüberhörbarem deutschem Akzent auf. „Economic comission for europe, hall of the representative president, you speak with miss Bülow. What can i do for you?"

Zelltermann kannte das Procedere. Seine Vorzimmerdamen meldeten sich auf die gleiche Weise. Er kramte eine runde Schnupftabakdose aus der linken Jackentasche, drehte mit den Fingern beider Hände an den geriffelten Rändern, bis sie ein rundes Loch freigab. Er ballte seine Linke zur Faust und häufte sich ein Häufchen Tabak auf die Kuhle zwischen Daumenwurzel und Zeigefinger. Dann beugte er den Kopf vor und schnaufte sich den bröseligen braunen Kegel in seine großen haarigen Nasenlöcher. Während er den Handballen unter den Nasenlöchern hin und her schob, krümmelten die unvermeidlichen Tabakreste auf die Mappe. Frau Bülow, die das Telefonat beendet hatte, warf einen kurzen Blick auf Zelltermann. Sie kannte das Schauspiel bereits zur Genüge. Ihre Miene und die zusammengekniffenen Lippen zeigten Missbilligung. Sie wandte sich ihrem Bildschirm mit dem Solitärcomputerspiel zu. Sie kam kaum zum Spielen. Denn erneut läutete das Telefon. Eindeutig ein Anruf aus dem Haus. „Ich habe dich nicht vergessen, Ludmilla. Gerade sind drei Herrschaften rein, dann kommt Dr. Zelltermann dran, der hier schon wartet und dann verbinde ich sie zu deinem Chef. 25 Minuten."

Die junge Kollegin gegenüber riskierte einen scheuen Blick zu Zelltermann, der nun mit der von Tabak angebräunten Handfläche in seine rechte Hosentasche nach dem Taschentuch suchte. Offenbar stak es tiefer drin. Der Mann musste sich lang machen und hob den Oberkörper an.

Die Vorlegemappe rutschte ihm vom Schoss und klatschte auf den Teppichboden. Einige Vorgänge lugten daraus hervor. Frau Bülow bemühte sich sichtlich, nicht hinzusehen. Sie räusperte sich kurz mit geschlossenem Mund. Die Schreibkraft am Katzentisch gegenüber errötete und wandte sich ihrem Bildschirm zu.

Zelltermann zog ein großes, nicht mehr ganz reinweißes und verknittertes Taschentuch aus der Hosentasche, nahm es in die Rechte und wischte sich, aus Erfahrung klug, Nase, Mund und Wangen ab. Als er die schlecht ausrasierten Wangen streifte, gab es ein leicht schabendes Geräusch. Tabakbrösel landeten auf Hemd, Krawatte und Jackett. Zelltermann wischte noch ein paar Mal, mehr aus purer Gewohnheit, denn es gab längst nichts mehr zum Wischen, an der Nase hin und her. Dann richtete er sich auf, gab ein voller Wohligkeit schnarchendes Geräusch von sich, um sich dann nach der Mappe am Boden zu bücken. Mit der Faust, die das Taschentuch hielt, seitlich schlagend stopfte er die vorwitzigen Papiere zurück in die schwarzen Fächer. Damit war der Tabak, sofern er nicht in den Nasenlöchern stak, endlich breit genug verteilt.

Das Telefon schwieg erstaunlich lange. Frau Bülow hätte sich ihrem Computerspiel widmen können. Stattdessen fragte sie den Gast: „Darf ihnen Frau Seege einen Kaffee reichen?"

„Gerne", rief Zelltermann fröhlich, „auch wenn ich nicht dazu kommen werde, ihn zu trinken", setzte er hinzu, denn er rechnete fest damit, dass die Chefin ihn schon nicht warten lassen würde. „Umso kompletter sollte er deshalb sein. Viel Milch und zwei Stück Zucker." Die junge Sekretärin stand auf, stakste auf hohen Absätzen quer durch das Büro, wobei ihre Pfennigabsätze halbe Löcher in den Teppichboden stanzten und öffnete zwei Türen eines Wandschranks, in dem sich eine winzige Küchenzeile mit Kaffeemaschine, Gläsern und Tassen verbarg. Frau Bülow telefonierte bereits wieder. Währenddessen ließ Frau Seege zwei Stück Zucker in eine Tasse fallen, schüttete ordentlich Kondensmilch darüber und füllte mit Kaffee nach. Zelltermann wandte sich ihr zu.

„Gerührt bitte und nicht geschüttelt", witzelte er und zwinkerte ihr dabei zu. Die Brünette war zu schüchtern, um etwas zu erwidern. Sie stellte die Tasse auf eine Untertasse, legte einen Löffel dazu und reichte das Service Dr. Zelltermann. Der nahm es mit der Linken entgegen und stellte es auf seine Vorlegemappe. In der Rechten hielt er immer noch das Taschentuch, das er jetzt vorsichtig in seine Hosentasche zurück stopfte. Dabei gab es eine Erschütterung, die ein wenig Kaffee über den Tassenrand auf die Untertasse rinnen ließ. Hellbraune Flüssigkeit verteilte sich rings um den Tassenfuß. Vom Taschentuch schaute noch ein Fetzen aus der rechten Hosentasche.

Zelltermann griff nach dem Löffel und rührte geräuschvoll in der Tasse, als gelte es, Sirup schaumig zu schlagen. Klimpernd legte er den Löffel ab und führte die Tasse zum Mund. In dem Moment, als er die Tasse abkippte, floss der an der Unterseite hängende Flüssigkeitsfilm zusammen und setzte sich in Form von drei, vier sämigen Tropfen an der tiefsten Stelle ab. Zelltermanns Hemd hatte jetzt die für ihn typischen Flecken, wenn auch diesmal vom Kaffee und nicht vom Schnupftabak.

Während Zelltermann genüsslich den süßen Milchkaffee schlürfte, kreisten seine Gedanken. Warum machte Muldanien auf einmal solche Probleme? Wahrscheinlich lief es schon zu lange. Wenn die Dinge lange laufen, entwickeln sie ein kaum noch beherrschbares Eigenleben. Zehn Jahre sind auch eine verdammt lange Zeit. Zelltermann, ein alter Hase in der internationalen Projektarbeit, war es von Anfang an klar gewesen, dass manche Entwicklungen einfach Zeit brauchen. Er dachte an sein Staudamm-Projekt am Sambesi zurück, das er selbst als junger Referent vor dreißig Jahren mit entwickeln durfte – der Staudamm steht heute noch nicht.

Andererseits: In wenigen Jahren will Muldanien Vollmitglied der Europäischen Gemeinschaft sein: Ein Witz! Zelltermann schüttelte ein wenig den Kopf. Bis dahin sollte sein Projekt abgeschlossen sein. Denn wenn Brüssel erst die Finger drin hatte ... Zelltermann brachte den Gedanken nicht zu Ende. Ihm fiel plötzlich ein: Bis dahin bin ich sowieso längst in Pension. Zwei, maximal zweieinhalb Jahre noch. Kommt ganz darauf an, wie die nächste Wahl des Kommissionspräsidenten ausgeht. Nach dem Motto: „Ist mir doch Wurst, wer unter mir regiert", hatte Zelltermann als Abteilungsleiter bereits drei Kommissionspräsidenten und einen Stellvertreter überlebt und war stets auf seinem Posten geblieben.

Aber man weiß nie! Man denke nur an Dr. Abele! Den hatten sie, da war er knapp 59, noch zum Leiter der Zentralabteilung gemacht. Mobbing auf höchstem Niveau. 256 Untergebene, einschließlich EDV, Registratur, Poststelle, Botendienst und Putzkolonne – das ist doch was! Wieso auf der

Toilette in der vierten Etage nie genügend Papier sei, musste sich der promovierte international anerkannte Staatsrechtler in der Abteilungsleitersitzung fragen lassen. Und wann das ratternde Kopiergerät im Gang von Unterabteilung 23 endlich ausgewechselt würde. Nach einem halben Jahr reichte Abele seinen Abschied ein und der damalige Kommissionspräsident hatte einen hoch dotierten Posten frei, mit dem er jonglieren konnte.

Bei der dann folgenden Personalrochade hätte es auch Zelltermann erwischen können. Doch damals lief es bestens in Muldanien. Als das Büro des Kommissionspräsidenten anfragte, welche politischen Reisen der neue Präsident übernehmen sollte, schlug Zelltermann Muldanien vor. Eine Halle konnte eingeweiht werden. Sechs Journalisten flogen mit, und waren rundum begeistert von der Effizienz der internationalen Aufbauhilfe in einem von vierzig Jahren vom Kommunismus gebeutelten Land. Der neue Kommissionspräsident wurde vielfach zitiert. Die Pressestelle sorgte mit ihren Anfragen nach Zuarbeiten zwar einerseits für viele Überstunden in seiner Abteilung. Doch die Arbeit hatte sich gelohnt. Für den Rest der Amtszeit des Kommissionspräsidenten hatte Zelltermann seine Ruhe und die Unterabteilung für Haushalt wagte in der Folge keinem seiner Anträge echte Gegenwehr entgegenzusetzen.

Zelltermann konnte ein Schmunzeln nicht unterdrücken. Einmal überzog er seinen Budgetansatz um zwanzig Prozent, von denen er sich dann in einer Abteilungsleitersitzung im Beisein des Kommissionspräsidenten ‚schweren Herzens‘ die Hälfte herunterhandeln ließ, während andere echt bluten mussten. Anschließend kam dieser auf ihn zu und bedankte sich persönlich mit ausgiebigem Händeschütteln. Alles in allem, dachte Zelltermann an ihn zurück, war der frühere Präsident ein recht nützlicher Idiot gewesen. Wo ist er eigentlich abgeblieben? Irgendwo im Mittelfeld des Europäischen Parlaments und Fraktionssprecher für internationale Beziehungen? Oder abgefüttert als gut dotierter Vorsitzender irgendeiner weltweiten Stiftung? Zelltermann schnaubte ein wenig durch die Nase. Ums Geld ist es ihm nie wirklich gegangen. Ihm kam es mehr darauf an, gestalten zu können. Und das war ihm die letzten Jahre ganz gut geglückt. Er hatte etwas geschaffen, worauf er stolz sein konnte. Ein Modell. Auf seinen Knien hielt er quasi die Verträge für die weitere Vervielfältigung.

Jawohl, Zelltermann, der wegen seiner Schnupftabakflecken auf Hemd und Hose oft belächelt wird, ist stolz auf sich. Ihm ist immer noch etwas eingefallen, wenn es darum ging, der Bürokratie – und sei es der des eigenen Hauses – ein Schnippchen zu schlagen.

Under Cover

„Dass ihr mir ja keine Dummheiten macht und wieder heil zurück-kommt", warnte Hans, und zu Hanna gewandt: „Ich brauche Ilses Arbeitskraft in Haus und Garten und beim Elbhangfest. Also, pass auf sie auf." Hans' Sorge klang nicht sonderlich selbstlos. Immerhin hatte er die beiden Frauen zum Bahnhof gebracht. Er zog die beiden schweren Koffer aus dem Auto und wuchtete sie auf den Transportkarren. Dann hatte er es plötzlich eilig. Er küsste Ilse, umarmte Hanna und brauste in seinem Auto davon. Die beiden schoben ihre Koffer alleine zum Bahnsteig. Am Flughafen in Berlin stieß Ilse Hanna in die Seite. „Ich hoffe, du hast deine Knarre nicht im Handgepäck, sonst gibt es Ärger. Oder willst du dem Zoll deine Hundemarke zeigen?"

„Halt die Klappe", raunte Hanna barsch zurück, „schließlich mach' ich das nicht zum ersten Mal."

Ilse sah sie erschrocken von der Seite an. Hanna machte auf cool. Sie wusste, dass sie ein Disziplinarverfahren riskierte, wenn sie mit der Waffe erwischt wurde. Mit einem dicken Stapel Reiseprospekte und einem Reiseführer über Muldanien unter den Arm geklemmt, stellte sie sich an den Schalter. Das Gepäck wurde ohne viel Federlesens eingecheckt. Die beiden Frauen blieben völlig unbeachtet.

Erst als der Flieger abhob, verlor sich das flaue Gefühl in Hannas Magen. Sie war sich nicht wirklich sicher gewesen, ob nur das Handgepäck geröntgt würde. Ihre Dienstwaffe, vom Magazin getrennt, ruhte im Koffer, zwischen Slips und Sportschuhen. Ilse kannte ihre Freundin gut. Sie sah sie von der Seite an. „Mein lieber Schwan", sagte sie, „bin ich froh, dass mir der Stein, der dir gerade vom Herzen fiel, nicht auf meine Zehen geplumpst ist."

Obwohl es erst Ende April war, schlug den Frauen bereits beim Heraustreten aus dem Flugzeug in Solvanka eine Hitzewelle entgegen. „Das kann ja heiter werden", stöhnte Hanna. Obwohl die beiden kurz darauf in die etwas kühlere Ankunftshalle traten, wurde Hanna gleich noch mal heiß. Doch ihre beiden Koffer trudelten unbehelligt auf dem Laufband ein. Fluchtartig verließen die beiden die Halle und traten hinaus in die Hitze.

Dort hielten sie erst einmal inne, um die Lage zu sondieren. Ein dunkelhäutiger, älterer Mann mit einem weißen Hemd stand vor der Reihe der Taxis und hielt ein Schild in der Hand. ‚Ilse Lemmberg' stand darauf. Er geleitete die Frauen an der Taxireihe vorbei zu seinem Wagen. Die Kommunikation mit ihm begrenzte sich auf Gebärden. Ilse versuchte es mit Russisch, aber der Muldanier verstand nur wenige Brocken. Hanna nannte mehrmals fragend den Namen der Dolmetscherin Dessimira Gulova. Der Fahrer schüttelte jedes Mal den Kopf. Da zupfte Hanna Ilse am Ärmel. „Da stimmt doch was nicht", raunte sie. Ilse lachte sie aus. „Das stimmt schon. In Muldanien schütteln sie bei Ja den Kopf, Nicken bedeutet Nein."

„Ach, du liebe Güte. Ohne dich wäre ich verloren", sagte Hanna lachend.

„Nicht immer. Aber immer öfter", triumphierte Ilse.

Zumindest waren ihre organisatorischen Vorbereitungen bislang erfolgreich gewesen und sie stiegen zuversichtlich in das Fahrzeug, einen steinalten, aber gut gepflegten Wolga. Vergeblich suchten sie nach Sicherheitsgurten. Der Fahrer beobachtete sie im Rückspiegel, brummelte Unverständliches und nickte mit dem Kopf. Die Frauen sahen sich an und lachten wieder. Es konnte also losgehen. „Und nicht vergessen", sagte Ilse zu Hanna, „auf dieser Reise bin ich die Chefin."

„Ay, Ay, Ma'm", entgegnete Hanna und nahm, so weit das auf dem Sitz möglich war, ‚Haltung' an.

Der erste Besuch galt Kosta Popov, dem muldanischen Vertreter der Internationalen Agentur für Entwicklung. Sein Büro befand sich im Gebäude des muldanischen Ministeriums für Infrastruktur. Popov war am Telefon nicht überaus freundlich gewesen, als Ilse den Besuch von zwei recherchierenden Agrarexpertinnen ankündigte. Der Fahrer wusste offenbar Bescheid. Er fuhr sie gleich zur richtigen Adresse. Nachdem er die beiden Damen hinauskomplimentiert hatte, setzte er sich wieder ans Steuer, fuhr aber nicht los. Offenbar hatte er Order zu warten. Dessimira Gulova erwies sich schon jetzt als zuverlässige Assistentin ihrer Muldanienreise.

Popov hieß sie in seinem Büro willkommen und wies ihnen Plätze gegenüber seinem fast leeren Schreibtisch an. In einer zurückhaltenden Freundlichkeit zeigte er sich überrascht, dass die beiden Frauen ohne Vermittlung der Internationalen Agentur zu ihm kamen. Er war es gewohnt, dass ihm solche Besuche offiziell von der Agentur angekündigt wurden, mit genauen Angaben, was er zeigen sollte – und was besser nicht – welche Interviewpartner opportun wären und dergleichen mehr. Bei diesen beiden Frauen war das nicht geschehen und das machte ihn nervös. Menschen, die einfach so auftauchten und Fragen stellten, waren für muldanische Verhältnisse ungewöhnlich.

Nachdem er eine Plastikflasche lauwarmes Wasser und zwei Plastikbecher hingestellt hatte, fragte er auf Deutsch: „Nun, was kann ich für sie tun?" Dabei musterte Popov sie mit einem kalten Blick, in dem Hanna Heimtücke las. Sie überließ es Ilse, zu antworten. Diese tat alles, um interessiert und geschäftig zu wirken.

„Vielen herzlichen Dank, Herr Popov, dass sie uns empfangen. Um ihre wertvolle Zeit nicht zu sehr in Anspruch zu nehmen, will ich es kurz machen. Ich bin freiberufliche Expertin in Agrarfragen aus Dresden in Sachsen. Ich arbeite auch als Journalistin zu diesen Fachthemen. Frau Hanna Thiel", ihr linker Arm wies ausladend zu ihrer Freundin, „ist ebenfalls Agrarexpertin, aber mit dem Schwerpunkt Statistik. Wie ich bereits am Telefon sagte, schreibe ich für eine Serie über den mühevollen Weg der muldanischen Landwirtschaft in die Marktwirtschaft. Wir Sachsen haben ja da, wie sie sich denken können, seit 1990 leidvolle Erfahrungen. Und dabei wurde beileibe nicht alles richtig gemacht. Wie sagte doch unser Altbundeskanzler Helmut Kohl: Bei der nächsten Wiedervereinigung machen wir alles besser."

Ilse lachte geziert. Popov verzog seine Lippen kurz zu einer Grimasse. Ilse begriff, er war mehr als unlustig, ihr zuzuhören. Hanna, die die Szene von der Seite beobachtete, blieb angespannt. Da Popov sich auf Ilse konzentrierte, konnte sie ihn eingehend beobachten. Er war um die 40, hatte blonde, kurze lockige Haare, war groß, hager und unauffällig gekleidet, leger, ohne Jackett oder gar Anzug. Seine Kleidung bestand aus einem billigen Polyesterpullover und einer verwaschenen Jeans. Auffällig waren seine lange Hakennase, die ihm etwas Raubvogelhaftes verlieh und die darauf sitzende massive Hornbrille. Kurzum, Popov war eine auffällige Erscheinung und alles andere als attraktiv. Er pflegte das lockere Gehabe seiner Branche. Dazu mochte der langjährige Umgang mit der internationalen Beraterclique beigetragen haben. Dem widersprach jedoch Popovs Körperhaltung. Die demonstrierte legere Haltung wirkte wie eingeübt. Stattdessen schien er auf dem Sprung zu sein. Der kann sich, dachte Hanna, sicher mehrere Anzüge leisten. Er bezog seinen Status und seine Macht nicht aus Äußerlichkeiten. Dieser Mann wurde sicher zu oft unterschätzt, dachte sie für sich und nahm sich vor, diesen Fehler zu vermeiden.

Hanna musterte Menschen gerne von Kopf bis Fuß. Ihrer Ansicht nach sagte ein Blick aufs Schuhwerk viel über die Person aus, die darin steckte. Ihr Blick wanderte unauffällig nach unten. Doch hier traute sie kaum ihren Augen. Popovs Füße steckten in ganz gewöhnlichen, grauen und unscheinbaren Filzpantoffeln. Hanna unterdrückte einen Kicheranfall und räusperte sich stattdessen. Ilse warf ihr einen fragenden Blick zu, doch Hanna schüttelte den Kopf und räusperte sich weiter, als hätte sie wirklich etwas im Hals. Dann gab sie Ruhe.

Ilse sprach indessen weiter. „Nun, die Landwirtschaft der osteuropäischen Länder wird mit tatkräftiger internationaler Hilfe umgebaut. Hier in Muldanien sind die Vereinten Nationen in einigen Projekten tätig. Sie verstehen, da liegt es nahe, Recherchen anzustellen. Was hat diese Hilfe gebracht, hat man aus der Beratung gelernt …"

Hanna bemerkte, wie Popov auf seinem Sitz eine andere Stellung einnahm. Er langweilte sich ganz offensichtlich und bemühte sich nach Kräften, dies auch zu vermitteln. Hanna hoffte jedenfalls inständig, dass Ilse langsam zur Sache kam.

Scheinbar konnte Ilse Gedanken lesen. „Kurzum", sagte sie, „im Rahmen einer Untersuchung über den muldanischen Agrarmarkt will ich eine Reportage für das Bauernblatt schreiben, immerhin das wichtigste deutsche Agrarmagazin. Einer der zuständigen Chefredakteure dort ist Hans-Hinrich Leistengruber. Ganz nebenbei: Wir haben zusammen studiert. Sie können ihn jederzeit anrufen." Dabei schob sie Popov eine Kopie des Impressums aus dem Bauernblatt über den Schreibtisch. „Sein Name steht hier."

Popov beugte sich vor, tippte mit einem Finger auf das Blatt und zog es so über die blanke Schreibtischplatte, dass es sich unterwegs drehte, sodass er es lesen konnte. Er warf aber nur einen flüchtigen Blick darauf. Dann ließ er sich in seinem Stuhl zurücksinken und sah wieder auf Ilse. Er sagte keinen Ton. Man hörte nur das Knarzen seines Stuhls.

Ilse ging indessen zum Angriff über.

„Unser Hauptaugenmerk wollen wir auf das international geförderte muldanische Projekt der Umschlagplätze für Agrarprodukte in Kombination mit der Kooperation von Kleinbauern legen. Wie sie vielleicht wissen, haben wir in Deutschland Ähnliches, wenn auch in anderer Dimension. Ich muss sagen, ich bin sehr beeindruckt von dem, was sie da mit internationaler Hilfe geleistet haben. Allerdings kennen wir das Projekt bislang nur von der Pressestelle der Internationalen Agentur für Entwicklung. Wir sind hier, uns persönlich ein Bild davon zu machen. Wobei es mir so scheint", dabei beugte Ilse sich ein wenig vor und legte ihren gesammelten Charme in ihre Stimme, „dass dabei das muldanische Engagement besonders hervorgehoben werden muss. Sie, Herr Popov, sind doch von Anfang an dabei und halten sicher die wichtigsten Fäden in der Hand. Ich muss gestehen", sagte Ilse mit einem Augenaufschlag, den sie schon lange nicht mehr geübt hatte, „dass ich gehofft hatte, dass sie für mich ein wenig aus dem Nähkästchen plaudern. Selbstverständlich werde ich ihnen meinen Artikel zum Lesen geben, bevor er gedruckt wird. Das ist sonst nicht meine Art. Aber in ihrem Fall ..."

Hanna, die die ganze Zeit das linke über das rechte Bein geschlagen hatte, wurde die Haltung unbequem. Sie wechselte die Beinstellung. Ilse nahm das als Signal und warf ihr einen kurzen fragenden Blick zu. Doch Hanna erwiderte den Blick nicht, sondern griff stattdessen zur Wasserflasche, schraubte sie auf und goss sich geräuschvoll Wasser in ihren Plastikbecher. Dann hielt sie die Flasche über den zweiten Becher, hielt kurz inne und sah ihrerseits Ilse fragend an. „Ja, bitte", sagte diese und machte nochmals den fragenden Blick nach. Hanna schnitt, ohne dass Popov es sehen konnte, kurz eine Grimasse. Es sollte ein Kompliment sein.

Doch die Trutzburg Popov war bei weitem nicht erobert. Der saß wie ein mürrischer Buddha auf dem Thron und ließ keine Reaktion erkennen. Nur seine Finger trommelten leise am Rand des Schreibtischs. Er brauchte keine Publicity. Wieso hatte ihm die Agentur die beiden Frauen auf den Hals gehetzt? Anscheinend hatte sie sogar noch unbedarft Informationen herausgegeben. Was faselte die Deutsche da von einer Pressestelle? Was war Schuster für ein Unterabteilungsleiter, der die Öffentlichkeitsarbeit seines Hauses nicht im Griff hatte. Ihm, Popov, würde so etwas nicht passieren. Er verachtete Schuster dafür. Die Pressestelle sollte gefälligst europäische Erntestatistiken veröffentlichen und ihn ansonsten vor solchen neugierigen Menschen wie diesen beiden Frauen hier bewahren.

Ilse erkannte die Brisanz der Lage. Sie raspelte ihr Süßholz vergebens. Also verlegte sie sich auf Plan B. „Ganz besonders interessiert mich jedoch", sie beugte sich vor und schaute Popov tief in die blaugrauen Augen, nun aber nicht mehr freundlich, sondern ziemlich scharf, warnend, „was hinter den Kulissen passiert, was sich hinter den geschäftlichen Strukturen des Projektes und der Situation der muldanischen Kleinbauern im ländlichen Raum und vielleicht angrenzender Sektoren verbirgt." Ilse lehnte sich nun langsam und etwas freundlicher werdend, die Oberhand wieder gewinnend, zurück.

Popovs gelangweilter, angewiderter Gesichtsausdruck war tatsächlich einer gewissen Aufmerksamkeit gewichen.

„Wissen sie, ohne Unternehmen und Unternehmer im Hintergrund ist die ganze Produktionsstruktur der muldanischen Kleinbauern nur ein theoretisches Zahlengerüst, eine Fata Morgana eben. Deshalb soll der Schwerpunkt unserer Arbeit auf den Unternehmen liegen. Die Produktionsstruktur selbst wurde ja schon vor geraumer Zeit genauestens untersucht", behauptete Ilse frech, „Da liegen uns", sie wandte sich kurz ihrer Freundin zu, welche erstaunt aufblickte, „bereits genügend Daten vor."

Hanna begann eifrig mit dem Kopf zu nicken. „Ja, ja", sagte sie ganz schnell, und sprach, mehr Ilse als Popov zugewandt, weiter: „Aber der interpretatorische Ansatz ..." Dann machte sie eine Pause – in der Hoffnung, Ilse würde den Faden wieder aufnehmen. Diese kam ihr tatsächlich zu Hilfe.

„Ich, nein, wir denken, da müssten sie doch aus einem reichen Erfahrungsschatz schöpfen können? Schließlich läuft das Projekt doch schon, wenn ich richtig informiert bin, acht Jahre, oder nicht?"

Ilse nannte absichtlich eine falsche Zahl, in der Hoffnung, Popov würde ihr widersprechen. Doch der reagierte wieder nicht, obwohl sowohl Ilse als auch Hanna nicht entgangen war, dass ihm das angezogene Tempo und Ilses Fragen sichtlich unangenehm wurden. Ilse drückte deshalb noch mehr aufs Gas.

„Uns interessiert insbesondere das unternehmerische Potenzial der Vermarktungs- und Verarbeitungsunternehmen. Sind die gesellschaftlichen, juristischen und finanziellen Firmenkonstruktionen gewappnet für die Zukunft oder bedürfen sie einer noch länger währenden Subventionierung. Schließlich können sie nicht davon ausgehen, dass die internationale Finanzhilfe ewig währt. Irgendwann müssen hier selbsttragende Strukturen stehen. Vielleicht ist es ja so weit. Die Steuerzahler dieser Welt und unsere Leser würde das sicher interessieren."

Hanna zog einen imaginären Hut vor Ilse. Popov hatte bei Ilses letzten Sätzen seine demonstrativ legere Haltung aufgegeben. Er beugte sich vor, beide Unterarme auf den Schreibtisch gestützt. Es sah aus, als wolle er sich an Ilse heranrobben wie eine Schleichkatze an ihre Beute.

Ilse unterstützte zwischenzeitlich ihr Manöver durch eine intensive Gestik. Sie ruderte und fuchtelte mit den Armen und dem Kopf, machte dabei viel Wind, was, wie Hanna mit Genugtuung feststellen konnte, dazu führte, dass Popov nun bedeutend aufmerksamer zuhörte. Ilse hatte ebenfalls bemerkt, dass dieser träge Karpfen sich endlich in ihren Köder verbissen hatte.

„Da interessieren die Geschäftsverbindungen von den Erzeugern zu den Verarbeitern, die unternehmerische Eigen- und Fremdkapitalausstattung und die Liquidität für mittel- und langfristige Investitionen, kurzum: Die Wettbewerbsfähigkeit. Hier wäre ich sehr an detaillierten Kostenplänen interessiert, um das einmal beispielhaft für unsere Leser darzustellen. Wenn ich in diesem Zusammenhang ein Interview mit einer Unternehmerpersönlichkeit führen könnte, dann wäre ich glücklich. Wir wären ihnen sehr dankbar, wenn sie uns die wichtigsten Personen benennen könnten, so etwa die Gesellschafter der Marktgesellschaften und die dazugehörigen Unternehmensdaten – möglichst präzise." Ilse betonte das Wort ‚präzise'. Sie wiederholte nochmals: „Präzise Dokumente und realistische Zahlen sind sehr wichtig für unsere Veröffentlichungen, um keinen Zweifel und keine Kritik an unserer Arbeit aufkommen zu lassen wie bei den meisten bei uns veröffentlichten Studien über den muldanischen Agrarsektor, wo es von berufener Stelle oft heißt, dies seien alles nur theoretische Zahlengerüste."

Damit ließ sich Ilse in ihren Stuhl zurücksinken. Sie warf Hanna einen kurzen Blick zu, der aussagte: „Puh, das wäre geschafft." Tatsächlich führte sie einen Arm an ihre Stirn, als wollte sie sich den imaginären Schweiß abwischen. Ob Popov ihre diversen versteckten Hinweise bemerkt hatte?

Popov war sichtlich irritiert. Hinter seiner Stirn arbeitete es fieberhaft. Unten entknotete er seine Beine, wobei ihm ein Pantoffel abhandenkam.

Hannas Blick fiel auf einen großen Zeh, der aus einem löchrigen Socken hervorlugte.

Wieso waren ihm diese Frauen nicht angekündigt worden? Wie kam es, dass Schuster davon nichts wusste? Dieser Versager! Er, Popov, würde sich bei ihm beschweren. Doch wie wurde er jetzt diese beiden Schnüfflerinnen los? Hinauswerfen war wohl der falsche Ansatz. Sie waren Deutsche und hatten wohl einen bedeutenden Auftraggeber und er konnte nicht wissen, wie ihre Veröffentlichungen wirken würden. Also schweigen? Dann schreiben die glatt, er, Popov, habe selbst auf einfache Fragen keine Antworten gewusst. Von Schuster wusste er, dass deutsche Journalisten so etwas machten. Popov musste also, wohl oder übel, den Mund aufmachen. Während er sprach, das sagte ihm seine Erfahrung, würde ihm schon ein Ausweg einfallen.

„Ich bitte um Verständnis, aber ich bin hier nur einfacher Projektmitarbeiter", begann er in der freundlichsten Stimmlage, die ihm möglich war, „eigentlich nur ein Dolmetscher. Immer, wenn Präsidenten der Ökonomischen Kommission oder offizielle internationale Delegationen kommen, begleite ich sie und mache den Reiseleiter. Ich freue mich, dass sie große Komplimente machen, aber meine Bedeutung und Funktion sind um vieles geringer. Leider überschätzen sie meine Zuständigkeit. Die Personen, die ihnen ihre bemerkenswerten Fragen beantworten können, die sitzen in Petruczka, in Echterova und an anderen Orten. Wenn sie wollen, schreibe ich ihnen die Namen und Adressen auf." Popov schrieb den Frauen in schwer lesbarer Schrift und natürlich auf kyrillisch einige Namen und Telefonnummern auf und drückte Ilse das Papier in die Hand. „Diese Herren können ihnen alles erzählen, was sie wissen wollen."

Ilse und Hanna waren verblüfft. Sie schauten sich einen Moment ratlos an.

Sein Schmunzeln, das er dabei aufsetzte, kam Hanna jetzt wahrlich wölfisch vor.

Jetzt wurde Popov regelrecht leutselig.

„Die Leute vor Ort sind sehr kooperativ. Sie nehmen sich sicher viel Zeit für sie. Ich werde telefonieren und sie ankündigen."

Popov stand auf.

Fünf Minuten später saßen sie wieder im Fond des Wolga.

„Du warst richtig gut", sagte Hanna.

„Quatsch nicht", fuhr Ilse sie an. „Der hat uns nach Strich und Faden auflaufen lassen. Und spielt dann noch den blöden Balkani. Ich sage dir, der Kerl hat es faustdick hinter den Ohren. Ich hätte ihm die internationale Steuerfahndung androhen sollen."

„Lass man, lass man, Ilse, die Kollegen haben hier genauso wenig zu sagen wie ich. Ich hatte den Knaben die ganze Zeit im Blick. Du hast ihn mehr in die Enge getrieben, als du ahnst. Mich treibt jetzt eine ganz andere Frage um."

Ilse verdrehte die Augen.

„Nicht schon wieder Espresso!"

Schaukelnd und schüttelnd, krachend und kriechend, chauffiert von einem schweigsamen Fahrer, brachte sie der Wolga nach Echterova, dem ehemaligen Projektsitz von E&P-Consult Bremen und gleichzeitig dem Standort der ersten Projektanlage. In einem Hotel in der Stadt hatten sie sich mit Dessimira Gulova verabredet. Der Fahrer chauffierte sie dorthin.

Im Flur des unfreundlichen, verloren wirkenden Hotels kam eine Frau, knapp über Fünfzig, mit schwarzen Haaren, rundlichem Gesicht und tiefbraunen Augen auf sie zu. Hanna und Ilse konnten ihre Überraschung nicht verbergen, denn die Frau mit dem dunklen Teint sprach sie in fließendem Deutsch an.

„Willkommen in Echterova. Sie sind sicher Ilse Lemmberg und Hanna Thiel. Mein Name ist Dessimira Gulova, wir haben miteinander telefoniert. Ich habe das Hotel hier organisiert. Es gibt in Echterova nur zwei Hotels und im anderen waren immer die Projektleute von E&P-Consult und die Leute von der Internationalen Agentur für Entwicklung und ihre Begleiter. Deshalb habe ich hier für sie reserviert. Ich kann sie in den nächsten Tagen begleiten. Aber ich bitte sie um Verständnis, denn ich möchte nicht, dass man uns zu viel in der Öffentlichkeit zusammensieht. Dies hier ist eine Kleinstadt und es bleibt nichts verborgen."

Hanna und Ilse starrten immer noch auf ihre zukünftige Begleiterin. Dessimira war ganz offensichtlich eine Roma – eine Zigeunerin, wie man bei ihnen zu Hause abschätzig sagen würde. Nachdem sie in Solvanka die heruntergekommenen Häuser und Hütten dieser Menschen und auf der Fahrt ihre Eselkarrentrecks gesehen hatten, waren sie nicht auf eine Frau aus diesem Volk als Dolmetscherin gefasst gewesen.

Dessimira Gulova hielt die Zimmerschlüssel in der Hand. Den Fahrer fertigte sie mit wenigen Worten ab. Der schüttelte einmal mehr den Kopf. Als Hanna ihm ein Trinkgeld zustecken wollte, hielt Frau Gulova ihre Hand fest.

„Das können sie am letzten Tag machen. Er wird uns die ganze Zeit fahren." Als sie vor der Treppe standen, fasste Hanna Dessimira leicht am Oberarm und beugte sich zu ihrem Ohr. „Sagen sie, wo kann man hier", fing sie an und die Gulova redete sofort los: „Oh, sie haben ein Bad in ihrem Zimmer, aber wenn sie es ganz eilig haben ..."

„Nein", unterbrach sie Hanna. „Ich wollte nur wissen, wo man hier einen Espresso trinken kann. Am besten jetzt gleich."

Nachdem die Frauen ihr Gepäck auf ihre Zimmer gebracht und sich geduscht hatten, trafen sie sich mit Frau Gulova wieder im Hotelflur. Ihre Begleiterin deutete auf die andere Straßenseite, ging mit zügigem Schritt voraus und bedeutete ihnen, ihr mit Abstand zu folgen. Das Trio trabte ein paar Straßen weiter in ein Café, das wenig frequentiert schien. Hanna und Ilse waren sich nicht sicher, ob diese Konspiration sinnvoll war. Denn die drei Frauen fielen sicher trotzdem auf, auch wenn sie zwanzig Meter Abstand voneinander hielten.

Die Dolmetscherin fiel durch den ruhigen Blick ihrer tiefbraunen Augen auf, den sie direkt auf ihre jeweilige Gesprächspartnerin richtete. Sie erzählte kurz über ihre bisherige Arbeit im Projekt und wie sehr sie die Berater von E&P-Consult geschätzt habe. Sie kam auch auf den Unfall zu sprechen. Er schien ihr nahe gegangen zu sein, das war deutlich zu merken. Hanna und Ilse fragten nicht weiter nach.

Die Gulova beließ es bei den offiziellen Fakten. Hanna und Ilse ließen sich nicht anmerken, dass sie das meiste bereits kannten. Die Frau machte ihnen einen sehr klugen Eindruck, es konnte kaum sein, dass sie nicht über das nachdachte, was sie gesehen und erlebt hatte. Außerdem war sie jahrelang als Übersetzerin in diesem Projekt eingesetzt gewesen. Sie wusste mit Sicherheit mehr als sie jetzt erzählte. Hanna respektierte jedoch ihre distanzierte Haltung. Es war in dieser Umgebung wahrscheinlich besser, einfach professionell seine Arbeit zu verrichten und sie nicht weiter zu kommentieren.

Ilse machte sich, ganz die interessierte Agrarexpertin, eifrig Notizen. Dabei unterbreitete sie Dessimira ihre Wünsche. „Ich würde gerne die Projektzentren sehen, natürlich zuerst dieses hier in Echterova und mit dem hiesigen Leiter der Marktgesellschaft sprechen. Herr Popov hat uns eine Liste gegeben." Sie legte den Zettel mit den kyrillischen Schriftzeichen auf den Cafétisch. Dessimira Gulova warf einen Blick darauf und lächelte das erste Mal.

Hanna fiel es auf. „Was ist?", fragte sie.

„Dieser Zettel hier, mit den kyrillischen Schriftzeichen. Sie kommen aus dem Osten Deutschlands, nicht wahr? Dann haben sie ja Russisch in der Schule gelernt. Popov gibt solche Zettel immer aus, wenn er Menschen in die Irre schicken will. Diesen Zettel gibt es normalerweise in englischer Sprache. Schließlich ist Popov ein Angestellter der Internationalen Agentur."

Lächelnd knüllte sie das Papier zusammen und ließ ihn neben den Tisch zu Boden fallen.

„Sie können ihn von mir auch in deutscher Sprache haben. Ich habe all diese Adressen und noch einige mehr in meinem Notizbuch."

„Sie sind ein patentes Frauenzimmer", sagte Hanna anerkennend.

„Haben sie auch Adressen von Bankern in ihrem Notizbuch", fragte Ilse nach, „von Baufirmen und ..."

Die Frau unterbrach sie.

„Ich sehe schon – sie wollen das ganze Programm. Dazu gehören auch einige Bauern, die hier eine Erzeugergemeinschaft gegründet haben, nicht wahr?"

Ilse und Hanna machten verblüffte Gesichter. Die Gulova lächelte erneut.

„Da ist nur ein Problem – sie haben nur drei Tage. Das ist wenig Zeit, um so viele Termine unterzubringen. Aber ich werde sehen, was ich für sie tun kann. Und, bitte, nennen sie mich einfach Dessimira."

Alles in der dicken Akte

In Solvanka wählte der Projektmitarbeiter Popov währenddessen die Nummer seines Kollegen Gerd Schuster in der Internationalen Agentur für Entwicklung.

„Gerd, ich wittere Unrat. Hier waren soeben zwei Frauen aus Deutschland. Die sind angeblich Agrarexpertinnen und machen eine Studie für – Moment mal – das Bauernblatt. Die Entwicklung des muldanischen Agrarsektors am Beispiel der Kleinbauern im ländlichen Raum. Angeblich wegen des bevorstehenden EU-Beitritts. Die eine stellte ziemlich viele merkwürdige Fragen zu Unternehmens- und Gesellschaftsstrukturen, Liquidität und so weiter. Sie wollen sich unsere Großmärkte anschauen und alles, was sich geschäftlich dahinter verbirgt. Ein solch interessierter Blick hinter die Kulissen ist mir noch nicht untergekommen. Waren die denn vorher nicht bei dir? Hatten wir nicht ausgemacht, dass sämtliche Presseanfragen erst über deinen Tisch laufen? Was hast du da nur für einen Schlamperladen? Warum wurden die mir nicht angekündigt?"

Sein Gesprächspartner war kein einziges Mal zu Wort gekommen. Popov gab ihm die Namen der beiden Besucherinnen.

Schuster wusste nichts von dieser Recherche. Er rief in der Pressestelle an, ob in der letzten Zeit jemand vom deutschen Bauernblatt angerufen und nach seinem Projekt gefragt habe.

„Dann hätten wir sie ganz bestimmt informiert, Herr Schuster. Wir wissen doch, wie hochpolitisch ihr Muldanien-Projekt ist", bekam er zu hören und ärgerte sich sofort.

„Das ist keine politische Sache", widersprach er dem Pressemann, „ich will nur einfach wissen, was läuft. Also: Hat jemand angerufen? Kennen sie eine Journalistin namens Ilse Lemmberg? Lemm mit zwei m."

„Zweimal Nein", antwortete der Sprecher, „weder hat jemand wegen ihres Projekts angerufen, noch kenne ich ihre doppelte Lemmbergerin."

Schuster verstand sich wenig mit den Presseleuten seines Arbeitgebers. Diese ‚Verräter vom Dienst', wie er sie bezeichnete, waren ihm zutiefst suspekt. Immer fragten sie nach Dingen, die sie nichts angingen. Er musste jedes Mal nachfragen, wer etwas wissen wollte und wieso und bekam immer die gleiche unbefriedigende Antwort zu hören: Das falle doch wohl nicht unters Dienstgeheimnis oder unter den Datenschutz. Schuster war froh, wenn er mit dieser Meute so wenig wie möglich zu tun hatte. Popovs Anruf hatte ihn nervös gemacht. Und verärgert. Wie der ihn in letzter Zeit behandelte! Popov war sein, Schusters, Untergebener! Dabei behandelte dieser ihn zunehmend wie einen Subalternen. Was glaubt denn der? Schuster nahm sich vor, die Zügel anzuziehen.

Schuster googelte nach den beiden Frauen. Eine Ilse Lemmberg schien es mehrfach zu geben, als landwirtschaftliche Fachberaterin, als PDS-Mitglied mit dem Hang, ziemlich schräges linkes Zeug ins Netz zu stellen und als Verfasserin noch schrägerer Gedichte. War das eine Person oder drei verschiedene? Bei einer Fundstelle stieß er auf Fachbeiträge zur Landwirtschaft in Osteuropa. Die Kombi-Suche „Lemmberg AND Bauernblatt" ergab kein Ergebnis. Schuster grübelte. Vielleicht tarnten die schnüffelnden Frauen ihre wahren Auftraggeber? Eine Partei des EU-Parlaments, die sich für die Förderpolitik der Vereinten Nationen im Osten interessierte? Das wäre weniger optimal, egal ob es von rechts, von links oder aus der Mitte kam.

Schuster unternahm nochmals den gleichen Suchvorgang mit Hanna Thiel. Auch unter diesem Namen fand er verschiedene Einträge, darunter eine Kriminalistin, die sich ein paar Mal in polizeilichen Fachforen geäußert hatte, offenbar kein großes Licht. Wenn es sich um eine deutsche Kriminalistin handelt, wieso weist sie sich nicht einfach aus? Schusters Gehirn arbeitete im Leerlauf. Plötzlich rief er sich zur Ordnung. Was hatte Popov gesagt – er wittere Unrat?

Schuster auch. Er griff zum Telefon.

„Kosta, du scheinst einen guten Riecher zu haben. Die Lemmberg hat noch nie etwas fürs Bauernblatt geschrieben, jedenfalls finde ich nichts im Internet. Aber wenn die so einen Auftrag bekommt, dann müsste da etwas sein. Einer unbekannten Autorin zahlt eine ständig klamme Redaktion einer Agrarzeitung nicht solche Reisespesen. Bei der anderen bin ich mir nicht sicher. Möglicherweise ist sie von der Kripo. Aus Dresden soll die sein? Ich sehe da keinen Zusammenhang. Vielleicht irre ich mich auch. Mein Rat an dich: Behandle die beiden Hübschen besonders gut. Zeige ihnen irgendwelche potemkinschen Dörfer, meinetwegen …"

„Du hältst mich wohl für vollkommen bescheuert", wurde Schuster wütend von Popov unterbrochen. „Meinst du, das hätte ich nicht längst getan? So wie beim Hessischen Rundfunk damals? Die drehten eine halbe Stunde Bilder von unseren tollen Hallen im Morgen- und im Abendlicht. Und als ich noch zwei Eselskarren und einen modernen Kühllaster auffahren ließ, kamen die fast um vor Begeisterung. Aber diese beiden neugierigen Weiber lassen sich nicht mit Bildern locken. Die wollen nur eines: Fakten, Fakten, Fakten. Die wollen an unsere Akten! Und ich bin nicht gewillt, ihnen die zu geben. Oder willst du das?"

„Nein, natürlich nicht", beschwichtigte Schuster. „Beschäftige sie irgendwie. Egal aus welchem Grund sie gekommen sind, es könnte unangenehm für uns alle werden. Das würde der Entwicklung unseres multilateralen Beziehungsgeflechtes nicht gut tun. Was wir hier aufgebaut haben, das darf nicht durch zwei naive Frauen gestört werden."

„Sag mal, Gerd, was soll das? Ich weiß doch, worum es geht."

Schuster atmete durch. Dann fasste er seinen Auftrag knapp zusammen.

„Gut. Dann sorge dafür, dass die so schnell wie möglich ihre Lust am Fragenstellen verlieren!"

Popov knurrte nur. Dann sagte er in völlig verändertem Tonfall, viel freundlicher als soeben: „Was ist eigentlich mit dem neuen Projekt in Albinêz? Wann gebt ihr die Gelder frei? Die TETSCHKO steht bereits in den Startlöchern. Die wollen ihre Bagger ..."

„Die sollen sich gefälligst zurückhalten", wurde nun Schuster laut. „Wie oft soll ich dir noch erklären, dass ein vorgezogener Start vor der offiziellen Bewilligung der Gelder Gift für jedes Förderprojekt ist. Der Internationale Rechnungshof hat unlängst angekündigt, künftig selbst seine Leute herumzuschicken, damit sie so etwas kontrollieren. Das willst du doch sicher nicht, oder?"

„Moment mal, Gerd. Die zwei Schnüfflerinnen, könnten die ...?"

„Nein, die Ankündigung des Internationalen Rechnungshofes betraf zunächst einmal andere Länder, nicht Muldanien. Trotzdem! Ich sage nur eins: Ruhe bewahren!"

„Dann hol' endlich diese verdammten Unterschriften ein. Die Baufirma sitzt mir im Nacken. Der Rubel will rollen. Die werden alle ungeduldig, es hat doch sonst nie so lange gedauert, bis Geld von euch kam. Es ist jetzt schon eine Weile her, seit die letzte Projektanlage gebaut wurde. In sechs

Monaten haben wir hier wieder Wahlen und man kann davon ausgehen, dass dann der Minister wechselt. Jetzt läuft alles reibungslos. Aber wenn ein neuer Minister dran ist, dann weiß man nie, was wird. Das kostet mich wieder so manchen Zuschuss zum Drucken von Wahlplakaten. Das sind, wie du weißt, immer sehr unsichere Ausgabeposten. Vielleicht will der Neue das Projekt dann ganz woanders haben, weil er jemand einen Gefallen schuldig ist. Vielleicht will er auch eine andere Baufirma. Das macht alles sehr, sehr kompliziert. Wir sollten es schaffen, bis zur Neuwahl noch den Baubeginn von zwei weitere Projektanlagen in die Wege zu leiten. Du solltest das dringend bei deiner vorgesetzten Behörde genehmigen lassen. Dann können wir in Ruhe die anderen Investitionen planen und wenn der neue Minister etwas anderes will, dann haben wir genügend Zeit, um das vorzubereiten."

Schuster wollte beschwichtigen. „Zelltermann hat alles in seiner dicken Akte und ich wette, es fehlt nur noch eine Unterschrift von ganz oben …"

„Ach, und mittlerweile baust du deine Projekteinrichtungen in Slowenien. Nein, sag jetzt nichts. Ich weiß, was ich weiß. Ihr habt mir hier fünf weitere Anlagen versprochen und die will ich haben. Du hast doch keine Ahnung, wie schnell das Geld versickert. Und du weißt …" „Schschscht", unterbrach ihn Schuster, „Ich weiß ganz und gar nichts. Kosta, ich bitte dich. Du sollst doch nur einen Moment warten. Zwei oder drei Monate vielleicht."

„Ein Vierteljahr?" Popovs Stimme schnappte fast über. „Und in der Zeit machst du deine Geschäfte mit Slowenien. Ich wette, die geben mehr Prozente. Du, ich kenne deren Beteiligungsgesetze, die …"

Die Verbindung brach ab. Schuster hatte einen Finger auf die Gabel gelegt. Er zählte innerlich bis zwanzig, dann drückte er die Wiederwahltaste.

„Wir wurden anscheinend unterbrochen", begann er mit normaler Stimme.

„Ja ja, schon gut", sagte Popov ärgerlich. Dann setzte er hinzu. „Wart's ab. Ich spreche noch heute mit Zelltermann und morgen habe ich meine nächsten Investitionen. Wollen wir wetten?"

Schuster war jetzt ganz ruhig. „Meinetwegen telefoniere mit Zelltermann. Du unterschätzt die Kompliziertheit behördlicher Genehmigungsverfahren und die Vorsicht der uns vorgesetzten Ökonomischen Kommission."

„Aber du kennst dich aus, was?" Popov wurde wieder laut.

Schuster blieb ruhig. „Ich habe die Sache im Griff." Er war jetzt nur noch herablassend arrogant. „Das wirst du nie verstehen, Kosta."

Popov knurrte hörbar ins Telefon und legte auf.

Schuster hatte zwar letzten Endes über ihn triumphiert. Verärgert war er dennoch. Dieser Muldanier! Immer mit dem Kopf durch die Wand und immer auf die gleiche, primitive Art.

Das mit dem behördlichen Genehmigungsverfahren stimmte zwar grundsätzlich. Doch momentan war es Schuster selbst, der das Tempo zurücknahm. Die Auseinandersetzungen mit E&P-Consult, insbesondere mit Erdermann, waren noch zu frisch. Er war zwar mitten in seinen Vorbereitungen der Maßnahmen für die nächste Projektanlage in Muldanien, so wie er auch die anderen vorbereitet hatte, aber die sehr kritischen Berichte von E&P-Consult über die gesamten Investitionen lagen noch zu weit oben in den Aktenstapeln. Da brauchte nur jemand aus purer Langeweile oder aus übertriebenem Diensteifer darin blättern. Da war es besser, noch ein paar Monate zu warten und den Bericht veralten zu lassen.

Vor allem musste Schuster jetzt seine eigene Ausschreibung für die Nachfolge von E&P-Consult zu Ende bringen. Drei Firmen standen zur Auswahl. Diesmal würde Schuster allerdings auf Nummer Sicher gehen. Er würde nur einen Anbieter nehmen, der Gabler als freien Mitarbeiter mit ins Boot nimmt. Das heißt, dass Schuster jetzt in das der beschränkten Ausschreibung folgende Verhandlungsverfahren eintreten und ein paar informelle Gespräche auf neutralem Terrain führen muss. Das war schon immer der angenehmere Teil dieser ganz besonderen Ausschreibungsart. Dabei musste er nicht das Billigste, oder, wie die Verwaltung es nennt, das wirtschaftlichste Angebot nehmen. Nein, er konnte hinauf und hinunter verhandeln – es mussten am Ende nur die bei den Akten liegenden Vermerke stimmen. Zugegeben, manchmal ein bisschen viel Verwaltungsprosa. Aber die beherrschte Schuster!

Wie vor Gericht

Währenddessen organisierten die drei Frauen in Muldanien ihre Termine. Mitko, der etwa 55-Jährige, der Hanna und Ilse bereits am Flughafen abgeholt und bisher gefahren hatte, war froh, dass er mit seinem altersschwachen Wolga noch ein bisschen Geld verdienen konnte. Er war arbeitslos, wie fast alle Muldanier in seinem Alter, und hatte kein eigenes Land, auf dem er wenigstens Kartoffeln und Tomaten anbauen konnte. Er war Dessimira deshalb sehr dankbar für den Auftrag. Es war letzten Endes eine Preisfrage. Als Fahrer war Mitko indessen ein hoffnungsloser Fall. Nach der überstandenen Fahrt von Solvanka nach Echterova schwante den Frauen, was ihnen in den nächsten Tagen noch blühte. So hofften sie nur, die folgenden Tage heil zu überstehen.

Der nächste Punkt der mit Dessimira abgestimmten Reiseordnung war ein Besuch bei Georgi Lobed, dem Leiter der Marktgesellschaft in Echterova. Für den Nachmittag hatten sie sich das örtliche Registerbüro vorgenommen. Dort wollten sie die Gesellschafter in Erfahrung bringen, die als Eigentümer hinter der Marktgesellschaft in Echterova steckten.

Riesig groß, hell, fast weiß und in der schon heißen Frühlingssonne glänzend, tauchte der neu gebaute Gebäudekomplex des Projektes in der ansonsten trostlosen Vorstadtlandschaft mit ihren verrosteten Industriebetrieben, den maroden Lagerhallen und einigen undefinierbaren Gebäudekomplexen auf. Die neuen Hallen – moderner Stahl-Leichtbau – standen wie ein riesiger Fremdkörper in der Landschaft. Am Rande einer Großstadt in einem westlichen Industrieland würde man achtlos daran vorbeifahren. Hier dagegen zogen sie die Blicke auf sich. Momentan gehörten die Kästen sicher zu den Statussymbolen der Stadt, gleichsam Ausweis des Einstiegs in die moderne, westeuropäische Industriekultur, der sie zugehören wollte.

Ganz entgegen dem, was Hanna und Ilse angekündigt worden war, herrschte auf dem Gelände ein reges Treiben – von wegen, die Verarbeitungs- und Vermarktungsanlagen seien offiziell nicht eröffnet.

Die abwassertechnischen Probleme waren wohl mittlerweile gelöst. Aber wie? Dies rätselnd wies Ilse Hanna auf eine riesige Pflanzenkläranlage im

Hintergrund des Geländes hin. Der große dazugehörige Klärteich glitzerte im Sonnenlicht. Sie sah Kinder darin spielen und eine Viehherde der benachbarten Restkolchose schien den Teich als Tränke zu nutzen. Die Abwässer aus den Gebäuden schienen wohl an anderer Stelle zu verschwinden.

Mitkos Wolga passierte die Pforte, durch die locker drei große Laster nebeneinander passten, und sah sich sogleich eingekeilt zwischen verschiedensten landwirtschaftlichen Fahrzeugen, Kleinlastern und Eselkarren, voll beladen mit den ersten Wassermelonen der Saison. Die großen dunkelgrünen Kugeln glänzten in der Sonne und bildeten einen wohltuenden Kontrast zu dem im Morgenlicht gleißenden Gebäudekomplex. Dessimira erklärte ihnen, dass dieses Frühjahr einem kalten März ein hochsommerlicher April gefolgt war. Die Ernte der Melonen habe deshalb Wochen früher als sonst begonnen.

Mitko steuerte den Wagen auf Dessimiras Anweisung zu einem Nebengebäude, einer verlottert wirkenden, aus früheren Zeiten übrig gebliebenen Baracke. Dennoch passte sie in ihrer ganzen Heruntergekommenheit, wenn man als Besucher die neuen Gebäude im Rücken behielt, viel eher zu diesem Ort. Dem Eindruck widersprach ein Oberklasse-Mercedes, der davor parkte. Der Straßenstaub hatte allerdings wenig Respekt vor dessen edler Herkunft und hatte ihm jenen Schleier verpasst, der hier über allem lag, das nicht mit der dunkelgrünen Frische der Melonen aufwarten konnte. Wie Dessimira erläuterte, war die Baracke schon immer das Büro der Marktgesellschaft und gleichzeitig das Projektbüro des internationalen Beratungsteams gewesen. Das Auto davor gehöre zweifellos dem Leiter der Marktgesellschaft.

Wenn die Besucherinnen nun aber gehofft hatten, wenigstens das Innere würde sie für den äußeren Anschein entschädigen, dann wurden sie enttäuscht. Ein schmaler Flur, belegt mit abgetretener billigster Auslegware, die sich von den Halt gebenden Wandleisten längst verabschiedet hatte und deshalb an den Rändern aufgewellt und ausgefranst war, tat sich hinter dem Eingang auf. Beidseitig gab es den Gang entlang wenige Türen, am Ende ein trübes Fenster. Aus der hellen Sonne eintretend, wähnten sich Hanna und Ilse zunächst in einem Keller. ,Durchaus geeignet für einen leichten nächtlichen Einstieg ohne Schlüssel', dachte Hanna beim Anblick der Türen und ihrer Schlösser. Sie wunderte sich über sich selbst, dass sie diese Recherche-Möglichkeit in Betracht zog. Dessimira hielt sich indessen nicht auf, sondern schritt auf die nächstbeste Tür auf der rechten Seite zu und trat ein.

Der Raum nahm mit gut dreißig Quadratmetern wohl eine halbe Barackenseite ein. Er wurde dominiert von einem großen, weitgehend leeren Schreibtisch.

Die Einrichtung bestand nur noch aus etwa 25 Stühlen, die reihum an den drei Wänden aufgestellt waren. Nichts, wo der Blick verweilen konnte. Kein Bücherregal, das mit Fachliteratur auf Belesenheit schließen ließ, keine Glasvitrine mit Auszeichnungen, Diplomen und Pokalen. Auch der Teppichboden mit seinem indifferenten Muster in einer schmucklosen Farbskala von hellem über dunklem Gelb bis zu dunklem und hellem Braun war kein Platz, um den Blick ruhen zu lassen. Hausfrauen und -männer hätten ein solches Muster ,dankbar' genannt: Selbst hartnäckigste Angriffe von Zigarettenasche, Ketchup, Mayonnaise, Saucen, Fallobst oder Rotwein würden in dieser Indifferenz kaum wahrnehmbare Flecken hinterlassen. Wie sein Pendant im Flur hatte auch er einen Drang zu Höherem, wie die Rand-Aufwellungen und in die Luft ragenden Fransen an den Rändern zeigten, wie bei angetrockneten Wurstscheiben. Allerdings war hier gar nicht erst der Versuch unternommen worden, sein aufmüpfiges Wesen mit Randleisten zu bändigen. Lediglich im Türrahmen wurde die potenzielle Stolperfalle mit einem darüber genagelten Blech flach gehalten.

An den gewellten Rändern kam unter dem Teppichboden ein klassisch sozialistischer Kunststoffbodenbelag zum Vorschein, wie ihn Hanna seit ihrer Geburt kannte, ja, den sie bereits in Polen, Ungarn und Tschechien ausgemacht hatte. Sie vermutete, dass dieser Belag einst in einer riesigen Fabrik für den gesamten sozialistischen Wirtschaftsraum einschließlich Kubas gefertigt worden sein musste. Bewusst trat Hanna auf und spürte die unvergleichliche Weichheit, den auch der gelblich-bräunliche Überwurf in seiner billigen Steifigkeit nicht dämpfen konnte. Sofort fühlte Hanna sich um Jahre zurückversetzt. Der Raum hatte den Charme einer anderen Zeit, einer untergegangenen Welt. Böden mit dieser Auslegware behielten selbst in von Ikea verwestlichten Räumen stets den Zauber der alten Zeit. Das machte diese wundersam lärmschluckende Weichheit. Dabei konnte dieser Belag allerdings auch so fest am Boden kleben, dass er

mit keinem Schabemesser zu entfernen war, weshalb ihm bei Wohnungs-
modernisierungen am Besten ein neuer übergezogen wurde – wie hier.
Der typische Duft dieses Bodens tat sein übriges, um Gedanken an Früher
wach zu rufen. Allerdings war dieses Belagwesen auch verbunden mit weniger angenehmen Erinnerungen wie das bange Warten in Objekten, in
die man geladen war ,zur Klärung eines Sachverhalts'.
Hanna wandte ihre Beobachtungen nun dem Schreibtisch zu. Dieses Möbel wollte zwar mit einer glatten Oberfläche glänzen, wobei es – Kunststück, bei der Gesamtzahl im Raum – das einzige zu sein schien, das regelmäßig von einem Staubtuch heimgesucht wurde. Allerdings zeigte die
billige Lackierung etliche Risse. Am Tischrand hielt der Lack mit dem
Teppichboden mit. Sekretärinnen, so es denn welche gab, waren gut beraten. beim Diktat Abstand davon zu halten. Hanna konnte sich keinen
schlimmeren Nylonkiller vorstellen oder eine bessere Stelle, um sich kos-
metische Fingernagelverlängerungen abzureißen. Dabei bezweifelte
Hanna ernstlich, dass hier jemals ,Schreibtisch'-Arbeit erbracht wurde.
Die Stühle waren ähnlich beschaffen. Sie hatten ausgebleichte und ver-
schlissene rote Polsterbezüge, deren Muster mit dem des Teppichbodens
korrespondierte.
Nun, ihr sauer verdientes Geld in eine elegante Büroeinrichtung zu investieren. schien nicht die Priorität der Marktgesellschaft zu sein. Dabei fiel
Hannas Blick durch das durch vergilbte Vorhänge eingetrübte Fenster auf
die Luxuskarosse davor. Sie konnte sich nur insofern einen Reim darauf
machen, dass hier streng zwischen Privatem und Beruflichem unterschie-
den wurde. ,Aus unseren Betrieben ist noch viel mehr herauszuholen.' Die
Devise schien hier Programm zu sein.
Georgi Lobed, der hinter dem Schreibtisch saß, nein, thronte, war ein
kleiner, korpulenter Mann weit jenseits der fünfzig. Aus seinen dunklen,
kleinen Augen verschoss er scharfe, stechende Blicke. Weißes schütteres
Haar und ein gepflegter Kurzbart zierten sein Gesicht. Auffallend waren
seine großen, weit abstehenden Ohren, die in merkwürdigem Kontrast zu
seinem bösem Blick standen. Im Gegensatz zu seinem Kollegen Popov
schien Lobed jedoch mehr auf Form zu achten. Denn er trug einen gepflegten dunklen Anzug. Die Aufstellung seines ,Parketts', die Stühle an
der Wand, wo sie wohl auch stehen blieben, wenn er seine Brigade- beziehungsweise Team-Besprechungen hatte, ermöglichten ihm, stets alle An-

wesenden im Blick zu behalten. Lobed schien ein Patriarch alter Schule zu sein. Hanna konnte es sich vorstellen, dass er bereits in Vorwendezeiten eine gleichartige Stellung innegehabt hatte. Gewisse Typen werden von keinem Systemwechsel aufgehalten.

Heute waren allerdings, offenbar ‚zur Feier des Tages', drei Stühle nach vorn gestellt worden, etwa in die Raummitte. ‚Wie vor Gericht', schoss es Hanna durch den Kopf. Auf diese Stühle wurden die Frauen komplimentiert. Auf der Stuhlreihe an der Wand dahinter saßen, gleichsam wie Schöffen, bereits fünf Mitarbeiterinnen und Mitarbeiter Lobeds. Sie waren zur Begrüßung sitzen geblieben. Hier war wohl eine Demonstration geplant, schoss es Hanna durch den Kopf. Oder eine Exekution.

Hanna konnte nur einen kurzen Blick auf die Fünferbande werfen, da sie, so wie es schien, mit dem Rücken zu ihr sitzen würde. Mit ihrem selektiven Blick für das andere Geschlecht stach ihr ein besonders dunkler Typ ins Auge, insbesondere dessen tiefschwarz glänzenden, leicht gewellten Haare. Ein zweiter Blick enttäuschte sie. Der Schöne war ihr eindeutig zu zierlich. Daneben saß ein weitaus unauffälligerer Rundlicher. Dann folgten drei Frauen, zwei davon ebenso unauffällig wie der Rundliche. Keine gehörte zu den muldanischen Schönheiten, die Hanna und Ilse selbst in der kurzen Zeit ihres Aufenthaltes schon so oft gesehen hatten, die stets, auch im Alltag, wie im besten Sonntagsstaat herausgeputzt, adrett gekleidet sowie auffallend geschminkt waren. Die dritte Frau entsprach diesem Typus, kaum an die dreißig, dunkel, schlank und eingepackt in einen so eng anliegenden knallroten Hosenanzug aus dünnem Stoff, dass sich jegliche Unterwäsche darunter von selbst verbot.

Hanna setzte sich. Sofort waren alle Nebengedanken vergessen. Sie fühlte sich wie vor der Anklage. Vorn die stechenden Blicke Lobeds und im Rücken weitere fünf Augenpaare. Ein Blickwechsel mit Ilse sagte ihr, dass diese ähnlich empfand. Lediglich Dolmetscherin Dessimira schien davon unbeeindruckt. Sie nahm den dritten Stuhl kurzerhand und stellte ihn so, dass sie beim Sprechen beide Parteien im Blick hatte. Hanna und Ilse hatten kurz zuvor noch einen Schnellkursus im Muldanischen bei Dessimira abgelegt. „Dubra dien, Gospodinov Lobed." So hofften sie Eindruck zu schinden.

„Ich habe nur sehr wenig Zeit für die Besucherinnen", schnarrte Lobed. Er wandte sich direkt Dessimira zu, eine Begrüßung oder Vorstellung der übrigen Anwesenden auslassend.

„Sie sollen bitte ganz kurz sagen, was sie wollen. Anschließend wird Konstantinov Antonov", es folgte eine Kopfbewegung in Richtung der schwarzhaarigen männlichen Schönheit, „sie durch die Projektanlage führen. Auch er hat wenig Zeit. Wir haben viel zu tun, aber wir werden den Besucherinnen alle notwendigen Informationen geben."

Dessimira übersetzte so freundlich wie möglich ins Deutsche. Doch Hanna und Ilse hörten kaum darauf. Lobeds Tonfall und seine Körpersprache sprachen Bände. Hanna konnte sich indessen trotz der unangenehmen Atmosphäre zurücklehnen. Das hier war wieder Ilses Part. Sie konnte ihre Blicke vorsichtig schweifen lassen, bis er an einem kleinen Safe an der Wand hängen blieb.

Ilse brachte sich in Positur, baute sich mit geradem Rücken und vorgestreckten Brüsten vor Lobed auf und blickte ihm direkt in die Augen. Ab und zu schaute sie zu Dessimira, um zu sehen, wann sie eine Pause für die Übersetzung machen musste. Doch diese schaffte auch lange Passagen, ohne nachzufragen. Ilse wiederholte die Vorstellung bei Popov, allerdings bedeutend kürzer. Ihre Stimme war fest und bestimmend, sie legte sehr viel Wert darauf, vor dieser Gruppe hier vor Selbstvertrauen und Autorität zu strotzen.

Sie begann damit, Lobed ein wenig Honig ums Maul zu schmieren.

„Herr Popov hat sie als eine der führenden Unternehmerpersönlichkeiten in diesem Sektor beschrieben. Sie würden uns sicher gerne unsere vielen Fragen beantworten. Wir könnten uns glücklich schätzen, sie interviewen zu können."

Ein fruchtloses Unterfangen. Lobed setzte, gleich Popov, eine Maske auf. Deshalb ging Ilse sogleich zum Generalangriff über.

„Wir wissen leider nicht viel über diese Vermarktungs- und Verarbeitungszentren hier und die dafür zuständige Marktgesellschaft, Herr Lobed. Sie haben sicher ein Modellprojekt entwickelt. Wir möchten gerne wissen, welche Geschäftsform die Marktgesellschaft hat, welche Gesellschafter dahinter stehen, welche Kooperationen und Geschäftsbeziehungen die Marktgesellschaft eingeht und auf welcher vertraglichen Basis. Wir werden auch noch Einblick ins Unternehmensregister nehmen."

Die Übersetzung dauerte ihre Zeit. So mussten Hanna und Ilse eine Weile warten, bis der Pfeil traf. Lobed zuckte merklich.

„Natürlich wären wir ihnen dankbar, wenn wir einige betriebswirtschaftliche Informationen über die Marktgesellschaft bekämen, beispielsweise zur Kapitalausstattung und zur Liquidität."

Auch dieser Pfeil saß.

Lobeds dunkle Augen versandten stechende Blicke. Mit seinen Händen, die bislang auf dem Schreibtisch geruht hatten, fing er an, über die Schreibtischplatte zu fahren. Ilse bemerkte es wohl und setzte weitere Truppen in Bewegung.

„Das von den Vereinten Nationen finanzierte Projekt setzt ja ganz stark auf die Kooperation mit den hiesigen Landwirten. Ein Unternehmen und eine landwirtschaftliche Erzeugergemeinschaft arbeiten Hand in Hand unter einem Dach. Ich finde, das ist eine äußerst interessante Kombination. Wie funktioniert das? Ich denke, das geht doch sicher nicht ohne Reibung ab. Wie wir soeben gesehen haben, liefern die Bauern ihre ersten Melonen der Saison ab. Vielleicht können sie uns ein direktes Gespräch mit einem von ihnen vermitteln." Sie deutete mit einer Kopfbewegung in Richtung der Hallen.

Es war bei der Übersetzung durch Dessimira nicht direkt auszumachen, doch irgendwo hier entglitten dem Marktleiter vorübergehend die Gesichtszüge. Ilse bemerkte es und verstärkte den Beschuss.

„Außerdem interessieren wir uns für die Unternehmerpersönlichkeiten, die hinter den jeweiligen Firmen stehen. Und da stechen sie natürlich hervor, Herr Lobed. Sie sind ja eine der Führungskräfte hier schlechthin. Da ist es besonders reizvoll, ihren Weg zum Erfolg nachzuzeichnen. Was sind die Faktoren, die einen Mann zum erfolgreichen Unternehmer machen? Wissen sie, ein persönliches Beispiel präsentieren zu können, wertet unsere Veröffentlichung ungemein auf und macht sie für den Leser viel attraktiver …"

Ilse war kaum zu stoppen, Hanna gab ihr deshalb unmerklich einen Schubs mit dem Fuß. Ilse ließ es gut sein und lenkte sofort ein. In ihre letzte Salve zog sie das erweiterte Publikum mit ein.

„Oder sie delegieren dies an einen ihrer fünf hochrangigen Mitarbeiter. Da sie an diesem Gespräch teilnehmen, gehe ich davon aus, dass es in diesem Unternehmen keine Geheimnisse zwischen Leitungs- und operativer Ebene gibt. Das ist sehr, sehr selten und äußerst bemerkenswert."

Dessimira übersetzte und Hanna wurde aufmerksam. Schwitzte Lobed etwa? Seine fünf engsten Mitarbeiter sahen zu. Wie würde er diesen Angriff parieren? Solche schamlos und nach intimsten Firmendetails fragenden Personen waren ihm noch nicht untergekommen. Diese schiere Respektlosigkeit gab es nicht im muldanischen Geschäftsleben. Zwar gab es mittlerweile auch hier die internationalen Formen analog von GmbH und Ltd., Aktiengesellschaft und Co KG. Aber wer und wie man sie anwandte, ging niemanden etwas an. Einblick ins Register wollten sie nehmen! Ja, hatten die überhaupt keinen Anstand? Am liebsten wäre Lobed geplatzt. Das wären zwar seine Untergebenen gewohnt gewesen. Aber hier würde das jetzt schlecht ankommen. Außerdem hatte er gerade denen demonstrieren wollen, wie elegant er so etwas umschiffen konnte. Es war vielleicht doch nicht so eine gute Idee gewesen, die fünf dazuzunehmen.

„Ich habe mir ihre sehr interessanten Fragen notiert", antwortete er, wobei sich die Frauen sofort fragten, ob Dessimira richtig übersetzt hatte, denn selbstverständlich hatte er kein Wort ‚notiert'. Doch an Dessimira lag es sicher nicht. Hier sollten sie wohl wieder nur abgefertigt werden.

So war es auch. Ilse und Hanna hörten kaum zu. „ ...die Antworten zu ihnen nach Deutschland schicken", hörten sie nur und: „Konstantinov wird sie jetzt kurz durch die Projektanlage führen." Dabei machte Lobed Anstalten, aufzustehen. Das war zwar nicht ganz so elegant, wie er sich das vorgestellt hatte, aber immerhin eine Lösung.

Die beiden Frauen verständigten sich mit einem kurzen Blick. Sie blieben sitzen. Ilse setzte einfach noch mal an. Georgi Lobed blieb nichts weiter übrig, als zurück in seinen Sessel zu sinken. Zumal jetzt Ilse ihn mit scharfen Blicken taxierte.

„Gospodinov Lobed, wir hatten diese Fragen bereits Herrn Popov gestellt. Dieser bezeichnet sich als einfachen Projektmitarbeiter ohne Fachkenntnisse und empfiehlt sie als kompetenten Gesprächspartner. Wir haben den weiten Weg von Deutschland nicht gemacht, um jetzt ohne Auskunft wieder abzureisen. Deshalb denke ich, dass es an der Zeit ist, wenn ich etwas deutlicher werde. Ich sagte schon, dass wir aufgrund unserer Studie eine Reportage erstellen. Die Reportage ist tatsächlich für eine Zeitung gedacht. Die Studie erarbeiten wir jedoch in offiziellem Auftrag einer internationalen Regierungsorganisation, die ich ihnen leider nicht nennen kann. Das ist sehr vertraulich. Nur so viel: Diese ist sehr daran interessiert, ob das seit mehr als zehn Jahren von internationalen Steuerzahlern investierte Geld gut angelegt ist. Von unserer Studie kann also abhängen, ob dieses Projekt weiter läuft und ob einige andere in Muldanien geplante Projekte gefördert werden. Ich bitte sie also nochmals, mir Auskunft zu geben. Die Schriftform halte ich für die denkbar ungünstigste. Dabei gibt es, nach meiner Erfahrung, die größten Missverständnisse. Aber ich habe nichts dagegen, mit einem ihrer Mitarbeiter zu sprechen."

Dessimira sah Ilse völlig erstaunt an.

„War dir das zu viel Text?", fragte Ilse leise. „Soll ich etwas wiederholen?"

Dessimira hatte sich sehr schnell wieder im Griff. „Nein, ich habe alles verstanden", sagte sie dann und setzte mit besonderer Betonung hinzu: „Alles!"

Sie wandte sich Lobed zu und begann mit der Übersetzung.

Als sie fertig war, fasste Ilse sie leicht am Arm, um anzudeuten, dass sie noch nicht fertig war. „Haben ihnen ihre Partner, also Herr Popov und – wie heißt der Projektsteuerer bei der Internationalen Agentur für Entwicklung nochmals, das nicht erzählt?"

Mit der Übersetzungsverzögerung antwortete Lobed: „Sie meinen wahrscheinlich Schuster, Gerd Schuster."

„Genau, Schuster. Es tut mir leid, wenn sie schlecht informiert wurden durch Herrn Schuster. Die Internationale Agentur pflegt wohl keinen transparenten Umgang. Aber das hat unsere Behörde schon öfter erlebt. Popov hat ihnen wohl auch keinen reinen Wein eingeschenkt? Das ist aber merkwürdig, Herr Lobed. Die beiden Herren sind über unseren Auftrag informiert. Nun, dann haben sie es jetzt ganz allein in der Hand, was aus diesem international geförderten und noch vielen anderen Projekten für ihr Land wird. Insbesondere haben sie in der Hand, wie viele Gelder noch von den Vereinten Nationen in ihr Land kommen werden."

Lobed schluckte merklich. Deshalb setzte Ilse noch einen drauf.

„Wie sie vielleicht wissen, soll das hier angewandte Modell in andere Länder exportiert werden. Dies wird eine Menge Geld kosten. Deshalb wurde an höherer Stelle beschlossen, einen genauen Blick durch fachkundige Menschen wie uns auf ihr Projekt zu werfen."

Ilse war in ihrem Element, sie kostete ihren Triumph richtig aus und war kaum zu stoppen. Sie wollte weitermachen und die Daumenschrauben noch mehr anziehen.

„Irgendwie scheint ihr Kollege Popov nicht richtig verstanden zu haben, welche Bedeutung unsere Studie hat. Nun, da ich hier, auch nach seiner Auskunft, in ihrer Person die Kompetenz schlechthin vor mir habe, kann ich es ja sagen. Ich bin im Auftrag des Generalsekretärs der Vereinten Nationen unterwegs. Damit sehen sie, welche Bedeutung dieses Projekt hat."

Dessimira warf Ilse einen Blick zu, den sie nicht deuten konnte. Überraschung, Warnung und Enttäuschung – alles in Einem. Die Dolmetscherin übersetzte jedoch flüssig wie bisher. Hanna hingegen fiel fast vom Stuhl. Das war nicht abgesprochen gewesen. Doch sie konnte nichts tun. Sie musste unbewegt und mit einem Ausdruck mitwissender Freundlichkeit sitzen bleiben.

Die letzten Sätze Dessimiras, obwohl nichts davon für deutsche Ohren zu verstehen war außer einem Wort, das wie ‚Sekretär' klang, gaben Lobed den Rest. Sein Gesicht zeigte jetzt blankes Entsetzen.

Hatte er die beiden unterschätzt? Das hätte sich Lobed nie eingestanden. Doch seine Arroganz hatte einen Dämpfer bekommen. Dass sich bei den Vereinten Nationen irgendjemand Gedanken um die Verwendung von Steuergeldern machen könnte, das lag bisher völlig außerhalb seines Vorstellungsvermögens. Was diese Frau da sagte, war eine unverhüllte Drohung, das war ihm klar. Und dies im Beisein seiner wichtigsten fünf Angestellten, die mit offenen Mündern warteten, wie er, der große Vorsitzende, mit dieser Situation fertig würde. Dass die da hinten saßen, war Lobed jetzt besonders unangenehm.

Er hatte diese Fragen, abgewandelt, schon einmal gehört. Frank Endermann und Gunnar Nilsson waren ihm damit auch schon in den Ohren gelegen. ‚E&P-Consult!' Das Wort allein verursachte bereits Zahnschmerzen.

Die Projektleute von E&P-Consult hatten ähnlich wie diese beiden Frauen geredet. Er hatte sie stets als Idioten betrachtet, abhängig von der Internationalen Agentur für Entwicklung, zu der er, Lobed, den direkten Draht hatte. Sie saßen entweder im Büro herum oder fuhren zu den Bauern in die Dörfer, zu diesen Tölpeln. Das waren Agitation und Propaganda schlimmsten Ausmaßes gewesen. Sie hatten diesen Dummköpfen geraten, sich zusammenzuschließen, damit sie mehr Marktmacht gegenüber den Abnehmern ihrer Produkte, den Händlern und Verarbeitungsbetrieben hätten. Was hatte E&P-Consult nicht alles angestellt: Bauernversammlungen, Marketing-Seminare, Berechnungen zur Wirtschaftlichkeit, zur Liquidität und all das.

Das war die reinste Konterrevolution gewesen! Die Bauern wollten sie zusammenrotten, damit sie Macht bekamen. Gegen ihn! Was hatten sich diese Herren dabei eigentlich gedacht? Dagegen musste er sich einfach wehren. Und es war ihnen schlecht bekommen. Dann dieser Endermann, der größte Verräter von allen. Er hatte die Bauern sogar mit Geld bestochen. Dieser Abschaum! Doch er, Georgi Lobed, war mit ihm fertig geworden. Hatte Endermann nicht seine Gelder abgeben müssen? Hatte er! War er nicht von seinen Auftraggebern von den Vereinten Nationen zurückgepfiffen worden. Lobed holte tief Luft. Er wollte sich jetzt nicht aufregen. Er brauchte seine ganze Kraft, um dieser Situation Herr zu werden. Er würde dafür sorgen, dass auch diesen beiden Frauen die Lust am Schnüffeln verging. Er musste sie jetzt nur möglichst elegant loswerden. Das war er sich im Beisein seiner Leute schuldig. Die beiden hatten nur wenige Tage eingeplant. Das hatte Dessimira ihm gesagt. In der kurzen Zeit konnten sie unmöglich einen der E&P-Consult vergleichbaren Schaden anrichten. Dennoch durfte er sie nicht länger unterschätzen. Nein, das würde er nicht tun.

Oder sollte er zweifeln? Zweifeln an seinen Freunden und Partnern Popov und Schuster? Was führten die beiden im Schilde? Sie waren doch bisher immer Freunde gewesen. Da betrog keiner den anderen, weil jeder den anderen brauchte. Lobed war, was er nie zugeben würde, hilflos. Deshalb schwieg er. Schwieg er noch.

Ilse erkannte die Gelegenheit. „Wie lange brauchen ihre Leute, um uns die Unterlagen zusammenzustellen? Das Wichtigste sind Kopien über die eingetragene Gesellschaftsform ihrer Marktgesellschaft, die Nachweise über die Gesellschafter und über die verschiedenen Beteiligungen."

„Ich werde so schnell wie möglich alles zusammenstellen lassen und ihnen nach Deutschland schicken lassen. Konstantinov wird sich ihre Adresse notieren", ließ er über Dessimira ausrichten. Offenbar wollte er den Kampf nicht aufgeben. Nun folgte ein kurzer Schlagabtausch.

„Herr Lobed, es wäre sehr hilfreich für uns und auch für sie, wenn wir wenigstens einen Blick auf die wichtigsten Unterlagen werfen könnten, dann machen wir uns Notizen."

„Das geht nicht. Die Unterlagen über die Marktgesellschaft sind im Moment bei der Bank, da wir einen Kredit beantragt haben. Ich kann ihnen nichts zeigen."

An der Stelle staunte sogar seine Prokuristin. Sie wusste nichts von einem Bankkredit. Lobed merkte, wie er sich mit dieser Notlüge eher bei seinen eigenen Leuten als vor den beiden Frauen in Bedrängnis brachte.

„Sie geben Originaldokumente an eine Bank und behalten sich keine Kopien?"

„Ja, das wird hier so verlangt. Unser Vertrauen in die Bank ist groß. Und jetzt bitte ich mich zu entschuldigen. Ich habe einen dringenden Termin beim Bürgermeister dieser Stadt. Diesen Herrn kann ich unmöglich warten lassen." Erneut stand Lobed auf und gab dieses Mal Zeichen, die keinen Widerspruch duldeten: Das Gespräch war beendet. Mit ausgebreiteten Armen trieb er die Frauen, wie eine Schar Hühner, zur Tür.

Ilse warf Hanna einen Blick zu. Diese nickte unmerklich. Mehr war momentan eben nicht zu machen. Lobed beschleunigte ihren Abgang, indem er dicht hinter ihnen folgte und sie somit regelrecht aus der Baracke trieb. Dabei gab er Konstantinov einen Wink, versäumte es aber in seiner Nervosität, ihm Instruktionen zu erteilen, wie dieser nun weiter mit den Eindringlingen verfahren sollte. Hanna bekam kaum noch Gelegenheit, sich umzusehen. Als nächstes wurden die Angestellten wie Hühner hinausgescheucht. Dann knallte Lobed die Tür hinter ihnen zu. So aufgelöst hatten sie ihren Chef noch nie erlebt.

Konstantinov ging den Frauen voraus und bat sie, ihm zu folgen.

Von einem dringenden Termin beim Bürgermeister konnte indessen keine Rede sein. Lobed hatte vielmehr dringende Anrufe zu tätigen – mit Solvanka. Er nahm einen Hörer ab und wählte hastig Popovs Nummer. Mittendrin unterbrach er und wog den Hörer unschlüssig in der Hand. Kurz darauf ertönte ein kurzatmiges Piepen, weil der Wählvorgang nicht beendet worden war. Lobed legte auf und dachte nach.

Er musste Popov auf den Zahn fühlen. Konnte er ihm nach dieser Geschichte noch trauen? Und Schuster? Er wollte den Verdacht, der sich ihm da aufdrängte, einfach nicht zu Ende denken. Das konnte einfach nicht sein! Wollten sie ihn absägen? Warum? Und wenn, wer sollte ihn beerben? Popov doch nicht. Er hatte zwar Macht, aber kein Vermarktungs- und Verarbeitungszentrum und damit kein operatives Geschäft.

Die Leiter der anderen Marktgesellschaften? Lobed ließ sie in Gedanken an sich vorbeimarschieren. Zwei fraßen Popov aus der Hand. Petruczka vielleicht? Nein! Die Beteiligungsverhältnisse standen nicht dafür. Auch die Förderung war zu unterschiedlich. Hier die Europäische Förderbank und die Zusage Zelltermanns, dass dieses Geld nicht zurückgefordert würde. Dort dagegen die Weltbank, die ihr Geld wiederhaben wollte. Nein, dort hing die Stadt selbst dick mit drin. Die wussten doch jetzt schon nicht mehr aus noch ein! Viel zu viele, die mitreden, mitentscheiden und mitverdienen wollten. Kein Pflaster für Geschäfte mit großen Gewinnmargen. Eigentlich brauchte Schuster ihn. Bei ihm, Lobed, spielte die Musik!

Lobed sah aus dem Fenster. Da draußen stand sein schöner neuer Wagen, zu dem ihm Endermanns Projektgelder verholfen hatten. Hatte er Schuster damit verärgert?

Seine Gedanken liefen im Kreis.

Eine neue Idee machte sich in seinem Hirn breit. In jüngster Zeit warteten alle auf den Baubeginn für die neuen Vermarktungs- und Verarbeitungsanlagen in Albinĉz. Doch Schuster zögerte mit der Freigabe der Gelder. Lobed war schon aufgefallen, dass die Vertreter der Internationalen Agentur die letzten Male nur noch kurz bei ihm hereinschauten, sich dafür umso länger in Albinĉz aufgehalten hatten. Er hatte das bisher für normal gehalten. Bei ihm lief die Sache schließlich. Doch die beiden Frauen hatten Lobed die Augen geöffnet. Das gesamte Geschehen sollte wohl verlagert werden.

Und was war mit TETSCHKO, dem Baukonzern? Der sollte doch auch in Albinĉz bauen, so wie er hier und an den anderen Standorten gebaut hatte. Gab es neue Verträge, von denen er nichts wusste? War er, Lobed, Schuster zu anspruchsvoll geworden? Seine automatische Obstsortieranlage, die neuen Kühlzellen – der oberste Projektsteuerer Schuster hatte sich seltsam lange geziert, bis er die Projektgelder zu hundert Prozent ausgereicht hatte. Warum hatte er gezögert? Früher war Schuster bei solchen Angelegenheiten sehr unkompliziert gewesen. Und Gabler hatte ihm bei dessen letzten Besuch angekündigt, dass das Verpackungsmaterial für die Melonenernte nun aber bis zum Jahresende reichen müsse. Das war ein völlig neuer Ton gewesen. Und wie die Leute von E&P-Consult versuchte plötzlich auch Gabler, ihn mit diesen Dingen zu langweilen: Budget-Grenzen und

Verpflichtungsermächtigungen, Rechnungsprüfung und Ausgaben-kontrolle. Zudem verwies Gabler auf die sehr kritischen Berichte der Beratungsfirma E&P-Consult in Schusters Schublade. Lobed verstand diese Kompliziertheiten zwar überhaupt nicht, aber er nahm sie zur Kenntnis. Den nächsten ‚Antrag auf Fördermittel' hatte er bereits in seiner Schublade liegen. Jetzt war er sich plötzlich nicht mehr sicher, ob er ihn noch in dieser Form würde nach Deutschland senden können. Er schnaubte unwillig durch die Nase.

Er, Lobed, hatte bisher die ganze Drecksarbeit übernommen, und jetzt wollten sie, Schuster und Popov, ihn in die zweite Reihe drängen, vielleicht sogar aus dem Geschäft drücken. Unmöglich!

Immer noch hielt er den Hörer in der Hand und dachte nach. Die Kuh, seine Marktgesellschaft, war wohl leergemolken. Und keiner war daran interessiert, sie erneut kalben zu lassen, damit sie neu gemolken werden konnte. Stattdessen schien ihre Schlachtung beschlossene Sache. Doch so schnell würde sich Lobed nicht zur Schlachtbank führen lassen. Er legte kurz auf und hob für eine freie Leitung neu ab. Dann wählte er Popovs Nummer.

„Kosta, was läuft hier?"

„Was meinst du?"

„Du schickst mir diese Frauen hierher, die mich den gleichen Mist wie die Berater von E&P-Consult fragen. Was soll das, warum schickst du die hierher? Ich habe uns E&P-Consult vom Hals geschafft und jetzt schickst du mir die."

„Bilde dir nicht so viel ein. E&P-Consult habe ich uns vom Hals geschafft. Und die beiden Frauen sind harmlos. Ich hatte sie zu dir geschickt, damit sie etwas Tourismus erleben. Die eine ist eine harmlose Zeitungsschreiberin, die andere sicher ihre Freundin."

Popovs scherzhafter Tonfall irritierte Lobed. Verschwieg er ihm etwas? Lobed fühlte sich auf den Arm genommen. Hatten die Frauen ihm nicht einen Regierungsauftrag angedeutet, von dem Popov genau Bescheid wisse? Lobed beschloss, doppelt vorsichtig zu sein. Er schwieg.

Popov sprach weiter, sein Ton hatte sich verändert, er klang nun ernst.

„Entschuldige, dass ich sie dir nicht angekündigt habe. Ich dachte, das ist für dich reine Routine. Natürlich bin auch ich der Meinung, dass sie nicht zu viel herumschnüffeln sollten. Du weißt, was ich meine."

Lobed war alarmiert. Wenn die beiden, wie Popov sagte, so harmlos sind, warum sollte er, Lobed, ihnen dann das Schnüffeln vermiesen? Das passte nicht zusammen. Und warum sagte Popov nicht einfach die Wahrheit? Eine grimmige Wut ergriff von Lobed Besitz.

„Ich kümmere mich drum", sagte er kurz angebunden.

Dann wechselte er abrupt das Thema.

„Was ist mit den Projektanlagen in Albinĉz. Wann geht es dort los? Ist das Geld von der Internationalen Agentur endlich da? Und was ist mit meinen Anteilen? Ihr habt mich bisher nicht berücksichtigt. Ich will dreißig Prozent."

Popov schien sehr erstaunt, als wäre dieses Thema zwischen ihnen völlig neu.

„Wie kommst du denn jetzt plötzlich darauf? Du weißt doch genau, dass das Paket längst geschnürt ist. Das bestimmen alleine Schuster und Zelltermann."

Lobeds Stimme wurde eisig. „Du lügst. Das Paket hier in Echterova hast du geschnürt. Warum sind es jetzt auf einmal Schuster und Zelltermann? Wie viel Anteile hast du in Albinĉz?"

Popov versuchte obenauf zu bleiben.

„Was zerbrichst du dir anderer Leute Köpfe? Du hast Echterova. Das ist dein Fürstentum. Das macht dir keiner streitig, ich ganz bestimmt nicht. Ich bekomme nur eine kleine Provision. Und mit Albinĉz hast du noch nie etwas zu tun gehabt. Wieso interessiert dich das jetzt plötzlich?"

„Du vergisst, dass ich nicht nur mein Geschäft aufgebaut habe, sondern sehr viel Arbeit für das viel größere Imperium übernommen habe. Wenn jetzt also neue Fürstentümer errichtet werden, will ich meinen Anteil daran haben."

Popov atmete laut ein. „Und du vergisst, dass du nur ein Fürst, aber nicht der Kaiser bist. Irgendwann ist auch für dich Schluss."

Jetzt platzte Lobed.

„Aber für dich geht es weiter, ja? Bei dir ist nicht Schluss. Ich ackere hier und du erntest. So habt ihr euch das vorgestellt? Doch so dumm ist Lobed nicht. Er weiß von Popov und TETSCHKO und von Schuster. Er hat das alles mit aufgebaut."

Diesmal war es Popov, der schwieg. Also sprach Lobed weiter.

„Dreißig Prozent von Albinĉz für mich und ich sorge dafür, dass Popov, TETSCHKO und Schuster und die anderen auch dort eine gute Ernte einfahren können. Ich weiß doch, dass du bei allen Projektanlagen deine Provision einnimmst. Damit bekommst du mindestens ebenso viel. Und wie zuverlässig Kolja und Slavi arbeiten, das weißt auch du."

Popov erwiderte weiterhin nichts.

„Ich kümmere mich um die beiden neugierigen deutschen Weiber und du besorgst mir meine Anteile in Albinĉz. Sind wir uns einig?"

Die Frage war rein rhetorisch. Denn noch bevor Popov antworten konnte, hatte Lobed aufgelegt. Jetzt fühlte er sich besser. Mag sein, Popov hatte ihn mit den Journalistinnen hereingelegt. Das zählte jetzt nicht mehr. Lobed grinste. Mag sein, dass er in Popovs Augen nur ein Fürst war. Aber einer mit weit reichendem Einfluss. Das hatte er bewiesen. Popov hatte es nur schon wieder vergessen. Man musste es ihm eben hin und wieder in Erinnerung rufen.

In der Zwischenzeit führte Konstantinov die drei Frauen zu den neugebauten Gebäuden. Er wirkte unsicher und wandte sich nach kurzem Zögern einer Halle mit einem großen offenen Tor zu. „Gehen wir zuerst zu den Gebäuden für die Erzeugergemeinschaft?" fragte Ilse fordernd. Diese Halle sei völlig uninteressant, wandte er ein. Da gebe es nichts zu sehen. Es würde noch daran gebaut.

Ilse und Hanna sahen sich an. „Ach, ich liebe Baustellen", erwiderte Ilse und schickte sich an, Richtung der Halle, in der die Melonenfahrzeuge verschwanden, loszumarschieren. Konstantinov blieb stehen.

„Diese Halle ist gesperrt", ließ er Dessimira ausrichten und begründete dies mit der sattsam bekannten Ausrede, dass dieses Gebäude aus bausicherheitstechnischen Gründen noch geschlossen sei. Die zuständige Behörde fordere schon seit Monaten Nachbesserungen. Doch die seien nicht so einfach zu erledigen. Außerdem sei kein Geld dafür da. Konstantinov verstieg sich sogar in die Annahme, dass die internationalen Geldgeber selbst kein Interesse daran hätten. Einige von ihnen, Konstantinov nannte die Namen Gabler und Schuster, hätten die Halle schließlich in ihrem derzeitigen Zustand schon gesehen und hätten nicht reagiert.

Ilse warf Konstantinov einen scharfen Blick zu. „Ich lasse mich hier nicht für dumm verkaufen. Aber für diese Menschen hier gilt die Sperrung wohl nicht?" Sie und Hanna steuerten zielstrebig, ohne Zweifel an ihrem Vorhaben aufkommen zu lassen, auf die linke große Halle mit den davor wartenden Bauern zu. Konstantinov folgte ihnen widerstrebend, mit seinen

Armen fuchtelte er wild gestikulierend umher. Die Bauern fuhren mit vollen Gefährten hinein und kamen leer wieder heraus. Innen herrschte reges Treiben. Viele Menschen halfen, von Hand die Melonen abzuladen, sie zu wiegen und auf einem großen Haufen abzulegen. Von diesen Haufen wiederum nahmen andere Arbeiter die Melonen weg und packten sie in große stabile Pappkisten oder in Gitterboxen aus Draht. ‚Lobed – Fruit and Vegetables, Muldania' stand auf den Pappkisten in arabischer und kyrillischer Schrift. Hanna und Ilse prägten sich den Firmennamen ein. Konstantinov hatte seinen Widerstand aufgegeben. Zögerlich erklärte er, wie es funktionierte. Die Bauern lieferten ihre Melonen ab und bekamen sofort die Hälfte des ausgehandelten Preises ausgezahlt. Die andere Hälfte würde nach dem Weiterverkauf der Ware fällig.

„Wohin gehen die Melonen?" fragte Ilse.

„Die meisten bleiben in Muldanien", erläuterte Konstantinov, „sie werden zu den großen Verbrauchszentren in Solvanka, Albinéz und Brnas an der Schwarzmeerküste gebracht. Die Touristen dort lieben Melonen. Einige gehen auch in den Export, nach Deutschland, Holland und Österreich."

Ilse deutete auf die Aufschriften auf den Kisten. „Wer ist ‚Lobed – Fruit and Vegetables, Muldania'? Ist das die Marktgesellschaft?"

Konstantinov druckste mit der Antwort herum, auch als Dessimira längst übersetzt hatte. „Nein, die Marktgesellschaft ist das nicht. Wem die Firma gehört, müssen sie Herrn Lobed fragen."

Ilse und Hanna sahen sich kurz an. „Ich dachte, sie sind für die Betriebswirtschaft in der Marktgesellschaft zuständig", fragte Ilse scharf, „da müssen sie das doch wissen!"

Konstantinov wich ihren Blicken aus. Er schien zu überlegen. „Ich arbeite hier in der Projektanlage. Das sehen sie doch. Ich sorge dafür, dass die Bauern ihre Ware an der richtigen Stelle abgeben, dass ordentlich gewogen wird und dass die Bauern ihr Geld bekommen."

Hanna und Ilse grinsten sich etwas müde an.

Ilse wandte sich an Konstantinov. „Es ist ja bei der Projektsteuerung bei der Internationalen Agentur allgemein bekannt, dass Lobed an der Marktgesellschaft beteiligt ist. Die persönliche Beteiligung am Geschäftsrisiko soll sein Engagement erhöhen. Wenn sie mir bestätigen, dass Lobed hier eine eigene Firma hat, dann fallen sie ihm damit nicht in den Rücken. Was mich eher wundert ist, dass sie davon keine Ahnung haben. Wie lange arbeiten sie schon hier?"

Konstantinov waren die Fragen sichtlich unangenehm. Für so detaillierte Fragen hatte ihm Lobed keine Anweisungen gegeben. Also antwortete er sehr knapp: „Ich bin seit sechs Jahren hier."

Ilse holte tief Luft.

„Ich will wissen, ob die hier arbeitenden Gesellschaften getrennt sind oder ob alles ein Mischmasch ist. Wenn ich das richtig verstehe, werden hier von Angestellten der Marktgesellschaft die Bauern-Melonen in Kisten einer Lobed-Firma verladen. Die macht dann ihre Gewinne beim Weiterverkauf. Was hat die Marktgesellschaft, also das Projekt, davon? Zahlt die Lobed-Firma wenigstens Miete an die Marktgesellschaft? Und gibt es neben der Lobed-Firma noch andere, die hier auf eigene Rechnung arbeiten, oder ist sie die einzige?"

Dessimira übersetzte. Konstantinov antwortete stockend. Dessimira fragte nach. Zwischen den beiden entspann sich ein Zwiegespräch. Endlich sprach Dessimira wieder deutsch.

„Die Firma, deren Namen ihr hier lesen könnt, ist seines Wissens derzeit die einzige, die hier arbeitet. Ob sie Miete bezahlt, weiß er nicht."

„Entschuldige mal, Dessimira", fragte Ilse, schon sehr ungeduldig, „ich weiß, dass du als Übersetzerin eine Neutralitätspflicht hast. Aber der Kerl soll endlich mal Klartext reden. Er soll sich einfach mal vorstellen, was wir jetzt wohl zu Hause in unseren Bericht schreiben."

Dessimira wollte schon mit der Übersetzung anfangen, da setzte Ilse nach: „Sag ihm das und füge hinzu, dass ich keine Fragen mehr habe. Für mich war das, was er nicht gesagt hat, viel informativer als seine Antworten."

Dessimira wandte sich an Konstantinov und übersetzte. Der, obwohl von dunklem Teint, erblasste sichtlich. Verängstigt sah er abwechselnd von Hanna zu Ilse. Die beiden Frauen, obwohl nur eine sprach, hatten etwas Einschüchterndes. Eben erst, im Büro, hatte er erlebt, wie sie seinen Chef völlig aus dem Konzept gebracht hatten. So hatte er Lobed noch nie erlebt. Was jetzt? Selbstverständlich waren seine Antworten dumm gewesen. Doch was hätte er antworten sollen? Natürlich wusste er in groben Zügen Bescheid, wie das Firmengeflecht hier aussah und dass Lobed geschickt mit den internationalen Fördergeldern jonglierte. Er war der große Stratege. Doch mit einem Mal war selbst Lobed mit seinem Latein am Ende gewesen und ließ Konstantinov unvorbereitet allein mit diesen Frauen.

Am Ende wäre er noch allein schuld, wenn keine Gelder mehr von den Vereinten Nationen flössen. Lobed würde ihn einen Kopf kürzer machen. Jetzt galt nur noch eines: Retten, was es zu retten gab. Konstantinov würde reden. Und er würde damit sich und Lobed retten.

Konstantinov begann flüsternd zu sprechen. Dabei gestikulierte er mit den Armen, als würde er den Frauen etwas zeigen wollen. Und tatsächlich wanderte er in der Halle herum, dass ihm die Frauen folgen mussten. Irgendwann musste Dessimira ihn unterbrechen, weil sie gar nicht so viel behalten konnte. Und während es von weitem so aussah, als erklärte Konstantinov wort- und gestenreich die Ab- und Umladetechnik, erzählte er jenes Stückchen Wahrheit, dass er seiner Meinung nach erzählen musste, um die mächtigen Frauen zu beruhigen. Dass natürlich der Leiter der Marktgesellschaft Lobed und der auf den Kisten aufgedruckte Händler Lobed identisch seien, dass es aber noch andere Firmen gebe, denen auch Lobed vorstehe.

„Vorsteht?", fragte Ilse dazwischen.

Dessimira wirkte beleidigt.

„Ich kenne die beiden Sprachen wirklich gut. Er sagte und meinte ,vorstehen', wie man einer Aktiengesellschaft vorsteht."

„Er spricht nicht von Lobeds Eigentum?"

Dessimira fasste bei Konstantinov nach.

„Ja und nein. Lobed ist nicht der alleinige Besitzer. Es gibt noch andere. Er weiß aber nur von anderen Anteilen, nicht von anderen Personen."

Weil Konstantinov so schön im Fluss war, ging Ilse nicht weiter darauf ein, sondern ließ ihn weiter erzählen. Natürlich erhielt die Marktgesellschaft, die für das Projekt stand, keine Miete von Lobeds privater Firma. Sie biete nur die Hülle und die Arbeitskräfte und schreibe Monat für Monat beträchtliche Verluste. Aber die seien bislang immer treu und brav von der Internationalen Agentur ausgeglichen worden. Und alle Behördenvertreter, die je an dem Projekt beteiligt gewesen wären, hätten daran nie Anstoß genommen: Weder Gabler, noch Schuster, die relativ oft da seien, weder die selteneren Besucher Zelltermann oder der Kommissionspräsident, noch viel weniger die Mitarbeiter der ersten Beratungsfirma, Consult International. Nur die E&P-Consult-Leute hätten deshalb gemeckert, aber das sei offenbar ein Missverständnis gewesen, denn sie seien ja letzten Endes von der Internationalen Agentur überraschend früh abgezogen worden. Also sei doch alles in bester Ordnung und er hoffe, dass das die beiden Frauen in ihrem Bericht auch schrieben. Am Ende schien Konstantinov richtig erleichtert und glücklich.

„Aber das sehen doch die Projektleute der Agentur und der Kommission, wenn sie hierher kommen, und der Vertreter der Europäischen Bank für Strukturförderung doch auch. Wie reagieren die denn?" fragte Ilse leicht zornig.

Konstantinov zuckte die Schultern. „Die finden es gut so. Sie sagen, das wäre zum Wohl der muldanischen Wirtschaft und würde den Bauern helfen. Vielleicht sind sie auch an der Firma Lobed beteiligt?" Konstantinov zuckte zusammen, er erschrak über sich. Er war zu weit gegangen, ängstlich blickte er sich um, aber in der Halle schien die Geschäftigkeit des Melonengeschäfts alles andere zu überlagern.

Konstantinov eilte weiter und verlor sich in technischen Details der Ausrüstung. Ilse unterbrach und zeigte auf die Geräte, die Gabelstapler, die Kühlzellen, die Sortieranlagen für Äpfel und Gemüse sowie die Maschinen zum Einschweißen von Obstkisten in Folien – die momentan allerdings alle nicht arbeiteten, weil die Melonen für diese Verarbeitung zu unhandlich waren.

„Wer hat das alles bezahlt, die Lobed-Firma etwa?"

Konstantinov verneinte. Die gesamte Ausrüstung und die Halle gehörten zum internationalen Projekt und seien daraus finanziert. Zuletzt wäre ein größerer Posten Verpackungsmaterial bezahlt worden, der mindestens für die ganze Saison reiche.

Ilse fasste zusammen. „Also: Die Marktgesellschaft, sprich das Projekt, bietet kostengünstig die ganze Infrastruktur, ja selbst die Verbrauchsmaterialien, die Firma Lobed nutzt und die Internationale Agentur zahlt, sehe ich das so richtig?"

Konstantinov, konfrontiert mit dieser brutal verkürzten Zusammenfassung, überlegte kurz, doch dann stimmte er schüchtern zu. Er sprach auf Dessimira ein, verwickelte sie in ein Zweiergespräch. Sollte er noch mehr erklären?

Ilse winkte ab. Hanna konnte nicht mehr an sich halten. „Klasse System. Unternehmertum im wilden Osten – leicht gemacht, sollte dieses Projekt im Untertitel heißen. Da hat uns die Treuhand ja noch richtig zuvorkommend behandelt."

„Er will euch jetzt noch in den Gebäudeteil für die Händler nebenan führen", merkte Dessimira an. „Wollt ihr?"

Plötzlich hatte es Konstantinov sehr eilig. Eine weitere Halle war, anders als die für die Bauern, in zwanzig jeweils achtzig Quadratmeter große Garagen unterteilt, die sich beiderseits eines von Lastern befahrbaren Ganges aneinander reihten. Jede konnte mit einem Rolltor verschlossen werden. Nur etwa jede vierte Garage war belegt, die anderen waren gähnend leer. Händler lagerten hier ihre Waren und verkauften sie auch daraus: Von Lebensmitteln bis hin zu Haushaltswaren und Teppichen. Wie Konstantinov erzählte, bezahlten die Händler Miete. Ilse verkniff sich die Frage, in wessen Tasche die Mieten flossen.

Mittlerweile war es Konstantinov wieder sichtlich unwohl in seiner Haut geworden. Er sah verunsichert zwischen den Frauen hin und her. Zuletzt blieb er mit fragendem Blick an Dessimiras Gesicht hängen. Diese hob die Schultern und ließ sie wieder fallen, als wollte sie ihm sagen: „Ich kann dir leider auch nicht helfen."

Hanna und Ilse schauten sich fragend an. Hanna ergriff das Wort.

„Lassen wir das hier. Ich für meinen Teil habe genug gesehen."

Sie verabschiedeten sich von dem dunklen Schönling und drückten ihm Ilses Visitenkarte in die Hand. Es war nicht zu erwarten, dass er dem Wunsch nachkommen und weitere Unterlagen per Post schicken würde. Wie ein geprügelter Hund, mit eingezogenem Schwanz, schlich er davon, ohne sich nochmals umzudrehen.

Hanna blickte ihm hinterher.

„Eins muss man ihm lassen. Er hat einen knackigen Hintern."

Dessimira räusperte sich. Sie führte die beiden Frauen zur Baracke zurück, wo Mitko die ganze Zeit, in seinem Wagen sitzend, gewartet hatte. Der schicke Mercedes stand am selben Platz wie zuvor. Der Termin beim Bürgermeister musste erstaunlich kurz gewesen sein.

Als sie einstiegen, glaubte Hanna in den Augenwinkeln eine Bewegung hinter einem Barackenfenster gesehen zu haben. Es musste eine sehr massige Person sein, groß wie ein Schrank. Auf breiten Schultern ruhte, als sei kein Hals dazwischen, eine runde haarlose Kugel als Kopf. Unbeweglich stand der Mann. Beobachtete er sie oder sah er einfach nur aus dem Fenster? Hanna blickte jetzt direkt zum Fenster. Da verschwand der Schrank dahinter, als wäre er weggeschoben worden.

Die drei Frauen fuhren zurück in die Stadt und suchten ein Restaurant auf. Hanna und Ilse waren begeistert vom Essen.

„Mmm, lecker!" Nach den ersten Gabeln einer grünbraunen Masse verdrehte Hanna genussvoll die Augen. Auberginenpüree mit viel Knoblauch, das hatte sie bisher trotz ihres Vollwertfimmels noch nicht gekostet. Dessimira war sichtlich angetan von ihrer Begeisterung.

Zur Freude und zur Rettung Hannas gab es an jeder Ecke in diesem Land ein Café mit einer guten Maschine, die sehr wohlschmeckenden Espresso zubereitete. Diese ausgeprägte Leidenschaft der Muldanier war durch die türkische Minderheit im Land eingeführt worden, wie Dessimira erzählte.

Abschreibearbeiten

Am Nachmittag besuchten sie die Registerbehörde, die in einem der vielen großen, grauen, heruntergekommenen Betonblocks der Stadt residierte. Sie befand sich in der ersten Etage hinter einer unscheinbaren Tür. Nichts ließ hier auf den Sitz einer Behörde schließen. Im ersten Raum befand sich ein genauso tristes Büro. Außer einem Telefon war keine Technik zu sehen. Zehn Frauen hielten sich darin auf. Vier davon saßen über riesigen Büchern gebeugt und schienen Eintragungen zu machen. Sechs standen zusammen in einer Ecke und tranken Kaffee aus Plastikbechern. Sie unterhielten sich und lachten gerade schallend, als die drei Besucherinnen eintraten. Keine der zehn Frauen nahm Notiz davon. Hanna und Ilse sahen sich irritiert um.

Sie traten an einen großen Tresen und warteten einige Minuten, ohne dass eine der Behördenvertreterinnen herangetreten wäre. Ilse und Hanna wurden ungeduldig. Dessimira spürte das und rief in den Haufen hinein. Die sechs Frauen schnatterten ungerührt weiter. Dessimira unternahm einen zweiten Versuch, ihr Ton hatte sich merklich verschärft. Endlich watschelte eine beleibte Dame heran. Sie warf einen skeptischen Blick auf die Gruppe vor dem Tresen. Eine Roma mit zwei Ausländerinnen, das war ihr bislang noch nicht vorgekommen.

Dessimira stellte ihre Begleiterinnen, wie zuvor abgesprochen, als schwerreiche Industrielle vor, die Gelder in Millionen-Größenordnungen in den zukunftsträchtigen muldanischen Markt von Produkten aus kleinbäuerlicher Produktion investieren wollten. Diese hätten große Chancen auf dem westeuropäischen Markt für Bioprodukte. Sie hätten sich die neuen Verarbeitungs- und Vermarktungseinrichtungen angesehen und seien begeistert. Bevor sie aber ihr Füllhorn ausschütteten, wollten sie nachsehen, ob das Unternehmen auch ordentlich registriert sei, wer die Gesellschafter der Marktgesellschaft seien und ob – Dessimira senkte verschwörerisch die Stimme – der allseits bekannte Lobed auch wirklich der sei, der er zu sein ausgebe und kein Strohmann. Hanna und Ilse, als sie den Firmennamen ,Lobed – Fruit and Vegetables' hörten, schüttelten den Kopf freundlich dazu. Dabei bemühten sie sich, wie zwei geklonte Jackie Onassis auszusehen. Hanna hatte sogar eine übergroße Sonnenbrille aufgesetzt, was den Nachteil hatte, dass sie in der Schummerbeleuchtung des Büros kaum etwas erkannte. Endlich schien Dessimira am Ende ihrer langen Geschichte angekommen zu sein. Nun ging es um die Registerauszüge.

Die rundliche Frau hinter dem Tresen, welche das ganze Märchen weitgehend mit zustimmendem Kopfschütteln begleitet hatte, warf am Ende dennoch einen erstaunten Blick auf Dessimira.

„Registerauszüge aushändigen?" Sie verdrehte ihre Augen, als ob dieses Ansinnen einem Weltwunder gleich käme. „Das geht nicht."

„Dürfen sie denn die Eintragungen kopieren?"

Das rundliche Gesicht schickte wieder einen erstaunten Blick zurück.

„Wir haben hier keinen Kopierer und sie können die Bücher nicht mit in die Stadt nehmen. Sie können einen Blick in die Bücher werfen und schauen, ob ihre Firmen da eingetragen sind. Mehr nicht. Das kostet einhundert Korun." Sie blickte bei dieser Zahl triumphierend zu ihren Besucherinnen.

Dessimira wandte sich Ilse und Hanna zu, die versuchten, nicht allzu frustriert dreinzuschauen.

„Ich kann die Eintragungen abschreiben, dann habt ihr wenigstens etwas", versuchte es Dessimira.

Ilse nickte. Doch Hanna seufzte wütend von der Seite: „Wenn ich keine beglaubigte Kopie bekomme, nutzt mir das rein gar nichts."

Dennoch kramte sie nach dem Geld und reichte es Dessimira, nicht ohne eine Quittung zu fordern. Sie zweifelte daran, dass die Gebühr offiziell war. Dann gingen Ilse und Hanna hinaus, da sie kaum daneben stehen konnten, wie Dessimira irgendwelche Texte aus Büchern abschrieb. Sie verabredeten sich für eine Stunde später in einem Café.

Hanna ärgerte sich. Die hundert Korun dienten zwar dem Erkenntnisgewinn, doch ihre Ermittlungsarbeit konnte sie damit schwerlich mit einem Beweisstück krönen. Sie dachte daran, dass vielleicht schon Frank Endermann an diesem Tresen gestanden hatte. Sollte sie seinen Bericht jemals zu lesen bekommen, würde sie darin wahrscheinlich auch kein Beweisstück, sondern nur eine selbst gefertigte Notiz finden, so wie es jetzt Dessimira für sie tat.

Da Dessimira ihre Abschreibearbeiten machte, gingen Hanna und Ilse über den städtischen Markt. Sie ließen sich vom bunten Treiben mitziehen und genossen es. Das Angebot war trotz der frühen Jahreszeit bereits reichhaltig, vielseitig, bunt und sehr ansprechend: Dunkelrote Tomaten, knackige kleine Gurken und große sattgrüne Melonen lachten ihnen entgegen. Die angepriesenen Früchte verhießen echten Geschmack, anders als das schnittfeste Wasser aus dem Treibhaus, das bei ihnen zu Hause angeboten wurde. Hauptsächlich landwirtschaftliche Erzeuger boten hier ihre Produkte feil. Nur wenige Händler waren darunter. Auffallend waren die vielen älteren Leute hinter den Marktständen, als ob die Bauern ihre gebrechlichen Eltern auf den Markt schickten, während sie bei der harten Feldarbeit blieben. Hier war Ilse wirklich in ihrem Element. Gestenreich erklärte sie ihrer Freundin die Früchte, Gemüse und Gewürze.

Die beiden Ausländerinnen blieben in der Menge jedoch nicht unbemerkt. Einmal drehte sich Hanna um, um den Anblick nochmals rückwärts zu genießen. Da fielen ihr im Menschengewühl zwei große, bullige Männer auf, die sich auffällig unauffällig wegdrehten, als sie Hannas Blick bemerkten. Hanna erinnerte sich an den Schrank hinter dem Barackenfenster. Sie beschlich ein ungutes Gefühl. Hanna griff durch den Stoff ihres Rucksacks und beruhigte sich, als sie das kalte Metall ihrer Walther P 5 ertastete. Sie wandte sich zu Ilse, hakte sich bei ihr unter und zog sie mit sich fort. „Komm weiter. Dessimira wartet sicher schon auf uns."

Die saß tatsächlich bereits im vereinbarten Café. Sie hatte einiges abgeschrieben. Doch die Ergebnisse waren wenig berauschend. Die Marktgesellschaft erwies sich als eingetragene Aktiengesellschaft mit wenigen Gesellschaftern. Als Einzelgesellschafter waren Lobed, er besaß immerhin ein Drittel der Anteile, und ein Kiril Matov genannt. Daneben wurde eine TETSCHKO-Holding aus Solvanka als Hauptgesellschafterin mit mehr als fünfzig Prozent und die Stadt Echterova mit einem unbedeutenden Anteil genannt. Auch die ‚Lobed – Fruit and Vegetables' war eine Aktiengesellschaft. Lobed selbst war dort mit 80 Prozent als Gesellschafter eingetragen, je zehn Prozent hielten Matov und die TETSCHKO-Holding.

Die große Unbekannte blieb die TETSCHKO-Holding. Eingetragen in Solvanka, war den Frauen klar, dass sie auch dort die Registerbehörde würden besuchen müssen. Hanna kannte den Namen bereits von Nilsson. Dessimira ergänzte, dass alle bisher errichteten Märkte von einer Baufirma namens TETSCHKO errichtet worden waren. Von der gleichnamigen Holding hörte sie das erste Mal. Es musste also noch mehr Gesellschaften unter diesem Dach geben. Auch der Name Kiril Matov war ihr unbekannt.

Hanna und Ilse rätselten, wer sich hinter der Holding verbergen könnte.

„Welche Möglichkeiten haben hier Ausländer, also zum Beispiel Deutsche, eine Firma zu gründen?"

Dessimira war die Frage geläufig.

„Ausländern allein ist das noch nicht möglich", erklärte sie. „Dazu brauchen sie immer einen muldanischen Partner, der die Mehrheitsanteile hält. Damit will unsere Regierung einen Ausverkauf an Eigentum verhindern."

Sie erzählte, dass solche Strohgeschäfte selten gut ausgingen. Sie wären zu riskant für die Ausländer. „Schon wenn sich Muldanier vor Gericht um Eigentum an Grund und Boden streiten, ist das hoffnungslos, erst recht, wenn ein Ausländer beteiligt ist. Unser Rechtssystem ist noch nicht sonderlich gefestigt."

Sie schwieg einen Moment und schien zu überlegen.

„Bei Unternehmen kann es etwas einfacher sein. Doch da die Ausländer nie die Mehrheit haben, sollten sie keinen Streit anfangen."

Ilse kommentierte stirnrunzelnd an Hanna gewandt: „Da sind die Ausländer ja ziemlich abhängig von den Muldaniern und dürfen keinen Mucks machen. Die Muldanier bestimmen über Gewinne und vieles andere!"

Hanna war nicht begeistert von Dessimiras Ergebnissen. Es kam ihr vor, als stocherten sie und Ilse mit der Stange im Nebel. Sie dachte wieder an Endermann. Er musste auch an diesem Punkt gewesen sein. Was hatte er als nächstes getan? Was hatte er Wichtiges herausgefunden, das so wichtig war, dass man ihm nach dem Leben trachtete. Dabei fielen ihr die beiden Schränke vom Marktplatz ein. Musste Endermann überhaupt etwas gefunden haben? Genügte es hier vielleicht schon, ungewohnte Fragen zu stellen?

Dessimira unterbrach ihre Gedanken.

„Ich kenne einen jungen Mann, der bei der Echterova Banka arbeitet. Sein Vater, Igor Petrov, ist einer der wichtigeren Bauern hier. Er ist ein Anhänger der Erzeugergemeinschaft, die Herr Endermann gründen wollte. Lobed ist deshalb nicht gut auf ihn zu sprechen. Petrovs Sohn Vitali wird euch sicher helfen. Als Mitarbeiter einer Bank hat er mehr Möglichkeiten."

Dessimira organisierte ein Treffen für den Abend.

Eine seltene Krankheit

Igor Petrov war ein hart arbeitender Bauer, der zur Zeit der politischen Wende, mit um die fünfzig, sich noch jung genug fühlte, einen privaten Landwirtschaftsbetrieb aufzubauen. Doch der neue Staat hatte ihm, wie vielen anderen Bauern, sein Land in weit auseinanderliegenden handtuchgroßen Flecken zurückgegeben, die kaum wirtschaftlich zu bearbeiten waren. Die guten Felder, die einst seinen Großeltern enteignet worden waren, besaßen heute andere, die mehr Einfluss auf die Behörden hatten, welche die Rückübertragung steuerten. Und von den vielen Maschinen, welche die vorher staatliche Kolchose besessen hatte, bekam Petrov nur den Schrott. Als dann die Internationale Agentur mit ihrem Projekt kam, keimte ein zweites Mal Hoffnung in ihm auf. Doch auch diese wurde getrogen. Da verbitterte er. Seitdem setzte er voll auf seinen Sohn Vitali, der mit einem sehr guten Schulabschluss bei der größten Bank der Stadt einen aussichtsreichen Job erhalten hatte. Dort lernte er auch etwas Marketing und half seinem Vater, so gut es ging. Trotz aller Schwierigkeiten hatten die Petrovs ihren Betrieb nach oben gebracht, wenn auch – wie Ilse feststellte – im Vergleich mit Deutschland, auf sehr niedrigem Niveau. Wie Dessimira ergänzte, galt aber Igors Wort etwas in der Gegend. Man hörte auf seinen Rat.

Petrov Senior stellte als Erstes eine Flasche Rakija auf den Tisch und ging ungefragt daran, diesen bis zum Rand in große Gläser zu schütten. Schützend hielten Ilse und Hanna ihre Hände über die Gläser, nicht wissend, dass sie damit ihre Gastgeber beleidigten.

„Ihr müsst ja nicht austrinken", flüsterte Dessimira.

„Wir trinken beide keinen Alkohol", flüsterte Hanna zurück.

Dessimira staunte. „Das geht hier nicht."

„Bitte sag' Herrn Petrov, dass ich einen genetischen Defekt habe und keinen Alkohol vertrage, das kann sogar zum plötzlichen Tod führen", bat Hanna. „Das kommt bei Deutschen manchmal vor. Das ist wie bei den Asiaten, die keine Milch vertragen." Zu Ilse gewandt flüsterte sie „Los, du kommst aus einem Winzerhaus, einen Schluck wirst du doch vertragen, sonst sind die sauer." Ilse warf ihr einen wütenden Blick zu. Denn als konsequente Vegetarierin lehnte sie alkoholische Getränke ab. Während Dessimira langatmig übersetzte, zeigte sie Petrov Senior ihr süßestes Lächeln und hielt ihm ihr Glas hin, das dieser bis zum Rand füllte.

Die Petrovs hatten noch nie von einer tödlichen Alkoholunverträglichkeit gehört. So etwas gab es weder in ihrer Familie noch in ganz Muldanien. Sie bemitleideten die Deutsche und waren ihr nicht weiter gram. Trotzdem brauchte es eine zweite Runde, um miteinander warm zu werden. Da hatte Ilse bereits einen glasigen Blick. Ein weiteres Problem: Die beiden Frauen waren zuvor bei Lobed gewesen, Petrovs Erzfeind. Hanna bemerkte das wohl und nötigte Ilse zu einem dritten Glas. Ilse schien der Rakjia mittlerweile zu schmecken. Anders als Dessimira, die nur daran nippte, leerte sie jedes Glas in Todesverachtung in einem Zug. Das brachte ihr einen bewundernden Blick von Igor Petrov ein. Er schenkte sofort nach. Das Eis brach. Doch als wortführende Expertin war Ilse nun nicht mehr zu gebrauchen. Während sie sich an ihrem vierten Wasserglas voll Schnaps festhielt, erläuterte Hanna, worum es ging.

Den Generalsekretär der Vereinten Nationen beließ sie in der Versenkung, was Dessimira umso mehr erstaunte. Doch ansonsten erzählte sie eine ähnliche Geschichte wie Ilse morgens bei Lobed. Sie hörte auf bei ,Firmengeflecht'.

„Die Marktgesellschaft", stellte Vitali fest.

Wie sich herausstellte, stand ,Marktgesellschaft' für das Konglomerat um Lobed – sein Privatimperium. Igors Gesicht verfinsterte sich bei den Erläuterungen seines Sohnes. Er schenkte nach. Als Ilse ihr Glas nicht hergeben wollte, war er nicht beleidigt. Ilse setzte zu einer Frage an, merkte aber, wie schwer plötzlich ihre Zunge war und sie warf Hanna einen flehentlichen Blick zu. Hanna hatte Mitleid mit ihrer Freundin und schnitt ihr deshalb das Wort ab. Sie fragte nach der TETSCHKO-Holding.

Vitali merkte auf. „Das habe ich doch schon für Frank Endermann recherchiert. Haben sie nicht mit ihm gesprochen?"

Hanna und Ilse sahen sich betroffen an. Ilse musste schnell etwas einfallen. Ihr Hirn arbeitete trotz Alkoholumnebelung recht gut, nur das Sprachzentrum war angeschlagen.

„Nja", brachte sie heraus. Hanna griff ein.

„Herr Endermann? Der Mitarbeiter von E&P-Consult? Nein, das hören wir zum ersten Mal. Warum wollte er das denn wissen?"

„Er hatte genau denselben kritischen Blick auf die Verwendung der internationalen Fördergelder. Er glaubte, dass die hier hauptsächlich in private Taschen fließen."

„Und", fragte Ilse, „flieschen schie?" Sie warf wieder einen bittenden Blick zu Hanna. Dabei hielt sie sich krampfhaft an ihrem Schnapsglas fest, als befürchte sie, vom Stuhl zu fallen.

Dessimira hatte Ilses Genuschel durchaus verstanden und übersetzte.

„Mit Sicherheit", antwortete Vitali. „Aber das erfahren sie nicht in Registerbüros. Dort sehen sie höchstens, wem eine Firma oder eine Gesellschaft gehört. Und das auch nicht immer."

Wie sich herausstellte, hatte Vitali für Frank Endermann Einblick in das Register in Solvanka genommen. Das ging einfach, weil dort die Daten bereits digitalisiert waren.

„In Solvanka ist die TETSCHKO-Holding registriert."

Hanna und Ilse hielt es kaum noch auf ihren Sitzen.

Wie Vitali Petrov weiter berichtete, stand hinter der TETSCHKO-Holding keine einzige Privatperson. Vielmehr gehörte sie fünf Firmen, die ihrerseits im Land verstreut registriert sind, in Registern, die so mühsam zugänglich sind wie das, welches Ilse und Hanna besucht hatten.

„Wenn sich ein Unternehmen in unserem Land verstecken will, dann ist das momentan noch ziemlich leicht", erläuterte Vitali. „Keiner macht sich die Mühe, solchen Winkelzügen nachzugehen, obwohl es sehr verdächtig ist. Aber das scheint für manche ein regelrechter Sport zu sein."

„Aber sie kennen doch die Namen dieser Firmen?", fragte Hanna nach, „wie heißen sie?"

„Wenn ich gewusst hätte, was sie fragen, hätte ich ihnen gleich eine Kopie mitgebracht. Ich erinnere mich nur, dass es Blumennamen waren. Rosa, Tulipa und so weiter. Ich bin damals nicht weitergekommen. Ich hätte alle diese Städte abfahren und die Registerbehörden besuchen müssen. Ich hatte aber keine Zeit. In meinem wenigen Urlaub, den ich bei der Bank bekomme, helfe ich meinem Vater im Betrieb. Wir mussten die Saatbeete vorbereiten. Ich weiß nicht, ob Frank es dann gemacht hat. Er hat sich noch eine Weile in Muldanien aufgehalten, nachdem sein Projektauftrag beendet war. Wir haben uns seitdem nicht mehr gesprochen. Wenn sie ihn sprechen, grüßen sie ihn von mir."

Ilse und Hanna tauschten vorsichtige Blicke aus. Ilse sah aus, als würde sie gleich weinen. Von Endermanns Tod war hier nichts bekannt.

„Sie könnten uns also nicht helfen, nach den Eigentümern dieser blumigen Firmen zu suchen?", fragte Hanna enttäuscht.

Vitali fixierte die beiden Frauen abwechselnd. Dann lächelte er und sagte plötzlich überraschend in gutem Schul-Deutsch: „Ich sehe, es ist ihnen wirklich ernst. Ich vertraue ihnen. Und ich helfe ihnen."

Dessimira schnaubte und zischte etwas auf Muldanisch. Vitali lachte. „Das übersetzen wir besser nicht. Es tut mir leid", sagte er in Richtung Dessimiras. Dann langte er nach der Flasche und füllte ihr und sein Glas. Dessimiras Zorn war schnell verflogen. Jetzt, da sie sich nicht mehr konzentrieren und übersetzen musste, konnte sie endlich auch trinken. Sie leerte ihr Glas in einem Zug. Daraufhin wandte sie sich an Igor und begann mit ihm zu schwatzen, während Vitali weiter deutsch sprach.

„Es wird schwierig. Es kann sein, dass die blumigen Firmen wieder andere Firmen als Gesellschafter haben, mit Gemüsenamen."

„Dasch ischa wie bei den ruschissen Puppen inn'er Puppe." Ilse brachte tatsächlich den ganzen Satz heraus.

„Ja, wie bei der Matrjoschka", bestätigte Vitali. „Aber mehr als zweimal haben die das sicher nicht gemacht. Denn ebenso wie die Recherche macht das Eintragen Arbeit. Ich glaube nicht, dass sie so fleißig waren. Trotzdem werden wir einige Zeit brauchen."

„Wir müssen in sechs Tagen zurück nach Dresden", wandte Hanna ein. Sie sah bereits alle Felle davonschwimmen.

„Sie sind doch noch ein paar Tage da. Ich schlage vor, dass ich zuerst in den Registern Solvankas nachsehe. Darüber kann ich ihnen noch berichten, das müsste ich bis morgen Abend haben. Dann sehen wir weiter."

Das klang gut. Die beiden Frauen wandten sich nun ebenfalls Igor Petrov zu, der mit Dessimira, so schien es, mittlerweile Bruderschaft getrunken hatte. Hanna fragte ihn nach der Erzeugergemeinschaft. Dabei gab sie zu erkennen, dass dieses Konstrukt doch von Anfang an geplant gewesen sein. Das wusste Hanna von Fuchs.

„Seit zehn Jahren", brummte Igor. Da er kein Deutsch konnte, übersetzten nun Vitali und Dessimira gleichzeitig, je nachdem, wer schneller war.

Igor Petrov erzählte, wie er anfangs auch gegen die Ideen mit dem bäuerlichen Zusammenschluss war. Er hielt das ganze von der Internationalen Agentur vorgestellte Projekt für eine Schnapsidee – nichts als Kommunismus im kapitalistischen Gewand. Erst als er sah, dass auch Lobed ein erklärter Gegner der Erzeugergemeinschaft war, kam er ins Grübeln. Dann wendete sich das Blatt. Doch da hatte die erste Beratungsgesellschaft, die das Projekt begleitete, offenbar die Lust an diesem Teilauftrag verloren. So gelang es Lobed fast zehn Jahre lang, die Bauern heraus- und kleinzuhalten.

„Wir wussten von Anfang an, dass hier Potemkin Pate stand", erzählte Igor.

„Dann wurde dieser Lobed der Chef. Den kannten wir schon von früher. Das reichte uns. Die Geldgeber haben sich hier schon die Richtigen ausgesucht."

„Doch dann kamen vor gut zwei Jahren neue Berater", warf Hanna vorsichtig ein. Und da sie mit Schwung loslegten und zum Wohle der Bauern arbeiteten, wehte Lobed bald ein ganz scharfer Wind um die Nase. Dazu kam, dass einige der Bauern wie Igor ihre Kinder auf gute Schulen geschickt hatten. Von dort kamen sie zurück und erklärten den Alten, dass nicht alles Neue das verkappte Alte sein muss.

„Ich habe von Vitali viel gelernt", sagte Igor, mit einem stolzen Blick auf seinen Sohn. Vitali lächelte verschämt.

„Da haben wir Lobed bedrängt, uns zu beteiligen. Von Endermann erfuhren wir, dass Teile der Hallen uns sowieso zustanden. Da verfiel Lobed auf den Trick, dass die Gebäude nicht nutzbar seien. Er ist ein großes Schlitzohr. Alles war von derselben Baufirma gebaut – links war alles in Ordnung, rechts funktionierte nichts. Angeblich. Doch die Geldgeber waren immer auf Lobeds Seite."

Hanna erzählte nun von den ‚sicherheitstechnischen Mängeln', die Lobed erwähnt hatte. Vitali lachte laut. Igor fragte nach dem ‚Witz' und als Vitali übersetzte, lachte auch er. Aber es war kein lustiges Lachen.

„Das erzählt uns Lobed seit Jahren. Als wenn das in unserem Land je eine Rolle gespielt hätte. Wir haben alle Behörden in dieser Stadt gefragt. Keine konnte uns sagen, wer diese Auflagen gestellt hat. Sie sind einzig und allein eine Erfindung Lobeds. Damit hatte er einen Grund, die Hallen ungestört für seine Geschäfte nutzen zu können."

Der alte Petrov redete sich allmählich in Rage: „Jetzt fängt die Türkei an, uns mit ihrem billigen Obst und Gemüse zu überschwemmen, nur weil wir nicht in der Lage sind, unsere eigenen Produkte für den Markt aufzubereiten. Wir bauen hier so wunderbares Obst und Gemüse an. Aber wir sind nicht konkurrenzfähig, weder für unseren eigenen noch für den internationalen Markt", ereiferte er sich. „Und unsere eigenen Leute, wie dieser Lobed, sorgen mit vielen internationalen Steuergeldern dafür, dass wir auch niemals wettbewerbsfähig werden. Alles bleibt beim Alten: Wir Kleinbauern sind abhängig vom Großhändler Lobed, der uns bei der Ablieferung der Ernte nur einen Teil der Erlöse auszahlt und auf den Rest warten wir bisweilen vergebens, weil angeblich die Marktlage so schlecht war. Es hat sich nichts, aber auch gar nichts geändert für die Bauern durch dieses international-muldanische Projekt."

Petrov griff nach seinem vollen Rakijaglas und leerte es in einem Zug.

Hanna und Ilse saßen betroffen daneben. Nach einer Weile hakte Hanna nach. „Und wie war das mit den neuen Beratern?"

Igor Petrovs Stimme klang wehmütig.

„Es war wie ein Frühling nach einem langen Winter. Leider dauerte der Frühling sehr kurz. Es hat noch in die Blüte hinein gefroren. Keine Ernte, keine Ernte."

Er verfiel kurz in brütendes Schweigen. Doch plötzlich schlug er mit der Faust auf den Tisch.

„Und jetzt kommt ihr beiden Frauen und stellt genau dieselben Fragen wie Frank Endermann. Kommt eigentlich nie einer, der sich darüber wundert, wie hier so viele internationale Steuermittel verschleudert werden? Was müsst ihr nur für unermesslich reiche und doch so dumme Regierungen haben!"

Als die drei Frauen nach ihrem Besuch bei den Petrovs auf die Straße traten, sah sich Hanna aus beruflich bedingtem Misstrauen um. Ungefähr hundert Meter entfernt stand auf dem Parkplatz einer baufälligen Kneipe ein Geländewagen, in dem zwei Personen saßen. Die beiden schienen den Raum hinter der Windschutzscheibe vollends auszufüllen. Hanna sagte nichts, sondern trat auf ihr Fahrzeug zu. Als sie die Türklinke in die Hand nahm, wandte sie sich den beiden anderen zu. „Ich hätte jetzt noch Lust auf einen Absacker: Einen schönen heißen doppelten Espresso."

Einer der beiden Männer in dem Geländewagen brummte: „Sie sind fertig bei dem aufständischen Petrov."

„Mmmm", brummte der andere, „der weiß zu wenig."

„Dafür, dass er nichts weiß, haben sie aber erstaunlich lange gebraucht."

„Wer nichts weiß, redet immer viel."

Er ließ den Motor an.

Was ist Tetschko?

„Die Konstruktion ist dermaßen einfach, dass sie hier jeder begreift",
fasste Ilse das Gespräch mit den Petrovs zusammen. Ihre Zunge war zwar
noch schwer, doch bereits beweglich genug, um wieder mit Hanna zu
schwatzen. Sie saßen – Dessimira war nach Hause gegangen – in einem
kleinen Restaurant in der Nähe ihres Hotels bei einem späten Abendessen.
„Das ist doch erstaunlich. Warum hat sich das noch nicht bis zu den Vereinten Nationen herumgesprochen? Schließlich haben oder hatten mindestens zwei Dutzend Leute direkt mit dem Projekt zu tun. Und hier
scheint es ja Tagesgespräch zu sein, was das für ein Unsinn ist. Ich begreif'
das nicht."
Hanna stocherte nachdenklich auf ihrem Teller herum. „Was mir nicht in
den Kopf will, ist, wie kann das seit mehr als zehn Jahren laufen? Die
E&P-Consult-Truppe hat die ganze Schieflage schon nach drei Monaten
gesehen. Wie war das denn bei den Vorgängern?"
„Die waren sicher nicht dümmer. Aber sie wollten den lukrativen Auftrag
nicht verlieren und haben getreulich genau die Berichte abgeliefert, die
Schuster sehen wollte. Und wer weiß, was sie sonst noch davon hatten",
schloss sie ahnungsvoll.
„Endermann und Nilsson waren also Ausnahmeerscheinungen?"
„Zumindest Frank fühlte sich von Lobed bei der Ehre gepackt. So weit ich
ihn von unserer gemeinsamen Studienzeit her einschätze, ging es dem
nicht um den Skandal, sondern allein ums Prinzip."
„Keine schlechte Idee", hakte Hanna nach. „Er war ja eingesetzt worden,
um die Erzeugergemeinschaft endlich zu gründen, die ja – zumindest laut
Projektidee – schon seit Jahren existieren sollte. Dabei kam er Lobed in die
Quere, dem es zehn Jahre lang gelungen war, genau das zu verhindern.
Lobed hat ihm seine Projektgelder weggenommen und da wurde Endermann richtig sauer."
„Ebent", deklamierte Ilse, mit Betonung auf dem falschen „t." So ganz war
ihr Rausch noch nicht verflogen. „Was mich allerdings stutzig macht: Lobed hätte unmöglich so handeln können ohne zumindest das schillschei-
gende Einverschwendnis – ha, wenn das kein Freudscher Versprecher war!

Was wollte ich eigentlich sagen?"

Hanna kam ihrer Freundin zu Hilfe.

, Lobed hätte unmöglich ohne Zugeständnis von oben handeln können."

„Ebent", konstatierte Ilse ein weiteres Mal.

„Ja, Ilse, dann denk mal zu Ende: Die bei der Agentur können doch nicht Endermann einerseits hierherschicken und ihm eine Aufgabe mitgeben, die sie dann von Lobed verhindern lassen. Das ist doch völliger Quatsch."
„Vielleicht, weil das Projektteil als Alibi gebraucht wurde für das viele Geld, das ausgegeben wurde. Die konnten immer sagen: Hey, es läuft zwar schon ganz prima. Gaaanz prima läuft das! Aber damit es so richtig oberprima läuft, brauchen wir noch ein paar Milliönchen. Dann haben sie immer wieder Schikanen eingebaut, damit es mehr so unterprima lief. Und die Berater haben jahrelang mitgespielt. Nur Endermann und Nilsson nicht."
Es gab eine kurze Pause. Jede der Freundinnen hing ihren Gedanken nach.
Hanna griff als erste den Faden wieder auf.

„Es scheint also so, dass die Schnüffeleien von Endermann und Nilsson die Wende im Umgang mit den Beratungsleuten eingeleitet haben. Von nun an wurde es gefährlich. Als erstes gab es diesen Unfall, der wahrscheinlich keiner war. Dann fiel Endermann die Schrammsteine hinunter. Wer hatte in diesem Spiel bloß am meisten zu verlieren, dass er zu solchen Methoden greifen musste?"
Da Ilse offenbar nicht ganz folgen konnte, beantwortete Hanna sich die Frage gleich selbst.

„Fangen wir mit Lobed an. Der hat hier einiges zu verlieren, seine ganze Existenz, sein Ansehen, seine Schar von demütig Untergebenen, über die er patriarchalisch verfügt. Denk nur mal an die denkwürdige Dienstbesprechung, die wir heute erlebt haben. Und dann Popov! Unser ‚einfacher Projektmitarbeiter' und Reisebegleiter für die internationalen Delegationen. Der hat ein für muldanische Verhältnisse fettes West-Gehalt und Macht. Wart 's ab, was Vitali Petrov über die Firmen-Matroschkas herausfindet – es würde mich nicht wundern, wenn uns aus einer der Schachteln Popov entgegenspringt. Und eines sage ich dir: Der Kerl ist eiskalt. Dem trau' ich alles zu."
Ilse hatte es aufgegeben, an der Unterhaltung teilzunehmen. Sie begann einzunicken. Der Restalkohol machte ihr noch zu schaffen. Hanna puzzelte weiter.

„Was ist eigentlich mit der Baufirma TETSCHKO und der gleichnamigen Holding? Ohne die scheint hier ja gar nichts zu gehen. Die hat hier doch noch jede Projektanlage gebaut und rüstet sie auch aus. Eine bessere Geldwaschmaschine ist doch gar nicht vorstellbar."

Ilses Kopf sank immer tiefer auf den Tisch herab.

„Persönliche Verflechtungen und Bestechung sorgen dafür, dass TETSCHKO immer den Zuschlag erhält. Die Firma kommt wahrscheinlich immer mit dem günstigsten Angebot, das dennoch weit über dem Preis liegt, was so ein Bau tatsächlich kostet. Man muss nur zwei andere Firmen finden, die noch höhere Angebote abgeben. Wahrscheinlich erhalten sie dafür ein kleines bis größeres Taschengeld."

Ilses Kopf berührte den Tisch. Sie schreckte hoch und war wieder hellwach. Hanna merkte nichts davon, denn sie sprach ungerührt weiter.

„Oder man gründet flugs zwei Briefkasten-Baufirmen, die mit bieten und dabei totale Mondpreise verlangen. In so einer Umbruchwirtschaft wie hier dürfte das kein Problem sein. Funktioniert das nicht auch so beim Autobahnbau bei uns in Deutschland? Anschließend werden die zu teuren Bieter als Unterauftragnehmer verpflichtet. Das kommt über die ‚natürliche‘ Kostenmehrung hinterher wieder rein."

„Wozu dann die Holding?"

Ilse fragte auf gut Glück. Sie hatte den Gesprächsfaden verloren.

„Ach Ilse, ich denke du hast Wirtschaft studiert."

„Landwirtschaft", warf Ilse ein, „also dann, liebe Frau Professorin, dann klären sie mich mal ökonomisch auf."

Hanna dozierte weiter.

„Die Holding sorgt für die Verteilung der immensen Gewinne unter den Gesellschaftern, ist doch klar. Ich stelle mir da eine ganz simple Struktur vor, ganz nach den Regeln der Marktwirtschaft. Man braucht Gesellschafter, als da wären ein Manager, einen kooperationswilligen Banker, vielleicht jemanden von einer wichtigen Genehmigungsbehörde, jemand aus der Politik. Der Kreis dürfte sich doch schnell finden lassen. Und dann macht man einen richtigen Vertrag, gründet eine Holding, und die Gewinne werden entsprechend der Holding-Anteile ausbezahlt."

„Oder in andere Geschäfte investiert", warf Ilse ein, „die laufen dann ganz legal. Möglicherweise."

„Genau", rief Hanna. „Dann zahlen sie möglicherweise sogar ganz brav ihre Steuern und sind die solidesten Bürger, die man sich denken kann."

Ilse war mittlerweile wieder etwas wacher.

„Da soll noch mal einer sagen, Geld verschwindet. Es wechselt nur den Besitzer."

„Na gut, damit hätten wir die Sache hier in Muldanien aufgeklärt", resümierte Hanna. „Aber wie sieht es bei bei der Internationalen Agentur für Entwicklung aus? Es will mir nicht in den Kopf, dass da Millionen an Fördermitteln versenkt werden und keiner etwas merkt."

„Du meinst also, wir haben hier ein grenzüberschreitendes Fördermittelkartell?"

„Wenn sich das unsere Muldanier ganz alleine ausgeheckt haben, würde ich sogar sagen: Respekt, Respekt! Aber hier gab es bisher drei Tote. Und mindestens einer davon wurde in meinem Zuständigkeitsbereich umgebracht."

„Das kannst du dir natürlich nicht bieten lassen", lallte Ilse, immer noch mit schwerer Zunge. „Dann lass uns doch mal gedanklich zur Internationalen Agentur in Koblenz fahren. Wen würdest du da in den Kreis deiner Verdächtigen aufnehmen?"

„An erster Stelle Herrn Schuster. Der steuert das Projekt von Anfang an und wurde noch von niemandem ernstlich gebremst. Und das", fügte sie nach kurzem Zögern hinzu, „obwohl er es offensichtlich sehr merkwürdig steuert."

„Und wenn er, ganz im Gegenteil, sogar gefördert wurde? Aus der Öku-, der Öko-, der Ko-ko-komischen Kommission für Europa heraus?"

„Dann müsste das jemand sein, der dort ebenfalls seit vielen Jahren an derselben Stelle sitzt und Einfluss hat."

Ilse machte ein sorgenvolles Gesicht, nahm einen großen Schluck von ihrem Wasser um den Alkohol in ihrem Körper auszuschwemmen und fuhr versöhnlich fort: „Also, wer könnte noch in Frage kommen?"

„So wie ich diese Läden kenne, kann ein Schuster nicht ohne sein Haushaltsreferat arbeiten. Da sitzen Leute, die prüfen jeden Beleg, und wenn er nur drei Briefmarken kauft."

Hanna widersprach kopfschüttelnd.

„Meine Erfahrung im Öffentlichen Dienst ist: Über Briefmarken streiten wir uns tatsächlich bis aufs Messer. Du solltest dir mal den Eiertanz um unsere Reisekostenabrechnungen ansehen. Aber bei allen Beschaffungen, deren Kosten über das hinausgehen, was der Bearbeiter im eigenen Geldbeutel hat, das wird einfach durchgewunken. Je größer die Beträge, desto einfacher die Verschleuderung. Ob Millionen oder Milliarden – da fehlt den Leuten einfach die Vorstellungskraft. Am einfachsten ist es am besten, wenn du eine Rechnung vorlegst, die bis auf die zweite Stelle hinter dem Komma mit der Planung übereinstimmt. Da interessiert sich dann kein Mensch, ob für die Ziffern vor dem Komma jemals eine echte Leistung erbracht wurde."

„Für eine Kriminalistin klingst du ganz schön resigniert. Also, wer ist denn dann deiner Meinung nach verdächtig?"

„Um uns die Arbeit zu erleichtern, ordnen wir mal den direkten Vorgesetzten Schusters zwischen den zweiten bis dritten Kreis der Verdächtigen ein. Vielleicht macht er sich ja durchaus Gedanken darüber, warum einer seiner Untergebenen so viel Geld verwalten darf. Aber seine Erfahrung sagt ihm, dass alle seine Vorgänger befördert wurden, weil sie diesen Gedanken nie ausgesprochen haben. Also wartet auch er auf seine Beförderung und wird sich ansonsten nur lobend über seinen Mitarbeiter Schuster äußern und alle Belege abzeichnen, die der ihm vorlegt."

„Hm", machte Ilse, „und was ist mit den Gutachtern, allen voran dieser, wie hieß er noch, Löffler?"

„Gabler. Von Fuchs habe ich gelernt, dass ein Gutachter vor allem darauf achten muss, dass sein Auftraggeber es gut mit ihm meint. Gabler hat einfach das richtige Gutachten zur rechten Zeit gemacht und an dieses Prinzip hält er sich immer noch. Glaube nur dem Gutachten, das du selbst gefälscht hast."

„Und wenn es anders war? Gabler war doch der Allererste in Muldanien. Der hat das Potenzial entdeckt, einen optimistischen Planungsansatz nach dem anderen verfasst und dann gleich noch die TETSCHKO aus der Taufe gehoben. Damit wäre der unser ‚Pate'."

Hanna machte ein nachdenkliches Gesicht. „Hm, denkbar wäre das. Aber alleine schafft er das nicht. Da gehören mehr ins Boot. Was ist mit der Beratungsfirma, die das Projekt jahrelang begleitet hat? Die Leute waren doch sicher nicht dümmer als die Truppen von Fuchs. Gabler könnte zwar den Grundstein gelegt haben, aber das ganze restliche Gebäude haben andere errichtet. Für mich ist Gabler zwar verdächtig, aber in den engeren

Kreis derer, die bis heute das Geschehen bestimmen, würde ich ihn nicht aufnehmen."

‚Wen würdest du also festnehmen?"

„Erst brauche ich Indizien und Beweise. Das sind in meiner Arbeit ganz klassische Dinge wie Fingerabdrücke, DNA-Spuren, belastende Zeugenaussagen, im Idealfall ein Geständnis. Der ganze Rechnungskram hier", Hanna machte eine wischende Bewegung über den Tisch, „interessiert mich nur am Rande. Ich sag dir eines, liebe Ilse: Wenn ich ganz großes Glück in diesem Fall habe, nehme ich einen gedungenen Mörder fest und die ganze Chose läuft weiter wie bisher."

„Und du wärst zufrieden?"

„Ich wäre zufrieden, wenn ich Endermanns Mörder festnehmen könnte, ja."

„Warum sind wir dann eigentlich hier?"

„Weil ich davon überzeugt bin, dass ich ihn hier finde."

„Aber hier gilt deine Hundemarke nicht."

„Dann muss ich eben eine Fährte auslegen, damit er mir dorthin folgt, wo sie etwas gilt."

„Du machst mich neugierig."

Hanna legte eine Hand auf Ilses Arm. „Ehrlich, Ilse, momentan weiß ich auch nicht mehr als du. Aber meine Spürnase sagt mir, dass ich hier auf der richtigen Fährte bin. Um Endermanns Mörder zu finden, sollten wir noch ein wenig auf seinen Spuren bleiben. Was hat er hier herausgefunden, das ihm das Genick gebrochen hat? Damit lösen wir auch die Frage, wem er damit gefährlich wurde."

Ilse streckte sich. Sie schien zum Schlusswort ansetzen zu wollen.

„Tja, Hanna, wenn ich das wüsste. Eines ist jedenfalls sicher: Frank würde noch leben, wenn er sein Projektgeld eingesackt und ansonsten die Gelegenheit einer solch geschenkten Reise ergriffen und Urlaub gemacht hätte: Mal wieder Land sehen, verschwiegene Klöster, versteckte Bauerndörfer, sonnige Schwarzmeerküste."

Ilse sah verträumt in die Luft und seufzte: „Ach ja!"

Hanna fühlte sich ertappt. „Ist ja schon gut. Wir fahren hin. Noch in dieser Woche. Versprochen! Du wirst mir später dankbar sein, dass du hier was erleben konntest und nicht nur öde am Strand liegen musstest."

Um das Thema nicht weiter vertiefen zu müssen, rief Hanna nach der Bedienung, um zu zahlen.

Wolga an frischem Wiesenheu

Beim Frühstück besprachen Hanna und Ilse ihren geplanten Besuch der zweiten Projektanlage in Petruczka. Bei ihr war die Finanzierungskonstruktion anders als in Echterova. In Petruczka war die Weltbank Kreditgeber und allem Anschein nach wollte sie ihren Kredit wiederhaben, anders als in Echterova, wo die Europäische Bank für Strukturförderung Zuschüsse und Kredite ‚zu Sonderbedingungen' gegeben hatte. Demnach, vermuteten Hanna und Ilse, konnten die Geschäfte in Petruczka nicht ganz so profitabel sein. Entsprechend gespannt schien das Verhältnis der beiden Marktgesellschaftsleiter untereinander zu sein. Die beiden Spürnasen erhofften, aus diesem Spannungsverhältnis Kapital schlagen und den Leiter der Petruczkaer Marktgesellschaft Ivan Iontchev zum Plaudern zu bringen.

Sie hatten eine Wette abgeschlossen: Kosta Popov habe sie natürlich, wie versprochen, nicht dort angemeldet, behauptete Ilse, weil er damit rechne, dass sie bereits nach dem ersten Tag aufgeben würden. Hanna getraute sich, mit einem Viertel Ster Brennholz dagegen zu halten.

Auf dem Weg zur Straße kam ihnen an der Hoteltür Dessimira entgegen, heute in einem schwarzen langen Rock, bedruckt mit großen roten Mohnblüten. Dazu trug sie eine weiße Bluse, die in einem passenden Muster bestickt war. Ihr langes dunkles Haar war frisch toupiert und wurde vom Spray so fest zusammengehalten, dass es beim Gehen, ähnlich wie ihr Busen, bei jedem ihrer energischen Schritte mitwippte, als sei es ein Körperteil.

Mitko schien es seinen Gästen heute so angenehm wie möglich machen zu wollen. Sein Wagen war frisch gewaschen und auch innen sah er aus wie gebohnert. Seltsamerweise fiel Hanna und Ilse das gänzlich heruntergekommene Interieur dadurch nur noch mehr auf und sie wollten gar nicht groß nachdenken, wie abgewetzt die Bremsbeläge, wie ausgeleiert Getriebe und Lenkung, wie kurzsichtig der Fahrer war. Das Unbehagen wollte also nicht von ihnen weichen, als Mitko ihnen die Tür aufhielt.

Und als wolle der Motor demonstrieren, dass eine äußere Pflegemaßnahme sich noch lange nicht auf die inneren Werte auswirkt, verweigerte er dem laut orgelnden Anlasser seinen Dienst, auch nach dem fünften Startversuch. Da war dann aber die altersschwache Batterie leer geleiert. Mitko schien das wenig zu beeindrucken. Er kannte dieses Spiel wohl zur Genüge. Er löste die Handbremse, trat auf die Kupplung und der Wagen rollte langsam auf der abschüssigen Strecke los. Nun schien aber das Getriebe genauso beleidigt zu sein wie der Motor. Trotz durchgetretenem Kupplungspedal ließ sich ein Gang nur mit lautem Krachen einlegen. Mitko wollte, mit eingeschalteter Zündung, die Kupplung kommen lassend, den Motor im zweiten Gang zum Laufen bringen. Da fiel ihm offenbar ein, dass Leerlauf Benzin spart. Also hielt er die Kupplung weiter gedrückt und ließ den Wagen, nur den physikalischen Fallgesetzen auf der schiefen Ebene folgend, auf Touren kommen.

Der Wolga rollte auf eine Kreuzung zu, auf der sich von links ein Eselskarren daran machte, sie in kaum mehr als Schrittgeschwindigkeit zu überqueren. Auf dem Karren türmte sich ein beeindruckend hoher Turm Heu. Sollte Mitko jetzt bremsen müssen, wäre der ganze schöne Schwung beim Teufel. Das Auto mühsam anzuschieben wäre ohne Gefälle ein hoffnungsloses Unterfangen. Also ließ er endlich die Kupplung kommen. Der Motor, von der Wucht einer knappen Tonne Stahl und Blech sowie dem Gewicht von vier Passagieren auf Touren gebracht, wehrte sich nur mit einem kurzen Ruckeln und sprang an. Die Motorbremse tat ihre Wirkung, der Wagen wurde langsamer. Mitko schien seinen alten Freund schon öfter so ausgetrickst zu haben. Er verzog keine Miene. So konnte er sich jetzt seelenruhig dem Bremssystem widmen.

Doch das schien ebenfalls beleidigt zu sein.

„Was macht denn der?", entfuhr es Ilse, „Völlig verrückt", kommentierte Hanna. Mangels Gurten zum Anschnallen stützten sich beide Frauen an den Rücklehnen der Vordersitze ab. Dessimira, die vorne saß, fasste ans Armaturenbrett. Sie tat einen spitzen Schrei. Schließlich rollte der Wagen schwer und behäbig weiterhin ungebremst auf den Eselkarren zu. Kurz darauf wurde es dunkel. Der Wolga steckte unter einem Heuhaufen.

Die Türen ließen sich nur schwer öffnen. Das Heu war zwar leicht, erwies sich aber als zähe Masse. Endlich standen alle vier draußen und sahen etwas belämmert auf den Schaden. Im Nu waren genügend Helfer zur Stelle. Es waren andere Verkehrsteilnehmer, die weiterwollten und deshalb die Hindernisse beherzt und mit vereinten Kräften an den Straßenrand räumten und schoben. Das auf der Straße noch herumliegende Heu wurde überfahren und vom Fahrtwind der Autos verweht. Dadurch erübrigte sich bereits nach fünf Minuten eine Unfallaufnahme durch die Polizei. Es gab nichts mehr zu protokollieren. Der Heukutscher, der nicht einmal vom Bock gefallen war, besah sich den Wolga, den Fahrer, die drei adrett gekleideten Frauen, wovon er zwei sofort als Ausländerinnen erkannte und begann zu ahnen, dass die Schadensregelung einvernehmlich erfolgen würde. Er schluckte also seinen anfänglichen Ärger hinunter und hatte plötzlich sehr viel Zeit. Seine Zugmaschine, die Eselstärke, galoppierte zum Schein ein paar Meter sehr aufgeregt, die Deichsel hinter sich her schleifend, bis ihm das zu mühselig wurde und er ruckartig stillstand, den Kopf senkte und sich den frischen Grasbüscheln am Straßenrand widmete.

Dessimira erholte sich als Erste von dem Schock. Mit duftendem Heu im Haar und auf der gestickten Bluse plapperte sie wütend und heftig gestikulierend los. Der Leidensmiene Mitkos war unschwer zu entnehmen, dass sie auf ihn einschimpfte wie ein Rohrspatz. Er kam nur zu einsilbigen Entgegnungen.

Ilse und Hanna besahen sich die Bescherung und vergaßen schnell das Zittern ihrer Beine. Der alte Wolga sah außerordentlich reizvoll aus. So manierlich gespickt mit Holzlatten und Heu hatte der Wagen etwas von einer Kunstinstallation. Ilse dachte kurz an die Dokumenta und boxte Hanna freundschaftlich in die Rippen und dozierte, mit einer Geste auf die Bescherung ,Russischer Wolga, am muldanischen Karrenspieß, in einem Karree aus frischem Wiesenheu'. Beide prusteten los und lachten sich, wenn auch mit leicht hysterischem Unterton, den Schreck aus dem Leib. Ilse zog ihre Kamera aus dem Rucksack und photographierte das Kunstwerk von allen Seiten.

Plötzlich hielt Hanna inne. Schräg gegenüber dem Hoteleingang hatte sie noch vor wenigen Minuten einen ihr vom Vortag bekannten Landrover gesehen. Sie stapfte durch den Heuberg auf Dessimira zu und unterbrach deren Redeschwall.

„Frag ihn nach der Bremse."

„Das habe ich. Er behauptet, sie sei kaputt."

„Dann frag ihn, wo sein Auto letzte Nacht gestanden hat."

Dessimira sah sie einen Moment verblüfft an. Dann übersetzte sie Mitko die Frage. Er wollte seinen Wagen nach der gestrigen Wäsche auf dem Hof vor seinem Wohnblock abgestellt haben. Garage hatte er keine. Er war sich sicher, dass die Bremsen bis gestern Abend nicht die schlechtesten gewesen waren. Immerhin bastelte er an dem Wagen seit Jahren, um ihn am Laufen zu halten.

„Frag ihn, ob er unter seinen Wagen schauen kann – ob die Bremsleitung in Ordnung ist."

Dessimira sah Hanna an, als spräche sie eine Sprache, die sie nicht verstehe. Dann übersetzte sie aber doch Hannas Frage. Mitko bückte sich. Doch der beleibte ältere Herr passte nicht unter den Wagen. Hanna schubste ihn sanft zur Seite, schob etwas Heu unter den Wagen, um sich nicht allzu schmutzig zu machen und kroch darunter. Sie musste das bei ihrem eigenen Fahrzeug öfter machen, da ihr der Wohngebietsmarder häufig die Wasserschläuche und sonstiges Material anfraß. Unter dem Wolga fiel ihr in der dicken Schmutzschicht die eindeutig angesägte Leitung sehr schnell ins Auge. Eine ölartige Flüssigkeit tropfte langsam heraus. Viel davon konnte nicht mehr im System sein. Ob der Täter mit Handschuhen gearbeitet hatte oder ohne – er hatte bei seiner Arbeit an dieser Stelle eine saubere Stelle hinterlassen. Die fiel auf. Hanna streckte sich. Unter Zuhilfenahme eines Büschels Heu, das sie wie ein Taschentuch benutzte, nahm sie das angebrochene Ende der Leitung in die Hand und bog es auf die eine, dann wieder auf die andere Seite. Das wiederholte sie ein paar Mal, bis das Stück abbrach. Dann robbte sie wieder zurück, das Leitungsstück in der Hand.

Sie überlegte, was nun zu tun sei. Sollte sie mit ihrer Erkenntnis sofort herausplatzen? Nein, entschied sie für sich. Jedenfalls nicht gleich. Sie wollte weder Ilse noch Dessimira unnötig beunruhigen. Als sie wieder vor den beiden stand, machten beide ganz seltsame Gesichter. Beide hielten Hanna offensichtlich für übergeschnappt.

„Ja, ja", sagte Hanna und versuchte ein Lachen, „Wahrscheinlich leide ich an Paranoia. Es war nur so ein Gedanke. Vergesst es wieder."

Dessimira konnte sie damit ablenken. Doch Ilse hatte längst einen Verdacht. Allerdings sagte sie nichts. Hanna wandte sich ab und spielte mit dem Heubündel, als müsste sie sich ihre schmutzigen Hände daran abwischen. Dabei gelang es ihr, das Leitungsstück so in eine ihrer Hosentaschen zu befördern, dass das angeschnittene Stück noch herauslugte. Man konnte es für einen Kugelschreiber halten. Später beförderte sie das Teil in eine kleine Plastiktüte von der Spurensicherung, von denen sie immer ein paar in ihrem Rucksack trug.

Ilse übernahm das Ruder. „Dessi, frag die beiden, was ihre Schäden kosten", sagte sie. Beide nannten akzeptable Beträge, die ihnen die beiden Frauen sofort auszahlten. Mitko erhielt zudem den Lohn für die restlichen Tage und ein Trinkgeld dazu. Dann verabschiedeten sie sich von ihm und gingen zu Fuß zum Hotel zurück. Hanna brauchte erst mal eine Dusche und frische Kleidung. Sie verabredeten sich daher für eine halbe Stunde später. Dessimira wurde beauftragt, für den Rest des Tages ein Taxi zu ordern. Als sie allein die Hoteltreppe ihres tristen Hotels hochstiegen, platzte Ilse los: „So, meine Liebe, raus mit der Sprache."

Hanna erzählte noch, als sie unter der Dusche stand. Ilse wartete mit dem Handtuch in der Hand daneben. Ihre Tarnung war also für die Katz. Von ihrem Plan wollten sie aber nicht abweichen. Dafür machten sie jetzt aus, abwechselnd nach dem Landrover und anderen verdächtigen Anzeichen Ausschau zu halten. Sie wollten Dessimira nicht in ihr Geheimnis einbeziehen. Dafür setzte Ilse ein Ultimatum. „Gut, dieses eine Projektzentrum noch, meinetwegen auch noch eine Registerbehörde. Aber dann fahren wir ans Schwarze Meer und Dessimira lassen wir dann in Ruhe."

Hanna schob den Duschvorhang beiseite und zeigte sich in ihrer ganzen dampfenden Nacktheit. „Abgemacht."

Dessimira war wieder wie aus dem Ei gepellt. Dasselbe Kleid mit den Mohnblumen, dieselbe Bluse und toupierte Haare, vom Heu befreit. Und doch war etwas anders. Das Wippen von Haar und Busen hatte nicht mehr denselben Schwung. Ihr sonst energischer Schritt war von innerlichen Zweifeln gedämpft.

Zu dritt bestiegen sie das Taxi, das vor dem Hoteleingang mit laufendem Motor wartete. Beim Einsteigen ließen sie besorgt den Blick in die Umgebung schweifen. Da der Fahrer wusste, wo es hinging, herrschte während der nächsten Stunde ein merkwürdiges Schweigen im Wagen.

Während der Fahrt entpuppten sich die beiden Frauen im Fond als recht putzsüchtig. Ständig musste eine der beiden im Spiegel das nicht vorhandene Make-up kontrollieren. Jedenfalls hatten sie so den ihrem Taxi folgenden Landrover ständig im Blick. So lange sie durch die stadtnahen

Dörfer fuhren, hielt er Abstand. Doch er war einfach zu auffällig, um im dünnen Verkehr übersehen zu werden. Er war mit einem großen, chromblitzenden Hirschfänger versehen. Einen Mittelklassewagen, wie das etwa fünfzehn Jahre alte Lada-Taxi, in dem die drei Frauen fuhren, würde er locker von der Straße fegen. Hanna und Ilse taten also gut daran, ständig in ihre Spiegel zu blicken. Zwischendurch warfen sie sich bedeutungsvolle Blicke zu. Ilse machte sich zunehmend Sorgen. Hanna dagegen strahlte auch jetzt noch Zuversicht aus. Sie hatte ihren Rucksack auf den Schoß genommen. Das Metall ihrer kleinen und handlichen P 5 darin gab ihr Sicherheit. Am Morgen, im Hotel, hatte sie das Magazin mit den Patronen darin kontrolliert.

Gerade griff Ilse wieder einmal zum Spiegel. An ihrer Reaktion bemerkte Hanna, dass der Verfolger bedrohlich näher gekommen sein musste. Sie blickte aus dem Fenster. Sie fuhren gerade durch eines der typischen, lang gezogenen Straßendörfer. Hier würde der Verfolger wohl keinen Angriff wagen. Als sich die letzten Häuser verloren, drehte sich Hanna um. Es war wohl so weit. Der Wagen mit dem Hirschfänger holte auf. Er fuhr fast mitten auf der Straße. Entweder wollte er das Taxi überholen und von der Straße drängen oder es seitlich von hinten rammen.

„Dessimira", bellte Hanna, „sag dem Fahrer, er soll Gas geben. Er soll alles rausholen, was der Wagen hergibt." Ihre scharfe Stimme ließ Dessimira zusammenzucken. Sie übersetzte sofort. Der Taxifahrer tat einen Kontrollblick in den Rückspiegel und erschrak sichtlich. Blitzschnell schaltete er einen Gang zurück und trat aufs Gaspedal. Der Wagen beschleunigte spürbar. Trotzdem gab es kurz darauf einen Schlag von hinten, der die Insassen durchschüttelte. Dessimira schrie auf. Der Verfolger hatte das Taxi von links rammen wollen, es aber nur leicht touchiert. Das Taxi entkam. Der bullige und in seiner Motorleistung wohl auch etwas behäbige Landrover blieb tatsächlich ein wenig zurück. Er war eben fürs Gelände konstruiert und nicht für die Schnellstraße.

Hanna beugte sich zwischen den Vordersitzen nach vorne und gestikulierte mit der Rechten auf die Straße: „Dawai, dawai", rief sie, in der Hoffnung, der Fahrer würde sie verstehen. „Er soll so schnell fahren, wie er kann", sagte sie laut zu Dessimira. Doch der Fahrer hatte längst verstanden. Er umklammerte das Lenkrad und quälte seinen Motor, so gut es ging.

Vor ihnen tat sich eine unübersichtliche Kuppe auf. Das Taxi schwankte leicht auf der unebenen Straße. Der Wagen schoss über die Kuppe und schien sogar einen Moment zu fliegen. Hannas Magen machte einen Satz. Wie aus dem Nichts tauchte hinter der Kuppe ein Treck nomadisierender Roma auf ihrer Straßenseite auf. Das Taxi schoss den Hügel hinunter und an dem guten Dutzend Esel- und Pferdekarren vorbei, auf denen die Roma ihre Familien und ihr wenig Hab und Gut transportierten. Sie zuckelten langsam auf dem Seitenstreifen dahin. Die Frauen trugen bunte Gewänder und Kopftücher, viele Kinder saßen auf den Wagen und schauten die vorbeifahrenden Autos mit unbewegten dunklen Augen an. Rußige Pfannen und verblichene Plastikschüsseln hingen an den Seitenwänden, ein paar Decken lagen auf den Holzwagen.

Jetzt flog der Verfolger über die Kuppe. Als der Fahrer den Treck sah, bremste er. Vor all diesen Zeugen wollte er keinen Unfall provozieren. Schnell vergrößerte sich der Abstand wieder. Der Taxifahrer hatte das Gaspedal bis zum Bodenblech durchgedrückt, die Tachonadel zitterte bei der Höchstgeschwindigkeit von 130. Hinter dem Wagen wurde eine riesige undurchsichtige Staubfahne aufgewirbelt. Der Fahrer war sichtlich nervös geworden. Er hatte wohl begriffen, dass mit seinem Transportgut etwas nicht in Ordnung war. Auch Dessimira wurde deutlich nervös. Sie hielt sich mit der Rechten krampfhaft am Griff rechts oberhalb der Tür fest. Ohne sich umzublicken, rief sie: „Warum werden wir verfolgt? Was wollen die von euch?"

Hanna und Ilse antworteten nicht. Stattdessen legte Hanna Dessimira eine Hand auf die Schulter. „Das werden wir gleich wissen", sagte sie, so ruhig sie konnte. „Der Fahrer soll schnell herunterbremsen, wenn wir den Treck hinter uns haben."

Dessimira übersetzte.

Der Fahrer war scheinbar anderer Meinung. Dessimira wurde lauter. Da warf er einen Seitenblick zurück zu Hanna, die rechts hinter ihm saß. Die saß mittlerweile ohne Tasche da, leicht angespannt, mit ihrer Waffe in der Hand. Sie erwiderte seinen Blick. In dieser Sekunde schlossen die beiden einen Pakt. Der Fahrer nahm sofort den Fuß vom Gas und trat auf die Bremse. Schleudernd kam er im kiesigen Bankett zum Stillstand. Mit der Linken übergreifend öffnete Hanna die Tür und sprang aus dem ausrollenden Wagen heraus.

Hanna hatte zwar schon lange nicht mehr trainiert. Doch Radfahren hält fit. Sie strauchelte kein bisschen, fand schnell einen sicheren Stand. Das Taxi rollte noch etwa drei Meter weiter.

Hanna blickte angestrengt in die Staubfahne. Etwa achthundert Meter entfernt zockelte kaum erkennbar der erste Pferdewagen auf sie zu. Rechts daneben tauchte plötzlich der Landrover mit seinem chromblitzenden Hirschfänger aus dem Staub auf.

Hanna entsicherte die Waffe und nahm, mit leicht gegrätschten Beinen, Aufstellung wie am Schießstand. Sie holte tief Luft und ließ sie langsam wieder aus den Lungen. Sie war jetzt völlig ruhig und zielte ruhigen Auges. Die Sonne wusste sie hinter sich.

Der Wagen schoss heran. Begriff der Fahrer, auf was er da zufuhr? Auch er musste durch einen Staubschleier blicken, zudem blendete ihn, je mehr sich der Schleier lichtete, die grelle Morgensonne. Sein Hirn brauchte deshalb seine Zeit, um zu verarbeiten, was sich da aus Staub und Licht herausschälte. Da stand das Taxi am Straßenrand, mit offener Tür auf der rechten Seite. Davor stand eine Person mit gegrätschten Beinen, beide Arme nach vorne gehoben, als wolle sie ihn willkommen heißen. Doch das war kein freundliches Willkommen. Was hielt sie da bloß in der Hand? Jetzt blitzte es mehrmals hintereinander daraus hervor. Der Fahrer des Geländewagens spürte die Einschläge im Metall, in den Reifen. Urplötzlich wurde die Lenkung schwer. Der Motor schien zu stottern. Er glaubte, Schüsse gehört zu haben.

Hanna sah die zwei großen Schädel auf den bulligen Körpern in dem Geländewagen, deren Augen vor Überraschung glotzten. Die Arme, die zu dem Schädel am Lenkrad gehörten, ruderten wie wild. Vergeblich. Zuerst sah es aus, als ob der Wagen auf sie, das Taxi mit den vor Schreck erstarrten Insassen und den Baum hinter ihnen am Straßenrand zusteuern würde. Aber er schleuderte, nahm eine Kehrtwendung im rechten Winkel, flog auf die andere Straßenseite, prallte seitlich gegen einen Baum und sauste schwungvoll weiter in das dahinterliegende Feld mit Weinreben. Der schwere Wagen hinterließ eine große lange Bresche umgeknickter Reben, Pfähle und Drähte und schlug klirrend und scheppernd auf den Boden auf. Auch nachdem der Wagen zum Stillstand gekommen war, zog der beschädigte Drahtrahmen wie in Zeitlupe weitere Weinreben in die Tiefe. ‚Schade um die Pflanzen‘, dachte

Hanna bedauernd und voll Schadenfreude ‚Dumm gelaufen für die beiden'.

Sie hatte nur viermal geschossen. Sie wollte auf keinen Fall jemanden verletzen, sondern nur den Wagen außer Gefecht setzen. Zwei Kugeln hatten die Vorderreifen getroffen. Die zerfetzten Pneus waren von den Felgen gewürgt worden. Dieser Wagen war mit Sicherheit nicht mehr fahrtüchtig. Ohne einen weiteren Blick auf den Landrover zu werfen, lief Hanna die wenigen Schritte zur immer noch offenen Tür des Taxis und stieg ein.

Dabei begegnete sie wieder einem Kontrollblick des Taxifahrers im Rückspiegel. Der Mann startete mit durchdrehenden Reifen, als Hanna den Griff der offenen Tür noch in der Hand hielt.

„Wow", entfuhr es Ilse, und sie boxte Hanna anerkennend in die Seite. Hanna musste grinsen. Ihre regelmäßige Schießübung war also doch für etwas gut. Das musste ihr der Chef erstmal nachmachen. Sie war sich sicher, dass weder die Fahrer des Geländewagens noch die Roma, die das Ganze, wenn auch mit Distanz mitbekommen hatten, irgendetwas weitermelden würden. Sie beugte sich nach vorn und umarmte eine völlig aufgelöste und zitternde Dessimira.

„Es tut mir leid, Dessimira. Ich erklär' dir alles."

Nach fünf Minuten war das Wichtigste gesagt.

Danach herrschte ein langes Schweigen, während das Taxi weiter auf Petruczka zurollte.

Endlich fand Dessimira ihre Sprache wieder. „Wenn ihr nach Hause fahrt, muss ich hier weiterleben. Popov und die Internationale Agentur gehören zu meinen wichtigsten Auftraggebern. Ihr habt ja keine Ahnung, was ihr da anstellt. Warum nehmt ihr euch keinen offiziellen Übersetzer von der Polizei?"

Hanna war zerknirscht.

„Es tut mir leid."

Sie lehnte sich zurück, sie konnte nichts mehr sagen. Ilse schwieg ebenfalls. Unbeholfen legte Hanna wieder ihre Hand auf Dessimiras Schulter. Doch die reagierte nicht. Hanna gab es auf und schwieg ebenfalls. Ob Dessimira nach dieser Geschichte von Echterova wegziehen und sich anderswo eine neue Existenz aufbauen musste? Hanna biss sich auf die Lippen. An solche Verwicklungen hatte sie nicht gedacht.

Was würde sie jetzt für einen Espresso geben! Dass sie gerade jetzt an Koffein denken musste, fand Hanna wiederum peinlich. Ratlos sah sie zu Ilse hinüber. Die legte ihr tröstend eine Hand auf den Oberschenkel und nickte ihr aufmunternd zu.

Nagelneue Ruinen

Das neue Projektzentrum in Petruczka am Stadtrand stach genauso aus der Landschaft wie das in Echterova. Das Taxi musste eine Eingangskontrolle passieren. Auch hier gab es mehrere Hallen und Gebäudekomplexe und einen riesigen asphaltierten Auffahrtplatz für Laster und Erntefahrzeuge, auf dem aber nur einige Eselkarren verloren herumstanden. Die gesamte Einrichtung wirkte wie tot.

Hanna und Ilse beratschlagten sich kurz. Sie entschieden, zurück mit dem Regionalbus zu fahren. Das erschien ihnen unter den gegebenen Umständen das sicherste Verkehrsmittel zu sein. Also entließen sie den Taxifahrer mit seinem Lohn und einem fürstlichen Trinkgeld.

Hanna musste ihre Wette verloren geben. Marktleiter Ivan Iontchev hatte sie tatsächlich erwartet und begrüßte sie freundlich. Sein Büro war im Unterschied zu dem Lobeds in Echterova regelrecht edel eingerichtet. Es war klimatisiert, hatte moderne und bequeme Möbel und zu Hannas Rettung gab es einen dampfenden Espresso.

Iontchev war ein drahtiger, groß gewachsener Mann mit eisgrauen Haaren und Schnauzbart, der die sechzig bereits weit überschritten zu haben schien. Hanna kam er seltsam alt vor, gleichsam ausgebrannt.

Ilse blieb bei der bisherigen Tarnung und stellte ihre üblichen Fragen. Iontchev zeigte sich aufgeschlossener, aber mit einem Anflug von Hilflosigkeit, er schien das Gegenteil seines Kollegen in Echterova. Die Fragen seiner Besucherinnnen nach geschäftlichen Dingen beantwortete er ohne Umschweife. Die Gesellschafter seiner Marktgesellschaft waren er selbst, die Stadt Petruczka und die muldanische Regierung.

Freimütig berichtete Iontchev von den Problemen mit den Krediten. Erst eine Woche zuvor seien ein Vertreter des Kreditgebers, der Weltbank und zwei Berater von der Internationalen Agentur hier gewesen und insbesondere der Banker habe unmissverständlich klargemacht, dass auf die Rückzahlung der ausgereichten Kredite nicht verzichtet werde. Der Banker hatte sich die aktuellen Geschäftszahlen zeigen lassen und wäre sichtlich erschüttert gewesen.

Die beiden Berater erwiesen sich auf Ilses Nachfrage als Schuster und Gabler. Iontchev berichtete, die beiden Männer hätten bei diesem Termin wenig gesagt, jedoch mehr untereinander gesprochen. Der Marktleiter machte deutlich, dass er sich von der Projektsteuerung der Internationalen Agentur deutlich mehr Unterstützung erwartet hatte.

Die beiden Berater hatten alle Konzepte entwickelt, die Kalkulationen, die Planung, die Gebäude und den Muldaniern potemkinsche Dörfer vorgegaukelt – mit dem Unterschied, dass diese riesigen Hallen nun in der Landschaft standen und keiner sie brauchte. Noch schlimmer war, dass sie immense Unterhaltskosten für die Gesellschafter verursachten. „Ich verwalte nagelneue Ruinen", klagte Iontchev. Er erwirtschafte keinen einzigen Lovinki, um die Kredite zu tilgen. Seine Marktgesellschaft stehe vor dem Ruin. Auch wenn die beiden Frauen kein Wort verstanden, sein Klageton war deutlich.

„Diese internationalen Berater haben alles gesteuert und geprüft. Und wir haben uns darauf verlassen. Schließlich gibt es solche Vermarktungseinrichtungen für landwirtschaftliche Produkte in vielen Ländern, auch in Frankreich und in Belgien. Da müssen die doch wissen, wie so etwas funktioniert. Und alle waren immer begeistert – die Leute von der Internationalen Agentur, von der Ökonomischen Kommission, es waren doch so viele hier. Und alle haben so viele Berichte geschrieben. Und jetzt haben wir Schulden, so viele Schulden."

Zu allem Übel machte die muldanische Regierung Druck. Doch die könne sich nicht aus der Verantwortung stehlen – sei sie doch an der Marktgesellschaft beteiligt. Iontchev selbst hätte nie mit so einer Pleite gerechnet. Von Anfang an hatte seine gesamte Einrichtung nichts als Verluste eingebracht.

Ilse fragte nach.

„Wieso sitzt dann ihr Kollege in Echterova, Lobed, so vollkommen unbeeindruckt in seinem Büro? Er machte auf uns den Eindruck, dass er seine wirtschaftliche Situation völlig anders einschätzt."

Iontchev schnaubte vor Wut. „Lobed muss keine Kredite zurückzahlen. Dabei schreibt auch er nur rote Zahlen, da bin ich mir sicher. Er steuert anders."

Die beiden Frauen warfen sich einen erstaunten Blick zu.

„Was gibt es denn da zu steuern?"

Iontchev beantwortete die Frage nicht. Stattdessen sagte er: „Unsere Projekteinrichtungen sind völlig identisch, wie Zwillinge."

„Aber, wenn Lobed, wie sie sagen, ebenfalls keine Gewinne macht, wieso geht es ihm dann trotzdem so gut?"

„Er betreibt seine eigene Handelsfirma. Dazu nutzt er alle Einrichtungen des Projektes. Und ständig wird weiter investiert: Sortieranlagen, Kühlzellen, Verpackungsmaschinen und so weiter. Er lässt sich alle Betriebskosten und Investitionen, auch die seiner eigenen Firma, von den internationalen Projektgeldern bezahlen."

„Mich wundert ", warf Ilse ein, „dass bei ihnen hier in Petruczka die TETSCHKO-Holding nicht zu den Gesellschaftern gehört. Wie kommt das?"

„Die TETSCHKO-Baufirma hat diese Anlage genauso gebaut wie die in Echterova. Die gleichnamige Holding war Gesellschafter. Doch vor ungefähr sechs Monaten hat sie ganz plötzlich ihre Anteile an die Stadt Petruczka verkauft. Das Angebot war sehr günstig." Nach kurzem Zögern ergänzte er: „Die Stadt hat natürlich sofort zugegriffen, ohne lange nachzudenken."

„Seit wann wissen sie, dass die Kredite zurückgezahlt werden müssen?"

Iontchev stand auf, ging zur Tür und rief seiner Sekretärin etwas zu. Eine Minute später kam sie mit einem Ordner wieder. Sie blätterte kurz darin und entnahm ihm ein Dokument. Iontchev schob es über den Tisch. Es war auf Englisch geschrieben. Das Datum verwies auf den Oktober des vergangenen Jahres – gute sieben Monate zurück. Der Eingangsstempel der Marktgesellschaft trug allerdings ein Datum Anfang Dezember. So lange war das Schreiben zwischen den offiziellen Stellen Muldaniens unterwegs gewesen. Darin kündigte die Weltbank der muldanischen Regierung an, dass sie die Rückzahlung ihres zehn Jahre alten Kredites erwarte.

Hanna rückte näher heran. „Was steht hier unten?", fragte sie Ilse, die das Schreiben in der Hand hielt. „Das sieht für mich so aus wie der Briefverteiler."

„Eine Abschrift dieses Briefes erhält die Internationale Agentur für Entwicklung", steht hier, antwortete Ilse. „Schuster weiß also seit Oktober Bescheid. Und die TETSCHKO-Holding wohl auch. So konnte sie rechtzeitig ihre Anteile an die Stadt Petruczka verkaufen, bevor sie wertlos wurden."

„Können wir von diesem Schreiben eine Kopie haben?", fragte Ilse.

Die Sekretärin musste das Wort ‚Kopie' verstanden haben. Sie nahm den Brief Ilse aus der Hand und ging damit in den Nebenraum. Kurz darauf hielt Ilse die Kopie in der Hand. Sie reichte sie an Hanna weiter, die das Papier sorgfältig in ihrem Rucksack verstaute.

Iontchev wusste wenig über die TETSCHKO-Holding. Ihr Vertreter ihm gegenüber war Kosta Popov. Andere Holding-Vertreter, abgesehen von den Leuten der gleichnamigen Baufirma, hatte er niemals zu Gesicht bekommen.

„Wie kann Popov, der Angestellter der Internationalen Agentur ist, gleichzeitig die Holding vertreten? Das ist doch seltsam?", fragte Ilse.

„Für sie vielleicht", sagte Iontchev, „für uns und unsere Arbeit war das sehr hilfreich. Popov hat bei Schwierigkeiten immer geholfen, entweder als Angestellter der Agentur oder als Bevollmächtigter der Holding. Wenn wichtige Entscheidungen anstanden, hat er immer vorher telefoniert und sich mit den Chefs dort abgestimmt. Die Schwierigkeiten begannen erst, als die Marktgesellschaft ihre Arbeit aufnahm und wurden schlimmer, als ...", er deutete auf das Schreiben auf dem Tisch.

Auf die weiteren Fragen Ilses reagierte er mit Unverständnis. Er fand weder an der Vertretungsregelung der Holding etwas merkwürdig, noch sah er einen Interessenkonflikt. Alles lief immer auf Kosta Popov hinaus und solange das zu seinen, Iontchevs Gunsten, funktionierte, war er zufrieden damit. Auf Ilses Nachfrage nannte er den Namen eines früheren Beteiligten, der vielleicht mehr wisse, Vladimir Latev. Der sei einmal Vize-Wirtschaftsminister gewesen und habe das Projekt anfangs mitbetreut. Wenn, dann wisse nur Latev mehr als er. Über seine Sekretärin ließ Iontchev einen Termin für die beiden Frauen für den Nachmittag vereinbaren.

Hanna und Ilse bedankten sich für das offene Gespräch.

Iontchev begleitete sie zur Tür, dort verabschiedete er sich freundlich. Dann schlich er, wie von einer schweren Last gebeugt, in sein Büro zurück.

Die drei Frauen schritten über den riesigen Platz zur Ausfahrt, wohin Dessimira vom Büro aus ein Taxi bestellt hatte. Es war noch nicht da. Unschlüssig standen die Frauen am Rand des Platzes herum. Ilse kramte ein Taschenmesser aus ihrer Tasche, klappte es auf und grub ein paar trockenresistente Disteln aus. In Zeiten des Klimawandels wollte sie in ihrem Garten am sandigen Elbhang für die trockene Zukunft gewappnet sein. Sie packte die Disteln in ein nasses Taschentuch und anschließend in eine Tüte. Für die Gärtnerin war dieser Schatz ebenso wertvoll wie für Hanna die Kopie eines Briefes der Weltbank.

Sie fuhren mit einem Taxi in die Stadtmitte von Petruczka, suchten sich ein Restaurant und aßen zu Mittag. Hanna und Ilse waren mit sich zufrieden. Doch es kam keine Freude auf, weil Dessimira die ganze Zeit schwieg. Nach dem Essen flanierten sie lustlos durch die Innenstadt. Ständig sah Dessimira auf ihre Armbanduhr.

Des Paten Trauer

Vladimir Latev hatte sein Büro im ersten Stock eines unscheinbaren Hauses nahe der Innenstadt. Das Büroschild am Hauseingang wies auf einen Handel für Jungbäume und Forstartikel hin. Die Frauen wurden von einer Sekretärin freundlich empfangen, die ihnen zunächst Kaffee anbot, weil ihr Chef wichtige Telefonate führte. Bereits nach einer Minute froren die Frauen erbärmlich in der Klimaanlagenkälte. Fröstelnd warteten sie auf den ehemaligen Vize-Wirtschaftsminister und heutigen Forstartikelhändler Vladimir Latev.

Er war ein drahtiger Mann Mitte Vierzig, klein und mit kurzen schwarzen Haaren. Er schien sich hinter einem mächtigen grauschwarzen Rauschebart zu verstecken. Seine graublauen Augen verschickten ähnliche Blitze wie die Lobeds. Sein Büro stank nach kaltem Zigarettenrauch. Eine Glasvitrine voller Flaschen an einer Wand zeigte, dass Latev noch anderen Lastern frönte. Sein Büro war zweckmäßig eingerichtet. Es zeigte nicht, ob die Geschäfte gut oder schlecht liefen. Auffallend war nur die Kälte.

„Iontchev hat sie mir angekündigt", fing Latev ohne Umschweife an. Offenbar wollte er den Besuch so kurz wie möglich halten. „Ich habe mit dem Projekt schon einige Zeit nichts mehr zu tun. Die neuere Entwicklung kenne ich nicht."

Ilse spulte zum wiederholten Mal ihre Geschichte ab. Latev unterbrach mit einer Handbewegung und sagte zu Dessimira hin: „Sie sollen mir bitte keine Geschichten erzählen, sondern ihre Fragen stellen."

„Nun gut", antwortete Ilse, nachdem Dessimira übersetzt hatte. „Dann machen wir es kurz. Frag ihn nach den Gesellschaftern der TETSCHKO-Holding. Als ehemaliger Vize-Wirtschaftsminister muss er die Gründung mitbekommen haben. Sag ihm, wir wollen die Personen kennenlernen, die dahinter stehen und nicht nur die Namen der Besitzgesellschaften."

Latev lehnte sich zurück und redete. Für Hanna klang es auskunftswillig. Sie war schon gespannt auf die Übersetzung Dessimiras. Als Vize-Minister waren viele Dokumente über seinen Tisch gewandert, erfuhr sie. Aber die gesamte Projektentwicklung habe ganz in den Händen der internationalen Entwicklungsagentur gelegen. Er war nur der Verbindungsmann in die Verwaltung gewesen, um die Wege zu ebnen. Selbst die Marktgesellschaften seien maßgeblich von der Internationalen Agentur aus gegründet worden. Er habe nur dafür gesorgt, dass die hiesige Bürokratie spurte, so dass die Herren Gabler und Schuster so wenig Behördengänge wie möglich gehen mussten.

„Gabler und Schuster klapperten selbst die Behörden ab?" Ilse fragte direkt nach, weil sie es nicht glauben wollte.

Latev bestätigte das. Er habe sich anfangs auch gewundert. Aber insbesondere der Projektleiter Schuster habe erklärt, er müsse das selbst tun, um die Strukturen für spätere Projekte kennenzulernen. Latev habe ihn dafür bewundert. Schließlich war von Anfang an klar gewesen, dass es hier um Millionenbeträge ging. Er habe die effektive Verwaltungsarbeit der internationalen Behörden damals sehr bewundert, da der Projektsteuerer sogar das Kopiergerät eigenhändig bediente.

Hanna und Ilse waren überrascht, vor allem darüber, dass ein ehemaliges Regierungsmitglied so wenig Ahnung haben konnte. Latevs Bewunderung für den Verwaltungsfuchs Schuster schien immer noch ungebrochen zu sein. Fast hatte es den Anschein, als trauere er versäumten Zeiten nach.

Latev sprach ungefragt weiter.

„Und jetzt geht alles kaputt. Kosta Popov ist unfähig."

Wieder waren die Frauen überrascht. Sie hätten nicht gedacht, dass Latev, der das ganze mit aufgebaut hatte, so schlecht über einen früheren Verbündeten sprechen würde.

„Was hat er denn falsch gemacht?", wollte Ilse wissen.

„Alles", sagte Latev und verfiel in bedeutungsschwangeres Schweigen.

Doch auch auf Ilses Nachfragen wollte sich Latev nicht weiter äußern.

„Iontchev erzählte uns, Kosta Popov sei nicht nur Agentur-Mitarbeiter, sondern gleichzeitig Bevollmächtigter der TETSCHKO-Holding. Wissen sie, wer ihm diese Vollmacht ausgestellt hat?"

Latev schüttelte bestätigend den Kopf, machte aber den Mund nicht auf.

Ilse und Hanna sahen hilflos zu Dessimira.

„Er meint Nein", sagte sie.

Sie saßen eine Weile unschlüssig herum.

Latev bot Zigaretten an. Die Frauen lehnten ab. Er zündete sich selbst eine an und sog gierig daran.

Ilse fragte weiter. „Während der Projektlaufzeit waren auch Beratungsunternehmen eingebunden, zuletzt eine Firma namens E&P-Consult. Was hielten sie von den Beratern?"

Latev blies Rauchschwaden ins Zimmer. „Der beste von allen war Markus Gabler. Er war überhaupt der erste, mit dem ich zu tun hatte. Noch vor Schuster. Mit ihm zusammen habe ich das Projekt entwickelt. Ich lieferte ihm alle Zahlen, die er brauchte. Das war eine schöne Zeit."

„Heute stellt sich heraus, dass die Zahlen viel zu hoch gegriffen waren. Die Märkte sind doch viel zu groß dimensioniert", warf Ilse ein.

Latev ließ sich nicht beirren.

„Das waren sehr schöne Zahlen." Er wiederholte: „Sehr schöne Zahlen."

Ilse und Hanna wurden aus ihm nicht schlau. Sie wussten nicht, ob sie bleiben oder gehen sollten. Latev hatte anscheinend plötzlich alle Zeit der Welt. Seine Ungeduld zeigte sich allenfalls darin, mit welcher Gier er an seiner Zigarette sog. Es schien, als wartete er auf etwas. Auf was?

„Fällt dir noch etwas ein?", raunte Ilse Hanna zu. Die Kriminalistin überlegte angestrengt.

„Nein. Obwohl ich mir sicher bin, dass er uns noch einiges erzählen könnte."

Sie sah zu Latev hinüber, der wieder gierig an seiner Zigarette sog, ohne eine von ihnen beiden richtig anzusehen. Er saß da, rauchte und wartete.

In Hanna wurden unangenehme Erinnerungen wach. In ihrer Polizeikarriere war es ihr vielleicht dreimal so ähnlich mit Verdächtigen beim Verhör gegangen. Da saß ihr einer gegenüber und wartete nur auf die einzig richtige Frage, um ein volles Geständnis abzulegen. Ob es wirklich so ablaufen würde, wusste Hanna natürlich nicht. Sie hatte nur dieses Gefühl. Denn tatsächlich hatte sie weder genügend Indizien in der Hand noch den Funken einer Ahnung. Sie fragte die Personalien ab und plötzlich fiel ihr nichts mehr ein. Letztlich musste sie den Verdächtigen laufen lassen. Das Schlimmste aber war für sie: Der Verdächtige selbst schien nicht zu pokern, grinste nicht und machte auch sonst keine Faxen. Schlimmer noch: Am Ende schien er selbst enttäuscht zu sein über den Ablauf der Vernehmung. Und sie wusste hinterher ganz genau, dass sie allein es versaubeutelt hatte. Genau dieses Gefühl hatte sie jetzt.

„Gehen wir", sagte sie unvermittelt.

Dessimira, die den kurzen Dialog der Freundinnen angehört hatte, leitete das Abschiedszeremoniell ein. Latev schien tatsächlich enttäuscht zu sein. Er stand langsam auf. Dann ergriff er Dessimiras Hand und verabschiedete sich mit einem formvollendeten Handkuss von ihr. Ilse drückte er die Hand, dann, länger als nötig die Hannas. Dabei sah er ihr nicht in die Augen. Hanna biss sich auf die Lippen. Jetzt sollte ihr die entscheidende Frage einfallen. Plötzlich wurde sie der Kälte im Zimmer gewahr. Es war eiskalt hier drinnen. Hanna wollte nur noch ins Warme. Die Frauen strebten durch das Sekretariatszimmer zur Außentür. Latev kam ihnen zuvor und öffnete. Warme Luft strömte ihnen entgegen. „TETSCHKO, TETSCHKO, TETSCHKO", murmelte Latev vor sich hin. Hanna und Ilse, die sein Büro schon verlassen wollten, sahen ihn überrascht an. Ohne sie anzusehen, murmelte Latev weiter, Hanna schien aus diesem undeutlichen Gebrummel den Namen Schusters heraus zu hören.

Die Linke am Türgriff, machte Latev mit der Rechten eine ausladende Bewegung. Die drei Frauen traten nacheinander über die Schwelle, Hanna als Letzte. Latev schloss hinter ihr ab.

„Ilse, was meinst du dazu?", fragte Hanna, als sie bereits im Treppenhaus nach unten stiegen. „Warum redet der Kerl nicht?"

Dessimira, die bereits an der Haustür stand, wandte sich um.

„Wenn ihr noch mal hoch gehen wollt, ich werde euch nicht begleiten."

Die beiden Freundinnen sahen sie erstaunt an.

„Er hat noch nie mehr erzählt und er wird nicht mehr erzählen", erklärte Dessimira. Damit öffnete sie die Tür zur Straße und trat hinaus, ohne darauf zu achten, ob die beiden anderen mitkamen. Unschlüssig standen Ilse und Hanna eine Weile herum. Dann traten auch sie auf die Straße. Hanna wollte Dessimira widersprechen. Doch sie tat es nicht. Stattdessen dackelte sie hinter ihr her durch die Straßen Petruczkas.

Mürrisch wies Latev seine Sekretärin an, das Telefon auf den Anrufbeantworter umzustellen und gab ihr für den Rest des Tages frei. Ohne weitere Worte ging er zurück in seine Kühlkammer. Noch im Stehen nahm er eines der beiden Zigarettenpäckchen vom Schreibtisch und steckte sich einen neuen Glimmstängel an. Gierig sog er daran, sodass die Glut hell aufleuchtete. Er blies den Rauch aus Mund und Nasenlöchern gleichzeitig und sog gleich nochmals an der Zigarette. Sein Gesicht verschwand hinter einem Rauchschleier. Dann setzte er sich auf seinen Bürostuhl und drehte ihn um 180 Grad zum Fenster, das die triste Aussicht in den Hinterhof der anliegenden Plattenbauten gewährte. Sein Blick fiel auf das verrostete Wrack eines alten Autos, in dem Kinder spielten. Seine Gedanken wanderten in die Vergangenheit. Plötzlich wurde er wütend. ‚Kosta' entfuhr es ihm. Er spuckte den Namen regelrecht aus. Er bog den ausgestreckten rechten Arm nach hinten und tastete nach dem Aschenbecher. Doch der stand nicht dort, wo Latev ihn vermutete. Da drückte er den halb angerauchten Stängel mit einer heftigen Bewegung auf dem Schreibtisch platt. In einem schmalen Band Rauch, das sich erst einen halben Meter über dem Tisch aufkräuselte, hauchte die Zigarette ihr Leben aus. Urplötzlich riss der weiße Faden ab. Doch Latev sah nicht hin, er starrte wieder zwei Atemzüge lang blicklos aus dem Fenster. Dann wuchtete er sich aus dem schaukelnden Bürostuhl und schritt auf die Glasvitrine zu, griff nach dem darin steckenden Schlüssel und zog die unverschlossene Tür daran auf. Sie quietschte leicht. Latev griff sich die erstbeste Flasche, schraubte den Deckel ab und ließ ihn auf den Teppichboden fallen. Dann nahm er ein Glas aus der Vitrine und schenkte es sich voll. Er trank es an Ort und Stelle in einem Zug aus. Dann füllte er sich das Glas erneut. Mit Flasche und Glas ging er zurück zu seinem Stuhl und stellte sich rücklings so nah davor, bis er die Stuhlkante in den Kniekehlen spürte. Vorsichtig ließ er sich nieder und vermied das Schaukeln, um keinen Schnaps zu verschütten. Wieder stierte Latev drei, vier Atemzüge lang blicklos zum Fenster, dabei in der Rechten das volle Glas und in der Linken die Flasche haltend. Dann führte er traumverloren das Glas zum Mund. Diesmal trank er in kleinen Schlucken. Der Frust über seine verlorene Bedeutung konnte nur stückweise, wie eine größere Ration Tabletten, hinuntergespült werden. Latev würde den restlichen Tag so weiter trinken. Der Besuch der drei Frauen hatte außer der Reihe eines seiner quartalsmäßigen Kummerbesäufnisse ausgelöst.

Die drei Frauen hielten ein Taxi an und ließen sich zum Busbahnhof bringen. Hanna sicherte die ganze Zeit, obwohl ihr ein Gefühl sagte, dass ihre Vorsicht unbegründet war. Sie wurden nicht weiter verfolgt. An einem Kiosk erstanden sie Proviant und Getränke. Dann bestiegen sie zu dritt den Bus nach Echterova. So gut es ging, machten sie es sich so bequem wie möglich. Hanna hatte einen Fensterplatz, neben ihr, zum Gang hin saß Dessimira. Diese rollte sich, kaum dass der Bus auf freier Strecke war, auf ihrem Sitz zusammen wie eine Katze und schlief fast augenblicklich ein. Hanna sah eine Weile auf sie nieder. Sie streckte eine Hand aus, um ihr übers Haar zu streichen, hielt aber kurz zuvor inne. Als sie aufsah, begegnete sie Ilses Blick. Wortlos teilten sich die Freundinnen ihr schlechtes Gewissen.

Über die Fahrgäste legte sich in dem völlig überhitzten Gefährt nach anfänglichem Geschnatter nach und nach bleierne Müdigkeit. Auch das Dröhnen und Schnaufen des alten Busses wirkte einschläfernd. Hanna achtete noch eine Weile auf den Verkehr. Doch kein Auto interessierte sich länger für den Bus, sondern überholte oder bog ab. Das strengte Hannas Augen so an, dass auch sie bald ihre Lider senkte und einnickte.

Am frühen Abend erreichten sie Echterova und nahmen sich zwei Taxis. Dessimira fuhr mit dem einen direkt nach Hause, die beiden Freundinnen mit dem zweiten zum Hotel. Gesprochen wurde nichts mehr. Im Hotel angekommen, waren auch Hanna und Ilse nicht mehr sonderlich mitteilsam. Eine jede verzog sich in ihr Zimmer, ging unter die Dusche und legte sich ins Bett, obwohl es noch nicht Nacht war.

Man kann alles wieder brauchen

Am nächsten Morgen fuhren Hanna und Ilse in Begleitung Dessimiras zum örtlichen Müll- und Schrottplatz. Dort wollten sie das Wrack des Unfallautos finden, mit dem der Italiener zu Tode gekommen war. Dessimira hatte den Platz recherchiert.

Es stank erbärmlich. An verschiedenen Stellen stieg Qualm auf. Einige Eselkarren standen am Rand des Müllplatzes herum. Ärmlich gekleidete Menschen, darunter viele Alte und Kinder, staksten durch die Haufen, auf der Suche nach Verwertbarem, das sie auf ihren Karren fortschaffen konnten. Die drei Frauen fielen natürlich sofort auf. Dessimira rief den Sammlern ein paar Worte zu und das Interesse an ihnen erlahmte.

Etwas abseits lagen einige Autowracks. Darunter befand sich ein bis zur Mitte fast völlig zerquetschter Lada Niva. Er lag auf der rechten Seite, so wie ihn die Polizei nach dem Abtransport von einem Traktoranhänger hatte kippen lassen. Mittlerweile war er von einer dicken Staubschicht bedeckt. Seine Hinterachse fehlte sowie einige Blechteile und die Heckklappe. Alle brauchbaren Stücke hatten neue Besitzer gefunden. Dessimira identifizierte das ehemalige Projektauto. Sie war einige Male darin gefahren. Dann trat sie beiseite.

Nachdem sie den Blechklumpen einmal umrundet hatte, trat Hanna beherzt näher, ohne darauf zu achten, wie schmutzig sie sich dabei machte. Ilse hielt sich keineswegs zurück. Sie war durch ihre Mutter, langjährige Fahrerin in der einzigen ausschließlich mit Frauen besetzten DDR-Mähdrescherbrigade, bereits als Kind mit Maschinen und Technik in Berührung gekommen. Da ihre Mutter frühzeitig an Rheuma erkrankte, hatte sie die kleine Ilse mit der Fettpresse auf den Maschinen herumklettern und die schwer zugänglichen Schmiernippel mit Fett vollpumpen lassen.

„Lass mich mal ran", trompetete Ilse hemdsärmelig, „als Frau, die an einem E 512 bereits die Schüttelsiebe ausgewechselt hat, ist mir nichts mehr fremd."

„Deine beste Fortschritts-Zeit ist lang vorüber. Das hier ist was anderes ..."

Hanna kam nicht weiter.

„Papperlapapp", fuhr ihr Ilse dazwischen und versuchte sie wegzudrängeln.

„He, ich habe meinen Trabi durchaus selbst repariert", wurde jetzt auch Hanna laut und drängelte zurück.

„Du hast doch noch nie einen Niva von unten gesehen. Wetten, dass du nicht mal die Brems- von der Benzinleitung unterscheiden kannst", neckte sie Ilse.

„Kann ich doch", widersprach Hanna. „Die doppelte ist die Bremsleitung, da unten und da oben. Was dagegen?"

Ilse hatte ein Papiertaschentuch aus ihrer Tasche gezogen und reichte es Hanna.

„Na, dann putz mal!"

Hanna tippte sich mit schmutzigem Zeigefinger an die Stirn, worauf dort ein schwarzer Fleck prangte. Ilse setzte nach: „Wie willst du das Leck sonst finden?"

Hanna trat auf die Seite. „Bitte sehr, sie promovierte Betriebsfachwirtin! Das ist ihr Revier!"

„Ha, Frau Weißbescheid wollen sich mal wieder die Finger nicht schmutzig machen. Pass auf, so macht frau das."

Ilse umfasste eine Leitung mit dem ausgebreiteten Papiertuch über der Hand und fuhr damit daran entlang, bis sie auf Widerstand traf. Sie putzte ruckelnd darüber weg.

„Sieht aus wie eine Reparaturstelle", bemerkte sie, „das kann nur ein blöder Mann gewesen sein. Einfach irgendein Band drum gewickelt. So ein Schwachsinn. Bei dem Druck in der Leitung! Da spritzt doch mit der Zeit das ganze Zeugs durch."

„Eben", bemerkte Hanna spitz, „das war nämlich kein ganz blöder, sondern ein sehr böser Mann. Ich wette, unter deiner Reparaturstelle findest du eine ordentlich mit einer Metallsäge angefertigte Leckage."

„Oh, du Schlaumeierin, den Beweis bist du mir aber noch schuldig", bemerkte Ilse säuerlich und gab Hanna mit einem Wink den Vortritt.

Die trat nun vor und pulte den „Verband" von der Leitung ab, der sich tatsächlich als eine Art Mullbinde entpuppte.

„Trickreich gemacht", erklärte Hanna, an Ilse gewandt, die nun seitlich neben ihr stand und über die Schulter linste. „Die haben die Leitung angesägt, aber dafür gesorgt, dass sie nicht sofort auslief. Die Bremsen müssen noch eine ganze Weile funktioniert haben. Der Crash war berechnet. Wahrscheinlich sollte er erst in den Bergen passieren, wo die Chance am größten war, dass der Wagen in eine Schlucht stürzt."

Ilse bückte sich und suchte die zweite Leitung. Auch sie hatte an entsprechender Stelle einen solchen ‚Verband'.

„Soll ich den auch abmachen?", fragte sie ihre Freundin.

Hanna hielt inne. „Ich weiß nicht. Ich schätze mal, deine Aussage wird mir später reichen müssen. Ich kann das Zeug hier unmöglich als Beweismittel mitnehmen. Das kauft mir zu Hause keiner ab."

„Wieso hast du dann das Teil von dem Wolga eingesteckt?"

Hanna zuckte mit den Schultern.

„Berufskrankheit."

Ilse gab sich nicht damit zufrieden. Sie machte sich weiter an der oberen Leitung zu schaffen. Mit beiden Händen zog sie daran. An einer Verankerung riss sie plötzlich ab. Ilse stolperte nach hinten. Gerade noch rechtzeitig fing Hanna ihre Freundin auf.

„Hoppla."

Ilse rappelte sich hoch und ging sofort wieder zum Angriff auf die angerissene Bremsleitung über.

„Ich will doch nicht völlig umsonst hierhergekommen sein. Wenn du dir hier keine Ersatzteile mitnimmst, dann tu ich es eben", brummelte Ilse und machte sich keuchend daran, die Leitung mit dem Leck in der Mitte auf der anderen Seite abzureißen.

Hanna stand daneben und schüttelte den Kopf.

Ilse arbeitete, schwer atmend, bis sie etwa einen halben Meter der Leitung triumphierend in beiden Händen hielt. Sie schwitzte, die Haare hingen ihr wirr ins Gesicht und ihr ehemals weißes T-Shirt hatte etliche schwarze Flecken. Doch Ilse strahlte über das ganze Gesicht, als hätte sie soeben eine Ampferpflanze mit meterlanger Wurzel aus einem ihrer Beete gezogen.

Als sich die beiden umwandten, sahen sie in zehn Metern Entfernung eine Tränen lachende Dessimira, die sich bereits vor Schmerzen den Bauch hielt. Einige Meter dahinter hatte sich weiteres, staunendes Publikum angesammelt.

Die beiden Frauen stapften mit hoch erhobenen Häuptern mit ihrer Trophäe an ihnen vorbei. Dessimira stakste, immer noch kichernd, hinterher. Zu dritt bestiegen sie das wartende Taxi und rauschten davon.

Die Müllsucher näherten sich indessen dem Wrack und begannen es ab-
zutasten.

Karpatennelke und Distel

Eine gut gelaunte Dessimira wartete in der Hotelhalle bei einem Wasserglas voll milchigem Rakija und einem Schälchen Sonnenblumenkernen, während sich die beiden Frauen duschten und umzogen.

„Jetzt hab' ich Hunger", trompetete Ilse, als sie die Halle wieder betrat.

„Richtig Hunger?", fragte Dessimira.

„Aber so richtig großen Hunger", bestätigte Ilse. „Ich auch", krähte Hanna, die soeben mit noch leicht feuchten Haaren dazutrat.

„Dann folgt mir", befahl Dessimira. Ohne auf den gebotenen Abstand zu achten, marschierten die drei ein paar Ecken weiter in ein Restaurant, wo Dessimira mit großem Hallo empfangen wurde. Während sie im Durchgang zur Küche palaverte, suchten sich Hanna und Ilse einen Tisch und vertieften sich in die Speisekarten, die sie, wie immer, kaum entziffern konnten.

„Legt die Karten zur Seite. Ich habe bereits bestellt", verkündete Dessimira.

Nach einigen Minuten wurde aufgetragen.

Nacheinander stellte die Bedienung Platten mit herrlich nach Knoblauch duftenden Speisen auf den Tisch. Dessimira zeigte auf eine braune unkenntliche Masse: „Das ist Auberginenpüree, eine große Spezialität unseres Landes." Ihr Finger fuhr seine Runde über die Speisen fort. „Das sind gedünstete Paprika und Auberginen, Tomaten und grüne Bohnen und Kartoffeln. Und das hier ist Lamm." Ilse schob den Teller demonstrativ zu Hanna hin.

„Stell dich nicht so an, das ist hier sicher alles aus artgerechter und bestimmt Freilandhaltung", lachte Hanna sie aus. Dessimira ließ sich nicht aus der Ruhe bringen. „Das hier ist Naleschniki – geschmorte Paprikaschoten, gefüllt mit Reis und das hier ist Suormi, gefüllte Weißkrautblätter mit etwas gehacktem Fleisch. Man nimmt eigentlich frische Weinblätter", erklärte Dessimira, „aber die gibt es um diese Jahreszeit noch nicht." Schafskäse-Salat durfte bei dem Mahl natürlich auch nicht fehlen.

Hungrig stürzten sie sich nach einem kurzen Hin- und Hergeschiebe der Teller auf die duftenden Köstlichkeiten.

Danach war Dessimira selten fröhlich.

Zeit, miteinander abzurechnen.

„Wenn es irgendwelche Schwierigkeiten für dich gibt, Dessimira, dann melde dich bitte bei uns. Du hast unsere Telefonnummern und E-Mail-Adressen."

„Ja, danke. Aber ich hoffe, ich muss nicht Gebrauch davon machen. Ich denke, dass man hier respektiert, dass ich einfach für euch gearbeitet habe, so wie ich das für alle anderen internationalen Berater mache. Ich hoffe, dass sie mich in Ruhe lassen."

Dessimira lächelte gequält. Sie musste sich offenbar selbst Mut zusprechen.

Hanna gab ihr fast das Doppelte dessen, was ausgemacht war, auch wenn das ihre Urlaubskasse stark belastete. Als Dessimira das Geld ohne Zögern annahm, atmeten Hanna und Ilse erleichtert auf.

Es folgte ein herzlicher Abschied. Dessimira wurde zweifach umarmt und gedrückt. Dann verließ sie das Restaurant. Die beiden Freundinnen setzten sich wieder hin.

Hanna seufzte.

„Ob ich das je wiedergutmachen kann?"

Ilse legte ihre Hand auf Hannas.

„Vielleicht musst du gar nicht", machte sie ihrer Freundin Mut. „Außerdem: Wer sollte hier viel herumerzählen? Die beiden Dicken werden bestimmt die Klappe halten. Und ihr Auftraggeber ebenso. Wenn die schlau sind, gehen sie einfach drüberweg."

„Hoffen wir's!", schloss Hanna das Gespräch. Dann straffte sie sich. „Also los, machen wir unseren letzten Besuch – damit du endlich an deinen Schwarzmeerstrand kommst."

Dieses Mal boten die Petrovs keinen Rakija an. Sie schienen Respekt vor den merkwürdigen Krankheiten der Deutschen zu haben. Dafür gab es schwarzen und sehr starken Kaffee, den vor allem Hanna mit großer Dankesgeste annahm.

Vitali machte keine langen Umschweife.

„Ich habe die Eintragungen im Firmenregister von Solvanka recherchiert. Wie ich ihnen bereits gesagt hatte, ist die TETSCHKO-Holding dort registriert. Das Buch weist fünf Gesellschafter aus. Das ist ein Witz, sage ich ihnen."

Er zog die Schublade am Esstisch auf, und holte einen Zettel hervor. „Die Gesellschafter heißen Rose, Chrysantheme, Karpatennelke, Distel und Tulpe. Das sind meine deutschen Übersetzungen – bei der Karpatennelke bin ich mir nicht ganz sicher. Brauchen sie es genau?"

„Dianthus carpatensis", verkündete Ilse.

Hanna sah irritiert zu ihrer Freundin, dann lachte sie laut auf. „Also wirklich! Was sollte ich damit anfangen?"

„Wissen sie, auch bei uns ist es mittlerweile üblich, irgendwelche Kürzel zu nehmen wie ESP- oder UVT-Gesellschaft. Wer glaubt, einen berühmten Familiennamen zu haben, der nimmt auch den. Aber Blumennamen bei einer Gesellschaft, die sich mit Bau und Immobilien beschäftigt, das habe ich noch nicht erlebt."

„Die Gesellschafter haben eben Humor", bemerkte Hanna.

„Ich glaube eher, die konnten sich einfach nicht vorstellen, dass einmal jemand hinter ihnen herrecherchiert und haben sich einfach nicht angestrengt", entgegnete Vitali, „solche Namen sind einfach dumm, auch für hiesige Verhältnisse."

Ilse räusperte sich. „Wenn ich sie richtig verstehe, dann sind diese Blumen nicht in Solvanka registriert, sondern bei den mittelalterlichen Registern irgendwo im Land verstreut."

„Genau", bestätigte Petrov. „Man müsste von Ort zu Ort fahren und das machen, was sie bereits versucht haben. Aber es ist zu befürchten, dass sich hinter einer Karpatennelke eine Distel versteckt und so weiter. Das kostet dann richtig viel Zeit, um herauszufinden, wer die Eigentümer sind."

Ilse und Hanna sahen sich stirnrunzelnd an. Petrov fuhr fort.

„Selbst wenn sie die üblichen Bestechungsgelder bezahlen, müssen sie einen enormen Aufwand betreiben. Sie verlieren vor allem viel Zeit."

„Hatte Endermann die Zeit?", fragte Hanna.

Vitali zuckte die Achseln. „Als das Projekt abgeschlossen war, hatte er nur ein paar Tage, um seine Sachen aufzuräumen. Ich bin mir nicht sicher."

Endermanns Bericht! Hanna ärgerte sich erneut, dass sie ihn nicht gefunden hatte.

Vitali sah abwechselnd von Hanna zu Ilse. Die beiden waren sichtlich enttäuscht.

„Aber ich habe etwas anderes für sie." Er zog nochmals die Schublade auf und entnahm ihr ein weiteres Blatt Papier.

„Ich habe eine Recherche nach Namen angestellt. Dabei kam das hier heraus: Kosta Popov besitzt seit 1995 mehrheitlich eine Firma namens Consult International. Popov hält 51 Prozentanteile, 49 Prozent liegen bei der Consult International in Berlin. Dazu muss ich ihnen etwas erklären."

„Nicht nötig", entgegnete Hanna, „das ist die Beratungsfirma, die vor E&P-Consult hier beraten hat."

„Ach, das wissen sie?", bemerkte Vitali Petrov erstaunt.

„Sie werden das Papier nicht lesen können. Aber bei ihnen zu Hause wird es sicher jemand übersetzen können. Der Gesellschaftszweck dieser Firma ist die Beratung in landwirtschaftlichen Fachfragen. Mehr steht hier nicht. Es gibt weder einen Zusammenhang mit der TETSCHKO-Holding noch mit einem der Märkte."

Hannas und Ilses Gesichter waren einzige Fragezeichen.

„Ich sehe da momentan keinen Zusammenhang", raunte Hanna Ilse zu.

„Ich sehe nur, dass es sich lohnt, hier ganz speziell nachzusehen. Mich würde zum Beispiel interessieren, ob Popovs Arbeitgeber von dieser Nebenbeschäftigung weiß und ob er es gutheißt. Das ist doch ein Potenzial für Interessenkonflikte ohne Ende. Das dürfen wir allerdings nicht Schuster fragen. In meinem speziellen Fall hilft mir das allerdings wenig weiter."

Vitali Petrov hatte verständnislos zugehört.

„In welchem Fall?", fragte er jetzt.

„Ach, das würde jetzt zu weit führen." Hanna lächelte Petrov gewinnend an. „Viel mehr würde mich interessieren, wem die Rosen, Tulpen und Nelken gehören."

„Ich verstehe", bestätigte Vitali Petrov. „Aber für diese Recherche müssen sie mir Zeit lassen. Ich mache mich als erstes an die Rose. Sie ist in der Nähe unserer Hauptstadt registriert. Die Tulpe kommt weit aus dem Süden. Ich müsste ein wenig durch unser Land fahren."

Hanna grübelte. Sie wurde das Gefühl nicht los, dass sie kurz vor der Lösung stand. An dieser Hürde wollte sie nicht scheitern.

„Haben sie in ihrem Freundeskreis einen cleveren jungen Mann oder junge Frau, der oder die auf meine Kosten ein wenig das eigene Land erkunden will?"

Vitali lächelte „Das kann ich für sie organisieren. Mit etwa 150 Euro sind sie dabei."

Hanna fand das im Prinzip wenig Geld. Aber ihre Urlaubskasse war schon arg strapaziert.

Ilse merkte, was in Hanna vorging.

„Wir legen zusammen", stand sie ihr bei.

„Kommt nicht in Frage", widersprach Hanna jetzt und griff nach ihrer Tasche. Sie blätterte 200 Euro auf den Küchentisch.

„Ich brauche Kopien oder beglaubigte Abschriften, möglichst Original-stempel und Unterschriften. Dafür nochmals 50 Euro. Die Gesellschafter von zwei Firmen – notfalls auch von einer – würden mir reichen. Wir können davon ausgehen, dass diese bei allen Firmen beteiligt sind. Aber es müssen Menschen sein, mit Namen und Adressen – kein Gemüse."

„In einer Woche wissen sie mehr – ganz sicher", versprach Petrov. Damit griff er nach den Geldscheinen und steckte sie zusammengefaltet in seine Hemdtasche.

„Geben sie mir ihre Adresse. Dann schicke ich ihnen das Material zu."

Hanna lehnte sich entspannt zurück. Sie hatte ein gutes Gefühl. Nur das Geld war weg. Selbst mit einer Quittung Vitalis würde sie es bei der Hand-kasse des Landeskriminalamtes nicht wiederbekommen. ‚Eigentlich bist du völlig meschugge', sagte sie sich. Von der Polizei bezahlte Informationen wären sowieso kaum gerichtsfest. Hanna schüttelte wieder den Kopf. Was machte sie hier nur? Doch dann schluckte sie ihre Zweifel mit dem letzten Schluck Kaffee hinunter. Nein, sie wollte sich jetzt freuen. Auf ein paar Tage Urlaub.

Endlich Urlaub

Am Busbahnhof bestiegen die Freundinnen einen Kleinbus nach Brnas. Zwei Stunden später waren sie an der Schwarzmeerküste. Dort bestiegen sie einen Anschlussbus ins zwanzig Kilometer entfernte mondäne Serastopol und quartierten sich in einem kleinen Hotel ein. Wie Hanna unterwegs beruhigt feststellen konnte, schien das Interesse von Popovs oder Lobeds Häschern an ihnen vollends erlahmt zu sein.

Sie hatten bis zum Rückflug noch einige Tage in dem hübschen kleinen Städtchen, von dem Jaki so geschwärmt hatte. Am Abend suchten sie sich ein ruhiges Restaurant. Die Abendsonne spiegelte sich in einer Lichtstraße aus irisierenden Reflexen im leicht gewellten Meer.

Schweigend aßen sie Schafskäse-Salat und Kartoffeln, Pfannkuchen und Eis. Aufgemuntert durch einen doppelten Espresso begann Hanna mit ihrer Bilanz.

„Schuster und Gabler müssen wir definitiv zum ersten Kreis der Verdächtigen zählen. Die TETSCHKO-Holding hat ihre Anteile verdächtig billig und ebenso verdächtig nah an der Mitteilung der Weltbank an die Stadt Petruczka verkauft. Wer hätte die TETSCHKO warnen sollen, wenn nicht Schuster, der den Brief in Ablichtung erhielt? Der Brief liegt sicher bei seinen Akten. Wenn nötig, muss das mit einer Hausdurchsuchung festgestellt werden."

„Aber sind die damit auch die Mörder Endermanns oder die Anstifter?"

„Du hast Recht. Dieses Schreiben mag ein nettes Indiz sein, aber keinerlei Beweis. Möglicherweise hatte er schon viel früher Wind davon bekommen. Wofür hat man sonst seine Kontakte? Letztes Endes stellt er das alles als großen Zufall dar. Ich setze eher auf die Recherchen Petrovs bei den Registern."

„Wenn Gabler oder Schuster zu den Blumenhändlern gehören, das wäre der Hammer."

„Das reicht dann in jedem Fall für eine Verurteilung – wenn nicht für Anstiftung zum Mord, dann wegen des Wirtschaftsdelikts. Aber das ist nicht mein Auftrag. Ich schätze, die weiteren Recherchen werde ich an die Kripo in Koblenz abgeben müssen."

„Und deine Akte bleibt geschlossen."

„Erinnere mich jetzt bloß nicht daran."

„Dann lass uns doch mal sehen, was wir sonst noch haben. Wir gehen doch davon aus, dass unsere beiden Dicken oder andere Kerle dieses Kalibers Frank umgebracht haben. Meinst du, Gabler oder Schuster schicken die los?"

Hanna kaute an ihrer Unterlippe. „Schwer vorstellbar. Da herrscht doch die seit Jahren eingespielte Arbeitsteilung. In so einem Fall ruft der Projektleiter aus der Zentrale bei seinem muldanischen Satelliten an und sagt: Houston – wir haben da ein Problem."

„Also Popov."

„Warum nicht Lobed? Nach meinem Gefühl sind uns die beiden Kraftpakete erst ab Echterova hinterhergewesen."

Hanna schüttelte langsam den Kopf. Sie überlegte laut. „Das spielt keine Rolle, ab wann das war. Lobed spricht kein Wort Englisch, mit Sicherheit auch kein Deutsch. Man müsste herausbekommen, wie gut Schuster Muldanisch spricht. Oder Gabler. Der soll ja ein paar Brocken gelernt haben. Trotzdem: Ich stelle mir die direkte Kommunikation mit Lobed schwierig vor."

Hanna straffte sich: „Wenn du mich fragst, läuft alles auf Popov hinaus. Er, mit seinem direkten Draht in beide Richtungen, ist sowohl der Mächtigere als auch Gefährlichere. Und was die beiden Dicken anbelangt: Das sind selbstständige Unternehmer. Die arbeiten auf Zuruf von jedermann, der genügend bezahlt."

Ilse dachte kurz nach, dann fing sie wieder an.

„Sag mal, was war das eigentlich bei Latev? Der erwähnte doch Kosta Popov. Der schien mir sogar ziemlich sauer auf den zu sein."

„Den lassen wir mal außen vor", sagte Hanna beiläufig. Sie wollte nicht an diesen Besuch erinnert werden. Er war ihre persönliche Niederlage.

Ilse schien Hannas Unlust nicht zu bemerken. Sie plapperte drauf los.

„Weiß du, was ich glaube: Der Latev war doch Vizeminister, als das Projekt anfing. Der hat dem Gabler damals alle falschen Zahlen zugearbeitet und hat den Grundstein für all das gelegt."

„Kann sein", bemerke Hanna einsilbig. „Heißt das, wir müssen ihn in den Kreis der Verdächtigen aufnehmen?"

„Nein. Ganz im Gegenteil", widersprach Ilse. „Der ist völlig draußen. Popov hat ihn damals schon ausgebootet. Und jetzt guckt er mit dem Ofenrohr ins Gebirge. Kosta Popov und die anderen scheffeln das Geld und er muss sich mühsam nach den Regeln der Marktwirtschaft seine Brötchen verdienen."

Ilse rückte über den Tisch näher an Hanna heran. „Den Latev müsste man nur noch mal in die Mangel nehmen. Ich glaube, dem musst du nur die richtige Frage stellen und er plaudert aus dem Nähkästchen."

„Hm", machte Hanna und stierte in den Kaffeesatz ihrer Tasse. Doch daraus ließ sich auch nichts herauslesen.

„In den Eiskeller gehe ich kein zweites Mal. Und ob ein Besuch bei Schuster in Koblenz Sinn macht, bezweifle ich auch. Ich habe fast nichts in der Hand. Woher, zum Beispiel, hätte Schuster von dem Bericht Endermanns wissen können?"

„Na, von Popov natürlich."

„Wieso? Der war doch sicher nicht Endermanns Vertrauter – nach dem, was wir wissen. Vielleicht wusste er es gar nicht."

„Ja", gab Ilse klein bei. „Dann hältst du es also für möglich, dass Schuster von dem Mord gar nichts weiß?"

„Was ich für möglich halte, interessiert nicht. Vor Gericht brauche ich Beweise. Wenn Schuster dort den Unschuldigen spielt und auf die seit zehn Jahren bewährte Arbeitsteilung bezüglich kleinerer und größerer Probleme verweist, werden sie ihn laufenlassen müssen – es sei denn, er erweist sich noch als Blumenhändler. Aber das wird dann ein ganz anderer Prozess."

Beide Frauen grübelten eine Weile. Dann fiel Hanna noch etwas ein.

„Noch was: Schuster hat E&P-Consult gekündigt. Als mutmaßlicher Mörder hat er sich doch damit die Arbeit nur unnötig schwer gemacht. Es wäre doch viel einfacher gewesen, die in ihrem Projekt weiterwursteln zu lassen und dann bei günstiger Gelegenheit mit einem Auto verunglücken zu lassen oder was auch immer. Ein Mord hier in Muldanien ist doch viel leichter zu vertuschen als einer bei uns. Nein Ilse, dieser Mordauftrag passt nicht zu Schuster. Der würde das eleganter lösen."

Ilse setzte sich auf und sah erstaunt zu Hanna hinüber. „Dann frage ich mich, was wir hier eigentlich machen?"

„Na, Urlaub", entgegnete Hanna grimmig fröhlich, „was denn sonst. All inclusive."

Ilse war empört. „Und mein Garten verwildert inzwischen völlig. Also, das kommt dich noch teuer zu stehen. Das sag ich dir."

Hanna sah sie fragend an.

„Das kostet dich mindestens zwei Ster. Und zwar richtig astige Kiefer!"

Die Hauptfrau von Köpenick

Am Flughafen in Solvanka hatten sie fünf Stunden Aufenthalt. Hanna boxte Ilse leicht in die Seite. „Was hältst du davon, wenn wir Popov mit einem kleinen Abschiedsbesuch überraschen?"

„Du spinnst." Ilse lachte glucksend. „Aber bitte!"

Sie checkten ihre Koffer ein und bestiegen ein Taxi.

Erst als sie vor dem Ministerium ausstiegen, fiel ihnen die scharfe Schildwache am Eingang in Form einer unüberwindbaren Muldanierin ein, die alle Eintretenden nach ihrem Begehr fragte. Sie würde die beiden Frauen als Erstes nach ihrem Termin fragen und sie anmelden wollen. Ohne Anmeldung und Aufnahme der Ausweisdaten war auch der zusätzlich kontrollierende Wachmann nicht zu überwinden. Hanna wollte jedoch in diesem Moment ganz speziell bei Popov nicht auf den Überraschungseffekt verzichten. Plötzlich hatte sie eine Idee. Sie kramte in ihrer Tasche nach dem lindgrünen sächsischen Polizei-Ausweis.

„Mensch Hanna, du bist doch nicht die Hauptfrau von Köpenick. Wetten, dass ..."

„Quatsch nicht, bleib fünf Schritte hinter mir. Und los!"

Hanna straffte sich, erklomm die acht Stufen zum Hauptportal und schritt beherzt und erhobenen Hauptes, gerade nach vorn schauend, am Glaskasten mit dem dahinter thronenden Zerberus vorbei. Im Gehen zückte sie ihren Ausweis, reckte ihn aufgeklappt mit der Rechten in Richtung der Glasscheibe, ohne ihre Schritte zu bremsen. Sofort meldete sich bei der Hüterin des Eingangs zum Allmächtigen das Untertanenbewusstsein. Das grüne Dokument machte der Frau Angst. Sie kannte es nicht. Wer weiß, was sich die da oben schon wieder Neues ausgedacht haben. Wir da unten erfahren ja immer als Letzte davon. Also bloß nicht nachfragen. Wird schon stimmen. Obzwar beeindruckt von Hannas Entschlossenheit nickte sie dennoch verneinend. Hanna stürmte indessen bereits auf den Wachmann an der Eingangstür zu. Ilse folgte ihr mit wenig Abstand. Hanna machte mit dem Kopf eine herrische Bewegung. Ilse beschleunigte. Der Zerberus schien sich von seiner Überrumpelung zu erholen, reagierte aber zu langsam. Als die beiden Frauen schon an dem ebenfalls überraschten Wachmann vorbei waren, schepperte eine schnarrende Frauenstimme aus einem Lautsprecher. Entschlossen schritten die Frauen zum Treppenhaus. Hanna drehte sich unterwegs nochmals um und wedelte mit ihrem Ausweis. Der Wachmann war solche Dreistigkeit nicht gewohnt. Sehen so die neuen Ausweise des Geheimdiensts aus? Er wusste es nicht und wollte am Ende nicht der Dumme sein, also winkte er Hanna zu, sie möge weitergehen. Die schnarrende Frauenstimme überhörte er geflissentlich.

„Links oder rechts?"

„Links, und da hinten die Treppe hoch", antwortete Hanna, die in ihrem Berufsleben genügend solche Gebäude durchlaufen hatte und sich selten in einem verirrte. Letzten Endes waren diese Kästen alle gleich – zumindest im Osten.

Sie waren gerade um die nächste Ecke herum, als der Zerberus von seiner Pförtnerloge aus ebenfalls auf den Gang herausgetreten war. Die Frau plärrte den Wachmann an. In dem Moment kam ein weiterer Besucher durch den Haupteingang und rief nach ihr. Die Pförtnerin musste zurück in ihre Loge, um ihres Amtes zu walten. Sie warf nochmals einen Blick zurück, aber die beiden Frauen waren längst im Gebäude verschwunden. Sollte sie den Sicherheitsdienst alarmieren? Doch das würde nur unangenehme Fragen nach sich ziehen. So ließ sie dem Prinzip Hoffnung den Vorrang.

Hanna fand auf Anhieb Popovs Büro. Sie klopfte, wartete aber keine Antwort ab, sondern öffnete fast gleichzeitig die Tür.

Maria Mareva, Popovs Assistentin, blickte erstaunt auf. Sie erkannte die beiden Frauen sofort. Wie von der Tarantel gestochen, schoss sie von ihrem Sitz hoch und lief um ihren Schreibtisch herum auf die Tür zu.

„Wie kommen sie hier herein?", erregte sie sich. Doch es war zu spät, die Tür wieder zu schließen. Hanna stand bereits im Raum und Ilse folgte ihr auf dem Fuße.

„Herr Popov ist nicht da. Sie haben auch keinen Termin mit mir vereinbart."

Die Sekretärin betonte das ‚mir'.

„Oh, wir hatten keine Gelegenheit, einen Termin zu vereinbaren", erwiderte Hanna, so freundlich wie möglich. „Aber das, was wir ihrem geschätzten Herrn Vorgesetzten zu sagen haben, duldet keinen Aufschub. Wann kommt er denn wieder?"

„In einer halben Stunde."

„Sehr schön", sagte Hanna, „dann warten wir so lange."

Mit diesen Worten ging sie in das große Vorzimmer hinein, nahm sich einen Stuhl und setzte sich. Ilse tat es ihr gleich.

Kaum saßen sie, flötete Hanna: „Ach wissen sie, Frau Mareva, haben sie vielleicht irgendetwas zu trinken? Ein Glas Leitungswasser würde völlig genügen."

„Mir bitte auch eines", assistierte Ilse.

Die Mareva war überrannt. Ungastlich wollte sie nicht sein. Also verließ sie das Zimmer und lief den Gang entlang zur Küche.

Hanna und Ilse studierten die Reihen der Aktenordner in den Schränken.

„Such nach TETSCHKO", befahl Hanna.

„Ich bin doch nicht blöd", erwiderte Ilse, „fang du rechts unten an, ich such von oben links."

Als die Mareva mit einem kleinen Tablett, darauf eine Wasserflasche und zwei Gläser, wieder eintrat, fixierten die beiden Frauen eine Ordnerreihe genau vor ihren Augen.

Die Gläser waren gerade zum zweiten Mal geleert worden, als Kosta Popov schwungvoll hereinstürmte und sich anschickte, gleich nach links in sein Büro abzubiegen, als er die beiden Frauen erblickte. Er blieb wie angewurzelt stehen.

Hanna und Ilse hoben jede ihre freie Hand und winkten ihm fröhlich zu. Ilse übernahm das Kommando. Als wäre Popov ein lange nicht gesehener Freund, lief sie auf ihn zu.

„Wir sind extra gekommen, Herr Popov, um uns bei ihnen zu bedanken. Sie glauben ja gar nicht, wie sehr sie uns geholfen haben."

Sie ergriff Popovs Hand und schüttelte sie übertrieben. Dieser, immer noch sprachlos, ließ es mit sich geschehen, als sei er eine Marionette.

„Unser Dank kommt wirklich von Herzen, Herr Popov, auch im Namen des Generalsekretärs der-, äh, unseres Auftraggebers. Er wird sich – da bin ich mir sicher – ganz sicher freuen, wenn er erst unseren Bericht gelesen hat. Wirklich!"

Inzwischen hatte sich auch Hanna erhoben und dazu gesellt. Sie konnte ihr Grinsen nur mit Mühe unterdrücken und heftete ihre Augen auf sein Gesicht. Popov war sichtlich schockiert und begriff kaum, was ihm da gesagt wurde. Irritiert blickte er zu seiner Assistentin. Doch die Mareva hob die Schultern und warf ihm einen hilflosen Blick zurück.

„Wir sind vor allem beeindruckt von den gefestigten personellen wie unternehmerischen Strukturen, die hier unter ihrer Leitung geschaffen wurden", flötete Ilse weiter. „Dieses intensive Netzwerk, das wir aus nächster Nähe kennenlernen durften, ist ganz exquisit geknüpft. Geradezu ein Meisterwerk! Das macht ihnen so schnell keiner nach, Herr Popov. Deswegen bin ich mir auch ganz sicher, dass es bestens halten wird, wenn der Geldfluss von der internationalen Agentur nicht mehr weiter anhält. Ich bin mir außerdem sicher, dass sie und ihre so kompetenten muldanischen Geschäftsleute mittlerweile genügend Rücklagen gebildet haben, um die Kredite zurückzuzahlen. Davon konnten wir uns insbesondere bei Herrn Lobed überzeugen."

Hanna knuffte Ilse in den Rücken, was diese verstummen ließ. Jetzt setzte auch Hanna ihr schönstes Lächeln auf.

„Mein Glückwunsch geht an ihre tatkräftigen Mitarbeiter. Aber, wenn ich ihnen einen Rat geben dürfte: Sie sollten sich mehr um deren Sicherheit bemühen. Der Straßenverkehr hier in Muldanien hat doch sehr stark zugenommen. Da sollte es schon Sicherheitsgurte in den Dienstwagen geben. Die schützen ungemein, wenn ein Wagen von der Straße abkommt."

Auf Popovs Stirn hatten sich Schweißperlen gebildet.

„Es tut, es tut, es tut mir leid", stotterte er endlich los, „ich habe keine Zeit für sie, keine Zeit, keine." Schon fast flehentlich ergänzte er: „Bitte!"

„Oh ja, sie müssen jetzt sicher ihre Akten ordnen", entgegnete Ilse und Hanna versetzte ihr erneut einen Stoß.

Dafür übernahm jetzt Hanna das Kommando.

„Es gab nur ein kleines Problem, das wollten wir ihnen noch sagen. Diese Dolmetscherin, die, wie hieß sie noch gleich?"

„Dschamila?", warf Ilse fragend ein.

„Dessimira", verbesserte von der Seite die Mareva.

„Genau, Dessimira. Die ist zwar nett und spricht passabel Deutsch. Aber uns war sie eine Spur zu naiv und ein ziemlich ahnungsloses Ding. Wir dachten, wir hätten mit ihr eine Frau engagiert, die uns aufgrund ihrer weitreichenden Erfahrung in diesem Projekt weiterhelfen könnte

– aber nichts dergleichen. Deshalb eine Bitte, Herr Popov: Wenn wir das nächste Mal wiederkommen, möchten wir mit jemandem zu tun haben, der etwas kooperativer ist. Wir hoffen, dabei auf sie zählen zu können."

Jetzt ergriff auch Hanna Popovs Hand und brachte ihren besten polizeilichen Händedruck an ihm an. Der stand indessen immer noch wie angewurzelt an derselben Stelle.

„Auf Wiedersehen, Frau Mareva und danke für das herrliche Wasser."

Mit diesen Worten stellte Hanna ihr Wasserglas lauter als nötig auf Marevas Schreibtisch ab. Ilse tat es ihr gleich. Und schon waren die beiden durch die Tür hinaus.

Plötzlich hatten sie es sehr eilig. Sie liefen den Gang entlang und klapperten die Treppe hinunter. Erhobenen Hauptes hielt Hanna dem Wachmann erneut ihren Ausweis vor die Nase und zog ihn nochmals an der Glasscheibe der Pförtnerin vorbei. So schritt sie auf die Ausgangstür zu. Ihre Tasche reichte sie in Gutsfrauenart an die hinterhereilende Ilse. Die Verhältnisse waren geklärt.

Sie schritten zügig, aber nicht übereilt durch die Ausgangstür, die sich hinter ihnen automatisch schloss und nahmen das erstbeste Taxi, das am Straßenrand wartete.

Ilse schlug sich feixend auf die Schenkel.

„Na, ob das so intelligent war, will ich bezweifeln", knurrte Hanna neben ihr.

„Ein bisschen Spaß muss sein", sang Ilse fröhlich. Sie war noch ganz aufgekratzt.

Eine Stunde später fuhren sie im Flughafenbus auf ihre Maschine zu, eine uralte Antonow. Ilse sah ungläubig zu Hanna hinüber und sächselte vor Schreck: „Das kann ni wahr sein."

„Wie?", Hanna wandte sich ihr ruckartig zu und machte große Augen.

„Damit werden wir doch nicht etwa fliegen? Was hast du denn da gebucht? Bist du wahnsinnig? Guck dir den Vogel doch mal an. Das ist doch nichts weiter als ein fliegender Bus ohne Netz und doppelten Boden", meckerte Ilse.

„Was ist denn mit dir los?", wunderte sich Hanna künstlich, „Du bist doch sonst immer zu haben für Abenteuer-Reisen. Ich wollte dir einfach was bieten."

Der Scherz war Ilse zuviel. Sie machte Anstalten, auf der Stelle umzukehren. Da hielt sie Hanna am Ärmel fest. „Jetzt sei nicht so empfindlich und steig endlich ein. Ich halt' dir auch dein Händchen."

Der grüne Leguan

Hanna hatte ihre Koffer ausgepackt, die Waschmaschine vollgestopft, sich geduscht und wollte sich gerade in Ruhe mit ihrer Post der vergangenen Woche sowie einem Espresso mit einem Schuss Milch auf das Sofa setzen, als ihr Telefon läutete.

„Hanna, du musst mir helfen. Bitte, komm' sofort her."

„Ist einer deiner Holzstapel umgefallen?"

„Mach keine Witze jetzt und komm sofort her."

Ilses Stimme wechselte in den Diskant. Hanna blieb trotzdem ruhig.

„Darf ich erst mal meine Post …"

„Du sollst hierherkommen. Sofort!" Ilse Stimme klang ungewohnt schrill. Noch bevor Hanna etwas erwidern konnte, hatte sie aufgelegt. Hanna legte ihre Post auf den Schreibtisch. Dann nahm sie einen großen Schluck aus der Tasse und stellte sie, noch halbvoll, neben den Poststapel.

Nur kurze Zeit später stand sie vor Ilses Haustür, der Schlüssel steckte. Hanna streifte ihre Schuhe vor Ilses Tür ab und öffnete. Warmer Mief schlug ihr entgegen. Laut rief sie ins Haus hinein: „Ilse?!"

„Hier", hörte sie Ilses weinerliche Stimme aus der Gegend des Wohnzimmers. „Wieso hast du denn so lange gebraucht? Komm sofort her."

Hanna schloss die Tür hinter sich und schlüpfte in die bereitstehenden Pantoffeln. Sofort brach ihr der Schweiß aus. Sie kam sich vor wie im Tropenhaus des Zoos. Es roch auch so ähnlich, leicht modrig. Hanna wunderte sich ob der ungewöhnlichen Wärme im Haus. Normalerweise war nur die Wohnküche geheizt. Obwohl der Sommer vor der Tür stand, musste der große Kachelofen im Wohnzimmer eingeschürt worden sein, als gelte es, gegen halb Sibirien und die Russenkälte anzuheizen. Hanna schälte sich aus dem Mantel und warf ihn, weil die Garderobenhaken vollgehängt waren, oben über alle Kleidungsstücke. Ilses Koffer und die Reisetasche standen unausgepackt davor.

Hanna schlurfte in den etwas zu groß geratenen Filzlatschen los und warf einen vorsichtigen Blick um die Ecke in den Gang hinein. Da stand Ilse wie angewurzelt und wies nur stumm mit einer Hand ins Wohnzimmer. Dabei machte sie einen Schritt rückwärts zur Wand, damit

Hanna freie Sicht bekam. Hanna fiel als Erstes der weiße asiatische Teppich auf, auf den Ilse so stolz war, weil er ein Echtheitszertifikat für kinderfreie Knüpfarbeit hatte. Die beiden unförmigen Kegel mitten auf dem Teppich gehörten allerdings normalerweise nicht zur Wohnzimmerausstattung. Hanna kniff die Brauen zusammen und fokussierte ihre Augen darauf. Die Kegel sahen aus, als hätte ein Bär zwei Häufchen gemacht. Für Hundehaufen waren die Kegel jedenfalls zu groß. Hanna kam zwei schlurfende Schritte näher. „Das sieht aus wie …", begann sie.

„Das sieht nicht nur so aus", jammerte Ilse.

Während Hanna näher trat, weitete sich ihr Blickwinkel ins Zimmer hinein. Immer stärker schlug ihr die Kachelofenhitze entgegen. Eines der beiden, mit beigem Leder bezogenen Sofas war aufgeschlitzt, als hätte ein Einbrecher nach versteckten Geldscheinen gesucht. Fünf parallele Messer schienen in engem Abstand durch das dünne Leder gezogen worden zu sein. Und das gleich zweimal. Vor Hannas geistigem Auge sprang plötzlich ein gestreifter Tiger quer durch den Raum. Sie blieb unwillkürlich stehen. Ilse nahm die zögerliche Freundin an der Hand und zog sie in den Raum hinein. Stumm wies Ilse mit der freien Linken nach rechts. Der Kachelofen war in einem ausladenden Schwung über Eck eine halbe Wand lang gebaut, sodass sich eine fast zwei Meter lange Kachelbank mit breiter Rückenlehne ergab, die so heiß werden konnte, dass sich Hanna schon mehrmals fast Hintern und Rücken daran verbrannt hatte. Sie hielt es jedenfalls nie lange auf der Bank aus, wenn der Ofen auf Hochtouren lief. Oft erwischte sie Ilse hier beim Mittagsschläfchen, auf einer dicken Wolldecke als Isolierung liegend. Auf dieser Wolldecke von bestem Ziegenhaar, mit einem Anteil feinem Mohair, fühlte sich jetzt ein grünes Ungetüm sichtlich wohl.

Der Leguan glotzte die beiden Frauen mit großen Augen an. Er hatte einen gezackten Kamm auf dem Rücken. Das gab ihm etwas drachenartiges. In Abständen von Handbreiten zogen sich senkrechte schwarze Linien ringförmig um den grünen Leib. Vom Kopf bis zum Schwanzende maß das Tier sicher 130 Zentimeter. Es bewegte den Kopf kein bisschen. Die Bewegung seiner Augen zeigte aber, dass das Tier die beiden Frauen wahrnahm.

Hanna hielt den Kopf schief und blickte der Echse in die Augen.

„Hübsch", sagte sie, „ist der immer so grün oder kann der auch anders? Aber das ist ja kein Dings – wie heißt es, Chinchilla?"

Von Ilse kam nur ein Prusten als Antwort.

„Chamäleon", beantwortete Hanna ihre eigene Frage. In naivem Plauderton sprach sie weiter.

„Das also ist euer grüner Leguan. Wie heißt er denn? Oder ist es ein Weibchen?"

Ilse, die in der Mitte des Zimmers stehengeblieben war, antwortete nicht.

Vorsichtig trat Hanna an das Tier heran und hob ihm eine Hand entgegen. Der Leguan rührte sich nicht. Nur der Kopf begann in der arteigenen Drohbewegung zu nicken. Hanna kam es vor, als wolle er sie begrüßen. Ein orangerotes Auge blickte ihr starr entgegen. Das untere Augenlid sah aus, als hätte es Wimperntusche aufgetragen.

„Putzig", sagte Hanna.

Ilse, hinter ihr, schnaubte nur durch die Nase.

„Miez, miez, miez", machte Hanna.

Ilse gab ein gepresstes Stöhnen von sich.

„Der nickt ja mit seinem Kopf wie so ein Wackel-Dackel. Ist ja richtig süß."

Ilses Stöhnen klang jetzt wie das Knurren eines Löwen vor dem Sprung.

Hanna versuchte, den Leguan zu streicheln. Seine Haut fühlte sich glatt an wie ein Fisch, er hatte ebensolche Schuppen. Die waren aber fest und erinnerten sie an Fingernägel, glatt, fest aufeinanderliegend und kühl. Nichts zum Streicheln, aber auch nicht unangenehm. Erstaunt stellte Hanna fest, dass die Echse eine Art Halsband trug.

Sie griff an das Band, drehte sich halb zu Ilse und fragte:

„Sag mal, wo ist denn seine Leine?"

Ilse machte ein völlig verständnisloses Gesicht.

„Na, die Leine, Ilse! Oder weshalb hast du mich angerufen? Ohne Leine kann ich dein Hundchen schlecht Gassi führen."

Da erst merkte Ilse, dass sie veralbert wurde. Sie lief puterrot an. Doch zum Schreien hatte sie keine Kraft mehr. Sie schien wirklich mit den Nerven am Ende zu sein. Aus ihrer Kehle kam nur ein heiseres Krächzen.

„Schaff diesen Drachen hier raus!"

Dienst-Tag

Es war ein Dienstag, an dem Hanna – nach Abbüßen ihres allerletzten Alt-Urlaubstags – wieder ihr Büro betrat.

„Und, habt ihr erfolgreich das Verbrechen bekämpft, solange ich weg war?" Sie setzte sich auf Peters Schreibtischkante, ein Bein baumelte in der Luft, und schenkte ihrem Kollegen ein breites Lächeln.

„Erzähl doch eher du, was du so gemacht hast im schönen Muldanien. Besonders braun geworden bist du ja nicht. Hast dich wohl die ganze Zeit als Schattenfrau in der muldanischen Unterwelt herumgetrieben."

Hanna feixte. „Willst du hören?"

„Blöde Frage. Schieß los."

Hanna nahm kein Blatt vor den Mund und erzählte Peter haarklein, was sie erlebt hatte, bis auf ihren Waffengebrauch.

Peter nickte hin und wieder und stellte selten Zwischenfragen.

„Und was davon willst du unserem Herrn Helbig erzählen?"

Hanna stand auf und wechselte auf ihre Schreibtischseite hinüber.

„Wahrscheinlich gar nichts. In dem Mordfall hat mich die Reise kein Stück weitergebracht."

Peter widersprach.

„Das mit der Holding ist doch interessant. Da würde ich dran bleiben."

„Das ist auch meine größte Hoffnung", bestätigte Hanna.

Peter zwinkerte ihr zu.

„Und wenn nicht, dann haben wir immerhin einen IM in Muldanien gewonnen. Das Bundeskriminalamt wird vor Neid erblassen. Das ist sicher der Beginn unserer privaten internationalen Ermittlungsbehörde."

Hanna zog eine Schnute. „Sehr witzig."

Jacqueline steckte den Kopf zur Tür herein begrüßte sie lauthals. Da sprang Hanna auf, griff nach ihrer Tasche und zog eine Plastiktüte mit den Teilen der in Muldanien sichergestellten Bremsleitungen hervor und reichte sie Jaki.

„Wärst du so lieb und bringst das der Spurensicherung. Die sollen gucken, ob da irgendwas dran ist, das wir schon kennen. Vor allem unter der Stelle, die wie ein Verband aussieht."

Jaki lugte in die Tüte.

„Wie haste denn die Teile am Zoll vorbeigeschleusd? Wenn misch ni alles täuschd, is das dor werdvolles Kuldurgud."

Hanna verdrehte die Augen. Ständig musste sie sich hier veräppeln lassen.

Jaki wandte sich grinsend ab. Sie hatte die Türklinke bereits in der Hand, als sie sich noch einmal umwandte.

„Hädds'd ja wenichsdens a Päggl muldansche Kegse midbringn könn. Oder ne Schdange billche Kibbn. Karde hasd'e uns ooch keene geschriem."

Damit war sie aus der Tür.

Hanna klappte den Mund auf und wieder zu. Peter schlug nochmals in dieselbe Kerbe.

„Eine Postkarte hättest du schon schreiben können. Du weißt doch, dass Jaki die alle an die Wand pinnt. Das ist der Stolz einer jeden Assistentin."

Dann griff er mit ausholender Geste nach einem Stapel Umlaufmappen auf seinem Schreibtisch und klappte die erste auf.

„Die Reifenstecher sind wieder zugange. Allein letzte Woche haben sie in der Neustadt, in Striesen und Gruna bei zwanzig Autos die Pneus angepiekst. Ich hoffe, deine Karre steht in der Garage. Die Kommission ist vorübergehend personell aufgestockt worden. Auch für Nachtschichten. Ich hab' mich freiwillig gemeldet."

„Du machst Nachtschichten? Solltest du nicht bei Frau und Kind sein? Willst du unbedingt die polizeiliche Scheidungsrate steigern?"

„Meine Frau ist ganz zufrieden damit. Weißt du, unsere Kleine bekommt gerade ihre ersten Zähne. Meine Frau will endlich mal durchschlafen."

„Du läufst mit Kinderwagen auf Streife?"

„Warum nicht? So lang sich der Wagen bewegt, gibt die Kleine Ruhe. Hätte nicht gedacht, dass ich fürs Kinderwagenschieben mal Nachtzuschlag bekomme."

Hanna schüttelte den Kopf.

„Und der Drogentote?"

„Ist endgültig ein Drogentoter. Goldener Schuss, verdrecktes Heroin. Kein Gift. Die Spezialisten in Leipzig haben bei der Nachuntersuchung des Stoffes nichts gefunden. Akte geschlossen."

Mit den Worten klappte Peter die Mappe, die er in der Hand hielt, zu, legte sie beiseite und griff nach der nächsten vom Stapel, öffnete sie und zeigte

Hanna die Kopie eines Presseausschnittes mit sehr großen Lettern als Überschrift.

„Die Journaille hat sich des toten Endermanns angenommen. ,Die Polizei tappt im Dunkeln'. Der Artikel ist so geschrieben, dass man alles Mögliche denken kann, Stasi-Machenschaften eingeschlossen. Unser Pressesprecher hat mal wieder erfolgreich Nebelkerzen verschossen. Allerdings war er etwas angesäuert, dass du ausgerechnet jetzt Urlaub machst."

„Also, Moment mal", brauste Hanna auf.

„Reg dich ab, ich hab's ihm erklärt. Letzten Endes wird es dich freuen. Dirk ist dieser öffentliche Druck ziemlich unangenehm geworden. Du weißt, sein größtes Problem ist immer, wie er der Presse ungelöste Fälle verkaufen soll. Ich soll dir ausrichten, dass du weiter machen darfst. Wenn ich dich nicht besser kennen würde, würde ich vermuten, du hast diesen Artikel selbst lanciert."

Hanna grinste: „Ja klar, ich hab eigenhändig das Denunziantentelefon angerufen. Von Petruczka aus. Sag mir lieber, warum mir Dirk das nicht selbst sagt."

„Kann er nicht. Ist nicht da."

„Partei?"

„Führungskräftefortbildung. Soziale Kompetenz, Mitarbeiter-Motivation, Delegation."

Hanna fiel fast die Kinnlade herunter.

„Fort-?", sagte sie.

„-Bildung", ergänzte Peter.

„Oh", freute sich Hanna, „wenn Dirk sich bildet, dann können wir hoffen, dass er bald fort ist. Die da oben schicken den doch nicht auf solche Lehrgänge, wenn sie nicht Größeres mit ihm vorhätten."

„Freu dich bloß nicht zu früh. Meine Erfahrung sagt mir, dass meistens nichts Besseres nachkommt. Es sei denn, du bewirbst dich um die Stelle."

Hanna schüttelte vehement den Kopf.

„Nee, mein Lieber. Nicht mit meiner DDR-Vergangenheit. Bewirb du dich doch um den Posten. Du warst doch nicht mal in der FDJ, sondern nur bei den Dresdner Pionier-Eisenbahnern im Großen Garten."

„Ha, ha", machte Peter gedehnt. Doch seine Mundwinkel zogen sich ihm wider Willen zu einem Lächeln auseinander. Er legte den Artikel zurück in die Mappe und ließ sie in den Eingangskasten auf Hannas Schreibtischseite rutschen. Dann griff er sich die nächste Mappe von seinem Stapel. Plötzlich hielt er inne.

„Ach ja. Irgendwas, meinte Dirk am Freitag, sollten wir doch der Presse geben."

„Und was dieses ‚Irgendwas' sein soll, hat er natürlich typischerweise nicht erwähnt. Hauptsache ‚Irgendwas'", entgegnete Hanna gereizt. „Das bringen die dem in den drei Tagen nie bei."

Peter blickte auf.

„Was?"

„Dass er mal klare Meinungsäußerungen von sich gibt."

Peter schnaubte etwas durch die Nase und nickte. Hanna war aber noch nicht fertig.

„Aber Dirk will ja nicht Polizeipräsident werden. Er fühlt sich zu Höherem berufen. Der ist doch schon in der Politik. Dass er sich da jetzt nicht verbildet. Als künftiger Innenminister liegt er mit seinem ‚Irgendwas' genau richtig."

Hanna richtete sich auf und deklamierte, während sie mit den Armen in der Luft herumfuchtelte: „So kann das nicht weitergehen, meine Herren. Es muss endlich irgendwas getan werden. Ich werde dafür sorgen, dass dieser Saustall ein anderer wird: Ab jetzt kommt das Klo in die Küche!"

Mit plötzlich wieder normaler Stimme fuhr sie fort.

„Ich bin mir sicher, dafür ist Dirk genau der Richtige."

„Na gut", schloss Peter das Thema ab, „aber was sagen wir unserer Pressestelle bei der nächsten Nachfrage?"

„Wir ermitteln in alle Richtungen."

Peter setzte eine skeptische Mine auf, warf sich in die Pose dessen, was er für einen investigativen Journalisten hielt.

„Sie geben also zu, Frau Kommissarin, dass sie noch keine heiße Spur verfolgen."

Hanna warf sich ihrerseits in Pose.

„Wir verfolgen im Gegenteil eine Vielzahl von Spuren, davon einige sehr viel versprechende. Aus ermittlungstaktischen Gründen, dafür bitte ich um Verständnis, können wir jedoch derzeit keine genaueren Angaben machen. Wir werden sie über den Fortgang unserer Ermittlungen jedoch zeitnah auf dem Laufenden halten. – So und jetzt brauche ich einen Espresso. Oder habt ihr meine Maschine ins Sozialkaufhaus gebracht?"

„Bewahre! Sie tat uns allzeit gute Dienste und als sie am Freitag ihren Geist aufgab, wussten wir, dass du sie uns heute reparieren wirst."

Hanna erschrak erwartungsgemäß. Doch natürlich war die Maschine nicht kaputt. Einige Minuten später stand Hanna, einen Espresso mit dem üblichen Schuss Milch in den Händen vor der Brust haltend, am Fenster und blickte auf die Elbe. Erst jetzt merkte sie, welches Heimweh sie gehabt hatte.

Peter hatte den Stapel der Mitteilungen für seine Kollegin fast abgearbeitet. Er hatte es sich wie ein guter Beamter angewöhnt, jede Notiz auf einen Zettel zu schreiben und diese in eine eigene Laufmappe mit aufgedrucktem schwarzen Gitternetz zu legen, auf die er vorn, in das letzte noch nicht durchgestrichene Kästchen, mit Bleistift ‚Hanna' schrieb. Soeben nahm er wieder so eine Mappe zur Hand und entnahm ihr ein Blatt Papier.

„Ach ja", sagte er, „das war ja auch noch. Du sollst dich bei Mirko Reimann von der Sonderabteilung gegen Extremismus melden."

Wie von der Tarantel gestochen, machte Hanna auf dem Absatz kehrt. „Da muss ich sofort hin!" Gierig trank sie ihre Tasse aus, stellte sie krachend auf Peters Schreibtisch und stürmte zur Tür hinaus. Auf dem Gang rannte sie Holger Reppe direkt in die Arme.

Der hielt ihr, mit der trauernden Miene eines Boxerhundes, jene Plastiktüte vor die Nase, die ihm Jaki offenbar gerade vorbeigebracht hatte. Hanna schwante Übles.

„Das is ni dei Ernsd, Kolleschin. Das Teil is dor schon gebutzt wordn. Wer kommd denn auf enne so bleede Idee?"

„Also, geputzt ist der falsche Ausdruck. Ich bin die Leitung mit einem Papiertaschentuch abgefahren, um die Leckage zu finden. Das ist nämlich eine Bremsleitung ..."

„Also weesde, ich mag ja bleede sein, aber ni blind", eiferte sich Reppe. Er schnaufte immer noch schwer. Er musste die drei Stockwerke in seiner Entrüstung heraufgerannt sein.

Hanna sprach beruhigend auf ihn ein. Sie erklärte, sie vermute, dass jemand mit einer Metallsäge die Leitung angeschnitten und dann so wieder zugebunden habe, sodass die Bremsflüssigkeit erst nach und nach, bei jedem Pedaldruck ein wenig, herausgeflossen sei.

Reppe hörte immer interessierter zu.

„Und was soll'n mir da findn?"

„Also, ich würde mir bei so einer Arbeit an der Schnittkante vielleicht den Finger aufreißen. Dann könnten da Blutspuren oder Hautfetzen dran sein. Ich gebe zu, das ist sehr hypothetisch. Notfalls genügt mir auch der Beweis, dass hier dran manipuliert wurde."

Reppe sah Hanna zweifelnd von der Seite an. Dann brummte er etwas in seinen nicht vorhandenen Bart, was Hanna als Zustimmung nahm. Sie atmete auf und wollte schon an ihm vorbeirennen.

„Ach ja", sie wandte sich nochmals um. „In der großen Tüte ist noch eine kleinere mit einem Stück einer anderen Bremsleitung, von einem anderen Fahrzeug. Vielleicht ist da wenigstens eine Fingerspur darauf von jemand, den wir bereits kennen. Ich hab das Teil allerdings auch in der Hand gehabt."

„Im Gebrauch von Handschuhn bisd du wohl nor ni underwiesn wordn", bemerkte Reppe und wandte sich grummelnd ab. Hanna atmete auf und eilte weiter.

„Na, das scheint aber dringend, wenn dich dein erster Weg nach dem Urlaub gleich zu mir führt", begrüßte Mirko Hanna. „Ich hab' auch was für dich. Da sind doch tatsächlich vor fünf Wochen 20.000 Euro von einer Bank in Solvanka auf eines der von uns beobachteten Konten der ‚Freien Regionalen Kräfte' eingezahlt worden. Der Einzahler ist namentlich nicht erkennbar. Und das Geld war so schnell wieder weg, dass wir den starken Verdacht hegen, dass da jemandem ein ganz dummer Fehler unterlaufen ist."

„Wieso?"

„Na hör mal, wir beobachten die Kameraden schon eine geraume Weile. Das wissen oder ahnen die sicher. Deshalb passiert auf diesen Konten schon lange nichts Verdächtiges mehr. Bisweilen schieben sie sich, so als wollten sie uns veräppeln, Hundert-Euro-Beträge hin und her. Und dann plötzlich so eine Summe! Das ist doch ein peinlicher Fauxpas."

„Eine Fehlbuchung kommt wohl nicht in Frage?"

„Dann hätte die einzahlende Bank das Geld längst zurückgefordert. Außerdem ist es ausdrücklich als Spende ausgewiesen. Das Kennwort ist eindeutig: Für national befreite Zone Sächsische Schweiz."

„Und wo ist das Geld jetzt?"

„Frag mich was Leichteres. Es ist jedenfalls ebenso schnell verschwunden wie es aufgetaucht ist. Einer der üblichen Spender war das nicht. Denn da kommt schon manchmal was, allerdings nicht in solchen Mengen. Das meiste aus Westdeutschland; vermögende Altnazis, die der braunen Jugend im Osten unter die Arme greifen."

„Aber wieso dieses Mal aus Muldanien?"

„Ich dachte, die Frage würdest du mir beantworten, Hanna."

Hanna stand im Raum und wusste nicht weiter. Sie überlegte fieberhaft, ob die Mitteilung etwas mit ihrem Fall zu tun haben könnte. Es passte irgendwie. Aber wie?

„Haben die Pirnaer Kameraden schon länger solche Auslandsbeziehungen?"

„Rechtsextremisten gibt es überall, auch in Muldanien. Aber diese Kontakte laufen auf anderer Ebene. Also, ich muss sagen, uns reicht schon, was die bisher anstellen. Wenn die jetzt noch anfangen, sich über internationale Geldtransfers zu vernetzen ..."

Mirko brach ab.

„Es ist also das erste Mal", stellte Hanna fest.

„Ja, zumindest haben wir bisher nichts Vergleichbares gehabt. Was mir nicht in den Kopf will, ist die Fließrichtung des Geldes. Im Normalfall sind die deutschen Nazis diejenigen, die ihre armen Brüder und Schwestern im Osten unterstützen. Und dann: 20.000 Euro! Aus dem Osten! Das ist auch für unsere Freunde kein Pappenstiel."

Da Hanna nichts dazu sagte, fuhr Mirko fort.

„Die Nazis lassen zum Beispiel ihre Schriften billig in Polen drucken. Auch ihre CDs werden dort gepresst. Das Schimpfen auf die sogenannten Polackenschweine ist das Eine. Die preiswerten Geschäfte mit polnischen Firmen stehen auf einem anderen Blatt. Nicht nur unsere Industrie, auch die Rechten nutzen das Lohngefälle an der Grenze zwischen dem alten und dem neuen Europa. Das heißt aber: Wenn Geld fließt, dann von hier in den Osten, nicht umgekehrt. Dieses Geld hier muss aus anderen, uns noch völlig unbekannten Quellen stammen. Also, mir macht diese Überweisung echt Sorgen. Das ist mein voller Ernst, Hanna. Wenn du mir hier helfen könntest, wäre ich dir wirklich dankbar."

Hanna sagte noch immer nichts. Ihr Gehirn arbeitete auf Hochdruck. Mirko gab ihr keine Ruhe. „Habt ihr euch Endermanns Konto angesehen?"

„Nichts Auffälliges", meinte Hanna. „Alles ganz normal." Sie grübelte.

„Die Geschichte ist etwas wirr. Wo ist der rote Faden?"

„Jetzt setz dich erst mal hin." Mirko zog einen Stuhl heran.

Hanna setzte sich und erzählte ihm alles über ihren Fall. Er runzelte die Stirn.

„Wusste Georg Endermann, an was sein Vater zuletzt arbeitete? Hatte er Zugang zur Wohnung?"

„Zugang hatte er und gewusst hat er es, genauso wie seine Schwester Gabi. ‚Ich arbeite für die muldanische Mafia', hatte der Vater mal zu beiden gesagt."

„Na, da ist doch denkbar, dass Georg mal nachgesehen hat in Vaters Laptop, um seine Reiseberichte zu lesen."

„Keine Reiseberichte – Projektberichte. Meistens alles in Englisch und zweitens unverständliches Zeug. Und gleichzeitig sind dann wieder Teile drin, die sind langweiliger als der Lagebericht einer sächsischen Polizeiinspektion: ‚3.30 Uhr Anruf wegen ruhestörenden Lärms aus der Nachbarwohnung, 3.45 Uhr angetrunkener Autofahrer kriecht bei der Suche nach dem verlorenen Zündschlüssel auf der Fahrbahn herum'. Ich kann mir nicht vorstellen, dass Georg so etwas prickelnd findet. Worauf willst du eigentlich hinaus?"

„Tja, weißt du: Diese Kontonummer kennen nur wenige. Jetzt gibt es plötzlich jemanden in Muldanien, der sie kennt. Dein Herr Endermann hat in Muldanien gearbeitet und sein Sohn ist ein kleiner Jungnazi bei eben dieser Kameradschaft, der dieses Konto gehört. Wer da keine Verbindung sieht, muss blind sein."

„Georg könnte gewusst haben, dass sein Vater an einem anderen, einem zusätzlichen Bericht arbeitete."

„Was hatte Endermann Senior denn damit vor?"

„Schwer zu sagen. Sein Ex-Kollege vermutete, er wollte ihn den zuständigen Behörden geben, wen immer er damit gemeint hat. Wenn Georg da wirklich etwas gefunden hat, dann …"

Hanna beendete den Satz nicht.

Beide schwiegen kurz, dann fuhr Mirko fort. „Ich werde dir helfen. Ich habe dir doch von diesem brutalen Angriff der Rechten am Pirnaer Bahnhof erzählt. Wir kennen immer noch nicht alle Schläger. Bei einer größer angelegten Haussuchung haben wir einiges herausgefunden. Aber uns fehlen immer noch einige Täter. Georg Endermanns Wohnung war damals nicht dabei. Das ließe sich nachholen."

Hannas Miene hellte sich sofort auf. Mehr konnte sie nicht erwarten. Sie bedankte sich und wollte schon gehen. Da hielt sie Mirko nochmals fest. „Sag mal, schläfst du nachts manchmal schlecht?", fragte er. Hanna machte ein erstauntes Gesicht. Mirko hatte ein schelmisches Lächeln aufgesetzt.

„Solche Aktionen machen wir meist in aller Frühe. Also, bevor du dich schlaflos durch deine Kissen wühlst, bist du herzlich eingeladen. Kräftig scheinst du ja auch zu sein. Die Kisten mit braunem Gedankengut können nämlich ganz schön schwer sein. Und da es uns oft an Personal für solche Aktionen fehlt, darf ich jederzeit auf andere Kräfte zurückgreifen, was ich hiermit tue. Oder brauchst du eine offizielle Abordnung?"

Hanna überlegte nicht lang. „Na, dann werde ich eben einmal auf meinen Schönheitsschlaf verzichten müssen."

Diensthunde-Verordnung

Im Treppenhaus kam ihr Dr. Laubusch entgegen, zwei Pakete frisches Kopierpapier unter dem einen und einen dicken Packen geheftete Papiere, noch warm vom Kopierer, unter dem anderen Arm eingeklemmt.

„Na, gudden Dach, Frau Diehl. Hadden se ain guhden Ermiddlungserfolch in Muldaanie? Denn dass sie dord Uhrlaub gemachd ham, des glaub ich ihne' nie und nimme'."

Die beiden blieben auf einer Stufe stehen. Dr. Laubuschs Brille war so weit die Nase hinuntergerutscht, dass sie fast abkippte. Er bückte sich ein wenig und kam sich mit der rechten Hand entgegen, um sie nach oben zu schieben. Dabei lockerte sich der unter dem Arm eingeklemmte Papierstapel und platschte zu Boden. Etliche Papiere rutschten Stufe um Stufe weiter.

„Heiland Sack", entfuhr es Laubusch.

„Warum nehmen sie nicht den Aufzug?", fragte Hanna und bückte sich, um beim Einsammeln zu helfen.

„Da würd' ich ihne ja ned begechne", entgegnete Laubusch, nicht ganz ohne gewisse Logik.

‚Sicherheitsbestimmungen für Kindertagesstätten im Freistaat Sachsen', las Hanna auf dem Deckblatt eines Papiers, ‚Pflege- und Funktionseinheit für den stationärklinischen Bereich' auf einem anderen. Hanna legte die beiden Papiere in der Linken aufeinander und griff nach dem nächsten. Sie las ‚Diensthunde und deren Ausbildung zu Spezialsuchhunden-Verordnung'. Jetzt konnte sie nicht mehr an sich halten.

„Sagen sie mal, Herr Doktor, wollen sie sich zur Hundestaffel versetzen lassen?"

Dr. Laubusch war kein bisschen verunsichert.

„Die armen Viecher dun mir einfach so laid. Wissen se, wie die gehald'n wer'n? In ganz enge Gäfiche! Ein Schäferhund kann da ned a mal aufstehn. Der gann sich g'rad a mal um sei eichene Achse dreh'n. Da muss so ein Hund ja ganz depperd wer'n. Reichd ja schon, wenn unserne Beamd'n so sind. Und wie die laufen müssen! Immer noch am Haalsband."

„Alle Hunde laufen am Halsband, das ist doch ganz normal", entgegnete Hanna. Sie musste an den grünen Leguan denken. Der trug auch ein Halsband.

„Das is aber ganz uhng'sund. Hunde müss'n an ei'm Brustgeschirr gehn, damit sie ardgerechd geführd wer'n gönnen. Das Ziehn am Halsband machd denen das Kreuz kabudd, das ganze Rückgrad. Manche wer'n da regelrechd aggressiv, weil's ihne die Lufd abschnür'n dud."

„Und das wollen sie ändern?"

„Na, sie wissen doch, wie das is bei uns. Für alles is eine Verordnung da. Auch für das Führ'n von unserne Polizei-Daggel, ob Schäfer, Collie oder mopsgedaggelder Dobermannpinscher. In gaans Deudschland aan die 6.000."

„Und die Verordnung schreiben sie um?"

„Irchend ainer muss es ja duhn. Und wenn's sonsd geiner duhd, dann mach ich's eb'n."

„Und wie bringen sie die durch die Verwaltung? Sie haben dafür doch gar keine Kompetenz – also, ich meine, äh, aber entschuldigen sie bitte ..."

„Schon gut, schon gut, ich weiß, wie sie's mainen", beruhigte sie Dr. Laubusch. „Aber das gönnen sie gedrosd mir überlass'n. Ich weiß, wie's geh'd. Ich hab die Haldung von Modorrädern under 250 Gubikzendimedern bis Baujahr neunzehnsechzig au' scho' geänderd. Ich fahr nämlich so eins. Das is jetze steuerfrei."

„Ach, wie viele solche Motorräder fahren denn noch 'rum?"

„Meines Wissens in Sachsen drei. Wieso – wollen'se eines gauf'n?"

Während des Dialogs hatten sie die Papiere gemeinsam wieder eingesammelt. Hanna steckte den Stapel vorsichtig unter Dr. Laubuschs freien Arm. Seine Brille saß jetzt ordentlich auf der Nase. Dafür hatte sich vom vielen Bücken ein Hemdzipfel aus seinem Hosenbund befreit. Seine letzten, sonst akkurat über den kahlen Schädel gelegten und mit Spucke angeklebten Haarsträhnen hingen an einer Seite herunter. Hanna kamen sie vor wie verstaubte Spinnenfäden. Hanna wandte den Blick ab. Beide standen mit Packen von Papier und leicht erhitzten Köpfen einander auf einer Treppenstufe gegenüber, als ein grün Uniformierter hastig immer zwei Stufen auf einmal nehmend, an ihnen vorbei nach oben strebte, dabei auffällig unauffällig bemüht, nicht zu den beiden hinzusehen. Hanna wollte plötzlich nur noch weg.

„Na, da wünsch ich ihnen Glück."

„Nein", widersprach ihr Dr. Laubusch gedehnt, „wünschen se mir kain Glügg. Wünschen se mir lieber Erfolch. Des wär mir lieber. Das Glügg, wissen se, das is ein Riesen-Rindvieh …"

Damit wandte sich Laubusch ab und stieg die Stufen hinunter, eine etwas belämmerte Hanna Thiel zurücklassend. Als er am Treppenabsatz auf dem halben Stockwerk angekommen war und kehrt machte, um die Gegentreppe nach unten zu nehmen, hielt er kurz inne und sah zu Hanna hinauf.

„Das Glügg is' ein Rindvieh", deklamierte Dr. Laubusch laut, „und suhchd seinesgleichen."

Dann stieg er die nächsten Stufen weiter hinab, sodass sich seine Stimme mit leicht verzerrtem Nachhall im Treppenhaus verlor. „Ich muhss zu indelligend sein, sonsd hädd ich längsd im Loddo gewonn'."

Von Mäusen und Menschen

Hanna ging seufzend in ihr Büro zurück. Sie öffnete die Tür und sah, dass Peter nicht an seinem Platz war. Ohne anzuklopfen, betrat sie Jakis Zimmer. Die kniete unter ihrem Schreibtisch.

„Was machst du denn da?"

„Isch inschdallier mir grade enne neue Festbladde", kam es unter dem Tisch hervor.

Hanna war entsetzt.

„Spinnst du? Operierst du etwa mal wieder verbotswidrig am offenen Herzen?"

„Wenn de Bladde vom Sörfer im Arsch is, machd das gor nüschd."

„Und wenn du einen Schlag kriegst?"

„Krieg isch ni. Au!"

„Ich zieh den Stecker!"

„Finger weg! Das war bloß ne scharfe Kande."

Hanna setzte sich auf Jakis Stuhl, zwei Meter vom Schreibtisch entfernt, drehte ihn leicht schaukelnd hin und her und sah ihrer Assistentin beim Werkeln zu.

Da fragte Jaki: „Hasd du was?"

„Ja, sag mal", fing Hanna langsam an, „du kannst doch nicht nur mit Computer-Mäusen. Hast du nicht auch einen Hund zu Hause?"

„Meine Eldern ham eenen Labrador Redriever. Schwarz wie die Nachd. Der hat mir mal ne Maus gelieferd. Enne nachelneue Funkmaus. Ich war fix un' alle. Had sie gänzlich zermeierd, das bleede Vieh."

„Ich dachte, die sind mehr so golden."

„Ach, du hasd ja wieder ma von Nüschd ne Ahnung. Du meinsd den Golden Redriever. Das is ne ganz andre Rasse. Oder meensde den gelbn Labrador? Die gibds nämlich ooch. Mach ma bidde den Affngriff."

„Ich kann nur Judogriffe", antwortete Hanna verständnislos.

„Quatsch ni und drügge ma bidde String, Ald und Endfern off'm Giehbord. Uff eema!"

„Schraubst du etwa an einem Netzstecker? Du bist wohl lebensmüde!"

Doch Hanna stand auf und trat an den Schreibtisch heran.

„Was weeßt denn du?", kam es von unter dem Tisch. „Haste gedrüggd?"

„Aber dann ist doch alles weg", widersprach Hanna.

„Da is sowieso nüschd mehr da."

Hanna drückte endlich wie ihr geheißen die drei Tasten.

„Jetzt."

„Nu!"

Hanna setzte sich wieder auf den Stuhl und war ganz Bewunderung für ihre Assistentin. Sie griff das Hundethema wieder auf. „Und wenn du mit deinem Labrador Gassi gehst – dann mit Leine und Halsband, oder?"

„Halsband is Dierquälerei."

Dabei verursachte Jaki Geräusche, die klangen, als würde sie mit großer Lust ihr Rechnergehäuse quälen.

„Geh endlich nei, du bleedes Ding. Da könnd'sch mich jedes ma uffrächn, wenn ich de Leude säh, wie se ihre Hunde am Halsband zerrn. Manchn sollde de Hundehaldung sowieso verbodn wern."

„Also mit Brustgeschirr", schloss Hanna.

„Nu isses drinne. Jetzt nor den Lüfder. – Unsre Bolizeihunde müssn meisdens ooch noch so leidn. Ich kann das ni sehn. Wieso die keene Geschirre kriechn. So, das wär geschaffd."

Mit verstrubbelten Haaren und leicht errötet tauchte Jaki, einen Schraubendreher in der Rechten, auf.

„Dann sollte mal einer dafür sorgen, dass die Haltungsverordnung geändert wird, oder?", fragte Hanna.

Jaki legte den Kopf schief. „Irchend wo hab'sch das doch schon ma gehörd. Sach ma, hasd du mit deine Ermordedn ni genuch zu tun? Dafür ham mir dor unsern Herrn Dogdor. Und jetzt lass misch off mein Sessel. Jetzt kommt der Sysdem-Dschegg. Das dauerd enne Weile."

Hanna räumte das Feld und ging kopfschüttelnd in ihr eigenes Büro hinüber. Offenbar machte sie sich keine Vorstellung darüber, was in ihrem Referat so alles lief. Jaki war jedenfalls wesentlich besser informiert. Peter, der wieder an seinem Platz saß, warf ihr kurz einen fragenden Blick zu, sagte aber nichts und wandte sich wieder seinem PC zu. Hanna setzte sich nicht. Stattdessen starrte sie eine Weile aus dem Fenster. Am Elbufer liefen einige Hunde frei herum. Manche wurden an Leinen geführt. Ob sie Halsbänder trugen oder Brustgeschirre, konnte sie aus der Entfernung nicht erkennen. Am schlimmsten fand die passionierte Radlerin jene Leinen, die sich aus einem kleinen Behälter mehrere Meter lang ausziehen ließen. Diese Bänder waren so dünn, dass sie kaum zu sehen waren. Wenn eine Oma links vom Radweg stand und ihr kleiner Liebling im hohen Gras rechts nicht zu sehen war – Hanna hatte sich vor ihrem geistigen Auge schon so manches Mal wegen dieser unachtsamen Hundebesitzer einen Salto vom Rad machen sehen, weil sie eine Leine zu spät bemerkte. Bisher hatte sie immer noch rechtzeitig bremsen können.

Man sollte den Elberadweg für das Gassiführen von Hunden sowieso sperren, überlegte Hanna. Die Wiesen daneben sind schließlich weitläufig genug.

Und man sollte die Brustgeschirr-Verordnung auf Leguane erweitern. Sollte sie Dr. Laubusch eine E-Mail schreiben?

Gemauschel bei Sauerbraten

Hanna wandte sich ihrem Schreibtisch zu. Ihr Blick fiel auf Endermanns Wohnungsschlüssel. Warum lag der noch da? Müsste er nicht längst bei der Tochter sein? War da noch was? Siedend heiß fiel ihr plötzlich ein, was sie sich vor dem Urlaub vorgenommen hatte: Den Druckerschacht kontrollieren! Das einseitig bedruckte Papier! Noch etwas fiel ihr ein. Das ließe sich vielleicht verbinden, befand sich ja beides auf derselben Elbseite.

Hanna griff nach dem Telefon. Sie wählte die Nummer von Staatsanwalt Helbig. Über sein Vorzimmer ließ sie sich verbinden.

„Na, wie war die Auslandsrecherche? Aber ich nehme an, das ist alles streng geheim. Geht mich ja sowieso nichts an."

Hanna ging mit einem Lachen darüber hinweg.

„Ich dachte, ich teste mal wieder ihre Kantine", fing sie an.

„Gute Idee! Heute gibt es sächsischen Sauerbraten. Wie wäre es mit einem Schälchen Rotkohl für die Vollwertkostlerin? Aber der ist ihnen wahrscheinlich nicht grün genug? Um Eins?"

Hanna wunderte sich über Helbigs Aufgeräumtheit. Sie sagte sofort zu. Beim Essen redete es sich leichter über schwierige Verfahren als im Büro. Dann erst sah sie auf die Uhr. Es war zehn vor Eins.

„Also, Moment mal", kamen ihr Bedenken.

„Na, sie sind doch sportlich", antwortete Helbig und legte auf.

Hanna griff nach dem Schlüsselbund und hastete los. „Ich seh' nachher noch mal in Endermanns Wohnung vorbei", rief sie Peter im Hinauslaufen zu.

„Wenn was ist ...", sie machte mit der Rechten den Telefoniergriff am Ohr.

„Hoffentlich hast du's auch an", grummelte Peter.

„Also wirklich", stöhnte Hanna, blieb stehen und kramte in ihrer Umhängetasche. Sie nahm das Handy in die Hand. Es war ausgeschaltet.

Peter bemerkte es und sagte trocken: „Eben." Dann wandte er sich wieder seinem PC zu.

Hanna griff sich den Fahrradhelm von der Garderobe und war schon fast zur Tür hinaus, als sie Peter wieder hörte: „Du hast es aber eilig. Du weißt doch, dass unser smarter Helbig schwer verheiratet ist."

Am liebsten wäre sie wieder hineingegangen und hätte Peter die Ohren lang gezogen. Er hatte sie schon ein paar Mal gefragt, ob sie den Staatsanwalt attraktiv fände, „so als Frau." Blöder Heini! Doch dann lief sie los. Nach wenigen Schritten verordnete sich Hanna betont schreitende Gangart. Dann kam sie eben fünf Minuten zu spät. Na und?

Helbig stand bereits mit zwei Tabletts in der Schlange vor der Essensausgabe, die er übereinander gestellt so vor dem Bauch hielt, dass genügend Abstand zum Vordermann entstand.

„Ich habe ihnen einen Platz in der sozialistischen Wartegemeinschaft reserviert", begrüßte er sie. Als im Westen geborener Jungspund kannte er die DDR-Warteschlangen nur vom Hörensagen. Ihm gefiel einfach der Begriff.

Helbig schwenkte die Tabletts seitlich, um Hanna in die Schlange zu lassen. Die hatte wenig Lust, dass Helbig sie von hinten anstarrte, obwohl sie nicht hätte beantworten können, was es da zu starren gab.

„So lange die Pfeile von vorne kommen, bilde ich lieber ihre Nachhut", gab sie zurück und stellte sich seitlich halb hinter ihn. Helbig verzichtete auf weiteres Geplänkel und ließ sie gewähren. Da sie zufällig gerade neben den Vitrinen mit den Fertigspeisen standen, klappte Hanna einen Glasdeckel hoch und entnahm eine kleine Schüssel Rohkostsalat und stellte ihn auf Helbigs Tablettstapel.

„Bringen sie mir bitte noch eine Portion Kartoffelgratin mit? Ich wär' dann so weit", sagte sie, „jetzt reservier' ich uns zwei ruhige Fensterplätze. Ich geb' ihnen nachher die drei Euro."

Damit bog sie in die Tischreihen ab.

„Ihr Sauerbraten!", wurde Helbig von der Seite angerufen. Der Staatsanwalt wandte sich um und griff nach dem über die Theke gereichten Teller.

„Ach, könnte ich noch einen Kloß extra haben? Ich didsche die so gern in die Soße."

Die Bedienung strahlte den Gast an, stach mit einer zweizinkigen Gabel einen weiteren Kloß aus einem der Alubehälter und legte ihn auf seinem Teller ab.

„Guten Appetit!"

Helbig zahlte mit seiner Chipkarte und wandte sich der Fensterreihe zu. Gegen das Licht waren die Leute alle gleich dunkel. Da hob sich an einer Stelle eine Hand. Helbig steuerte darauf zu.

„Na, Frau Kollegin. Wie sicher ist man als Touristin am Schwarzmeerstrand? Können sie Muldanien als Urlaubsland empfehlen?"
Hanna fiel ihre Szene mit der Schießerei ein und sie fühlte, wie sie blass
wurde. Wieso fragte Helbig gerade das? Könnte es sein, dass …? Nein,
woher sollte er so etwas wissen.

„Ehrlich gesagt, am Strand war ich nur wenig, und da war es ganz nett.
Aber wenn ich ihnen etwas über die Strukturförderung des muldanischen
ländlichen Raums und der dortigen Kleinbauern aus internationalen
Steuermitteln erzählen soll, dann kläre ich sie gerne auf."

Helbig hatte gerade ein großes Stück Fleisch in den Mund geschoben und
konnte zunächst nur mit einem Brummen antworten. Hastig kaute er und
verschluckte sich fast.

„Ich hab's doch geahnt", polterte er los. „Das darf ich gar nicht wissen. Sie
können das sowieso nicht verwenden."

Hanna sah ihn belustigt an.

Helbig zerquetschte mit seiner Gabel einen halben Kloß und schaufelte
sich mit dem Messer dunkelbraune Soße auf den platt gedrückten Fladen.
Dann schob er ihn auf die Gabel und steckte ihn sich in den Mund. Normalerweise hätte er sich die Köstlichkeit langsam auf der Zunge zergehen
lassen. Wieder schluckte er viel zu hastig.

„Na los, erzählen sie schon! Ich erwarte einen detaillierten Bericht."

Hannas Grinsen wurde noch breiter.

Dann wurde sie plötzlich ernst. Sie legte eine Hand auf Helbigs Unterarm,
so dass dieser überrascht aufsah.

„Können sie meine Informationen vertraulich behandeln? Dürfen sie das?
Ich meine, dienstrechtlich?"

Helbig legte für einen Moment Messer und Gabel auf den Tisch.

„Ja, Frau Kollegin, das sichere ich ihnen zu. Wir treffen uns im Moment
außerdienstlich, fast privat, würde ich sagen."

Helbig wurde wider Willen rot und kam ins Stottern: „Also, äh, ich wollte
sagen, äh."

Hanna rettete ihn, indem sie einfach anfing, zu erzählen.

Sie erzählte ihm die ganze Geschichte. Die ganze! Von ihrer Tarnung, von
dem mit Holzlatten gespickten Wolga an frischem Wiesenheu, von vier
wohlgesetzten Schüssen aus einer sächsischen Dienstwaffe auf die Vorderreifen eines schweren japanischen Geländewagens und von einer intelli-

genten Muldanierin, die sie, Hanna, mit ihrer Aktion hoffentlich nicht in Schwierigkeiten gebracht hatte. Und, nicht zu vergessen, von einer sehr zähen Reisebegleiterin mit außerordentlichen Fachkenntnissen. Hanna endete mit den 20.000 Euro aus Solvanka auf dem Konto einer Pirnaer Kameradschaft und der geplanten Hausdurchsuchung bei Georg Endermann.

„Ich nehme an, sie wollen dabei sein", fragte Helbig, und setzte, ohne Hannas Reaktion abzuwarten, hinzu: „Genehmigt! Aber sie berichten mir anschließend haarklein."

„Und das andere?", fragte Hanna.

„Welches andere?", fragte Helbig zurück.

„Na, was ich ihnen gerade alles erzählt habe."

„Was haben sie mir denn erzählt? Wissen sie was, ich könnte jetzt einen Espresso gebrauchen. Wie ist es mit ihnen?"

Sie schlenderten gemeinsam zur Theke und bestellten. Helbig trank seinen Espresso sofort, noch im Stehen. Hanna hielt ihren in der Hand, nahm sich einen Löffel Zucker und einen Schuss Milch aus einem bereitstehenden Kännchen und rührte. „Ich würde gerne weiter mit ihnen darüber reden. Irgendwas muss da doch zu machen sein."

Helbig hatte seine Espressotasse auf den Tresen gestellt und bestellte noch eine große Tasse Milchkaffee. Hanna verstand dies als positive Antwort auf ihre Frage. Sie rührte immer noch in ihrer Tasse. Der Zucker hatte sich längst aufgelöst. Während Helbig auf seine Bestellung wartete, fing er an zu reden.

„Nun, wenn ich das alles richtig einschätze, dann haben sie immer noch keine beweiskräftigen Indizien für ihre Vermutungen, die ich übrigens mit ihnen teile. Die Muldanier mögen einerseits so reagiert haben, dass sich unser Verdacht bestärkt. Es kann andererseits auch sein, dass sie die dort mit ihren Fragen etwas verstört haben. Das würde mich jedenfalls nicht wundern. Einen Zusammenhang mit Endermanns Tod können sie da, wenn es vor Gericht geht, nicht schlüssig beweisen. Oder haben Sie etwas Handfestes in der Hand gegen jemanden mit deutscher Staatsbürgerschaft? Es bleiben alles Vermutungen. Und sie, liebe Frau Thiel, hatten da unten unwahrscheinliches Schwein. So lustig und spannend ihre Erzählung war – außer Spesen ist da nix gewesen."

Mittlerweile stand der Milchkaffee auf dem Tresen.

Helbig wollte davon trinken. Doch die Tasse war zu voll. Also bückte er sich hinunter und sog wie ein Schuljunge einen Schluck vom Tassenrand.

Danach hatte er einen Milchbart.

Hanna grinste. Helbig merkte es und wischte sich mit einem Handrücken über den Mund. Er wurde schon wieder rot. Schnell wandte er sich zur Theke.

„Ich brauch noch was Süßes. Habt ihr irgendwelche Kekse, eine Waffel oder so was", fragte er besonders laut. Eine Frau griff in die Auslage und hielt eine Packung Nusswaffeln hoch. Bevor Helbig reagieren konnte, nahm Hanna der Frau die Waffel aus der Hand und ging damit zur Kasse.

Danach setzten sich die beiden an den nächstbesten Tisch. Die Kantine war mittlerweile fast leer.

Helbig unterbrach für einen Schluck Milchkaffee.

„Andererseits – wenn die wirklich so böse sind, wie wir beide gern glauben, dann hätten die doch nicht lange gefackelt. Die wollten sie vielleicht bloß erschrecken. Dann wären die relativ harmlos und wir müssen unsere Suche nach den wirklich bösen Buben wieder woanders beginnen."

Hanna schaute ihn irritiert an.

Die letzten Essensgäste standen von ihren Tischen auf und schoben die Tabletts in die bereitgestellten Rollschränke. Gläser stellten sie oben drauf, wie es vorgeschrieben war. Hinter der Theke fing das Personal bereits mit Putzen an.

Der Staatsanwalt übernahm wieder das Wort.

„Das reicht hinten und vorne nicht, um hier offiziell anzugreifen. Wir haben noch nicht einmal einen begründeten Anfangsverdacht gegen Messer, Gabler, Lobed und Puppov oder wie die alle heißen."

„Meinetwegen, ja", entgegnete Hanna voll Ärger. „Aber wie sich diese TETSCHKO-Holding aus der einen Marktgesellschaft rausgezogen hat, bevor die Kreditrückforderungen richtig bekannt wurden, das zeugt doch davon, dass das System von der Internationalen Agentur gesteuert wird. Das kann doch nur einer wie Schuster machen. Das müsste doch reichen für eine Hausdurchsuchung."

„Also, liebe Frau Thiel, ihr Engagement in allen Ehren. Aber wenn sie die Sache mal ohne emotionale Wallung betrachten würden, dann kämen auch sie zu dem Schluss, dass das alles ein wenig zu wenig ist. Außerdem, was soll uns das in der Mordermittlung Endermann weiter bringen? Die Zusammenhänge sind viel zu lose. Da ist doch nichts Greifbares."

Hanna wusste nur zu gut, dass Helbig Recht hatte. Sie hatte gehofft, dass er aus dem Flickenteppich, den sie ihm dargestellt hatte, mehr machen könnte.

Helbig stierte auf seine fast leere Tasse. Beide waren unzufrieden. Aber keiner wollte sich geschlagen geben. Sie waren gar nicht so weit auseinander, das wussten sie beide. Deshalb blieben sie sitzen, obwohl sie mittlerweile die Letzten in der Kantine waren.

„Ich hätte da eine vage Idee."

Hanna schaute Helbig überrascht an.

Er legte eine Hand auf Hannas Unterarm und raunte kaum noch hörbar: „Ich bitte um Vertraulichkeit, Frau Thiel. Dürfen oder können sie mir die zusichern?"

Hanna grinste breit. „Aber selbstverständlich, Herr Staatsanwalt."

Mit kaum geöffnetem Mund nuschelte Helbig weiter.

„Ihre Freundin – kenne ich die eigentlich schon?"

Hanna lehnte sich zurück. „Ach nee! Die ist in festen Händen. Und sie übrigens auch, wenn ich sie daran erinnern dürfte."

Diesmal kniff Helbig Hanna so fest in den Unterarm, dass sie zurückzuckte.

„Quatsch mit Soße. Ich wollte fragen, ob sie uns weiterhin zur Verfügung steht. Als Agrarexpertin könnte sie doch einen Termin bei Schuster machen und dasselbe Schauspiel noch mal abziehen: Studie, Evaluierung, Fachartikel. Abgesehen davon können wir sowieso davon ausgehen, dass die Muldanier bei ihm nachgefragt haben wegen dieser angeblichen Studie. Das würde doch hervorragend ins Konzept passen. Ich bin gespannt, wie er reagiert. Vielleicht verplaudert er sich ja. Er wird schon aus lauter Neugier einem Termin zustimmen. Und dann gehen sie gemeinsam hin. Sie lüften ihre Tarnung nur, wenn es nötig wird. Für den Fall und bei eventuellen Schwierigkeiten decke ich ihnen den Rücken."

Hannas Augen leuchteten auf.

„Na, sie sind mir aber einer!"

Hanna legte den Kopf schief und sah Helbig fragend an.

„Ist noch was?", fragte er.

„Sie haben das Haupthindernis vergessen."

„Das wäre?"

„Die Genehmigung einer Reise mit nicht dienstlicher Begleitperson."

„Autsch", sagte Helbig, „Na, dann wird ihre Freundin eben plötzlich krank und sie fahren alleine."

Schachtarbeiten

Hanna hatte die Mittagspausen einer ganzen Woche aufgebraucht. Deshalb war es bereits nach 15 Uhr, als sie in der Blumenstraße ankam. Das Siegel an Endermanns Wohnungstür war inzwischen entfernt worden. Eigentlich hatte sie hier nichts mehr zu suchen. Sie zögerte einen Moment. Dann steckte sie beherzt den Schlüssel ins Schloss, drehte ihn und öffnete die Tür. In der Wohnung roch es wie lange nicht gelüftet. Sie bog gleich ins Arbeitszimmer ab und ging zielstrebig zum Drucker, öffnete das Papierfach und entnahm den Stapel Papier. Sie ließ ihn über den Daumen laufen. Tatsächlich, die meisten Seiten waren bereits einseitig bedruckt. Nur das untere Drittel bestand aus neuem Recycling-Druckerpapier. Hanna blätterte vor und zurück und behielt den bedruckten Teil, den frischen legte sie zurück in die Schublade und schob sie wieder zu.

Hanna setzte sich auf den Schreibtischstuhl und legte den kleinen Papierstapel vor sich auf den Schreibtisch. Sie atmete tief durch vor Aufregung. Blatt für Blatt ging sie den Stapel durch. Das erste war offenbar ein Briefentwurf an Endermanns Krankenkasse, das Schriftbild war etwas verschmiert. Das nächste war ein Text auf Englisch, Seite 11 aus einem größeren Zusammenhang heraus, Hanna legte es auf die Seite. Es folgten ein Schreiben an das Finanzamt und Kopien von Publikationen über Erzeugergemeinschaften. Hanna überflog die nächsten Seiten. Muldanien, Petruczka, Popov. Hanna war elektrisiert. In einer Fußzeile stand der Titel des Dokuments „Endbericht, Projekt ‚Förderung des ländlichen Raumes in Muldanien‘. Hanna überflog die Seite. Sie erkannte keine Brisanz. Hier würde sie Ilses Hilfe benötigen. Ein Papier begann mitten in einem Satz ‚Trainingsmaßnahmen für die örtlichen Bauern wurden ganz offensichtlich sowohl von der örtlichen Projektleitung wie von der Projektsteuerung der Internationalen Agentur seit Jahren bewusst verzögert.‘ Hannas Finger zitterten nervös. Gespannt las sie weiter. Es wurde langweilig. Systematisch fischte nun Hanna alle Blätter heraus, die eindeutig nicht zum Thema gehörten, wie das Schreiben an die Krankenkasse. Plötzlich blieb sie an einer weiteren Fußzeile hängen ‚Gesamtbericht Muldanien, privat‘. Die Fußzeile kam noch ein paarmal vor. Hanna blätterte rasch weiter, las hier und da. Aus dem, was sie aus den Gesprächen mit Fuchs und Nilsson wusste und was sie mit Ilse in Muldanien erlebt hatte, erschlossen sich ihr einige Textteile, es war aber nichts, was sie nicht schon gewusst hätte.

Trotzdem las sie sich fest. Einen Absatz las Hanna gleich zweimal ‚Es mag eine Untugend unseres Berufsstandes sein, unsere gutachterlichen Stellungnahmen im Sinne unserer Auftraggeber zu erstellen, beziehungsweise vorgegebenen Erwartungshaltungen allzu gerne zu entsprechen. Doch das Erstgutachten des Kollegen Markus Gabler ist m. E. eine bewusste Täuschung, die einzig dazu angelegt war, ein großes, absolut unnötiges Investitionsvorhaben obergutachterlich zu decken. Da die jeweiligen Projektfortschrittsberichte ebenfalls von Gabler gefertigt worden sind, war die Fortsetzung des Betruges über Jahre hinweg gesichert. Dem Autor gänzlich unverständlich ist jedoch, warum die Kollegen der projektbegleitenden Beratungsfirma Consult International, Berlin, niemals Zweifel an der offensichtlichen Fehlplanung anklingen ließen. Da sich die von Gabler prognostizierten landwirtschaftlichen Erträge und sämtliche geplanten Nutzungskomponenten angesichts der falschen Annahmen, der unterlassenen Aktivitäten und der ganz offensichtlich absichtlichen Behinderung von bäuerlichen Initiativen auch nach zehn Jahren nicht wie erwartet eingestellt haben, muss das Projekt als'

Damit endete die Seite.

Auf einem anderen Blatt gab Endermann seiner Verwunderung Ausdruck, dass die Kalkulationen erstaunlich hohe Anteile, beinahe die Hälfte der Kosten, für Arbeiten im Untergrund vorgesehen hatten und dass sie – bei den bestehenden Märkten – auch verausgabt worden waren. Er hatte die vorhandenen Zahlen sauber in einer Tabelle dargestellt. Als Gegendarstellung nannte er eine Kalkulation für ein vergleichbares Vorhaben in Deutschland. Der erläuternde Text begründete die Unterschiede im Einzelnen. Allerdings war die Tabelle beschnitten. Sie hatte beim Drucken nicht mehr auf die Seite gepasst. Das hier war wieder jenes Fachchinesisch, von dem Hanna wenig verstand. Sie blätterte weiter in dem vor ihr liegenden Stapel. Doch es kam nichts mehr.

Hanna rollte die wichtigsten Seiten zusammen und hielt sie in einer Faust. Sie sah sich nochmals in dem Zimmer um. Es war nicht zu erwarten, dass die Spurensicherung etwas übersehen hatte. Und wenn: Was? Hanna sah auf ihre Armbanduhr. 17.30 Uhr. Um noch ins Büro zu radeln, war es zu spät. Aber hatte sie nicht noch einen offiziellen Auftrag zu erledigen? Sie lächelte. Ilse! Sie würde ihrer Freundin also noch einen dienstlichen Besuch abstatten. Das sah ja heute ganz nach Überstunden aus. Hanna steckte die paar Seiten Papier in ihren Rucksack.

Als sie Ilses Haustür öffnete, kam ihr der Duft von angebratenen Zwiebeln entgegen. Ilse schnibbelte gerade kalte, gekochte Kartoffeln in eine Pfanne, als Hanna hereinkam.

„Dich schickt der Himmel", begrüßte sie Ilse, „mein Bratkartoffelverhältnis hat soeben telefonisch durchgegeben, dass es heute später wird. In seinem Amt müssen mal wieder alte Akten umgeschaufelt werden, damit sie nicht vergammeln. Du wirst also seine Portion vertilgen müssen. Soll ich dir noch ein Ei dazuschlagen?"

„Nicht im Dienst", antwortete Hanna.

Ilse, das Kartoffelmesser noch in der Hand, wandte sich ihrer Freundin zu.

„Ach, musst du deine Auswärtsessen jetzt auch als steuerrelevante Einnahmen in der Spesenabrechnung angeben?"

Hanna musste lachen.

„Nein – war nur Spaß. Selbstverständlich esse ich mit. Ich wollte nur sagen, dass ich heute dienstlich bei dir bin, in offiziellem Auftrag, mit schönen Grüßen von Staatsanwalt Helbig – unbekannterweise."

„Ist das der mit der Haartolle?"

„Nein, das ist ein anderer."

„Knackiger Hintern?"

Hanna verdrehte die Augen und stöhnte.

„Eier?"

„Was?" Hanna schrie die Frage fast heraus.

„Willst du jetzt Eier oder nicht?"

Hanna machte ein verdutztes Gesicht. Ilse setzte nach: „Was guckst du denn wie ein Huhn, wenn 's blitzt? Eins oder zwei? Sind garantiert aus ökologischer Freilandhaltung."

„Zwei. Aber was ich sagen wollte …"

„Wie ist er denn sonst so, dein Staatsanwalt?"

„Erstens ist es nicht mein Staatsanwalt. Und zweitens wirst du ihn mit Bratkartoffeln kaum rumkriegen."

„Ich kann auch Haute Cuisine, wenn ich will", verkündete Ilse mit erhobenem Kopf.

„Und wie sieht es mit echtem sächsischen Sauerbraten aus? Mit Rotkraut und grünen Klößen?"

„Was, dein Staatsanwalt isst tote Tiere? Wahrscheinlich auch noch aus konventioneller Intensivhaltung. War der jemals in einem Schlachthof? Igitt! Na, kein Wunder, wo er dauernd mit Räubern und Mördern umgeht."

„Du sollst ja auch nicht für ihn kochen, sondern arbeiten."

„Moment mal, Hanna. Bist du jetzt hier, weil dein Staatsanwalt eine Haushälterin sucht oder was?"

„Ach, Ilse. Jetzt hau erst mal die Eier in die Pfanne, dann erzähl ich dir alles."

Doch kaum waren die Teller auf dem Tisch, als Hanna in gefräßiges Schweigen verfiel, weshalb sich Ilse noch eine Weile in Geduld üben musste. Genüsslich zerdrückte Hanna ihre letzte weiche Kartoffel in einer Eigelbpfütze, dann spülte sie mit einem großen Schluck Apfelschorle hinterher.

„Espresso gibt's erst, wenn du erzählt hast", drohte Ilse.

Ein zäher Kunde

„Und wie wollen wir das angehen?", fragte Ilse, nachdem sie Hanna staunend zugehört hatte. „Soll ich jetzt bei Schuster anrufen und einen Termin vereinbaren?"

„Warum nicht?"

„Jetzt gleich?"

Sie sah nach der Küchenuhr an der Wand, „um halb sieben. Da findet sich doch in westdeutschen Büros kein Schwein mehr im Büro. Auch kein leitendes."

„Gerade dort", widersprach Hanna. „Die Wessis fangen in der Regel später an zu arbeiten. Du weißt doch, dass wir vor neun Uhr morgens und nach vier Uhr nachmittags nie eine Besprechung hinkriegen, wenn Ossis und Wessis dabei sein sollen. Der Wessi kommt vor neun nicht ins Büro und der Ossi hat es nach vier bereits verlassen. Und die Zeit der Dimido-Beamten ist vorbei."

„Das heißt Beamten-Mikado. Wer sich zuerst bewegt, hat verloren."

„Nein. Dienstag-Mittwoch-Donnerstag – das waren die Arbeitszeiten der Leihbeamten der ersten Stunde, täglich von sechs bis zweiundzwanzig Uhr. Montags und freitags saßen sie im Flieger."

„Lange her. Was willst du mir eigentlich erzählen?"

„Du wolltest anrufen. Bei Schuster!"

„Da muss ich mich erst mal geistig und seelisch darauf vorbereiten. Ich ruf morgen an. Soll ich in dein Büro kommen?"

„Damit sich Schuster die Nummer vom Display abschreibt und beim Rückruf bei der Dresdner Kripo rauskommt? Nein, du musst von deinem Apparat aus anrufen. Ist doch klar."

Hanna schnaufte genervt.

„Wieso bist du denn so unflexibel? Ich dachte, ihr Freiberuflerinnen müsst euch innerhalb von Sekunden auf neue Aufgaben einstellen können, und das jeden und den ganzen Tag."

„Bitte – bitte", sagte Ilse, leicht eingeschnappt. „Dann beweg doch mal Punkt sieben morgen früh deinen Hintern zu mir und wir erledigen die Sekretariatsaufgaben gemeinsam."

„Neun! Das ist immer noch in der Kernarbeitszeit!"

„Acht! Ich habe schließlich noch was anderes zu tun. So! Einen Doppelten?" Damit stand Hanna auf und machte sich an der Espressomaschine zu schaffen. Plötzlich überlegte sie es sich anders. Sie griff nach ihrem mobilen Festnetztelefon, das in einer Ladeschale neben der Küchentür steckte.

„Und was soll ich ihm sagen?"

„Wir machen es wie in Muldanien. Du schreibst eine Studie für ..."

„Ja, klar! Meinst du nicht, dass Popov ihn längst informiert hat? Wenn Schuster meinen Namen bei Google eingibt, wird er kaum eine Journalistin finden."

„Dann arbeitest du eben für das Ministerium!"

„Welches? Das deutsche? Um im Rahmen dieser Studie Kontakt mit der Agentur für Internationale Entwicklung aufzunehmen? Das ist doch widersinnig. Das sieht doch nach Vertrauensbruch aus und würde Schuster viel zu sehr alarmieren. Weißt du was, ich habe eine bessere Idee! Ich arbeite für die Bundestagsverwaltung. Da liegt eine große Anfrage vor, von der, na!, der FDP-Fraktion zu allen nationalen und internationalen Förderprojekten in den mittel- und osteuropäischen Ländern. Die wollen wissen, ob die Projekte koordiniert werden, damit wir keine Steuergelder verplempern und so weiter ..."

„Nee, das passt nicht. Einer wie Schuster kriegt so was mit. Das nimmt er dir nicht ab."

„Ja aber dann wird er neugierig und will mich kennenlernen, damit er dem wahren Auftraggeber auf den Grund kommt."

„Hmm." Hanna grübelte, sie suchte nach einer besseren Lösung. Ilse kam ihr erneut zuvor.

„Ich hab's. Ich erarbeite für eine neu gegründete Abteilung im Internationalen Rechnungshof eine Wirkungsanalyse von langfristig angelegten internationalen Förderprojekten im östlichen Ausland. Im Zuge einer Zufallsstichprobe wurde dieses Projekt ausgewählt."

„Das klingt gut", kommentierte Hanna. „Ja, das frisst er bestimmt." Genauso machten sie es.

„Ja, Herr Schuster. Ich kann sehr gut nachvollziehen, dass sie das nicht nachvollziehen können. Aber sie kennen doch die Bürokratie, Herr Schuster. Na eben. Nein, ich rufe momentan von Dresden aus an. Ich bin Freiberuflerin. Das ist wie bei ihnen, damit gleicht man Kapazitätsengpässe bei den Hauptberuflichen aus. Ja, genau so. Lemmberg, wie das Lamm, nur mit E. Ja sicher, da war ich. Herr Popov war sehr kooperativ. Ich habe weitgehend alles so vorgefunden wie erwartet. Bis auf ein paar Details, die wahrscheinlich nur sie als der verantwortliche Projektsteuerer beantworten können. Nein, nichts Tragisches."

„Ach, das hat Herr Popov auch erzählt? Ja, wir sind Kolleginnen. Sie ist allerdings noch ein wenig freiberuflicher tätig als ich. Na ja, sozusagen eine Stufe tiefer. Sie kennen doch die Hierarchie. Manchmal arbeitet sie auch schriftstellerisch. Ja, eine Zeilenschinderin. Aber nicht in diesem Fall, wie ich ihnen versichern kann. Nein, da hat Herr Popov sicher irgendetwas falsch verstanden. Nein, wir haben ganz sicher nicht vor, in ihre Presse- und Öffentlichkeitsarbeit hineinzupfuschen."

„Nein, ich muss in den nächsten Tagen sowieso mal wieder nach Bonn, damit würde ich den Besuch bei ihnen verbinden. Ja, da ist ein Teil der für mich zuständigen Verwaltung angesiedelt – irgend so eine neue Sonderabteilung, Schwerpunkt Methodik. Organigramm? Ach Gott, fragen sie mich was Leichteres. Ich habe einen Auftrag und eine Tagespauschale. Das ist alles, was für mich zählt. Nein, die meisten von denen sitzen ja mittlerweile in Berlin. Ja. Nein, Herr Schuster. Das ist doch ein Katzensprung für mich. Also, wann würde es bei ihnen passen? Ja, natürlich. Könnten sie mir zur Sicherheit noch einen zweiten Termin nennen? Ja, das ginge bei mir auch. Ja, wunderbar! Und machen sie sich keine Gedanken. Aber wissen sie, wenn wir das Aug in Aug regeln, dann haben wir es erfahrungsgemäß schneller überstanden, als wenn wir das schriftlich oder per Mail machen. Ich will das endlich vom Tisch haben. Na, sie sollten mal meine Stapel hier sehen. Ach, fürchterlich. Also! Ja, ich melde mich dann noch mal wegen des genauen Termins."

Sie legte auf. „Puh. So einen zähen Kunden hatte ich schon lange nicht mehr an der Strippe. Der stand ja dermaßen unter Strom. Das hat ja geradezu durch die Leitung geknistert."

„Ich wette, der ruft sofort zurück."

Beinah im selben Moment läutete das Telefon.

Ilse ließ es dreimal läuten.

„Doktor Ilse Lemmberg, Projektberatung, was kann ich für sie tun? Ach sie, Herr Schuster! Klappen die Termine nicht? Nein, zwei Stunden später ist mir auch recht. Ja! In Ordnung. Danke. Tschüs."

„Na?", fragte Hanna.

„Morgen 11 oder übermorgen 14 Uhr", antwortete Ilse. „Den 11-Uhr-Termin morgen dürftest du nicht mehr schaffen, es sei denn, du düst sofort los."

Ilse drückte die Wiederwahltaste und bestätigte bei Schuster den Termin für übermorgen.

Dienstlicher Hausbesuch

Die Nacht zum Mittwoch war für Hanna sehr kurz, da die Hausdurchsuchung in Pirna auf fünf Uhr früh angesetzt war. Hanna war wie in Trance. Vier Uhr war nicht ihre Zeit. Sie hatte sich bereits nach dem Aufstehen eine doppelte Dosis Espresso eingeflößt, aber es hatte nichts geholfen. Hanna wartete im schlecht beleuchteten Flur auf Mirko und seine Einsatzleute, die noch eine Einsatzbesprechung hatten. Wenigstens stand hier ein Kaffeeautomat. Nach Einwurf von Münzen konnte man verschiedene Sorten wählen, die letzten Endes alle ähnlich schmeckten, weil sie durch Überbrühen von Instantpulver zu Stande kamen. Hanna ging an diesen Automaten normalerweise achtlos vorüber. Heute war eine Ausnahme. Sie wählte Cappuccino mit Zucker. Klappernd fiel ein Becher herunter, dann folgte ein Summton, Pulver rieselte in den Becher, danach plätscherte heißes Wasser. Hanna verbrannte sich fast die Finger, als sie versuchte, den Becher zu greifen. Sie bückte sich und besah sich die Konstruktion. Vorsichtig fasste sie den Becher an dem zu einem kleinen Wulst gerollten Rand und versuchte, ihn daran aus dem blechernen Halskragen zu ziehen, der den Becher hielt. Von der Hitze war das dünne Plastik weich geworden. Ohne es zu wollen, drückte Hanna den Becher zum Oval. Er plumpste durch die Halskrause zehn Zentimeter nach unten auf einen Rost und verlor dabei ein Drittel seines Inhalts. Jetzt konnte Hanna ihn wenigstens anfassen, wenn er auch nass und klebrig war.

„Das Deil is ein einziches Ärchernis."

Hanna fuhr erschreckt herum.

„Dr. Laubusch, was machen sie denn um diese Zeit hier?"

Er schien ihre Frage überhört zu haben. Ein großformatiges Kontobuch und Stapel von Papier vor den Spitzbauch haltend, schlurfte der dicke kleine Mann in großen Filzpantinen, wie sie in ehemaligen Königsschlössern für Besucher zur Schonung des Parketts bereitstehen, an ihr vorbei durch den schummrigen Gang und sprach im Gehen weiter.

„Ich hädd ja da eine Idee, wie man das Ding umbaun müssde. Ich hab auch schon mit dene Service-Dechniker geredet. Aber diese Deppen gönn' ja nur eines: Geld naushol'n und die Innereien auswechseln. Dass sie sich diese Blörre überhaupt anduhn, Frau Diehl, da enddäusch'n se mich aber schwer. Schön' Dag auch."

Seine letzten Worte kamen bereits aus dem Dunkel des nächsten Gangs. Kurz darauf drangen die typischen Kopierergeräusche an Hannas Ohr. Im gleichen Takt blitzte es aus dem Gang heraus. Offenbar arbeitete Laubusch heute mit offenem Deckel. Mit dem halb vollen, nassen Becher in der Hand, hörte sie dem einschläfernden Ratsch-Ratsch-Klick des Kopierers zu und konnte sich nicht entschließen, endlich zu trinken. Da ging die Tür zum Treppenhaus auf und Mirko kam mit zwei Kollegen herein. Sein Blick fiel als erstes auf den Becher in Hannas Hand.

„Ah, du hast noch was übrig gelassen. Darf ich? Danke."

Er nahm Hanna den Becher aus Hand und trank ihn aus.

„Scheußlich", sagte er, „aber Hauptsache flüssig!"

Das Grüne an den Braunen

Sie bestiegen das zivile Einsatzfahrzeug. Da niemand auf Konversation aus war, fiel Hanna während der Fahrt nach Pirna in einen unbequemen Halbschlaf. Mit schweren Knochen und schmerzenden Nackenmuskeln stand sie vierzig Minuten später auf einer schwach beleuchteten Pirnaer Straße. Hanna trottete mit der Gruppe los. Mirko trat neben sie und flüsterte mitleidig: „Du hast auch schon besser ausgesehen."

Dann standen sie vor Georg Endermanns Behausung. Kein Mensch war auf der Straße. Die Haustür in dem unrenovierten Altbau stand offen. Aus dem Flur drang kein Laut, kein rechtsradikales Gebrüll dröhnte aus der Musikanlage. Mirko stieg als erster die Treppen hinauf und klingelte. Er musste das ein paar Mal wiederholen. Endlich rührte sich etwas hinter der Tür. Ein Beamter hob eine Videokamera und begann mit der Dokumentation.

Georg Endermann stand verschlafen in T-Shirt und kurzer Schlafanzughose im Türrahmen. Das Shirt war mit einer großen 88 bedruckt. Mirko tippte grinsend auf die große 88 auf Georgs noch bettwarmes Schlabbershirt und hielt ihm mit der anderen Hand den Hausdurchsuchungsbefehl vor die Nase. Während er ihn über seine Rechte und Pflichten belehrte, schob er ihn langsam in die Wohnung hinein. Georg kannte Hausdurchsuchungen, die insbesondere nach der Bahnhofs-Schlägerei zugenommen hatten, nur aus den Erzählungen seiner Kameraden. Ob er sich geehrt fühlte, dass er jetzt auch zu den ‚besseren' Kreisen zählte, war nicht auszumachen. Er schien nicht einmal das amtliche Fachchinesisch des leitenden Beamten gebührend gewürdigt zu haben. Er könne freiwillig alles herausrücken, was er an gesetzeswidrigen Materialien in seiner Wohnung aufbewahre. Er könne es auch darauf ankommen lassen, doch dann sei eine komplette Durchsuchung seiner Wohnung nötig. Als Mirko fertig war, nickte Georg nur. Die Beamten nahmen es als Zustimmung zur Durchsuchung. Und Georg blieb die Hoffnung, dass seine Verstecke gut gewählt waren.

Auf seinem Sofa sitzend, wurde er langsam wach. Die Eindringlinge nahmen routiniert in wenigen Minuten alles auseinander, was auf 26 Quadratmetern unterzubringen war. Ob von Hanna vorgewarnt oder nicht –

keine Dose im integrierten Küchentrakt blieb geschlossen. Schweigend und staunend sah Georg zu. Dabei musste er zuweilen den Kopf drehen. Bei dieser Gelegenheit entdeckte er endlich ein bekanntes Gesicht: Das Hannas. Sie war im Eingang stehengeblieben, um den Spezialisten nicht im Weg zu sein.

Sie wusste wohl, dass sie hier offiziell nicht nach Zusammenhängen zum Tode Frank Endermanns suchen durfte. Das hier lief unter dem Thema Rechtsextremismus. Georgs Gesichtsausdruck wurde zum leicht lesbaren Buch – die Dämmerung der Erkenntnis und das Nagen des Zweifels standen darin einträchtig beisammen. Dennoch blieb er regungslos. Er wusste einfach nicht, worauf die Sache hinauslief.

Mirkos Kollegen fanden die übliche CD-Sammlung mit neuer und alter martialischer rechter Marsch- und Grölmusik. Erst als einige Exemplare der rechtsextremen Schulhof-CD in eine mitgebrachte Kiste wanderten, kam etwas Leben in Georg. Er protestierte. Als das nichts half, protestierte er aufs Schärfste. Mirko Reimann antwortete mit der Gegenfrage, ob Georg den aktuellen Tarif für Beamtenbeleidigung kenne. Da er ihn offenbar nicht kannte, bevorzugte Georg das Schweigen. Dafür bekam Hanna von Mirko einen fast mitleidigen Blick zugeworfen. Hier war einer von denen, die sich noch ins Bockshorn jagen lassen. Keine große Nummer. Nicht mal eine mittlere. Das zeigte auch die Ausbeute.

Hanna übernahm. Zu früh aufgestanden, war sie übellaunig genug, um ihre schauspielerischen Fähigkeiten nicht allzu sehr strapazieren zu müssen.

„Ihnen ist der Ernst ihrer Lage wohl überhaupt nicht bewusst", donnerte sie los.

Sie fand einige Stapel Papier in einem Regal: Pressemitteilungen der Jungen Nationalisten, der Jugendorganisation der NPD, sowie die üblichen Hetzschriften. Hanna hielt Mirko ein Blatt hin. Der machte eine wegwerfende Handbewegung. „Kenn' ich", sagte er und tippte sich an die Stirn.

Hanna deutete auf den Computer auf dem Schreibtisch.

„Was ist mit dem?"

„Nehmen wir mit", antwortete Mirko knapp.

Georg protestierte. Vorsichtig.

Hanna setzte sich vor das Gerät und schaltete es an.

„Das Passwort!"

Da Georg zögerte, begann Hanna, an den Anschlusskabeln herumzufummeln.

Endlich fiel Georg das Passwort wieder ein.

„Georg", kam es zögerlich.

„Ah, geschickt gewählt."

Er konnte hoffen, den PC zu behalten, wenn die Polizei ihn sogleich untersuchte. Für Mirko war indessen Georgs Reaktion ein sicheres Zeichen, dass auf dieser Festplatte wenig von dem zu finden war, was er normalerweise suchte.

Hanna zog die Tastatur zu sich heran und meldete sich an. Sie öffnete den Dateimanager und ließ eine Suche nach den zuletzt geöffneten Dateien laufen. Nacheinander öffnete sie einige. Georg schien nicht zur Gilde der Schriftsteller zu gehören. Sein Werk war sehr übersichtlich. Hanna war enttäuscht. Sie würde Jaki brauchen. Die behauptete ja, selbst gelöschte Dokumente wieder ausfindig machen zu können.

„Den würde ich gerne mitnehmen", sagte Hanna, mit einem Fingerzeig auf den Rechner. Mirko gab einem Kollegen einen Wink. Der machte sich sofort an die Arbeit. Georg protestierte wieder. Immerhin in einigermaßen gewählten Worten.

„Sie bekommen ihn ja wieder", beruhigte ihn Mirko.

„Was suchen sie denn?"

Endlich hatte Georg mal etwas begriffen.

Mirko blickte zu Hanna, Hanna zu Georg. Sie gingen nicht auf seine Frage ein, stattdessen überzog Hanna etwas.

„Das sieht gar nicht gut aus für sie. Besser, sie kooperieren mit uns." Sie hoffte ihn aus der Reserve zu locken, er schien leicht zu beeindrucken.

Georgs Herz plumpste hörbar in den Keller.

„Ich verrate keine Kameraden."

Da Georg eisern schwieg, auch wenn er sichtlich angeschlagen war, wandte sich Hanna einer Kiste mit Papier neben dem Computer zu.

„Was ist das?"

„Altpapier", erläuterte Georg.

„Das Grüne an den Braunen", murmelte Hanna und begann, sich in die Kiste einzuwühlen.

Sie fand einige Papiere mit handschriftlichen Signaturen. Sie sahen aus, als habe Georg verschiedene Varianten seiner Unterschrift ausprobiert.

Da stand ‚Endermann' in mehreren Varianten, wie bei einer Schulstrafarbeit, x-fach untereinander.

„Was sollte denn das werden?"

Sie wedelte das Blatt auffordernd in der Hand. Georg wurde nervös und verknotete seine Finger. Hanna war sofort alarmiert. Sie besah sich die Papiere genauer.

„Was sollte diese Übung?", fragte sie nach.

„Ich habe eine ziemliche Sauklaue. Da wollte ich wenigstens meinen Namen mal ordentlich schreiben lernen", behauptete Georg.

Mirko lachte unterdrückt.

„Weil ein ordentlicher und aufrechter Nazi ein schwungvolles Signum braucht? Oder denken sie bereits jetzt vorausschauend an Autogrammkarten?", fragte Hanna, während sie weiter die unterschiedlichen Signaturen betrachtete.

„Da sollten sie sich aber etwas Schwungvolleres ausdenken. Das hier sieht ja ziemlich alt aus. So schreibt doch eher meine Generation und die noch etwas ältere."

„Ich bin meiner Zeit eben voraus", versuchte es Georg etwas schnippisch.

„Ne, mein Lieber. Sie hinken der Zeit schwer hinterher. In jeder Hinsicht. Wissen sie, was ich glaube: Sie haben hier versucht, einen anderen Endermann nachzumachen – ihren Vater! Mit einem Schriftprobenvergleich kommen wir der Sache ganz schnell näher."

Hanna wandte sich wieder der Kiste zu und kramte weiter. Dafür behielt Mirko den jungen Mann im Blick. Während sie weitere Papiere aus der Kiste hob, sagte Hanna wie nebenher: „Sie müssen jetzt natürlich nicht erklären, was sie da vorhatten, wenn sie das belasten könnte. Das wissen sie ja sicher. Aber wenn sie ihren Vater posthum noch in ihren braunen Dreck hineinziehen, dann will ich, was die Folgen angeht, nicht in ihrer Haut stecken. Ich kann mir auch nicht vorstellen, dass ihre Kameraden dazu Beifall klatschen. Oder haben die bereits jegliche Moral hinter sich gelassen?"

Es war nicht zu übersehen, wie es Georg zu warm in seinem dünnen Hemd wurde. Weniger aus Verstocktheit, sondern weil er nicht weiter wusste, hielt er den Mund.

Hanna ließ die Papiere, die sie bereits in der Hand hielt, wieder in die Kiste fallen.

„Also, ich bin ein großer Fan von alten Papieren. Wenn Herr Endermann nichts dagegen hat", bemerkte sie süffisant zu Mirko, „dann würde ich mich gerne in meinem Büro näher damit befassen."

Mirko nickte einem Kollegen zu. Der nahm die Kiste sofort an sich. Es dauerte noch eine Weile, bis das Protokoll der beschlagnahmten Dinge geschrieben war. Georg bekam es zur Gegenzeichnung.

Hanna nahm das Papier und hielt sich die frische Unterschrift vor die Augen.

„Aha", sagte sie. Dann wandte sie sich an den Kollegen mit der Videokamera. „Können sie mal bitte eine Nahaufnahme von Herrn Endermanns Personalausweis machen. Ich benötige einen Schriftprobenvergleich."

Georg Endermann zog nur sehr ungern seinen Ausweis. Aber seine Verzögerungstaktik half nichts. Am Ende war seine Unterschrift ‚im Kasten'.

Mirko blies zum Aufbruch.

Hanna rief Georg ein betontes „Auf Wiedersehen" zu. Mirko blieb sachlich. „Wir prüfen die Rechtmäßigkeit all dieser Gegenstände. Alles, was nicht beschlagnahmt wird, bekommen sie zurück."

Georg verzichtete darauf, seine Gäste zur Tür zu begleiten. Er blieb einfach auf seinem Sofa sitzen.

Während die Polizisten Georgs Sachen im Kofferraum des VW-Busses verstauten, zündete sich Mirko eine Zigarette an. „Wir hatten hier schon erfolgreichere Fischzüge", begann er sarkastisch, „das Zeug hier findest du doch auf jedem Flohmarkt. Ich hoffe, dass wenigstens du nicht ganz umsonst so früh aufgestanden bist."

„Na ja", meinte Hanna zweifelnd, „abgesehen davon, dass ich fast umkomme vor Koffeinbedarf, will ich nicht ganz unzufrieden sein. Mal sehen, was meine gute Jacqueline auf der Festplatte findet. Aber im Gegensatz zu gestern bei dir im Büro habe ich jetzt wieder einen Faden in der Hand."

Die Kollegen waren mit Packen fertig. Sie stiegen ein. Der Wagen fuhr an.

„Wozu könnte Georg die Unterschrift seines Vaters nachmachen wollen? Um dessen Konto leerzuräumen?", fragte Mirko.

Hanna nickte abwesend. „Ich habe das Gefühl, mein Puzzle ist bald fertig. Aber ich habe da noch einige Teile, die einfach nicht zueinander passen. Als wären sie aus einem anderen Spiel."

„Das Gefühl kenn ich", bestätigte der Kollege.

Eine halbe Stunde lang herrschte Schweigen zwischen ihnen. Als der Bus bereits durch Dresden fuhr, sagte Hanna: „Morgen hol' ich ihn mir ins Büro. Oder übermorgen."

„Du denkst, wenn du garstig genug bist, heult er sich bei dir aus. Und wenn nicht?"

„Dann muss ich den Druck erhöhen."

Beide verfielen wieder in Schweigen. Langsam fing Mirko von Neuem an.

„Mal angenommen, Georg hat das Geld im Namen seines Vaters für seine braunen Kameraden erpresst."

„Ja?", sagte Hanna fragend.

„Dafür müsste er von den Brüdern doch eigentlich einen Orden bekommen haben. Oder befördert worden sein, zum Fähnleinführer oder so. Also – das hätten wir mitgekriegt."

„Ja?", fragte Hanna wieder.

„Haben wir aber nicht. Da herrschte mal kurzfristig Nervosität. Die ließe sich, mit viel gutem Willen, mit dieser Überweisung erklären. Aber ein Georg Endermann spielt bei den Kameraden auch heute noch keine Rolle. Der ist nach wie vor ein viel zu kleines Licht."

Hanna erinnerte sich an Gabis Bericht, dass ihr Bruder damit angab, in der Kameradschaft aufgestiegen zu sein. Ob er sich das nur vormachte?

„Tja", meinte Hanna schnippisch, „wahrscheinlich agieren die wie unser Arbeitgeber. Wenn du drei Fälle in einer Woche löst, gilt das nächste Woche als Mindestnorm, und es wird erwartet, dass du vier löst."

„Ebent!" Mirko betonte das falsche „t." „Dann geh'n wir doch mal davon aus."

Hanna sah ihren Kollegen verdattert von der Seite an.

„Würdest du dich bitte etwas spezieller ausdrücken?"

Als Mirko antwortete, hatte seine Stimme einen markigen Klang.

„Die 20.000 Euro sind alle, Kamerad Endermann. Für einen Bewährungsaufstieg in den Mittleren Dienst sollten sie uns, sagen wir mal, weitere 50.000 besorgen. Bis nächste Woche. Sonst ist Springerstiefelputzen angesagt."

„Schön", kommentierte Hanna. „Und wie willst du das anstellen?"

Mirko zwinkerte Hanna zu.

„Betriebsgeheimnis. Eines kann ich dir aber nicht abnehmen – ein intensives Gespräch mit Staatsanwalt Helbig. Du wirst eine personelle wie technische Rundumversorgung von Georg Endermann im 24-Stunden-Takt sicherstellen müssen. Das kostet vor allem Personal. Und nachdem ich schon Mitarbeiter an die Reifenstecher-Kommission abgeben musste, brauchen wir jemand von möglichst weit oben, der die Prioritäten auf diesen Fall setzt."

Personalintensiv

Ihre Espressomaschine war Hannas Rettung. Mit der ersten Tasse ging sie zu Jaki und beauftragte sie, ein Restaurierungsprogramm über Georgs Festplatte laufen zu lassen, um eventuell gelöschte Dateien wieder aufleben zu lassen. Mit der zweiten Tasse in der Hand betrat sie ihr Büro.

Sie griff nach der Akte Endermann. Dort war eine Ausweiskopie Frank Endermanns abgeheftet. Hanna ging um den Schreibtisch herum und legte Peter beide Bögen vor die Nase.

„Wonach sieht das deiner Meinung nach aus."

Peter sah von einem zum anderen Blatt Papier und wieder zurück.

„Da hat jemand recht linkisch versucht, Frank Endermanns Unterschrift nachzumachen. Da unten, die letzten drei, sind dem Original noch am ähnlichsten. Test bestanden?"

„Der Kandidat hat 99 Punkte", lobte Hanna. Dann klärte sie Peter auf.

„Georg Endermann ist der Erpresser? Hatten wir die Theorie nicht schon mal verworfen?"

Hanna schnaubte unwillig durch die Nase.

„Mit deiner ewigen Skepsis kannst du einem ganz schön auf die Nerven gehen, weißt du das?"

„Wer viel fragt, geht viel fehl", antwortete Peter in gleichgültigem Ton.

„Und wo ein Wille, ist auch ein Gebüsch. Wollen wir jetzt Kalenderweisheiten austauschen?"

Hanna war genervt. „Deiner Meinung nach laufe ich also wieder mal in eine Sackgasse hinein."

„Sag ich doch gar nicht", widersprach Peter. „Aber ich habe meine eigenen Probleme. Dauernd geht es nur um deinen Fall. Ich muss mir hier Gedanken machen, dass da einer Nacht für Nacht mutmaßlich mit einer Dreikantfeile Autoreifen ansticht."

„Ja, und? Die übliche Puzzlearbeit eben. Irgendwann wird er unvorsichtig und wird erwischt", sagte Hanna.

„Ach, und darauf soll ich warten?", entgegnete Peter. „Und was sagst du dann dazu: Jetzt hat einer angefangen, mit Brandbeschleuniger getränkte Lappen auf die Autoreifen zu legen und zündet sie an – strafverschärfend in Autos, die in Tiefgaragen abgestellt sind. Stell dir nur mal die Rauchentwicklung vor. Was lassen sich diese Verrückten noch einfallen?"

„Vielleicht ist es ja immer noch derselbe. Anstechen wurde ihm vielleicht irgendwann langweilig. Du musst eben in alle Richtungen recherchieren. So wie ich."

Daraufhin herrschte zehn Minuten lang beleidigtes Schweigen. Ein jeder arbeitete an seinem Fall.

Hanna war ganz in ihren Dateien und Organigrammen vertieft, als Peter sie nochmals unterbrach.

„Wann ist noch mal die erste Tranche eingetroffen?"

Hanna brauchte einen Moment, bis sie verstand, wonach Peter fragte. Dann nannte sie ihm das Datum.

„Also einige Tage vor dem Mord an Endermann?"

Hanna blätterte wieder.

Zögernd antwortete sie: „Jjj-a. Acht. Plus Minus. Es war immerhin eine Auslandsüberweisung und anonym. Man müsste nur noch wissen, wer hier erpresst wurde."

„Na, wer schon? Deine beiden muldanischen Freunde Lolek und Bolek natürlich."

„Popov und Lobed", verbesserte Hanna.

„Sag ich doch. Aber weshalb wurde dann Frank Endermann gleich hinterher ermordet? Normalerweise sagt doch da der Emir zum Scheich: Wir zahlen nicht, wir morden gleich."

„Eben!", sagte Hanna. „So einfach ist der Fall nicht. Was uns fehlt, ist, was da im Hintergrund abläuft."

„Unter diesen Umständen ist doch Mirkos Idee gar nicht so schlecht. Ihr nehmt das Erpresserspiel noch mal auf den Spielplan. Dann setzt ihr euch ganz dezent in den Zuschauerraum und wartet auf den Ausgang. Ist nur etwas personalintensiv."

Hanna sah ganz perplex zu Peter hinüber.

„Eben sagtest du noch, ich befinde mich damit in einer Sackgasse."

„Nee, Kollegin, sie haben vermutet, dass ich das sagen würde – nur weil ich eine kritische Frage gestellt habe."

Hanna schnaubte erneut durch die Nase.

„Also, aus dir soll mal einer schlau werden."

Peter grinste sie an. „Und was machen wir am Nachmittag?"

Hanna schüttelte den Kopf.

„Was ich morgen mache, weiß ich ganz genau: Ich fahre nach Koblenz und spreche mit Herrn Schuster."

„Na also. Frisch ans Werk! Vogel und Helbig werden sich drum reißen, dir eine Hundertschaft zur Rundumversorgung von Georg Endermann bereitzustellen. Wie wäre es mit einer Horde Polizeischülern, die sich in Pirna die Beine in den Bauch stehen wollen?"

„Und mir mit ihrer betonten Unauffälligkeit die ganze Geschichte vermasseln. Oh nein, bitte nicht!", stöhnte Hanna.

Peter wandte sich wieder dem an einer Stellwand an seiner Raumseite aufgehängten Dresdner Stadtplan zu, auf dem mit vielen gelben Stecknadeln die Orte mit aufgeschlitzten Reifen markiert waren und mit wenigen roten die Orte mit Reifenbränden.

Hanna stand auf der gegenüberliegenden Büroseite an ihrer Stellwand mit dem großen Personen- und Beziehungspuzzle. Dabei hatte sie orangefarbene Karteikarten verwendet, die sie auf große Bahnen braunen Packpapiers gepinnt hatte. Das Papier hatte bereits zahlreiche Nadellöcher, da Hanna ihre Karten ständig umsteckte.

Mit rotem Filzstift waren die Karten mit Linien und Pfeilen verbunden. Grüne und gelbe Karteikarten mit handschriftlichen Notizen machten das Bild bunt, aber unübersichtlich. Eine Landkarte von Muldanien gehörte ebenfalls dazu. Die von einem Haargummi zusammengehaltene Papierrolle aus Frank Endermanns Druckerschacht war auch dabei. Es waren Kopien. Die Originale hatte sie bei ihren Akten. ‚Geheimbericht', stand daneben. Jetzt pinnte Hanna die Kopie von Georgs gefälschten Unterschriften dazu und schrieb mit rotem Filzer ‚20.000' darauf.

Sie ordnete die einzelnen Namenskarten immer wieder um, erst kreisförmig, was ihr überhaupt nicht gefiel. Im Moment versuchte sie es in der Form eines behördlichen Organigramms oder Familien-Stammbaums.

„Hilf mir mal", bat Hanna ihren Kollegen.

„Wen von dieser Klientel würdest du erpressen?"

Peter löste sich von seinem Stadtplan und lief die paar Schritte durch den Raum. Er brauchte eine Weile, um sich zu orientieren.

„Da kommen vier oder fünf in Betracht. Geh nach dem Ausschlussverfahren vor. Gabler? Hat den entscheidenden Anstoß für die Betrugsserie gegeben, entscheidet aber nicht direkt über Geldflüsse, ist wahrscheinlich nur ein kleineres Rädchen im Getriebe."

Hanna nahm die Namenskarte aus dem oberen Organigramm weg und pinnte sie seitwärts neu an.

„Schuster. Der hat die Fäden die ganze Zeit in der Hand. Popov und Lobed sind eigentlich bloß seine Handlanger. Andererseits ..."

Hanna fiel ein. „Genau das ist mein Problem: Andererseits! Und wo tue ich diesen Abteilungsleiter in der Ökonomischen Kommission, Zelltermann, hin? Könnte der so eine Art graue Eminenz sein? Oben drüber oder eher so frei schwebend halb daneben."

„Knapp daneben ist auch vorbei", kommentierte Peter. „Woher soll ich das wissen?"

Er wandte sich ab und ging wieder zu seinem Stadtplan hinüber.

Hanna nahm ‚Zelltermann' ab und hielt die Karte unschlüssig in der Hand.

Ihr Telefon läutete. Mit der Karte in der Hand lief sie zu ihrem Schreibtisch und nahm den Hörer ab. Die Karte legte sie daneben.

„Hallo Mirko. Soll ich kurz zu dir runterkommen? Ach so. Ja, verstehe. Umso besser. Ja. Danke!"

Sie legte wieder auf.

„Was ist um so besser?", fragte Peter von der anderen Seite.

„Das läuft außerhalb unserer Zuständigkeit. Ist mir ganz recht so. Du weißt doch, wie das hier in Sachsen läuft!"

„Du meinst ihre freien Mitarbeiter in der Szene?"

„Ich meine gar nichts. Das überlasse ich Mirko. Er hat das richtige Gespür. Jetzt muss ich dringend noch mal mit Helbig sprechen."

Peter sah nach der Uhr.

„Essenszeit ist allerdings vorbei. Du warst ja gestern verdächtig lange bei ihm. Hat denn die Kantine da drüben überhaupt so lange auf?"

„Klappe!", sagte Hanna barsch, musste aber grinsen.

„Mirko übernimmt momentan Georgs Beobachtung. Doch er hat nicht genügend Leute. Außerdem könnte es sein, dass unsere Freunde Georg aus Pirna herauslocken auf Terrain, das sie besser kennen. Dann müssen wir aufstocken. Oh Hilfe, bitte keine Polizeischüler! Dabei bin ich selbst schuld. Ich habe Georg um seinen Computer gebracht. Da ist er jetzt noch mehr unterwegs."

Noch während sie Helbigs Nummer wählte, kam Jaki herein und legte ihr eine rote Umlaufmappe auf den Tisch. Hanna legte ungeduldig den Hörer wieder auf und öffnete die Mappe. Es war der Bericht der Spurensuche zu ihren Reisemitbringseln aus Muldanien. Die Fremdeinwirkung am Leck in der Bremsleitung war deutlich. Hannas Vermutung, dass man sich leicht an einer metallischen Schnittkante verletzten kann, wurde bestätigt. Trotz des hindurchgedrückten Hydrauliköls waren Spuren von Blut im ‚Verband' gefunden worden. Die vergleichende DNA-Analyse mit jener, die unter den Fingernägeln des toten Endermann und an den Zigarettenstummeln gefunden wurden, brauchte noch einen Tag. Hanna ahnte das Ergebnis voraus.

„Die beiden Dicken", murmelte sie, „Na wartet, euch krieg ich."

Hanna wandte sich ihrem PC zu. Routinemäßig öffnete sie ihr Emailpostfach. Eine Mail war von Vitali Petrov. Es war nur ein Dreizeiler. Einige Firmennachweise seien per Post an Ilse unterwegs. Außerdem verwies er auf eine Datei im Anhang.

Hannas Nerven waren gespannt wie Drahtseile, als sie die Datei öffnete und ausdruckte. Vitali hatte seine Computerkenntnisse demonstriert und ein schönes Organigramm konstruiert. Es gab drei Ebenen. Die oberste Ebene war Solvanka mit der TETSCHKO-Holding. Diese verzweigte sich in fünf Gesellschaften, die mit den Blumennamen in fünf Provinzstädtchen firmierten. Diese fünf Blumengesellschaften wiederum verzweigten sich wie befürchtet in eine weitere Ebene, je fünf Gesellschaften mit Gemüsenamen in weiteren Provinzstädtchen. Aber Vitali hatte sehr zielstrebig gearbeitet oder arbeiten lassen. Er hatte die Namen der Gesellschafter der Gemüsefirmen aufgelistet, darunter waren ihr einige bekannte: Kosta Popov, Georgi Lobed, Kiril Matov, ein ihr bislang unbekannter Vital Tschukov, Markus Gabler, Udo Bargmann und Elisabeth Mayer. Kein Gerd Schuster! Kein Dr. Wolfgang Zelltermann! Dafür Elisabeth Mayer! Hanna war verwundert und enttäuscht zugleich. Sie brummte genervt: „Peter, was meinst du, wie viele Mayers es in Deutschland gibt?"

„Großes M und kleine Eier – davon gibt es sicher am meisten."

„Und wie viele, schätzt du, heißen mit Vornamen Elisabeth?"

„Elisabeth, Elisabeth, du entschwandest, und mit dir mein Portemonnaie", deklamierte Peter. „In dieser Kombination ist das kein Name, sondern ein Gattungsbegriff. Davon gibt es sicher Tausende. Untersteh dich, damit zu Jaki zu gehen. Die dreht dir den Hals um."

„Ich werde es trotzdem versuchen müssen."

Laut rief sie „Jaki!"

Peter griff schnell zum Telefon und wählte Jakis Nummer.

„Jaki, du hast den Rest des Tages frei. Du brauchst nicht noch mal zu Hanna kommen."

Jaki kam erst Recht. Und war, wie erwartet, herzlich erbost, als sie von Hanna den Rechercheauftrag entgegennahm.

„Mayer", brummelte sie, und lauter werdend, „davon gibt es Millionen in Deutschland. Das kostet mich Wochen!" Damit verschwand sie in ihr Büro.

Hanna versuchte es an ihrem Computer in der öffentlichsten aller Datenbanken – dem Internet. Die Suchmaschine spuckte für „Udo Bargmann" 513 Fundstellen aus. Bei Nummer 114 wurde sie fündig. Es gab einen Udo Bargmann in der Geschäftsführung von Consult International in Berlin.

„Schlampine", schimpfte sie sich selbst. Damit hätte sie eigentlich früher rechnen müssen. Hatte nicht Vitali Petrov während ihrer Reise Entsprechendes berichtet? Sie kramte ihre Reisenotizen hervor, die sie alle noch nicht in ihren Bericht eingearbeitet hatte. Sie ärgerte sich weiterhin über sich selbst. Ein neuer Verdächtiger! Endlich fand sie ihre Notiz. Vitali hatte erzählt, dass diese Firma mit Popov in Solvanka ein gemeinsames Unternehmen hatte eintragen lassen. Dem hatte sie bislang zu wenig Augenmerk geschenkt. Zu sehr war sie auf Schuster und Gabler fixiert gewesen. Auch Karsten Fuchs von E&P-Consult hatte sich über das Verhalten der Vorgängerfirma gewundert. Da hätte sie schon längst intensiver recherchieren müssen.

Sie wandte sich wieder Vitali Petrovs Datei mit den Gesellschafter-Anteilen zu. Die Verteilung war überall gleich. Die Muldanier hatten zusammen immer 51 und die Ausländer 49 Prozent. Von den Muldaniern hatte Popov immer 37, Lobed und Matov jeweils zwei und Tschukov zehn Prozent. Von den ausländischen Anteilen waren auf Elisabeth Mayer stolze 37, auf Gabler zehn und auf Bargmann zwei Prozent verbucht.

Ihr Blick fiel auf ein Sternchen hinter dem Namen Tschukov. In der Fußnote dazu stand, dass Tschukov der alleinige Eigentümer der TETSCHKO-Baufirma sei. Hanna war beruhigt. Das Konstrukt war in sich logisch und passte. Lediglich Matov war und blieb ein Phantom. Vitali äußerte sich nicht weiter dazu. Vielleicht ein Anwalt oder Notar, der geschmiert werden musste, mutmaßte Hanna. Angesichts seines Anteils von zwei Prozent war er zu vernachlässigen. Hanna beschloss, dasselbe mit Bargmann zu tun. Dann zog sie eine Schreibtisch-Schublade auf und holte neue orangerote Karteikarten hervor, die sie mit den neuen Namen beschriftete. Sie wollte keinen vergessen. Auf ihrer großen Tafel erhielten Bargmann und Matov jedoch nachrangige Plätze.

Als letztes schrieb sie den Namen von Elisabeth Mayer auf. ‚37%‘ setzte sie darunter. Hanna sah eine ganze Weile ratlos auf die Karte nieder.

„Mist", entfuhr es ihr. Dann ging sie damit zu ihrer Wand und heftete die Karte ganz oben an.

Die Adressen der Gesellschafter fehlten.

„Sag mal, Peter, wie funktionieren denn unsere Handelsregister? Da müsste doch ein GmbH-Gesellschafter mit Straße und Hausnummer eingetragen sein?"

„Sieh doch mal in die Zeitung. Ich glaube, donnerstags sind im Wirtschaftsteil immer die neuesten Handelsregistereintragungen abgedruckt – das meiste allerdings Pleiten, Löschungen und Versteigerungen. Wenn du den Glauben an den Wirtschaftsaufschwung verlieren willst, ist das eine ganz praktische Lektüre. Und für Lottomillionäre eine Schnäppchengrube ersten Ranges."

Hanna schrieb Vitali eine fröhliche Antwort und fragte höflich an, warum es keine Adressen zu den Namen gebe. Die Antwort kam nach kaum zehn Minuten. Vitali entschuldigte sich. Er hatte den Rechercheauftrag tatsächlich weitergegeben. Der Beauftragte hatte den Auftrag offenbar falsch verstanden – er hatte nur Namen und Anteile notiert und die weiteren Angaben ‚vergessen‘. Er könnte den Kollegen noch mal losschicken, aber. Der Satz ging nach dem ‚Aber‘ nicht weiter. Hanna konnte es sich vorstellen. Das würde wieder Geld kosten. Doch wozu hatte sie Jaki? Sie schrieb erneut eine Antwort an Vitali und bedankte sich ein weiteres Mal.

Falsch gedacht

Die folgende Nacht war wieder viel zu kurz. Hanna verschlief deshalb die ersten Stunden ihrer Zugfahrt nach Koblenz. Sie hatte sich noch nicht richtig auf ihr Treffen mit ihrem Hauptverdächtigen vorbereitet, wollte das aber tun, nachdem sie etwas wacher war.

Wie würde Gerd Schuster reagieren, wenn er durchschaute, dass Ilses Anmeldung ein fauler Trick war und er stattdessen einer Kommissarin neugierige Fragen beantworten musste? Während der weiteren Fahrt schrieb sie sich einige Fragen auf, um sie nicht zu vergessen.

Mit Entschlossenheit meldete sie sich an der Pforte der Internationalen Agentur für Entwicklung an. Der Pförtner fragte nach Termin und Begehr, und wollte ihren Ausweis sehen. Allerdings meldete er sie nicht bei Schuster an. Stattdessen gab ihr der Pförtner eine Wegbeschreibung zu seinem Büro. Hanna war zufrieden. So gewann sie weiter an Boden.

Hanna klopfte an eine Tür, an der mehrere Namen standen. Sie glaubte, ein weibliches „Herein" zu hören und trat ein. Drei Frauen, darunter Julia Püschmann, saßen an ihren Computern. Diese stand sofort auf und fragte freundlich: „Was kann ich für sie tun?"

„Ich möchte zu Herrn Schuster", antwortete Hanna.

„Haben sie einen Termin? Darf ich nach ihrem Namen fragen?" erkundigte sich Julia Püschmann.

Hanna hatte sich bereits entschlossen, ihre Tarnung fallen zu lassen.

„Hanna Thiel, Kriminalkommissarin aus Dresden, ich komme stellvertretend für Frau Dr. Lemmberg. Sie hatte einen Termin vereinbart."

Julia stand auf und ging vor ihr zu einer Tür, die an das Großraumbüro anschloss. Die Agentur liebt die Kontrolle, dachte Hanna. Die Untergebenen sitzen im Durchgang.

Julia Püschmann war wie elektrisiert. Eine Kommissarin wollte Schuster sprechen! Was sich dahinter wohl verbarg?

„Gerd, Frau Kriminalkommissarin Thiel aus Dresden möchte dich sprechen. Sie sagt, es war ein Termin vereinbart."

„Was? Moment", Gerd Schuster sah auf seinen Tischkalender. „Ich habe jetzt einen Termin mit einer Frau …"

„Lemmberg", ergänzte Hanna und trat ein. Sie streckte Schuster die Rechte entgegen und sagte: „Sie ist leider verhindert. Deshalb komme ich."

Gerd Schuster sah Ärger heraufziehen. „Ja, dann ist der Termin wohl hinfällig. Sie glauben doch nicht, dass sie einfach vertretungsweise ohne Anmeldung hier reinschneien können."

Hanna legte davon unbeeindruckt ihren Ausweis auf die Schreibtischkante.

Er warf einen desinteressierten Blick darauf.

„Das finde ich jetzt schon etwas merkwürdig, dass sie mich hier überraschen, ohne das anzukündigen. Ist das ein normales Vorgehen bei der", Schuster beugte sich vor und beäugte nun den Ausweis genauer, „bei der Dresdner Kriminalpolizei? Was wollen sie überhaupt?"

„Ich verstehe, dass sie das seltsam finden müssen. Aber das ist ein normales Vorgehen, glauben sie mir. Ich erkläre es ihnen gerne. Darf ich mich einen Moment setzen?"

Das war Schuster unangenehm. Mit einer Handbewegung wies er auf einen Stuhl. Er selbst hatte sich nicht die Mühe gemacht, aufzustehen. Dann bemerkte er, dass seine Mitarbeiterin immer noch im Türrahmen stand.

„Ja, danke, Julia", sagte er ungeduldig.

Julia verstand das durchaus als Rausschmiss, konnte sich aber nicht losreißen.

„Danke", sagte Schuster nochmals mit Nachdruck und machte mit der Rechten eine scheuchende Handbewegung. Die junge Frau griff nach der Türklinke und wollte die Tür schon zuziehen, als Schuster ihr zurief: „Und bring uns bitte zwei Tassen Kaffee."

Julia ließ die Tür einen Spalt offen. Sie wollte, wenn sie mit dem Tablett zurückkam, nicht mit dem Ellenbogen die Tür öffnen müssen und dabei Kaffee verschütten.

„Ich habe nicht viel Zeit für sie", sagte Schuster schnippisch in Richtung Hannas. Dass die Tür noch offen war, bemerkte er nicht. Im Raum nebenan konnten, wenn dort nicht auf Tastaturen geklappert wurde, alle zuhören. Die Kolleginnen im Vorzimmer hatten plötzlich rein gar nichts zu tun.

„In 20 Minuten habe ich einen sehr wichtigen Termin; einen Workshop mit Vertretern der Ökonomischen Kommission für Europa sowie aus Slowenien und Mazedonien. Da ich in diesem Workshop eine leitende Funktion habe, muss ich sie bitten, es kurz zu machen."

„Ich ermittle in einem Mordfall, Herr Schuster. Frank Endermann, der für sie in Muldanien gearbeitet hat, ist tot. Er ist in der Sächsischen Schweiz einen Felsen hinuntergestürzt worden. Und alle Indizien weisen auf einen Zusammenhang mit diesem Projekt hin", ergänzte sie mit Nachdruck, „deshalb habe ich wenig Verständnis für ihre eng gesetzte Terminlage."

Schuster hatte bei Hannas Mitteilung die Fassung verloren. Sein Gesicht zeigte Bestürzung. Das wiederum brachte Hanna aus dem Konzept. Sie hatte mit allem gerechnet, nur nicht damit. Er schien von dem Mord nichts gewusst zu haben. Seine Reaktion schien ihr glaubwürdig.

„Sie sprechen von Frank Endermann? Ermordet, sagen sie? Das, das", Schuster brachte keinen normalen Satz mehr zustande.

Zwei Frauen im Vorraum waren zu Salzsäulen erstarrt. Julia Püschmann stand in einer Ecke und stellte mit einer solchen Vorsicht zwei Kaffeegedecke zusammen, als hantiere sie mit höchst explosiven Substanzen. Sie wollte das geringste Geräusch vermeiden.

Schuster fand wieder zu Worten, allerdings in Wiederholung: „Frank Endermann ermordet."

Er war sichtlich blass geworden. Hanna beobachtete seine Reaktion mit wachsendem Erstaunen. Da Schuster noch mit sich rang, gewann Hanna etwas Zeit. Auch sie war aus dem Konzept gebracht. Ihre im Zug notierten Fragen mussten umsortiert werden – und ihr mühsam zusammengestelltes Puzzle auch. Schuster konnte also kaum hinter dem Mord an Endermann stecken. Andererseits war jetzt die beste Möglichkeit, ihn mit unangenehmen Fragen zu bombardieren.

Sie nutzte die kurze Pause und musterte ihr Gegenüber. Sofort fiel ihr der auffallend große Kopf für den viel zu kleinen Körper auf. Das dichte schwarze Haar ließ ihn jünger wirken als er wahrscheinlich war. Sein Alter war schwer bestimmbar. Nach Hannas Informationen musste Schuster bereits die Vierzig überschritten haben. Seine Kleidung war unauffälliger als seine körperliche Erscheinung. Es überwogen die Farben Grau und Beige. Er trug keine Krawatte. Der oberste Knopf des weißen Hemdes, das über dem dünnen Pulli hervorstand, war offen, wie in der Branche üblich, die sich locker und international gab. So nichtssagend bieder sehen also gewiefte Jonglierer internationaler Fördermittel aus, dachte Hanna. Sie hatte ihn sich anders vorgestellt: Arroganter, protziger, besser gekleidet.

Allmählich fing sich Schuster wieder.

„Was ist passiert?"

„Das wollte ich eigentlich sie fragen." Hanna sah ihn mit durchdringendem Blick an, so als wollte sie sehen, was hinter seiner hohen Stirn vorging.

Schuster konnte ihrem Blick nicht lange standhalten. Er wandte sich dem Fenster zu. Wieder fiel Hanna seine tiefe Beunruhigung auf. ‚Da ist noch etwas anderes‘, schoss es ihr durch den Kopf. Ihre Mitteilung hatte in Schuster mindestens zwei Alarmglocken zum Läuten gebracht. Doch er war einiges gewohnt. So wie sie den Blick auf die Elbe, brauchte Schuster seinen Blick auf das lieblos gepflegte Rasenstück mit wahllos gepflanzten Büschen vor seinem Fenster, um sich zu beruhigen.

Hanna versuchte, ihn weiter aus der Fassung zu bringen.

„Verwundert sie die hohe Todesrate unter den Mitarbeitern ihres Projektes nicht? Schließlich gab es da doch diesen ominösen Unfall vor einigen Wochen."

Jetzt reagierte Schuster seltsamerweise gar nicht. Stattdessen sah er weiter aus dem Fenster. Nach einer Weile wandte er sich ihr wieder zu. Er hatte sich wieder unter Kontrolle. Die anfängliche Arroganz war wieder in seiner Stimme.

„Selbstverständlich wusste ich das. Wieso fragen sie mich das überhaupt? Sie waren doch vorletzte Woche selbst in Muldanien und haben das sicher bis ins kleinste Detail recherchiert? Sind sie mit ihren Erkenntnissen zufrieden?"

Hanna lehnte sich zurück.

„Ja. Doch. Ich habe mir ihre Hallen angesehen. Ich habe interessante Gespräche mit ihrem Mitarbeiter Kosta Popov, mit Herrn Lobed und weiteren, sehr interessanten Persönlichkeiten geführt. Ich denke, ich weiß jetzt, wie der Hase läuft. Interessant, muss ich sagen, sehr interessant."

Hanna fragte sich, ob sie nicht schon zu weit ging, aber sie wollte Schuster ein zweites Mal aus der Reserve locken. Dann lieber gleich in die Offensive gehen.

„Haben sie in anderen Projekten ihrer, wie heißt sie noch, Internationalen Agentur für Entwicklung, auch so hohe Ausfallraten? Tut das der Entwicklung denn keinen Abbruch? Oder sind das erwartete Kollateralschäden, die im Verhältnis zur Höhe der abgezweigten Investitionsmittel stehen?"

Sie hätte sich am liebsten in diesem Moment auf die Zunge gebissen. Doch die Provokation war nicht zurückzuholen. Das ‚abgezweigt' hätte nicht sein müssen.

Schuster warf ihr indessen nur einen bösen Blick zu.

In diesem Moment öffnete Julia Püschmann mit einem Tablett in der Hand die Tür. Schuster erschrak. Erst jetzt begriff er, dass die Tür die ganze Zeit offen gestanden hatte. Herrisch schnauzte er seine Mitarbeiterin an.

„Was stehst du da noch herum? Stell die Tassen hin und dann mach' die Tür hinter dir zu."

Die junge Frau tat schnell wie geheißen und verließ das Zimmer. Schuster stand auf, ging hinter ihr her und schloss die Tür mit Nachdruck. Dann setzte er sich wieder.

Hanna zog sich eine Tasse heran.

„Ich muss ihnen ein Kompliment machen, Herr Schuster. Das ist dort wirklich exzellent konstruiert."

Schuster ließ sich nicht provozieren.

„Danke, ich werde es weiterleiten", sagte Schuster. „Schließlich kümmert sich ein ganzer Stab darum. Meine Unterabteilung hier führt ja nur aus, was sich die Kollegen in der übergeordneten Ökonomischen Kommission für Europa ausdenken. Die Politik der Vereinten Nationen hat schon Hand und Fuß."

Wohlgefällig lehnte er sich zurück. „Es ist alles abgestimmt. Dieses Projekt entspringt dem politischen Willen der internationalen Politik und Muldaniens, wirtschaftlich miteinander zu kooperieren. Wir betreuen hier nach der politischen Willensbildung die technische Umsetzung. Dabei arbeiten wir streng nach Weisung. Das dürfte aber für eine einfache Kommissarin aus einer Landesbehörde etwas zu komplex sein."

Nach einer kurzen Pause fügte er mit Nachdruck hinzu: „Ich habe nie irgendetwas alleine entschieden."

Schuster hatte auf seinen gewohnten Pfad der Arroganz zurückgefunden.

Hanna war klar, den lockte sie so schnell nicht mehr aus der Reserve. Die Festung Schuster war schwer zu erschüttern.

„Nun, Frau Kommissarin – ist das ihr richtiger Titel? – sie haben die weite Reise von Dresden hierher sicher nicht gemacht, um mir Komplimente zu machen. Sie wollten mir sicher einige Fragen stellen. Ich nehme an, sie sind mit der Fülle der ihnen fremden Materie etwas überfordert. Und ihre Dienstreise nach Solvanka und Echterova war dabei sicher wenig erhellend, nehme ich an."

Hanna schluckte. Der Mann war mit allen Wassern gewaschen. Ahnte er, wie wenig sie tatsächlich in der Hand hatte?

„Oh ja, wie recht sie haben", ging Hanna auf den Stil ein, „deshalb möchte ich ihnen auch nur ein paar ganz einfache Fragen stellen. Wie gut kannten sie Frank Endermann? Welche Kontakte hatten sie mit ihm nach Projektabschluss?"

Er schwieg einige Sekunden. Dann blickte er die Kommissarin direkt an. „Ich kannte ihn kaum. Wir pflegen in der Regel generell wenig Kontakt zu den freien Mitarbeitern unserer Auftragnehmer. Mein Hauptansprechpartner in dieser Sache war ein gewisser Herr Fuchs von, warten sie, Cons-, Cons-, gleich hab ich 's ..."

Hanna fiel ihm ins Wort.

„Von E&P-Consult in Bremen. Ich habe mit Geschäftsführer Fuchs gesprochen."

„Ach, das haben sie", sagte Schuster. Er schien überrascht. „Was hat er ihnen denn erzählt?"

Hanna ging nicht darauf ein. „Entschuldigen sie bitte, aber wenn sie mir meine Fragen beantworten würden, dann kämen sie schneller zu ihrem Workshop. Herr Endermann hat offenbar bis zuletzt an einem ganz speziellen Bericht über ihr Projekt in Muldanien geschrieben. Was könnte das ihrer Meinung nach gewesen sein?"

„Na, dann sollten sie ihn lesen, dann wissen sie Bescheid", warf Schuster ein.

„Ich habe aber sie gefragt. Mich interessiert an dieser Stelle, was passieren würde, wenn dieser Bericht Endermanns, der ja sicher noch andere Informationen enthält als der, den ihnen E&P-Consult als Schlussbericht offiziell gesandt hat – wenn so ein Bericht an die Öffentlichkeit gerät?"

„Dann würde Fuchs große Schwierigkeiten bekommen. Er würde nie wieder einen Auftrag von uns bekommen – jetzt mal ganz unabhängig davon, was in diesem ominösen Bericht steht. Um das zu beurteilen, müsste ich ihn selbst lesen. Das, was wir als Agentur wissen wollten, hat mir E&P-Consult zum Projektabschluss geliefert. Unser Vertragsverhältnis ist beendet."

„Das Projekt auch?"

„Nein. Es läuft ja sehr erfolgreich. Nur der Vertrag mit E&P-Consult ist ausgelaufen. Wissen sie, nach zwei bis spätestens drei Jahren sind wir gehalten, den Markt zu sondieren. Unsere Prüfbehörden sehen uns da genauestens auf die Finger. Ist das bei ihnen in Sachsen nicht so?"

„Herr Schuster, bitte lassen sie uns nicht um den heißen Brei reden. Endermann muss sehr starke Konflikte in diesem Projekt ausgetragen haben. Um was ging es da?"

„Mit mir hatte der keine Konflikte. Was da unten im Einzelnen los war? Mich interessierte nur der Projektfortschritt und der ließ insgesamt etwas zu wünschen übrig. Ob das jetzt im Einzelnen an der Unfähigkeit eines Herrn Endermann lag – so erklärt sich dann das Konfliktpotential – oder an einer ungenügenden Projektleitung durch Herrn Fuchs, ich weiß es nicht."

„Sie haben E&P-Consult also gekündigt, weil ..."

„Nicht gekündigt. Die vereinbarte Projektlaufzeit lief aus. Sagen wir mal, wir haben nicht verlängert, was ja eine Option gewesen wäre."

„In so einem Fall läuft dann die Zusammenarbeit, unabhängig davon, was der Internationale Rechnungshof dazu sagt, auch mal zehn Jahre, wie mit Consult International."

Schuster zog für einen Moment die Augenbrauen hoch. Die Kommissarin wusste ja doch so einiges. Aber sie wusste zu wenig. Sie pokerte nur.

„Ja, damals waren wir noch freier. Aber dann hat der Internationale Rechnungshof die Daumenschrauben angezogen. Das betrifft ja nicht nur uns. Die Politik insgesamt hat sich geändert. So läuft das halt."

Schuster hatte inzwischen völlig zu seiner inneren Ruhe gefunden. Relaxt fläzte er mit übergeschlagenen Beinen in seinem Drehstuhl und bewegte ihn, von einem Fuß am Schreibtisch abgestützt, leicht hin und her, womit er einen betont gelangweilten Eindruck erweckte. Entsprechend locker und beiläufig war seine Stimmlage.

Hanna kochte innerlich. Die ihr voll entgegenschlagende Ladung Larmoyanz war kaum auszuhalten.

„Sie waren also mit Endermann und E&P-Consult nicht zufrieden. Warum?", fragte sie in scharfem Ton.

„Ach, was heißt zufrieden? Irgendwie klappte das eben nicht so richtig da unten. Es tut mir ja aufrichtig leid um Herrn Endermann. Aber ich kann ihnen da wirklich nicht helfen. Mit dem Projekt hatte das ganz bestimmt nichts zu tun. Keine Ahnung, welche Privatfehden da liefen. Manche Muldanier sind ja sehr heißblütig. Vielleicht ging es um eine Frau. Gut ausgesehen hat Endermann ja; obwohl, ich als Mann kann das ja kaum beurteilen."

Schuster grinste Hanna an. Er fuhr in seinem Plauderton fort.

„Ach, was weiß denn ich! Und, warum sollte ich Fuchs und Konsorten noch was Böses nachsagen? Die Geschichte ist aus und vorbei. Vergeben und vergessen! Solche Projektbegleitungen sind halt nichts für E&P-Consult. Die haben ihre Stärken wahrscheinlich woanders. Und was ihren Endermann betrifft: De mortuis nihil nise bene. Er ruhe in Frieden."

Endlich gab Schuster seine entspannte Haltung auf. Er sah auf seine Armbanduhr, entknotete seine Beine und rappelte sich auf. „Noch was? Ich muss jetzt gehen …"

Hanna konnte ihre Wut kaum noch in Zaum halten. So einfach wollte sie sich nicht hinauswerfen lassen.

„Warum mussten der Italiener und der Fahrer des Projektes sterben?"

Schuster hatte bereits halb gestanden. Jetzt ließ er sich wieder in seinen Stuhl plumpsen. Da war er wieder, der irritierte Blick. Schuster schien den Unfall wohl nicht in Frage zu stellen.

„Was heißt da ‚mussten sterben'. Das klingt ja, als würden sie das auch als Mord ansehen. Kann es sein, dass man als Polizistin nach einer Weile hinter jedem Toten einen Mörder wähnt? Gute Frau, das war ein tragischer Unfall auf eisglatter Straße."

Für die ‚gute Frau' hätte Hanna Schuster am liebsten geohrfeigt. Sie musste an sich halten. Er plauderte einfach weiter.

„Also, ich dachte, man kann sich auf die Polizei, so ganz im Allgemeinen, verlassen. Das muldanische Protokoll war für uns eindeutig. Wir haben es uns übersetzen lassen."

„Und dass auf Gunnar Nilsson in Georgien erst vor wenigen Tagen ein Anschlag verübt wurde, ist demnach auch nur ein großer Zufall."

Jetzt fiel Schuster fast die Kinnlade herunter. Für einen Moment verschlug es ihm die Sprache. Hanna setzte nach.

„Er hat die beiden erkannt, die hinter ihm herwaren. Es waren zwei bullige Schlägertypen, die offenbar in Diensten des Herrn Lobed stehen." Schuster wurde es sichtlich unangenehm. Hanna beugte sich Schuster über den Schreibtisch hinweg entgegen und wurde intensiv.

„Und ich wage zu beschwören, dass genau dieselben Typen hinter Frau Lemmberg und mir her waren, als wir dort recherchierten. Die beiden benahmen sich alles andere als gastfreundlich, um nicht zu sagen ruppig. Würden sie das auch zur Privatsache erklären?"

Hanna setzte sich wieder gerade und beobachtete Schusters Reaktion. Er fing sich erstaunlich schnell.

„Dazu müsste ich mehr wissen", fing er langsam an, um sich eine Strategie zurechtzulegen.

„Lobed gehört nicht unmittelbar zum Projekt. Ja, bitte, unterbrechen sie mich nicht. Er ist Geschäftsführer eines Unternehmens – in einem Gebäude, das im Rahmen dieses Projektes gefördert wurde. Das ist der einzige Zusammenhang. Er führt ein völlig unabhängiges Unternehmen. Das wollen wir doch mal festhalten. Ich weiß nicht, wie tollpatschig sie sich bei ihm benommen haben. Herr Lobed ist einer vom alten Schlag. Ich räume ein, mit ihm ist mitunter nicht gut Kirschen essen. Vielleicht haben sie die Mentalität dieses Menschen einfach nicht begriffen. Mit unserer üblichen nassforschen Art kommen wir Deutschen nicht immer überall an."

„Und Gunnar Nilsson?"

„Ach, ich bitte sie, Frau Thiel, ich sehe hier keinen Zusammenhang. Was weiß denn ich, was dieser Nilsson in Georgien treibt. Das Land ist gefährlich. Ständig liest man in unseren Zeitungen, dass dort gerne Ausländer entführt werden, um dann Lösegeld zu erpressen. Und dass allein reisende Frauen, die sich abseits der südlichen Touristenstrände bewegen, Gefahr laufen, von den bekannt heißblütigen Männern angesprochen zu werden, das steht in jedem Reiseführer. Wahrscheinlich haben sie die plumpe Anmache einfach missverstanden. Sie reimen sich da etwas zusammen."

Schuster hatte bei seinen letzten Worten kurz eine Schreibtischschublade geöffnet, um ihr eine Visitenkarte zu entnehmen. Dann stand er, während er noch sprach, auf, und kam um seinen Schreibtisch herum.

„Also, nichts für ungut, Frau Kommissarin. Aber ich muss jetzt wirklich. Wenn noch was ist – meine Karte."

Hanna nahm das Papierchen an und stopfte es in ihre Tasche.

„Ich denke, sie finden alleine raus. Ich überlasse sie jetzt wieder Frau Püschmann."

Damit ging er zur Tür und öffnete sie.

„Julia", rief er, „kümmere dich doch bitte noch ein wenig um die Dame."

Hanna kochte innerlich. Aber sie war noch nicht ganz fertig. Sie stand auf und ging, von Schuster getrieben, langsam zur Tür. Sie drehte sich um und lächelte ihn so freundlich sie konnte an. „Oh, Herr Schuster, beinahe hätte ich es vergessen. Herr Popov hat mir in seiner Loyalität viel über die Geschäfte der Gesellschaft und insbesondere von Elisabeth Mayer erzählt. Er hat so durch die Blume angedeutet, dass sich diese Frau bei ihren muldanischen Geschäften übernommen hätte. Was meinen sie als Experte der international-muldanischen Zusammenarbeit dazu?"

Jetzt zuckte Schuster merklich. Seine Augen warfen ihr Blitze zu. „Ich weiß wirklich nicht, wovon sie reden, Frau Kommissarin. Gehen sie jetzt bitte, ich habe keine Zeit mehr. Gehen sie!"

Er griff hinter ihrem Rücken nach der Türklinke und zog die Tür ins Schloss, womit er Hanna zwang, in das Großraumbüro zu treten. Lauter als nötig knallte die Tür zu. Schuster drehte den Schlüssel zweimal um und eilte gußlos aus dem Raum.

Doch Schuster ging nicht sofort zu seinem Workshop. Er machte einen kleinen Umweg durchs Haus. Dabei telefonierte er von seinem Handy.

„Kosta, was hast du dieser Kommissarin erzählt?" Nur mühsam konnte er seine Stimme ruhig halten.

„Was für eine Kommissarin?"

„Diese Thiel, die mit der anderen, diesem Lamm ..."

„Lemmberg, Ilse Lemmberg."

„Egal. Die andere ist jedenfalls eine Kriminalerin. Die war gerade bei mir. Der Endermann soll ermordet worden sein, behauptet sie. Und über den Unfall des Italieners sprach sie, als hätte sie da auch Zweifel. Verdammt noch mal, Kosta, was spielt ihr da unten für ein Spiel, du und Lobed?"

„Jetzt halt mal die Luft an, Gerd. Es wird alles nicht so heiß gegessen wie es gekocht wird. Dafür, dass diese Frau eine Kriminalerin sein soll, hat sie sich hier ziemlich dilettantisch aufgeführt. Zu deiner Beruhigung: Die beiden Damen haben hier zwar ein wenig herumgeschnüffelt, aber gefunden haben sie nichts. Wir hatten sie fast die ganze Zeit unter Beobachtung. Kolja und Slavi haben sich liebevoll um die beiden gekümmert. Die können nichts gefunden haben. Sie hatten Kontakt zu einem Bauern, diesem Petrov. Aber was soll ein Bauer denen schon erzählen. Also reg' dich ab. Da ist nichts. Ein Sonderlob hat dafür Dessimira verdient. Die muss die beiden gründlich an der Nase herumgeführt haben. Unsere Zigeunerin ist Gold wert."

„Deine Beruhigungsarie in allen Ehren, Kosta. Aber hier war von Mord die Rede. Wir sind hier in Deutschland – bei so was hört der Spaß hier auf."

„Die bastelt sich da was zusammen. Genau wie du."

„Kosta, du nimmst das eindeutig zu locker. Unsere deutsche Polizei ist nicht so handzahm wie eure."

„Hat sie irgendetwas durchblicken lassen? In welche Richtung sie ermittelt?"

„Alle Spuren scheinen wohl nach Muldanien zu führen."

„Ja, dann freu dich doch, mein Lieber! Denn hier in Muldanien verlaufen die Spuren im Sand. Das ist doch wunderbar, Gerd! Was regst du dich da noch auf? In spätestens zwei Wochen schließen sie ihre Akte. Glaub' mir, das geht gut aus."

Schuster dachte nach. Kosta hatte gar nicht so Unrecht.

„Na gut, wenn du meinst. Ich habe jetzt einen dringenden Termin, aber so ganz geklärt ist das für mich noch nicht. Ich will das demnächst nochmals ausführlich mit dir besprechen."

Er beendete das Gespräch.

„Ja, dann", sagte Schuster aufmunternd zu sich selbst. Er durchsuchte die Namensliste im Handyspeicher. „Dr Z." Sollte er Zelltermann informieren? Wozu? Der sitzt doch viel zu weit oben in seinem Elfenbeinturm. Schuster beschloss, den Abteilungsleiter in der vorgesetzten Behörde, wie bisher, mit den profanen Dingen der Projektarbeit zu verschonen.

„Kann ich noch etwas für sie tun?", fragte Julia Püschmann Hanna, als Schuster das Büro verlassen hatte.

„Ja, wo finde ich Horst Bauditz? Arbeitet er auch in diesem Gebäudeteil?"

Julia stutzte. „Sind sie mit ihm verabredet?"

„Nicht direkt, ich dachte nur, wenn ich schon mal hier bin, sage ich kurz Hallo. Wir haben uns nur einmal kurz am Telefon gesprochen."

Julia fiel ihr ins Wort. Sie wollte verhindern, dass die Kommissarin im Beisein der beiden Kolleginnen weiterredete. „Wissen sie was: Ich ruf' schnell drüben an und frage, ob er da ist und dann bringe ich sie hin."

Julia griff zum nächstbesten Apparat. Beim zweiten Wählversuch bekam sie einen Kollegen an den Apparat, der ihr sagte, Bauditz sei auf einem Außentermin.

„Macht nichts", sagte Hanna und wollte sich schon verabschieden. Doch Julia wollte sie unbedingt zum Ausgang begleiten.

Kaum waren sie auf dem Gang, da hielt es die junge Frau nicht mehr aus. Verschwörerisch flüsterte sie Hanna zu: „Ich muss mit ihnen reden. Am besten, ich begleite sie ein Stück."

Hanna machte ein erstauntes Gesicht. Bevor sie etwas erwidern konnte, flüsterte Julia weiter. „Stimmt es, dass Frank Endermann ermordet wurde? Es gab nämlich schon zwei Tote …"

Hanna brauchte nichts zu sagen. Julia sprudelte alles heraus, was sie wusste. Jedes Mal, wenn den beiden jemand auf dem Weg bis zum Ausgang begegnete, schwieg Frau Püschmann.

Julia erzählte Hanna über die merkwürdigen Gepflogenheiten ihres Referatsleiters im Umgang mit dem muldanischen Projekt, die jeglichen Regeln des Hauses widersprachen, ohne dass sich jemand daran störte. Hanna war darüber bereits indirekt über ihr Gespräch mit Horst Bauditz informiert. Im Endeffekt bestätigte ihr Julia Püschmann nur, was sie schon ahnte, dass nämlich Schuster sein eigenes System geschaffen hatte und alle Fäden in der Hand hielt. Ihre soeben erlebte Wut kam wieder hoch.

„Sagen sie mir, wer noch über das Projekt Bescheid weiß."

„Mit Sicherheit Markus Gabler, ein freier Berater, der …"

Hanna unterbrach sie. „Ich weiß, wer Gabler ist. Wer noch?"

Püschmann überlegte kurz. „Wilhelm Russt von der Europäischen Bank für Strukturförderung. Der hat das Projekt lange begleitet, da ja die Bank für einen Teil der Projekte in Muldanien die Kredite zur Verfügung gestellt hat. Da gab es stets ein kleines Machtspielchen zwischen ihm und Schuster, wer zu notwendigen Besprechungen zu wem ins Büro geht – der reinste Kindergarten. Aber das läuft auch mit anderen Behörden so. Russt, als Geldgeber, sah sich in einer Chefrolle, Schuster als Projektleiter natürlich auch. Doch Russt ist von einem Tag auf den anderen verschwunden. Er scheint die Bank verlassen zu haben – plötzlich hatten wir einen anderen Ansprechpartner. Das war vielleicht seltsam."

„Und wo könnte Herr Russt jetzt sein? Bei einer anderen Bank?"

„Keine Ahnung. Mein Eindruck war, dass nicht einmal Schuster es weiß. Ich selbst hatte mit Russt selten zu tun. Man hat sich gegrüßt, ein bisschen geflirtet. Wissen sie, das ist so ein Tennis-Porsche-Goldkettchen-Typ. Es hat schon zu seinem Ehrgeiz gepasst, bei der Europäischen Bank für Strukturförderung zu arbeiten. Und plötzlich war er weg."

„Was sagt ihnen der Name Elisabeth Mayer?", fragte Hanna.

Julia überlegte. „Ist mir noch nie untergekommen. Das ist aber auch ein Allerweltsname."

„Und was wissen sie über die privaten Verhältnisse Schusters?"

„Sein Privatleben ist hier kein Thema. An den Geburtstagsrunden in der Unterabteilung beteiligt er sich selten. Deshalb gibt es kaum Klatsch, bei dem man etwas über ihn erfahren könnte. Seine Frau ist eine geborene Becker, sie führt nämlich den Doppelnamen Schuster-Becker. Die beiden Kinder sind, soweit ich weiß, erwachsen und aus dem Haus. Eine Tochter heißt Sonja. Glauben sie, dass diese Elisabeth Mayer zu Schusters privatem Umfeld gehört? Da müsste ich mich vorsichtig bei den älteren Kollegen umhören. Haben sie eine Visitenkarte?"

Hanna gab ihr eine. Julia Püschmann nahm sie in beide Hände und las sie sofort.

Leise sagte sie: „In Dresden. Da war ich noch nie. Ich war überhaupt noch nicht im Osten. Eigentlich eine Schande." Dann straffte sie sich und sah Hanna in die Augen. „Wissen sie was, ich bleibe an der Sache dran. Das verspreche ich ihnen. Und dann rufe ich sie an. Ich rufe sie ganz bestimmt an."

Hanna bedankte sich beim Abschied. Mit dem Handy in der Hand suchte sie anschließend eine ruhige Ecke und klingelte Staatsanwalt Helbig an.

„Na, das war ja dann ein Schlag ins Wasser, Frau Thiel", kommentierte er Hannas Bericht. „Und was machen wir jetzt?"

„Ich brauche ihre Genehmigung zum Abhören von Schusters Telefongesprächen – sofort! Der Herr hat Dreck am Stecken."

„Tut mir leid, aber auf ihre Gefühlslage kann ich keine Rücksicht nehmen. Für so einen tiefgreifenden Einschnitt in die Persönlichkeitsrechte benötige ich mehr."

Hanna protestierte. „Wir sind hier wahrscheinlich einer großen Wirtschaftsstrafsache auf der Spur."

„Danke für das ‚wahrscheinlich', Frau Thiel. Genau das ist der springende Punkt. Ich habe sie nämlich nach Koblenz geschickt, um in der Mordermittlung weiterzukommen. Was sie dort sonst noch recherchieren, interessiert mich nur am Rande. Wenn wirklich etwas dran ist, geben wir den Fall sowieso an die dortigen Kollegen ab. Im Grunde genommen wildern sie jetzt schon in deren Revier. Also: Ist Schuster in der Mordsache Hauptverdächtiger oder nicht?"

Hanna holte tief Luft. Sie hätte platzen mögen. Stattdessen sagte sie: „Nein. Der ist zwar arrogant. Aber er hatte sich nicht völlig unter Kontrolle. Seine Reaktion war echt; leider, möchte ich fast sagen."

„Dann kommen sie jetzt bitte nach Hause und fangen an einer anderen Stelle wieder an."

Sie musste Helbig zähneknirschend Recht geben.

Es war Zeit für einen Espresso. Hanna ging in das nächstbeste Café. Lange rührte sie in der Tasse.

Warum ist es am Rhein so schön?

Sie hatte noch genug Zeit, bis der Zug nach Dresden fuhr. So nahm sie sich ein Taxi und ließ sich zu Schusters Privatadresse fahren. Dort spazierte sie die Straße entlang. Schusters Haus war ein mit weißen Klinkern verkleidetes quadratisches Einfamilienhaus mit riesigen Fensterflächen. Und wie bei diesem Haustyp überall in Westdeutschland üblich, hatten die Besitzer später an allen Fenstern Rollos angebracht, weil sie sich hinter den ungemütlich großen Fensterflächen wie auf dem Präsentierteller fühlten. Die meisten Rollos waren indessen geschlossen. Im Haus musste es stockfinster sein. Die blechernen Wandpickel der Rollladenkästen verhunzten die Fassade gewaltig. Doch diese fügte sich damit harmonisch ins Bild der gesamten Schlafstadtsiedlung, weil die Nachbarhäuser ebenso verhunzt waren. Mit den schwarz lackierten Dachziegeln und einer Vielzahl Koniferen rundherum wirkte das Haus wie eine kleine Trutzburg. Die Nachbargrundstücke hatten wenigstens schreiend bunte Schaukelgestelle in den Vorgärten. Die Schusters hatten offenbar keine kleinen Kinder. Aber sie bezogen zwei Tageszeitungen, wie zwei Blechrollen am Gartenzaun neben dem Eingang anzeigten. Da war auch das Namensschild angebracht. ‚Gerd Schuster', als ob es nur den Mann gebe – keine Frau, keine Familie. Der Zaun war zu hoch, als dass ein Dackel hätte darüber pinkeln können, aber auch nicht viel höher. Wohl, weil die Bewohner es satt hatten, sich immer nach der Klinke zu bücken, hatten sie die Tür ausgehängt. Ein schmaler Weg aus Waschbetonplatten führte zum Haus. Die Öffnung im Zaun wirkte nicht gerade wie ein einladendes Tor, sondern wie der Eingang in ein Wurmloch. Es strotzte nur so vor gutbürgerlicher westdeutscher Siebziger-Jahre-Hässlichkeit. Dabei erinnerte Hanna das Haus fatal an den DDR-Einheitstyp, den es, bisweilen mit nach vorn angebauter großer Terrasse sowie weitläufiger Garage darunter, zu Tausenden zwischen Fichtelberg und Rügen gab. Was die Hässlichkeit ihrer Einfamilienhäuser angeht, stellte Hanna fest, waren die Deutschen in vierzig Jahren Trennung gar nicht so weit auseinandergedriftet.

Hanna sehnte sich plötzlich nach Hause. Voller Wehmut dachte sie an all den Barock entlang der Elbe, die Gründerzeithäuser in der Dresdner Neustadt, an die prächtigen Stadtvillen mit ihren Gärten voller Rhododendren und Tulpenbäumen sowie ehrwürdigen Eichen und alten Baumbeständen in Blasewitz und Striesen, die kleinen Fischerhäuschen neben dem Blauen Wunder, die Fachwerkhäuser und Dreiseithöfe in Kötzschenbroda, die Blumenkästen voller Geranien und Fleißigen Lieschen vor Holzkastenfenstern, die sonnenbeschienenen Sandsteinmauern mit in kräftigem Gelb blühenden Goldlack und Steinbrech-Gewächsen sowie die liebevoll gepflegten Vorgärten in Alt-Gorbitz. Das neue Gorbitz und Prohlis kamen ihr in den Sinn, ließen sich nicht ausblenden. Und wenn schon!, dachte Hanna trotzig.

Sie wandelte ein paar Schritte weiter. Eine Doppelgarage mit offenem Rolltor kam ins Blickfeld. Sie war leer bis auf einen überdimensionalen Motor-Rasenmäher, zwei edle Fahrräder, eine Aluleiter sowie acht Reifen, die an der Wand hingen – wahrscheinlich die Winterreifen der beiden Fahrzeuge.

Daneben, in Tuchfühlung mit der fast drei Meter hohen Thujenhecke des Nachbarn, thronte auf einem Gestell eine mittelgroße Segelyacht mit dem etwa acht Meter langen Mast oben längs gelegt – einziges Zeugnis für einen etwas aufwendigeren Lebensstil. Ihre Größe ließ auf eine entsprechende Zugmaschine schließen – 180 PS, Allrad-getrieben und mit dem guten Stern versehen, vermutete Hanna. Und dennoch nur der Zweitwagen. Anscheinend war Schusters bessere Hälfte damit gerade beim Shopping. Selbstverständlich begnügte sich der Herr des Hauses mit dem kleineren Japaner. Der größere Rest des angesammelten Vermögens befand sich wahrscheinlich in irgendeiner Steuersparoase.

Hanna reichte, was sie nicht sah, stieg in das wartende Taxi und ließ sich zum Bahnhof fahren.

Während sie in einem Café auf den Zug wartete, telefonierte sie mit Ilse. Kurz setzte sie ihre Freundin in Kenntnis und erwartete Zuspruch. Doch weit gefehlt.

„Ja, sag mal, was hast du denn da angestellt? Wieso hast du ihn denn nicht einfach wegen Mordverdachts hopsgenommen?"

„Ilse!"

„Wieso hast du den nicht gleich die Acht umgelegt? Dann könntest du den Mistkerl im Handgepäck mitbringen."

„Ilse!

„Bei Wasser und Brot soll er sitzen bis er schwarz wird. Am besten am Dresdner Hammerweg! Dann könnt' ich ihn mir ab und zu ansehen, wie er mit den anderen Dresdner Sträflingen die Elbwiesen von Müll und Hundescheiße befreit."

„Ilse, hör auf", schrie Hanna jetzt so laut, dass sich einige Kaffeehausgäste nach ihr umwandten. „Du magst ja Recht haben. Aber mit meinem Mordfall hat der nichts zu tun. Helbig hat mich gerade zurückgepfiffen. Ich muss noch mal woanders ansetzen."

„Helbig", rief Ilse wütend, und ihre Stimme schnappte über. „Der soll doch an seinem Sauerbraten ersticken!"

Der Zug fuhr eine Weile den Rhein entlang. Burg reihte sich an Burg, umgeben von Weinbergen. Was hier auf wenigen Hundert Metern wuchs, entsprach dem gesamten Weinanbaugebiet Sachsens. Auf kleinen Raupenschleppern bewegten sich die Winzer hier die Weinberge scheinbar mühelos hoch. Hanna musste daran denken, wie mühsam die Plackerei in Hansens Öko-Weinberg in Wachwitz war. Der Hang war viel zu steil, als dass Hans irgendwelche Maschinen einsetzen konnte. Hanna half dort oft beim Entgipfeln im Sommer und im Herbst bei der Lese. Am schönsten waren die Grillabende im Weinberg, von dem aus man insbesondere nachts einen schönen Blick auf das erleuchtete Dresden hatte.

Gedankenverloren sah Hanna auf den Rhein. Auch er schob seine braunen Wasser stoisch ins Meer, allerdings bedeutend massiver als seine kleinere Schwester, die Elbe. Außerdem trug er viel mehr Schiffe. Wenn sie gegen den Strom fuhren, mussten sie kämpfen und hinterließen bei ihrer Arbeit einen Strudel aufgewühlter schaumiger Brühe hinter der Schraube. Das Schiffegucken faszinierte Hanna. Auf der Elbe war das etwas dürftiger. Wenn da ein Kreuzfahrtschiff wie die ‚Clara Schumann' daherkam, mussten die tschechischen Schubschiffer ausweichen und jedes Mal befürchten, auf Grund zu laufen. Auf dem Rhein dagegen hatte jedes Schiff seine eigene majestätische Auffahrtsallee.

Besonders beeindruckend fand Hanna die hochstaplerischen Containerschiffe, mit Ladeflächenoberkanten, die nur eine Handbreit über den Wellen zu liegen schienen. Ein kleiner Schwupp schien zu genügen und sie mussten volllaufen. Hanna vermeinte, dass die am Bug erzeugten Wellen eigentlich reichen müssten für eine Selbstversenkung mittschiffs. Doch nichts dergleichen geschah.

Sie liebte das dumpfe Tuckern, Brummen und Stampfen der Schiffsmotoren, das sie jetzt, im Zug sitzend, natürlich nicht hören konnte. Wenn sie bei Ilse im Garten in der Hängematte lag, konnte sie die Schiffe von der Elbe hören. Insbesondere das angestrengte Tuckern und Brummen der elbaufwärts kämpfenden tschechischen Schubschiffverbände hatte, zumindest aus der Entfernung, stets etwas beruhigend Einschläferndes. Und schon war Hanna eingenickt.

Hanna träumte von Endermann, Dessimira und Nilsson. Sie ritten auf Eseln, deren lange kuschelige Ohren aus roten Kampfmasken lustig herausragten. Es war eine wilde Verfolgungsjagd, vorbei an muldanischen Dörfern, sie schienen anstandslos durch Weinberge hindurchzureiten, als ob die Drahtgestelle und Pfosten nur ein virtuelles Hindernis darstellten. Sie jagten Lobed und Popov und auch den schönen Konstantinov schien sie in der Meute der Verfolgten zu erkennen, es waren noch ein paar andere dabei, einige schienen ihr wie reitende Schränke. Die Esel der Verfolgten trugen schwarze Masken auf ihren Köpfen, aber auch ihre kuscheligen langen Ohren ragten lustig aus den Masken, insofern gab es keinen Unterschied zu den Verfolgern. Dann sah sie sich und Ilse auf einem vierspännigen Eselkarren den Verfolgten und Verfolgern hinterherrasen. Sie hinterließen eine unglaubliche Staubwolke. Erst als die Weinberge kamen, hob ihr Vierergespann ab, stieg in die Lüfte und ließ den Staub auf dem Boden unaufgewühlt. Vor ihnen am Horizont tauchte ein in der heißen muldanischen Sonne gleißender Hallenkomplex auf. Wenn die Flüchtigen diesen erreichen würden, hätten die Verfolger verloren. Die Flüchtigen würden sich in dem Gebäude verschanzen und könnten dort mit den Eselwagen der Bauern eine Wagenburg bauen. Ilses und Hannas Vierergespann setzte nach den Weinbergen wieder hart auf den Feldern auf, erstaunlicherweise hielt der Eselkarren dem stand, obwohl es gewaltig krachte. Hanna sah mit Entsetzen, dass sich aus der Gruppe der Flüchtigen einer der großen Männer, der eher wie ein reitender Schrank aussah, umdrehte und in vollem Eselsgalopp mit einem Gewehr auf die Verfolger zielte, er schoss, der Italiener stürzte vom Esel, er war blutüberströmt, es ertönte nochmals ein Schuss, er traf Dessimira, sie schrie laut, als sie von ihrem Reittier stürzte und schaute Hanna mit einem letzten Blick vorwurfsvoll an.

Das brummende Vibrieren ihres Handys weckte Hanna. Sie verfügte nicht über das Geschick der jugendlichen Generation, deren Finger bereits mit dem Ding verwachsen schienen. Bis sie überhaupt verstand, dass es ihr Mobilteil war, das da lärmte, konnte es eine Weile dauern. Dann ein hektischer Griff und schon fing die Sucherei an. Sie kramte in ihrem Rucksack, ständig in Angst, der Anrufer könnte zu früh aufgeben.

Gabi Endermann! Sie klang aufgeregt.

„Frau Thiel, ich habe heute mein Regal aufgeräumt. Da fand ich ein braunes Kuvert, das nicht mir gehört. Darin fand ich den Bericht, den mein Vater als letztes geschrieben haben muss. Ich habe ihn zum Teil gelesen. Das ist ja wirklich der reinste Krimi. Ich denke, sie sollten ihn haben."

Hanna war wie elektrisiert. „Wie kommt denn der zu ihnen?"

„Den kann nur mein Bruder hier reingesteckt haben. Der war vor ein paar Tagen hier. Ich hoffe, dass er mir nicht noch mehr untergejubelt hat. Ich werde jetzt meine Sachen durchgehen. Der spinnt doch. Der war sowieso so komisch drauf."

„Inwiefern?"

„Erst tat er so, als sei er jetzt die ganz große Nummer bei seiner Truppe. Er faselte was davon, dass er den bewaffneten Kampf finanziere. Und im nächsten Moment heulte er fast. Vor Wut auf seine eigenen Leute! Weil die ihn immer noch behandeln wie einen kleinen Rotzlöffel. Vielleicht macht ihm Vaters Tod doch mehr zu schaffen, als er bisher zeigen konnte. Reden wollte er nicht. Wieso bloß versteckt er die Papiere bei mir? Der hätte sie mir ja auch in die Hand drücken können. Ich kapier das einfach nicht. Wann holen sie es sich?"

„Ich bin momentan unterwegs. Frühestens morgen. Warten sie, da fällt mir etwas ein. Ich rufe sie gleich wieder zurück."

Hanna klingelte Jaki an und bat sie, einen Radkurier zu beauftragen, zu Gabi Endermann nach Pirna zu fahren und den Bericht zu holen. Der Kurier sollte ihn bei Ilse am Elbhang abgeben.

Hanna lehnte sich wieder zurück und schloss die Augen. Doch der Traum kam nicht wieder. Stattdessen musste sie ständig an den Bericht denken. Ob er die Lösung enthielt?

Alptraumatisches

Sonnabend! Was für ein schöner Name! Was ist dagegen der Samstag für ein schnöder Begriff. Der Abend vor dem Sonntag. Hanna hoffte, dass die Zeit bis zum Abend noch lange nicht verging. Bis dahin musste sie schließlich noch mindestens einen Klafter Holz hacken – ihre Bringschuld an Ilse.

Doch jetzt lag sie in der Hängematte in Ilses Garten. Die hing unter einem großen Apfelbaum. In einer Astgabel hockte der Leguan wie angeklebt. Er war von der Morgenfrische noch ganz steif. Anscheinend hatte Ilse ihn endgültig aus dem Haus verbannt, in der Hoffnung, ein Nachbar würde sich des Tieres, oder einer der durch die Gegend streifenden Füchse der fetten Beute annehmen. Große goldfarbene Augen glotzten auf Hanna herunter. Nicht die geringste Regung ließ darauf schließen, dass es sich um ein Lebewesen handelte. Es hätte auch ein grün bemooster Ast sein können.

Hanna zog die losen Blätter von Endermanns Bericht aus dem Kuvert und fing an zu lesen. Die Sonne schien, durch die sprießenden Nussblätter wenig gefiltert, auf sie nieder, und die für die Jahreszeit ungewöhnliche Wärme war angenehm wohltuend.

Die ersten Seiten bestätigten alles, was Hanna bereits wusste; die Machbarkeitsstudie, die auf extrem überhöhten Zahlen beruhte, die erstaunlichen Kalkulationen für die angeblichen Tiefbauarbeiten der Märkte; die einseitige Forcierung der gewerblichen Teile des Projektes ohne Hinzuziehung der Bauern – entgegen der Projektkonzeption. Das alles war in einem anstrengend-langweiligen Berichtsstil verfasst, garniert mit Gegenbeispielen, Nach-Berechnungen und langatmigen Vermutungen. Doch Hanna wollte nicht darüber weghuschen, sondern strengte sich an, alles zu lesen.

Die Frühlingssonne war unerwartet stark. Sie stieg immer höher und brannte Hanna nun direkt aufs Hirn, weshalb sie die Papiere, mit hoch gehaltenen Armen, beim Lesen als Schirm benutzte. Die bereits gelesenen Seiten legte sie auf ihren Bauch. Das ständige Aufrechthalten der Arme ermüdete. Eine kleine Wolke schob sich vor die Sonne. Das war angenehm. Endlich blendete die Sonne nicht mehr so stark. Hanna ließ die Arme mit dem restlichen Papierstapel in den Händen für eine Weile sinken. Eine Minute Dösen würde sie sich gönnen. Bis die Wolke weitergezogen war. Ihre immer enger werdenden Augenschlitze blickten in die runden Kulleraugen des kleinen grünen Drachens über ihr. Augenblicklich schlief sie ein.

Hanna saß rittlings auf ihrem grünen Drachen und flog eine große Kurve durch das Elbtal. Sie winkte den Bauarbeitern am Gerüst der Frauenkirchenbaustelle zu und raste als nächstes quer über die Elbe direkt auf ihr Fenster im Landeskriminalamt zu, hinter dem Peter überrascht von seiner Arbeit aufblickte. Kurz davor zog Hanna an den Zügeln und leitete eine Wende nach links ein. Über das Blockhaus, die Augustusbrücke, den Schlossplatz, die Semperoper und den dahinterliegenden Zwinger ging es auf die Yenidze zu, die ehemalige Zigarettenfabrik, die nach Art einer Moschee gebaut war. Die bunte Glaskuppel gleißte so hell in der Morgensonne, dass Hanna die Augen zukneifen musste. Nochmals zog sie an den Zügeln. Wieder scharf links. Der Rathausturm kam näher. Doch der goldene Rathausmann saß heute zusammengekauert darauf, das Kinn auf das herangezogene rechte Knie gestützt und grübelte. Jetzt blickte er auf und nahm eine Hand vor den Mund. Er formte Daumen und Zeigefinger zu einem Ring und blies hindurch. Luftschlangen kamen auf Hanna zugeflogen; Luftschlangen wie im Fasching. Sie verfingen sich in Hannas Haaren und raschelten im Wind. Das Rascheln wurde immer lauter.

Hanna hatte offenbar im Schlaf versucht, sich von der Sonne ab- und auf die linke Seite zu drehen, was ihr in der Hängematte nicht ganz gelungen war. Nur ihr rechter Arm war heruntergerutscht, mit ihm alle Papiere, die sie in Händen gehalten beziehungsweise auf den Bauch gelegt hatte. Ein Windhauch hatte ihr ein Blatt an den Kopf geweht. Hannas Kopf lag halb darauf. Sie brauchte einen Moment, um sich zu orientieren. Normalerweise erinnerte sie sich nicht an ihre Träume. Die Träume vom Fliegen hatte sie seit frühester Jugend. Sie waren ihre ständigen Begleiter und wunderten sie nicht mehr. Nur der grübelnde Rathausmann gab ihr noch zu denken.

Schlaftrunken versuchte Hanna sich aus der Hängematte hochzurappeln, was gar nicht so einfach war. Ihre Glieder waren, von der Sonne durchwärmt, schwer geworden. Die Haut im Gesicht spannte. Sie hätte sich jetzt am liebsten zwei Hände voll Wasser darübergeworfen. Auch, um gänzlich wach zu werden. Wie lange hatte sie geschlafen? Ein paar Minuten, eine Stunde?

Was raschelte da so? Der Leguan? Hanna sah nach oben. Die Astgabel war leer. Der Drachen hatte sich davongemacht. Wohin bloß?

Der Leguan saß auf der Wiese unweit der Hängematte und mampfte Papier in sich hinein. Der Endermannsche Bericht hatte es ihm besonders angetan. Darin stand so viel über Kartoffeln, Mais und Auberginen, Karotten, Kohl und Tomaten sowie deren Vermarktung und Verarbeitung zu schmackhaften Produkten. Und da der Leguan Vegetarier war, machte er sich mit großem Genuss darüber her. Zwar waren die meisten Blätter mit dem Gesicht nach unten auf der Erde eingetroffen, weshalb sich der Leguan von hinten durch die Story fraß. Doch das tat seinem Genuss keinerlei Abbruch. Aus seinem Maul tropfte eine schaumige, weißliche Brühe.

Es dauerte drei ewig erscheinende Schrecksekunden, bis Hanna das Ausmaß der Katastrophe begriff. Dann schrie sie aus Leibeskräften, machte eine heftige Ruderbewegung mit dem rechten Arm durch die Luft, wobei sich die Hängematte ein halbes Mal um ihre durchhängende Längsachse drehte. Wie eine überreife Birne vom Baum plumpste Hanna über einen halben Meter auf den weichen Gartenboden; tief genug, um sich nicht zu verletzten, hoch genug, um drei weitere Sekunden belämmert liegenzubleiben.

Der Leguan mampfte Seite 17 von ehemals 28 gemächlich in sich hinein. Der A4-Bogen verschwand ruckweise in seinem Maul wie in einem stotternden Aktenvernichter.

„Du verdammtes Mistvieh. Spuck das sofort wieder aus!"

Hanna schrie sich die Seele aus dem Leib. Jedem Lebewesen musste dabei das Blut in den Adern gefrieren. Doch Leguane sind von Natur aus Kaltblüter. Und dieser aus den mittelamerikanischen Urwäldern stammende Iguana iguana schien, ganz im Gegensatz zu seiner Natur, extrem schwerhörig zu sein. Er hatte die letzten 15 Jahre im Hoyerswerdaer Zoo verbracht. Wahrscheinlich verstand er nur Sorbisch.

Endlich rappelte sich Hanna hoch. Mit einem Satz war sie bei dem Leguan und riss ihm das Papier aus dem Maul. Viel war davon nicht mehr übrig. Im Kopf hellwach, im Körper noch etwas schlaftrunken, torkelte Hanna herum und begann, die verstreuten Papiere einzusammeln. Dabei musste sie sich bücken. Schon nach dem zweiten Bücken wurde ihr schwarz vor den Augen. Sie musste zu lange in der Sonne gelegen haben. Der Kreislauf machte schlapp. Auf allen Vieren kroch sie auf der Wiese herum. Mittlerweile war Ilse eingetroffen.

„Sammelst du Löwenzahn für den Salat?", fragte sie.

„Huh, was ist denn das?", kam eine Stimme von hinten. Die Nachbarin von der Datsche nebenan war auf Hannas Schreien hilfreich herzugeeilt und stand jetzt angewurzelt drei Meter entfernt und starrte auf das grüne Urvieh.

Hanna heulte vor Wut über ihre eigene Dummheit. Endlich riss sie sich zusammen und begann, die Papiere auf dem Gartentisch auszubreiten. Als sie sie in der richtigen Reihenfolge geordnet hatte, begann sie wieder gotteslästerlich zu fluchen. Ilse, die betreten daneben stand, fürchtete um die Freundschaft. Immerhin war es ihr Leguan, der die wichtigen Papiere gefressen hatte. Doch da kannte sie Hanna schlecht. Die gab sich allein die Schuld. Ilse schlich sich davon, ging in die Küche und bereitete einen dreifachen Espresso mit einem großen Schluck Milch. Als sie mit der Tasse zurückkam, nahm Hanna keine Notiz davon, sondern starrte geistesabwesend auf die restlichen Papiere.

Es waren nur noch 16 und die zum größten Teil angefressene 17 sowie die beiden letzten Seiten 27 und 28. Vor dem Einschlafen war Hanna bis Seite 14 gekommen. Sie konnte sich vorstellen, dass die verbliebenen zwei Seiten für sie kaum Erhellendes enthielten. Die vorletzte enthielt die letzten Zeilen von Endermanns Zusammenfassung, in dem er den Abbruch des Projektes forderte und eine unabhängige, am besten polizeiliche Untersuchung der Eigentumsverhältnisse bei der TETSCHKO-Holding. In dem Textteil kam kein Name vor. Darunter kamen nur noch Literaturhinweise sowie Hinweise auf zum Projekt zugehörige Unterlagen.

Interessanter war die letzte Seite. Es war ein Organigramm aller beteiligten Personen, wie sie Hanna bereits kannte. Nur die Anordnung war anders. Hier stand Abteilungsleiter Zelltermann an der Spitze, gefolgt von Kosta Popov. Gerd Schuster fand sich erst in der zweiten Ebene wieder. Die weiteren Personen waren ähnlich angeordnet, wie es Hanna auch an ihrer Stellwand versucht hatte. Sie konnte sich auf die Spitzengruppe keinen Reim machen. Sie bat Ilse hinzu.

Ilse warf nur einen kurzen Blick darauf. „Na ja", sagte sie, „Frank hat das eben verwaltungsmäßig aufgebaut. Selbstverständlich gehört da Zelltermann an die Spitze. Der sitzt ja auch in der Ökonomischen Kommission, und das ist ganz oben. Logisch!"

„Und wieso steht dann Popov gleich dahinter? Wenn dieses Organigramm verwaltungsmäßig organisiert ist, dann gehört da doch Schuster dazwischen."

„Da hast du auch wieder Recht", bestätigte Ilse. Sie kratzte sich am Kopf.

Hanna setzte sich auf einen Stuhl vor dem Tisch, zog das rechte Bein mit hoch, legte ihr Kinn darauf ab und begann zu grübeln. Der Espresso war inzwischen kalt.

Mit der Linken griff sie nach dem Organigramm und ging Kästchen für Kästchen die Namen durch. Endermann hatte nicht nur die Namen, sondern auch ihre Funktion in dem Spiel notiert. ‚Abteilungsleiter', ‚Projektleiter', ‚Leiter der Marktgesellschaft'. Bei Elisabeth Mayer stand nur der Besitzanteil in Prozent in Klammern dahinter, nicht etwa ‚Schusters Geliebte'. Das wäre zu schön gewesen. Hanna dämmerte, wie weit Endermann mit seinen Recherchen gekommen war. Sie hatte ihn also bereits eingeholt. Hanna griff nach der Espressotasse und drehte sich nach dem grünen Leguan um, der sich jetzt auf einem Holzstapel sonnte. Versöhnlich sprach sie ihn an:

„Einen Espresso zur Verdauung?"

Eigeninitiative ist schlimmer als der Klassenfeind

Gerd Schuster trat ins Großraumbüro und verkündete seinen drei Kolleginnen: „Ich fahre zur Konferenz ‚Partizipative Strategien in der Technischen Zusammenarbeit' nach Berlin. Ihr seht mich erst in zwei Tagen wieder. Wenn etwas ist, ruft mich bitte sofort am Handy an. Tut bitte nichts aus eigener Veranlassung. Das gilt insbesondere für dich, Julia." Und schon war er zur Tür hinaus.

Julia regte sich auf.

„Na warte, dir werde ich den Schneid noch abkaufen", grummelte sie. Die beiden anderen Damen sahen überrascht zu ihr hin. Doch das Klima unter ihnen war nicht das Beste. Ein Gespräch kam nicht auf. Stattdessen versenkte sich eine jede wieder vor ihrem Computer.

Seit dem Gespräch mit der Kommissarin fühlte sich Julia Püschmann obenauf. Schusters Reise nach Berlin kam ihr wie gerufen. Heute wollte sie eine Nachtschicht einlegen. Und dann! Als es gegen 16.30 Uhr ging, wurde Julia Püschmann urplötzlich von einem schweren Anfall von Arbeitswut ergriffen. Sie schleppte Aktenordner von hier nach dort, ließ mit lautem Klacken die Haltebügel auf- und wieder zuklappen, entnahm den Ordnern Papiere und heftete sie wieder ab. „Ich muss heute eine Nachtschicht einlegen. Bis morgen um zwölf muss ich die Projektplanung für das Verwaltungsaufbauprojekt in Serbien fertig haben", stöhnte sie. Sie stöckelte enervierend laut den Gang entlang, öffnete und schloss Türen, sodass sich die beiden Assistentinnen schnellstens aus dem Staub machten. Kaum waren die beiden fort, erlahmte Julias Hektik schlagartig. Sie griff sich eine Nummer der Zeitschrift für ökumenische Begegnung und internationale Zusammenarbeit und vertiefte sich in einen längeren Bericht über den Brunnenbau im Sudan, in der vagen Hoffnung, darüber bis gegen 21 Uhr einzuschlafen, der Zeit, in der auch die letzte Putzkolonne Abschied von der Agentur nahm. Doch der Artikel war spannender als erwartet. Nach einer Stunde blätterte Julia in der nächsten Zeitschrift, auf der Suche nach etwas Langweiligerem. Zwischendurch schickte sie die längst fertige Projektplanung per E-mail an die Nachbarabteilung mit der Bitte um Mitzeichnung.

Um acht wurde Julia von Ester Küruz unterbrochen. Gut, dass sie nicht geschlafen hatte. So konnte sie umso besser Arbeit vortäuschen. Julia unterhielt sich liebend gerne geschlagene 45 Minuten mit der jungen Türkin über das Tragen von Kopftüchern, die Zubereitung von Emmek – einer traditionellen türkischen Zwieback-Sahnetorte – und die unterschiedliche Qualität der Koblenzer Dönerbuden. Im Nu war viel nutzlose Zeit verstrichen und die Nacht kam näher. Nachdem Julia gemeinsam mit Ester übereingekommen war, dass die meisten Unterabteilungsleiter im Haus, Gerd Schuster ein- und Horst Bauditz ausgenommen, arrogante Fieslinge seien, stand der weiteren Verschwisterung nichts mehr im Weg. Ester hatte glücklicherweise eine kleine Flasche Raki dabei, die in der Batterie von Putzmitteln auf ihrem Schiebewägelchen mit einem großen eingehängten blauen Plastiksack für Papierabfälle daneben nicht weiter auffiel.

„Beste Versteck", versicherte Ester. „Direkt vor Nase niemand sieht."

Julia nahm sich die Erkenntnis für ihre anstehende nächtliche Suche zu Herzen.

Nach dem zweiten Schluck war die Übergabe des Generalschlüssels nur noch Formsache.

„Solle ich helfe", erbot sich Ester, Schusters Büro aus- und umzuräumen. Doch Julia verwies sie auf den weitgehend leeren blauen Sack und seine noch ausstehende Befüllung aus mindestens dreißig Papierkörben auf dieser Etage. Wie lange das wohl dauere, fragte Julia. Ester wollte in einer Stunde damit fertig sein. Julia handelte sie auf zwei Stunden hoch. Danach, versprach sie ihr, würde sie deren Überstunde mit dem restlichen Raki begießen. Ester rollte mit ihrem Wägelchen ab und Julia hielt triumphierend den Schlüssel in der Hand. ,Eigeninitiative ist schlimmer als der Klassenfeind' kam ihr warnend in den Sinn. Ein slowakischer Projektleiter hatte ihr diesen Spruch vor einigen Jahren mit auf den Weg gegeben. Als in zwanzig Jahren im nationalen und internationalen Öffentlichen Dienst geformter Verwaltungsmitarbeiter hatte Gerd Schuster von seinem antrainierten Ordnungssinn auch in den eigenen vier Bürowänden nicht lassen können. In Reih und Glied standen 21 Ordner, verteilt auf zwei Regalreihen, sauber von 1–21 durchnummeriert mit dem Titel M-1995/01/ AZ 3729. Julia schüttelte sich bei ihrem Anblick. Sie zu durchsuchen, würde Tage dauern. Es war unmöglich, alle Ordner bis zur Rückkehr

Esters wenigstens durchzublättern, in der Hoffung, irgendwo auf eine Schweinerei zu stoßen. Sie fing im ersten Ordner an, nach einer Systematik zu suchen. Die Unterlagen schienen auf den ersten Blick normale Projektunterlagen zu sein: Stoßweise Kommunikationsprotokolle, Berge von Abrechnungsbelegen, vieles auf Kyrillisch. Dazu pfundweise Berichte in Muldanisch, Deutsch und Englisch. Julia zog den fünfzehnten Order aus dem Regal. Wütend stopfte sie ihn sofort wieder zurück. So kam sie nicht weiter.

Julia wandte sich dem Schreibtisch zu. Die Schubladen waren unversperrt. Nach der verbotswidrigen halböffentlichen Suche war der Eingriff ins Persönliche nur noch ein kleiner Schritt. Julia zog nacheinander die Schubladen auf und gewann zuoberst einen Einblick in Schusters Sammlung unbrauchbarer Kugelschreiber.

In der zweiten Etage, hinter einem Stapel von Dienstreiseanträgen, lag ein großes braunes Kuvert. Es war geöffnet, der Inhalt steckte darin. Julia fackelte nicht lange. Es war ein Schreiben des Personalreferats an Schuster. Es handelte sich um eine Berechnung seiner Ansprüche, wenn er mit 54 vorzeitig in Rente ginge. ‚Da entsteht ihm ja eine ganz schöne Rentenlücke', überlegte sie. ‚Ob seine Frau so gut verdient?'

Sie zog die nächste Schublade auf: Namensschilder von Messen und Kongressen mit Schusters Namen darauf, kleinere Geldscheine in ausländischen Währungen, Papiertaschentücher, zwei Müsliriegel, Kölnisch Wasser, eine verfilzte Haarbürste sowie eine Not-Krawatte für unerwartete Besuche von Vorgesetzten – alles in allem eine für das Museum für neuere Zeitgeschichte ganz besonders geeignete Schubladen-Variante eines typischen Verwaltungsangestellten.

Julia Püschmann nahm den Platz des Unterabteilungsleiters Schuster ein. Sein Bürodrehstuhl war von höherer Qualität als ihrer – mit einer die Lenden schonenden Rückenstütze – der von Beschaffungsämtern meist eingekaufte Drehstuhl für den höherdienstlichen Rückgratersatz.

Ihr Blick fiel auf Schusters Terminkalender. ‚Direkt vor Nase niemand sieht', erinnerte sich Julia Esters Hinweis. Der Kalender war eines jener Produkte, die man zum Dreieck aufstellen kann, sodass die Arbeitswoche stets im Blick ist – Samstag und Sonntag in einem Kästchen am rechten Rand vereint. Den Kalender hatte sie schon mal durchgeblättert. Jetzt fiel ihr Blick auf das aktuelle Datum. Nichts eingetragen. Auch morgen nicht. Sie blätterte zurück. Normalerweise hatte Schuster alle Termine hier stehen, dienstliche wie private. Sie fand den Eintrag ‚16.30 Zahnarzt‘ und, ohne Uhrzeit, ‚Mutter Geb‘. Selbst die seltenen Dienstbesprechungen unter seiner Leitung fand sie, abgekürzt als ‚DB‘.

‚Seltsam‘, dachte sie, die für heute und morgen geplante Konferenz für ‚partizipative Strategien‘ war ausradiert. In diesem Moment fiel ihr Blick auf eine Eintragung für nächsten Freitag, ‚Elisabeth‘ stand dort unter 17 Uhr. Sonst nichts. Sie blätterte durch den Kalender. Die Woche darauf war wieder ein Termin mit Elisabeth vermerkt, diesmal ergänzt um ‚Notar M.‘ Sie blätterte den ganzen Kalender durch. ‚Elisabeth‘ kam in etwa vierzehntägigen Abständen regelmäßig vor.

Ihre Gedanken wurden durch eine aufgehende Tür gestört – die ihres Durchgangsbüros. Julia blätterte weiter. „Ester, gib mir noch ein paar Minuten, ich bin noch nicht ganz fertig.“ Sie fluchte innerlich. Man müsste Schusters ganzes Büro auf den Kopf stellen. Julia stand über Schreibtisch und Terminkalender gebeugt. Ester gab keine Antwort. Da hob sie den Kopf und blickte in die Augen von Gerd Schuster.

„Was hast du in meinem Büro zu suchen?“ Sein Ton war eiskalt, drohend.

„Ich, ich“, sie stotterte und stockte kurz, dann hob sie mit Selbstvertrauen den Kopf. „Der rumänische Projektleiter hat angerufen und nachgefragt, wann wir endlich auf sein Schreiben antworten. Er hätte schon vor Tagen einen Antrag auf Budgetumwidmung gestellt. Du hättest aber immer noch nicht reagiert. Er hat gesagt, dass er enorme Probleme bekommt und Angebote neu einholen müsste, wenn er nicht den Zuschlag erteilen könne. Er befürchtet, dass ihn das um Monate zurückwirft. Er klang schon ziemlich verzweifelt. Jetzt suche ich nach dem Vorgang, um das Schreiben fertigzumachen. Das musst du dann nur noch unterschreiben. Ich wollte dir das nur abnehmen.“ Je länger sie sprach, desto fester wurde ihr Stimme. Allmählich glaubte sie die Geschichte selbst. Ein wenig stimmte sie sogar, bis auf den drängenden Anruf. Trotzig erwiderte sie Schusters stechenden Blick. Seit die Kommissarin im Hause gewesen war, fühlte sie sich ihm gegenüber sicherer.

Einmal in Fahrt, kotzte Julia ihren ganzen Frust heraus. Der Schluck Raki hatte ihrem Mut Flügel verliehen.

„Wenn du nicht ständig dein Büro abschließen würdest, wäre das überhaupt kein Problem. Dann hätte ich das längst erledigen können. Jetzt muss ich Überstunden machen. Jawohl – ich habe die Putzfrau um den Generalschlüssel gebeten. Die kann nichts dafür. Die hat keine Vorstellung davon, welches Klima des Misstrauens in so einer Unterabteilung herrscht. Es ist einfach unerhört. Das wollte ich dir schon lange mal sagen. Ich empfinde dein Verhalten regelrecht verletzend – ja, verletzend! Nie sind die Akten zugänglich, wenn ich sie brauche. Als handle es sich um Geheimdienstprotokolle. Wozu gibt es hier überhaupt einen Mitarbeiterstab, wenn wir in nichts Einblick bekommen? Weißt du, wie ich das nenne: Mobbing! Ja, Mobbing!"

Der Referatsleiter schwieg und schaute sie böse an.

„Ich werde prüfen lassen, ob das nicht ein Dienstvergehen war, was du hier gemacht hast. Und wenn du dich gemobbt fühlst, dann wende dich meinetwegen an den Personalrat. Ich habe mir nichts vorzuwerfen. Was die Prüfung angeht, werde ich das mit der Personalabteilung besprechen. Das kommt in jedem Fall in deine Personalakte. Du bist noch nicht lange genug in unserem Haus beschäftigt, dass du dich so sicher fühlen könntest. Illoyalität wird nie gerne gesehen. Du weißt, dass zehn Prozent der Stellen eingespart werden sollen. Die Personalabteilung ist deshalb momentan dankbar für jeden Hinweis."

Julia ließ sich nicht entmutigen. Sie atmete tief ein. „Wie du willst, Gerd. Das gibt sicher sauberen Stoff für eine Wiedereinstellungsklage. Ich bin hier jedenfalls für heute fertig. Gute Nacht."

Damit kam sie hinter Schusters Schreibtisch hervor und stapfte zur Tür hinaus. Sollte er nur machen. Rausschmeißen würden sie sie schon nicht gleich, allenfalls versetzen. Und das wünschte sie sich sowieso von ganzem Herzen.

Schuster rief sie nicht zurück. Vor seinen weiteren Fragen hätte sie sich jetzt viel mehr gefürchtet. Er hatte also ihre Ausrede geschluckt. Hoffentlich blieb es dabei. Dann wäre die Sache ausgestanden.

Im Gang lief sie Ester hinterher und gab ihr den Schlüssel zurück. Dann griff sie nach der Rakiflasche, schraubte den Deckel ab und nahm einen großen Schluck. Sie drückte Ester die Flasche in die Hand.

„Danke. Das habe ich jetzt gebraucht. Bis Morgen."

Kaum, dass sie das Gebäude verlassen hatte und auf dem Weg zur S-Bahn war, kramte sie Hannas Visitenkarte und ihr Handy hervor.

In Koblenz und um Koblenz herum

Hannas erster Weg am nächsten Morgen führte sie zu Jaki.

„Sag mal Jaki, kannst du dich auch in die Daten der Einwohnermeldeämter einloggen?"

„Nee, meine Gudsde. Was zu fille is, das is zu fille."

„Auch nicht bei uns in Dresden?"

„Nee!"

„Wir können also nicht feststellen, wo zum Beispiel ein entlassener Straftäter wohnt?"

„Wenn er nach der Endlassung sachd, wo er hinziehd, schon. Aber er brauchd bloß zwee Eckn weider ziehn und weg isser für uns."

„Selbst wenn er sich umgemeldet hat?"

„Er melded sich ja im Radhaus um und ni bei uns."

„Ich dachte immer, als Krimineller muss man, um im Job zu bleiben, ganz wegziehen", sagte Hanna.

„Nee, eene Egge weider genügd."

„Du kannst also nicht feststellen, wo Elisabeth Mayer wohnt."

„Wenn se nüschd auf'm Gerbholz hat, Pungde in Flensburch oder so, wer'sch se ni findn."

Hanna war ratlos.

Jaki zwinkerte ihr zu.

„Isch tschädde im Inderned rächelmäs'sch mit andre Dadenbänger. Die debaddiern das schon lange. Grade was Sexual-Deliggde angehd, weil de Leude ni in der Nähe von Schuln und Kindergärdn wohn solldn. Wenn de mir einschränggn gönndesd, in welcher Gegnd deine Elisabeth wohnd, könnde ich vielleichd meine Kondagde gnüpfn."

Hanna ging auf Jaki zu und legte ihr beide Hände auf die Wangen.

„Du bist ein Schatz!"

Und einer Eingebung folgend empfahl sie: „Versuch es mal in und um Koblenz und um Koblenz herum."

„In der Pfalz? In Ludwichshaf'n hab'sch zwee ganz besonders nedde Kolleschn. Die wolln unbedingd Saumagen mit mir essn gehn. Mal sehn!"

Kurze Zeit später präsentierte Jaki triumphierend Adressen von zwei Elisabeth Mayers. Eine Frau dieses Namens wohnte in einem Heim für geistig und körperlich Behinderte. Einer Eingebung folgend wählte Hanna als erstes die Nummer der Heimleitung. Dabei unterdrückte sie ihre Telefonnummernkennung.

„Diakonie Koblenz, Außenstelle Ludwigshafen, was kann ich für sie tun?"

„Securitas Krankenversicherung, Leistungsabteilung. Sagen sie bitte, ist eine ihrer Bewohnerinnen Elisabeth Mayer? Wir haben sie nämlich angeschrieben, aber sie antwortet nicht."

„Ja, das kann sie auch schlecht. Sie ist doch mit dem ganzen Papierkram völlig überfordert. Und bei ihnen hat es wohl wieder einen Personalwechsel gegeben?"

„Ah, wieso?" Hanna war irritiert. War sie bereits enttarnt?

„Weil schon wieder jemand anruft und sich wundert, dass Frau Mayer nicht antwortet. Wie oft sollen wir ihnen denn noch sagen, dass sämtliche Korrespondenz mit ihr über ihren Vater zu gehen hat."

„Ja, äh", machte Hanna.

„Wie führen sie eigentlich bloß ihre Akten? Aber das Versicherungsrecht ist ja so gestrickt, dass sie auch nach dreißig vergessenen Beitragsjahren noch eintreiben können. Logisch, da braucht man keine Aktenführung. Leistungsabteilung, sagten sie? Dann können sie mir sicher verraten, wann endlich unser Antrag auf Pflegestufe zwei für Frau Mayer genehmigt wird. Ihr Zustand wird nämlich immer schlimmer. Wir müssen sie jetzt schon wickeln. Also bitte ..."

„Entschuldigen sie, aber ich bin hier nur eine kleine Sachbearbeiterin. Die Antragsverfahren werden von Team vier bearbeitet. Ich bin Team zwei, wenn sie verstehen, was ich meine. Wenn sie mir also jetzt bitte den Namen und die Adresse des Vaters nennen würden, dann hätten sie mich ganz schnell wieder los."

„Na gut, in Gottes Namen. Also: Gerd Schuster, wohnhaft in Koblenz. Warten sie einen Moment, ich habe gerade Straße und Hausnummer nicht parat."

Der Hörer wurde hörbar weggelegt.

Hanna legte auf. Ihr reichte bereits der Name.

Sie drückte die Zielwahltaste von Staatsanwalt Helbig, um ihm die Nachricht zu überbringen.

„Wie haben sie denn das jetzt so schnell herausgefunden?"

Hanna sang ein Loblied auf ihre Assistentin Jacqueline Kuntze. Die wurde in diesem Moment einen halben Kopf größer. Helbig richtete ihr unbekannterweise Grüße aus.

„Dann möchte ich bei der Gelegenheit auf meinen Antrag auf Telefonüberwachung zurückkommen", referierte Hanna.

„Genehmigt", sagte Helbig kurz angebunden.

„Ja, und wenn sie schon dabei sind, könnten sie dann nicht auch gleich noch meinen Antrag für Herrn Abteilungsleiter Doktor ..."

„Nein!", unterbrach sie Helbig heftig. „Also wirklich. Wenn ich ihnen meinen kleinen Finger reiche, dann wollen sie gleich die ganze Hand. Schuster – ja. Und meinetwegen auch seinen Adlatus, diesen Messerer."

„Gabler", verbesserte Hanna.

„Ja, den meinetwegen auch. Der hat doch diese zwei Prozent. Obwohl das vorderhand mit dem Mord nichts zu tun zu haben scheint. Aber, na, meinetwegen auch Gabler. Aber den anderen, den, wie heißt der noch gleich, Zellverband?"

„Zelltermann."

„Den bekommen sie nicht. Und bitte verfassen sie einen Bericht über die von ihnen vermutete Veruntreuung für die Kollegen in Koblenz. Die sollen sich dann gleich in die Abhörung mit reinhängen."

Hanna legte auf und stöhnte. „Auch das noch!"

Sie sah nach der Uhr. Georg Endermann war für Zehn zur Abgabe einer Speichelprobe ins Dezernat bestellt. Hanna hatte das als Vorwand genommen, um einen Grund zu haben, ihn nochmals in die Mangel zu nehmen. Dass er möglicherweise indirekt für den Tod seines Vaters verantwortlich war, schien er immer noch zu verdrängen. Vielleicht war ihm auf dieser Schiene beizukommen.

Um 10.15 Uhr trommelte Hanna mit allen Fingern ungeduldig auf ihrem Schreibtisch. Eine Viertelstunde später war von ihm immer noch nichts zu sehen. Nun griff sie zum Telefon. Georg war zu Hause.

„Herr Endermann, wir hatten heute einen Termin. Ich hatte sie für zehn Uhr ins Dezernat geladen. Wir benötigen eine DNA-Probe von ihnen. Wieso sind sie nicht hier?"

„Das habe ich doch längst erledigt, haben ihnen ihre Kollegen nicht Bescheid gesagt?"

Hanna stutzte. „Wie, was haben sie erledigt?"

„Ich war gestern in Pirna auf dem Polizeirevier und habe dort eine Probe abgegeben. Die haben versprochen, das würde an sie weitergeleitet und ich hätte damit meine Pflicht erfüllt. Die Fahrkarte nach Dresden kann ich mir im Moment nicht leisten."

Er legte einfach auf.

Hanna überlegte, ob sie ihn nochmals anrufen und nach dem Bericht fragen sollte, den er bei seiner Schwester hinterlegt hatte. Doch dann entschied sie, es nicht zu tun. Schließlich wurde Georg spätestens ab heute Mittag rund um die Uhr überwacht. Sie wollte momentan nicht unnötig die Pferde scheu machen.

Kampf um die Köpfe

Georg Endermann verbrachte den Abend mit seinen Kameraden im ‚Hecht‘, einem Treff für die braunen Gesinnungsgenossen. Die Kneipe war meistens rappelvoll. Und wie in anderen Jugendkneipen auch, konnte man sich nur brüllend unterhalten, wenn überhaupt. Nur dass die aus den Boxen schallende Lärmkulisse eine ganz besondere war.

Heute war es selbst einigen Kameraden zu laut, weshalb sie sich in ein Nebenzimmer zurückgezogen hatten, um zu überlegen, wie der Markt der Kulturen vor dem Pirnaer Rathaus am besten gestört werden könnte. Hetzparolen wie die Befürchtung über die mit dem Kulturfest einhergehende Überfremdung der Stadt fielen lautstark. Aufgabe des nun versammelten Fußvolkes war es, den Worten Taten folgen zu lassen. Die bemühten sich lautstark um geeignete Strategien. Georg saß mittendrin, doch beteiligte er sich kaum an der Debatte. Die Worte drangen nur teilweise an sein Ohr. Man müsste, sollte, könnte, lautete die Antwort, ohne dass wirklich Verwertbares beigetragen wurde. Die Planung wurde vertagt.

Die Versammlung wandte sich einem erfreulicheren Thema zu, dem weiteren Ausbau der Kameradschaft. Hier waren die Zeiten gut und alles entwickelte sich zu ihren Gunsten. Die Rechtsextremen hatten sich in Sachsen insgesamt gut entwickelt, insbesondere die Sächsische Schweiz und Pirna gehörten zu ihren sicheren Standbeinen. Völkische Wander- und Klettergruppen waren etabliert, gute Erfolge hatten sie bei der Kinderbetreuung erzielt. Es gab zahlreiche völkische autonome Kinderbetreuungsgruppen und die Kleinen bastelten liebevoll Lampions mit nordischen Runen als Schmuckmotiv. Die Bevölkerung nahm die Veranstaltungsangebote der Rechten sehr gerne an, zumal Stadt, Landkreis und Freistaat in gleichem Maß die Gelder für Jugend- und Sozialarbeit immer mehr zusammenstrichen.

„Der Staat arbeitet uns in die Hände. Wir haben überall die richtigen Leute sitzen", sagte einer der Wortführer.

Immer offener agierten die Braunen, unterstützt von einigen Älteren sowie von der großen Masse der so genannten schweigenden Mehrheit, die sich im kollektiven Wegsehen übte. Die Freien Regionalen Kräfte hatten große

Pläne. Von der Sächsischen Schweiz aus sollte der Rest der Republik erobert werden. Der Osten war leicht zu nehmen. Deshalb konzentrierte sich mittlerweile auch die bisher im Westen versammelten rechten Führungskräfte im Osten und verdingten sich als Berater der rechten Szene, wenn sie nicht längst das Zepter in die Hand genommen hatten. Schon mehrten sich bei einzelnen einheimischen Rechten Stimmen über die Rechts-Überfremdung aus dem deutschen Westen. Was die ‚Wessis' betraf, waren die Sachsen mittlerweile quer durch alle Parteien gleich empfindlich.

In Pirna gab es allerdings auch ein aktives Zentrum des Widerstands gegen die Neonazis, von diesen nur ‚Zecken' genannt. Insgesamt war Pirna, allen voran ein mutiger Oberbürgermeister, unterstützt von seiner Stadtverwaltung, einzelnen Vereinen und bürgerschaftlichem Engagement, heftig bemüht, sich gegen die unzähligen Versuche der Rechten zu wehren, das kulturelle Leben in der Kleinstadt zu bestimmen. So war Ende der Neunzigerjahre ein harter Kampf um die Köpfe der Jugendlichen entbrannt. Manchen Pirnaern dröhnte deshalb bisweilen der Schädel, wenn alternative Musik gegen Skinheadkonzerte antrat. Beides war mit viel Geräusch verbunden, das von ungeübten Ohren so oder so als ruhestörender Lärm empfunden wurde.

Somit war für die Nazis die Weiterentwicklung ihrer Sache und der Kampf um die Straße und Köpfe ein wichtiges Thema, um Widerstandsnester wie die verhassten ‚Zecken' und ihrer Gefolgsleute zu stoppen. Auf diesem Gebiet fühlten sich die Kameraden wohl, das war eher ihr Ding, so wie Waffen und Drill und Strammstehen und Gehorchen.

Georgs Kameraden hatten sich, befeuert von viel Bier, wieder einmal in ihr beschränktes Weltbild hineinpalavert. Ein hasserfüllter, aggressiver Ton beherrschte die Gespräche. Georg hatte daran eher einen passiven Anteil. Er gehörte nicht zu den Wortführern der Gruppe, sondern eher zu den willigen Unterstützern. Wenn er auch wenig sagte, fühlte er sich doch wohl in dieser Kameradschaft und angenommen. Endlich mal eine Meute, die zwar auch nicht wusste, was sie wollte, die aber der Hass auf Unbekanntes, Fremde und Fremdes zusammenhielt.

Und wieder ging es um Geld, das hinten und vorne fehlte. Fortbildung wäre nötig. Waffen. Geld. Zwei taten sich besonders hervor, über das fehlende Geld zu jammern. Ronny, der Anführer der Kameradschaft, dröhnte: „Wenn wir die Sächsische Schweiz zur national befreiten Zone machen wollen, brauchen wir Waffen und Geld."

Eigentlich waren diese Worte an die ganze Gruppe gerichtet, aber Ronny schaute fast nur Georg an. Es schien, als redete er nur mit ihm. „Ihr wisst doch, was das kostet, gerade unsere Aktionen für Kinder. Ich möchte, dass in ein paar Jahren Sechsjährige Hakenkreuzfahnen durch die Stadt tragen. Das ist unser Ziel und dann gibt es hier keinen einzigen Ausländer mehr, und wir, wir bestimmen, was es an Kultur gibt. Dann gibt es diese Zeckenkonzerte nicht mehr und auch nicht diesen Markt der Kulturen, dann gibt es keine Dönerbude mehr und es wird nur noch deutsche Musik gespielt. Das kriegen wir aber nicht hin ohne Geld. Bald steht das Gaufest in Mücka an. Wenn wir viele Besucher wollen, müssen wir die Eintrittspreise niedrig halten, da kommen die dann schon mit ihren Familien hin und das ist wichtig. Freibier hilft uns auch immer, die Leute herzukriegen."

Ronny holte tief Luft. Mit festem Blick in die Runde fuhr er fort: „Außerdem hat die Bundespartei Schulden von fast einer Million. Da müssen wir unseren Teil dazu beitragen, dass sie überlebt. Ohne die Partei verlieren wir unsere fest verankerten Strukturen in Sachsen. Während Deutschland schläft, bereiten wir hier das Vierte Reich vor. Das dürfen wir nicht gefährden."

Einer der anderen Wortführer übernahm das Wort. „Vielleicht hilft uns ja Sankt Georg aus der Patsche. Er will doch schon einmal dafür gesorgt haben, dass plötzlich ein Batzen Geld vom Himmel fiel."

„Hab' ich auch. Zwanzigtausend Euro", bekräftigte Georg. Es klang trotzig. Pfiffe ertönten. Fäuste trommelten auf Holztischen.

„Behaupten kannst du viel", entgegnete einer. „Beweis' es?"

„Was für ein Beweis?", fragte Georg.

„Mach's noch mal, Georg. Nachschub her."

„Ja, als Beweis", plapperten andere nach.

„Nachschub her, Georg. Gib einen aus", schrie ein anderer.

Und wieder schrien andere.

„Wie viel denn? Ja, wie viel?"

„Er hat uns im kleinen Kreis weitere hunderttausend Euro versprochen", sagte Ronny leise, doch so deutlich, dass es alle hören konnten. Pfiffe ertönten. Georgs Kopf fuhr herum. Er wollte widersprechen. Aber seine Worte gingen unter. Weitere Pfiffe, ungläubiges Gelächter, Murren, Anerkennung – alles durcheinander.

Georg sagte nichts mehr. Die ganze Sache stank ihm gewaltig. Gerade von Ronny, seinem Idol, fühlte er sich verlassen. Ihm hatte sich Georg vor sechs Wochen anvertraut. Allerdings hatte er ihm mehr eine Räuberpistole als die Wahrheit aufgetischt. Seitdem fragte ihn Ronny immer wieder nach dem ‚Schwarzgeld‘ seines Vaters. Er versprach ihm, Georg werde als Finanzier und Organisator des bewaffneten Kampfs in die Geschichte der Bewegung eingehen. Die ‚Geschichte der Bewegung‘ war überhaupt einer von Ronnys Lieblingsbegriffen. Ronny wolle dafür sorgen, dass Georg zu einer ganz großen Nummer in der Kameradschaft würde.

Dann hatte Georg den ersten Brief geschrieben. Schneller als er erwartet hatte, war das Geld da gewesen. Zwanzigtausend Euro. Und was tat Ronny? Er stauchte Georg zusammen, weil das Geld auf dem falschen Konto lag. Ronny hatte deshalb Probleme mit der Partei bekommen.

Ronnys Bariton drang in Georgs Gedankenwelt ein.

„Sein Alter hat doch für die Kanaken gearbeitet. In den afrikanischen Diamantminen. He, Georg, die Diamanten gehören doch jetzt alle dir.“

Georg schüttelte matt den Kopf. „Mensch, mein Alter ist doch tot, das hab ich euch doch gesagt.“

„Sankt Georg, unser Held.“

Wieder Gelächter, Grölen, Pfiffe, das Schlagen von Handflächen und Fäusten auf Tischen, das Trampeln schwerer Stiefel auf dem Dielenboden.

„Georg schmeißt eine Runde!“

Ronny griff nach Georgs Kopf und zog ihn heran. „Wie wär's, wenn du auf zweihundertfünfzigtausend erhöhst?“

Georg erschrak und sah Ronny in die Augen. Ihm fehlten die Worte. Ronny gegenüber war er wie Wachs.

„Wenn du uns nicht helfen willst, gehörst du nicht mehr zu uns. Hier steht jeder für die anderen ein, ob mit kleinen oder großen Scheinen.“

Georg nestelte an seinen Händen, die Finger verknoteten sich unruhig. Er konnte seine Angst nicht mehr verbergen. Ronny, mit einem sicheren Gespür für solche Dinge, hakte nach.

„Wenn du nicht mehr hundertprozentig auf unserer Seite stehst, dann ist die Schonzeit für deine Schwester vorbei. Die nervt nämlich unendlich.“

Schon brüllte einer: „Wir krallen uns die Zecken-Hure und besorgen es ihr mal richtig.“

Ronnys Augen leuchteten auf. Die Idee schien ihm zu gefallen. Er langte über den Tisch hinweg nach Georgs Kopf und legte seine Hand in dessen Nacken. Daran zog er jetzt und sprach auf Georg ein, wobei er kleine Spucketröpfchen verteilte: „Stell dir vor, was das für eine Ehre für deine Schwester ist, wenn jeder von uns sie mal besteigt. Zwanzig aufrechte Deutsche knöpfen sich deine Schwester vor. Und du wirst dabei zuschauen."

Georg hörte das nicht zum ersten Mal. Im Suff war diese Idee schon manchmal geäußert worden. Doch bisher hatte Ronny immer dagegen gesprochen. Einmal hatte er sogar einen Kameraden geohrfeigt, der verlangt hatte, Georg wegen seiner Schwester auszuschließen. Jetzt machte sich Ronny plötzlich zum Wortführer dieser Idioten. Georg sah Ronny in die Augen. Der zwinkerte ihm zu. Was sollte das Zwinkern bedeuten? Es konnte alles Mögliche heißen. „Nimm's nicht so ernst", aber auch „Glaub bloß nicht, dass ich Spaß mache." Georg schlug die Augen nieder. Nein, Spaß war das keiner mehr.

„Ich glaube, Georg muss heute noch arbeiten", sagte Ronny jetzt. „Er muss Geld besorgen."

Georg stand auf, drückte sich hinter den anderen hinter dem Tisch hindurch auf die Tür zu. Ronny trat dazu. Er hielt seinen Mund ganz nah an Georgs rechtes Ohr und flüsterte: „Und dieses Mal bitte in bar. Mach' nicht wieder so einen Blödsinn und lass' es auf eines unserer Konten überweisen."

Dann richtete er sich auf und sprach salbungsvoll: „Georg, wir glauben an dich."

Georg versuchte Ronnys Blick aufzufangen. Darin waren weder Ironie, Schalk noch Witz zu erkennen. Der meinte es ernst. Georg war verwirrt und fühlte sich geehrt zugleich. Als er längst hinaus und auf der Straße war, hallte es ihm nach. ‚Georg, wir glauben an dich'.

Er verließ die Gaststätte, nahm sein Rad und fuhr an die Elbe. Dort suchte er sich eine Bank am Ufer. Der Fluss schob seine dunklen Massen an ihm vorbei, völlig unberührt von Georgs innerem Aufruhr. Ihn fröstelte, nicht nur wegen der kühlen Nachttemperatur. Aus einiger Entfernung, unter dem Brückenbogen des Bahndamms beobachtete ein Augenpaar den zusammengesunkenen Rücken auf der Bank.

In Georgs Kopf brauste es. Angst, Wut und Enttäuschung wechselten einander ab. Scheiß-Kameraden. Und Ronny? Wenn er daran dachte, wie

Ronny: ‚Georg, wir glauben an dich‘ gesagte hatte, dann bekam er weiche Knie. Und was sie mit seiner Schwester vorhatten? Das hatten sie schon öfter gesagt aber nie getan. Ronny hatte ihm immer versichert, dass er zwischen ihm und Gabi unterschied. Ronny, zu dem er immer aufsah wie zu einem großen Bruder. Georg wollte ihn nicht enttäuschen. Er würgte seine dumpfen Zweifel herunter und beschloss, auch weiterhin an Ronny zu glauben. Er würde es eben noch einmal probieren.

Am nächsten Tag war Georg bereits am Vormittag im Hecht. Dort wusste er seine besten Kumpel Jens und Maik. Jens, ein bulliger, kräftiger Typ, und der schmächtige Maik, der etwas von Technik verstand, besprachen dort Einzelheiten eines geplanten Skinheadkonzerts der ‚Teutschen Musketiere‘ in der Borthener Scheune. Sie waren der Kern der selbst ernannten Musik-AG. Bisweilen zogen sie Georg hinzu, der für allerlei Hilfsarbeiten wie den Bühnenbau, das Aufstellen der Boxen und dergleichen mehr ein williger Helfer war. Dabei hatten sich die drei angefreundet. Als Georg am Vorabend von der Horde unter Druck gesetzt worden war, hatten sie immerhin den Mund gehalten. Sie waren schon mutig genug gewesen, nicht mit den anderen Wölfen zu heulen.

Georg fühlte sich wohl in diesem ungleichen Trio. Jens, groß und stiernackig, übernahm häufig mit anderen den Saalschutz für die Veranstaltungen der Rechten und verdiente sich damit ein paar Euro dazu. Auch bei den Skinheadkonzerten war er aufgrund seiner Größe und Stärke ein beliebter Eingangskontrolleur. Manchmal arbeitete er auch für Discos als Türsteher. Aber seit er sich den kahl rasierten Schädel mit der ‚88‘, dem Zahlensymbol für ‚Heil Hitler‘, umrahmt von einem Lorbeerkranz, hatte tätowieren lassen, bekam er aus der ‚normalen‘ Szene immer weniger Aufträge. Das machte ihn noch aggressiver. Für Maik und Georg allerdings, die neben ihm zart und schmächtig wirkten, spielte Jens den Beschützer. Die beiden wussten das zu schätzen. Georg und Maik indessen verband eine Art Seelenverwandtschaft, obwohl sie selten miteinander sprachen. Georg hatte oft den Eindruck, dass Maik noch mehr zu Ronny aufsah. Er hatte ihn schon mal mit glänzenden Augen ‚den Führer‘ genannt.

„Sag mal, Maik, kannst du mir mal dein Handy leihen?“, fragte Georg. „Meine Karte ist leer und ich hab’ grad’ keine Kohle.“

Maik fragte nicht nach, sondern schob sein Handy über den Tisch.

Um ohne störende Hintergrundgeräusche telefonieren zu können, musste Georg die Kneipe verlassen. Er ging in Richtung Elbe und durchquerte den Bahndamm. Er setzte sich auf eine der Bänke am Fluss und zog einen verknitterten Zettel aus der Tasche, den er eine Weile studierte. Dann griff er nach dem Handy. In diesem Moment fuhr eine von Dresden kommende S-Bahn im Bahnhof ein. Auch aus der Entfernung war das Quietschen der Bremsen deutlich zu hören. Georg musste warten, bis der Zug den Bahnsteig Richtung Obervogelgesang verlassen hatte. Dann tippte er eine Nummer ein. Er konzentrierte sich. Nur nicht zu sehr sächseln! Darauf hatte sein Vater immer geachtet. Doch bei den Braunen in Pirna hatte sich der Dialekt wieder in den Vordergrund gespielt.

Georg saß verkrampft auf der Bank, eine unsichtbare Last schien seinen Rücken nach rechts zu ziehen. Während er mit großer Konzentration eine längere Telfonnummer von dem Zettel ablas und in Maiks Handy eintippte, merkte er nicht, wie ein älterer Herr, der seinen Hund ausführte, links neben der Bank anhielt. Sein großer schwarzer Labrador krümmte den Rücken, wobei er alle vier Läufe engstellen musste, was ihm erhöhte Konzentration abforderte, um das Gleichgewicht nicht zu verlieren. Der alte Herr hatte Verständnis für die Not seines Hundes und hielt die Leine locker, um ihn nicht zu stören. Mit einem dankbaren Blick zum Herrchen setzte der Hund eine spiralförmig gewickelte Wurst in das frisch sprießende Grün des Elbuferstreifens, pastös zwar, aber fest genug, dass der Kegel seine pyramidenähnliche Form bewahrte. Nur das letzte kleine Wurstzipfelchen legte sich in leichte Schräglage. Der Hund vollführte staksig ein paar urzeitliche Kratzbewegungen, ererbte Relikte aus einer früheren Entwicklungsstufe, als die Hundeartigen tatsächlich noch ihre Haufen unter der Erde vergruben, wie es heute nur noch Katzen tun. Der Hund wendete und hielt kurz seine Nase zur Kontrolle an sein Werk. Zufrieden wandte er sich ab und trollte sich. Halsband und Hundemarke schlugen leise klappernd im Takt der vier Beine.

Bei uns sitzen sie in der ersten Reihe

„Die Zielperson telefoniert. Habt ihr die Ohren dran?", sprach einer der beiden Zivilbeamten, die Georg Endermann wie zwei Schatten gefolgt waren, in sein am Jackenrevers angebrachtes Mikrofon. „Mit dem Handy, ja. Nein er spielt nicht damit, er telefoniert. Er hat es am Ohr und redet. Ich weiß doch, was ich sehe! Ja, da kann ich euch auch nicht helfen. Dann funktioniert eben eure Technik nicht."

„Du hast deine Klientel offenbar unterschätzt", sagte Peter süffisant grinsend, „Dein kleiner Neonazi scheint mir intelligenter zu sein, als du dachtest. Der hat sich einfach ein anderes Handy ausgeliehen. Und was machst du jetzt?"

Hanna war sichtlich irritiert. Dann triumphierte sie dennoch.

„Wenn er damit rechnet, abgehört zu werden und sich ein anderes Mobilteil ausgeliehen hat, dann wissen wir jetzt immerhin eines: Es geht los. Wozu hat er sich von seinen Freunden abgesetzt und telefoniert am Elbufer? Weil er Geheimnisse vor ihnen hat. Die nächste Erpressungsrunde läuft an."

„Fragt sich nur, wen er angerufen hat. Schuster jedenfalls nicht. Dessen Leitungen haben wir alle angezapft. Sag mal, Hanna, willst du nicht noch mal deinen Staatsanwalt bezirzen? Denn so kommen wir nicht weiter."

„Ja, verdammt!", wurde Hanna lauter als nötig. „Was meinst du, was ich die ganze Zeit tue. Und zum allerletzten Mal: Helbig ist genauso DEIN Staatsanwalt wie meiner. Klar?"

„Ei-ei-ei", machte Peter und schüttelte die rechte Hand aus, als habe er sie sich gerade an einer heißen Herdplatte verbrannt, „Du bist aber heute geladen."

Der ältere Zivilbeamte setzte sich währenddessen in Bewegung und schlenderte so langsam und unauffällig wie möglich an Georgs Bank vorbei. Seinem Hund ließ er ausgiebig Zeit, an jeder Ecke das Bein zu heben.

„Ja, dieses Mal in bar. Ich werde sie … ihr Assistent? Weiß der Bescheid? Wann? 20 Uhr, gut. Moment, die Nummer muss ich mir aufschreiben."

Georg kramte nervös in seinem Rucksack herum, bis er Zettel und Bleistift fand. Er nahm den Zettel und legte ihn auf sein rechtes Knie.

„Ja, jetzt."

Mühsam kritzelte Georg eine Nummer auf seinen Zettel.

„Ich wiederhole: Null eins sieben drei – drei fünf fünf. Ja. Sieben vier Null. Nein? Ach so. Ja, hab ich. Gut, da ruf ich heute Abend an. 20 Uhr."

Der Beobachter ging weiter, beschleunigte seine Schritte, blieb plötzlich stehen und tat so, als schaue er dem elbabwärts schaufelnden Dampfer nach. Im Augenwinkel bemerkte er, dass Georg aufgehört hatte zu telefonieren. Wieder sprach er in sein Mikrofon am Jackenrevers.

„Ich wiederhole: Null eins sieben drei..."

„In Ordnung, das haben wir, bitte die letzten drei Ziffern noch mal."

„Sieben vier Null."

„Und die Zahlen davor bekommen sie nicht mehr zusammen? Sie sitzen doch dort in der ersten Reihe!"

„Tut mir leid, das war so ein Durcheinander. Der junge Mann hatte das selbst nicht verstanden und hat nachgefragt. Irgendwas mit drei fünf und oder sechs."

„Das reicht nicht. Das müssen sieben Ziffern sein. Es sind aber nur sechs. Mist!"

Georg blieb noch eine Weile auf der Bank sitzen und glotzte blicklos auf die Elbe. Von dem achtzig Meter langen tschechischen Schubschiffverband, der sich mühsam und kaum schneller als in Schrittgeschwindigkeit elbaufwärts kämpfte, bekam er nichts mit. Trotz des lauten Tuckerns des Motors war das wasserfallartige Rauschen der von der Schiffsschraube aufgewirbelten Wassers zu hören. In der Rechten hielt Georg immer noch das Handy.

Ganz in Gedanken stand er auf und trat mit dem linken Fuß in das Kunstwerk des Labradors. Er glitschte weg und riss vor Schreck beide Arme hoch. Dabei entglitt ihm das Handy und flog in einem leichten Bogen nach vorn. Klackernd fiel es auf einen der Steine am Ufer und plumpste ins flache Wasser. Georg stand einen Augenblick in einer verrutschten Grätsche, dann knickte er nach vorn. Mit einer Hechtrolle seitwärts ins abschüssige Gras bewahrte er sich davor, mit dem Bauch im breit getretenen Hundehaufen zu landen. Die beiden Beobachter mussten schnell die Hände vors Gesicht halten, sonst hätten sie sich mit ihrem prustenden Lachen verraten.

Fluchend rappelte sich Georg hoch. Dann suchte er das Handy im Wasser. Leider erwies es sich als nicht wasserfest.

Entlohnung nach BAT

Hanna schlug mit der flachen Hand wütend auf ihren Schreibtisch.

„Mist! Wen hat er da angerufen? Und was ist das für eine Handynummer, die er da bekommen hat?"

„Es ist auf alle Fälle eine deutsche Handynummer", warf Peter vorsichtig ein.

„Ja, wunderbar! Dann sind es ja nur noch ein paar Millionen, die wir überprüfen müssen. Ich könnte diesen Helbig ..."

„Küssen wohl nicht?", unterbrach Peter.

Peter fand nicht immer den richtigen Ton. Aber jetzt hatte er ihn gefunden. Plötzlich musste Hanna laut lachen. Sie hatte ihren Humor wieder.

„So, und was machen wir am Nachmittag?", fragte sie. „Wenn ich den Kollegen richtig verstanden habe, kommt Georg mit seiner Geldbeschaffungsmaßnahme bis heute Abend um Acht nicht weiter."

„Tja, der Erpresste spielt auf Zeit. Eine Million Euro laufen nicht so schnell durch den Kopierer. Ich würde ihm ja unseren Dr. Laubusch andienen. Oder meinst du, die gehen tatsächlich zur Bank und heben echtes Geld ab?"

„Glaubst du, es geht um so viel?"

„Mit zwanzigtausend wird sich die braune Bande dieses Mal nicht zufriedengeben. Hast du gehört, was ich gehört habe? Georg will nach B A T entlohnt werden."

„Sag mal Peter, wie kommst du jetzt auf den Beamten- und Angestelltentarif?"

„BAT – Bar auf Tatze!"

Hanna verdrehte die Augen. Peters Witze waren schon mal besser gewesen.

„In bar", echote sie nachdenklich. „Das heißt, es wird zu einer Übergabe kommen."

Sie schlug mit der Faust bekräftigend auf den Schreibtisch.

„Wir dürfen Georg keine Sekunde mehr aus den Augen lassen. Und wir müssen herausbekommen, wem diese Handynummer gehört."

Sie dachte nach.

„Du Peter, ich habe da so eine Idee. Unsere Diensthandy-Nummern sind doch anfangs alle irgendwie gleich. Meine unterscheidet sich hinten nur in zwei Ziffern von deiner."

„Ja und? Worauf willst du hinaus?"

„Das kann doch in anderen Behörden ähnlich sein. Mal angenommen, es ist eine Diensthandynummer von Schuster, Gabler oder Zelltermann. Dann müsste es doch da ähnliche Gemeinsamkeiten geben wie bei uns."

Laut rief sie: „Jaki!"

Die öffnete kurz darauf die Tür. „Wo brennt 's?", fragte sie.

„Versuch doch mal herauszubekommen, wie die Nummern der Diensthandys der Ökonomischen Agentur für Europa aufgebaut sind. Fangen die auch wie unsere alle mit derselben Ziffernfolge an? Als Verwaltungsinstitution arbeiten die doch sicher nach demselben Beschaffungssystem wie wir."

„Und wenn es irgendein privates Handy ist?", fragte Peter dazwischen.

„Dann haben wir eben Pech gehabt. Aber an irgendwas müssen wir uns ja halten."

Peter blätterte in den Akten. „Das Gablersche ist es nicht – der hat eine andere Vorwahl. Und die Schustersche ist es auch nicht."

Nach zehn Minuten hatte Jaki das erste Ergebnis. Eine Handy-Nummer der Ökonomischen Kommission war Georgs Zielnummer definitiv nicht.

Bei der Internationalen Agentur hatte Jaki vergeblich versucht, jemanden von der Verwaltung an die Strippe zu bekommen, der darüber Bescheid wusste. Sie wartete auf einen Rückruf.

Wieder hatte Hanna eine rettende Idee. Sie rief Frau Püschmann an. Die verließ sofort ihr Büro und lief in die Damentoilette, als sie merkte, wer dran war.

„Drei fünf sechs, sagen sie? Das klingt ganz nach einem unserer Projekt-Handys. Wir haben mindestens ein Dutzend mit dieser Ziffernfolge."

„Könnte unsere Nummer zu Popovs Handy gehören oder zu Lobeds?"

„Lobed gehört nicht direkt zum Projekt. Der hat mit Sicherheit keines. Aber Popov ganz sicher."

„Ich brauche unbedingt seine Nummer."

„Da muss ich auf der Liste nachsehen. Ich ruf' sie gleich zurück."

Wenige Minuten später war Julia Püschmann wieder in der Leitung. „Frau Thiel, so ganz verstehe ich das nicht, aber bei Popov kommen anscheinend drei Handys infrage. Wissen sie was, ich kreuze die Nummern auf unserer Liste an und lege sie ihnen aufs Fax."

Hanna riss erneut schwungvoll ihren Telefonhörer von der Gabel und drückte die bekannte Zielwahltaste.

„Jetzt reden wir mal Tacheles", kündigte sie an, während sie wartete, dass Staatsanwalt Helbig abhob.

„Soll ich rausgehen, damit du ihn in Ruhe fertigmachen kannst", fragte Peter, schelmisch grinsend.

Hanna schüttelte genervt den Kopf.

„Ja, ich schon wieder, Herr Staatsanwalt."

Sie informierte Helbig zunächst in gemäßigtem Ton über die jüngste Entwicklung, dann wurde sie immer lauter.

„Aufgrund ihrer engen Rechtsauslegung kann uns unser Rechtsaußen gehörig an der Nase herumführen. Mit Schuster hat er jedenfalls nicht telefoniert. Dafür hat er jetzt eine Handynummer durchgesagt bekommen, die wir nur zum Teil kennen. Weil sie uns bei unseren Verdächtigen so wenig mithören lassen, müssen wir mit viel Aufwand dafür sorgen, dass uns Georg Endermann keinesfalls durch die Lappen geht. Das erhöht den Personalaufwand beträchtlich. Vielleicht sollten sie ihre Rechtsauffassung mal unter dem Kostengesichtspunkt beleuchten. Geben sie uns endlich Zugriff auf die ganze Bande."

Peter kam nicht dazu, weiterzuarbeiten. Ob er wollte oder nicht, er musste dem Telefon-Geplänkel zuhören. Doch auf einmal knallte Hanna den Hörer auf die Gabel.

„Blöder Mist."

Peter wagte nicht, nach ihrem Verhandlungserfolg zu fragen.

Da hob sie den Kopf. Jaki stand erwartungsvoll neben ihr mit einem Bogen Papier.

„Das kam gerade für dich per Fax."

Hanna blaffte Jaki an.

„Wie lange stehst du denn schon hier?"

„Ne ganze Weile schon. Isch wolld disch ni schdörn."

„Wieso sagst du mir das erst jetzt? Da hätte ich ja gleich ..."

Sie griff erneut nach dem Telefonhörer und drückte die Zielwahltaste für Helbig.

Grimmig erklärte sie: „Na, der wird sich freuen."

Staatsanwalt Helbig freute sich ganz und gar nicht.

„Wie bitte", japste er förmlich in den Apparat, „Also, Frau Thiel, jetzt reicht 's mir aber allmählich. Drei Nummern auf Verdacht? Dürfen es noch ein paar mehr sein? Wie wäre es mit einem Dutzend Haftbefehlen und einem Sechserpack Durchsuchungsbeschlüsse obendrauf? Sicherstellungsverfügungen hätten wir gerade im Sonderangebot!"

Helbig redete sich so in Rage, dass Hanna nicht mehr zu Wort kam. Irgendwann sagte sie nur noch: „Ja, ja, ja" und legte auf.

Peter sah sie erwartungsvoll an.

„Wir sollen ihm genau eine Nummer rüber schieben und dann bekommen wir, was wir wollen."

„Na, das Nummernschieben habe ich mir irgendwie anders vorgestellt", kommentierte Peter.

Hanna verdrehte ein weiteres Mal die Augen.

Im Hecht

Georg verbrachte die nächsten Stunden in nervöser Anspannung. Er schlenderte kreuz und quer durch Pirna, um sich zu beruhigen, was die ihm folgenden Zivilbeamten immer unruhiger machte. Nervös telefonierten sie ein ums andere Mal mit der Zentrale.

„Wir brauchen mehr Leute!"

„Aber wieso denn, momentan haben wir doch nur eine Zielperson zu überwachen? Da reichen doch zwei Mann."

„Der zieht hier eine merkwürdige Show ab. Irgendwas stimmt da nicht."

Endlich kehrte Georg wieder im Hecht ein, wo Jens und Maik die Preisstaffeln der Eintrittspreise des geplanten Konzerts diskutierten. Wieder ging es um Geld. In Georgs Kopf rauschte es. Und jetzt auch noch das kaputte Handy. Er legte es auf den Tisch und schob es Maik zu. Der steckte es ein, ohne hinzusehen. Georg hatte ein schlechtes Gewissen. Wenn er erst das Geld hätte ...

Jens und Maik diskutierten gerade über eine Arbeitslosenermäßigung.

„Dann kommen wir ja nie auf unsere Kosten", empörte sich Maik.

„Wenn die Sache klappt, verlangen wir überhaupt keinen Eintritt", verkündete in diesem Moment Georg.

„Welche Sache?", fragten Jens und Maik fast gleichzeitig.

Georg hatte sich entschieden, seine Freunde in sein Vorhaben einzubeziehen, jedenfalls so halb und halb. Ihm war ohnehin klargeworden, dass er das nicht alleine durchziehen konnte. Eine Geldübergabe in bar! Er hatte genügend Krimis im Fernsehen gesehen, um zu ahnen, wie so etwas ausgehen konnte. Sein Blick fiel auf Jens: Wo der einmal hinschlug, wuchs so schnell kein Gras mehr.

„Ich erzähl 's euch. Wer spendiert mir ein Bier?"

Wie früher zuhause

Gabi war überrascht.

„Was ist? Geht es dir nicht gut?" Prüfend sah sie ihrem verstört aussehenden Bruder in die Augen. Dabei bemerkte sie: „Du riechst seltsam. Hast du getrunken?"

„Nur ein Bier. Ich wollte nur mal bei dir vorbeischauen. Machst du mir einen Tee?"

Gabi war alarmiert. Das hatte sie schon lange nicht mehr erlebt.

„Gerne. Viel Zeit habe ich allerdings nicht. Ich muss gleich zur Vereinssitzung."

„Lass doch deine Scheiß-Zeckengruppe. Geh nicht hin. Ich muss mit dir reden."

„Ich finde es nett, dass du vorbeikommst, um mit mir zu reden, Bruder. Das ist ja das erste Mal seit Langem. Aber ich lasse mir von dir nicht vorschreiben, wo ich hingehen darf und wohin nicht."

„Ich will's dir auch nicht verbieten. Ich …"

Georg sah auf die Seite.

„Was hast du? Erzähl doch." Gabi legte fürsorglich einen Arm um ihren Bruder.

„Warum soll ich da nicht hingehen? Wollt ihr uns überfallen? Habt ihr was Größeres vor?"

„Nein, kein Überfall. Nicht so …"

Georg sah wieder weg. Er verknotete seine Hände ineinander, wie immer, wenn er nicht mehr weiterwusste.

„Setzen sie dich unter Druck? Willst du Schluss machen? Siehst du endlich ein, in was für eine Verbrecherbande du da reingeraten bist. Georg! Komm raus da. Ich helf' dir."

Georg wand sich mit einer heftigen Bewegung aus ihrer Umarmung heraus.

„Kannst du nicht mal was anderes in mir sehen?" Georg drehte sich von seiner Schwester weg.

Gabi stand auf und legte ihm eine Hand auf die Schulter. „Jetzt setz' dich erst mal hin. Ich setz' Wasser auf für Tee."

Wie ein Häufchen Elend saß Georg am Küchentisch. Gabi brachte Wasser zum Kochen und brühte lose Teeblätter in einer Blechkanne auf. Die Kanne stellte sie auf den Holztisch. Vom Wandregal daneben langte sie zwei Becher und ein Schälchen mit Kandiszucker herunter. Sie nahm einige Kandisbrocken und ließ sie in die Becher fallen. Dann goss sie den Tee darüber. Es knisterte, als das heiße Getränk auf die braunen Zuckerbrocken traf.

Georg sah seiner Schwester zu. Es war wie früher zu Hause. Wenn man sich überhaupt nicht bewegte, konnte man sehen, wie der Dampf von den Teetassen aufstieg. Georg beugte sich über seinen Becher und sah eine Weile zu, wie der Kandis zerfiel. Er brauchte keinen Löffel zum Umrühren. Der Tee schmeckte anfangs bitter und wurde mit jedem Schluck süßer. Wenn man Glück hatte, bekam man zuletzt kleine Kandisbröckchen in den Mund, die auf der Zunge zergingen.

Die Geschwister saßen sich einen Moment schweigend einander gegenüber. Am liebsten hätte Georg jetzt geweint, aber er zwang sich, an etwas anderes zu denken. Das Geld. Er könnte es auch für Gabi holen. Und dann würden sie ... Er sollte jetzt was sagen.

„Musst du nicht zur Sitzung?", fragte Georg stattdessen seine Schwester, um das unangenehm werdende Schweigen zu brechen.

„Ich geh nicht", sagte Gabi ganz ruhig und leise, zog ihre Tasse zu sich her, hob sie an den Mund, pustete über die Oberfläche und nahm einen vorsichtigen Schluck. Langsam setzte sie die Tasse wieder ab.

„Erzähl'", sagte sie leise zu ihrem Bruder, „wie geht 's dir?"

Plötzlich stand Georg auf. „Kann ich mal aufs Klo?"

„Na klar. Du weißt ja, wo 's ist."

Georg verließ die Küche und schloss die Tür hinter sich. Gabi saß am Tisch und blickte nachdenklich aus dem Fenster. Vielleicht war das heute eine Gelegenheit. Sie würde Georg nach dem Briefumschlag mit Vaters Bericht fragen. Ganz vorsichtig – sonst haut er gleich wieder ab.

Da hörte sie die Haustür zuschlagen. Gabi schreckte hoch und rannte aus der Küche.

„Georg!", schrie sie. Die Toilettentür stand offen. Georg war weg.

Sechs Fäuste für einen Sack voll Geld

15 Minuten später saß Georg wieder im ‚Hecht'. Er ließ sich von Jens ein weiteres Bier spendieren. Dann hatte er eine Auseinandersetzung mit Maik. Dessen Handy war kaputt. „Als ich damit telefonierte, ging 's noch, wirklich!", sagte Georg. Maik war sauer. „Du kriegst von mir ein neues", versprach Georg. „Also hast du 's doch kaputtgemacht", schloss Maik daraus.

Jetzt sprachen sie wieder über Geld. Doch nicht über das Geld, das sie nicht hatten, sondern das Geld, das sie bald haben würden. Sie beratschlagten, wie viel Volumen 250.000 Euro hätten. Das war die Summe gewesen, die Ronny genannt hatte. Georg sagte nicht, dass er nur 100.000 gefordert hatte. Ihm waren 250.000 zu viel gewesen. Er glaubte nicht, dass 250.000 eine realistische Summe sei. Doch das sagte er nicht. Er beteiligte sich lieber an der Diskussion über Größe und Menge. Sie sollten Rucksäcke mitnehmen, schlug Jens vor.

„Und scharfe Sachen?", fragte Maik.

„Ich hab meine Hauer immer dabei", trompetete Jens und hielt Maik seine linke Faust vor die Nase. „Da, riecht nach Zeckenblut. Und für alle Fälle ..."

Er musste nicht weitersprechen. Jeder wusste, dass Jens sehr gut mit seinem Springmesser umgehen konnte. Maik und Georg hatten zwar auch Messer. So etwas hatte man einfach zu haben. Aber bei den Übungen, das Messer aus ein paar Metern Entfernung auf eine Holzwand zu werfen, wobei sich die Spitze ins Holz bohren musste, waren sie klägliche Versager. Die Messer fielen fast immer zu Boden.

„Ihr habt dafür Köpfchen", meinte Jens tröstend, und das war durchaus anerkennend gemeint. Maik konnte mit dem Lötkolben und Georg mit dem Computer umgehen. Jens dagegen hatte so dicke Wurstfinger, dass er schon Schwierigkeiten hatte, sein Handy zu bedienen.

Georg nuckelte besonders lange an seinem Bier. Er brauchte fast zwei Stunden dafür. Dazwischen sah er immer wieder auf seine Uhr. Die Debatte um das Geld und wie sie es machen würden, hatte sich mit der Zeit ausgereizt.

„Du musst nicht so sparsam sein", sprach ihm Jens zu, „sauf noch eins, ich hab genug Kohle."

„Nee, ich brauch einen klaren Kopf. Muss nachher noch telefonieren."

Jens rückte näher und fragte verschwörerisch: „Mit deiner Bank?"

Georg war sofort genervt. Unwillig antwortete er. „Ja, mit meiner Bank."

Um 19.45 Uhr unternahm Georg einen weiteren Spaziergang an die Elbe. Diesmal suchte er sich eine andere Bank aus.

Er nahm das Handy heraus, das er bei Gabi mitgenommen hatte. Mittlerweile war es aber so dunkel geworden, dass er seine eigene Schrift auf dem Zettel kaum noch entziffern konnte. Er musste sie mit dem Handydisplay anleuchten. Dabei vertippte er sich.

„The Number you have dialled is not available."

Georg war nervös. Beim zweiten Mal klappte es.

Sein Gesprächspartner hatte einen Akzent. Georg war sich unsicher. Wieso war dieser Assistent ein Ausländer?

Der Mann hatte aber eine angenehme Stimme, geschäftstüchtig, freundlich. Georg hatte erwartet, angeschnauzt zu werden. Er hatte sich darauf vorbereitet, sein auswendig gelerntes Sprüchlein aufzusagen: Wenn sie nicht bis …, dann müssen sie damit rechnen, das … Es war nicht nötig. Der andere war vorbereitet. Wie viel? Ja. Und wo? Also in Dresden. Der Gesprächspartner wunderte sich nicht. Er sagte einfach ‚Ja. In Ordnung. Morgen Abend müsste klappen, sagte die Stimme. 16 Uhr? Geht es zwei Stunden später – sie wissen ja, der Berufsverkehr! Also gut, 18 Uhr. Bitte noch einmal die Hausnummer! Ja, in Ordnung.'

Georg wurde behandelt wie ein Geschäftsmann. Das imponierte ihm. Was er hier machte, war kein Verbrechen. Das war ein Geschäft. Ein Deal! Ja sicher, so würden sie es machen. Er beschrieb genauestens den Übergabeort mit Straße und Hausnummer. Auf Nachfragen ging er ein. Man wolle sich ja schließlich nicht verfehlen, nicht wahr? Das Gespräch wurde jetzt schon fast familiär.

Alles in allem überwog bei Georg nach dem Telefonat ein positives Gefühl. Er hatte sich durchgesetzt. Es würde schon klappen; irgendwie. So wie es bisher immer irgendwie geklappt hatte. Dabei hätte er eigentlich wissen müssen: ‚Irgendwie' hatte es bei ihm noch nie geklappt. Um so mehr musste es diesmal klappen. Und er würde ja dieses Mal Jens und Maik dabeihaben. Sie würden einfach eine Stunde früher hingehen und alles gut vorbereiten. Ja, so würden sie es machen.

Gleich geht's los

Dirk Vogler war zwei Tage auf Fortbildung gewesen. Am Morgen ließ er sich von Hanna einen detaillierten mündlichen Bericht geben. Dann handelte er erstaunlich zielstrebig und ohne viel zu diskutieren. Er genehmigte Hanna die Bildung einer Sonderkommission inklusive Dr. Laubusch und der notwendigen Technik. Bei ihrer Frage nach zusätzlichem Personal für einen eventuellen Zugriff während der Geldübergabe kam aber selbst Dirk Vogler ins Schleudern.

„Wir können selbstverständlich auf Grün-Weiß zurückgreifen. Vielleicht bekommen wir auf diese Weise zwei Dutzend Leute zusammen."

„Unsere Kollegen aus den Revieren?", fragte Hanna skeptisch zurück.

„Dann wollen wir mal hoffen, dass unsere Dresdner Autofahrer in den nächsten Tagen nicht zu viele Unfälle bauen, sonst fehlt uns die halbe Truppe."

Vogler teilte ausnahmsweise ihre Skepsis und erbot sich: „Ich könnte das mobile Einsatzkommando in Leipzig bestellen. Dort stehen sechzehn Einsatzkräfte mit zwei Fahrzeugen rund um die Uhr auf Abruf bereit."

„Damit sie gleich wieder abrücken, wenn ich binnen sechzig Minuten keinen Zugriff voraussagen kann. Nein, das bringt nichts", schüttelte Hanna den Kopf.

Vogler kommentierte Hannas Einwand nicht. Er kannte die polizeibehördlichen Zwänge.

„Wir können nur hoffen, dass wir Zeitpunkt und Ort der Übergabe mindestens zwei Stunden vorher mitbekommen. Dann können wir die Leipziger immer noch rufen."

„Wenn dann bloß kein Stau auf der A14 ist", äußerte Peter zweifelnd.

Hanna warf ihm einen strafenden Blick zu.

Um 8.30 Uhr tags darauf vermisste Gabi ihr Handy. Sie wusste genau – sie hatte es im Eingang auf der Spiegelkonsole zum Laden abgelegt, weil daneben gleich eine Steckdose war. Das war der zentrale Ort ihrer Wohnung. Dorthin fand sie von überall schnell hin, wenn es klingelte. Sie überlegte.

Georg!

Sie musste telefonieren. Jetzt! Sofort! Mit der Kommissarin!

„Vielen Dank, Frau Endermann. Wir kümmern uns drum." Hanna wollte schon auflegen, als ihr noch etwas einfiel. „Entschuldigen sie die vielleicht seltsame Frage, aber hätten sie etwas dagegen, wenn wir ihr Handy abhören? Ich muss das nämlich bei der Staatsanwaltschaft beantragen. Wenn sie mir ihr Einverständnis erklären, hätte ich es leichter. Wo erreiche ich sie in der nächsten halben Stunde?"

Gabi hatte nichts gegen die Abhörmaßnahme. Dafür hatte sie noch Fragen an die Kommissarin. Doch die wollte ihr Hanna jetzt nicht beantworten. Die sofort angestellten Nachforschungen Jakis ergaben, dass am Vorabend einmal mit Gabis Handy telefoniert worden war. Die angerufene Nummer war eine der auf Popov eingetragenen Diensthandynummern aus Schusters Unterabteilung, die Julia Püschmann per Fax übersandt hatte.

„So, diese Nummer schieben wir jetzt mal rüber", beschloss sie und tätigte ihren ersten Anruf des Tages mit Staatsanwalt Helbig. Er war für die frühe Stunde außerordentlich handzahm. Von diesem Zeitpunkt an wurden auch Gabis und Popovs Handys mit in die Abhörung einbezogen.

Besetzt

Zelltermann rutschte unruhig auf seinem Stuhl im Vorzimmer der Stellvertretenden Präsidentin herum. So langsam wurde ihm das Warten zu viel. Er erhob sich.

„Werte Frau Bülow, darf ich mal von ihrem Apparat mit meinem Vorzimmerdrachen sprechen?"

„Selbstverständlich. Aber wenn sie bitte Frau Seeges Apparat nehmen, meiner muss frei bleiben."

Frau Seege wählte die vierstellige Nummer von Dr. Zelltermanns Vorzimmer und reichte ihm den Hörer.

„Ja, ich bins. Versuchen sie es doch noch Mal schnell bei Popov in Solvanka."

Während er wartete, klopfte er mit dem rechten Fuß einen nervösen Takt auf den weichen Teppichboden.

„Besetzt, Herr Doktor", sagte seine Sekretärin nach einer Weile. „Die Mareva im Vorzimmer geht auch nicht ran. Soll ich sie ersatzweise mit Herrn Schuster verbinden?"

„Nein, ich brauche Popov. Persönlich! Der Schuster nutzt mir im Moment nichts."

Zelltermann war beunruhigt.

„Kann ich noch etwas für sie tun", piepste die Seege von der Seite. Dabei hielt sie ihm die Hand hin, um den Telefonhörer wieder in Empfang zu nehmen. Zelltermann sah gar nicht hin, als er ihr den Apparat überließ. Er wandte sich ab und ging die drei Schritte zurück zu seinem Stuhl.

Teure Südsee

Gerd Schusters Handy klingelte.

Er saß über seinem Schreibtisch gebeugt und grübelte, den Kopf auf seine Hände gestützt. Das muldanische Projekt, an dem er seit mehr als zehn Jahren erfolgreich arbeitete, schien ein wenig aus den Fugen geraten zu sein. Das konnte er jetzt, nachdem er das Projekt erfolgreich in Slowenien und Mazedonien kopiert hatte und in allen Ländern die Erweiterung des Projektes anstand, am wenigsten gebrauchen. An dieser unerfreulichen Entwicklung war eigentlich nur E&P-Consult schuld. Mit deren Beratern hatte der Ärger angefangen. Selbst der übliche Knebelvertrag hatte nichts geholfen. Jetzt musste er neue Berater suchen. Also eine lästige Ausschreibung mehr. Schuster wollte es sich nicht eingestehen, aber der Besuch der Kommissarin aus Dresden hatte ihn mehr aufgeregt, als der Sache guttat. Das Handy klingelte das vierte Mal. Er blickte auf das Display. Seltsame Vorwahl. Musste weit im Ausland sein. Schuster wurde neugierig. Er drückte die Annahmetaste.

„Hallo Gerd. Hast du Zeit? Ich hätte ein dringendes Anliegen."

„Wilhelm Russt!", entfuhr es Schuster. Mit diesem Anruf hatte er am allerwenigsten gerechnet. Der ehemalige Mitarbeiter der Europäischen Bank für Strukturförderung gehörte ebenso zu den Problemkindern wie E&P-Consult. Schuster korrigierte seine soeben gemachte Analyse und stöhnte innerlich. Eigentlich hatten die Probleme mit diesem Anrufer angefangen, Wilhelm Russt. Den wurde er allerdings nicht durch Auslaufenlassen eines Vertrages und Neuausschreibung los. Er versuchte es trotzdem.

„Ich muss gleich zu einem wichtigen Termin. Also, mach es bitte kurz. Wo bist du eigentlich?"

„Unter Palmen mit viel Sonnenschein an einem azurblauen Meer. Auch an willigen Frauen und anderen schönen Dingen des Lebens mangelt es nicht. Um ehrlich zu sein, ich überlege, ob ich mich hier dauerhaft niederlasse."

Schuster beschlich eine dunkle Ahnung, was als Nächstes kommen musste. Deshalb schwieg er lieber.

„Dir müsste es doch auch am liebsten sein, wenn ich hier bleibe."

Schuster schwieg weiterhin. Er dachte bereits voraus und rechnete.

„Bist du noch dran?", fragte Russt besorgt.

„Ich muss jetzt zu meinem Termin. Ruf mich doch bitte heute Abend – also in sechs bis sieben Stunden – noch mal an, meinetwegen auf dieser Nummer."

„In sechs bis sieben Stunden schlafe ich fest. Du vergisst die Zeitverschiebung. Ich schlage vor, du machst in einer halben Stunde Mittagspause und ich ruf dich dann nochmals an. Du könntest dir ja bis dahin ein ruhiges Plätzchen für unseren Plausch suchen."

Schuster sah ein, dass es keinen Sinn hatte, Russt hinzuhalten. Also willigte er ein. Zehn Minuten später saß er in seinem Auto und fuhr quer durch die Stadt und parkte am Rhein. Sein Blick fiel auf den Fluss. So geruhsam und kräftig wie bei diesem Strom war es auch bei ihm bisher gelaufen. Er hatte alles so wunderbar kanalisiert. Und jetzt tauchten plötzlich wie aus dem Nichts diese Hindernisse wie unterirdische Stromschnellen auf. Schuster mochte dieses unruhige Fahrwasser nicht. Er schaltete das Autoradio ein. Während er sich von Schlagerschnulzen beruhigen ließ, wartete Schuster auf Russts Anruf. Was Russt wollte, konnte er sich denken. Er würde hart verhandeln müssen. Würde er das? Hatte er überhaupt Spielraum? Endlich klingelte sein Handy. Er vergewisserte sich mit einem Blick auf das Display, ob es wieder die seltsame Auslandsnummer war. Jeden anderen Anruf würde er jetzt wegdrücken. Nach dem zweiten Klingeln nahm er das Gespräch an.

„So Gerd, ich hoffe, du hast jetzt Zeit. Also, ich habe hier ein bisschen deine erfolgreiche Arbeit analysiert. Ich wurde ja gut mit Informationen versorgt. Diesen Papieren und aus anderen Quellen entnehme ich, dass Muldanien so gut läuft, dass du in sämtlichen Projektländern noch viele dieser schönen Projektzentren baust."

Schuster schwieg. Er grübelte woher Russt so gut informiert war. Lästig!

„Du weißt, Gerd, wie viel Anerkennung ich deinem Erfolg zolle. Obwohl, eigentlich ist es ja unser gemeinsamer Erfolg. Der Erfolg hat immer viele Väter. Du hast ja immer eine gute Unterstützung gehabt durch die Europäische Bank für Strukturförderung. Ich habe dort dafür gesorgt, dass nicht zu viele lästige Fragen gestellt wurden. Meine Expertisen waren mindestens ebenso wichtig wie deine. Ich habe die Nachhaltigkeit deiner

Aktivitäten in bestem Sinne gefördert. Gerd, wenn wir mal ehrlich sind, hast du deinen Erfolg hauptsächlich mir zu verdanken."

Schuster schwieg immer noch. Er wartete auf eine Zahl. Russt würde ihm irgendwann eine Zahl nennen. Er würde es sich verkneifen, den Handel zu eröffnen und danach zu fragen. Für sich gab er nur Schätzungen ab. Dabei bildeten sich Schweißperlen auf seiner Stirn. Auch unter den Achseln wurde es unangenehm feucht. Er spürte, wie ihm ein Schweißtropfen die rechte Achselhöhle herunterrann. Schuster roch seinen eigenen Schweiß. Angstschweiß? Quatsch! Aber unangenehm schon. Ob er die Flasche Kölnisch Wasser noch in der Schreibtischschublade hatte? Wenn doch Russt endlich mit seinem Gelaber aufhören und eine Zahl nennen würde.

„Also ich finde, das sollte dir eine halbe Million wert sein."

Nun tropfte es aus beiden Achselhöhlen. Auch auf der Brust schwitzte Schuster. Das Unterhemd klebte bereits am Leib. Welche Zahl hatte Russt genannt?

„Wieviel?", krächzte Schuster. Seine Stimme wollte ihm nicht gehorchen. Hatte er jetzt tatsächlich nach der Zahl gefragt? Die Blöße hatte er sich eigentlich nicht geben wollen.

„Fünfhunderttausend, Gerd. Jetzt sag bloß nicht, das wäre nicht angemessen. Ich gebe dir vier Wochen. Der Transfer kann so laufen wie das letzte Mal. Die Bankverbindung müsstest du noch in deinen Unterlagen haben." Russts Worte klangen harmlos. Aber seine Stimmlage war klar und fordernd.

„Eine halbe Million?" Schuster stöhnte. „Bist du wahnsinnig?"

„Du spinnst doch! Woher soll ich das Geld nehmen?" Er war inzwischen schweißgebadet. Wenn er jetzt die Seitenscheibe herunterfahren ließ, würde er morgen mit einer Erkältung im Bett liegen.

„Vier Wochen sind zu wenig. Kein Mensch legt so viel Festgeld so kurzfristig an. Du kennst doch das Geschäft."

Russt blieb hart. „Dann machst du eben ein paar Zinsverluste. Vier Wochen und keinen Tag länger. Du weißt nicht, woher du das Geld nehmen sollst? Willst du mich verarschen? Ich weiß doch, was du verdient hast." Russt wurde böse.

„Du bekommst die Hälfte in vier Wochen und die andere vier Wochen später." Schuster klang weinerlich.

Russt legte nach.

„Ich kenne deine bisherigen Umsätze und kann hochrechnen, wie sich die Erträge weiterentwickeln. Rechne einfach", Russt machte eine Kunstpause, bevor er weitersprach, „mit mir."

Russt beendete das Gespräch, ohne eine Antwort Schusters abzuwarten.

Schuster lehnte sich im Autositz zurück, er fühlte sich schwach und elend. Das am Rücken schweißgetränkte Hemd klebte mittlerweile am Leder des Autositzes. Nervös fuhr er sich mit der flachen Hand über die Stirn und rieb sich die Schweißperlen in die Haare, so dass sie nach hinten gerichtet liegenblieben. Dann hielt er es nicht mehr aus und betätigte die Scheibenelektrik. Kalte Luft strömte herein.

Im Nu fror der Schuster wie ein Schneider.

Verlor er etwa die Kontrolle über das Spiel? Es war ganz allein sein Spiel gewesen. Die ganze Zeit. Doch es funktionierte nur im Gleichgewicht der Kräfte. Russt brachte das Ganze völlig ins Ungleichgewicht. Wie Krebs, fuhr es Schuster durch den Kopf. Unkontrollierbare Wucherungen. Wer weiß, wo noch unentdeckte Metastasen lauerten. Das erforderte einen scharfen Schnitt.

So wie immer

Im Landeskriminalamt saßen Hanna, Dirk und Peter um das Telekommunikations-Überwachungs-Gerät und warfen sich erstaunte Blicke zu, nachdem Schuster den Hörer aufgelegt hatte. Auch Jaki und Dr. Laubusch hatten gespannt zugehört. Sie kamen nicht dazu, Kommentare abzugeben. Denn Hanna hob die Hand.

„Er wählt neu. Jaki, schreib' die Nummer mit."

„Kosta? Ich habe einen Auftrag für dich." Schusters Stimme klang brüchig.

„Hallo Gerd, ich hoffe er ist mit Geld verbunden!"

„Jetzt fang du nicht auch noch an. Ich hatte soeben Russt an der Strippe. Er will eine halbe Million. Wir müssen uns etwas einfallen lassen."

Popov pfiff durch die Zähne. „Das sollten wir allerdings."

Eine Weile sagte keiner von beiden etwas.

„Ja?", sagte Schuster fragend.

„Das Beste ist, wir machen weiter wie bisher", riet Popov. „Der Rubel will rollen. Am besten, du gibst endlich die Gelder für die Projektanlage in Albinĉz frei. Die Bauleute stehen in den Startlöchern. Das habe ich dir doch vor wenigen Tagen schon mal gesagt. Die wollen schon mit dem Bagger die Grube ..."

„Die sollen sich gefälligst zurückhalten! Wie oft soll ich dir noch erklären, dass ein vorgezogener Maßnahmebeginn vor der offiziellen Bewilligung Gift für jedes Förderprojekt ist. Warte auf Zelltermann! Der hat alles in seiner dicken Akte. Es fehlt nur noch die Unterschrift der Stellvertretenden Präsidentin. So lange müssen wir warten."

„Gerd, bitte halte mich nicht für so dumm. Unser Projekt ist doch bei Zelltermann längst durch. Der ist doch bereits beim nächsten."

Schuster horchte auf. Woher wusste Popov auf einmal so gut Bescheid? Popov sprach weiter.

„Du bist es, der die Gelder zurückhält. Du hast wohl kalte Füße bekommen. Das ist gar nicht gut. Das fällt auf. Du solltest weitermachen. Einfach weitermachen. So wie immer."

„Ich verstehe nicht, warum du solchen Druck machst", klagte Schuster.

„Das klingt, als hättest du Probleme. Ist es das?"

„Jeder von uns hat ein Problem am Hals. Du Russt, ich Lobed."

Nicht noch einer, fuhr es Schuster durch den Kopf. Doch er bemühte sich, ruhig zu bleiben.

„Was will Lobed?"

„Was wohl? Mehr Prozente. Seine Geschäfte laufen schlecht. Außerdem beschwert er sich über dich. Du förderst ihm die Betriebskosten für seine Firma nicht mehr. Außerdem braucht er einen neuen Geländewagen für Kolja und Slavi. Die beiden müssen einen schlimmen Unfall gehabt haben. Den beiden ist nichts passiert. Sie sind …"

„Sehr robust, ich weiß."

„Ja, aber das Auto ist kaputt. Die beiden machen gute Arbeit."

„Erspar mir die Details, bitte", wehrte Schuster ab. „Du findest die Ausgaben also gerechtfertigt?"

„Es sind Sonderausgaben, die einfach nötig sind."

Schuster knurrte Zustimmung. Popov verspürte Auftrieb.

„Ich kümmere mich darum."

Nach einer kurzen Pause fing Popov wieder an. „Jetzt lass uns mal konkret werden. Du bist doch der Projektsteuerer. Wir machen es so, wie wir es immer gemacht haben. Das fällt am allerwenigsten auf."

„Gut. Dann bereite die Ausschreibungsunterlagen schon mal vor und schick sie mir zur Abstimmung. Du musst dir allerdings einmal etwas anderes einfallen lassen als Baugrundprobleme. Plausibel muss es sein. Ein hoher Grundwasserstand vielleicht, das braucht eine wasserdichte Betonwanne, Dränage und Trockenlegung."

Popov brummte. Er musste überlegen. „Was hältst du zur Abwechslung von einem felsigen Untergrund in Albinêz."

„Moment Mal, Albinêz liegt am Meer. Gibt es da nicht eher Sand und Kies?"

„Oh, ich finde dir einen großen Felsen. Den werden wir sprengen, bis nur noch feiner Sand übrig ist. Den brauchen wir anschließend zum Betonieren. Dann ist er weg."

„Felsiger Untergrund", sagte Schuster in Gedanken. Dann wiederholte er „felsiger Untergrund", als wiege er die Worte. „Das ist gut. Sehr gut sogar. Das krieg ich glatt durch."

Schuster hatte seine Sorgen mit Russt komplett vergessen. Im Geiste formulierte er bereits den Vergabevermerk. Ohne aufwendigen Begründungszwang würde er einen größeren Zusatzbetrag für unvorhergesehene Felsuntergründe zurückbehalten. Später würde er die Reserve umwidmen und in bewährter Weise versickern lassen – für nervige Forderungen Lobeds und andere. Und er müsste Popov nicht über die Höhe des Restbudgets informieren.

Schuster rechnete ernsthaft mit. Er war wieder in seinem Element. Jetzt war er wieder Herr des Geschehens. Zwar klebte das Hemd immer noch am Rücken, doch sein Kopf war frei.

„Na also, Gerd. Ich wusste es doch. Du bekommst die Unterlagen nächste Woche. Ich habe fast alles zusammen. Ein Gutachten über den besonders felsigen Untergrund kann ich schnell besorgen."

„Oh, bitte, das sollte erst auftauchen, wenn ich die Bewilligung habe."

„Natürlich", pflichtete Popov diensteifrig bei und ergänzte: „Was die Angebote angeht, kannst du deiner Prüfbehörde diesmal eine besondere Freude machen. Du erhältst diesmal fünf von mir – TETSCHKO wird sie alle unterbieten."

„Nicht nötig, Kosta. Eines darf ruhig mal ein bisschen darunter liegen, allerdings nicht mehr als fünfzehn Prozent. Für TETSCHKO spricht dann immer noch die Erfahrung, die vertrauensvolle Zusammenarbeit und die bisherige Einhaltung der Festpreisgarantie."

Popov lachte laut und herzlich.

„Dann darf ich vielleicht noch einmal über Geld sprechen. In drei Monaten sind Parlamentswahlen. Das kostet mich wieder so manchen Druckkostenzuschuss für Wahlplakate und Prospekte – und das, bei dem derzeitgen Chaos, das wir hier auf der politischen Bühne erleben, gleich für drei Parteien. Das sind, wie du weißt, immer sehr unsichere Ausgabeposten. Dann muss ich den zukünftigen Minister vielleicht besänftigen, weil der die Investition nicht in Albinêz haben will, sondern in seinem Wahlkreis. Das verursacht weitere Kosten. Wenn dann die neue Regierung steht, sollten wir so bald wie möglich einen offiziellen Spatenstich angehen – am besten mit eurem Präsidenten oder meinetwegen seiner Stellvertreterin und unserem Neuen. Wer das werden wird, kann ich momentan beim besten Willen nicht voraussagen. Aber er wird unser Mann sein. Das garantiere ich."

Schuster schluckte. Schon wieder ein unvorhergesehener Ausgabeposten. Aber nötig. Ein guter Draht zur Politik war einfach wichtig.

„Okay", sagte er deshalb nur.

„Gut", bestätigte Popov. Dann ließ er einen Seufzer hören.

„Bleibt immer noch Lobed. Also: Er will an Albinêz beteiligt werden."

Schuster schüttelte sich. Soeben noch auf Wolke sieben, stürzte er sogleich wieder in jene Ohnmacht, die ihn nach dem Telefongespräch mit Russt befallen hatte. Da war sie, die nächste Metastase dieses Krebsgeschwürs, das sich immer weiter ausbreitete.

„Regel du das", sagte er tonlos. Er musste sich räuspern, bevor er weitersprechen konnte. „Du hast mein volles Vertrauen. Ich will nichts mehr davon hören."

„Ich kümmere mich darum, wenn du das Problem mit Russt alleine löst."

Nachdem Schuster aufgelegt hatte, wählte Popov eine in manchen Kreisen Solvankas gut bekannte Nummer, viele Politiker hatten gute Kontakte zu dieser Nummer aufgebaut. Dahinter verbarg sich eine zentrale Größe im muldanischen Geschäftsleben, nicht unbedingt des offiziellen, aber einer wichtigen Art des Geschäftslebens. Er besprach mit der sonoren Stimme am anderen Ende eine zukünftige Kooperation.

Rätsel über Rätsel

Die Zuhörer im Landeskriminalamt setzten sich wieder aufrecht in ihre Stühle.

„Die duhn sich ja um Gobf und Gragen ver'andeln", kommentierte Dr. Laubusch als erstes.

Peter stieß einen Pfiff aus. „Russt und Lobed sind also die Erpresser von Popov und Schuster. Das wirbelt das Diagramm unserer Soko-Leiterin ja ganz schön durcheinander. Und wer sind Kolja und Slavi?"

Peter beantwortete seine Frage gleich selbst: „Ich schätze, das sind unsere beiden Terminatoren. Wenn wir Glück haben, kennen wir die DNA des einen und die Fingerabdrücke von beiden bereits. Stimmt 's oder habe ich Recht?"

Hanna nickte. „Sieht ganz so aus." Sie wandte sich an Jaki.

„Haben wir irgendwelche Gespräche mit Gabi Endermanns Handy feststellen können?"

Jaki schüttelte den Kopf. „Negativ."

„Komisch", kommentierte Hanna.

Peter linste an seinem Bildschirm vorbei zu ihr hinüber und raunte: „Wahrscheinlich die Ruhe vor dem Sturm."

„Sonst ist dir nichts aufgefallen bei dem Gespräch von Schuster mit Popov?" fragte ihn Hanna.

„Was soll mir aufgefallen sein?"

„Warum hat Schuster Popov angerufen?"

„Es war ein Hilferuf. Schuster ist zwar der Regisseur, aber für die praktischen Arbeiten braucht er Popov."

„Eben, und warum sitzen wir hier?"

Peter setzte ein ziemlich dümmliches Gesicht auf. Hanna half ihm auf die Sprünge.

„Kein Wort über die aktuelle Erpressung! Wenn Schuster der Erpresste ist …"

Peter fiel es wie Schuppen von den Augen. „Du hast Recht: Dann hätte er Popov dabei genauso um Hilfe gebeten. Georg Endermann müsste doch ein mindestens ebenso großes Problem für ihn sein wie Wilhelm Russt."

Peter dachte über seine Erkenntnis nach.

„Das heißt, Schuster ist raus aus unserem Fall. Er mag ein Wirtschaftskrimineller sein, aber mit dem Mord an Frank Endermann hat er anscheinend nichts zu tun."

„Sieht ganz so aus. Das sag' ich ja schon länger", pflichtete ihm Hanna bei.

„Mit wem hat also Georg telefoniert? Wen erpresst er?"

„Da können wir nur hier sitzen bleiben und warten, dass er noch mal zum Handy greift."

Alle schwiegen für einen Moment.

„Wer hädde des gedachd", kommentierte Dr. Laubusch. Er machte Anstalten, aufzustehen. „Ich muss mal wech."

„Kopieren können sie später, Herr Dr. Laubusch. Jetzt bleiben sie bitte hier und denken mit." Hannas Ton war scharf. Sie kam zum Thema zurück.

„Also: Mit wem hat Georg gestern telefoniert?"

„Zelltermann", mutmaßte Peter.

„Wer sonst?", fragte Hanna.

„Na, dann viel Spaß mit Herrn Helbig."

In diesem Moment wurde schwungvoll die Tür geöffnet und ihr Chef Dirk Vogler kam mit einem Stapel Pizzakartons herein.

„Essen fassen", rief er fröhlich. „Wir haben sicher noch einen langen Tag vor uns. Und nachher kommen wir vielleicht nicht mehr dazu."

„Na, die Fortbildung hat sich ja schon mal gelohnt", kommentierte Hanna freudig.

Nachdem die Pizzen verteilt waren, blieb ein Karton übrig.

Vogler zog ihn zu sich heran. „Das ist die Vulcano – besonders scharf. Die habe ich für Staatsanwalt Helbig bestellt. Der muss jeden Moment kommen. Dann sind wir komplett."

Stets bereit – immer bereit

Die Beobachter waren sich einig: Die drei jungen Neonazis wirkten höchst nervös. Erst hockten sie im ‚Hecht' herum, hielten es dort aber nicht lange aus. Georg war kurz zu Hause. Mit einem offensichtlich leeren Rucksack auf dem Rücken erschien er kurz darauf wieder auf der Straße. Dann kickten die drei leere Bierdosen durch die Gegend. Der kräftige Jens Löhrberg – sein Name war anhand von Fotos mittlerweile ermittelt worden – und der etwas schmächtigere, nicht zu identifizierende junge Mann, der ein jüngerer Bruder Georg Endermanns hätte sein können, hatten ordentlich zu tun, ihre Zeit totzuschlagen. Alle drei sahen ständig auf ihre Armbanduhren oder auf ihre Handys.

Gegen 15.40 Uhr kam Bewegung in die Gruppe. Sie schlenderten gemeinsam in Richtung Bahnhof. Zwei Zivilbeamte folgten ihnen. Die drei Jungnazis erstanden S-Bahnfahrkarten und stellten sich auf den Bahnsteig Richtung Dresden. Den zwei Verfolgern blieb nichts anderes übrig, als sich, mit ein wenig Abstand, dazuzugesellen.

„Georg, guck dir die beiden da drüben mal unauffällig an. Ich wett' um einen Kasten Bier, das sind Bullen in Zivil."

Wie auf Kommando drehten sich Maik und Georg nach den beiden Zivilbeamten um. Diese erwiderten so unschuldig wie möglich ihre Blicke.

„Quatsch", widersprach Maik. „Was sollten sich die Bullen für uns interessieren?"

„Für euch nicht, aber für mich", meinte Jens stolz. „Die tappen immer noch im Dunkeln wegen der Sache damals hier am Bahnhof. Ihr wart ja nicht dabei."

Er zwinkerte seinen Freunden zu und machte dabei mit den Fäusten Boxbewegungen in der Luft.

Maik und Georg blickten ihn skeptisch an.

„Ich werd's euch beweisen", prophezeite Jens.

Die S-Bahn fuhr ein. Georg und Maik stiegen ein, Jens blieb an der geöffneten Tür am Bahnsteig stehen und beobachtete die Fahnder. Diese stiegen ebenfalls ein. Das fiepende Geräusch vor der Abfahrt ertönte und Jens musste einsteigen, bevor sich die Türen automatisch schlossen. Dann redete er auf seine beiden Freunde ein.

„Spielen wir Bullen-Trietzen."

Flecken auf dem Vertrag

Die Kaffeetasse war mittlerweile leer. Dr. Wolfgang Zelltermann stellte sie mitsamt Untertasse neben sich auf den Boden. Währenddessen arbeitete der Schnupftabak. Oben im rechten Nasenloch verspürte Zelltermann ein Kribbeln. In kurzen Zügen holte er Luft durch die Nase. Das befreiende Niesen kündigte sich an. Zelltermanns Rechte ließ die Mappe auf den Knien los und fuhr in die rechte Hosentasche, er fingerte den aus der Hosentasche lugenden Zipfel seines Taschentuchs und zog daran. Die nun folgende Erschütterung vorausahnend, ließ nun auch seine Linke die Vorlegemappe auf den Knien los. Mit beiden Händen legte Zelltermann das verknitterte Taschentuch über Nase, Mund und Wangen. Es kratzte wieder leise über die Bartstoppeln, die er nur alle paar Tage rasierte.

Die beiden Sekretärinnen schienen die Luft anzuhalten. Frau Bülow wusste, was jetzt kam. Ein lautes Niesen, das eher einem markerschütternden Schrei gleichkam und weniger wie ‚Hatschi‘ als wie ‚Escha‘ klang. Zelltermann riss es dabei den Kopf kurz nach hinten und dann wieder nach vorn. Darauf folgte ein laut röhrendes Schnäuzen, mit dem die zwei Minuten zuvor eingesogenen zwei Gramm schwarzbraunen Tabaks, vermischt mit gelblichem Rotz, ins Taschentuch befördert wurden. Zelltermann knüllte das Taschentuch über dem Rotzklumpen zusammen. Dabei blieb das Tuch immer noch groß genug, um sich damit wiederum mehrmals von links und rechts unter den Nasenlöchern etwaige Tabakkrümel beziehungsweise Rotzschlieren abzuwischen. Bisweilen deckte das Taschentuch nicht alles ab und bei der Explosion stob etwas durch sich bildende Stoffröhren davon. Zelltermann merkte so etwas meist erst später, wenn sein Gegenüber ihn im Gespräch nicht mehr ins Gesicht zu blicken wagte. Dann zog er wiederholt sein Taschentuch heraus und wischte sich über das ganze Gesicht. Da er nun schon mindestens fünfundzwanzig Jahre schnupfte und er bei den meisten Gelegenheiten sowieso das Alphatier war, gab es niemanden mehr, der ihm wegen seiner ständigen Sauerei die Leviten las. Und die Zeiten, als ihm selbst etwas peinlich gewesen wäre, waren längst passé.

Wieder rutschte ihm die Vorlegemappe von den Knien und fiel zu Boden. Diesmal kam ein unterschriftsreifer Vertrag zum Vorschein und bekam ein Eselsohr. Zelltermann, das zusammengeknüllte Taschentuch in der Rechten, beugte sich vor und besah sich die Bescherung. Frau Seege wollte aufspringen und ihm beistehen, doch ein Blick der Bülowschen nagelte sie auf ihrem Platz fest. Sofort versteckte sie sich wieder hinter ihrem Flachbildschirm mit dem Postregistraturprogramm. Nummer 26/20072, übergeben am 26.4. von Abteilung 2 an Büro SP, nach Kenntnisnahme zur weiteren Verwendung an die Abteilungen 4 und 6 mit der Bitte um Rücksprache. Kopie zu den Akten. Wiedervorlage 14.5.

Mit einem lauten „Hoppala" umging Zelltermann die peinliche Situation. Doch die beiden Frauen taten, als sei er gar nicht vorhanden. Dem Abteilungsleiter war dies ganz recht. Während er mit der Rechten das Taschentuch so in eine Hosentasche stopfte, dass der unvermeidliche Zipfel noch hervorlugte, hob er mit der Linken die Vorlegemappe auf. Dabei entwischte das vorwitzige Papier endgültig seinem Fächer und segelte zu Boden. Jetzt hatte Zelltermann endlich beide Hände frei. Er musste, sich bückend, leicht vom Sitz erheben, um das entwischte Papier aufzuheben. Ächzend setzte er sich wieder und legte die Mappe auf die jetzt fest zusammengepressten Oberschenkel. Zelltermann legte das Papier oben auf die Mappe und strich das Eselsohr glatt. Danach zierte es eine Rotzschliere. Zelltermann grunzte unwillig. Mit dem Handrücken strich er so oft über das Blatt, bis es nur noch von einem länglichen Schatten verunziert war. Nun suchte er in der geöffneten Mappe nach dem passenden Fach. Es gab noch einige leere darin. In irgendeines davon steckte er das Papier, schloss die Mappe, legte sie wieder auf die Knie, streckte und räusperte sich.

Doch lange hielt er es auf dem Stuhl nicht aus. Zelltermann stand ächzend auf. Das rechte Knie machte ihm zu schaffen. So stand er mit leicht krummem Rücken und versuchte sich zu strecken. Ein kurzer Blick auf die Funkuhr an der Wand neben Frau Bülows Schreibtisch verriet ihm, dass er zehn und eine halbe Minute gewartet hatte. Ungebührlich lang.

So etwas durfte sich nur ein Dr. Zelltermann mit seinen Untergebenen erlauben.

Abgehängt

„Die drei Zielpersonen wollen Richtung Dresden fahren."

„Sie bleiben bitte dran. Wir gehen davon aus, dass sie zum Übergabeort unterwegs sind."

Die doppelstöckige S-Bahn verließ pünktlich um 16.05 Uhr Pirna Richtung Dresden.

In Heidenau-Großsedlitz, Abfahrt 16.08 Uhr, gab es keine besonderen Vorkommnisse. Kurz vor Heidenau-Süd lief Georg durch den gesamten Zug bis zur vordersten Tür. Maik stand zwei Türen weiter dahinter. Jens blieb, wo er war.

In Heidenau öffneten die Beamten eine Tür und einer trat auf den Bahnsteig hinaus. Da entdeckte er Georg. Der war weit vorn am Zug ausgestiegen, blieb aber in der Nähe der Tür stehen.

Ein Zivilbeamter verließ den Zug und schlenderte den Bahnsteig entlang. Er und Georg waren nun die einzigen Personen auf dem Bahnsteig. Georg machte ein paar Schritte in Richtung der Ausgangstreppe, der Beamte folgte ihm, seine Schritte beschleunigend. Da ertönte das pfeifende Signal, das ankündigte, dass die Türen gleich automatisch geschlossen würden. Plötzlich sprang Georg zurück, drückte die sich schließende Tür auf und warf sich in den abfahrenden Zug. Sein Verfolger befand sich zu weit von der nächsten Tür entfernt und musste zusehen, wie der Zug ohne ihn abfuhr.

„Elbe eins an Elbe zwei und drei sowie Zentrale. Zielpersonen haben uns offensichtlich bemerkt. Sie haben einen von uns in Heidenau-Süd abgeschüttelt. Bitte um personelle Verstärkung in Heidenau. Abfahrt dort ist 16.14 Uhr."

„Elbe drei an Elbe eins. Wir stehen auf der B 170 im Stau. Das schaffen wir nicht. Was ist mit Elbe zwei? Erbitten Instruktionen."

„Hier Elbe zwei, bewegen uns auf Dresden-Zschachwitz zu. Dort Ablösung möglich."

„Zentrale an Elbe drei. Fahren sie bitte Heidenau an und nehmen den verlorengegangenen Kollegen auf. Dann weiter Richtung Dresden.

„Elbe drei an Zentrale. Wann ist der Zug in Niedersedlitz?"

„Zentrale an Elbe drei, 16.18 Uhr."

„Elbe drei an Zentrale. Das ist kaum zu schaffen. Bitte um Erlaubniserteilung für Sondersignal."

„Erlaubnis erteilt; aber bitte nicht bis zum Bahnhof. Zentrale an Elbe eins – sie müssten jetzt in Dobritz sein, oder?"

„Elbe eins an Zentrale. Richtig. Die versuchen wieder ihre Tricks. Scheint denen richtig Spaß zu machen."

„Zentrale an Elbe eins. Wenn sie es in Niedersedlitz wieder versuchen, dann bitte im Zug bleiben. Wichtig ist, dass wir wissen, wo sie aussteigen."

„Elbe drei an Zentrale, wir sind gerade erst an der Rennbahn vorbei. Das schaffen wir nie rechtzeitig bis Niedersedlitz."

„Verdammter Mist! Mist, Mist, Mist!"

„Zentrale an alle. Bitte um Mäßigung. Erbitten ordentliche Meldung."

„Elbe eins an alle. Die haben mich abgehängt. Die Zielpersonen sind in Niedersedlitz ausgestiegen. Alle drei. Ich fahre weiter bis Dobritz und steige dort aus. Ich bitte beim nächsten Fahrzeug um Aufnahme."

„Zentrale an alle. Verfolgung der Zielpersonen hat Vorrang. Elbe eins, sie können in Dobritz aussteigen und eventuell die nächste S-Bahn der Gegenrichtung nehmen. Sie kommt in wenigen Minuten. Alle anderen Fahrzeuge bitte sofort nach Niedersedlitz. Keine Erlaubnis für Sondersignal."

Räschn wär mor krieschn

Hanna stand zusammen mit Peter, Dirk, Jaki und Dr. Laubusch vor dem großen Dresdner Stadtplan im Büro und suchten die Gegend um den Bahnhof Niedersedlitz ab. Hanna verrenkte den Kopf nach links und rechts, um die Straßennamen auch lesen zu können, wenn sie senkrecht standen. Plötzlich deutete sie mit dem Finger auf eine Straße, die parallel zur Bahnlinie verlief, die ‚Straße des 17. Juni.'

„Da war ich doch erst."

Dann streckte sie sich zu voller Länge und rief laut in die Runde.

„Ich weiß jetzt, wo die Übergabe stattfindet – in dem stillgelegten Gebäude des VEB Vereinigte Mälzereien Dresden. Georg Endermann arbeitet dort hin und wieder und hilft beim Entkernen. Ich bin mir sicher, dass die Übergabe dort ist."

Sie wandte sich an jeden Kollegen einzeln.

„Jaki, beordere Grün-Weiß dorthin. Die sollen sich bitte nicht in Reih und Glied direkt auf der Straße aufstellen, sondern in den Nebenstraßen bleiben und die Fahrzeuge zunächst nicht verlassen. Dirk, das Leipziger SEK zu alarmieren, ist jetzt wohl zu spät. Ich wäre dir sehr verbunden, wenn du es trotzdem versuchst. Ich gehe ja davon aus, dass Endermann und seine Freunde das Gelände erst noch sondieren und die Übergabe nicht gleich in den nächsten fünf Minuten stattfindet. Herr Dr. Laubusch, sie besorgen uns beim Stadtplanungsamt genauere Pläne. Das ist ein Riesen-Gelände direkt an der Bahnlinie. Das muss rundum abgesichert werden. Außerdem will ich, dass die Bahnhöfe Dobritz und Niedersedlitz abgesichert werden. Wir brauchen alles Personal, das wir kriegen können. Peter und ich fahren da jetzt hin."

Während sie noch sprach, sächselte Jaki bereits aufgeregt in das Funkgerät.

„Nee, Kolleschen, ni de olle Mälzerei in Pieschen. Das is ni das neue Einkaufszentrum, sondern der vergammelte Laden in Niedersedlitz. Habt ihr denn keene Ohrn am Koppe?! Die Kolleschen, die schon in Mickten sin, bide sofort umkehrn. Dann aber Dalli."

Hanna und Peter griffen nach ihren Dienstwaffen und steckten sie in die Holster und zogen ihre grünen Jacken darüber. Sie waren bereits fast zur

Tür hinaus, als Dr. Laubusch Hanna zurief: „Frau Diehl, auf der Dohnaer Straße muss es ziemlich gegnallt ham."

„Danke für den Hinweis", erwiderte Hanna, „aber da müssen wir nicht vorbei."

„Schon möchlich", meinte Laubusch, „aber Grün-Weiß kann dester wechen nur mid vierzehn Mann andred'n."

„Mist", entfuhr es Hanna.

Sie saß bereits im Wagen, den Peter steuerte, als ihr noch etwas einfiel. Sie griff zum Funkgerät. „Jaki – die Friedrichstädter Hundestaffel! Mit oder ohne Brustgeschirr! Laubusch soll eine Luftaufnahme von dem Gelände besorgen. Gebäudegrundrisse wären gut. Das Ding soll angeblich umgebaut werden. Vielleicht findet er den Architekten."

„Nu, nu", machte Jaki nur und warnte ihrerseits „Und du, denk dran: Räschn wär mor krieschn. Es sin ja nu ma Unwedder angesachd."

Jakis Warnung war unnötig. Während Peter das Sondersignal setzte und das Auto heulend und mit ständig aufblitzenden Scheinwerfern durch die Stadt raste, ballten sich über Dresdens Dächern dicke schwarze, regenschwangere Wolken zusammen. Sie mussten jeden Moment platzen.

Kämpfen für den Frieden

Jens freute sich wie ein Schneekönig. Ständig klatschte er sich auf die Schenkel und lachte. Er war sich immer noch sicher, dass die ‚Sonderbewachung' ihm gegolten hatte. Indessen waren die drei auf der Straße des 17. Juni unterwegs und liefen auf den mehrstöckigen ehemaligen Industriebau zu, der sich durch seine Schornsteine und dunklen Gebäude von gewaltigem Umfang auszeichnete.

„Mensch, hier müssten wir mal üben", sagte Jens bewundernd, als er das riesenhafte Gebäudeensemble der Alten Mälzerei sah. „Wie sieht 's denn drinnen aus?"

„Wirst du gleich sehen", gab Georg zurück. Er sah sich auf der Straße um. Die Gegend um die Mälzerei war eine Mischung von beräumten Brachen, sanierten und unsanierten Wohngebäuden, nach Mietern suchenden Bürohäusern und vereinzelten Gebäuderuinen, deren sich die Besitzer offenbar schämten, weil sie sich so gar nicht um sie kümmerten.

Georg wusste, dass hier wenig Publikum zu befürchten war, die Kneipe schräg gegenüber der Mälzerei schien entweder wegen Reichtums oder mangels Kundschaft geschlossen zu haben. Weit und breit waren weder Autos noch Fußgänger zu sehen. Schnell sperrte Georg mit einem Schlüssel ein Vorhängeschloss auf, welches das gelbe Gittertor zuhielt. Die drei schlüpften durch einen kleinen Spalt, den Georg offenhielt. Dann drückte er das Tor wieder zu und hängte das Schloss so ein, dass es geschlossen wirkte, das Tor aber nicht versperrte. Damit sich das Tor nicht von selbst öffnete, kugelte er mit dem Fuß einen Pflasterstein davor. Er zog kurz am Torflügel. Mit etwas Kraft ließ sich der Stein wegdrücken – der aufkommende Wind, der die schwarzen Wolken über der Stadt umherschob, würde dem Tor nichts anhaben.

„Kann man da irgendwo rein?", fragte Jens, „hier draußen wird 's nämlich gleich ungemütlich."

„Im Durchgang vorne rechts ist eine Tür, für die hab ich einen Schlüssel", sagte Georg. „Da sind wir sicher."

Sie stapften die von Moos, Birken und Brombeergestrüpp zuwachsende Auffahrt entlang.

Maik zeigte mit einem Finger an die Hauswand rechts. „Kämpfe mit uns für den Frieden", stand dort in verwaschenen Farben. Sie schüttelten die Köpfe und machten sich darüber lustig. Sie waren zu jung, um sich noch an die DDR zu erinnern. Sie hatten andere Sprüche drauf. Georg musste nicht hinsehen. Er kannte den Satz bereits. Er hatte ihn als Erkennungszeichen dem ‚Assistenten' am Handy durchgesagt. Georg sah nach seiner Armbanduhr – eine gute Stunde noch.

Nach vierzig Metern erhob sich vor ihnen, einer Felswand gleich, eine über vier Stockwerke reichende fensterlose Wand, ganz oben war eine Art Balkon angebracht. Rechts daneben tat sich eine dunkle Durchfahrt auf, die in einen Hinterhof führte, der direkt an die Bahnlinie angrenzte. Die einzelnen, mit niedrigeren Zwischenteilen und Vorbauten zusammengehängten Gebäudeteile der ehemaligen Mälzerei erhoben sich rechts und links. Überall war der Verfall von fünfzehn ungenutzten Jahren sichtbar. Gegen Vandalismus waren die Erdgeschoss-Fenster mit großformatigen Ziegeln notdürftig vermauert.

Georg blickte zurück zur Straße. Ob man von dort den sozialistischen Kampfspruch überhaupt sah? Auf einmal war er sich nicht mehr sicher. Zweifel beschlichen ihn. Die verwaschenen Buchstaben waren nur noch aus der Nähe erkennbar. Was, wenn der ‚Assistent' nicht herfindet? Nein, er hatte ihm die Adresse genauestens beschrieben. Trotzdem verspürte Georg das unangenehme Nachkribbeln des Schreckens, der ihm gerade durch die Glieder gefahren war. Es wird schon klappen. Es muss einfach klappen. Irgendwie.

Maik muss pullern

„Elbe drei an alle. Die drei Zielpersonen haben soeben das Gelände betreten. Sie befinden sich im Durchgang zu den Bahngeleisen."

„Hier spricht die Einsatzleitung. Bitte sorgen sie dafür, dass das gesamte Gelände soweit wie möglich mit den Fahrzeugen umstellt wird. Bitte das Gebäude soweit wie möglich sichern – zunächst außerhalb des Zauns. Das Gelände ist ziemlich zugewuchert. Bitte diese Deckung nutzen. Wir müssen davon ausgehen, dass sich dem Objekt weitere Personen nähern. Diese dürfen uns nicht sehen. Suchen sie nach Eingängen, die sie gegebenenfalls sichern. Es wird knapp werden, wir haben nur zwei Mannschaftswagen Verstärkung bekommen. Wenn jemand noch weitere Personen auf dem Gelände feststellt, bitte sofort melden. Diese sind möglicherweise bewaffnet. Bitte nicht eingreifen. Vor allem die uniformierten Kollegen halten sich bitte zunächst im Hintergrund."

Hanna und Peter waren zwischenzeitlich auf der Höhe von Dobritz. Peter schaltete das Sondersignal ab.

Hanna sprach wieder per Funk mit Jaki.

„Gibt es irgendeine Möglichkeit, ungesehen da rein zu kommen, meinetwegen vom Nachbargebäude aus?"

„Keene Pläne", bedauerte Jaki. Doch sie holte per Funkkontakt Erkundungen von den rings um das Gebäudeensemble sich sammelnden Beamten ein und gab sie an Hanna weiter. Alle Fenster im Erdgeschoss waren zugemauert. Daran erinnerte Hanna sich von ihrem ersten Besuch. Es gab zwar Türen an Nachbargebäuden, doch war nicht klar, wie man sich dann innen in dem sicher stockdunklen Gebäudewirrwarr zurechtfinden konnte und ob darin nicht auch Durchgänge vermauert waren. Der einzige sichere Zugang schien der zu sein, wo sich Georg und seine zwei Freunde gerade aufhielten.

„Das kann ja heiter werden", mäkelte Hanna. Peter steuerte den Wagen in eine Seitenstraße. Die beiden stiegen aus. Die ersten Blitze zuckten am Himmel, böiger Wind kam auf. Der Himmel war fast schwarz. Hanna und Peter zogen die Reißverschlüsse ihrer Jacken hoch und liefen die Straße entlang. Sie erkannten die zivilen Fahrzeuge der Kollegen. In einer verdeckten Hofeinfahrt stand ein Mannschaftsbus, den sie als mobile Zentrale nutzen wollten. Die seitliche Schiebetür stand offen. Knarzende Funkgeräusche und kurze Gesprächsfetzen waren zu hören. Hanna erfuhr, dass das Gebäude weitgehend von in Deckung befindlichen Beamten umstellt war. Außer den drei Neonazis, die das Gebäude betreten hatten, waren offenbar keine weiteren Fremdpersonen auf dem Gelände.

„Das heißt, die Gäste sind noch nicht da", schloss Hanna daraus, „wenn sie nicht schon drin sind." Sie gab Anweisung, unbedingt in Deckung zu bleiben. Der böige Wind wurde immer stärker. Blitze zuckten am Himmel. Doch die Donnerschläge erfolgten erst nach Sekunden. Das Zentrum des Gewitters war also noch ein Stück entfernt. Hanna schauderte.

Eine Inszenierung, wie bestellt.

In der alten Mälzerei

Georg schloss die Tür auf. Mit dumpfem Knarren gab sie nach. Dunkelheit und kalter Mief schlug ihnen entgegen.

„Wir entkernen hauptsächlich auf der anderen Seite. Hier war ich noch selten. Vorsicht, es liegt einiges rum", warnte er seine Freunde.

„Geil", sagte Jens und drängte sich vor. „Wie viel Zeit haben wir noch?"

„Ne knappe Stunde", schätzte Georg.

„Dann mach mal 'ne Führung", verlangte Jens und knipste eine Taschenlampe an.

„Klar doch", bestätigte Georg und knipste seine Lampe auch an. Die beiden Strahlen irrlichterten durch den Raum.

Von draußen vernahmen die drei Donnerschläge. Sie hörten sich an wie Kanonenschüsse. Das nahe Gewitter kündigte sich an.

Georg war es nicht wohl in seiner Haut. In diesem Gebäudeteil kannte er sich nicht so gut aus. Außerdem brannten während der Arbeit große Baustrahler im Erdgeschoss. Sie bekamen ihren Strom von einem Benzingenerator auf einem Lieferwagen im Hof. Der war jetzt nicht da. Georg suchte mit seiner Taschenlampe den Boden ab. Da lag eines der Elektrokabel unordentlich herum. Man konnte im Dunkeln darüber stolpern.

„Ich zeig 's euch", wiederholte er, „damit ihr euch auskennt – für alle Fälle." Dabei sah er hauptsächlich Jens an.

Georg schritt vorsichtig in die Dunkelheit eines großen Werkraumes voraus. Müll, Glasscherben, leere Flaschen, vertrocknete Exkremente und sonstiger Unrat säumten den Boden. Georg bahnte sich einen Weg, den ihm der schmale Lichtstrahl seiner Taschenlampe wies.

Schemenhaft zeichneten sich Säulen ab, die Decken über riesigen Räumlichkeiten abstützten. Es war in der Dunkelheit nicht ersichtlich, wo der Raum vor ihnen hinführte oder aufhörte. Georg bemühte sich, mit fester Stimme zu sprechen. „Passt auf, da gibt es überall Löcher und morsche Bretter", warnte Georg.

„Was für Löcher?", fragte Maik. Seine Stimme klang nicht sonderlich gefestigt. Er stellte die Frage nur, um Konversation zu machen.

„Na, hier wurde viel Getreide herumtransportiert. Dazu brauchten sie Förderbänder, Röhren und Aufzüge. Mein Vorarbeiter hat gesagt, das Getreide wurde hier ausgebreitet und gewässert, damit es keimen konnte, dann geschrotet und geröstet wie Kaffee. So ungefähr entsteht der Biergeschmack – glaub ich. Dazu braucht es diese Unmengen an Platz. Die Aufzüge und die dicken Rohre, die durch das ganze Haus liefen, sind ausgebaut. Pass also auf, wo du hintrittst. Der Keller ist tief."

Jens war begeistert. „Ist ja cool. Das ideale Trainingsgelände."

Er stapfte furchtlos durch die Räume. Unter jedem seiner Schritte knirschten die herumliegenden Glasscherben besonders laut. Das Geräusch schien ihm Spaß zu machen.

„Unsere Truppe hat doch Nachtsichtgeräte", fiel es Jens ein, „Mensch, stell ich mir das geil vor."

„Oben ist es heller", sagte Georg.

„Aber hier ist es interessanter", gab Jens zurück. Gleich darauf schepperte es. Jens war mit voller Wucht gegen irgendwas Blechernes getreten. Jens kicherte. „Hab ich euch Angsthasen erschreckt?"

„Arschloch", entfuhr es Maik. „Ich find das hier irgendwie nicht so interessant. Zu viel Dreck. Außerdem muss ich pullern. Ich geh dann mal wieder." Seine Stimme klang brüchig.

Jens kicherte. Er ließ sein Taschenlampenlicht kreisen. „Huhu", machte er dazu.

„Jetzt lass den Quatsch", ermahnte ihn Georg. Auch ihm war nicht geheuer. Er sah sich nach Maik um, der zum Eingang zurückgegangen war. Im schummrigen Gegenlicht vom Treppenhaus her zeichnete sich Maiks Rücken ab, der plötzlich seine Schritte beschleunigte. Seine volle Blase schien ihn ganz schön zu drücken.

Da gewahrte Georg die zwei massigen Gestalten an der Tür zum Treppenhaus, auf die Maik zulief. Georg erkannte ihre wattigen dunklen Blousons, welche die Typen noch fülliger erscheinen ließen, als sie sowieso schon waren. „Jens", zischte Georg in einem Ton, der diesen herumfahren ließ. Jetzt sah auch Jens zum Eingang. Da vorne standen doch tatsächlich zwei Glatzen.

Hanna steht im Regen

„Wir müssen näher ran", mahnte Hanna. „Wie sieht es hinten aus, an der
Bahn? Könnte man sich über die Gleise anschleichen? Steht da nicht so ein
flaches Gebäude, das Sichtschutz bietet?"
Das Funkgerät knarzte.
„Probieren kann man es, aber das Risiko, entdeckt zu werden, ist zu groß.
Die Seite zur Bahn ist eine ziemlich lange, offene Flanke. Wir können sie
kaum absichern, ohne selbst gesehen zu werden. Die kurzen Geländesei-
ten haben wir besser unter Kontrolle."
„Können wir wenigstens den Durchgang einsehen?"
Knirschen und Rascheln aus dem Funkgerät.
„Teilweise. Wir würden ja am liebsten auf der Straßenseite gegenüber ei-
nen Wagen aufstellen. Aber da fällt der sofort auf. Zwei Kollegen schlei-
chen sich an das ehemalige Wächterhäuschen heran. Davor wachsen
Büsche. Nur gut, dass die noch nicht voll belaubt sind."
„Wissen wir, wo sich die drei im Gebäude befinden?"
„Sie sind nach rechts rein. Mehr kann ich nicht sagen."
Hanna knurrte. „Mist. Dann können wir nur abwarten und Tee trin-
ken."
Ein Beamter kam gerannt und hielt ihr den Ausdruck eines Luftbildes hin.
Es war eine Vergrößerung eines aus großer Höhe fotografierten Bildes –
nicht viel besser als eine Vergrößerung aus einem Stadtplan. Hanna warf
nur einen kurzen Blick darauf. Die Aufnahme war ihr keine Hilfe.
Was würde sie jetzt für einen Espresso geben!
Besorgt blickte sie nach oben. Der Himmel über Niedersedlitz hatte sich
jetzt komplett zugezogen. Obwohl erst später Nachmittag, schien es
Hanna wie Abend – Tagesschauzeit. Der böige Wind drehte Staubkreisel
über der Straße, Blätter und Papierschnipsel wurden mitgezogen. Krei-
send schlurften sie über den rauen Asphalt.
„Setz dich doch endlich in den Wagen", mahnte Peter, „gleich werden wir
gebadet."
„Die ganze Truppe steht draußen rum und wir betätigen uns als Weich-
linge. Ne, mein Lieber, das gehört jetzt dazu. Ist doch nur Wasser."

Sie trat an den Mannschaftswagen heran, langte nach dem Griff und schob die Schiebetür mit Schwung zu. Mit einem satten Schnalzer fiel sie ins Schloss. Im gleichen Augenblick fielen die ersten schweren Tropfen. Peter nestelte an seinem Jackenkragen. Hinter einem kleinen Reißverschluss darin holte er eine Notmütze hervor. Hanna hielt dem Regen ihre braunrote Haarpracht entgegen. Die anderen Polizisten um sie herum hatten ihre flachen Mützen auf.

Schluß mit lustig

Die beiden Schränke mit Glatze sahen irgendwie vertraut, irgendwie nach ihresgleichen aus. Maik ging auf die beiden zu und rief: „He, was wollt ihr denn hier? Habt ihr 'ne Verabredung, oder was?"

Kolja und Slavi antworteten nicht. Sie verstanden kein Deutsch. Dafür schnellten Slavis Arme in einer Geschwindigkeit, die man dem behäbigen Aussehen des Dicken nicht zugetraut hätte, an Maiks Hals.

Maik bekam nur noch einen röchelnden Laut zustande. Slavi machte einen Schritt nach vorn und klemmte sich jetzt Maiks Kopf mit einer schnellen Drehbewegung unter seine rechte Armbeuge. Es gab ein widerlich knackendes Geräusch, als Maiks Halswirbelsäule brach.

Slavi ließ Maik los. Sein lebloser Körper fiel, wie er war, im Treppenhaus zu Boden und blieb seltsam verdreht liegen.

Die Aktion hatte nur Sekunden gedauert.

Georg und Jens standen in der Dunkelheit des Werkraumes wie vom Donner gerührt.

Jens fand als Erster wieder zu sich. Er griff in seine Hosentasche, zog sein Messer heraus, ließ es aufschnappen und stürzte sich mit einem Tarzan-Schrei auf den Mann, der Maik soeben den Hals umgedreht hatte.

Slavi versuchte den Angreifer zwar abzuwehren, doch mit der Kampfmaschine Jens kamen eine auf etwa zwölf Kilometer pro Stunde beschleunigte Masse von 128 Kilogramm auf ihn zu. Jens rammte dem Mörder seines Freundes die 14 Zentimeter lange Klinge ins Fleisch seiner Leistengegend, gleichzeitig prallte ein kahler Neonazischädel gegen ein Nasenbein, das brechend nachgab. Mit einem Aufwärtshaken seiner Rechten konnte Slavi verhindern, dass Jens gleich nochmals zustieß.

Jens torkelte etwas benommen zurück. Doch er hatte schon andere Schläge eingesteckt. Sofort stürzte er sich wieder auf den Dicken.

Kolja hätte Jens niedermachen können. Doch er verließ sich darauf, dass Slavi alleine mit dem Angreifer fertig würde. Da drinnen in der Dunkelheit zitterte ein Licht, das nur eine Taschenlampe sein konnte. Dort wartete noch Arbeit auf ihn.

Kolja setzte sich in Bewegung.

Zum ersten Mal in seinem Leben erfuhr Georg, was nackte, schlotternde Todesangst ist. Irgendwie war das nicht gerade das, worauf er sich heute vorbereitet hatte. Jetzt endlich begriff Georg. Er hatte nur noch Angst, sie kroch ihm durch den Körper und ergriff Besitz von ihm.

Der Schlag hatte es in sich gehabt. Obwohl es höllisch wehtat, zollte Jens der Schlaghand Respekt. Dann fiel ihm wieder ein, weshalb er hier war und die heiße Wut überkam ihn erneut. Er senkte den Kopf und ging wie ein Stier zum Angriff über. Zwar wurde er wieder von einer Faust gestoppt, doch sie traf ihn diesmal nur am rechten Schlüsselbein, dass es laut knackte. Gleichzeitig spürte er, wie sein Messer ein zweites Mal tief in menschliches Fleisch hineinfuhr. Das Stöhnen seines Gegners sagte ihm, dass er ihn an einer richtigen Stelle getroffen hatte.

Georg sah im Dämmer, wie Jens kämpfte. Doch das Bild wurde schnell verdeckt von der massigen Gestalt, die auf ihn zustapfte. Endlich erwachte er aus seiner Erstarrung. Georg drehte sich, ohne recht zu wissen, wie und warum, nach links und rannte los. Nach wenigen Schritten stolperte er, fiel fast hin, stützte sich auf beide Hände und schnitt sich die Linke an Glasscherben auf. Er rappelte sich hoch und lief weiter. Seine Taschenlampe zeigte ihm einen schlechten Weg. Eine Treppe. Georg hetzte zwölf Stufen hoch. Blut tropfte auf die Stufen. Ein Treppenabsatz. Linksrum. Wieder zwölf Stufen. Es wurde heller. Ein großer Raum. Säulen. Georg rannte durch den Raum. Nein, nicht ins Licht, dachte er. Zurück in die Dunkelheit! Verstecken! Wieder tropfte Blut von seiner Linken auf den Boden. Georg bemerkte den Schmerz nicht. Er wandte sich schreckhaft um. Seine rechte Hand prallte gegen eine Säule. Die Taschenlampe schepperte zu Boden. Kolja folgte ihm.

Jens zog die Messerhand zurück und holte ein weiteres Mal aus. Da sackte der dicke Mann vor ihm mit einem Mal weg. Jens wandte sich um und schrie. „Georg, wo bist du?" Dann rannte er los. In die Dunkelheit.

Zugriff

„Da war ein Schrei zu hören – im Gebäude."

Hanna trat an die geöffnete Seitenscheibe des Busses heran, um den Funkverkehr besser zu hören. Denn der Regen trommelte laut auf das Wagenblech.

„Was für ein Schrei?", fragte sie.

„Es klang wie", der Beamte überlegte, „wie ein Angstschrei."

Hanna sah zu Peter hinüber. Der hatte die Verschnürung seiner Notmütze so weit zugezogen, dass von seinem Gesicht nur Augen, Nase und die Lippen zu sehen waren. Beide Hände hatte er tief in den Jackentaschen vergraben. Der Regen lief an ihm herunter. An der Nasenspitze hing ein dicker Tropfen.

„Also doch! Die anderen waren schon vorher da. Mist, verdammter!"

Peter hob die Schultern und ließ sie wieder fallen. Dabei löste sich der Regentropfen von seiner Nase.

„Was stehst du hier noch rum wie ein Ölgötze", herrschte Hanna ihren Kollegen an.

„Zugriff", rief sie und sprintete los.

„Rein!", befahl Hanna.

Die Tür war nur einen schmalen Spalt breit offen. Mit vereinten Kräften von zwei Männern ließ sie sich aufschieben. Dahinter staute sich der Körper von Maik.

„Mehr Licht!", rief ein Beamter. Starke Stablampen flammten auf. Sie erfassten einen dicken Mann, der sich offenbar schwer verletzt auf der Treppe krümmte.

„Krankenwagen bestellen", befahl Hanna.

Mitten in der Altlast

Georg rannte weg vom Licht. Er bog in die wieder zunehmende Düsternis eines Korridors ein. Da tat sich rechts ein fensterloser dunkler Raum auf. Georg hielt inne. Er hätte jetzt gerne auf die Geräusche hinter sich gehört. Ob der ihm noch auf den Fersen war? Doch sein eigener rasselnder Atem, das klopfende Herz und das rauschende Blut in seinen Ohren übertönten alles. Georg betrat den Raum und fiel in die Nacht.

Hanna hatte mehrmals laut nach Georg gerufen. Jemand zupfte sie am Ärmel.

„Die Hundestaffel ist da."

„Rein!", befahl sie. „Es fehlen mindestens zwei. Und höchstwahrscheinlich noch so ein Dicker wie der da." Sie erinnerte sich an zwei Schränke in dem sie verfolgenden Geländewagen in Muldanien.

Japsend und kläffend drängten sich zwei Hunde an Hanna vorbei. Weil ihnen die Kettenhalsbänder die Luft abschnürten, konnten sie nur abwechselnd husten und hecheln.

Die Hundeführer folgten ihnen. Dahinter ein Trupp Beamter in Grün-Weiß mit Taschenlampen.

Georg fiel etwa acht Meter tief. Doch unter all dem Müll, der am Boden des Aufzugsschachtes lagerte, waren auch dicke Steinwollematten, durchmengt mit Asbestplatten, der ehemaligen Deckenisolierung, die in den Schacht hinein entsorgt worden war. So fiel Georg nicht gleich in den Tod. Die scharfen Ränder der Asbestplatten hatten ihm allerdings die Haut bis zu den Knochen zerschnitten, von denen einige auch gebrochen waren.

Steinwollefasern und Asbestpartikel stäubten auf. Sie drangen Georg in Nase und Mund. Georg glaubte zu ersticken. Doch er musste Luft holen, denn er brauchte sie zum Schreien. Er hielt seinen schmerzenden linken Arm vor sein Gesicht und versuchte durch den Stoff seines Anoraks zu atmen. Mühsam sog er die halbwegs gereinigte Luft durch den Stoff. Doch es war viel zu wenig. Er brauchte mehr Luft. Jetzt musste er auch noch husten.

Das mit dem Schreien würde so schnell nichts werden. Dafür arbeiteten jetzt seine Ohren wieder.

Kolja war auf Georgs Spur. Er konnte sich in der Dunkelheit nur auf Geräusche verlassen. Doch er hörte nicht nur Georgs Sturz, sondern auch hechelnde Hunde, die die Treppe herauf hinter ihm her waren. Das Keuchen näherte sich rasch.

Auftrag hin oder her, Kolja entschied sich für die Eigensicherung. Er lief quer durch den Raum auf die Fensteröffnungen zu.

Georg hörte Hundegebell. Es hallte schaurig von oben durch den dunklen Aufzugsschacht. Wo war Jens abgeblieben?

Kolja hatte Glück. Die Hunde folgten zunächst der stärker riechenden Blutspur und drängten sich zum Schacht, in dessen Tiefe Georg stöhnte.

Schon saß Kolja auf dem Fenstersims und schätzte die Tiefe ab. Höchstens drei Meter. Kolja stieß sich ab.

Von der Wiege bis zur Bahre

Das an- und abschwellende Heulen einer Krankenwagensirene zerriss die vom Regen gesäuberte Luft. Das Unwetter hatte ebenso unvermittelt aufgehört, wie es begonnen hatte. Mehrere Sanitäter bemühten sich um die Verletzten. Georg lag auf einer Bahre. Kurz bevor sie in den Wagen geschoben wurde, kam Hanna dazu.

„Moment noch, ich muss mit dem Verletzten reden. Ist er ansprechbar?"

Der Notarzt mahnte: „Aber nur kurz. Er hat mehrere Knochenbrüche und große Atemprobleme."

Hanna trat an die Bahre heran und sah in das elende Gesicht Georg Endermanns. Sie nahm sein Leid zur Kenntnis, verbot sich aber jegliche Rücksichtnahme.

„Herr Endermann, der blonde junge Mann da, ist das ihr Freund?"

Georg nickte mit dem Kopf. Er öffnete den Mund und krächzte: „Maik."

„Maik ist tot. Begreifen sie endlich, was sie angerichtet haben? Er ist für sie gestorben. Völlig sinnlos. Sie sind auch für den Tod ihres Vaters verantwortlich. Das ist ihnen doch jetzt hoffentlich klar."

Das letzte bisschen Blut verlor sich aus Georgs Gesichtshaut. Seine Augen waren schreckgeweitet.

Hanna griff Georg mit beiden Händen am Revers seines von den Sanitätern aufgeschnittenen Anoraks und brüllte ihn an: „Wenn sie noch einen Funken Verstand in ihrem braunen Hirn haben, dann sagen sie mir jetzt, wen sie erpresst haben! Popov?"

Georg war wie Wachs unter Hannas Händen. Doch er war unfähig, irgendetwas zu erwidern. Er hätte höchstens eine Frage stellen können. Wer oder was ist Popov?

„Jetzt reden sie endlich!", schrie Hanna ihn noch lauter an und rüttelte mit ihren Händen an ihm.

Der Notarzt trat hinzu und griff Hanna an der Schulter.

„Ihre Verhörmethoden in allen Ehren, junge Frau! Aber so geht das nicht. Der Mann ist schwer verletzt und mein Patient. Der kommt jetzt in die Klinik."

Unwirsch schüttelte Hanna die Hände des Arztes von ihrer Schulter und schrie Georg erneut an: „Jetzt machen sie endlich den Mund auf oder ich ..."

Da machte Georg endlich den Mund auf.

Letzte Signaturen

Er wollte jetzt nicht nervös werden, er musste ganz ruhig bleiben. Zelltermann hatte die Sätze parat, mit denen er den Segen der internationalen Fördergelder für das einfache Volk in Muldanien, Slowenien und Mazedonien preisen wollte. Jawohl, Zelltermann, der wegen seiner Schnupftabakflecken auf Hemd und Hose oft belächelt wird, ist stolz auf sich. Seine Gedanken schweiften ab.

Eine jüngere Erinnerung drängte sich in den Vordergrund. Wie der bloß dazu kam, sich direkt an ihn zu wenden? Zuerst wusste Zelltermann gar nicht, wer das war. Als er den Brief überflogen hatte, konnte er sich dumpf an diesen Namen erinnern. Es musste einer dieser Berater aus dem Muldanienprojekt gewesen sein. Schrieb ihm, ganz offiziell mit Namen und Adresse eine Forderung über zwanzigtausend Euro. Das schien ein richtiger kleiner Erpresserbrief zu sein. Und drohte, irgendetwas zu veröffentlichen; einen Bericht, mit vielen interessanten Informationen. Zelltermann schüttelte den Kopf. Verrückt!

Mit wem anders als mit Popov hätte er das damals besprechen können. Schuster? Er als verantwortlicher Projektsteuerer hätte vielleicht die Empfehlung ausgesprochen, Polizei, Staatsanwaltschaft oder sonst wen hinzuzuziehen. Nein, so einen Wirbel konnte Zelltermann zu diesem Zeitpunkt nicht gebrauchen. Nicht in dieser schwierigen Zeit. Bewusst spürte der Abteilungsleiter jetzt die wichtigen Dokumente in der Vorlagenmappe unter seinen Knien. Nein, nicht in dieser Zeit!

Zelltermann ließ sich damals, als dieser Brief kam, in seinem Vorzimmer erklären, wie das Faxgerät funktionierte. Sein plötzliches Interesse für die Bürotechnik erheiterte seine Sekretärinnen. Oberseite nach oben oder nach unten? Er hatte das Blatt zweimal durchlaufen lassen – sicher ist sicher – einmal oben, einmal unten und es dann vor aller Augen in den Reißwolf gesteckt. Die Damen haben vielleicht komisch geschaut!

Popov rief sofort zurück. Hatte eine Idee! Und wenn mal wieder etwas sei – er, Zelltermann, solle solche Verrückten gleich an ihn, seinen Assistenten, verweisen. Guter Mann, dieser Popov, loyal. Wirklich angemessen, seine Reaktion. So wünschte sich Zelltermann seine Leute.

Popov schien sich wirklich gekümmert zu haben. Ob er wirklich gezahlt oder mit dem Erpresser verhandelt hat? Zwanzigtausend Euro! Im Vergleich zur behaupteten Brisanz in dem Brief eine lächerliche Summe. Und dann dieses Konto! Irgendeine Kameradschaft in Sachsen. Kameradschaft! Zelltermann schnaubte. Was für Kameradschaften konnten die da bloß haben? Studentenverbindung? Feuerwehr? Zelltermann schüttelte angewidert den Kopf.

Aber was war dann das vorgestern? Dieser sächselnde Heini! Unverkennbar, dieser komische Dialekt.

Jetzt würde er nur zu gern wissen, ob Popov das wirklich und endgültig erledigt hat. Und wissen will er, was das für ein seltsamer Kerl war. Ruft rotzfrech hier in der Kommission an, lässt sich ganz normal verbinden und nuschelt dann unsicher in seiner unverständlichen Mundart. Absolut verrückt. Andererseits war er so dumm oder so clever, das Stichwort Muldanien zu nennen, was dazu führt, dass sein Vorzimmer alle derartigen Anrufe durchstellt und nicht abwimmelt. Trotzdem: Der muss doch total bescheuert sein!

Zelltermann gab dem Anrufer Popovs Nummer: Sein Assistent. Das Wort ließ sich Zelltermann regelrecht auf der Zunge zergehen. Damit brachte er den verrückten Sachsen völlig aus dem Konzept. Er musste sich erst etwas zum Schreiben suchen. Zelltermann gab die Nummer zweimal durch.

Auf Wiederhören! sagt der.

Was hatte Popov bloß ständig zu telefonieren den ganzen Tag? Ständig war besetzt. Seine Unruhe von heute Morgen war noch nicht gewichen.

Er hatte seinen Rückruf versprochen, für heute. Zelltermann wollte das geklärt haben, heute vor seinem Termin bei der Stellvertretenden Präsidentin. Wieso hatte der nicht angerufen? Wahrscheinlich ist die Geschichte harmloser, als Zelltermann denkt.

Der Abteilungsleiter muss zugeben, dass er doch etwas nervös ist. Der Termin bei der Vorgesetzten. Welche Fragen könnte sie ihm stellen? Nur noch diese paar Unterschriften. Danach zurück ins Büro und vielleicht noch mal bei Popov durchklingeln. Das Warten macht einen ja ganz kirre.

Frau Bülow bemerkte Zelltermanns Ungeduld. Auch sie sah nach der Uhr.

„Es war noch ein wichtiger Anruf vom Generalsekretär. Er macht es sonst eigentlich recht kurz. Es müsste eigentlich …"

Die Bülow horchte nach der gepolsterten Tür zum Büro der Stellvertretenden Präsidentin, dann blickte sie auf ihr Telefon, auf der eine rote Lampe zweimal kurz blinkte.

„Es ist so weit", sagte Frau Bülow, schob ihren Bürostuhl zurück, stand auf und schritt auf die gepolsterte Tür zu, um sie zu öffnen. Einer plötzlichen Eingebung folgend, drehte sie sich um und griff dem hinter ihre stehenden Zeltermann in die linke Jacketttasche. Sie zog seine Schnupftabaksdose heraus.

„Nur, damit sie da drin nicht in Versuchung kommen. Die Chefin mag keine Tabakflecken auf ihrem hellen Perser."

Dann öffnete sie die Tür und rief in den Raum hinein: „Herr Dr. Zeltermann."

Die Stellvertretende Präsidentin hatte einen langen Tag gehabt und musste am Abend noch auf einen Empfang. Sie schnitt dem AL IV das Wort ab, kaum dass er seine Begrüßung vorgebracht hatte.

„Na, geben sie schon her", sagte sie und schraubte ihren Füllfederhalter auseinander. Kurz darauf ärgerte sie sich, weil der dritte Vertrag nicht im dritten Fach, sondern zwei Fächer dahinter steckte.

Und dann die erste Seite. Darauf prangte ja ein Fleck! Also, wirklich! Das ganze Zeug jetzt zurückgeben? Ne, weg damit!

Die Stellvertretende Präsidentin blätterte pikiert zwei Seiten weiter und setzte kopfschüttelnd ihre dritte Signatur. Dreimal Rot. Dann sah sie gelangweilt zu, wie Zeltermann stumm die Papiere zusammenschob und einsammelte.

„Wie viele zig Millionen waren das jetzt eigentlich?", fragte sie zerstreut, ohne eine Antwort zu erwarten. Denn schon drückte sie an ihrem Telefon eine Taste und sagte laut: „Bülow, lassen sie schon mal den Wagen vorfahren. Ja, was ist?"

In dem Moment öffnete sich die gepolsterte Tür. Irritiert blickte die Stellvertretende Präsidentin auf. Was soll denn das jetzt?

Zwei unbekannte Männer drängten herein. Dahinter gestikulierte die Bülow. Sie musste in diesem Moment ihre größte Niederlage einstecken.

„Entschuldigen sie die Störung", sagte der eine in Richtung der Stellvertretenden Präsidentin, aber wir sind wegen Herrn Doktor Zeltermann hier."

Der Mann griff mit der Rechten in seine linke Jacketttasche und holte ein zusammengefaltetes Schreiben hervor.

„Hier ist der Haftbefehl."

Der zweite Mann trat auf Zelltermann zu. „Herr Zelltermann, ich verhafte sie wegen des dringenden Verdachts der Anstiftung zum zweifachen Mord. Sie sind vorläufig festgenommen. Kommen sie bitte mit."

Frau Seege war hinter ihrem Schreibtisch zur Salzsäule erstarrt. Die Bülow hatte indessen ihre Schrecksekunde bereits überwunden. Sie trat an Zelltermann heran.

„Nicht dass sie mir nachsagen, ich würde sie bestehlen", sagte sie, und ließ die Tabaksdose in seine linke Jacketttasche fallen. Zelltermann blickte blöde ins Nirgendwo. Die Bülow lief an ihm und dem Polizeibeamten vorbei und öffnete die Tür zum Gang. Während Zelltermann an ihr vorbei nach draußen trat, legte die Chefsekretärin ihm kurz die linke Hand auf den Rücken, wie eine Mutter ihren Filius am Morgen an der Haustür zur Schule verabschiedet. Dabei nahm sie ihm mit der Rechten die Vorlegemappe ab, die er unter der rechten Achsel eingeklemmt trug. Der Abteilungsleiter überließ sie ihr widerstandslos. Er litt schon jetzt wie ein Hund.

Und Tschüs

In der Internationalen Agentur für Entwicklung saß Gerd Schuster und wählte die direkte Durchwahl von Zelltermann. Es war schon weit nach Feierabend, die meisten Büros schon verlassen. Heute hatte der Abteilungsleiter den lang ersehnten Termin bei der Stellvertretenden Präsidentin für die Unterschrift der Verträge. Der Termin musste doch längst vorbei sein. Schuster war unruhig, er wollte endlich, dass es weiterging, alle anderen drängten ihn und saßen ihm deshalb im Nacken. Nach diesen Unterschriften wäre alles nur noch ein Kinderspiel.

Seltsam, das Telefon war offenbar nicht umgestellt. Sonst schaltete der Anrufton nach dem fünften Läuten hörbar auf eine andere Leitung oder der Anrufbeantworter sprang an. Was sind denn das für Spielchen? Zelltermann sieht doch am Display, dass er es ist.

Komisch. Sollte der Termin doch länger dauern? Warum wohl? Schuster wählte die Nummer der Bülow, sie war dafür bekannt, dass sie nie vor ihrer Chefin das Haus verließ.

„Guten Abend Frau Bülow, sie noch hier?" Schuster wollte Anerkennung vortäuschen.

Am anderen Ende hörte er ein nervöses Hüsteln.

„Was ist denn, Frau Bülow?"

„Herr Zelltermann wurde soeben verhaftet, die Kriminalpolizei war hier, aus dem Zimmer der Stellvertretenden Präsidentin. Wegen Anstiftung zum Mord, mehrfach auch noch."

Schusters Adrenalinspiegel stieg und stieg, sein Hirn wurde von diesem Schwall überströmt. Die Bülow antwortete währenddessen ungefragt auf seine nicht gestellten Fragen.

„Er wurde erpresst, von einem Berater aus einem Projekt, heißt es. Den hat er mit Hilfe der muldanischen Mafia umbringen lassen."

Von Schusters Händen tropfte der Schweiß, er konnte den Hörer kaum mehr halten.

„Was wissen sie noch?"

„Mehr weiß ich nicht. Die ganze Sache dauerte keine drei Minuten. Herr Schuster …, Herr Schuster, sind sie noch dran?"

In ihrer eigenen Aufregung fiel ihr Schusters Atemlosigkeit und seine Nervosität nicht auf.

„Äh, ja, ja, ich bin noch dran. Wissen sie noch was darüber, oder wer weiß noch etwas bei ihnen im Haus?"

„Da gab es aber wohl verschiedene, die ihn erpresst haben, die hat er dann auch durch die Muldanier umbringen lassen. Unser Herr Doktor, ein Mörder ..."

Langsam drangen die Worte an sein Ohr. Er hörte sie wie durch Watte. Schuster grübelte, mit was hatte man Zelltermann erpresst und wer? Es musste wohl Endermann gewesen sein, der ihn erpresst hatte, denn der starb ja eines unnatürlichen Todes. Wer noch? Der Italiener etwa? Der war ja auch eines unnatürlichen Todes gestorben. Hatte Russt nicht nur ihn, Schuster, sondern auch noch Zelltermann erpresst? Aber mit was hatte man ihn erpresst? Zelltermann war doch gar nicht beteiligt. Oder vielleicht hatte er sein eigenes Spiel gespielt?

Schusters Hände waren so schweißnass, dass er kaum noch den Telefonhörer halten konnte. Doch fand er jetzt wenigstens seine Sprache wieder.

„Ist das alles, was sie wissen?"

„Also mehr weiß ich nicht. Ich konnte ihm gerade noch seine Schnupftabakdose zustecken, als die ihn mitgenommen haben ..."

Schuster hatte das Gefühl, sein Schädel würde in Kürze gesprengt, Namen und Jahre der Erinnerung schienen aus allen Löchern zu kriechen und wie Luftballons größer zu werden, immer größer, einer nach dem anderen platzte. Seine Gedanken liefen kreuz und quer. Der Angstschweiß drang in Sekunden aus jeder Pore seines Körpers.

Schuster hatte jetzt nur noch wenig Zeit. Seine Gedanken gingen kreuz und quer, was lief hier? Wer betrog hier wen? Popov? Dem war nicht zu trauen. Diese Männerfreundschaft, diese muldanische. Sie stachen einem das Messer in den Rücken, bei der erstbesten Gelegenheit. Lobed! Lobed war ein Schwein, er war undurchschaubar. Und all die anderen? Es gab eine Menge von Möglichkeiten, Schuster hatte keine Zeit mehr für die Klärung dieses Rätsels. Es wurmte ihn, dass ihm alles entglitten war. Er hatte versagt, dieser Gedanke kam flüchtig hoch, er ließ ihn nur kurz zu. Versagt, nein, versagt hatte er nicht. Das so sorgfältig entwickelte System hatte sich verselbständigt und war für ihn nicht mehr kontrollierbar geworden.

Jetzt nur nicht in Panik geraten. Endlich legte er den Telefonhörer auf. Sein nächster Blick galt den 21 Aktenordnern im Regal. Darin würde nur eine Sonderkommission in mühsamer Kleinarbeit etwas finden. Spielmaterial! Er konnte sie stehen lassen. Die anderen Akten führte er sowieso nicht hier. Nacheinander zog er die Schubladen seines Schreibtischs auf und suchte sie oberflächlich durch.

Er griff nach seinem Handy. Es juckte ihn, nochmals mit Popov zu telefonieren. Doch was hatten sie sich jetzt noch zu sagen? Popov saß momentan eindeutig am längeren Hebel. Er würde nur seinen Triumph auskosten. Er legte das Handy auf den Schreibtisch. Er würde es nicht mehr benutzen können. Er würde sicher abgehört werden. Da durchzuckte ihn ein Gedanke. Und wenn er schon länger abgehört wurde? Dann war es jetzt an der Zeit, endlich Feierabend zu machen.

Heute schloss Schuster sein Büro nicht ab. Er ließ die Tür sperrangelweit offen stehen. Er blickte kurz zurück, die Aktenstapel unter seinen Armen konnte er nur mit Mühe zusammenhalten.

Der gute Gelbe Köstliche

„Zelltermann ist in Haft", verkündete Dirk Vogler gegen zwanzig Uhr der Runde im Lagezentrum.

Hanna und Peter waren soeben vollkommen durchnässt zurückgekehrt. Hanna hatte sich mit einem Handtuch die Haare gerubbelt, die jetzt nach allen Seiten wirr zu Berge standen. Peter schniefte ein ums andere Mal. Er schien eine Erkältung zu bekommen.

Viel mussten sie Dirk nicht berichten. Er hatte den Funkverkehr mitgehört.

Der zweite Muldanier hatte sich mit einem Sprung aus der ersten Etage vor den Hunden gerettet. Unten stellten sich ihm zwei Grün-Weiße entgegen. Doch die räumte er kurzerhand zur Seite und sprang mit einem Satz über den Zaun zur Bahn. Kurz bevor ein Güterzug mit 37 Waggons voller Skoda-Limousinen aus Tschechien vorbeirollte, hastete er auf die andere Seite und war verschwunden.

Die Hunde mussten einen Riesenumweg geführt werden und konnten erst nach zehn Minuten die Witterung des Flüchtigen im Brombeergestrüpp auf der anderen Seite aufnehmen. Sie durchsuchten dann die angrenzenden Wohn- und Datschengrundstücke. Ein paar Mal schlugen sie an und schienen eine Spur gefunden zu haben. Aber die letzte verlor sich in dem langweilig gepflegten Garten des Apostolischen Gemeindezentrums von Niedersedlitz. In einem der angrenzenden Gärten nahmen die Hunde die Witterung einer läufigen Hündin auf und aus war 's.

Hanna und Peter standen ratlos vor dem adrett gepflegten und mit vielen Koniferen bepflanzten Grundstück der Apostolischen Gemeinde und bewunderten den Spruch, der dort auf einem breiten gelben Band allen Ungläubigen entgegenleuchtete. ‚Bekämpfe das Böse mit dem Guten'.

„Bekämpfe das Böse mit dem Guten, das raten die Apostel", rief sie sarkastisch in die wartende Runde im Landeskriminalamt. „Er ist uns entwischt. Heißt das jetzt, wir sind nicht gut genug oder hat jemand eine Erklärung für dieses Mysterium. Der Kerl ist wie vom Erdboden verschluckt."

Als sie das alles im Lagezentrum erzählten, regte Hanna sich schon wieder auf. Am meisten aber darüber, dass das SEK aus Leipzig tatsächlich im

Stau steckengeblieben war. Auf der nagelneuen, aber offenbar mit zu geringem seitlichen Gefälle gebauten Autobahn hatte sich bei dem heftigen Gewitterregen bei Nossen eine tiefe Pfütze gebildet. Aquaplaning war Schuld für einen Massenunfall gewesen. Die beiden Mannschaftswagen kamen selbst mit ihrem Sondersignal nicht an dem Knäuel vorbei. Also leisteten die Besatzungen Erste Hilfe.

Dirk hatte ganz andere Probleme.

„Das darf nicht an die Presse durchsickern!"

„Bestausgebildete und hochbezahlte Spezialkräfte zur Terrorbekämpfung bei der Unfallaufnahme – wenn das keine Schlagzeile wert ist", stichelte Hanna. Jaki kam ihr zu Hilfe:

„Resch disch ni so off."

Sie hielt ihrer Chefin einen Apfel hin. „Iss erst ma was. Hat uns der Herr Dogdor Laubusch gespendet für den langn Abend. Der Gelbe Köstlische, eine bewährde sächssche Spezialidäd gegn den Underzugger."

„Der Abend ist also noch nicht vorbei, nehme ich an." Peter seufzte.

„Ich schlage vor, dass wir uns die Einsatzbereitschaft teilen. Ich mache gerne bis Mitternacht. Danach hätte ich gerne ein paar Stunden Schlaf. Herr Dr. Laubusch, würden sie die nächste Schicht übernehmen?"

Laubusch hatte nicht die Kraft zu protestieren. Er war bereits seit sechs Uhr früh im Büro. Jetzt fiel er beinah vom Stuhl.

„Dann legen sie sich doch gleich nebenan ein wenig hin", sagte Hanna mitleidig. „Peter wird sie dann schon wecken."

Laubusch warf Hanna einen dankbaren Blick zu und stand auf. Er griff sich einen seiner Gelben Köstlichen und machte sich daran, den Raum zu verlassen.

„Und was wird aus Schuster?", fragte Peter.

„An seiner Stelle wär ich längst über alle Berche", warf Dr. Laubusch ein, der die Frage gerade noch mitbekommen hatte. Plötzlich riss er den Mund weit auf und gähnte herzhaft. „Tschuldigung", sagte er dann. Damit zog er hinter sich die Tür zu.

Staatsanwalt Helbig meldete sich zu Wort. „Dank der guten Zuarbeit von Frau Thiel können die Kollegen in Koblenz sicher ebenfalls zeitnah zuschlagen. Ich hatte soeben ein diesbezügliches Telefonat mit meinem dortigen Kollegen. Der Haftbefehl gegen Gabler und Schuster wird wohl gerade ausgestellt."

„Und wie kommen wir an Popov ran?"

Helbig zuckte die Schultern. „In der Tat schwierig. Da wäre zunächst ein Auslieferungsbegehren zu stellen. Das wird dauern."

In dem Moment steckte die Putzfrau den Kopf durch die Tür, ihr Wägelchen mit den Müllsäcken hinter sich herziehend.

„Das dauert noch länger bei uns heute, dann lassen sie uns einfach aus", rief ihr Hanna entgegen.

„Ich werde alles Erdenkliche unternehmen", sagte Helbig, „aber sie haben Recht, es ist unwahrscheinlich, dass wir Popov direkt bekommen."

Er zwinkerte Hanna zu. „Aber vielleicht richtet ihre freie Mitarbeiterin vom Elbhang ja eine Tagung über Ost-West-Transfer im neuen Dresdner Kongresszentrum aus. Dazu laden sie dann Popov als Gastredner ein. Dann schlagen wir zu. Sie sind doch ganz gut darin, im Namen anderer aufzutreten."

Hanna schüttelte stumm den Kopf.

Erneut ging die Bürotür auf. Die Putzfrau streckte erneut ihren Kopf herein. Sie sah seltsam fröhlich aus. Heftig winkte sie Hanna zu, bis die anderen ebenfalls aufmerksam wurden. Zögerlich folgte die ganze Truppe der Frau.

„Psscht!"

Es ging zur Herrentoilette. Die Frau führte die Gruppe durch den Raum mit den Waschbecken und ließ die Stehpissoirs, von denen ein scharfer Geruch herüberwehte, rechts liegen. Dann stellte sie sich neben eine Sitzkabine und zog vorsichtig die Tür auf, um den Blick freizugeben. Da saß, mit herunter gelassener Hose, Dr. Laubusch. Sein Oberkörper lehnte halb an der rechten Kabinenwand, sein linker Arm lag angewinkelt, mit drei Lagen Klopapier zusammengefaltet in der Hand auf den Knien. Der rechte hing schlaff auf den Boden. Laubusch, den Kopf leicht nach vorne geneigt, an der Wand lehnend, schnarchte leise.

Auf dem Boden lag ein angebissener ‚Gelber Köstlicher'.

Das Wichtigste in 30 Sekunden

„... wird im Haftkrankenhaus behandelt. Der Täter schweigt beharrlich. Bei sich trug er einen Flugschein Solvanka-Berlin-Dresden. Es handelt sich hier um Slavi L., mutmaßlich ein muldanischer Staatsbürger. Demnach sind die beiden Täter wohl bereits am vergangenen Mittwoch, von Muldanien kommend, in Sachsen eingereist. Es ist davon auszugehen, dass sie bereits in der Alten Mälzerei waren, als Georg E. und seine beiden Begleiter dort nach 16.30 Uhr eintrafen.

Einer der beiden, mutmaßlich der von uns Festgenommene Slavi L., hat kurz nach dem Zusammentreffen einen der beiden Begleiter des Georg E., den 19-jährigen Maik H., umgehend getötet. Als Todesursache ist Genickbruch anzunehmen. Der andere Begleiter des Georg E., Jens L., hat daraufhin den Täter mit einem Springmesser durch Stiche in den Unterbauch schwer verletzt. Georg E. flüchtete in das Gebäude hinein. Nach seinen später aufgenommenen Aussagen wurde er vom zweiten Täter verfolgt. Dabei ist er in der Dunkelheit in einen ehemaligen Siloschacht gestürzt und hat sich dabei mehrere Knochenbrüche zugezogen. Diese sind jedoch nicht lebensgefährlich. Sein Begleiter Jens L. fand sich unweit davon, leicht verletzt.

Auf sofortiges Befragen der ermittelnden Einsatzleiterin hat Georg E. den Namen des von ihm Erpressten mitgeteilt. Aus ermittlungstaktischen Gründen kann ich derzeit keine weiteren Aussagen zur Identität dieses Mannes machen. Der Verdächtige ist noch am gleichen Abend von unseren Kollegen in einer westdeutschen Stadt vorläufig festgenommen und dem dortigen Ermittlungsrichter vorgeführt worden.

Der zweite Täter ist leider entkommen. Wegen des sehr kurzfristig anberaumten Ad-hoc-Einsatzes konnte die Mälzerei nicht in erforderlichem Maße abgeriegelt werden. Er konnte die Bahngeleise erreichen und ist dort möglicherweise auf einen mit geringer Geschwindigkeit durchfahrenden Zug aufgesprungen. Auch der sofortige Einsatz der Dresdner Diensthundestaffel hat kein Ergebnis erbracht. Der Täter ist nach wie vor flüchtig und wird mittlerweile mit internationalem Haftbefehl gesucht. Sie erhalten am Ausgang von uns eine Phantomzeichnung zur Veröffentlichung.

Bei dem Mann handelt es sich nach unseren Erkenntnissen um den 43-jährigen Kolja S. Wir vermuten, dass es sich bei ihm um den Mörder des vor einigen Wochen am Schrammsteinplateau zu Tode gekommenen Frank E. handelt. Darauf weist die Spurenlage hinreichend hin. Was den erweiterten Tathintergrund angeht, der im Rahmen dieser Tötungsdelikt-ermittlung zu Tage getreten ist, verweise ich auf die Ermittlungsergeb-nisse unserer Kollegen in Koblenz."

Dirk Vogler hatte den vorbereiteten Text gut zu Ende gebracht. Nun kam der Pressesprecher des Landeskriminalamtes zu Wort.

„So, liebe Kolleginnen und Kollegen, damit ist die Fragenrunde eröffnet. Ja, hinten links die Dame in Weiß. Wenn sie bitte ihren Namen und das Medium, für das sie arbeiten, sagen würden, das wäre nett. Ihre Frage bitte ..."

Die Journalisten waren zahlreich erschienen. Dirk hatte sich einen seiner besten Anzüge angezogen und darauf geachtet, kein Blau zu verwenden, weil das im Fernsehen nicht gut ankommt. Voglers Krawatte war dezent gemustert und seine Frisur gegelt.

Hanna und Peter saßen in der letzten Reihe, für den Fall, dass eine Frage gestellt würde, die ihr Chef nicht beantworten konnte. Doch es war nicht nötig. Hanna hatte einen ganzen Tag lang an ihrem Bericht getippt und daraus für die Pressestelle und Dirk eine Kurzfassung geschrieben. Für die zu erwartenden üblichen Fragen hatte Vogler einen Faktenzettel parat, den ihm Hanna zusätzlich erstellt hatte.

Nach achtundzwanzig Minuten war die Pressekonferenz zu Ende. Vogler gab noch ein Fernsehinterview im gleißenden Scheinwerferlicht im Ste-hen und sonderte drei bemühte Originaltöne für Radiosender ab. Dies war Voglers schwerste Übung: Das Wichtigste in dreißig Sekunden von sich zu geben und dabei möglichst das Wörtchen ‚irgendwie‘ zu vermei-den, war seine Sache nicht. Schweißperlen bildeten sich auf seiner Stirn.

Während sich die Journalisten verliefen, ging Vogler mit geschwellter Brust auf die letzte Reihe zu. „Tut mir ja leid, dass du nicht zu Wort ge-kommen bist", sagte er zur sitzenden Hanna, „ich hätte es dir ja vergönnt. Aber du hast ja gesehen: Die Meute war mit meinen dürren Worten bereits zufrieden. Wahrscheinlich war deine Zuarbeit einfach zu gut."

Hanna blickte ihn wütend an. Es war immer das gleiche, er nahm ihr bei jeder Gelegenheit die Butter vom Brot. Aber sie hatte keine Lust auf Streit und wechselte die Mimik. Sie strahlte ihren Chef an. „Du warst einfach Klasse. Du solltest zum Fernsehen gehen. Und diese Krawatte! Armani?" Dirk Vogler schien auf den ersten Blick geschmeichelt. Doch dann stutzte er. Er kannte Hanna zu gut. In ihren Augenwinkeln saß der Schalk. Mit einer wegwerfenden Handbewegung drehte er sich weg und stakste aus dem Raum.

Hanna und Peter blieben sitzen und sahen zu, wie die Fernsehleute Lampen und Stative in große Alukoffer packten.

Ein Journalist mit einem Block in der Hand kam seitlich auf die beiden zu.

„Sagen sie mal, sie sind doch auch von der Kripo – können sie mir sagen, wie Herr Vogler mit Vornamen heißt?"

Hanna wandte sich ihm zu „Dirk."

„Ich bräuchte auch noch sein Alter."

„36. War 's das?"

„Na ja", sagte der Journalist gedehnt, „da war kurz von so einer Einsatzleiterin die Rede. Ich nehme an, dass die Frau die Hauptarbeit gemacht hat. Wieso wurde denn deren Name nicht erwähnt?"

Hanna hob die Schultern.

„Tut mir leid, da bin ich völlig überfragt. Außerdem bin ich nicht befugt, mit ihnen zu sprechen. Wenden sie sich doch bitte an die Pressestelle."

Damit stand sie auf, wandte sich Peter zu und sagte: „Los Kollege, ich brauch jetzt einen Doppelten."

Elbhangfest

Es war Fest am Elbhang, Elbhangfest, wie alle Jahre wieder am letzten Juniwochenende. Ilse und Hans hatten ihren Weinkeller geöffnet. Auch Hanna hatte sich schwer ins Zeug gelegt und pfundweise ‚Obatzder', eine Mischung aus Camembert, Butter, Zwiebeln und Paprikapulver angerührt, der sich, auf Brotscheiben geschmiert, wie rasend verkaufte. Sie hatte sich mit Ilse, Sonja und weiteren fleißigen Helferinnen darin abgewechselt, Fettbemmen zu schmieren, Gläser zu spülen und literweise Hauswein auszuschenken. Dann war sie kurz in Loschwitz unten gewesen und hatte dem traditionellen Festumzug zugesehen. Jetzt lag sie in der Hängematte in der Nachmittagssonne. Der Festtagslärm von der Pillnitzer Landstraße, untermischt vom Tuten der Elbdampfer, schwappte, je nach Windrichtung, in Wellen zu ihr herauf.

Der Leguan war die richtige Marketing-Idee gewesen. Um ihn in Stimmung zu bringen, hatte Hans, obwohl beginnender Hochsommer war, morgens den Kachelofen eingeheizt, damit sich die Echse aufwärmen konnte. Die Gäste im Keller waren von dem Tier begeistert. Weniger optimal war, als ein Gast dem Leguan Wein zu trinken gab. Das war er nicht gewohnt. Hans musste deshalb Ilse anschließend versprechen, das Tier so bald wie möglich in artgerechte Haltung abzugeben. Der Leguan war von seinem Balken, auf dem er die meiste Zeit gesessen hatte, abgerutscht und zum Gaudium der Gäste in die leere Weinpresse gefallen. Das Publikum quiekte vor Vergnügen. Endlich hoben ihn mitleidige Hände heraus und trugen ihn in den Garten, wo sie ihn an einer sonnendurchwärmten Sandsteinmauer ablegten. Wenn Hanna den Kopf nach links drehte, konnte sie ihn sehen. Er hatte den Platz seit einer Stunde nicht verlassen. Offenbar schlief er seinen Rausch aus.

Hanna döste in ihrer Hängematte leicht vor sich hin. Da drangen Singstimmen an ihr Ohr. Ein Quartett sang sich im hinteren Garten ein. Die vier jungen Männer hatten gleich ihren Auftritt im Weinkeller. „Ma ma ma ma ma" und „Pum pum pum pum", klang es an Hannas Ohr. Dann schälte sich eine Melodie heraus.

„Kriminaltango in der Taverne, dunkle Gestalten und rotes Licht." Hanna begann leise mitzusummen. „Und sie tanzen einen Tango, Jacky Brown

und Baby Miller. Und er sagt ihr leise: Baby, wenn ich austrink', machst
du dicht."

Hanna hörte den vier Stimmen zu.

„Und dann bestellt er zwei Manhattan. Und dann kam ein Herr mit Kneifer,
Jack trinkt aus und Baby zittert, doch dann löscht sie schnell das Licht."
Hanna schaukelte in der Hängematte leicht im Takt. Der Gesang brach
plötzlich ab. Die Sänger waren offenbar mit sich zufrieden. Hanna mit
sich weniger. Die unerträgliche Leichtigkeit des Seins am Elbhang wollte
heute nicht auf sie überspringen.

Zelltermann war weniger als eine Woche in Haft gewesen. Es konnte ihm
nichts Belastendes nachgewiesen werden. Er gab zwar zu, den Erpresserbrief erhalten zu haben. Doch seine Sekretärinnen bestätigten überein-
stimmend, dass er das Papier vor ihren Augen vernichtet hatte. Das Telefonat mit Georg Endermann räumte er ebenfalls ein. Popov war an allem
Schuld. Dieser wollte sich um alles kümmern, sagte Zellermann glaub-
haft aus. Er hätte nie einen Mord in Auftrag gegeben, geschweige denn
mehrere. Als er mit der ganzen Geschichte konfrontiert wurde, musste er
wegen Herz-Kreislaufversagens behandelt werden. Einen Tag nach seiner
Entlassung wurde er vorzeitig pensioniert. Zellermann war in allen Ehren verabschiedet worden.

Schuster indessen war verschwunden. Er wurde mit internationalem
Haftbefehl gesucht. Die Koblenzer Staatsanwaltschaft würde Jahre brau-
chen, um das Firmengeflecht Schusters und die Finanzströme dazu aufzudecken. Sein Abteilungsleiter wurde versetzt, natürlich unter Beibehal-
tung der Bezüge. Eine Untersuchung darüber, inwieweit dieser in Schusters
Machenschaften verstrickt war, ergab wenig Erhellendes. Die Zeichnungsordnung für Rechnungen über fünftausend Euro in der Internationalen
Agentur für Entwicklung wurde verschärft. Popov war auf Betreiben der
Ökonomischen Kommission von Europa von der Agentur zwar aus dem
Projekt entlassen worden, doch mehr war nicht möglich. Immerhin sollte
das gesamte Projekt einer Prüfung unterzogen werden. Das führte dann
allerdings zu schweren zwischenstaatlichen Belastungen. Deshalb wurde
auf weitere Prüfungen verzichtet. Ein Auslieferungsbegehren für Popov
schien im Sande zu verlaufen.

Der verletzte Muldanier Slavi Leontiev wurde nach seiner Behandlung im
Haftkrankenhaus in die Justizvollzugsanstalt nach Torgau verlegt. Er

schwieg beharrlich bis heute. Jens und Georg waren zwar Zeugen des grausamen Mordes gewesen, aber diese Aussagen bewegten den Muldanier nicht zum Geständnis. Muldanien hatte seine Auslieferung beantragt und es sah so aus, als würden die sächsischen Behörden dem Anliegen nachkommen wollen. Elisabeth Mayer, die uneheliche Tochter Schusters, konnte aufgrund ihrer schweren Krankheit keine brauchbaren Hinweise zu dem ganzen Vorfall liefern. Für Hanna und Peter war der Fall abgeschlossen. Wohl fühlte sie sich bei der Sache nicht. Georg war der einzige, der sich gesichert in Haft befand. Er sollte wegen Erpressung angeklagt werden.

Säuselt Friede nieder

Jemand hackte ungeschickt Holz. Hanna konnte das genau hören. Die Axt blieb im Holz stecken, musste mühsam, mit leichten Quietschgeräuschen, wieder herausgezogen werden. Dann traf das Eisen das Holz seitlich. Daneben, schloss Hanna aus dem ihr wohlbekannten Klang des Beiles her. Als erfahrene Holzspalterin kannte sie die unterschiedlichen Klänge des Zusammentreffens von Beil und Holz.

Sie arbeitete sich aus der Hängematte heraus und watschelte auf halb eingeschlafenen Füßen zum Holzplatz. Ein schmächtiger schwarzhaariger Junge in schwarzen Hosen und weißem kurzärmligen Hemd mit weit offenem Kragen, darüber einen dunkelblauen Pulli, dessen Ärmel bis über die Ellenbogen hochgezogen waren, versuchte sich am Hackstock. Hanna konnte das kaum mit ansehen. Der Junge musste sich ja jeden Moment ins Bein hacken. Doch der drosch, als wolle er in großer Wut sein gesamtes Lehrkollegium niedermachen, auf das geschundene Holz ein. In Hanna wuchs ein gewisses Maß an Verständnis für den Jungen. Sie musste bisweilen aus ähnlichen Gründen zum Hackebeil greifen. Endlich traf der Junge ein Birkenrundholz richtig und spaltete es in zwei saubere Hälften, die links und rechts vom Hackstock fielen.

Er bückte sich nach dem nächsten Rundling und stellte ihn aufrecht auf den Hackstock. Hanna sah zu. Der Junge hatte ganz dünne Arme. Er konnte kaum die mächtige Spaltaxt hochheben. Fast tat er Hanna leid. Die Partitur des ‚Messias' war wohl das Schwerste gewesen, das der Sängerknabe in seinem bisherigen Leben hatte stemmen müssen. Als er die Axt über den Kopf hielt, sah Hanna seine vernarbten Unterarme.

Sie trat näher heran.

„Habt ihr eine böse Katze zu Hause?", fragte sie.

Der Junge ließ die Axt sinken und starrte Hanna verdattert an. Sie trat näher und griff nach seinem rechten Arm. Dabei erkannte sie, dass die Narben nicht von einer Katze stammen konnten. Das waren Schnitte von Rasierklingen, einige ganz frische waren darunter, noch blutig. Hanna erschrak. Der Junge ebenso. Mit einer schnellen Bewegung entriss er ihr seinen Arm, ließ die Axt fallen und zog seine Pulloverärmel darüber.

„Ich muss wieder", sagte er und trollte sich in den Weinkeller zum zweiten Teil des Liedvortrags mit seinen drei Freunden.

Hanna nahm sich vor, bei Gelegenheit auf den Knaben zu achten. Jetzt trabte sie hinter ihm her, um ihn singen zu hören.

Sie setzte sich auf die oberste Stufe der Kellertreppe. Der letzte vierstimmige Chorsatz stimmte sie leicht sentimental.

„Abend wird es wieder, säuselt Friede nieder, und es ruht die Welt."